खुशवन्त सिंह

जन्म : 15 अगस्त, 1915, हडाली (अब पाकिस्तान में)।

शिक्षा : लाहौर से स्नातक तथा किंग्स कॉलेज, लंदन से एल.एल.बी.।

उपलब्धियाँ : 1939 से 1947 तक लाहौर हाईकोर्ट में वकालत की। विभाजन के बाद भारत की 'राजनयिक सेवा' के अन्तर्गत कनाडा में 'इन्फ़ॉर्मेशन अफ़सर' तथा इंग्लैंड में भारतीय उच्चायुक्त के 'प्रेस अटैची' रहे। कुछ वर्षों तक प्रिंस्टन तथा स्वार्थमोर विश्वविद्यालयों में अध्यापन भी किया।

भारत लौटकर नौ वर्षों तक इलस्ट्रेटेड वीकली तथा तीन वर्षों तक हिन्दुस्तान टाइम्स का कुशल सम्पादन किया। 1980 में राज्यसभा के सदस्य मनोनीत हुए। 1974 में पद्मभूषण की उपाधि मिली, जिसे 'ऑपरेशन ब्लू स्टार' के खिलाफ गुस्सा जताते हुए लौटा दिया।

तीस से अधिक पुस्तकें लिख चुके हैं, जिनमें प्रमुख

हैं : ट्रेन टु पाकिस्तान, हिस्ट्री ऑफ सिख्स के दो खंड तथा रंजीत सिंह। एक और उपन्यास, चार कहानी-संग्रहों तथा अनेक लेखमालाओं के अतिरिक्त उर्दू और पंजाबी में कई अनुवाद भी किए।

हिन्दुस्तान टाइम्स तथा संडे के लिए नियमित रूप से क्रमश : 'विद मैलिस टुवर्ड्स वन एंड ऑल' एवं 'गॉसिप, स्वीट एंड सॉर' लिखते रहे तथा 'पेंगुइन बुक्स कंपनी इंडिया' में सलाहकार सम्पादक के पद पर भी कार्यरत रहे।

निधन : 20 मार्च, 2014

सच, प्यार और थोड़ी-सी शरारत

खुशवन्त सिंह

अनुवाद

निर्मला जैन

राजकमल पेपरबैक्स

पहला पुस्तकालय संस्करण
राजकमल प्रकाशन प्राइवेट लिमिटेड द्वारा
2002 में प्रकाशित

राजकमल पेपरबैक्स में
पहला संस्करण : 2008
आठवाँ संस्करण : 2022

राजकमल पेपरबैक्स : उत्कृष्ट साहित्य के जनसुलभ संस्करण

राजकमल प्रकाशन प्रा.लि.
1-बी, नेताजी सुभाष मार्ग, दरियागंज
नई दिल्ली-110 002
द्वारा प्रकाशित

शाखाएँ : अशोक राजपथ, साइंस कॉलेज के सामने, पटना-800 006
पहली मंजिल, दरबारी बिल्डिंग, महात्मा गांधी मार्ग, प्रयागराज-211 001
36 ए, शेक्सपियर सरणी, कोलकाता-700 017

वेबसाइट : www.rajkamalprakashan.com
ई-मेल : info@rajkamalprakashan.com

बी.के. ऑफसेट
नवीन शाहदरा, दिल्ली-110 032
द्वारा मुद्रित

मूल्य : ₹499

SACH, PYAR AUR THODI SI SHARARAT
Autobiography by Khushwant Singh
Translated by Nirmala Jain

ISBN : 978-81-267-1484-1

क्रम

उत्तरकथा : फसल पकने का दौर

छः वर्ष से ऊपर हो गए जब मैंने इस आत्मकथा को पूरा करके इसकी पांडुलिपि अपने प्रकाशक को सौंप दी थी। रवि दयाल ने इसका टंकण कराया, इसके कवर जैकेट का डिज़ाइन तैयार कराया और इसे छापकर प्रकाशित करने की पूरी तैयारी कर ली। प्रकाशन से पहले विज्ञापित करने की गरज़ से उन्होंने इसके तीन अध्यायों में से एक *इंडिया टुडे* को, एक *द टेलिग्राफ* को और एक *द हिन्दू* को भेज दिया। *इंडिया टुडे* ने वह अध्याय प्रकाशित कर दिया जिसमें अपनी सास इंदिरा गांधी के घर से मेनका गांधी के निकाले जाने के प्रसंग की चर्चा है। इंदिरा गांधी उस समय भारत की प्रधानमन्त्री थीं। इस घटना का एक ब्यौरा उसी समय *इंडिया टुडे* में प्रकाशित हुआ था जब यह घटित हुई थी। मैंने इस विवरण के अलावा, पुपुल जयकर और वेद मेहता द्वारा रचित इंदिरा गांधी की जीवनियों को आधार बनाकर यह अध्याय लिखा था। मुझे इसके अतिरिक्त इस घटना की विस्तृत जानकारी मेनका गांधी और उसकी बहन अम्बिका से मिली, जो उस समय वहाँ मौजूद थी। बहरहाल, मेनका ने मुझ पर और मेरे प्रकाशक पर मुकदमा दायर कर दिया, पर *इंडिया टुडे* को छोड़ दिया।

बारह दिसम्बर, 1995 को दिल्ली हाईकोर्ट से, मेनका ने इकतरफ़ा आदेश जारी करा लिया जिससे किताब के प्रकाशन पर रोक लग गई। हमने आदेश के खिलाफ फौरन अपील की। दिल्ली हाईकोर्ट के न्यायाधीश के. रामामूर्ति ने कई महीनों के बाद दोनों पक्षों की दलीलें सुनीं। लगभग डेढ़ वर्ष के बाद उन्होंने फैसला सुनाया कि मैंने मेनका के गोपनीयता के अधिकार का उल्लंघन किया है, और उन्होंने पुस्तक के प्रकाशन पर लगाए प्रतिबंध को उचित ठहराया। हमने एक बार फिर अपील दाखिल की। हाईकोर्ट में इस अपील को सुनवाई के लिए पेश होने में चार साल से अधिक समय लग गया।

इतने लम्बे विलम्ब का एकमात्र कारण हमारी कानूनी व्यवस्था की ढील नहीं थी। पहले तो मेरे वरिष्ठ वकील सोली सोराबजी को एटर्नी जनरल बना दिया गया। वे इस पद से मेरी पैरवी नहीं कर सकते थे। उसके बाद उनके सहायक एम. मुद्गल की पदोन्नति न्यायपीठ पर हो गई : वे भी इसके बाद मेरी पैरवी नहीं कर सकते थे। कपिल सिब्बल मेरा केस लेने के लिए राजी हो गए। वे राज्य सभा के लिए चुन लिए गए और उनके पास अपनी वकालत के लिए समय की कमी रहने लगी। अपील को सँभालने के लिए बच रहे सिर्फ श्रीधर चिताले, जो हमारे जूनियर काउंसिल थे। हमारे केस में

बहस सी.ए. सुन्दरम ने की। चिताले इसमें उनके सहायक थे। न्यायमूर्ति देवेन्द्र गुप्त और संजय कृष्ण कौल की न्यायपीठ के सामने प्रस्तुत इस केस की बहस के दौरान मैं और मेरी बेटी लगातार मौजूद रहे। हमने मेनका के वकील राज पंजवानी को घंटों मशक्कत करते हुए, उन दलीलों को दोहराते सुना जो वह पहले न्यायमूर्ति रामामूर्ति के सामने पेश कर चुका था। हमारे वकील सी.ए. सुन्दरम, सिर्फ दो बार आधे घंटे के करीब बोले। मैंने अभिव्यक्ति की स्वतन्त्रता के पक्ष में इतनी जोरदार दलीलें बहुत कम सुनी हैं। हो सकता है यह मेरा पूर्वग्रह हो, क्योंकि वे मेरी तरफ से बोल रहे थे। मुझे लगने लगा था कि वे न्यायाधीशों को अपने पक्ष में कायल कर ले जा रहे हैं। फैसला तीन हफ्ते बाद सुनाया गया। मेरी बेटी और दामाद रानीखेत गए हुए थे। मेरे साथ मेरा बेटा राहुल और पोती हाईकोर्ट गए। फैसला न्यायमूर्ति कौल ने सुनाया। मेरी आत्मकथा के प्रकाशन पर लगाया गया प्रतिबन्ध निरस्त कर दिया गया, और मेनका को हमारे खर्चे के लिए दस हजार रुपए देने का आदेश दिया गया। मेनका ने मुझ पर आरोप लगाया था कि मैंने उसके गोपनीयता के अधिकार का उल्लंघन किया है। मैंने उसके विरोध में अभिव्यक्ति की स्वतन्त्रता के अधिकार की रक्षा के लिए, इस रकम से कहीं अधिक पैसा खर्च किया। अब फैसला आप पर छोड़ता हूँ।

इस फैसले की खबर चारों तरफ आग की तरह फैल गई। मेरा टेलीफोन बधाई देने के लिए लगातार बज रहा था। मीडिया के लोगों ने, जिनमें दूरदर्शन की टोलियाँ भी शामिल थीं, मेरी प्रतिक्रिया जानने के लिए मेरे निजी माहौल पर धावा बोल दिया। मेरी पोती ने जश्न मनाने के लिए मुझे आइसक्रीम खरीदकर खिलाई।

मेनका ने हाईकोर्ट के फैसले के खिलाफ सुप्रीम कोर्ट में अपील कर दी। वह अब भी मुझे मानहानि का आरोप लगाकर कचहरी में घसीट सकती है। उस स्थिति में प्रधानमन्त्री के निवास से बाहर निकाले जाने के बारे में खुद उससे विस्तार से जिरह की जाएगी। इससे उसके लिए धर्मसंकट पैदा हो सकता है। कुछ भी हो, जब तक मुकदमे का फैसला होगा, मैं उसकी पहुँच से परे हो जाऊँगा। मैं अब अट्ठासी साल का होनेवाला हूँ।

मेरे खिलाफ न्यायमूर्ति रामामूर्ति ने जो फैसला दिया था, उस पर मेरा खास एतराज उस बेमतलब की सलाह के बारे में था जो उन्होंने लेखकों को दी थी। उन्होंने फैसला दिया : '...यह बात सर्वविदित है कि वे (यानी मैं) एक बहुत तजुर्बेकार और पढ़े-लिखे इंसान हैं। भारत और विदेशों की महान हस्तियों से उनका सम्पर्क रहा है। उनसे हर व्यक्ति ऐसी सामग्री की उम्मीद करता है जो समाज के लिए उपयोगी हो, जो युवा पीढ़ी को प्रेरणा दे।...सामान्यतः लोग बड़े लेखकों से उच्चकोटि के विचार, जीवन-शैली और ज्ञान की अपेक्षा करते हैं। भारतीय कानून किसी व्यक्ति को इस बात की इजाज़त नहीं देता कि वह व्यक्तिगत वैर-भाव से पैदा होनेवाले आवेगों के संतोष के लिए घसीटामार लेखन करे।' न्यायमूर्ति रामामूर्ति को यह बताने के लिए कि मुझे किस विषय पर और कैसे लिखना चाहिए, मेरा धन्यवाद। लेकिन, किसी भी ऐसे लेखक की तरह, जिसकी

कुछ प्रतिष्ठा है, मैं आपके इस मशविरे को मन में तिरस्कार और होठों पर मुस्कान के साथ खारिज करता हूँ।

मैंने अपनी भूमिका में लिखा था, कि यह अपनी ज़िन्दगी के बारे में मेरी आखिरी किताब होगी। यह मेरी गलती थी। पिछले छः सालों में मैंने जितनी किताबें लिख डालीं, उतनी किन्हीं छः वर्षों में पहले कभी नहीं लिखीं। इनमें से ज़्यादातर उन लेखों का पुनःप्रकाशन है जिन्हें मेरे पाठकों ने बचा रखा था या उन चुटकुलों के संग्रह हैं, जिन्हें मैं हर उस कॉलम के पीछे जोड़ देता था, जो मैं नियमित रूप से लिखा करता था। इस समय बाजार में ऐसे चुटकुलों के छः संग्रह हैं। इनमें से हर एक के एक दर्जन से ऊपर संस्करण छप चुके हैं। इनकी रायल्टी से मुझे कीमती किस्म की व्हिस्की मुहैया हो जाती है, जो एक ऐसी चीज है जिसकी मैं इस बुढ़ापे में बहुत कद्र करता हूँ। मैंने एक उपन्यास भी लिखा है 'द कम्पनी ऑफ वीमेन' (महिलाओं की सोहबत) (पेंगुइन-वाइकिंग)। इसके प्रकाशन के बारे में मैं बहुत उत्साहित नहीं था, क्योंकि इसमें एक अस्सी वर्षीय (यानी 'मैं') आदमी की सेक्स-सम्बन्धी कल्पनाओं का वर्णन है। लेकिन पेंगुइन-वाइकिंग के रवि सिंह ने इसके असम्बद्ध टुकड़ों को व्यवस्थित करके उन्हें किताब की शक्ल देने के लिए, मेरे साथ कसौली में एक हफ्ता गुजारा। तिस पर, यह किताब बेतरह बिकी और भारत की 'बेस्टसैलर' (सबसे अधिक बिकने वाली) किताबों की सूची में छः महीने तक पहले स्थान पर बनी रही। इससे मुझे अपनी किसी भी अन्य पुस्तक की अपेक्षा कहीं अधिक रायल्टी मिली। मेरे आलोचकों के लिए यह बहुत काफी था! वे चाहें तो भीतर ही भीतर सीझते रहें।

कुछ और किताब्रों को भी 'बेस्टसैलर' सूची में स्थान मिला : *अनफ़ॉर्गेट्फुल वीमेन* (अविस्मरणीय महिलाएँ) (पेंगुइन)। मैंने महाराजा रंजीत सिंह की जो जीवनी लिखी थी (पेंगुइन) यह उसका दूसरा संस्करण था। *द सिख्स* (रोली बुक्स), जिसमें रघु राय द्वारा खींचे गए अद्‌भुत फोटोग्राफ थे। मैंने शारदा कौशिक की प्रेम-कविताओं के अनुवादों का भी एक संग्रह प्रकाशित किया *डिक्लेअरिंग लव इन फोर लैंग्वेजेज़* (चार भाषाओं में प्रेमाभिव्यक्ति) (पेंगुइन)। मेरी दो और किताबें तैयारी की प्रक्रिया में हैं। वाशिंगटन डी.सी. की डॉ. सुरजीत कौर के साथ 'अमंग द सिख्स' (सिखों के बीच)। यह किताब विदेशों में बसी सिख बिरादरी के उन पुरुषों और स्त्रियों के बारे में है जिन्होंने पैसा और यश दोनों कमाए हैं। यह सम्भवतः रोली बुक्स से प्रकाशित होगी। सिखों की सांध्यकालीन प्रार्थनाओं 'रेहरास' का एक अनुवाद जो रीमा आनन्द के सहयोग से किया गया है, पेंगुइन इंडिया के पास है। मेरे लिए अब शिकायत की कोई वजह नहीं है।

पिछले छः वर्षों में मैंने धर्म और ईश्वर के साथ अपने समीकरण की नए सिरे से व्याख्या की है। रहस्यवाद के साथ जान-बूझकर समझौता किए बगैर मैंने स्वर्ण मन्दिर से प्रतिदिन प्रसारित होनेवाली सुबह की *आसा दी वार* को सुनना शुरू कर दिया। मुझे वह बड़ी शान्तिप्रद लगने लगी और मुझे लगा कि उसको सुनने से मेरी बीमार पत्नी को, जो कभी

बहुत धर्मपरायणा थी, राहत मिलेगी। हर शाम मैं सांध्यकालीन प्रार्थना 'रेहरास' का पाठ भी सुनता हूँ। इससे मुझे रीमा आनन्द की सहायता से उनका अनुवाद करने में बहुत मदद मिली। हमने उसे 'ईवनिंग सॉंग' (सांध्य गीत) कहने का फैसला किया। धार्मिक ग्रन्थों में दिलचस्पी पैदा होने से ज्यादा मेरे भीतर सिख बिरादरी से लगाव का बोध बढ़ गया। इस एहसास को मैं इस मत की संहिताओं का समर्थन करने से ज़्यादा महत्त्वपूर्ण समझता हूँ। खालसा पंथ की 300वीं वर्षगाँठ के अवसर पर, जिन लोगों को *निशान-ए-खालसा* की पदवी से सम्मानित किया जाना था, उनमें मेरा नाम भी शामिल था। इसके साथ, बिरादरी की सेवाओं के लिए गुरुनानक देव यूनिवर्सिटी ने मुझे डॉक्टरेट की मानद उपाधि प्रदान की। मेरे घर की दीवार पर दो ही चीज़ें लगाई गई हैं। एक तो डॉक्टरेट की उपाधि का मानपत्र और दूसरा एक ताम्रपत्र जिसमें सिख दरबार के सिक्कों के साथ *निशान-ए-खालसा* लिखा गया है।

मुझे एक और पुरस्कार चंडीगढ़ स्थित पंजाब आर्ट्स काउंसिल से मिला। इसे पाने वालों में दर्जनों भारतीय और पाकिस्तानी थे। दर्जनों लम्बे-लम्बे भाषण भी हुए। बेतरह जुकाम से पस्त मैं दिल्ली लौटा। जैसे ही मैंने नोटों के पैकेट को अपनी पोती की गोद में पटका, कि मेरा जुकाम रहस्यात्मक ढंग से गायब हो गया। मेरी समझ में आ गया कि पैसे को हाथ का मैल क्यों कहा जाता है !

पिछले छः सालों में सबसे महत्त्वपूर्ण और निश्चित रूप से सबसे लाभप्रद घटना मेरे साथ यह हुई कि मुझे सुलभ इंटरनेशनल द्वारा 'द ऑनेस्ट मैन ऑफ द ईयर' (वर्ष का ईमानदार व्यक्ति) पुरस्कार प्रदान किया गया। मुझे यह पुरस्कार लौटा देना चाहिए था लेकिन दस लाख की करमुक्त रकम का आकर्षण ऐसा दुर्निवार था कि अपनी ईमानदारी की नाप-जोख करना मुझसे सम्भव नहीं हुआ। इस पुरस्कार के लिए बड़ा भव्य समारोह किया गया। शहर का सबसे बड़ा सभागार, फिक्की, दर्शकों से खचाखच भरा था। आन्ध्र प्रदेश के मुख्यमन्त्री चन्द्रबाबू नायडू ने मुझे चैक भेंट किया और विदेशमन्त्री जसवंत सिंह ने इस समारोह की अध्यक्षता की। मैंने यह साबित करने के लिए कि मैं किस हद तक बेईमान हो सकता हूँ, वहीं इन दोनों की फाइलों से बॉल पाइंट पेन उचका लिये। वहाँ मौजूद मशहूर हस्तियों के भाषणों की तुलना में मेरी इस हाथ-सफाई पर दर्शकों ने कहीं ज़्यादा ज़ोरदार तालियाँ पीटीं।

मुझे जिन्दगी की कुछ और ऐसी ही ऐतिहासिक घटनाएँ याद आ रही हैं : मेरे उपन्यास *द ट्रेन टू पाकिस्तान* पर आखिर पेमेला रुक्स ने फिल्म बना ही ली। उसने बहुत छोटे से बजट में इस काम को अंजाम दिया पर नतीजा अद्‌भुत था। इस फिल्म को दूरदर्शन पर और फिर कुछ महीनों तक सारे देश के सिनेमाघरों में दिखाया गया। इसके निमित्त मैंने मुफ़्त में लंदन की सैर की। वहाँ इसे भारत, पाकिस्तान, बांग्लादेश और ब्रिटेन की मिली-जुली दर्शक मंडली को दिखाया गया। आमदनी पाकिस्तान के एक अस्पताल को दे दी गई।

मेरे उपन्यास *दिल्ली* का अनुवाद जर्मन भाषा में हुआ। मेरे जर्मन प्रकाशक ने मुझे

वहाँ आमन्त्रित किया। वे लोग मुझे जर्मनी और आस्ट्रिया के उन तमाम शहरों में ले गए जहाँ अंग्रेजी और जर्मन भाषा में इसके चुने हुए अंशों का पाठ होना था, ताकि मैं इस अवसर पर उपस्थित हो सकूँ। *ट्रेन टू पाकिस्तान* को मौंडेला पुरस्कार मिला। मुझे एक बार फिर मुफ्त में इटली की यात्रा करने का अवसर मिला। मैंने पालेरमो के मेयर से अपना दो लाख रुपए का चैक लेने के लिए सिसली तक हवाई यात्रा की।

अन्त में, रोटरी इंटरनेशनल के निमन्त्रण पर मैंने चार दिन कराची में गुजारे। मैं उनके समारोह का प्रमुख वक्ता था। मैंने जो कुछ कहा उसे समारोह में भाग लेनेवाले भारतीय और पाकिस्तानी वक्ताओं ने समान रूप से सराहा। उन्होंने दूरदर्शन के चैनलों पर मेरा सीधा प्रसारण किया। मैंने जो कहा, उसका सार यही था कि अगर हम लोगों ने अबकी बार युद्ध किया (यह बात कारगिल प्रसंग के बाद की है) तो वह हमारा आखिरी युद्ध होगा। उसके बाद न आप बचेंगे, न हम, इस इलाके में बच रहेगा सिर्फ कब्रिस्तान का एक टुकड़ा।

इन वर्षों में ऐसी छोटी-मोटी कामियाबियों से ज्यादा बड़ी बात थी मेरी पत्नी की सेहत में धीरे-धीरे आनेवाली गिरावट। वह हमेशा मेरी अपेक्षा ज्यादा सेहतमंद रही थी। उन्हें कभी कब्ज की शिकायत नहीं हुई। हर रोज सुबह विजेता की मुद्रा में वे घोषणा करती थीं 'क्लीन एज़ ए व्हिसल' (सीटी की तरह साफ)। और अक्सर एक दो घंटे बाद फ्रेंच में कहतीं 'deuxieme fois,' (दूसरी बार सफाई)। दूसरी तरफ मुझे अपने पेट की सफाई के लिए, जुलाब, ग्लिसरीन की बत्तियों और अनीमा का सहारा लेना पड़ता था। वह बहुत कम बीमार पड़ती थी। मुझे बराबर सर्दी-जुकाम और सिर-दर्द की शिकायत रहती थी। जब भी हम इकट्ठे सैर के लिए निकलते, वह मुझसे आगे चलती रहती और मुझे उसे याद दिलाना पड़ता कि भारतीय महिलाएँ अपने पति के आगे नहीं, पीछे चलती हैं। हमारी शादी के बाद शुरुआती वर्षों में वह डटकर टेनिस खेला करती थी। विवाहित जीवन के मध्य-काल में हम लोग गॉल्फ खेलते थे। वह हमेशा मुझसे बेहतर खेलती थी। जब उसने खेलना छोड़ दिया, तो पैदल सैर करने लगी। वह कार चलाकर लोदी गार्डन चली जाती थी और किसी से बातचीत किए बगैर पार्क के चक्कर लगाया करती थी। वहाँ नियमित रूप से आनेवाले सब लोग उसे पहचानते थे।

वह बड़े गर्व से घर की देखभाल करती थी। जब तक हर चीज साफ-सुथरी—शीन-काफ़ दुरुस्त नहीं हो जाती वह नौकरों को आदेश देती घूमती रहती थी। वह मुझे किसी पाँच-सितारा होटल से ज़्यादा स्वादिष्ट भोजन कराती। हर सुबह वह पाक-कला की किताबों से हमारे बावर्ची को कुछ नुस्खे पढ़कर सुनाती कि खाना कैसे बनाया जाना है। इस तरह हम लोग फ्रेंच, चाइनीज़, इटैलियन और कभी-कभी देसी खाना खाते थे, जो हमेशा आला दर्जे का होता था। वह हमारे छोटे से बगीचे की देखभाल करती थी और उसमें मौसम के हिसाब से सब्ज़ियाँ लगवाती थी। वह गिद्ध दृष्टि से उनकी चौकसी करती और उन आवारा बच्चों को खदेड़ती रहती थी जो फलों और सब्जियों के पकते ही उन्हें चुराने की गरज़ से बगीचे में घुस आते थे। वह नौकरों के बच्चों को एक-दो

घंटे हिन्दी और अंग्रेजी पढ़ाया करती थी और जब वे स्कूल की पढ़ाई खत्म कर लेते थे तो वह उनके लिए हमेशा नौकरी ढूँढ़ देती थी।

वह जिन्दगी को बड़े चाव से जीती थी। वह मुझसे ज्यादा व्हिस्की गटक सकती थी। दुर्भाग्य से उसकी याद्दाश्त कमज़ोर थी और उसे गुस्सा जल्दी आता था। उसे रास्तों का कोई अंदाज़ नहीं रहता था। कभी-कभी, मुझे जिमखाना क्लब पर उतारने के बाद, घर लौटते हुए वह पालम हवाई हड्डे की तरफ जानेवाली सड़क की तरफ भटक जाती थी। वैवाहिक जीवन में हमारे बीच लड़ाई-झगड़ा बहुत होता था जिसकी वजह से हमारा काफी हद तक खुशगवार वैवाहिक जीवन आच्छादित हो जाता था। मुझे एक बड़ी सुविधा यह थी कि मैं ऐसे व्यवसाय में था जिसके कारण मुझे दिन में घंटों अकेला रहना होता था। वह मुझे अकेला छोड़ देती थी।

अचानक स्थितियाँ बदलने लगीं। उसने व्यायाम करना बिलकुल बन्द कर दिया। उसने शराब पीना और पढ़ना भी छोड़ दिया। मैं हमेशा उम्मीद करता था, कि हर शनिवार को अखबारों के लिए लिखे हुए मेरे कॉलम को पढ़कर वह कोई टिप्पणी करेगी। पर उसने उन्हें पढ़ना छोड़ दिया। वह अब मेरी किताबों को भी पढ़ने की परवाह नहीं करती थी क्योंकि वे ऊब पैदा करनेवाली नियमितता से प्रकाशित हो रही थीं। सबसे बड़ी बात यह थी कि उसका व्यक्तित्व निषेधात्मक हो गया था। मेरे हर सुझाव को वह तुरन्त नकार देती थी। मुझे इस बात से बेहद चिढ़ होती थी क्योंकि मेरी समझ में यह नहीं आ रहा था कि उसके भीतर कुछ ऐसा बदलाव आ रहा है जिस पर उसका कोई वश नहीं है। यह बात मेरी समझ में तब आई, जब वह बीमार पड़ने लगी। ऐसा पहली बार कसौली में हुआ कि अवसाद में डूबकर उसने बात करना बन्द कर दिया। मैं छुट्टियों के बीच में ही उसे लेकर दिल्ली लौट आया। वह बड़ी मुश्किल से चंडीगढ़ में गाड़ी पर चढ़ पाई। उसके बाद ही क्रिसमस के दौरान वह गोआ पहुँचने के तीसरे दिन ही बीमार पड़ गई। होटल की मैनेजर शिवानी रड़की ने खाना उसके कमरे में ही भिजवा दिया और उसकी देखभाल ऐसे की जैसे वह उसकी अपनी माँ हो। मुझे यह छुट्टी भी बीच में ही खत्म करके दिल्ली लौटना पड़ा। हमारे परिवार के डॉक्टर आई. पी.एस. कालरा ने सुझाव दिया कि मैं उसे किसी मनोरोग-विशेषज्ञ को दिखलाऊँ और एक पूरे समय की नर्स का प्रबन्ध कर दूँ। वह यह सुनकर भड़क उठी और उसने दोनों सुझाव मानने से इंकार कर दिया। उसके पैर काँपने लगे थे और उसे चक्कर आने लगे। दो बार पलंग से उठने की कोशिश करते हुए वह गिर पड़ी और उसका माथा बुरी तरह जख्मी हो गया। उस जख्म पर टाँके लगाने पड़े और उसे टिटनस का इंजेक्शन दिया गया। उसे दर्द नहीं हुआ क्योंकि उसमें दर्द महसूस करने की चेतना ही नहीं रही थी। मुझे उसके पास हर वक्त रहने के लिए रात-दिन की नर्सों का इंतजाम करना पड़ा। मेरी बेटी एक मित्र को लिवा लाई। यह रवि नेहरू नाम का एक आकर्षक अविवाहित कश्मीरी डॉक्टर था जो ऐसी बीमारियों का विशेषज्ञ था। उसने मेरी पत्नी के साथ एक घंटे बात की और उन्हें अपने साथ कुछ कदम पैदल चलाया। जब वे आराम करने

चली गईं तो उसने मुझसे साफ-साफ कह दिया कि यह *एल्ज़ाइमर* है। हमारे पास इस बीमारी का कोई इलाज नहीं है। ज्यादा से ज्यादा हम यही कर सकते हैं कि उनकी हालत कम से कम ऐसी ही बनी रहे। उन्होंने उनके लिए Exelon (एक्सेलन) नाम की दवाई लिख दी। यह दवाई अमेरिका के भूतपूर्व राष्ट्रपति रेगन को दी जाती है। यह जानलेवा रूप से महँगी है। नर्सों और डॉक्टरों का खर्च (रवि नेहरू मुझसे कुछ नहीं लेते) बहुत ज़्यादा नहीं होता। जिस व्यक्ति ने जिन्दगी के साठ साल से भी अधिक समय मेरे साथ गुजारा हो, उसके ऊपर खर्च करने में बेहद खुशी ही होती लेकिन मेरे लिए सबसे तकलीफदेह बात यह थी कि मैं सारे दिन बैठे-बैठे एक बेहद जीवंत इंसान को धीरे-धीरे मिटता देख रहा था। एक ऐसा इंसान जिसने जिन्दगी को बड़े चाव से जिया था। क्षीण होती स्मृति, बोलने में लाचारी, पिंजर होता शरीर जो धीरे-धीरे कुम्हलाता चला जा रहा था। मुझे इस बात का निश्चय था कि मेरी पत्नी मेरे बाद वर्षों जीवित रहेगी। अब मुझे यकीन नहीं कि ऐसा होगा। मुझे अन्दर ही अन्दर महसूस होता है कि अगर वह मुझसे पहले चली गई, तो मैं अपनी लेखनी को एक किनारे रखकर लेखन से विदा ले लूँगा।

आमुख

[यह आत्मकथा लिखने का कारण]

मैं इस आत्मकथा को कुछ घबराहट के साथ लिखना शुरू कर रहा हूँ। यह निश्चित रूप से मेरी लिखी हुई आखिरी किताब होगी—जीवन की सान्ध्य-बेला में मेरी कलम से लिखी अन्तिम रचना। मेरे भीतर के लेखक की स्याही तेजी से चुक रही है। मुझमें एक और उपन्यास लिखने की ताकत अब बाकी नहीं; बहुत-सी कहानियाँ अधलिखी पड़ी हैं और मुझमें उन्हें खत्म करने की ऊर्जा अब रही नहीं। मैं उन्नासी साल का हो गया हूँ। यह आत्मकथा भी कहाँ तक लिख पाऊँगा, नहीं जानता। बुढ़ापा मुझ पर सरकता आ रहा है, इस बात का एहसास रोज कोई-न-कोई बात करा देती है। मुझे कभी अपनी याद्दाश्त पर बहुत नाज था। वह अब क्षीण हो रही है। एक समय ऐसा था जब मैं दिल्ली, लन्दन, पेरिस और न्यूयार्क में अपने पुराने मित्रों को टेलीफोन किया करता था। ऐसा करते हुए मुझे टेलीफोन डायरी से उनके नम्बर दुबारा देखने की जरूरत नहीं पड़ती थी। अब मैं अक्सर खुद अपना नम्बर भी भूल जाता हूँ। हो सकता है जल्दी ही सठियापे में गर्क होकर मैं फोन पर खुद अपने को बुलाने की कोशिश करता नजर आऊँ। मेरी दोनों आँखों में मोतियाबिन्द बढ़ रहा है; साइनस के कारण मुझे सिरदर्द की तकलीफ रहती है। मुझे थोड़ी डायबिटीज भी है और ब्लडप्रेशर की समस्या भी। मेरी प्रोस्टेट ग्रन्थि भी बढ़ गई है, कभी-कभी सुबह के समय इस कारण मुझे तनाव महसूस होता है और जवानी का भ्रम पैदा होने लगता है; इसी वजह से कभी मुझे पेशाब करने के लिए ठीक से बटन खोलने का वक्त भी नहीं मिलता। मुझे जल्दी ही प्रोस्टेट को निकलवाना पड़ेगा। पिछले दस साल से मैं आतंकवादी संगठनों की 'हिट लिस्ट' पर हूँ। मेरे घर पर सिपाही पहरा देते हैं और तीन सशस्त्र रक्षक बारी-बारी से जहाँ भी मैं जाता हूँ—टेनिस खेलने, तैरने, पैदल घूमने या पार्टियों में—वहाँ मेरे साथ जाते हैं। मुझे नहीं लगता कि आतंकवादी मुझे निशाना बना पाएँगे। लेकिन अगर वे ऐसा कर लेंगे, तो मैं उनका शुक्रगुजार रहूँगा कि उन्होंने मुझे बुढ़ापे की तकलीफों से भी निजात दिलाई और बैड पैन में पाखाना करके नर्सों से अपना पेंदा साफ कराने की शर्मिंदगी से भी। अगर वे मुझे शहादत बख्शने में कामयाब नहीं हुए तो हो सकता है कि मैं लम्बी उम्र पाऊँ। मेरे माता-पिता दोनों लम्बे समय तक जिए थे। मेरे पिता की मौत नब्बे साल की उम्र में हुई थी। मरने से कुछ ही मिनट पहले उन्होंने स्कॉच की आखिरी चुस्की

ली थी। मेरी माँ उनके पीछे आठ साल बाद चली गईं। उस वक्त उनकी उम्र चौरानबे साल की थी। बहुत कमजोर आवाज में, जो मुश्किल से सुनाई पड़ रही थी, उन्होंने अपनी आखिरी ख्वाहिश जाहिर की, 'विस्की'। उन्हें व्हिस्की दी गई। उन्होंने उसे उलट दिया और हमेशा के लिए खामोश हो गईं। मुझे उम्मीद है कि जब मेरा वक्त आएगा तो मैं भी लम्बे सफर पर रवाना होने के लिए अपने गिलास को उठा सकूँगा।

अपनी रचनात्मक गतिविधियों के लिए मेरे पास चार या पाँच साल का समय और है। अपनी बीती हुई जिन्दगी के बारे में जो कुछ याद कर सकूँ, इन चार-पाँच सालों में मेरा इरादा उस सबको लिख डालने का है। मैंने अपनी गुजरी हुई जिन्दगी को किसी के सामने नहीं खोला। जैसाकि उर्दू शायर हकीम मख़मूर ने लिखा था :

> मैंने किसी को अपनी जिन्दगी की कहानी नहीं सुनाई,
> वह कुछ ऐसी चीज़ थी जिसे मुझे ही गुज़ारना था,
> सो मैंने गुज़ार ली।

मैं अपनी अभिव्यक्ति बिना किसी शर्म या पछतावे के कर रहा हूँ। बैंजामिन फ्रैंकलिन ने लिखा था :

> अगर चाहते हो कि तुम्हें
> तुम्हारे मरते और नष्ट होते ही भुला न दिया जाय
> तो या तो पढ़ने लायक कुछ लिख डालो
> या कुछ ऐसा कर डालो जिस पर कुछ लिखा जाय

मैंने ऐसा कुछ नहीं किया है जिसे दूसरे लोग लिखने लायक समझें। इसलिए मेरे मरते और नष्ट होते ही लोग मुझे भुला न दें इसका मेरे पास सिर्फ एक ही तरीका है कि मैं खुद पढ़ने काबिल चीजों के बारे में लिखूँ। मैं बहुत-सी ऐतिहासिक घटनाओं का गवाह रहा हूँ। एक पत्रकार की हैसियत से मैंने ऐसे तमाम व्यक्तियों से साक्षात्कार लिए हैं जिन्होंने उन घटनाओं को आकार देने में निर्णायक भूमिका अदा की है। मैं महान व्यक्तियों का प्रशंसक नहीं हूँ। जिन थोड़े-बहुत लोगों को मुझे करीब से जानने का मौका मिला, उनमें से किसी के पाँव में दम नहीं था। वे लोग बने हुए, निर्जीव, झूठे और एकदम साधारण थे।

मुझे शब्दों का शिल्पी होने का कोई अहंकार नहीं है। पिछले पैंतालीस साल से निश्चित समय पर लिखकर पूरा करने की मजबूरी की वजह से मुझे कभी इतना वक्त ही नहीं मिला कि मैं प्रेरणा का इन्तजार करूँ, शैली में विदग्धता लाने के लिए जूझता रहूँ, या फिर जो लिख लिया हो उसे माँजूँ। मैं कुछ हद तक जो अच्छा गद्य लिख लेता था वह आदत भी अब छूट गई है। कुल मिलाकर, यह आत्मकथा बुढ़ाती उमर की देन है। इससे लम्बी-चौड़ी उम्मीद न करें। इसमें तो बस थोड़ी-सी गप है, कुछ गुदगुदाने की कोशिश, कुछ मशहूर हस्तियों की चीर-फाड़ और कुछ मनोरंजन—ज्यादा से ज्यादा मैं यही पेश कर सकता हूँ।

मेरी बेटी माला ने, जिसे यह किताब समर्पित है, मुझे डाँट-फटकारकर इसे लिखवा

लिया। इसे पूरा करने के लिए उसने मुझे बार-बार याद दिलाई। इसके लिए उसको पछताना पड़े, इसका पर्याप्त कारण है। मैं अपनी भतीजी गीतांजलि को विशेष रूप से धन्यवाद देना चाहता हूँ जिसने पांडुलिपि को बार-बार टाइप किया, इसमें गलतियों की तरफ इशारा किया और अक्सर उन्हें खुद ही सुधार दिया।

अध्याय-एक

रेगिस्तान का वह गाँव

शुरुआत से शुरू करना सबसे सुरक्षित होगा।

मैं कहाँ पैदा हुआ, इसका पता मुझे उन लोगों से चल गया था जो मेरे जन्म के समय मौजूद थे। किन्तु मैं कब पैदा हुआ यह अभी तक अंदाज का विषय है। मुझे बताया गया कि मेरा जन्म थल रेगिस्तान में खोए एक छोटे-से गाँव हडाली में हुआ था। यह जगह झेलम नदी से पश्चिम की ओर कोई तीस किलोमीटर पड़ती है और दक्षिण की ओर खेवड़ा नमक पर्वत-श्रेणी से भी यह लगभग इतनी ही दूर है। हडाली अब पाकिस्तान में काफी अन्दर की तरफ है। मैं जब पैदा हुआ, मेरे पिता सोभा सिंह मेरे दादा सुजान सिंह के साथ दिल्ली में थे। जब उन्हें मेरे जन्म की सूचना दी गई तो इसे अपनी डायरी में दर्ज करने की तकलीफ उन्होंने नहीं उठाई। मैं उनका दूसरा बेटा था। उन दिनों हमारे गाँवों में जन्म-मृत्यु को दर्ज किए जाने की कोई व्यवस्था नहीं थी। हिन्दुओं में तो अपने बच्चों के जन्म का समय लिख लेने की प्रथा थी ताकि उनकी जन्मपत्रियाँ तैयार करवाई जा सकें। किन्तु हम सिखों का ज्योतिष में कोई विश्वास नहीं था, अतः हम लोग जन्म के समय और स्थान को कोई महत्त्व नहीं देते थे। कई साल बाद, दिल्ली के मॉडर्न स्कूल में हमारे दाखिले के समय, जब पिताजी को एक फार्म भरने की जरूरत पड़ी तो उन्होंने उसमें मेरी और मेरे बड़े भाई की जन्मतिथि अनुमान से ही भरी थी। उसमें मेरी जन्मतिथि 2 फरवरी, 1915 लिखी गई थी। कई साल बाद, मेरी दादी ने मुझे बताया कि मैं भादों में पैदा हुआ था जिसका मतलब हुआ अगस्त माह में किसी दिन। मैंने तय किया कि मैं अपनी जन्मतिथि 1915 के अगस्त माह के बीचोबीच रखूँगा और इस प्रकार मैंने अपने-आपको सिंह राशि का बना लिया। बत्तीस साल बाद 1947 में, 15 अगस्त को ही स्वतन्त्र भारत का जन्म हुआ।

मेरे द्वारा माँ का दूध छोड़ दिए जाने के कुछ समय बाद मेरे पिता हडाली आए और माँ तथा बड़े भाई को अपने साथ दिल्ली लिवा ले गए। मेरे पिता और मेरे दादा को दिल्ली में निर्माण-कार्य के कुछ ठेके मिल गए थे। मुझे मेरी दादी के पास ही रहने दिया गया। मेरे जीवन के शुरू के कुछ सालों में वही मेरी एकमात्र साथी और दोस्त रहीं। आगे चलकर मुझे पता चला कि उनका नाम लक्ष्मीबाई था। हम लोग उन्हें भावीजी कहकर बुलाते थे।*

---

* उन्हीं की तरह मेरी माँ का नाम भी हिन्दू-मराठी नाम था—वीरन बाई। बच्चे उन्हें बेबेजी कहते थे।

हडाली में बिताए गए बचपन की धुँधली-सी यादें मेरे दिमाग में हैं। गाँव में कोई तीन सौ परिवार थे जिनमें से ज्यादातर बलूची मूल के मुसलमान थे। वे हट्टे-कट्टे और कद्दावर हुआ करते थे। उनमें से अधिकतर तो ब्रिटिश भारतीय सेना में फौजी थे या फिर वे फौज से रिटायर हुए थे। वाइसराय के अंगरक्षकों का एक बड़ा हिस्सा हडाली से आए लोगों का ही था। अभी कुछ साल पहले तक, रेलवे स्टेशन मास्टर के दफ्तर के साथ-साथ बनी दीवार पर, संगमरमर की एक पट्टी लगी थी जिस पर लिखा था कि प्रथम विश्वयुद्ध के लिए जनसंख्या के जिस अनुपात में हडाली ने सैनिक दिए थे उतने भारत के अन्य किसी गाँव ने नहीं दिए। गाँव में करीब पचास हिन्दू और सिख परिवार थे जो व्यापार, दुकानदारी और लेन-देन के काम में लगे हुए थे। मेरे पूर्वज व्यापारी थे। मुझे केवल अपने परदादा इन्दर सिंह और उनके पिता प्यारेलाल तक की जानकारी थी जो सिख धर्म अपनाकर सोहेल सिंह कहलाने लगे थे। उनके ऊँटों के काफिले थे जिनसे वे खेवड़ा की खानों से निकाले गए सेंधे नमक को और हमारे रेगिस्तानी इलाके के एकमात्र फल खजूर को लादकर लाहौर और अमृतसर में बेचने ले जाया करते थे। लौटते समय वे अपने साथ कपड़ा, मिट्टी का तेल, चाय, चीनी, मसाले और कुछ अन्य चीजें ले आते थे जिन्हें पास-पड़ोस के शहरों और गाँवों में बेचते थे। बाद में मेरे दादा और पिता निर्माण-व्यवसाय में लग गए। उन्होंने कालका-शिमला रेलमार्ग के कुछ भाग पर छोटी लाइन बिछाने और सुरंगें बनाने का काम किया।

हमारा परिवार हडाली का सबसे सम्पन्न परिवार था। हम लोग ईंट-गारे से बनी एक बहुत बड़ी हवेली में रहते थे। उसके सामने एक बड़ा अहाता था जिसमें गाय-भैंस बाँधने के लिए एक घर और अपना खुद का कुआँ था। घर में प्रवेश के लिए एक बड़ा-सा लकड़ी का फाटक था जो कभी-कभार ही खुलता था। लोगों के अन्दर आने के लिए इसमें एक छोटा-सा द्वार था। कई हिन्दू और सिख हमारे यहाँ मुनीमी का काम करते थे। ऊँटों पर सामान लादकर बाजार ले जाने के लिए हमने कई मुसलमान गाड़ीवान मजदूरी पर रखे हुए थे। कई मुसलमान परिवार हमारे देनदार थे।

हमारे परिवार की अमीरी के बारे में एक किस्सा प्रचलित था। कहा जाता है कि एक साल नमक के पर्वतों पर इतनी भारी वर्षा हुई कि बाढ़ के पानी में पहाड़ी चट्टानें भी बह आईं। इन चट्टानों के साथ शैदा पीर नामक एक मुसलमान पीर भी बह आया था। बाढ़ से बचने के लिए वह अपनी झोंपड़ी की खपरैल की छत पर चढ़ गया था। पानी के तेज बहाव में बहता हुआ जब वह हडाली पहुँचा तो उसके तन पर लँगोटी के सिवा और कोई कपड़ा नहीं बचा था। मेरे दादा सुजान सिंह ने उसे कपड़े दिए, मुसलमानों की कब्रगाह के पास उसके रहने को एक झोंपड़ी बनवा दी और उसके लिए खाना भिजवाया। शैदा पीर ने उन्हें दुआ देते हुए कहा, "मैं तुम्हारे दोनों बेटों को दिल्ली और लाहौर की चाभियाँ दूँगा। देखना, वे दोनों खूब फले-फूलेंगे।" और वास्तव में वे खूब फले-फूले : मेरे पिता दिल्ली में भवन-निर्माण के एक ठेकेदार के रूप में और उनके छोटे भाई उज्जल सिंह अविभाजित पंजाब के सबसे बड़े जमींदार के रूप में। आगे चलकर वे विधानसभा के सदस्य

बने और स्वतन्त्रता के बाद पंजाब के वित्तमन्त्री, फिर और आगे चलकर वहाँ के राज्यपाल। अपने कार्यकारी जीवन के अन्त में वे तमिलनाडु के राज्यपाल बने।

हडाली में रहनेवाले हम सिखों और हिन्दुओं का मुसलमानों के साथ जो सम्बन्ध था, वह सहज न होते हुए भी शान्तिपूर्ण था। हम और वे एक-दूसरे के बड़े-बूढ़ों को चाचा-चाची कहकर पुकारते थे। फिर भी, एक-दूसरे के घरों में हमारी आमद-रफ्त शादी-गमी तक ही सीमित थी। हम लोग मुसलमानों से कुछ डरे-डरे से रहते क्योंकि वे संख्या में बहुत ज्यादा थे और हमारे मुकाबले बहुत हट्टे-कट्टे थे। हमारे लिए सौभाग्य की बात यह थी कि वे बढाल, मास्तिआल, आवान, जंजुआ, नून और तिवान जैसे छोटे-छोटे कबीलों में बँटे हुए थे। वे अक्सर जमीन-जायदाद को लेकर मुकदमेबाजी में उलझे रहते। उनमें परस्पर हत्या या खून-खराब जैसी घटनाएँ आए दिन होती रहतीं।

मुझे याद आता है कि कैसे उनके आदमी गाँव की गलियों से गुजरा करते थे। ज्यादातर लम्बे-तगड़े छह-छह फुटे मुस्टंडे। तेल चुआते बालों को कानों के पीछे मोड़कर वे उनमें लकड़ी या हाथी दाँत की बनी कंघियाँ खोंसे रहते। वे प्रायः भेड़ों या ऊँटों की ऊन से तकलियों पर धागा कातते या फिर अपने ठोनेदार बाजों को हवाखोरी के लिए ले जाते हुए देखे जाते। उनकी औरतें भी लम्बी, छरहरी और सुडौल होतीं। वे एक के ऊपर एक पानी से भरे दो घड़े अपने सिर पर और एक अपने सीधे हाथ तथा कमर के बीच रखकर ले जा सकती थीं। उनकी मलमल की कुर्तियों और टखनों तक लम्बी लुंगियों पर पानी छलक-छलककर आता रहता जिससे उनके कसमसाते हुए पारदर्शी सुडौल उरोजों के साथ-साथ उनके मांसल लहरिल नितम्बों की झलक दिखाई देती रहती। चलते समय वे अपनी नजरों को जमीन से ऊपर नहीं उठाती थीं क्योंकि उन्हें यह एहसास रहता था कि मर्द उन्हें अपनी निगाहों से निगले जा रहे होंगे। उस समय मैं महज चार साल का था, लेकिन तभी से मुझे औरतों को घूरने की लत लग गई थी।

हडाली में ऐसा कुछ भी नहीं होता था जिसे देखकर बहुत कौतूहल या उत्तेजना हो। एक प्रकार की ऊँघती-सी बँधी-बँधाई जिन्दगी थी वहाँ की। मेरी दादी पौ फटने से पहले उठतीं, भैंसों को दुहतीं और सुलगते हुए कंडों पर हाँडी में दूध औटाने के लिए रख देतीं। वे पड़ोस की औरतों के साथ जंगल-झाड़े के लिए निकल जातीं। फिर वे कुएँ से कुछेक बाल्टी पानी खींचतीं और **जपजी** का पाठ करते हुए तारों की छाँह में ही नहा-धो लेतीं। अगले आधे घंटे में वे पाठ करते-करते ही दही बिलोतीं और मक्खन निकालतीं। फिर वे मुझे जगा देतीं। मुझे सबसे ऊपर छत पर शौच जाने की अनुमति थी जहाँ धूप सामने आनेवाली हर चीज को जला डालती थी। शौच के बाद मैं अपने हाथ-मुँह धोता। दादी मेरे लम्बे बाल काढ़तीं और चोटियाँ करतीं : सिख होने की वजह से हम अपने बाल बनवाते नहीं थे। फिर मैं पीली मिट्टी से पुती तख्ती, नरकुल की कलम और मिट्टी की बनी दावत उठाता। दादी रात के खाने से बची बासी रोटियाँ अपने दुपट्टे में बाँधकर रख देतीं। फिर हम दोनों साथ-साथ स्कूल के लिए रवाना हो जाते जो धरमसाल और स्कूल का मिला-जुला रूप था। हमारी ड्योढ़ी पर गली के आवारा कुत्ते हमारा इन्तजार करते रहते। हम बारी-बारी

से चपाती के टुकड़े तोड़ते और कुत्तों को डालते जाते। कुछ-एक चपातियाँ हम वापसी में उन्हें डालने के लिए बचाए रखते।

धरमसाल हमारे घर से थोड़ी ही दूरी पर था। मुझे भाई हरी सिंह के सुपुर्द किया गया जो ग्रन्थी के साथ-साथ शिक्षक भी थे। मैं अन्य हिन्दू तथा सिख लड़कों के साथ फर्श पर बैठता और एक-सी लय में पहाड़े सुनाता रहता। मेरी दादी विशाल हॉल में जातीं जहाँ एक नीची मेज पर ग्रन्थ साहब की तीन प्रतियाँ पास-पास रखी रहतीं। मेज के नीचे उपासकों द्वारा परित्यक्त चश्मों का एक ढेर था जिनका कोई भी व्यक्ति ठीक लग जाने पर उपयोग कर सकता था। पहाड़े सुनने के बाद भाई हरी सिंह गुरमुखी वर्णमाला के अक्षर बोर्ड पर लिख देते थे जिन्हें हम अपनी तख्ती पर उतार लेते थे। यद्यपि उम्र के साथ वे झुक गए थे, लेकिन उनका गुस्सा बड़ा भयंकर था। हमारी तख्ती पर यदि वे कोई भी गलती देखते तो हमारी पीठ पर जोर से ठोकर मारकर वे हमें इसका इनाम देते। इनायत यह थी कि उनका यह पाठ एक घंटे से ज्यादा नहीं चलता था। मेरी दादी और मैं पैदल वापस आते और जो भी बची-खुची चपातियाँ होतीं उन्हें गाँव के कुत्तों को डाल देते। वे तो झाड़-बुहारी, बिस्तरों को तह करने और दोपहर का खाना बनाने में मशगूल हो जातीं और मैं अपने हमउम्र लड़कों के साथ गुल्ली-डंडा खेलने निकल जाता।

दोपहर के बाद की हमारी गतिविधि वर्ष के समय पर निर्भर थी। रेगिस्तान की सर्दियाँ बहुत ठंडी हो सकती थीं और दिन बहुत छोटे होते थे। करने को काफी-कुछ होता था पर समय बहुत कम रहता था। किन्तु असली सर्दी चालीस दिन तक ही रहती थी। थोड़े समय की बसन्त ऋतु के बाद दीर्घकालीन गर्मी आ घेरती थी। दिन-पर-दिन गर्मी बढ़ती जाती थी और तापमान 125 डिग्री फारेनहाइट तक पहुँच जाता था। हमारे यहाँ वर्षा शायद ही कभी होती हो। हमारे तोब्बे (तालाब) नमक के पर्वतों से बहकर आए बरसाती पानी से भर जाते थे। इसमें से कुछ पानी रिसकर कुओं में पहुँच जाता था। ईंट और सीमेंट की चुनाई वाले कुछ ही कुएँ ऐसे थे जिनमें मानवीय उपयोग के लायक पेय जल रहता था। पता नहीं क्यों, खारी कुओं का पुल्लिंग रूप में (जैसे **खारा खू**) उल्लेख किया जाता था। जिन कुओं में मीठा पानी निकलता था उनका बोध स्त्रीलिंग द्वारा (जैसे **मिट्ठी खूई**) होता था। हममें से ज्यादातर के दाँत पीले होते थे और ऊपरी दाँतों के आर-पार एक बादामी रंग की पड़ी लाइन देखी जा सकती थी। हम जो अशुद्ध पानी पीते थे उसी को इसका कारण माना जाता था। वर्ष का जो भी समय हो, मेरी दादी दोपहर के बाद का समय गुरु अर्जुन की **सुखमनी** गुनगुनाते हुए चर्खा चलाते बिताती थीं। मेरी दादी की यादें प्रार्थनाओं को गुनगुनाने और चर्खा चलाने की ध्वनियों से गहरे जुड़ी हुई हैं।

दीर्घकालीन ग्रीष्म ऋतु के महीने एक प्रकार की अग्नि-परीक्षा के दिन होते थे। गर्म रेत से तलवे जलने लगते थे। एक मकान से दूसरे मकान जाते समय हमें दीवारों से सटकर चलना पड़ता था ताकि उनकी छाया में चला जा सके और ऐसा करते समय हम बच्चों द्वारा जगह-जगह किए गए मलत्याग को सावधानी से बचाते चलते थे। दीवारों की वे छायाएँ उन बच्चों को भी मलत्याग के लिए सबसे ठंडी जगहें लगती होंगी। हम लोग दिन का

अधिकांश घर के अन्दर ही गप लगाते हुए या फिर झपकी लेकर मक्खियाँ उड़ाते हुए बिताते थे। दोपहर ढलने के काफी समय बाद ही ऊँटों और भैंसों को तोब्बों में नहलाने को ले जाया जाता था। भैंसें तालाबों के ठहरे पानी में लोटते समय सबसे खुश दिखाई देती थीं। लड़के उनका कूदने के फलक के रूप में इस्तेमाल करते थे। दिन छिपने पर ढोर-मवेशी वापस ले जाए जाते, भैंसें दुही जातीं और चूल्हे जल जाते। पूरा गाँव जबासा जलने और रोटी पकाने की सुगन्ध से गमक उठता था। लड़के बालू के टीलों पर दिशा-मैदान जाने के लिए टोलियाँ बना लेते थे। जब हम मलत्याग कर रहे होते तो गुबरैले हमारे मल को छोटी-छोटी गोलियों के आकार की गेंदों में इकट्ठा कर देते और रेत के अन्दर अपने बिलों में लुढ़का देते। मल साफ करने का हमारा एकदम अनूठा तरीका था। हम लोग एक पंक्ति में चूतड़ों के बल बैठ जाते। एक निश्चित संकेत पर हम अपनी टाँगों को ऊपर उठाते और हाथों के सहारे अपने-आपको लक्ष्य-स्तम्भ की तरफ ठेलते। दौड़ ख़त्म होते-होते—इस दौड़ को हम **घीसी** कहते थे—हमारे चूतड़ तो साफ हो जाते थे किन्तु वे रेत से भर जाते थे। बाद में रात के समय और चन्द्रमा की आरम्भिक कलाओं तक हम लोग **कोटला चपाकी** खेलते थे जो आँखमिचौनी का हमारा रूपान्तर था। रेत के टीलों पर पूनम की रातें अब भी मेरी स्मृति में अंकित हैं। जब तक हमें रात के खाने के लिए बुलाया न जाता, हम एक-दूसरे का पीछा करते हुए इधर-उधर दौड़ते रहते। जो धमकी हमारे ऊपर कारगर सिद्ध होती थी वह यह थी कि हमें डाकू पकड़कर ले जा सकते हैं। हम तोड़ा और सुल्ताना जैसे कुख्यात डाकुओं के नामों से परिचित थे। अनेक हत्याएँ और अपहरण करके उन्होंने पूरे देहाती इलाके में आतंक फैला रखा था।

डाकुओं के बाद जिस दूसरी चीज से हमें बहुत ज्यादा डर लगता था वह था रेत का तूफान। हम धूल उड़ानेवाली आँधियों और धूल के दैत्याकार बवंडरों के तो अभ्यस्त हो चुके थे, किन्तु **हनीरी** या **झक्कड़** कुछ दूसरी ही चीजें थीं। जब वे आतीं तो उनका प्रकोप बेहद भीषण होता। हमारे सामने इसके सिवाय कोई चारा नहीं बचता था कि हम अपने सिर को घुटनों के बीच में दबाकर जमीन पर लेट जाएँ जिससे हमारे नथुनों, आँखों और कानों में रेत न घुस सके। कभी-कभी तो इतनी रेत उड़ती कि रेलमार्ग उसके अन्दर दब जाता और जब तक उस रेत को हटाया न जाता, रेलें न चल पातीं। किन्तु इससे हवा मक्खियों और कीड़ों-मकोड़ों से मुक्त हो जाती और अगले एक-दो दिन के लिए उसमें शुद्धता और ठंडक की मात्रा बढ़ जाती।

शाम के खाने के बाद हम ऊपर छत पर सोने के लिए जाते। मेरी दादी शाम की प्रार्थना (**रेहड़ा**) तो पहले ही कर चुकी होती थीं। उस समय वे दिन की अन्तिम प्रार्थना (**सोहिला**) करतीं। वे मेरी पीठ पर लोनी की मालिश करतीं। उनकी यह सेवा यदि मुझे सुलाने में असमर्थ रहती तो वे मुझे सिख गुरुओं की जीवनियों से विभिन्न घटनाएँ सुनातीं। यदि मैं फिर भी पूरी तरह जागा रहता तो वे तारों की तरफ इशारा करके मुझे झिड़कती हुई कहतीं, "जानता है कितना समय हो गया है ? अब चुप।"

गर्मी का सबसे सुहावना समय होता था सुबह तड़के का समय। पूरे रेगिस्तान में

ठंडी-ठंडी हवा बह रही होती जिसमें गुलाब और चमेली की गन्ध मिली रहती। ये गुलाब और चमेली हमारे आँगन में ही लगे हुए थे। यह ऐसा समय होता जब हम उनींदे-से सपने देखते रहते। किन्तु इस पूरे समय का फैलाव बहुत कम होता। जल्दी ही सूर्योदय हो जाता और चारों ओर गर्म धूप फैल जाती। सूर्योदय के साथ ही आतीं मक्खियाँ और कौवों की कर्णकटु काँव-काँव। आधे घंटे का यह सुखद समय, जिसे उर्दू कवियों ने भोर के शीतल-मन्द-समीर (बाद-ए-नसीम) की संज्ञा दी है, एकदम पलक झपकते ही बीत जाता।

हडाली में ऐसा कुछ भी न होता था जिससे हमारी बँधी-बँधाई दिनचर्या में खलल पड़े। एक-आध साल के अन्तराल पर एक-दो हत्याएँ हो जाती थीं। किन्तु ये हत्याएँ चूँकि मुसलमानों में ही होती थीं, अतः हम इनको लेकर बहुत उत्तेजित नहीं होते थे। साल में एक बार रेलवे स्टेशन के पास खुले मैदान में बरछी से निशाना लगाने की प्रतियोगिताएँ होतीं। प्रतियोगी अपने-अपने घोड़ों पर एक पंक्ति में खड़े हो जाते और संकेत मिलने पर निर्धारित लक्ष्य (खूँटों) को बेधने के लिए दौड़ते। दौड़ते समय वे अपनी बर्छियों को भाँजते हुए **अल्लाह बेली** (अल्लाह मेरा सबसे अच्छा दोस्त है) का उद्घोष करते जाते। लक्ष्य बेधने के बाद वे विजय-मुद्रा में अपनी बर्छियों को हवा में हिलाते ताकि सभी लोग देख सकें। वे अक्सर गुजरती हुई रेलगाड़ियों के साथ दौड़ते और उनके साथ-साथ तब तक दौड़ते रहते जब तक उनके घोड़े थककर बेदम न हो जाते। मुझे याद है जब एक सिख पहले-पहल हडाली में साइकिल लाया था। उसने डींग मारी कि वह दौड़ में किसी भी घोड़े को पीछे छोड़ देगा। इसके पहले कि कोई घुड़सवार उसकी चुनौती स्वीकार करे, हम लड़कों ने उसका मुकाबला करने का बीड़ा उठाया। हडाली में डामर की सड़कें नहीं थीं और साइकिलवाला उसे चलाते समय अभी डगमगाता था। उसे मुँह की खानी पड़ी क्योंकि उसकी साइकिल रेत में फँस गई। वह गाँव-भर की हँसी का पात्र बन गया और इसके बाद लोग उसे 'साइकिल बहादुर' कहकर चिढ़ाने लगे।

दिल्ली आने के बाद मैं तीन बार हडाली गया। एक बार तो ग्रन्थ साहिब पढ़ने की दीक्षा ग्रहण करने के लिए। मेरे बड़े भाई, एक रिश्ते के भाई और मुझसे सिख संगत के सामने **जपजी** का जोर से पाठ करने को कहा गया और यह शपथ दिलाई गई कि हम कम-से-कम एक भजन रोज पढ़ेंगे। हममें से कोई भी इस वादे का ज्यादा समय तक पालन नहीं कर सका। दूसरी बार वहाँ तब गया जब मैं लाहौर में वकालत कर रहा था। मैं एक दोस्त के साथ कार द्वारा हडाली गया। दोस्त के रिश्ते का एक भाई नमक की खानों का मैनेजर था। जैसे ही रेलवे स्टेशन के पास हम लोग रुके, मेरी आँखों में आँसू उमड़ आए। मेरा मन घुटनों के बल झुककर जमीन चूमने को हुआ लेकिन मैंने जैसे-तैसे अपने-आपको रोका। मैं पैदल चलकर धरमसाल और उस घर तक गया जहाँ मैं पैदा हुआ था। वाइसराय के अंगरक्षक दल में रिसालदार रह चुके एक व्यक्ति ने मुझे पहचान लिया और यह खबर पूरे गाँव में फैला दी। जब तक मुझे इसका एहसास हो, मुझे विदा देने के लिए पूरी भीड़ इकट्ठी हो गई।

हडाली में अन्तिम बार मैं 1987 की सर्दियों में गया। 1947 में भारत के बँटवारे से

यहाँ की आबादी का कायाकल्प हो गया था। एक भी सिख या हिन्दू अब यहाँ बाकी नहीं बचा था। हमारे घरों पर हरियाणा से आए मुसलमान शरणार्थियों ने कब्जा कर रखा था। हमारी पारिवारिक हवेली को तीन बराबर-बराबर हिस्सों में बाँटकर रोहतक से आनेवाले मुसलमान शरणार्थियों को दे दिया गया था। हडाली में रहनेवालों की नई पीढ़ी, जिसने कभी कोई सिख नहीं देखा था, अब चालीस की उम्र को पार कर चुकी थी। वे मेरा स्वागत कैसे करेंगे, इस बारे में मैं निश्चय के साथ कुछ भी नहीं कह सकता था। इस पीढ़ी के साथ मेरा सम्पर्क केवल कुछ युवा सैनिकों के माध्यम से था। उन्हें 1971 के भारत-पाक युद्ध में बन्दी बनाकर ढाका के युद्धबन्दी शिविर में रखा गया था। मैंने उन्हें खोज निकाला था और उनके माता-पिता को लिखा था कि वे सुरक्षित और ठीक-ठाक हैं।

मैं लाहौर से कार द्वारा चलकर दोपहर बाद हडाली पहुँचा। गाँव के बुजुर्ग लोग सड़क के किनारे खड़े होकर मेरा इन्तजार कर रहे थे। उनके हाथों में चाँदी और सोने के फुँदनों से सज्जित मालाएँ थीं जिनमें उर्दू में **खुश आमदीद**—स्वागतम्—अंकित था। जिन लोगों से मैंने हाथ मिलाया उनमें से किसी को मैं पहचान नहीं सका। मुझे हाईस्कूल के खेल के मैदान में ले जाया गया जहाँ एक मंच बनाया गया था और उस मंच पर पाकिस्तान का झंडा फहरा रहा था। दो हजार से ऊपर हडालीवासी वहाँ कतार में कुर्सियों पर और जमीन पर बैठे हुए थे। बड़ी अलंकृत उर्दू में—जिसका उच्चारण काफी खराब था—भाषण दिए गए जिनमें हडाली के सपूत के रूप में मेरा अभिनन्दन किया गया। मेरा दिल एहसान की भावना से भर गया था। मुझे लगा कि मैं आज खूब उल्लू बनूँगा। और वास्तव में मैं बना भी। मेरी शुरुआत तो अच्छी रही। मैं उनसे गाँव की बोली में बोला। मैंने कहा कि जैसे वे मक्का और मदीना की तीर्थयात्रा पर जाने की राह देखते हैं उसी प्रकार अपने जीवन की सन्ध्या में हडाली आना मेरी **हज** (विशाल तीर्थयात्रा) और **उम्रा** (छोटी तीर्थयात्रा) है। और जैसे विजेता के रूप में मक्का लौटने पर पैगम्बर ने अपनी पहली रात सड़कों पर इधर-उधर घूमते हुए और अपनी पहली पत्नी के मजार की बगल में इबादत करते हुए गुजारी थी उसी प्रकार मेरे मन के सबसे ज्यादा अनुकूल बात यह होगी कि मुझे हडाली की गलियों में घूमने के लिए और जिस घर में मेरा जन्म हुआ था उसकी दहलीज पर सिर रखकर शान्ति से आराम करने के लिए अकेला छोड़ दिया जाए। फिर मैं भाव-विह्वल होकर अपने-आप पर काबू नहीं रख सका। वे समझ गए और उन्होंने मुझे माफ कर दिया। मुझे अपने पहलेवाले घर में ले जाया गया। पूरे गाँववाले मेरे पीछे-पीछे चल रहे थे। आतिशबाजी की गई। छत पर खड़ी हुई स्त्रियों ने मेरे ऊपर गुलाब की पंखुड़ियों की वर्षा की। इस विश्वासघाती झूठ को फैलानेवाला कौन था कि मुसलमान और सिख तो जानी दुश्मन हैं। कोई दुश्मनी हडाली के मुसलमानों, हिन्दुओं और सिखों में कटुता पैदा नहीं कर पाई। मुसलमानों ने सिख-हिन्दू धरमसाल को ज्यों-का-त्यों छोड़ दिया क्योंकि यह बिछड़े हुए भाई-बन्दों का पूजा-स्थल था।

किसी समय जो हमारा घर था उसमें रहनेवाले रोहतक के मुसलमान परिवारों ने पूरी हवेली को रंगीन गुब्बारों और रंगीन कागज की झंडियों से सजाया था। गाँव के जिन बुजुर्गों

की किसी समय हमारे पिता से जान-पहचान थी उन्होंने मेरे स्वागत में दावत दी थी। हडाली में मुझे ऐसा कुछ भी नहीं दिखा जो जाना-पहचाना हो। रेत के जो टीले मेरे बचपन के दिनों में मेरे खेल के मैदान रहे थे, अब लुप्त हो गए थे। एक नहर ने पूरे रेगिस्तान को हरा-भरा कर दिया था। तालाब दलदलों में बदल गए थे जिनमें नरकुल उग आए थे। प्रथम विश्वयुद्ध में लड़नेवाले सैनिकों की स्मृति में लगी संगमरमर की पट्टी हटा दी गई थी। सूर्यास्त होने से कुछ पहले मैंने हडाली से विदा ली। मुझे पता था कि अब मैं यहाँ कभी लौट नहीं पाऊँगा।

अध्याय-दो

बचपन से किशोरावस्था तक स्कूल के दिन

पाँच और पन्द्रह के बीच के दस वर्ष का समय व्यक्ति के शारीरिक और मानसिक विकास का सबसे सर्जनात्मक दौर होता है। जिन परिवारजनों से पहले भावनात्मक आधार मिलता था उनके स्थान पर अब बाहर के लोग आ जाते हैं और ये लोग ही अब व्यक्तित्व-निर्माण में उत्तरोत्तर अधिक महत्त्वपूर्ण होते जाते हैं। यौन-इच्छाएँ दिनोदिन तीव्र होती जाती हैं। आप उन्हें व्यक्त करने का कोई-न-कोई रास्ता खोजने लगते हैं। आपकी बुद्धि चकरा जाती है और आप सोच नहीं पाते कि उन्हें व्यक्त कैसे करें। स्कूल के सहपाठी, अध्यापक, घरेलू नौकर, भाई-बन्द और परिवार के बड़े-बूढ़े लोग आपको तरह-तरह के सही-गलत निर्देश देते रहते हैं। आपमें समलैंगिकता या अपने ही सगोत्रियों से यौन-सम्बन्ध स्थापित करने की चाह होने लगती है। अपने गुप्तांगों पर रोएँ आते देख आप सहसा डर जाते हैं। और अचानक ही एक दिन जब आप अपने-आपको गुदगुदाने या आनन्द प्रदान करने में व्यस्त होते हैं तो आपका शरीर एक अद्‌भुत पुलक से रोमांचित हो उठता है। यह चरम आनन्द का क्षण होता है, साथ ही बहुत पीड़ादायक भी। यदि आप पुरुष हैं तो जैसे ही आपके लिंग से वीर्य झरता है, सिर से लेकर पैर तक आपका पूरा शरीर झनझना उठता है। आपको एहसास होता है कि आप मर्द बन गए हैं जिससे आपमें किसी स्त्री को गर्भवती करने की या पिता बनने की क्षमता आ गई है।

इस अध्याय में मैं इस सर्जनात्मक दौर के बारे में लिखूँगा।

अपनी दादी के साथ मैं अपने माता-पिता और भाई-बहनों के पास दिल्ली किस वर्ष आया, यह मुझे ठीक-ठीक याद नहीं है। मेरी माँ तब तक एक पुत्र और एक पुत्री को और जन्म दे चुकी थीं। प्रथम विश्वयुद्ध की वजह से हमारा परिवार व्यापार, जमींदारी और ठेकेदारी से हटकर उद्योग में दिलचस्पी लेने लगा था। फौज के लिए सिपाही भर्ती करने और युद्ध के लिए भारी मात्रा में चन्दा इकट्ठा करने की एवज में उन्हें नहरों की आबपासी वाले विस्तृत भूखंड इनाम में दिए गए थे। एक बड़ा भूखंड हमें मियाँ चन्नू और खनेवाल (अब पाकिस्तान के मुल्तान जिले में) के बीच का मिला था। इन दोनों स्थानों के बीच में कोट सुजान सिंह नाम का एक छोटा-सा रेलवे स्टेशन है जो अब भी हमारे परिवार की मौजूदगी को प्रकट करता है। एक अन्य भूखंड उन्हें लायलपुर जिले (अब फैसलाबाद,

पाकिस्तान) में दिया गया था। मेरे दादा और उनके दो बेटों ने इन शहरों में सूत कातने और बुनने की मिलें और तेल पेरने की मशीने लगाईं। पंजाब की इन जमीनों और मिलों की निगरानी का भार मेरे चाचा उज्जल सिंह को सौंपा गया। वे हमारे परिवार के पहले व्यक्ति थे जिन्होंने कॉलेज में प्रवेश लिया और एम.ए. की डिग्री हासिल की। मेरे पिता निर्माण के क्षेत्र में ठेकेदार बन गए। जैसे कि इतना काफी न हो, उन्होंने कपड़े के व्यापार में भी हाथ आजमाया। दिल्ली की सब्जी मंडी के पास उन्होंने एक सूतमिल खरीदी। इसका मूल नाम जमना मिल्स था। पिताजी ने उसे सिख पहचानवाला नाम दे दिया, 'खालसा कॉटन स्पिनिंग एंड वीविंग मिल्स'। हम लोग मिल के प्रवेश-द्वार के ऊपर बने फ्लैट में रहने के लिए चले गए। अपने पूर्वमालिकों की देखरेख में मिल ठीकठाक नहीं चल रही थी। मेरे दादा और पिताजी के प्रबन्ध के तहत तो उसकी हालत और भी खराब हो गई। उन्हें इतनी बड़ी मिल चलाने का कोई तजुर्बा नहीं था, न उनके पास इतना नकद रुपया था कि पुरानी मशीनें बदलकर नई मशीनें आ जातीं। मिल प्रायः बन्द रहती। ठेकेदारी से वे जो रुपया कमाते वह मिल के नुकसान की भरपाई करने में चला जाता। इसकी वजह से हमारा परिवार दिवालिया होते-होते बचा। 1919 में लगी आग में मिल का ज्यादातर हिस्सा जलकर स्वाहा हो गया। ज्यादा सम्भावना यह है कि बीमे की रकम वसूलने के लिए आग जान-बूझकर लगाई गई थी।

कपड़े के काम से हाथ खींच लेने के साथ-साथ पुराने शहर से हमारा सम्पर्क भी टूट गया। मेरे पिता नई दिल्ली के जिस इलाके में इमारतें बना रहे थे, हम लोग उसी के आसपास रहने चले गए। बहरहाल, जब मैंने स्कूल में दाखिला लिया, उस समय तक हम लोग मिल के ऊपर ही रह रहे थे।

मुझे नहीं मालूम कि मेरे पिता ने मेरे लिए वही स्कूल किस वजह से चुना। दरअसल उनकी दिल्ली के कुछ पुराने, धनी-मानी लोगों से जान-पहचान हो गई थी। उन्हीं में से रायबहादुर लाला सुलतान सिंह और उनके बेटे रघुबीर सिंह का जैन परिवार था। उनकी शहर में काफी अचल सम्पत्ति थी। रघुबीर सिंह की व्यापार में दिलचस्पी नहीं थी। उन्होंने सेंट स्टीफंस कॉलेज से बी.ए. पास किया था और वे अपने क्रिश्चियन प्रिंसिपल एस.के. रुद्र के बहुत मुरीद थे। रघुबीर सिंह जब कॉलेज में थे तो एक प्राइवेट ट्यूटर उन्हें घर आकर पढ़ाया करता था। उसके क्रान्तिकारी-आतंकवादियों से सम्बन्ध थे। आगे चलकर इस अध्यापक को 1912 में, वायसराय लार्ड हार्डिंग की हत्या के षड्यन्त्र के आरोप में दोषी ठहराया गया और उसे फाँसी की सजा दी गई। इस घटना ने युवा रघुबीर सिंह को राष्ट्रवादी बना दिया। उन्होंने तय किया कि वे अपना जीवन भारतीयों की एक ऐसी नई नस्ल तैयार करने में लगा देंगे जिसमें देशभक्ति और पश्चिमी संस्कृति का समन्वय हो। दरियागंज में पुराने शहर की दीवार से लगती उनकी एक विशाल हवेली थी। उन्होंने अपने पिता को इस बात के लिए राजी किया कि वे इस हवेली को स्कूल चलाने के लिए दे दें। उन्हीं दिनों अचानक उनकी मुलाकात एक बंगाली क्रिश्चियन महिला कमला बोस से हो गई जो इस स्कूल की प्रिंसिपल का पद सँभालने के लिए कलकत्ते से दिल्ली आने को तैयार

हो गईं। जल्दी ही कमला बोस के साथ उनके गहरे भावनात्मक सम्बन्ध हो गए। उनकी अपनी पत्नी, जिससे उनके दो बेटे और एक बेटी थी, नाटी और मोटी थी। साथ ही वह खास पढ़ी-लिखी नहीं थी, अतः उनकी साथी नहीं बन सकती थी। यद्यपि कमला कोई सुन्दरी नहीं थीं क्योंकि वे उनकी पत्नी की तरह ही नाटी तथा मोटी थीं और काली उससे भी कहीं ज्यादा थीं, किन्तु फिर भी वे पढ़ी-लिखी अधिक थीं। रघुबीर सिंह को उनमें वह सब मिला जिसकी उन्हें एक महिला में तलाश थी—अर्थात बौद्धिक प्रेरणा और सार्थक मैत्री। दोनों ने मिलकर एक स्कूल को जन्म दिया जिसे आगे चलकर भारत के सर्वश्रेष्ठ स्कूलों में गिना जाता था। अंग्रेजों ने यहाँ के अभिजात वर्ग के बच्चों के लिए इंग्लैंड के पब्लिक स्कूलों की नकल पर जो स्कूल खोले थे उनकी अपेक्षा इसमें भारतीयता अधिक थी—और अन्य शिक्षा-संस्थाओं की तुलना में इसमें उदारता की मात्रा ज्यादा थी।

इस स्कूल में महात्मा गांधी, कविवर रवीन्द्रनाथ टैगोर, डॉ. अंसारी, मौलाना आजाद, सरोजनी नायडू और पंडित नेहरू जैसे राष्ट्रवादियों का आगमन हुआ था। प्रधान सेनाध्यक्ष चेटवुड, माननीय सी.एफ. एंड्रूज और अन्य अनेक प्रतिष्ठित अंग्रेज इस स्कूल में आते रहते थे। कुछ अंग्रेज महिलाएँ यहाँ पढ़ाती भी थीं। दिल्ली का यह पहला सहशिक्षा विद्यालय था। यद्यपि यहाँ शिक्षा का माध्यम अंग्रेजी था किन्तु संस्कृत, हिन्दी, आदि भारतीय भाषाएँ भी इसमें पढ़ाई जाती थीं। पाठ्यक्रम के सामान्य विषयों के अलावा, स्कूल में संगीत, चित्रकला, बढ़ईगीरी, घुड़सवारी, स्काउटिंग और एक ब्रिटिश सार्जेंट के निरीक्षण में मिलिट्री ड्रिल सिखाने की भी सुविधाएँ थीं। स्कूल में हॉकी, फुटबाल जैसे टीम खेल भी खेले जाते थे। अपने बच्चे को कोई भारी-भरकम शानदार नाम देने के बजाय, रघुबीर सिंह और कमला बोस ने उसे एक विवरणात्मक नाम दिया—'मॉडर्न' जो अपने समय से आगे होने (आधुनिक) का सूचक था। मेरे दादा लड़कों को ऐसे स्कूल में पढ़ाए जाने के सख्त खिलाफ थे जहाँ महिलाएँ पढ़ाती हों। इसके बावजूद मेरे पिता ने अपने दोनों बेटों को इस स्कूल में दाखिल कराया। मेरे दादा केवल एक ही बार स्कूल में आए। यह स्कूल के वार्षिकोत्सव का अवसर था। उन्होंने जब अपने पोतों को सितार और इसराज बजाते देखा तो वे गुस्से में उठकर चले गए। उन्होंने तमककर पिताजी से पूछा : "क्या तुम अपने बेटों को मिरासी बनाना चाहते हो ?" इसके बाद से वे हमें हमेशा **रान्न-मुरीद** (घटिया औरतों के शागिर्द) कहकर पुकारा करते थे।

हमें स्कूल यूनीफार्म के लिए सामग्री दी गई। उस समय के भारतीय समाज के लिए यह एक नई चीज थी। हम लोग गहरे नीले रंग की जैकिट और नेकर पहनते। जैकिट में स्कूल का प्रतीक-चिह्न टँका होता—पानी के तालाब पर फैला बरगद का एक पेड़ और पानी में पूरे खिले कमल के पास तैरता एक हंस। इसके नीचे संस्कृत में स्कूल का आदर्श वाक्य अंकित होता—**नैमात्मबलहीने न लभ्या** (आत्मबलहीन व्यक्ति सत्य की खोज कभी नहीं कर सकता)।

स्कूली और शहरी जीवन से तालमेल बिठाने में मुझे काफी वक्त लगा। स्कूल जाने-आने से दादी के प्रति मेरी घनिष्ठता और निर्भरता में कमी आ गई। यद्यपि अब भी

मैं रहता दादी के ही कमरे में था किन्तु सुबह-सुबह नौकर मुझे शौच कराने, नहलाने-धुलाने, कपड़े पहनाकर तैयार करने और नाश्ता कराने के लिए ले जाते। फिर एक नौकर के साथ ही हम दोनों भाई सब्जी मंडी टर्मिनल से ट्राम पकड़ते और भीड़भरे बाजारों से होते हुए जामा मस्जिद तक जाते। वहाँ से हम एक ताँगे में बैठकर दरियागंज में अपने स्कूल तक पहुँचते। देर शाम तक हम स्कूल से घर वापस लौटते। रात का खाना खाते समय दादी मेरे पास बैठी रहतीं और बीच-बीच में मुझसे पूछती जातीं कि स्कूल में मैंने क्या-क्या सीखा। किन्तु न तो वे स्कूल के होमवर्क में मेरी कुछ मदद कर सकती थीं, न मुझे पाठ (प्रार्थना) करने के लिए फुसला सकती थीं।

मॉडर्न स्कूल केवल तीस विद्यार्थियों से शुरू हुआ था जिनमें सत्ताईस लड़के थे और तीन लड़कियाँ। लड़कियों में सबसे बड़ी थी एक सिख इंजीनियर की बेटी। उसका बड़ा भाई और दो रिश्ते के भाई उसके साथ आते थे। उसका नाम था कवल मलिक। दो दशक बाद इंग्लैंड में यही लड़की मेरे जीवन में फिर आई। पहले मेरी उसके साथ सगाई हुई, फिर दिल्ली लौटने पर शादी। दूसरी लड़की रीता रघुबीर सिंह की पुत्री थी। उसने अपने दो बड़े भाइयों के साथ स्कूल में दाखिला लिया। इनमें सबसे बड़ा प्रताप सिंह मेरी ही कक्षा में था। तीसरी लड़की के नाम के अलावा मुझे और कुछ याद नहीं। उसका नाम था कौशल्या। इस स्कूल में मेरे द्वारा बिताए गए दस वर्षों के दौरान कुछ और लड़कियाँ भी अपने भाइयों के साथ दाखिल हुईं पर कुछ ही महीनों बाद स्कूल छोड़कर चली गईं। मॉडर्न स्कूल कहने-भर को सहशिक्षा विद्यालय था।

आमतौर पर यह माना जाता है कि किसी व्यक्ति के जीवन में स्कूल के दिन सबसे बेफिक्री और मस्ती के दिन हुआ करते हैं। लेकिन मेरे समय के मॉडर्न स्कूल में बीते दिनों के बारे में यह सच नहीं है। मैं कमला बोस, बार-बार होनेवाली परीक्षाओं और स्कूल के उद्दंड लड़कों से बेहद डरता था जो सहज ही मुझे अपना निशाना बना लेते थे। मेरी शुरुआत ही गड़बड़ थी। अधिकतर लड़के बड़े शहरों से आए थे और उन्हें थोड़ी-बहुत अंग्रेजी आती थी। किन्तु मैं एक छोटे-से गाँव से आया था और केवल अपने गाँव की बोली में ही बात कर सकता था। लड़कों को 'हडाली' नाम बड़ा अजीबोगरीब लगा और वे बार-बार मुझे इसकी याद दिलाते रहते, 'जरा फिर से बताना उस जगह का नाम जहाँ तुम पैदा हुए थे ?' मेरी दादी द्वारा रखा गया मेरा नाम था—खुशाल सिंह। यह मुझे बिलकुल अच्छा नहीं लगता था। फिर मैंने अपने भाई के नाम भगवन्त की तर्ज पर इसे बदलकर खुशवन्त कर लिया। लड़कों को मेरा पहलेवाला नाम पता चल गया, साथ ही उसका लघुरूप 'शाली' भी। मेरे माता-पिता मुझे इसी नाम से बुलाते थे। उन्होंने मेरे नाम को लेकर एक तुकबन्दी गढ़ ली : **'शाली शूली बाग़ दी मूली।'** या फिर वे मुझे 'खुशी', 'खुसरो' अथवा 'खुसरा' कहकर बुलाते। इनमें 'खुसरा' सम्बोधन तो सबसे खराब था क्योंकि इसका अर्थ होता है 'हिजड़ा'। उन्हें यह भी पता चल गया कि मेरी दादी मेरे बाल दही से धोती थीं और मेरे सिर पर खुशबूदार तेल की जगह मक्खन की मालिश करती थी। धूप लगते ही मेरे सिर से बासी घी की बदबू आने लगती और मेरे ऊपर झुंड-की-झुंड मक्खियाँ भिनभिनाने

लगतीं। लड़के बारी-बारी से मेरे सिर को सूँघते, अपने नथुने बन्द करते और दौड़ते हुए चिल्लाते जाते : 'उफ ! उसके शरीर से कैसी बदबू आ रही है ! उसके सिर में जरूर जुएँ मरी होंगी।' मानो उन्हें उपकृत करने के लिए ही एक दिन मिस बोस ने मेरी गर्दन पर रेंगता हुआ एक जुआँ पकड़ लिया। मुझे एक 'नोट' के साथ घर भेज दिया गया जिसमें यह कहा गया था कि जब तक मेरे सिर की जुएँ खत्म नहीं हो जातीं, मुझे स्कूल ने भेजा जाए। साथ ही मेरी दादी को यह हिदायत दी गई कि वे न तो मेरे सिर को दही से धोएँ, न उसमें मक्खन की मालिश करें।

चूँकि मेरे भाई पहले ही दिल्ली आ गए थे, अतः वे इस तरह की जिल्लतों से बच गए। कभी-कभी मुझे अपनी माँ और दादी से घृणा होती जिन्होंने मुझे उपहास का पात्र बनाया। ऊपर से मैं पढ़ने-लिखने या खेलकूद में भी अच्छा नहीं था। केवल अंग्रेजी और भूगोल ही ऐसे विषय थे जिनमें मैं अच्छे नम्बर लाता था। विज्ञान, बीजगणित और रेखागणित में तो मैं किसी तरह घिसटकर निकल जाता, लेकिन अंकगणित सबकुछ चौपट कर देती। तिमाही-छमाही परीक्षाओं के दौरान अंकगणित में कई बार मेरा जीरो-अंडा आया था। जब भी सम्भव होता, मैं स्कूल की नागा कर देता। किसी-न-किसी काल्पनिक बीमारी का बहाना लेकर मैं लालकुआँ में एक दोस्ताना डॉक्टर के अस्पताल में पहुँच जाता। अस्पताल पहुँचकर मैं दवा भी खा लेता और इस प्रकार सवेरे की कक्षाएँ छोड़ देता। जब इसका भेद खुल गया तो मुझे बहुत डाँट-फटकार पड़ी।

मॉडर्न स्कूल वाले डींग मारते थे कि उनके यहाँ बच्चों को शारीरिक दंड नहीं दिया जाता। किन्तु मिस बोस को शारीरिक दंड से परहेज नहीं था। वे गलती करने पर लड़कों को अपनी हथेली फैलाने के लिए कहतीं और फिर अपने फुट्टे से जोर से मारतीं। कभी-कभी तो वे हम लोगों से हाथ उलटकर फैलवातीं, फिर हमारी हथेलियों को पीछे की तरफ खड़े फुट्टे से पीटतीं। उनकी देखादेखी अन्य अध्यापक भी यही करते। कुछ लोगों को थप्पड़ मारने में मजा आता था, दूसरों को हमारे कान ऐंठने में। जिनमें कुछ अंग्रेजियत ज्यादा थी—जैसे कि हमारे ड्रिल मास्टर में—वे हमें मुर्गा बना देते और चूतड़ों पर शपाशप छड़ी बरसाते। मुझे जरूरत से कुछ ज्यादा ही शारीरिक दंड भुगतना पड़ा। फिर भी मेरे मन पर इसका कोई दाग नहीं है—सिवा एक बार के जब मुझे एक ऐसे अपराध के लिए दंडित किया गया जो मैंने किया नहीं था। हुआ यों कि एक शौचालय में कुछ अश्लील लिखा हुआ पाया गया। जो लड़के उस दिन दोपहर के बाद शौचालय गए थे उनसे पूछताछ की गई और उनसे ब्लैकबोर्ड पर एक वाक्य लिखने को कहा गया। हमें पता था कि मेरी कक्षा का एक लड़का अमरजीत सिंह ही अपराधी है। किन्तु वह इतना धूर्त था कि उसने अंग्रेजी में जो वाक्य लिखा वह बड़े (कैपिटल) अक्षरों में लिखा। मैंने अपनी सामान्य लिखावट में ही लिखा था। शिक्षकों के पैनल ने यह निर्णय दिया कि मेरी लिखावट शौचालय में लिखे वाक्य से सबसे ज्यादा मिलती-जुलती है। गरज यह कि मुझे पूरे स्कूल के सामने छड़ी से पीटा गया। अमरजीत सिंह कुछ माह बाद स्कूल छोड़कर चला गया। मेरे जीवन में फिर एक बार वह सेंट स्टीफंस कॉलेज में प्रकट हुआ। वहाँ तिमाही परीक्षा के दौरान वह नकल

करते पकड़ा गया और एक साल के लिए परीक्षा में बैठने से रोक दिया गया। फिर भी, किसी-न-किसी तरह वह कैम्ब्रिज विश्वविद्यालय पहुँच गया और उसे अच्छी नौकरी भी मिल गई। उसकी बहन की शादी जिस लड़की के सबसे बड़े भाई से हुई वह आगे चलकर मेरी पत्नी बनी।

छात्रों को अपनी आयु के हिसाब से अलग-अलग कक्षाओं में छाँटने में कोई तीन-चार साल लगे। मेरा बड़ा भाई तीन विद्यार्थियों के पहले बैच में था। इसके बाद जो बैच आया उसमें चार विद्यार्थी थे। मैं पाँच विद्यार्थियों के तीसरे बैच में था। इसी में रघुबीर सिंह का बड़ा बेटा प्रताप और दिल्ली विश्वविद्यालय के रजिस्ट्रार का बेटा अशोक सेन भी था। इनके अलावा हमारे साथ एक लड़का था आनंदनाथ जो आगे चलकर दाँतों का डॉक्टर बना। दूसरा था सतिन्दर जिसने जिन दिनों मैं लन्दन में था उसी दौरान लन्दन से डॉक्टरी की पढ़ाई पूरी की। एक अन्य सहपाठी था मोहिन्दर सिंह जो कमला बोस के किसी मित्र का बेटा था और इसीलिए उनका चहेता भी था। वह पूरे स्कूल का दादा था। हमारी कक्षा का एकमात्र अच्छा विद्यार्थी था आनंदनाथ। अन्य विद्यार्थी पढ़ाई-लिखाई और खेलकूद में कमोबेश मेरे जैसे ही थे। प्रताप सिंह को बस रेलगाड़ियों के टाइम टेबल याद करने में महारत हासिल थी। अशोक को अंकगणित में हमेशा जीरो मिलता था और अन्य विषयों में वह मुझसे थोड़ा ही घटकर था। मोहिन्दर की पढ़ने-लिखने या खेलने-कूदने में कोई दिलचस्पी नहीं थी। वह तो बराबर मजे करने में विश्वास करता था। वह बड़ा हट्टा-कट्टा था। इसीलिए हम उसे मोटा मोहिन्दर कहा करते थे और उससे काफी खौफ खाते थे। यौन-चेतना भी उसमें हम सबसे कहीं ज्यादा थी। हालाँकि उसका लिंग काफी छोटा था किन्तु जब वह तन जाता तो उसे नेकर से बाहर निकालकर दिखाने में उसे संकोच नहीं होता था। हमारी अंग्रेजी की कक्षा कमला बोस की भतीजी रोमा लेती थीं जो उन दिनों बीस-बाईस साल की रही होंगी। उनकी कक्षा के दौरान वह अपना एक हाथ नेकर के अन्दर डाल अपने लिंग को हिलाते हुए उन्हें घूरता। उस समय हममें से किसी की समझ में नहीं आया कि माजरा क्या है, किन्तु उसकी इस हरकत से हमारी लेडी टीचर एकदम हड़बड़ा जातीं। मोहिन्दर की नैतिक संहिता भी अपनी ही थी। यदि कोई भी समलैंगिक मैथुन कराना चाहता तो वह कर देता। यदि कोई उसके साथ ऐसा ही मैथुन करना चाहता तो उसे भी वह निराश नहीं करता था। जिन लोगों को उसने यह मौका दिया उनमें हमारे स्काउट मास्टर भी थे। वे एक युवा पारसी थे और सेंट स्टीफंस कॉलेज में पढ़ते थे। जब उन्होंने कुछ अन्य लड़कों को फुसलाकर उनको अपनी हवस का शिकार बनाया तो स्काउट मास्टर के खिलाफ अनुशासनात्मक कार्रवाई की गई। जिन लड़कों ने उनके खिलाफ गवाही दी उनमें मोहिन्दर भी था। यद्यपि मोटा मोहिन्दर हर ऐब में था लेकिन वह झूठ नहीं बोलता था।

मोटे मोहिन्दर का मुख्य निशाना अशोक सेन हुआ करता था। उस पर वह पद्दू होने का आरोप लगाता। स्कूल में बराबर वह उसे तंग करता रहता। वह उसे धक्का देता हुआ निकल जाता, पैर से पैर दबा देता और आश्चर्य की मुद्रा में कहता, 'सॉरी पद्दू ! मैंने

तुम्हें देखा नहीं था।' वह अशोक की कमीज को नेकर से बाहर निकाल देता, बेबात ही मुक्का जमाता और कहता, 'मेरा इरादा बुरा नहीं था, मेरे यार।' अशोक इतना नाजुक और कमजोर था कि किसी जवाबी कार्रवाई के बारे में सोच भी नहीं सकता था। थोड़ी-बहुत देर तक 'बस कर !' कहने के बाद वह मदद के लिए अध्यापकों के पास दौड़ता।

मोटे मोहिन्दर से बदला लेने का दिन दो-एक साल बाद आया। एक बार गर्मियों में छह लड़कों का एक दल, जिसमें वह भी शामिल था, एक सप्ताह के लिए कसौली घूमने गया। कसौली, शिमला मुख्य मार्ग से थोड़ा हटकर खूबसूरत सैरगाह है। हम लोग लाला रघुबीर सिंह के आवास 'शान्तिकुंज' में ठहरे। अशोक ने यह समझदारी की थी कि वह हमारे साथ नहीं आया था, अतः मोटे मोहिन्दर को अन्य किसी शिकार की तलाश थी। उसने इस काम के लिए मुझे चुना। हालाँकि वह मुझसे ज्यादा तगड़ा था, किन्तु मैं उससे तेज दौड़ सकता था। जब उसने मुझे मारा तो मैंने भी पलटकर मारा और तेजी से दौड़ चला। मोहिन्दर मेरे पीछे दौड़ते-दौड़ते बेदम हो गया। अब उसने अपना ध्यान और लड़कों पर जमाया। जल्दी ही बात बर्दाश्त के बाहर हो गई। हमने तय किया कि उसने यदि हममें से किसी को हाथ लगाया तो हम सब मिलकर निपटेंगे। हमें अधिक देर तक इन्तजार नहीं करना पड़ा क्योंकि मोहिन्दर इतना जबर्दस्त शरारती था कि दूसरे व्यक्ति को कदम उठाने के लिए मजबूर कर देता था। कसौली में ठहरने का वह हमारा अन्तिम दिन था। उसने सुबह-सुबह मुझे लॉन में दे मारा। मैं मदद के लिए चिल्लाया। चार लड़कों ने उसे दबोच लिया और जमीन पर पटक दिया। एक लड़का टाँगों पर बैठ गया, दूसरा पेट पर और अन्य दो ने उसकी बाँहों को जकड़ लिया। फिर तो हमने तड़ातड़ झापड़ और मुक्कों से उसकी ऐसी धुनाई की कि हमारे हाथ दुखने लगे और गाल लाल हो गए। उसने 'ब्लडी बास्टर्ड' (नीच दोगला) कहा और जो लड़का पेट पर बैठा था उसके मुँह पर थूक दिया। हम सबने भी बारी-बारी से उसके मुँह पर थूका। वह जोर-जोर से रोने लगा। हमने उसे छोड़ दिया लेकिन इस चेतावनी के साथ कि यदि भविष्य में उसने हममें से किसी को हाथ लगाने की जुर्रत की तो उसकी फिर यही गति बनाई जाएगी।

कसौली से रवाना होते समय वह रोता जा रहा था और बदला लेने की कसम खाता जा रहा था। उसी दिन शाम को हमने कालका की बस पकड़ी और वहाँ से दिल्ली की ट्रेन पकड़ने के लिए रेलवे स्टेशन पहुँचे। मोहिन्दर टैक्सी से वहाँ पहले ही पहुँच चुका था और प्लेटफार्म पर चहलकदमी कर रहा था। उसने हमें एकदम अनदेखा कर दिया। हम लोग थर्ड क्लास के डिब्बे में बैठे। उसने सेकंड क्लास की टिकट ली थी। दिल्ली पहुँचने पर वह हमें स्टेशन पर दिखाई नहीं दिया। उसने कमला बोस से शिकायत की। हमने अपनी नजर से पूरी घटना बयान कर दी। यद्यपि वह उनका चहेता था, फिर भी डाँटने-फटकारने के अलावा वे हमारा और कुछ भी नहीं कर पाईं : यह एक के खिलाफ चार का मामला जो था। इस इलाज से मोटे मोहिन्दर की दादागीरी का उपचार हो गया। कसौली में जो कुछ हुआ उसके बारे में पूरे स्कूल ने सुना। चारों तरफ यह बात फैल गई कि यदि मोटा मोहिन्दर किसी को तंग करे तो मदद के लिए हम लोगों से गुहार की जाए। इसके बाद

ज्यादा-से-ज्यादा वह यही कर सकता था कि मन-ही-मन हमें कोसता रहे और उसके खिलाफ दलबद्ध हो जाने के लिए हमें कायर कहता रहे। जब मैं इंग्लैंड से वापस आ गया तो हम दोनों में मित्रता हो गई और हमने एक-दूसरे के अनुभव सुने-सुनाए। इन अनुभवों में एक बार कोठे पर जाने का अनुभव भी है, किन्तु इसके बारे में उचित स्थान पर चर्चा की जाएगी।

स्कूल की दिनचर्या काफी लम्बी थी। हमें मुँह अँधेरे उठाया जाता। फिर जल्दी-जल्दी नाश्ता कराके ट्रेन, ताँगा या फिटन से स्कूल भेज दिया जाता। जैसे-तैसे हम बड़े होते गए, साइकिल से स्कूल जाने लगे। प्रातःकालीन प्रार्थना—प्रायः 'जन गण मन'—से स्कूल की शुरुआत होती : आगे चलकर यही गीत भारत का राष्ट्रगान बना। फिर सन्त कवियों की रचनाओं से कुछ अंश सुनाए जाते। इनमें रवीन्द्रनाथ टैगोर का प्रसिद्ध गीत 'जहाँ मानव-मन हो भय-रहित' (ह्वियर द माइंड इज़ विदआउट फियर) अक्सर दुहराया जाता। इसके बाद पाँच मिनट का मौन ध्यान किया जाता। अंग्रेजी, इतिहास और गणित जैसे महत्त्वपूर्ण विषय सुबह के समय पढ़ाए जाते। फिर पी.टी. (शारीरिक प्रशिक्षण) के लिए थोड़ा-सा अन्तराल मिलता। इसके बाद एक गुफा-जैसे विशाल हॉल में हम लोग दोपहर का भोजन करते। उस समय वह हॉल एक बड़े जलपानगृह का रूप ग्रहण कर लेता। यहाँ हमें जो कुछ परोसा जाता, सब खाना पड़ता। जई के दलिए और बैंगन के प्रति मेरी विरक्ति का यही रहस्य है। फिर हमें एक घंटे का आराम करने को मिलता। दोपहर के समय थोड़ा आराम करने की आदत मुझे स्कूल के दिनों से ही पड़ी। दोपहर के बाद हम लोग प्रायः ड्राइंग, संगीत और बढ़ईगीरी सीखते। अन्त में हॉकी या फुटबाल जैसे टीम गेम खेलते। हम अँधेरा होने से पहले घर कभी-कभार ही पहुँचते। हमें भारी मात्रा में होमवर्क (गृहकार्य) मिलता जिससे घर पर खेलने या आराम करने का वक्त प्रायः नहीं मिल पाता था।

कुछ मामूली घटनाएँ मेरी स्मृति में अब भी चस्पा हैं। एक घटना का सम्बन्ध उस समय से है जब प्रार्थना के बाद पाँच मिनट मौन ध्यान लगाना होता था। अलमोड़ा से आए दो बच्चे अभी स्कूल में दाखिल हुए-हुए थे। हमें अभी उनके नाम भी पता नहीं थे कि एक सुबह बड़ेवाले लड़के ने ध्यान के दौरान बड़ी जोर से पादकर अचानक ही मौन को भंग कर दिया। यह एक ऐसी घटना है जिसे दुनिया की किसी जगह के बच्चे सहज रूप से ग्रहण नहीं कर सकते। कुछ बच्चे ठठाकर हँस पड़े, कुछ को हँसी दबाने की कोशिश में जोर से खाँसी आने लगी। यहाँ तक कि कमला बोस भी बड़े सख्त स्वर में 'चुप' ! कहते-कहते खिलखिला पड़ीं। उस लड़के का तत्काल ही पद्दू नाम पड़ गया। गर्मियों की छुट्टियों के बाद वह फिर स्कूल वापस नहीं लौटा।

यद्यपि पढ़ाई-लिखाई और खेलकूद में मैं अच्छा नहीं था किन्तु शरारतें करने में मैंने कुछ प्रतिभा का परिचय दिया। मेरे पसन्द की एक शरारत थी कि मैं अधखुले दरवाजों के ऊपर चिलमची या जूते रख देता। जो कोई उसे झटके से खोलता उसका या तो जूतों से स्वागत होता या फिर पानी की बौछार से। गर्मियों में घर पर हम खुले में सोते थे। घटना नई दिल्ली वाले घर की है। अक्सर घर के 'प्रवेश' और 'निकास' द्वार के बीचवाली सड़क

पर सोने के लिए चारपाइयाँ बिछा दी जातीं। एक बार एक दूर के रिश्तेदार हडाली से आकर हमारे साथ ठहरे हुए थे। उन्होंने मेरी चारपाई की बगल में ही अपनी चारपाई डलवा ली थी। पूरी रात वे जोर-जोर से खर्राटे भरते और सुबह बहुत तड़के उठ जाते। फ्लशवाले शौचालयों की अभी उन्हें आदत नहीं पड़ी थी और बगीचे में झाड़ियों के पीछे शौच जाना उन्हें ज्यादा पसन्द था। रात में सोने जाने से पहले पीतल का लोटा पानी से भरकर वे अपनी चारपाई के नीचे रख लेते जो सुबह शौच के वक्त काम आता। एक रात जैसे ही वे सो गए, मैंने लोटे में गोंद डाल दिया। दूसरे दिन सुबह वे कुछ अस्वस्थ-से दिखाई दिए। उन्होंने दस्त निकल जाने की शिकायत की जिसकी वजह से सुबह को उनका तहमद चूतड़ों से चिपक गया था। अगली दो रातों तक मैं इसी शरारत को दोहराता रहा। उन्होंने डॉक्टर से मशविरा किया और अपने मल की जाँच करवाई। तब तक मेरे लिए उस रहस्य को अपने तक रख पाना असम्भव हो उठा। मेरे माता-पिता ने मुझे बहुत डाँट पिलाई किन्तु मैंने जो कुछ किया था उसका विवरण जब वे दूसरों को देते तो हँसते-हँसते लोटपोट हो जाते।

एक अन्य मौके पर हम दोनों भाइयों ने बगीचे में एक कोबरा देखा। हमने पीट-पीटकर उसका कचूमर निकाल दिया लेकिन उसके फन को हाथ नहीं लगाया। फिर हमने उसे एक बिस्कुट रखने के टिन में डाला और उसके ढक्कन को रस्सी से बाँध दिया। इसके बाद हम उसे अपने रसायनविज्ञान के अध्यापक डॉ. चौबे को तोहफे के रूप में देने के लिए स्कूल ले गए। प्रयोगशाला में उनके पास वाइपर, काला नाग, धारीदार करैत, घास में रहनेवाला नाग आदि तरह-तरह के साँप थे जिन्हें उन्होंने मिथाइल स्प्रिट से भरे जारों में रख रखा था। किन्तु उनके पास कोबरा नहीं था। वे स्प्रिट का एक जार लाए और उसे मेज पर बिस्कुट के टिन के पास रख दिया। जैसे ही उन्होंने रस्सी खोली, टिन का ढक्कन हवा में उड़ गया और टिन के भीतर के अत्यन्त क्रुद्ध कोबरा अपना फन फैलाए चौबे महोदय के मुँह पर झपटा। वे बाल-बाल बच गए। कई साल बाद मैंने इस घटना को 'द मार्क ऑफ विष्णु' (विष्णु का प्रतीक) नामक कहानी का रूप दे दिया। यह मेरी पहली कहानी थी जिसे न्यूयार्क की *हार्पस मैगज़ीन* ने प्रकाशन के लिए स्वीकार किया।

उन दिनों दिल्ली में जहाँ-तहाँ साँप मिल जाना कोई असामान्य बात नहीं थी। नदी और पुराने मुगलों के किले के नजदीक होने की वजह से, मॉडर्न स्कूल में गर्मियों के दौरान उन्हें इधर-उधर घूमते हुए देखा जा सकता था। कोई भी ऐसा मानूसन नहीं गुजरता था जब उन्हें अपने बिलों से बाहर न निकलना पड़ता हो और वे मारे न जाते हों। स्कूल में बिच्छू भी थे और मधुमक्खी तथा बर्र के छत्ते भी। एक बार लाला श्रीराम के तीसरे बेटे चरत राम को (जो आगे चलकर भारत के बहुत बड़े उद्योगपति बने) किसी ने घुटने पर काट लिया। तत्काल ही वे रोने-पीटने लगे और उन्होंने बताया कि किसी जहरीले साँप ने उन्हें काटा है। उन्होंने अपने बड़े भाई भरत और अपने दोस्तों से विदा ली। विदा लेते समय उनके कपोलों से आँसू बह रहे थे। जब तक डॉक्टर सर्पदंशरोधी टीका लेकर पहुँचे, काफी रोना-धोना मच चुका था। चरत ने जोर-जोर से रोते हुए कहा : 'अब बहुत देर हो

चुकी है। अब मैं चला।' डॉक्टर ने दंश के स्थान की जाँच की और एक छोटी बारीक-सी चीज बाहर निकाली। चरत को ततैए ने काटा था, किसी अन्य घातक चीज ने नहीं।

स्कूल के दिनों में ही मैं भूत-प्रेतों से भयंकर रूप से डरने लगा था। भूतों की बहुत-सी कहानियाँ हमने अपने नौकर-चाकरों से सुनी थीं। जब हम शिमला में छुट्टियाँ बिता रहे थे तो उन्होंने बताया कि मुमियाईवालों के गिरोह शहरों में अपने शिकार की तलाश में घूमते रहते हैं। अपने शिकार को धीमी-धीमी आग पर उलटा लटकाकर वे उससे 'राम तेल' निकालते हैं। इस तेल से कटे हुए अंग जोड़े जा सकते हैं। कहा जाता है कि वे अंग्रेजों के एजेंट हैं और अपनी सेना के लिए अंग्रेजों को इस तेल की जरूरत पड़ती है। किसी मुमियाईवाले को उसके पैरों को देखकर ही पहचाना जा सकता था : उसके पैर पीछे की तरफ मुड़े होते थे—एड़ियाँ आगे और पंजे पीछे। किसी ने कभी किसी मुमियाईवाले को नहीं पकड़ा किन्तु समय-समय पर जब यह सनसनी फैली होती कि वे आए हुए हैं तो लोग अँधेरा होने पर घर के बाहर न निकलते।

भूतों से भय का मेरे पास कुछ अधिक ठोस आधार भी था। बचपन में मैंने मौत को काफी निकट से देखा था। जब मैं मियाँ चन्नू में था उस समय मेरे दादा सुजान सिंह बीमार पड़े। उस समय उनकी आयु कोई साठ-पैंसठ वर्ष की रही होगी। गाँव के डॉक्टर को उन्हें देखने के लिए बुलाया गया। वे लम्बी-लम्बी साँसें भरते और हर पाँच मिनट पर और दवा की माँग करते। तब उन्होंने जैसे जँभाई लेने के लिए अपना मुँह खोला, हिचकी ली और अपने तकिए पर लुढ़क गए। मेरी दादी ने मौत का गीत गाते हुए जोर-जोर से रोना शुरू कर दिया—'दीया मेरा एक नाम दुख विच पाया तेल' (ईश्वर का नाम मेरा दीपक है जिसमें दुख का तेल पड़ा हुआ है)। वे दोनों हाथों से अपना सिर पीटने लगीं और अपनी कलाइयों में पड़ी काँच की चूड़ियाँ तोड़ने लगीं। मेरे माता-पिता, चाचा-चाचियाँ और नाते-रिश्तेदार बच्चों की तरह फूट-फूटकर रो रहे थे। यह दृश्य देखकर मैं सिहर उठा। नौकरों ने मुझे बताया कि उन्होंने मेरे दादा की आत्मा धुएँ के छल्लों की तरह कमरे के बाहर तेजी से बाहर जाती हुई और आसमान में विलीन होती हुई देखी है।

अपनी चाची को मरते हुए देखना तो और भी ज्यादा खौफनाक था। वे मेरे चाचा उज्जल सिंह की पहली पत्नी थीं। यह घटना भी मियाँ चन्नू की है। उनके दूसरा बच्चा होनेवाला था। प्रसूति के दौरान उनकी देखभाल करने के लिए मेरी माँ को वहाँ भेजा गया था और मैं भी उनके पास गया था। बच्चा चाची के गर्भाशय में ही मर गया था और पूरे शरीर में जहर फैल गया था। हर शाम को जब उनकी खाट आँगन में लाई जाती तो उन्हें तरह-तरह के काल्पनिक दृश्य दिखाई देने लगते। वे अपने पैरों की तरफ इशारा करते हुए चीखतीं : 'देखो ! वह डायन है।' मेरी दादी और माँ उन्हें दिलासा देतीं कि वहाँ कोई नहीं है। साथ ही भूत-बाधाओं को दूर करने के लिए वे जोर-जोर से पाठ करने लगतीं। आसपास लोग फुसफुसाते हुए कहते कि चाची ने सूर्यास्त के बाद बगीचे से एक नींबू तोड़ा था, इसीलिए उन्हें भूत-प्रेत बाधा सताने लगी। आमतौर पर लोगों का विश्वास था कि जो कोई ऐसा करता था उस पर डायन चढ़ जाती थी जो ओझा के सिवा और किसी के उतारे

न उतरती थी। एक प्रार्थना की पुस्तक और एक कृपाण चाची के तकिए के नीचे रख दिए गए। लेकिन कोई फायदा नहीं हुआ। उन पर डायन का आना जारी रहा। एक दिन दोपहर के बाद उनका सारा शरीर भयंकर रूप से ऐंठने लगा। उनकी आँखों की पुतलियाँ पलट गईं जिससे उनका सफेद हिस्सा ही देखा जा सकता था। उन्होंने दाँतों से अपनी जीभ काट ली और उनका सारा मुँह खूनाखून हो गया। भयंकर पीड़ा में उनकी मौत हुई। एक बार फिर जोर से रोने-धोने और सिर पीटने का सिलसिला शुरू हुआ। चाची की मौत की खबर जब शहर में पहुँची तो झुंड-की-झुंड औरतें आने लगीं। वे एकसाथ अपनी छाती पीटतीं और 'हाय ! हाय !' चिल्लाती जातीं। वे लाश के चारों तरफ बैठ गईं और मृतात्मा का गुणगान करने लगीं–भले ही वे उसे जानती न हों। वे बैन–मृतात्मा की प्रशंसा–बहुत ही मर्मस्पर्शी थे। चाची का अपना बेटा नरिन्दर बाहर था, अतः मुझे ही मुखाग्नि देनी पड़ी। मेरे यह बात कभी समझ में नहीं आई कि मेरी आयु के बच्चों को आखिर ऐसे भयावह दृश्यों का साक्षात्कार क्यों कराया जाता है।

एक अन्य बार शिमला में अपनी बहन के साथ घर वापस आ रहा था। उस समय हम दोनों ने एक सड़क रोलर को खड्ड में गिरते देखा। ड्राइवर और उसके सहायक दोनों के सिर तथा हाथ-पैर शरीर से कटकर अलग हो गए थे। हम लोग अपने-आपको इस वीभत्स दृश्य से काटकर अलग नहीं रख सके। हम खड़े-खड़े देखते रहे कि किस तरह उनके अंगों को इकट्ठा करके जोड़ा गया और खून से लथपथ उनकी लाशों को स्ट्रेचरों पर डालकर ले जाया गया। उस रात हम दोनों एक ही चारपाई पर साथ-साथ सोए क्योंकि हम इतने डर गए थे कि अपने आपे में नहीं थे।

भूतों का भय मेरे दिमाग से कभी गया नहीं। मैं मृतजनों के प्रति ऐसे आकर्षित होता हूँ जैसे चुम्बक के प्रति लौहकण। इस भय से मुक्ति पाने के लिए मैं श्मशान-स्थलों और कब्रिस्तानों के चक्कर लगाता हूँ किन्तु अँधेरा हुआ नहीं कि मैं मृतात्माओं की दया के वशीभूत हो जाता हूँ। जब मैं बच्चा था तो मुझे ऐसे लोगों से ईर्ष्या होती थी जो भीड़भरे बाजार में रहते हैं और फुटपाथ पर एक-दूसरे के अगल-बगल सो जाते हैं। भीड़भाड़ के इलाकों में भूत-प्रेत नहीं आते। वयस्क होने पर भी, यदि मैं खाली घर में अकेला रह जाऊँ तो मुझे गहरी नींद नहीं आती।

स्कूल में बिताए गए वर्षों में यद्यपि कोई उल्लेखनीय बात नहीं थी, फिर भी इसके कुछ स्पष्ट लाभ भी रहे। इन दिनों मैंने अंग्रेजी भाषा से प्रेम करना सीखा, साथ ही अंग्रेजी और उर्दू कविता से भी। सुन्दर चीजों के प्रति मेरी दृष्टि अधिक ग्रहणशील हो उठी। मैंने खुद-ब-खुद तेजी से अपनी अंग्रेजी को सुधारना शुरू किया। घर में तो कोई ऐसा था नहीं जो मुझे दिशा-निर्देश देता, अतः मैंने बिना किसी तरकीब के अपने ही ढंग से उसे अर्जित किया। मैं बच्चों की अंग्रेजी साप्ताहिक पत्रिका *पक* में कार्टूनों के नीचे छपी पंक्तियों को बार-बार पढ़ता, प्रथम विश्वयुद्ध के चित्रों तथा *बाइबिल* की सचित्र कहानियों को देखता रहता और *बुक ऑफ नॉलेज* के विभिन्न खंडों को पढ़ता। अपने-आप ही मैंने एडगर राइस बरो की पुस्तकमाला के साथ-साथ *टार्जन द एप मैन* और अफ्रीकी जीवन से सम्बन्धित

राइडर हैगर्ड के उपन्यास पढ़े। कई बार मैं शब्दों के अर्थ गलत समझ लेता और उनका उच्चारण गलत होगा। गलत उच्चारणों की मैंने एक तुकबन्दी भी बनाई थी।

एक तुकबन्दी तो मियाँ चन्नू में हमारे कार ड्राइवर द्वारा सुझाई गई पहली पंक्ति पर आधारित थी। उसने हमें बताया कि हिन्दुस्तानी वेश्याएँ अंग्रेज सिपाहियों को कैसे लुभाती हैं : 'ओ साहब ! ओ साहब ! कम हेयूर !' फिर मेरा रिश्ते का एक भाई गलत उच्चारण किया करता था : वह 'यूथ' को 'याथ' कहता और 'पुट' को 'पट्ट'। एक भाई टेनिस कोर्ट में बॉल माँगने, गोली (गेंद) की माँग करने के बजाय चिल्लाकर कहता, 'सुट गाली गुल!' एक अन्य बार उसने टायर को 'टैयार' कहा। इन शब्दों का अर्थ कुछ भी नहीं था किन्तु इनके आधार पर हमने एक निजी तुकबन्दी गढ़ ली :

ओ साहब ! ओ साहब ! कम हेयूर
याथ, पट्ट, गुल, टैयार।

जब एक अंग्रेज महिला मिस बुडेन हमारी अंग्रेजी की कक्षाएँ लेने लगीं तो अंग्रेजी में मेरी दिलचस्पी और भी ज्यादा बढ़ गई। नीरस पाठ्य-पुस्तकों को दुहराने के बजाय वे हमें *इवानहो, लास्ट ऑफ द बैरोन्स* और *टैस* पढ़कर सुनाया करतीं। कभी वे ऑस्कर वाइल्ड की बाल-कहानियाँ और शेक्सपीयर की छोटी कविताएँ सुनातीं। एक दिन उन्होंने 'अंडर द ग्रीनवुड ट्री...' कविता को गाकर सुनाया। इस कविता ने मेरे दिल के किसी अज्ञात तार को छू लिया। मैंने इसे तो कंठस्थ किया ही, साथ ही वर्ड्सवर्थ, टेनिसन तथा अन्य कवियों की अनेक कविताएँ कंठस्थ कर लीं जो उन्होंने हमें पढ़कर सुनाई थीं। शनिवार के दिन हम शब्दों का एक खेल खेलते जिसे उन्होंने ईजाद किया था। हमें छोटे-छोटे शब्दकोश दे दिए जाते। हमारी मैडम कोई शब्द बोलतीं। जो लड़का शब्दकोश में उसे सबसे पहले निकाल देता वह विजयी घोषित किया जाता। शब्द के ठीक-ठीक अर्थ के बारे में आशंका होने पर कोश देखने की आदत मुझे उसी से पड़ी।

उर्दू शायरी को प्यार करना मुझे मौलवी शैफुद्दीन नय्यर ने सिखाया। मैं उनका एकमात्र विद्यार्थी था। उन्हें मुझे चार साल में मैट्रिक परीक्षा पास करानी थी। मुझे पढ़ने के लिए अक्सर उनके घर जाना पड़ता। उर्दू गद्य मुझे बहुत नीरस लगा। किन्तु उर्दू कविता में थोड़े-से शब्दों में अंग्रेजी कविता की तुलना में ज्यादा संगीत और अर्थ भरा होता। मौलवी साहब स्वयं कवि थे और उन्होंने ढेरों बाल-कविताएँ लिखी थीं। जब पाठ समाप्त हो जाता तो वे ग़ालिब, जौक, ज़फर और अकबर इलाहाबादी जैसे शायरों की चुनी हुई कविताएँ पढ़कर सुनाया करते। उन्होंने मुझे उनकी कई कविताएँ कंठस्थ करादी थीं। आज भी वे मुझे ज्यों-की-त्यों याद हैं।

महीने में एक बार हमें दिल्ली के पुराने स्मारक दिखाने ले जाया जाता। हमें उनके इतिहास के बारे में बताया जाता और मकबरों, मस्जिदों तथा महलों में घूमने के लिए छोड़ दिया जाता। साल में दो बार हम भारत के विभिन्न भागों के भ्रमण के लिए जाया करते थे। कुछ अनुभव आज भी मेरी स्मृति में तरोताजा हैं। उनमें से एक उस समय का है जब मैंने पहले-पहल समुद्र को देखा। बम्बई में एक स्काउट रैली चल रही थी जिसमें मैंने भी

हिस्सा लिया था। पानी के अनन्त विस्तार को देखकर मैं स्तब्ध और अवाक् रह गया। मैं आगे आती हुई लहर से भेंटने के लिए दौड़ा और हथेली में उसका पानी भरकर चखने लगा। फौरन ही मैंने उसे थूक दिया। हमारी राजस्थान-यात्रा और भी ज्यादा सुन्दर रही। वहाँ जिन स्थानों को हम देखने गए उनमें से एक था एक पहाड़ी की चोटी पर बना चित्तौड़ का विशाल राजपूत किला। महलों और मन्दिरों के खँडहरों में घूम-घामकर हम बस पकड़ने के लिए पहाड़ी से नीचे उतरे। सूरज डूबने ही वाला था। तभी हमने देखा कि किले की दीवार पर सैकड़ों मोर पंक्तिबद्ध होकर बैठ गए। फिर, जैसे अपने नेता का संकेत पाकर पूरा-का-पूरा दल 'पाउँ पाउँ' करते हुए, और डूबते हुए सूर्य की अन्तिम किरणों में अपनी लम्बी, सुनहरी, हरी और नीली पूँछों को चमचमाते हुए, नीचे उतरने लगा। ऐसे दृश्य को कोई कैसे भूल सकता है ! इसी यात्रा के दौरान हमें अजमेर और उदयपुर ले जाया गया। हमने वहाँ झीलें, किले और महल देखे। एक दिन शाम को कोई केवड़े की एक बाली ले आया और उसे कमरे में लैम्प के ऊपर लटका दिया। सहसा पूरा कमरा एक तेज मीठी सुगन्ध से भर गया। केवड़ा और खस आज भी मेरी पसन्द के इत्र हैं। वे तपी हुई पृथ्वी पर वर्षा की पहली-पहली फुहार से उठी मिट्टी की सोंधी गन्ध की याद दिलाते हैं। स्मारकों के भ्रमण और उनके बारे में लिखने में मैंने कभी थकान का अनुभव नहीं किया।

इन यात्राओं में सबसे स्मरणीय थी फतेहपुर सीकरी और आगरा की यात्रा। सीकरी के लाल-बलुआ पत्थरों से बने महलों और मस्जिदों में घंटों पैर घसीटने के बाद हमें आगरा का किला देखने ले जाया गया। यह लाल-मटियाले पत्थरों और सफेद संगमरमर का एक और सिलसिला था। मैं थक गया था और बेहद बोर हो गया था। फिर हमें ताजमहल के प्रवेश-द्वार के सामने कतार में खड़ा किया गया। और फिर एक अन्य भाषण चालू हो गया : 'बच्चो, अब तुम दुनिया के सात आश्चर्यों में से एक को देखोगे। यह शहंशाह शाहजहाँ ने अपनी बेगम मुमताज महल की कब्रगाह के रूप में बनवाया था।' थकान के उस क्षण में मुझे न तो दुनिया के आश्चर्यों की कोई परवाह थी, न किसी शहंशाह के अपनी स्त्री के प्रति प्रेम की। भाषण समाप्त होने के बाद हमसे एक कतार में चलने को कहा गया। और लो, ताज हमारे सामने एकबारगी प्रकट हो गया। मैं उसकी विराट भव्यता को देखकर स्तब्ध रह गया। मेरा मुँह खुला-का-खुला रह गया था और मैं उसे एकटक निहार रहा था। मैं और आगे नहीं जाना चाहता था। मैं बस प्रवेश-द्वार के पास सीढ़ियों पर बैठ गया और ताज का सम्पूर्ण सौन्दर्य जैसे अपने अन्दर समो लिया।

मैंने मॉडर्न स्कूल में कोई दस वर्ष बिताए और जिस लड़की को मैंने पाँच वर्ष की अवस्था में अपना दिल दे दिया था उससे शादी भी की। इसके बावजूद स्कूल के किसी और व्यक्ति से कोई स्थायी दोस्ती कायम नहीं हुई। कुछ अध्यापकों, जैसे मौलवी शैफुद्दीन नय्यर ने मुझसे सम्पर्क बनाए रखा। जब मैं लाहौर में कॉलेज में पढ़ता था तो रोमा विश्वास से मेरा फिर से सम्पर्क हुआ और कुछ समय के लिए उस समय भी जब मैं पहले-पहल इंग्लैंड

गया। लन्दन में सतिन्दर के बारे में मैंने काफी-कुछ जाना और हमने पेरिस में छुट्टियाँ एकसाथ बिताईं। उसके कनाडा चले जाने के बाद उससे मुलाकात नहीं हुई। मोटा मोहिन्दर एकमात्र ऐसा सहपाठी था जिससे आगे के सालों में मैं गाहे-बगाहे टकराता रहा।

मॉडर्न स्कूल में हमारे अध्यापक बहुत काबिल थे और कक्षाओं का आकार भी छोटा था। इसके बावजूद वहाँ के विद्यार्थी मैट्रिक परीक्षा में अव्वल नहीं आते थे। यह ठीक है कि विद्यार्थी फेल नहीं होते थे, किन्तु परीक्षा में सर्वोच्च स्थान भी प्राप्त नहीं कर पाते थे। स्कूल के अधिकारियों के लिए यह बहुत निराशा की बात थी। भारतीय परीक्षा प्रणाली में सम्भावित प्रश्नों के उत्तर रट लेने पर जोर दिया जाता था (और आज भी दिया जाता है)। किन्तु मॉडर्न स्कूल में इस रट्टूपन को गिरी निगाह से देखा जाता था। परीक्षा में वहाँ के विद्यार्थियों का प्रदर्शन भले ही अच्छा नहीं रहता हो पर आगे चलकर जीवन में वे अच्छी-खासी सफलता हासिल करते थे। सेंट स्टीफंस कॉलेज के प्रिंसिपल एस.के. रुद्र के नाम से एक वार्षिक पुरस्कार शुरू किया गया था जो पढ़ाई और चरित्र की दृष्टि से वर्ष के सर्वश्रेष्ठ विद्यार्थी को मिलता था। यह पुरस्कार पहले ही साल मेरे बड़े भाई भगवन्त सिंह को मिला। 1930 में जब मैंने मैट्रिक की परीक्षा दी, मेरी कक्षा में पाँच विद्यार्थी थे। इनमें प्रताप सिंह पढ़ाई-लिखाई में सबसे साधारण था। आँखें कमजोर होने की वजह से वह खेलकूद में भी हिस्सा नहीं लेता था। हर हालत में, उसकी पढ़ाई-लिखाई बाकी के चारों विद्यार्थियों की अपेक्षा कम थी। उसका चरित्र निश्चय ही बहुत अच्छा रहा होगा जो अध्यापकों ने उसे सर्वसम्मति से रुद्र पुरस्कार के लिए चुना। लेकिन उसके इस पक्ष की जानकारी हमें नहीं थी। उसके पिता हमारे स्कूल के संस्थापक थे।

जैसी की आशा थी, मैंने मैट्रिक की परीक्षा द्वितीय श्रेणी में पास की। स्कूल को सबसे ज्यादा चिन्ता अशेक सेन की थी जिसे अंकगणित में निरपवाद रूप से बराबर शून्य मिलता रहा था। अंकगणित अनिवार्य विषय था जिसमें पास होना जरूरी था अन्यथा पूरी परीक्षा में फेल माना जाता था। अशोक भी मैट्रिक में द्वितीय श्रेणी में पास हुआ। उसके पिता उस समय दिल्ली विश्वविद्यालय के रजिस्ट्रार थे। मॉडर्न स्कूल ने मुझे दुनियादारी सिखाई।

मॉडर्न स्कूल में बिताए वर्षों के दौरान (1920-30) हमारे परिवार की स्थिति और मेरे व्यक्तित्व में बहुत-से बदलाव आए। कपड़े का बड़ा उद्योगपति बनने के निरर्थक प्रयोग से हाथ खींचने के बाद मेरे पिता ने भवन-निर्माण के काम में पूरा दिल लगाने का फैसला किया। खालसा मिल्स के प्रवेश-द्वार के ऊपर बने कमरों को छोड़ अब हम रायसीना पहुँच गए थे जो आगे चलकर नई दिल्ली बना। पहले एक-दो साल तक हम लोग एक बड़े-से झोंपड़ीनुमा मकान में रहते थे। वह मकान जिस सड़क पर था वह आगे चलकर ओल्ड मिल रोड (अब रफी मार्ग) कहलाई क्योंकि वहाँ एक आटे की चक्की थी। यह जगह आज के संसद मार्ग के सामने पड़ती थी जहाँ दोनों सचिवालय (नार्थ और साउथ ब्लॉक) बनाए जाने थे उसके यह काफी नजदीक थी। मेरे पिताजी को साउथ ब्लॉक बनाने का ठेका मिला था और उनके सबसे जिगरी दोस्त बसाखा सिंह को नॉर्थ ब्लॉक बनाने का। हमारे मकान के सामने, और दक्षिण दिल्ली से कोई बारह किलोमीटर दूर, बदरपुर गाँव से दिल्ली के लिए

(जिसे आज कनाट सर्कस कहते हैं) छोटी रेलवे लाइन गई थी। बदरपुर से निर्माण-स्थल तक पत्थर, रोड़ी और बजरी लाने के लिए ही यह लाइन बिछाई जाती थी। हमारे नए मकान के ठीक सामने पत्थर काटने की मशीनें रखने के लिए बड़े-बड़े शेड बनाए गए थे। राजमिस्त्री यहाँ रात-दिन पत्थरों को नियत आकार में काटते-तराशते रहते। प्रातःकाल जब पत्थर काटनेवाली मशीनें चल पड़तीं और संगतराश पत्थर तराशने के लिए खिट-खिट, पिट-पिट शुरू कर देते तो उनके भयंकर शोर से हम लोग जाग जाते। सुबह से शाम तक यही सिलसिला चलता रहता। जिस दिन छुट्टी होती, हम छोटी-सी इम्पीरियल दिल्ली रेल के आने का इन्तजार करते कि कब वह आकर पत्थर-रोड़ी उतारे और हम उसमें सवार होकर मुफ्त में कनाट प्लेस की सैर करके आएँ।

मेरे पिताजी जब ठेकेदारी के व्यवसाय के शिखर पर थे तो 6,000 से ऊपर मजदूर और दर्जनों क्लर्क, मुनीम और देखरेख करनेवाले कर्मचारी उनकी सेवा में थे। मजदूर राजस्थान से आनेवाले बागड़ी लोग थे। अपने सिर पर ईंटें, सीमेंट और गारा ढोने के एवज में पुरुषों को 8 आने (आधा रुपया) और उनकी स्त्रियों को 6 आने दैनिक मजदूरी मिलती थी। बड़े-बड़े पत्थरों को उन्हें लगाने के स्थान पर ले जाना होता था। जब वे उन्हें जोर लगाकर उठाते तो एकसाथ मिलकर गा उठते : 'हाई साब ! बाई साब ! रामभरोसे, बाई साब ! जोर लगा दे, बाई साब !' यह कड़ी मेहनत थी जिसमें सारा तेल निकल जाता था। लेकिन उन्होंने कभी शिकायत नहीं की। उन दिनों उनके अधिकारों के लिए लड़नेवाली मजदूर यूनियनें नहीं थीं। वे जो कुछ भी कमाते उससे ले-देकर दो जून की रोटी ही जुटाई जा सकती थी किन्तु रोज शाम को मेरे पिता और उनके क्लर्क जहाँ अपने फायदे का हिसाब लगाते हुए आपस में लड़-झगड़ रहे होते, वहाँ ये बागड़ी मजदूर अपने झोंपड़ों तक पूरे रास्ते मस्ती से नाचते-गाते घर पहुँचते।

उन दिनों सड़कों पर बत्तियाँ नहीं थीं। चूँकि गर्मी के महीनों में हम लोग खुले में सोया करते थे, अतः हमें चन्द्रमा की कलाओं और तारों की गति की जितनी जानकारी थी उतनी घड़ी के समय की नहीं। चाँदनी रातों में हम लोग अक्सर पिकनिकें मनाते, या फिर उन दिनों जो पार्क और गोल चक्कर बन रहे थे उनकी सैर करते। उस बीहड़ इलाके में रातभर गीदड़ 'हुआँ-हुआँ' करते, झींगुर झनकारते और उल्लू बोलते। किन्तु जब हम चौकीदारों की 'खबरदार हो !' सुनते तो आश्वस्त होकर सो जाते।

सरकारी काम से बहुत-सा माल बच जाता था जिसका ठेकेदार अपनी निजी सम्पत्ति बनाने में उपयोग करते थे। उन्होंने अपनी कोठियाँ बनवाने के लिए जन्तर-मन्तर रोड पर तीन-तीन एकड़ के एक-दूसरे से लगे हुए प्लाट खरीदे। ये सभी-के-सभी ठेकेदार सिख थे। यद्यपि वे सभी पंजाब के विभिन्न भागों से आए थे और दिल्ली आने से पहले एक-दूसरे को नहीं जानते थे, फिर भी ऐसा लगता था जैसे वे एक ही परिवार के सदस्य हों। मौकों की कोई कमी नहीं थी, इसलिए परस्पर स्पर्धा-जैसी कोई बात ही नहीं थी। जन्तर-मन्तर रोड अमीर सिखों की कॉलोनी बन गई थी। मेरे पिताजी ने वहाँ अपने लिए एक दुमंजिला कोठी बनवाई। पिछवाड़े क्लर्कों-नौकरों के क्वार्टर, गाय-भैंसों के तबेले, घोड़ों के लिए

अस्तबल और कारों के लिए गैरेज थे। घोड़े फिटन में जोतने के काम आते थे। कोठी के निकास-द्वार के पास एक उपभवन था जिसमें उनका दफ्तर और मेहमानों के ठहरने के लिए दो कमरे थे। सामने एक बड़ा-सा बगीचा था जिसमें संगमरमर का फव्वारा लगा हुआ था। बगीचे के एक तरफ टेनिस-कोर्ट था, दूसरी तरफ फलों और सब्जियों की बगीची। उन्हें फूल बहुत पसन्द थे और उन्होंने कलकत्ता तथा बम्बई से उनके बीज मँगाए थे। गुलाब के फूलों से उन्हें बेहद प्रेम था और प्रवेश-द्वार से लेकर निकास-द्वार के 'पोर्टिको' तक जो क्यारियाँ बनी हुई थीं उनमें उन्होंने गुलाब की अनेक विदेशी किस्में लगा रखी थीं। दूसरे ठेकेदारों ने भी ऐसी ही बड़ी-बड़ी कोठियाँ बना ली थीं। एक ठेकेदार, धरम सिंह सेठी की कोठी सबसे बड़ी थी। यह पत्थर और संगमरमर की बनी हुई थी। धरम सिंह के पास, धौलपुर की खानों से संगमरमर, ग्रेनाइट और बलुआ पत्थर सप्लाई करने का एकाधिकार था। आज इसमें कांग्रेस सहित अनेक राजनीतिक पार्टियों के दफ्तर बने हुए हैं। इसमें सन्देह नहीं कि इस नए शहर में हमारे मकान का डिजाइन सबसे अच्छा था। इसका बगीचा भी बड़े सुनियोजित ढंग से विकसित किया गया था जिससे यह आने-जानेवालों का ध्यान सहज ही आकर्षित कर लेता था। मेरे पिताजी गर्व से इसे बैकुंठ कहते थे—'बैकुंठ' अर्थात स्वर्ग। सालों बाद उन्होंने जनपथ तथा एल्ब्यूकर्क मार्ग (अब तीस जनवरी मार्ग) के चौराहे पर और भी विशालकाय तथा कहीं ज्यादा आकर्षक कोठी बनवाई। अब इसका नाम 'बैकुंठ' हो गया। पहलेवाले बैकुंठ को, जिसमें मैंने अपने स्कूली जीवन के अधिकतर दिन बिताए थे, त्रावणकोर के महाराजा को बेच दिया गया। जब उन्हें राज्य के अधिकार से वंचित कर दिया गया तो यह केरल राज्य सरकार का अतिथिगृह बन गया।

मेरे शरीर और मन में जो बदलाव आए वे पारिवारिक समृद्धि में आए बदलावों की अपेक्षा कहीं ज्यादा थे। दादी से प्यार करनेवाले बच्चे से विकसित होकर अब मैं यौन चेतना से आविष्ट किशोर बन गया था। हमारी रसोई में काम करनेवाले लड़कों (मुंडुओं) की वजह से इस विकास में और गति आ गई थी। वे हमउम्र थे और वे भी इसी तरह के बदलावों के दौर से गुजर रहे थे। हमने एक-दूसरे से यह सीखा कि अपनी जननेन्द्रियों से आनन्द कैसे हासिल करें। एक बार रिश्ते की एक बहन सर्दियों की छुट्टियाँ बिताने के लिए हमारे घर ठहरी। उसे हमारे बिस्तर पर ही साथ-साथ सुला दिया गया क्योंकि हम छोटे-छोटे बच्चे ही थे और फिर 'भाई और बहन' जैसे थे। मैंने उसकी सलवार नीचे खिसका दी और बहाना यह किया जैसे कि मैं नींद में ऐसा कर रहा हूँ। मेरी हरकतों के दौरान वह भी नींद का बहाना किए पड़ी रही। हम दोनों में से किसी को इस बात की धुँधली-सी भी जानकारी नहीं थी कि वयस्क स्त्री-पुरुष जब एकसाथ सोते हैं तो क्या करते हैं। परन्तु हमें तो एक-दूसरे को भींचने में ही खूब मजा आता था। मुझे औरतों को नंगा देखने की अदम्य इच्छा होती थी। बागड़ी स्त्रियाँ एक क्लर्क के आँगन में नहाने आया करती थीं क्योंकि उसमें एक हैंडपम्प था। उस समय मैं एक नीम के पेड़ के ऊपर चढ़ जाता और अपनी डाल से उन्हें अपनी छातियों पर साबुन लगाते-मलते देखता। नहाते समय वे पूरी तरह नंगी कभी नहीं होती थीं। जब भी हमारे रिश्तेदारों को दिल्ली रेलवे स्टेशन से शाम की गाड़ी

पकड़नी होती तो मैं उन्हें छोड़ने जाता। जब फिटन से चावड़ी बाजार और अजमेरी गेट होते हुए वापस लौटता तो वेश्याओं को घूरने का मौका मिलता जो बाजार के दोनों तरफ सज-धजकर खड़ी हो जाती थीं। एक बार एक औरत ने मुझे आँख मारकर कृतार्थ किया और अपने हाथ से मुझे इशारा भी किया। जब तक मैं बारह साल का था, मुझे यह पता नहीं था कि स्त्री-पुरुष के बीच यौन-क्रिया कैसे होती है। एक बार की बात है कि चाँदनी रात थी। आँगन में हमारी चारपाइयाँ एक-दूसरी से सटी-सटी बिछी हुई थीं। उसी समय मैंने देखा कि मेरे पिताजी क्लब से घर वापस आए, उन्होंने अपने कपड़े बदलकर तहमद पहना और मेरी माँ के बिस्तर पर चले गए। मैंने अपनी माँ को आपत्ति करते हुए सुना कि 'कहीं बच्चे जाग न रहे हों।' किन्तु पिताजी निश्चय ही नशे में धुत्त थे और कुछ भी सुनने को तैयार नहीं थे। उन्होंने अपना तहमद हटाया और माँ के एकदम ऊपर हो गए। फिर कुछेक बार वे ऊपर-नीचे हुए और ढेर हो गए। कुछ देर बाद वे अपने तहमद को बाँधते हुए अपनी चारपाई पर चले गए। मैं समझ नहीं सका कि माजरा क्या है—सिवा इसके कि उन्होंने जो कुछ किया वह अच्छा नहीं था। मैं कई दिनों तक परेशान रहा और पिताजी से बात तक करने से कतराता रहा।

गर्मियों की छुट्टियों के दौरान मियाँ चन्नू में एक जवान लड़का मिला जो उम्र में हमसे कुछेक साल बड़ा था। उसने अपने स्कूल में लौंडेबाजी के मजेदार किस्से सुनाकर हमारा मनोरंजन किया। उससे हमें पता चला कि माशूक हमेशा कोई खूबसूरत लड़का होता है जिसके सुन्दर गोल-गोल नितम्ब होते हैं। उस समय हमें ऐसा लगा कि कमसिन लड़कों की लौंडेबाजी का लुत्फ उठाना ही सही मायनों में 'सेक्स' है। फिर औरतें किसलिए होती हैं ? उसने बताया कि बस एकमात्र अन्तर यह है कि औरतों के साथ यही क्रिया करने पर वे गर्भवती हो जाती हैं। चौदह साल का होने तक मुझे यह पता नहीं था कि किसी वयस्क औरत की जननेन्द्रियाँ देखने में कैसी लगती हैं। पहली बार इसका मौका मुझे बाहर एक लंच के अवसर पर लगा। वाराणसी में एक प्रोफेसर के बगीचे के लॉन पर मॉडर्न स्कूल के लड़कों का लंच था। मैं जिस कतार में था उसके ठीक सामने बीचोबीच हमारी प्रिंसिपल कमला बोस बैठी हुई थीं। जब वे घास पर बैठने के लिए झुकीं तो उनकी साड़ी ऊपर उठ गई और उनकी जाँघों के बीच कोई घने बालोंवाली चीज दिखाई दी। मैं एकदम सन्न रह गया।

जब मैंने मैट्रिक की परीक्षा दे दी और मॉडर्न स्कूल छोड़ दिया तब कहीं जाकर मेरा मन लड़कों से हटकर लड़कियों की तरफ मुखातिब हुआ। उन्हीं दिनों मुझे टायफाइड हो गया और दो बार लौट-लौटकर हुआ। इसकी वजह से मेरी बोलने और चलने-फिरने की ताकत जाती रही। मेरी देखभाल के लिए एक युवा नर्स रख ली गई। उसके बारे में मुझे इतना-भर याद है कि वह बेहद काली और दुबली-पतली थी। उसके स्तन छोटे थे और आँखें चमकदार थीं। कुछ-कुछ घंटों के बाद वह मेरा बुखार लेती और मुझे दवा देती। इसके अलावा, सुबह के समय वह मुझे स्पंज भी करती। स्पंज के दौरान ही कभी-कभी वह मेरे लिंग को अपने हाथ में ले लेती और कहती : "तुम्हारी नन्ही-सी पोड़नी के चारों तरफ

बाल उगने लगे हैं। शीघ्र ही तुम मर्द बन जाओगे और यह 'नन्हा' बड़ा और मजबूत हो जाएगा।" मैंने उसे सुना लेकिन कोई उत्तर नहीं दे सका। वह मेरे शिथिल हाथों को हाथ में लेती और अपने स्तनों से रगड़ती। स्पर्श की यह अनुभूति मुझे अच्छी लगी किन्तु उसके उरोजों को सहलाने की मुझमें ताकत नहीं थी। जब तक मैं उसकी सेवाओं के प्रति प्रतिक्रिया जताने और जैसे-तैसे कुछ शब्द बोलने में समर्थ हुआ तब तक उसे हटा दिया गया। उस युवा नर्स ने ही, जिसके नाम का भी मुझे पता नहीं था, मेरे विचारों को औरतों की तरफ मोड़ा और मैंने यह जाना कि वे प्रेम और विलास की चीज हैं। इसके पहले मैं यह नहीं समझता था कि औरतों में भी सेक्स की वैसी ही चाहत होती है जैसी पुरुषों में। बल्कि मैं ऐसा मानता था कि स्त्रियाँ तो केवल मर्दों को खुश रखने के लिए ही यौनाचार को किसी-न-किसी तरह बर्दाश्त करती हैं। मेरी स्कूली जिन्दगी के दिन अब खत्म हो चुके थे।

अध्याय-तीन

दिल्ली और लाहौर : कॉलेज के वर्ष

मैट्रिक का नतीजा निकलने के कुछ समय बाद मैंने सेंट स्टीफंस कॉलेज में दाखिले के लिए अर्जी दी। आज की तरह उन दिनों भी यह दिल्ली का सबसे प्रतिष्ठित कॉलेज था। उस समय दाखिले उतने कठिन नहीं थे जितने कुछ साल बाद हो गए। मॉडर्न स्कूल से आनेवाले लड़कों को दाखिला आसानी से मिल जाता था। ये लड़के सम्पन्न परिवारों से आते थे और अन्यों के मुकाबले उनका अंग्रेजी पर बेहतर अधिकार होता था। मेरी भी ऐसी ही स्थिति थी। मुझे आशंका थी तो केवल 'रैगिंग' की। कॉलेज में नए भर्ती हुए लड़के ही इसका शिकार बनते थे। इस प्रथा को ब्रिटिश विश्वविद्यालयों की श्रेष्ठ परम्पराओं में गिना जाता था। कहा जाता था कि अपने को फन्नेखाँ समझनेवाले लड़कों को रास्ते पर लाने के लिए यह प्रथा ईजाद की गई थी। इसका कुछ अंश बुरा तो नहीं था लेकिन एकदम बेतुका और बेवकूफाना तो था ही : जैसे नए आए लड़कों को नाचने या गाने के लिए कहना, या फिर 'मैं प्रथम वर्ष का मूर्ख हूँ'—जैसे तख्ती लगाकर चलने के लिए बाध्य करना। यदि नए भर्ती लड़के इसका विरोध करते तो उनकी और भी जबर्दस्त रैगिंग होती। हॉस्टलों में नए लड़के अक्सर उपहास का लक्ष्य बनते—मसलन, उनसे नंगा होने या हस्तमैथुन करने के लिए कहा जाता। कुछ ऐसी भी घटनाएँ हुईं कि कमसिन तथा लड़कियों जैसे दिखनेवाले लड़कों के साथ समलैंगिक मैथुन किया गया। मैं इस रैगिंग से बच गया क्योंकि लम्बी बीमारी की वजह से मैं पहले सत्र में कॉलेज नहीं जा पाया था।

उन दिनों टायफाइड के बारे में अधिक जानकारी नहीं थी। खून, थूक या अन्य परीक्षणों की व्यवस्था नहीं थी जिनके आधार पर यह निदान किया जा सके कि बुखार किस तरह का है। इसके लिए केवल एक कड़वी दवा दी जाती थी जिसमें से बदबू-सी आती रहती थी। ठोस आहार लेने की मनाही थी। यह मियादी बुखार का एक रूप माना जाता था जो ग्यारह या बाईस दिन तक चलता था। यदि यह दुबारा हो गया तो फिर ग्यारह या बाईस दिन का दौरा और। मुझे यह बुखार दो बार लौट-लौटकर हुआ। जब दूसरी बार मैं फिर से रोगग्रस्त हुआ तो डॉक्टर निराश हो गए और उन्होंने गर्दन हिलाकर कहा कि अब तो मेरा भाग्य 'वाहे गुरु' के हाथों में है। मैं बेहोशी की अवस्था में आ गया। मेरे माता-पिता ने चावल, आटा, घी और चीनी से भरे थालों को मेरे हाथ से स्पर्श कराया और उन्हें

भिखारियों को दान कर दिया। मेरी देखभाल के लिए उन्होंने रात-दिन के लिए नर्स रख ली। जब मुझे बचा पाने की लड़ाई उन्हें हाथ से जाती नजर आने लगी तो उन्होंने मेरी दादी को बुला भेजा जो उस समय मियाँ चन्नू में मेरे चाचा के पास रह रही थीं।

जब दादी यहाँ पहुँचीं तो मुझे इसका धुँधला-सा एहसास हो गया था। उन्होंने मेरे इलाज का जिम्मा अपने ऊपर ले लिया। उन्होंने मेरे बाएँ पैर के अँगूठे में एक रंगीन धागा बाँध दिया। फिर वे गुरु अर्जुन की वाणी से सुखमणि का जाप करने लगीं। पूरे दिन और देर रात तक उनका यह पाठ चलता रहा। वे उसी कमरे में सोईं और दूसरे दिन सुबह उठकर फिर पाठ करने लगीं। दोपहर बीतते-न-बीतते मुझे होश आ गया। शाम होते-होते बड़े रहस्यमय ढंग से मेरा बुखार भी उतर गया। अथवा शायद यह एक संयोग रहा हो क्योंकि तभी बाईस दिन की दूसरी मियाद पूरी हो रही थी।

मैंने अभी चारपाई छोड़ी भी नहीं थी कि फिर शरारतें शुरू हो गईं। जब मेरे मुँह में थर्मामीटर लगाया जाता, मैं सोने का बहाना कर लेता और डॉक्टर मेरी नब्ज देखने के लिए मेरी कलाई अपने हाथ में ले लेता। अपने बाएँ हाथ से मैं चुपचाप अपनी कोहनी के अन्दर की तरफ की नब्ज को इतनी जोर से दबाता कि नीचे कलाई की तरफ उसका प्रवाह रुकने लगता। डॉक्टर बहुत परेशान मुद्रा में मेरी नब्ज ढूँढ़ने लगता, फिर पलकों को पलटकर देखता कि मेरी आँखों में जीवन के संकेत हैं या नहीं। अन्ततः उसे आश्वस्त करने के लिए मैं मुस्कुरा पड़ता। मैंने बिस्तर पर पड़े हुए जो तीन महीने बिताए उनमें मेरा कद दो इंच बढ़ गया, लेकिन जिगर हमेशा के लिए खराब हो गया। तभी से सोते समय मेरे मुँह से लार गिरा करती है और शौच जाते समय आँतों को काफी बहलाना-फुसलाना पड़ता है। कब्ज दूर करने और पेट साफ करनेवाली दवाएँ तथा एनीमा लेना तभी से नित्यप्रति का नियम-सा बन गया है।

स्वास्थ्य-लाभ के लिए मैं लम्बे समय तक पहाड़ों पर रहा। लोग-बाग जब मुझे काफी महत्त्व देते और जो कुछ मैं चाहता वह सब करने को तैयार हो जाते तो मन-ही-मन मुझे बहुत ख़ुशी होती। मैंने शिमला में दो महीने चाचा और उनकी दूसरी पत्नी के साथ बिताए। कमल के समान नेत्रोंवाली मेरी नई चाची बहुत सुन्दर थीं और उनका फोटो तो कमाल का आता था। शिमला में रहने का मुझे बहुत लाभ हुआ। जाखू हिल के चारों ओर मैं दूर तक लम्बी सैर करता। यह सैर माल पर आकर खत्म होती। उन दिनों जगमगाती दुकानों से सजी वह आधा मील की सड़क बहुत आकर्षक लगती थी। सड़क के दोनों छोरों पर दो अत्यन्त उच्च श्रेणी के रेस्तराँ थे—डेविको और वेंगर्स। सड़क के बीचोबीच चौराहे पर था स्कैंडल पायंट—मिलन-स्थल। शहर के जो भी जाने-माने लोग होते वे यहाँ आकर कुछ समय गपशप करते हुए बिताते। वे सुन्दर स्त्रियों को घूरते रहते और वायु में जो सुगन्ध वे पीछे छोड़ जातीं उसे अपनी साँसों में भर लेना चाहते। पंजाब के गवर्नर, सेनाध्यक्ष आदि अनेकानेक अंग्रेज अफसरों को यहाँ घूमते-फिरते अथवा गेटी थिएटर की तरफ जाते देखा जा सकता था। हर शाम को यहाँ पंजाब के मुख्यमन्त्री सर खिज्र हयात अपने वर्दीधारी नौकरों द्वारा खींची जानेवाली रिक्शा से उतरकर सैर करने आते। वे लम्बे कद के

और खूबसूरत थे, साथ ही कलगी लगी पगड़ी पहने होते। माल से घर लौटने का मन नहीं होता था।

शिमला में बिताए गए गर्मियों के उन महीनों ने मुझे हिमालय के सौन्दर्य से परिचित कराया। तभी मैंने कविताएँ लिखना शुरू किया—हालाँकि ये कविताएँ किसी काम की नहीं थीं। मैंने सितार बजाना भी सीखा। मैं किसी-न-किसी के साथ प्रेम करने को भी बेताब था। इस बात से विशेष फर्क नहीं पड़ता था कि वह कौन है अथवा उसकी आयु क्या है, बस उसे औरत होना चाहिए। चूँकि मेरी चाहत को पूरा करने के लिए कोई नहीं मिला, अतः मैंने एक लड़की को गुमनाम खत लिखने शुरू कर दिए। यह लड़की अमृतसर से आई थी और उसके माता-पिता ने हमारे पड़ोस का बँगला किराए पर लिया था।

मैं दिल्ली वापस लौट आया और सेंट स्टीफंस कॉलेज जाने लगा। उस समय दूसरे सत्र की शुरुआत थी। रैगिंग का मौसम गुजर चुका था। मैंने अंग्रेजी साहित्य, इतिहास, दर्शन और अर्थशास्त्र की पाठ्यपुस्तकें खरीद लीं। ये विषय ही सबसे लोकप्रिय थे क्योंकि उनमें परीक्षा पास करना सबसे ज्यादा आसान था। मैं *बाइबिल* की कक्षाओं में भी जाने लगा। उनमें उपस्थिति वैकल्पिक थी, किन्तु वहाँ नियमित रूप से इसलिए जाने लगा कि मैं अपने क्रिश्चियन प्रोफेसरों, विशेष रूप से के.एम. सरकार की कृपादृष्टि चाहता था। वे हमें अंग्रेजी साहित्य पढ़ाते थे। उनका जोर 'न्यू टेस्टामेंट' पर था। लेकिन मुझे 'ओल्ड टेस्टामेंट' ज्यादा दिलचस्प लगा क्योंकि इसके शब्दों में अपूर्व ध्वनि-माधुर्य था। मैंने *सोंग्स ऑफ सॉलोमन* तथा *साम्स* से कई अंश कंठस्थ कर लिए थे। *बुक ऑफ जॉब* पढ़ते समय मुझे सबसे ज्यादा आनन्द आता। मुझे सहज ही यह मालूम हो गया था कि अच्छी अंग्रेजी लिखने के लिए बाइबिल के साथ-साथ यूरोप की परीकथाओं, नर्सरी गीतों, यहाँ तक कि एडवर्ड लियर की तुकबन्दियों-जैसी निरर्थक कविताओं से परिचित होना भी बहुत जरूरी है। मैंने उन्हें मनोरंजन के लिए नहीं, साहित्य की आधार-सामग्री के रूप में पढ़ा।

अन्य सहपाठियों की तुलना में मैं ज्यादा सम्पन्न था। जेबखर्च के लिए मुझे ज्यादा पैसा मिलता था और अपने बड़े भाई की तरह मैं भी मोटरसाइकिल से कॉलेज आता था। इन्हीं सब वजहों से मेरे साथियों को मेरी तलाश रहती। मुफ्त का नींबू-शर्बत और चिकन पैटियाँ उड़ाने के साथ-साथ वे मेरी ए.जे.एस. मोटरसाइकिल पर सवारी गाँठने को उत्सुक रहते थे। ऐसे ही साथियों में एक ई.एन. मंगत राय था जिसने आगे चलकर मेरे जीवन में बड़ी विध्वंसक भूमिका निभाई।

उसका पूरा नाम था एडवर्ड निर्मल मंगत राय। उसके पिता पंजाबी हिन्दू थे और माँ बंगाली क्रिश्चियन। बाद में उसके पिता ने भी मसीही धर्म अपना लिया था। मंगत उनकी तीसरी सन्तान और दूसरा पुत्र था। उसके पिता सरकारी नौकरी में थे और इनकम टैक्स कमिश्नर के रूप में रिटायर हुए थे। मंगत राय परिवार के चारों बच्चे देखने-भालने में अच्छे थे और और उनका रहन-सहन पश्चिमी ढंग का था। सबसे बड़ी सन्तान लड़की थी, जिसका नाम था प्रियबाला। वह कॉलेज में प्रोफेसर बनी और लाहौर के केनैर्ड कॉलेज के प्रिंसिपल के रूप में रिटायर हुई। उसने आजीवन विवाह नहीं किया और रिटायर होने के

बाद वह एडिनबरा में बस गई। दूसरा बेटा चार्ल्स सेना में चला गया। उसने एक अमेरिकी लड़की से शादी की और ब्रिगेडियर बनकर रिटायर हुआ। इसके बाद वह कनाडा में बस गया। वहाँ वह योग का शिक्षक बन गया और अपनी पत्नी की मृत्यु के बाद उसने एक कनाडाई लड़की से शादी कर ली जो उससे उम्र में काफी छोटी थी। एडवर्ड निर्मल भाई-बहनों में तीसरा था। चौथी सन्तान बेटी थी जिसका नाम था शीला। वह छोटे कद की, नाजुक-सी सुन्दर लड़की थी। उसने एक आई.सी.एस. अफसर आर्थर एस. लाल से शादी की जो बड़ी दुर्भाग्यपूर्ण साबित हुई। उसके एक बेटी थी टूकी। वह कैलीफोर्निया में तीस-पैंतीस साल की उम्र में कैंसर से मरी। आर्थर को तलाक देने के बाद शीला ने शराब पीना और नशीली दवाओं का सेवन करना शुरू कर दिया। वह एक के बाद एक अनेक प्रेमियों के साथ रही। उसके बाद वह भारत वापस आ गई और कुल्लू में अपने सेब के बगीचे की देखभाल करने में लग गई। स्वयं उसी के नौकरों ने उसकी हत्या कर दी। मंगत राय और लाल के परिवार का मैं इसलिए उल्लेख कर रहा हूँ क्योंकि वे सभी समय-समय पर मेरे जीवन में प्रकट होते रहे।

ई.एन. (मैं उसे इसी नाम से पुकारता था) और मेरी दोस्ती मिलते ही हो गई थी। वह लम्बा तो था, किन्तु कुछ-कुछ स्त्रैण-सा था। स्त्रैण लड़के मेरी तरफ आकर्षित होते थे—शायद मेरे बेडौल और कद्दावर आकार के कारण। जिन विशेषताओं की वजह से मैं ई.एन. के प्रति आकर्षित हुआ वे थीं उसकी शैक्षिक उपलब्धियाँ और उसके प्रतिमा-भंजक विचार। वह काफी हद तक कक्षा का सबसे अच्छा विद्यार्थी था और सत्र परीक्षाओं में सभी विषयों में आमतौर पर उसी के सबसे ज्यादा अंक आते थे। वार्षिक पुरस्कार वितरण के अवसर पर इनाम की किताबों और कपों का ढेर लग जाता। बातचीत में भी वह बहुत प्रभावित करता था। धर्म और सामाजिक आचरण की हर संकल्पना और स्वीकृत प्रतिमान को वह चुनौती देता। जो लड़के परम्परागत विचारों के तहत पले-बढ़े थे उनके दिमाग के बहुत-से जाले उसने साफ किए थे। मैं भी ऐसे ही लड़कों में से था। हम लोग उसी की तरह बहस करने लगे थे और उसके बोलने के ढंग का अनुकरण करने लगे थे। अन्य साथियों की तुलना में वह मेरी दोस्ती को अधिक महत्त्व देता था, इससे मेरे अहम् की तुष्टि होती थी। कक्षा में और खेल के मैदान में हम दोनों हमेशा साथ-साथ दिखाई देते। वह सप्ताहांत अक्सर मेरे घर पर बिताया करता। लोगों को यह गलतफहमी थी कि हमारे सम्बन्ध अप्राकृतिक हैं। बहरहाल, प्रिंसिपल एस.एन. मुखर्जी को कहीं से इसकी भनक लग गई और उन्होंने छुट्टी के दिन छात्रावास से उसके बाहर जाने पर रोक लगा दी।

सेंट स्टीफंस में बिताए दो सालों ने मुझे हिन्दुस्तान के एक ऐसे रूप के दर्शन कराए जिसे मैं मॉडर्न स्कूल के बँधे-बँधे वातावरण में नहीं देख पाया था। यहाँ सरकार-जैसे विचित्र नाम वाले लोग थे : 'सरकार' का शाब्दिक अर्थ है शासन। हालाँकि मेरे जीवन के शुरू के कुछ वर्ष मुस्लिम-बहुल गाँव में बीते थे और अपने उर्दू-शिक्षक मौलवी शैफुद्दीन नय्यर का मैं प्रशंसक था, इसके बावजूद जब मुझे यह पता चला कि कॉलेज के अधिकतर मुसलमान अपने-आपको बाकी हिन्दुस्तानियों से अलग समुदाय का मानते हैं तो मुझे बहुत

अफसोस हुआ। उन दिनों राष्ट्रीय आन्दोलन उभार पर था। गांधीजी महात्मा कहलाने लगे थे और ज्यादातर मुसलमानों तथा कुछ ईसाइयों को छोड़ बाकी सभी लोग उन्हें भारत का नेता मानने लगे थे। जब मैं सेंट स्टीफंस कॉलेज में द्वितीय वर्ष का विद्यार्थी था तभी तीन क्रान्तिकारियों—भगतसिंह, राजगुरु और सुखदेव को फाँसी दी गई थी। मृत्युदंड के प्रति विरोध जताने के लिए पूरे भारत में सभी स्कूल-कॉलेज बन्द रहे थे। लेकिन सेंट स्टीफंस बन्द नहीं रहा। सुबह की प्रार्थना के बाद एक अन्य लड़के और मैंने 'भगतसिंह ज़िन्दाबाद' का नारा लगाया। हमने कॉलेज के मस्तूल पर भारत का तिरंगा झंडा फहरा दिया। यह मस्तूल कॉलेज के प्रतीक चिह्न के लिए था जिसमें लाल क्रॉस तथा कॉलेज का आदर्श वाक्य—'ईश्वर की महिमा में' लगा रहता था। कार्यवाहक प्रिंसिपल मॉन्क ने हमें अपने दफ्तर में बुलाकर खूब डाँटा-फटकारा। उन्होंने हमें चेतावनी दी कि यदि हमने इस तरह की हरकत दुबारा की तो हमें कॉलेज से निकाल दिया जाएगा। मैंने मॉन्क को अच्छे व्यवहार का आश्वासन दिया और उनसे यह प्रार्थना की कि वे मेरे पिता से मेरी शिकायत न करें।

एक बार मैं शिमला में अपने चाचा-चाची के साथ छुट्टियाँ मना रहा था। तभी एक ऐसी घटना घटी जो सालों मेरे दिमाग में खटकती रही। मेरे चाचा पंजाब विधानसभा के सदस्य थे और मन्त्री या उपमन्त्री बनने के लिए काफी उतावले थे। अपने मामले की पैरवी के लिए कभी वे गवर्नर के पास जाते, कभी मुख्यमन्त्री अथवा मन्त्रिपरिषद के किसी अन्य सदस्य के पास। वे अपने समय के सबसे बड़े सिख राजनीतिज्ञ थे, इसमें सन्देह नहीं किन्तु वे इसलिए आगे नहीं बढ़ पाए कि बड़े जमींदार होने के बावजूद वे जाट किसान नहीं माने जाते थे। उस समय पंजाब की राजनीति में जाटों का दबदबा था। केवल एक ही मन्त्री ऐसा था जो जाट न होकर हिन्दू था। एकमात्र सिख मन्त्री थे सर सुन्दर सिंह मजीठिया। वे जाट थे और राजसी ठाठबाट से रहते थे। मेरे चाचा ने डैविको रेस्तराँ में एक बहुत बड़ी चाय-पार्टी दी। यह रेस्तराँ माल और लक्कड़ बाजार के बीच एक सिनेमाघर के ऊपर अपने नए भवन में अभी हाल में स्थानान्तरित हुआ था। तीन से चार सौ के बीच शिमला के चुनिन्दा लोग इस पार्टी में आए थे। आनेवालों में पंजाब सरकार के मन्त्री भी शामिल थे। उन दिनों मुझे लोगों के ऑटोग्राफ लेने का बहुत शौक था और मेरे आटोग्राफ-एलबम में अन्य बड़े लोगों के साथ-साथ जवाहरलाल नेहरू और सरोजिनी नायडू के भी हस्ताक्षर थे। भगतसिंह के हस्ताक्षर मैं नहीं ले सका, अतः एलबम के एक पृष्ठ पर मैंने इस युवा क्रान्तिकारी की फोटो ही चिपका ली। मैं चाय-पार्टी में चारों ओर घूम-घूमकर बड़ी-बड़ी हस्तियों से हस्ताक्षर देने को कहने लगा। उन्होंने बिना किसी टीका-टिप्पणी के ऑटोग्राफ दे दिए। सबसे अन्त में मैं सर सुन्दर सिंह मजीठिया के पास पहुँचा। वे मेरी एलबम के पन्ने पलटने लगे—यह देखने के लिए कि उसमें और किन-किन लोगों के हस्ताक्षर हैं। एक पन्ने पर भगतसिंह की फोटो चिपकी देखकर वे गुस्से से पूछने लगे : 'इन महाशय की फोटो तुमने यहाँ क्यों लगाई है ?' मैंने बेहिचक उत्तर दिया : 'क्योंकि वह मेरा हीरो है।' नाइट की उपाधि-प्राप्त मजीठिया ने जैसे मेरी खिल्ली उड़ाते हुए कहा : 'हीरो ! वह तो स्वधर्मत्यागी है।' (भगतसिंह सिख थे, किन्तु उन्होंने अपने बाल कटवा दिए थे और वे

दाढ़ी बनवाते थे)। 'मैं ऐसी एलबम में अपने हस्ताक्षर हर्गिज नहीं करूँगा जिसमें किसी स्वधर्मत्यागी का फोटो हो', वे गरजते हुए बोले और उन्होंने मेरी ऑटोग्राफ एलबम को हॉल के दूसरी तरफ उछालकर फेंक दिया। मैं घबरा गया और रोने लगा। सेवा सिंह और उनकी पत्नी, जो मेरे पिता के करीबी दोस्त थे, मजीठिया के ऊपर पलटकर बरस पड़े, 'आपको इस लड़के के साथ ऐसा सलूक करने की हिम्मत कैसे हुई ? उसे भगतसिंह की प्रशंसा का पूरा हक है। हम सभी उनके प्रशंसक हैं।' मजीठिया भड़भड़ाते हुए कमरे के बाहर चले गए। सारी पार्टी का मजा किरकिरा हो गया। मेरे चाचा और चाची का क्षुब्ध होना स्वाभाविक था। सर सुन्दर सिंह को मैं उनके इस अशिष्ट व्यवहार के लिए कभी माफ नहीं कर सका—यहाँ तक कि उनके बेटों और नाती-पोतों ने मेरे प्रति जब कभी दोस्ताना हाव-भाव दिखाए तो मैंने कोई जवाब नहीं दिया।

जहाँ तक मुसलमानों का सवाल है, एक ही लड़का मैंने ऐसा देखा जो गांधी टोपी लगाता था और खादी पहनता था। दूसरे मुसलमान लड़के तो वही लाल तुर्की टोपी और साफ तौर पर मुसलमानी लिबास में पढ़ने आते। वे राष्ट्रीयता की भाषा नहीं बोलते थे। कॉलेज के स्टाफ में एक इतिहास के प्रोफेसर थे। डॉ. इश्तियाक अहमद कुरेशी। वे हमेशा अपनी इस्लामिक विरासत का राग अलापते रहते थे और मुसलमानों के लिए अलग निर्वाचक मंडल के समर्थक थे। वे पाकिस्तान चले जानेवाले आरम्भिक व्यक्तियों में से थे और वहाँ आगे चलकर शिक्षामन्त्री बने। मुसलमानों में अलगाववादी प्रवृत्ति से मुझे बहुत अफसोस होता। मैंने उन्हें दोस्त बनाने की भरपूर कोशिश की लेकिन कामयाबी नहीं मिली।

यह कहना पूरी तरह ठीक नहीं होगा कि मैंने कोई मुसलमान दोस्त बनाया ही नहीं। एक बहुत ही खुशनुमा रिश्ता, जिसकी कोई उम्मीद नहीं थी, मेरी बहन के जरिए जुड़ा। वे उन दिनों लेडी इर्विन कॉलेज में पढ़ रही थीं जो लड़कियों का कॉलेज था। उनकी हैदराबाद की एक मुसलमान लड़की से दोस्ती हो गई। नाम था ग़यूरुन्निसा हफीज़। हर इतवार को उसे चाय पर आमन्त्रित किया जाता। पहली बार जब वह हमारे घर आई तो बुरका पहने हुए थी। मेरी बहन ने उसे काफी समझा-बुझाकर इस बात के लिए राजी किया कि हमारे घर में वह बुरका उतार दिया करे। ग़यूरुनिन्सा पीले-से रंग की दुबली-पतली लड़की थी। हलके-भूरे रंग के घुँघराले बाल थे उसके। परदे में रहने के बावजूद, बातचीत में वह काफी चुलबुली थी। हमारे घर में जिन लड़कों से वह मिलती उनसे खुलकर पेश आती। मैं उसके प्यार में एकदम पागल हो उठा। साथ ही मुझे यह एहसास भी हुआ कि धर्म ने हमारे बीच जो दूरी बना दी है उसके चलते हम एक-दूसरे के ज्यादा नजदीक पहुँचने की आशा नहीं कर सकते। फिर भी मुझे इस बात की खुशी थी कि मैं एक ऐसी मुसलमान लड़की से परिचित हूँ जिसे अपना दोस्त कह सकता हूँ। मेरी अपेक्षा वह ज्यादा निडर थी। एक दिन शाम को मेरी बहन और मैं उसे फिल्म दिखाने ले गए। जब तक बत्तियाँ नहीं बुझीं, वह बुरका पहने रही। मैं दोनों लड़कियों के बीच में बैठा था। जैसे ही फिल्म शुरू हुई, मैंने यह महसूस किया कि उसने अपना हाथ धीरे-से मेरे हाथ पर रख दिया है। कुछ क्षण के लिए तो मैं यह तय नहीं कर सका कि क्या उसे यह चेतना है कि उसने अपना

हाथ मेरे हाथ पर रख दिया है अथवा उसने जानबूझकर अपना हाथ वहाँ रखा है। मानो मेरे भ्रम को दूर करने के लिए ही उसने मेरे हाथ को धीरे-से दबाया और अपनी उँगलियों को मेरी उँगलियों में फँसा दिया। उत्तेजना से मैं पागल-सा हो उठा और फिल्म में मेरी सारी दिलचस्पी जाती रही। मध्यान्तर में जब मेरी बहन का ध्यान कहीं और था तो मैंने उससे पूछा कि क्या मैं उसे खत लिख सकता हूँ और उसे बाहर घुमाने ले जा सकता हूँ। उसने स्वीकार में अपना सिर हिलाया और कहा : 'मुझे तुम्हारी बहन के साथ जाने की अनुमति मिली हुई है। तुम मुझे ले जाने और फिर वापस छोड़ने के लिए आ सकते हो।'

अपनी बहन की जानकारी के बिना ही मैं उसकी सहेली को हर इतवार को दोपहर बाद लेने आने लगा। वहीं से हम लोग कार में दूर-दूर तक सैर को निकल जाते। उन दिनों मेरे पिता के पास दो कारें थीं : एक तो नई जिसे वे खुद चलाते थे और दूसरी एक पुरानी फिएट जो परिवार के उपयोग के लिए थी। इस फिएट में क्लच के पास एक छोटा-सा लीवर था जिसे घुमाने पर पेट्रोल को कारबोरेटर में जाने से रोका जा सकता था। अपने बाएँ हाथ से मैं उसे थामता जबकि दाएँ हाथ से स्टियरिंग को। वह मुझे इससे ज्यादा छूट न लेने देती। एक दिन शाम के समय पहाड़ी पर एक सुनसान स्थान में मैंने पेट्रोल का लीवर बन्द कर दिया—इस उम्मीद में कि अब मैं उसे बाँहों में भर लूँगा। ऐसी चालों को वह जानती थी, अतः उसने लीवर को फिर चालू कर दिया और चेतावनी के स्वर में बोली : 'अगर तुम ठीक से पेश नहीं आओगे तो फिर मैं तुमसे कभी नहीं मिलूँगी।' लाहौर में और इग्लैंड में पढ़ते समय मैंने ग़यूर को अनेक प्रेमपत्र लिखे। बस मैं उसके इससे ज्यादा करीब नहीं आ सका। ऐसे पत्र मैं और भी लड़कियों को लिखा करता था।

कोई तीसेक साल बाद ग़यूर मेरे जीवन में फिर आई और इस बार भी मेरी बहन की ही मार्फत जिसे अब भी यह पता नहीं था कि उसकी पीठ पीछे हम दोनों के बीच क्या कुछ घटित हुआ था। तब तक ग़यूर अपने दो शौहरों को दफन कर चुकी थी और एक अठारह साल की प्यारी-सी लड़की की माँ थी। लड़की का नाम था फरीसा जो उसी कॉलेज—लेडी इर्विन कॉलेज में पढ़ती थी जिसमें उसकी माँ पढ़ी थी। ग़यूर ने मुझे उसका स्थानीय अभिभावक बना दिया। फरीसा अपनी माँ की तरह ही निकली। कई बार वह अपने स्थानीय अभिभावक से मिलने के बहाने कॉलेज से निकल आती और मेरे घर आने के बजाय लड़कों के साथ घूमने चली जाती। उसे मुझसे यह पत्र लिखवाने में कोई दिक्कत पेश न आती कि पूरे दिन वह मेरे पास रही।

अस्सी की उम्र पार करने के बाद भी ग़यूर से मेरी दोस्ती बरकरार रही। जब भी मैं हैदराबाद जाता, अपना खाली वक्त उसके साथ बिताता। मेरे प्रति ग़यूर के प्यार ने ही मुझे मुसलमानों का बेहद प्रेमी बना दिया। मेरी नजर में कोई हिन्दुस्तानी मुसलमान कभी गलती कर ही नहीं सकता। मैं इस नतीजे पर पहुँचा कि किसी समुदाय को चाहने के लिए इतना-भर काफी है कि आप उसके किसी सदस्य से प्रेम करने लगें।

स्वतन्त्रता आन्दोलन से भारतीय ईसाइयों की उदासीनता को मैंने बहुत गम्भीरता से नहीं लिया। मेरे मन में यह पूर्वग्रह था कि अधिकतर ईसाई छोटी जातियों से धर्मपरिवर्तन

करके आए हैं। हम उनके मिले-जुले अंग्रेजी-हिन्दी नामों, जैसे रॉबर्ट मसीह, ह्यूबर्ट मार या फिर एडवर्ड निर्मल आदि का मजाक उड़ाते। अंग्रेज शासकों से अपने-आपको अभिन्न समझने की उनकी कोशिशें हास्यास्पद लगतीं। एक बार इंग्लैंड के राजा के जन्मदिन पर कॉलेज की इमारत पर फहराते हुए यूनियन जैक झंडे को लेकर मैंने जब कुछ अपमानजनक टिप्पणी कर दी तो एक पंजाबी क्रिश्चियन ह्यूबर्ट मार ने इसका विरोध किया और कहा : 'आप जब झंडा फहराते हैं तो हमें बुरा नहीं लगता। फिर साल में एक दिन जब हम अपना झंडा फहराते हैं तो आपको कोई आपत्ति नहीं होनी चाहिए।' मंगत राय के इस बारे में कोई सुनिश्चित विचार नहीं थे। वह एक सिविल सेवा अधिकारी का बेटा था और उसकी अपनी महत्त्वकांक्षाएँ थीं। अतः 'स्वराज के पक्ष अथवा विपक्ष' के विवाद में वह कभी नहीं फँसा।

सेंट स्टीफंस के अपने दो सालों में मैंने कुछ खास हासिल नहीं किया। बस जैसे-तैसे करके परीक्षाओं में पास होता रहा। टेनिस खेलने पर मैं जितना समय लगाता था उतना अपनी किताबों पर नहीं। लेकिन टेनिस में भी मैं कॉलेज की 'बी' टीम में भी नहीं आ सका। सिख होने के नाते मैंने सोचा कि मुझे सैनिक के गुणों की कुछ जानकारी भी तो होनी चाहिए। अतः मैं यूनिवर्सिटी ट्रेनिंग कोर में भर्ती हो गया। लाल किले में हफ्ते में दो बार इसकी कवायद होती थी। तेज गर्मियों में हमें अपनी देह पर खुरदुरी भूरी गर्म कमीजें, टाँगों पर मोटी-मोटी पट्टियाँ और पैरों में घुंडीदार कीलोंवाले जूते पहनने होते। जल्दी ही मैं कवायद करते-करते थक गया और उसे छोड़ने का मन करने लगा। लेकिन एक बार भर्ती होने के बाद उसे छोड़ने का नियम नहीं था। उसे छोड़ने का मतलब था भाग जाना और इसके लिए कारावास की सजा हो सकती थी। बचाव का कोई रास्ता नहीं था। हमें साल में एक बार कैम्प में भी जाना पड़ता था जहाँ हाजिरी अनिवार्य थी। हमारे तम्बू उस जगह लगे थे जहाँ सम्राट जॉर्ज पंचम और रानी मेरी ने 1911 में नई दिल्ली की आधारशिला रखी थी। आज यह स्थान किंग्सवे कैम्प कहलाता है। 1930 के दशक में किंग्सवे कैम्प कँटीली झाड़ियोंवाला बीहड़-सुनसान हुआ करता था जिसमें साँप और बिच्छू भरे रहते थे।

यूनिवर्सिटी ट्रेनिंग कोर में तम्बू कुलनाम (सरनेम) के वर्णक्रमानुसार लगाए जाते थे। अतः मैंने देखा कि मुझे पाँच अन्य सिंहों के साथ रख दिया गया है। ये सभी सिख थे और अलग-अलग कॉलेजों से आए थे। इनमें दो लांस कॉर्पोरल थे, दो कॉर्पोरल और एक सार्जेंट। उनमें केवल मैं ही ऐसा था जो किसी सरकारी संस्था में नहीं था और स्टीफंस कॉलेज में पढ़ा हुआ भी केवल मैं ही था। वे सब दाढ़ी-मूँछवाले हट्टे-कट्टे लड़के थे और खेलकूद की विभिन्न प्रतियोगिताओं में जीतने के इरादे से आए थे। कैम्प में उस सप्ताह के प्रमुख आकर्षण ये खेल ही थे। सार्जेंट ने मुझे आश्वासन दिया कि यदि खेलकूद में मेरा प्रदर्शन अच्छा रहा तो वह मुझे लांस कॉर्पोरल बनाने की सिफारिश कर देगा।

अपने साथी सिखों के साथ रहने में मुझे बहुत-सी दिक्कतें पेश आईं। वे सोते समय जोर-जोर से खर्राटे भरते और मेरा दोपहर का आराम और रात की नींद हराम कर देते। वे एकदम गँवार थे। अपनी गाँव की खड़ी बोली में वे अत्यन्त फूहड़ किस्म के मजाक

करते रहते। उन सभी ने किसी-न-किसी खेल में जीत हासिल की थी, अतः खेलों में मेरा अच्छा प्रदर्शन न होने के काण वे मुझे बड़े तिरस्कार की दृष्टि से देखते। वे मुझ पर व्यंग्य करते हुए कहते : 'तुम सिख हो या बनिया ?' होते-होते जब हद हो गई, तो मैंने उन्हें सबक सिखाने का निश्चय किया। मैंने सुँघनी का एक पैकेट खरीदा। एक दिन दोपहर को जब वे सो रहे थे तो मैंने सुँघनी के चूर्ण को उनके नथुनों के पास मूँछों पर डाल दिया और भागकर एक अन्य तम्बू में चला गया जहाँ सेंट स्टीफंस के लड़के ठहरे हुए थे। 'अब मजा देखना'—मैंने उन्हें बताया। चन्द मिनटों बाद वे पाँचों-के-पाँचों भयंकर रूप से छींकते हुए तम्बू से बाहर आए। वे समझ नहीं पा रहे थे कि उन सभी को एकसाथ छींकें क्यों आने लगीं। उन्होंने देखा कि यूनिवर्सिटी ट्रेनिंग कोर के सभी सदस्य हँसते-हँसते बेहाल हो गए हैं। जब उन्हें शरारत के स्रोत का पता चला तो उन्होंने मुझसे बदला लेने की ठान ली।

मुझसे मूर्खता यह हुई कि दो दिन बाद मैंने वही शरारत फिर करनी चाही, किन्तु मेरे तम्बू के साथी सोने का बहाना करके लेटे हुए थे। फौरन ही उन्होंने मुझे दबोच लिया, मेरे सभी कपड़े उतार दिए और मुझे तम्बू के बाहर फेंक दिया। फिर वे सारे कैम्प के लोगों को तमाशा देखने के लिए बुलाने लगे। इस तरह हमारा हिसाब चुकता हुआ। मैंने उनसे सुलह करने में ही खैर समझी और मुझे इससे काफी फायदा हुआ।

सेंट स्टीफंस के लड़कों में महमूद मिर्ज़ा नाम का एक पहलवान था जो लौंडेबाजी में भी दखल रखता था। जब हम लोग सुबह को या दोपहर के समय कनातों से बने घेरे में नहाते होते तो मिर्ज़ा अपने सम्भावित शिकार पर निगाह रखता। उसने केरल के रहनेवाले एक लड़के इट्टियार को और मुझे चुना। उसने कहा : 'तुम दोनों में से एक-न-एक को चलना पड़ेगा। अब तुम्हीं तय कर लो कि कौन चलेगा, नहीं तो तुम दोनों को ही नहीं छोड़ूँगा।' मैंने और उस केरलवाले लड़के ने एकसाथ मुकाबला करने का निश्चय किया। मैंने अपने तम्बू के साथियों से मदद के लिए गुहार की। सार्जेंट सिख ने, जो मिर्ज़ा से कहीं ज्यादा तगड़ा था, उस लौंडेबाज को अपनी सेवाएँ अर्पित करते हुए कहा : 'मिर्ज़ा, मैं बराबरी के सौदे—वारी बट्टा—में विश्वास करता हूँ। पहले मैं तुम्हारे साथ करूँगा, फिर तुम मेरे साथ। लेकिन अगर तुमने इस सिख लड़के को हाथ लगाया तो मैं तुम्हें जिन्दा नहीं छोड़ूँगा।' बस इतने से ही मिर्ज़ा रास्ते पर आ गया।

एक दिन दोपहर के समय हम लोग लेटे हुए झपकी ले रहे थे। गर्मी बहुत थी। तभी एक बड़ा-सा कोबरा दूसरी तरफ जाने के लिए एक लड़के की गर्दन पर रेंग आया। लड़का भय से चीखता हुआ उठ बैठा और उसने साँप को झटककर दूर फेंक दिया। वह गुस्से में फुफकारते और थूकते हुए एक दूसरे लड़के की छाती पर जा गिरा। हम लोगों ने तम्बू से बाहर भागने की कोशिश की। घबराहट में हम लोग बीच के खम्भे से जा टकराए जिससे वह उखड़ गया और पूरा तम्बू हमारे ऊपर आ पड़ा। तम्बू के नीचे हमारे साथ कोबरा भी था। जैसे-तैसे करके हम लोग तम्बू से बाहर निकले और इसी तरह साँप भी। कोर के लड़कों ने साँप का पीछा किया। उनके हाथों में बन्दूकें थीं लेकिन उनमें गोलियाँ नहीं थीं। साँप पेट के बल रेंगता हुआ जितनी तेजी से भागा उतनी तेजी से टाँगों ने हमारा

साथ नहीं दिया। जहाँ तक मेरा सवाल है, साँप वाली घटना से मेरी सहनशीलता की सीमा चुक गई। मैंने डॉक्टरी सर्टीफिकेट देकर इस फौजी ट्रेनिंग से मुक्ति पाई। सर्टीफिकेट में यह लिखा गया था कि पिछले साल की लम्बी बीमारी की वजह से मुझसे ड्रिल और परेड न कराई जाए। इस तरह मेरी फौजी बनने की किशोरावस्था की महत्त्वाकांक्षा का अन्त हुआ।

मैंने 1932 में कला-विषयों में इंटरमीडिएट की परीक्षा दी। जैसी कि आशा थी, मैं जैसे-तैसे द्वितीय श्रेणी ला पाया। और आशा के अनुरूप ही मंगत राय ने कई विषयों में पूरे विश्वविद्यालयों में सर्वाधिक अंक प्राप्त किए।

मुझे ठीक-ठीक नहीं मालूम कि मैंने स्नातक डिग्री के लिए सेंट स्टीफंस कॉलेज को छोड़ लाहौर के गवर्नमेंट कॉलेज में दाखिला लेने का निर्णय क्यों लिया। मेरे भविष्य की रूपरेखा बनाने में मेरे पिता की निर्णायक भूमिका रही। एक बार जब मैं स्कूल में ही पढ़ रहा था, प्रिंसिपल कमला बोस ने मेरे पिता को यह सुझाव दिया कि मेरे अन्दर लेखक बनने की सम्भावनाएँ हैं। इस सुझाव के पीछे प्रेरणा मेरी अंग्रेजी की टीचर मिस बुडेन की थी। पिताजी ने कई दिन तक इस सुझाव पर गम्भीरता से विचार किया और इस निष्कर्ष पर पहुँचे कि लेखन के सहारे कोई रोजी-रोटी नहीं कमा सकता। अधिक-से-अधिक किसी अन्य व्यवसाय के साथ-साथ इसे जारी रखा जा सकता है। चूँकि मैं कच-कच बोलता रहता था, इसलिए मेरी माँ मुझे अक्सर गलाधर (बातूनी) कहकर पुकारती थीं। मैं हमेशा किसी-न-किसी से बहस में उलझता रहता था, अतः मेरे माँ-बाप ने तय किया कि मेरे लिए वकालत सबसे ठीक रहेगी। हमारे परिवार में कोई वकील नहीं था। जो एडवोकेट व्यवसाय और सम्पत्ति से जुड़े मामले-मुकदमे देखते उन्हें मोटी रकम फीस के रूप में देनी होती थी। मॉडर्न स्कूल में जब पिताजी ने हिन्दी छुड़वाकर उसके स्थान पर मुझे उर्दू दिलवाई तो उनके दिमाग में शायद यही बात रही होगी क्योंकि अदालतों में दस्तावेज उर्दू में ही रखे जाते थे। दिल्ली की अदालतें लाहौर हाईकोर्ट के अधिकार-क्षेत्र में आती थीं। मेरे पिताजी ने निश्चय ही यह सोचा होगा कि लाहौर की वकालत जमाने से पहले मैं वहाँ के माहौल में रच-बस जाऊँ। मुझे खुद जिन्दगी में क्या बनना है, इसके बारे में मेरे कोई सुनिश्चित विचार नहीं थे। मैं लाहौर जाने को राजी हो गया हालाँकि इसके कारण मुझे स्पष्ट नहीं थे। दरअसल, मैं किसी जगह और वहाँ रहनेवाले लोगों से जल्दी तंग आ जाता था जैसे कि मैं अब भी आ जाता हूँ। हमेशा मुझे नई जगहों की तलाश रहती और मैं नए-नए लोगों को जानना चाहता। उस समय मैं स्थायी किस्म की दोस्ती कायम नहीं कर सकता था। आज भी मेरा यही हाल है।

खेलकूद और पढ़ाई-लिखाई, दोनों में अपनी उपलब्धियों की वजह से गवर्नमेंट कॉलेज (लाहौर) उत्तर भारत की ऐसी शिक्षण संस्था के रूप में मशहूर था जहाँ हर कोई दाखिला पाना चाहता था। उस समय भारतीय ओलम्पिक टीम के ग्यारह में से चार खिलाड़ी इसी कॉलेज के थे। इन चार खिलाड़ियों में टीम का कैप्टन भी शामिल था। भारतीय क्रिकेट

और एथलीट टीमों के अधिकतर खिलाड़ी यहीं से लिए गए थे। एक अवकाशप्राप्त अंग्रेज कर्नल एच.एल.ओ. गैरट इस संस्था का अध्यक्ष था। वह एक लम्बा-सा बड़ा ही सख्त किस्म का आदमी था और वह पूरी संस्था को ऐसे चलाता था जैसे वह फौजी पलटन का केन्द्र हो। स्टाफ में कुछ थोड़े-से ऐसे थे जो ऑक्सफोर्ड अथवा कैम्ब्रिज से डिग्री लेकर आए थे। इनमें से दो—बीरबल साहनी और डॉ. कश्यप तो प्रसिद्ध वैज्ञानिक थे। कॉलेज में दाखिले सीमित होते थे। दाखिले में धन, वंश-परम्परा और राजनीतिक वर्चस्व को जितना महत्त्व दिया जाता था उतना काबिलियत को नहीं। एचीसन चीफ्स कॉलेज से पढ़कर जमींदार अमीर वर्ग के जो लड़के आते थे उन्हें किसी ना-नुकुर के बिना ही दाखिला मिल जाता था, चाहे स्कूल में उनका परीक्षा परिणाम कितना भी खराब क्यों न रहा हो। अन्य विद्यार्थियों का, उनके पिता और अभिभावकों सहित, इंटरव्यू लिया जाता था। मैं जब बोर्ड के सामने गया तो मेरे चाचा उज्जल सिंह मेरे साथ थे। अपने दिनों में वे कॉलेज हाकी टीम के कैप्टन रह चुके थे, वहीं से उन्होंने एम.ए. किया था और अब वे पंजाब विधानसभा के सदस्य थे। बोर्ड के सदस्यों में से किसी ने मुझसे प्रश्न पूछना जरूरी नहीं समझा। गवर्नमेंट कॉलेज में दाखिले के लिए मेरे चाचा ही मेरे पासपोर्ट और वीसा सिद्ध हुए।

मेरे सेंट स्टीफंस कॉलेज छोड़कर जाने से मंगत राय बहुत दुखी और परेशान हुआ। नया सत्र शुरू होने से पहले जो लम्बी छुट्टियाँ होतीं उनमें वह मुझे लम्बे-लम्बे खत लिखा करता। मैंने जब उसे बताया कि मेरा लाहौर जाना तय है तो वह रुआँसा हो आया। मैं अपनी ए.जे.एस. मोटरसाइकिल पर लाहौर के लिए रवाना हुआ। दिल्ली से लाहौर तक ग्रांड ट्रंक रोड से 300 मील का सफर मैंने आठ घंटे में तय किया। उन दिनों इस राजमार्ग पर यातायात बहुत कम हुआ करता था।

लाहौर में पहले चार महीने तक मैं अपने चाचा के पास रहा। वे जेल रोड पर एक किराए के मकान में रहते थे। उनकी पत्नी ने तभी दो जुड़वा बच्चियों को जन्म दिया था। साथ ही वे पंजाब विधानसभा के चुनाव लड़ने में व्यस्त थे। उनके यहाँ राजनीतिज्ञों, समर्थकों, चुनाव-प्रसार-प्रबन्धकों आदि का आना-जाना लगा रहता। हमारा एक रिश्ते का भाई भी इसी कॉलेज में पढ़ता था। हम दोनों ने कॉलेज-हॉस्टल में चले जाने का निर्णय लिया। कॉलेज में दो हॉस्टल थे। एक हॉस्टल तो आकार में चौकोर-सा था जो साधारण जनों के लिए था। दूसरा 'न्यू हॉस्टल' कहीं अधिक महँगा था। इसमें जमींदारों के लड़कों के लिए कमरों के विशेष सेट बने हुए थे। इनमें से कई लड़कों ने तो अपनी देखभाल के लिए नौकर भी रख रखे थे। हमें एक कोने में कमरों का जो सेट मिला था वहाँ से डी.ए.वी. कॉलेज और लॉ कोर्ट सामने ही दिखाई देते थे। हमारी खिड़की के नीचे वह जगह थी जहाँ से भगतसिंह और राजगुरु ने ऐंग्लो-इंडियन पुलिस इंस्पेक्टर सॉन्डर्स की गोली मारकर हत्या कर दी थी। इस हत्या का कारण यह था कि सान्डर्स ने लाहौर रेलवे स्टेशन के बाहर लाला लाजपतराय पर उस समय वार किया था जब वे साइमन कमीशन-विरोधी प्रदर्शन का नेतृत्व कर रहे थे। कानूनी अदालतों का दृश्य नैतिक दृष्टि से ऊँचा उठानेवाला नहीं होता था। हम लोग सुबह के वक्त हथकड़ी और बेड़ियों में जकड़े कैदियों को काली

बन्दीगाड़ी से उतरते हुए देखते और शाम को उन्हें ले जाते हुए। साथ ही, वकील और मुवक्किल कतार बाँधकर कोर्ट की दीवार पर पेशाब करते हुए दिखाई देते।

गवर्नमेंट कॉलेज की इमारत बहुत सुन्दर थी। वह काफी हद तक पहाड़ी पर बने गोथिक गिरजाघर-जैसी दिखाई देती। कॉलेज के सामने बहुत बड़ा खेल का मैदान था। उसके पश्चिमी सिरे पर टेनिस कोर्ट थे और पूर्व की ओर तरणताल और चौकोर वाला हॉस्टल था। कॉलेज गोलबाग नामक एक गोलाकार पार्क के एक सिरे पर स्थित था जहाँ से म्यूजियम की तरफ रास्ता चला जाता था। म्यूजियम के पास ही 'भंगियाँ दी तोप' नाम से प्रसिद्ध एक विशालकाय तोप थी जिसे सिखों से छीनकर कब्जे में लिया गया था। आगे चलकर रुडयार्ड किपलिंग के उपन्यास के नायक के नाम पर इसे 'किम की तोप' कहा जाने लगा। वहीं से 'माल' की शुरुआत हो जाती थी जो हाईकोर्ट, विधानसभा भवन और लॉरेंस गार्डन से होती हुई एक नहर की तरफ चली जाती थी। यह नहर ही शहर का पूर्वी सिरा था। शहर का प्रमुख बाजार 'अनारकली' इस कॉलेज से केवल एक फर्लांग दूर था। और लाहौर का मशहूर रंडियों का मुहल्ला 'हीरामंडी' यहाँ से कोई खास दूर नहीं था। इस मुहल्ले का नाम महाराजा रणजीतसिंह के कृपापात्र राजा हीरासिंह डोगरा के नाम पर रखा गया था। स्थानीय लोगों के लिए यह 'तिब्बी बाजार' था। गवर्नमेंट कॉलेज के कई लड़कों ने अपना कौमार्य तिब्बी की वेश्याओं के दामन में ही खोया था।

गवर्नमेंट कॉलेज में मेरे अनेक समसामयिकों ने विभिन्न क्षेत्रों में नाम कमाया। इनमें एक थे ए.एस. बुखारी जो अंग्रेजी के प्रोफेसर थे। बहुत अच्छे वक्ता होनें के साथ-साथ सरल उर्दू गद्य के लेखक (पितरस के मज़ामीन) और जाने-माने ऐयाश थे। वे आल इंडिया रेडियो के डाइरेक्टर जनरल बने और इसके बाद संयुक्त राष्ट्र के जन संचार विभाग के अध्यक्ष पद पर आसीन हुए। उनकी मृत्यु अचानक हृदय-गति रुक जाने से हुई। उनके एक ज़िगरी दोस्त थे शफक़त महमूद जो उन दिनों न्यूयार्क स्थित पाकिस्तानी वाणिज्य दूतावास में लगे हुए थे। वे बुखारी के फ्लैट में उनके घरेलू सामान की सूची बनाने पहुँचे। उनकी हाउसकीपर ने शफक़त को बताया कि बुखारी कई घंटे अपने अध्ययन-कक्ष में बिताते थे और वहाँ किसी को जाने नहीं देते थे। उनकी किसी जेब से उसने उस कक्ष की चाबी निकालकर शफक़त को दे दी। शफक़त ने अध्ययन-कक्ष खोला। उसमें हाई-फाई उपकरण लगे हुए थे और वहाँ जो अलमारियाँ थीं उनके खाने रिकॉर्ड किए गए टेपों से भरे थे। दरअसल ये विभिन्न मंचों से दिए हुए बुखारी के भाषणों के ही टेप थे। वे अपनी ही आवाज और अपने को मिली वाहवाही को सुनने में ही घंटों गुजार देते थे।

अनेक मशहूर उर्दू लेखक बुखारी से जुड़े हुए थे। इनमें इम्तियाज अली ताज, मुहम्मद तहसीर और फ़ैज़ अहमद फैज़ के नाम भी शामिल हैं। फैज़ तो अल्लामा इक़बाल के बाद पाकिस्तान के सबसे बड़े शायर थे। तहसीर की पत्नी स्कॉटलैंड की थीं। उनकी छोटी बहन ऐलिस ने आगे चलकर फैज़ से शादी की थी। उनका बहुत ही अंतरंग दायरा था जिसमें केवल वे ही लोग आ सकते थे जो उर्दू अथवा फारसी कविता में काफी जाने-माने हों। मैंने उनके लुभावने दायरे में घुसने की भरसक कोशिश की लेकिन मुझे

कामयाबी नहीं मिली।

गवर्नमेंट कॉलेज में भी मेरा वही हाल रहा जो सेंट स्टीफंस में था। इसका एक कारण तो यह था कि हमारे सभी-के-सभी शिक्षक ऐसे थे जिनसे हमें कोई प्रेरणा नहीं मिलती थी। बुखारी साहब की पढ़ने-पढ़ाने में कोई दिलचस्पी नहीं थी। पैंतालीस मिनट के अपने पीरियड के अधिकांश समय में वे इंग्लैंड में अपनी कारगुजारियों के किस्से सुनाते रहते। एम.जी. सिंह अपेक्षाकृत अधिक ईमानदार थे, लेकिन उनमें कमी यह थी कि वे कवियों और लेखकों के बारे में अपने वक्तव्य झाड़ते रहते और विद्यार्थियों को प्रश्न पूछने का मौका ही न देते। चूँकि अंग्रेजी साहित्य में मेरी दिलचस्पी पागलपन की हद तक पहुँच चुकी थी, अतः मैंने अपनी पाठ्यपुस्तक से अनेक कविताएँ कंठस्थ कर ली थीं। साथ ही मुझे शेक्सपीयर के दो नाटक कंठस्थ थे—*ए मिडसमर नाइट्स* और *रिचर्ड सेकंड।* ये दोनों नाटक हमारे कोर्स में लगे हुए थे। जो कुछ मैं नहीं समझता था उसे समझानेवाला वहाँ कोई नहीं था। अन्य लोग महान लेखकों, कवियों और नाटककारों की रचनाओं की जो आलोचना या व्याख्या करते थे वह मुझे पसन्द नहीं आती थी। मेरे लिए यह ऐसा ही था जैसे किसी खूबसूरत तितली की चीरफाड़ करके उसे मार डाला जाए। लेखन के क्षेत्र में मेरे प्रयासों को पसन्द नहीं किया जाता था। मैंने कॉलेज की पत्रिका रावी में अपनी दो रचनाएँ भेजीं और ये दोनों ही अस्वीकृत हो गईं। उसी पत्रिका में *डब्ल्यू. पी.बी.* (वेस्ट पेपर बास्केट) शीर्षक से एक स्तम्भ छपता था जिसमें मेरी रचनाओं के कुछ अंश छापे गए—शायद यह साबित करने के लिए कि मेरी रचनाएँ एकदम बेकार थीं।

हमारे इतिहास और अर्थशास्त्र के अध्यापक वर्षों पहले तैयार अपने नोट्स पढ़कर चले जाते। वे कक्षा में चर्चा या बहस को बढ़ावा नहीं देते थे, न अपने विषय की नई किताबों में उनकी कोई दिलचस्पी रहती थी। कॉलेज में प्रसिद्ध वैज्ञानिक और नोबेल पुरस्कार विजेता सर सी.वी. रमन के आगमन से जुड़ी एक घटना की चर्चा अक्सर होती थी। प्रिन्सिपल गैरट उन्हें कॉलेज की नई प्रयोगशाला दिखाने ले गए। कर्नल से शिक्षाशास्त्री बने गैरट ने पूछा : 'सर सी.वी., हमारी प्रयोगशाला के बारे में आपकी क्या राय है ?' तमिल वैज्ञानिक ने चतुराई से जवाब दिया : 'इसका संगमरमर का फर्श तो बहुत अच्छा है।' सी.वी. रमन का संकेत किस ओर था, इसे गैरट महोदय पकड़ नहीं पाए और उन्होंने अपना प्रश्न फिर दुहराया। फिर उन्हें वही उत्तर मिला।

गवर्नमेंट कॉलेज में मुसलमान विद्यार्थियों को अपना दोस्त बनाने की मेरी कोशिशें नाकाम रहीं। वे अक्सर अपने-आपमें सिमटे रहते। उनकी अपनी अलग मेस थी जहाँ हलाल किया हुआ मांस खाने को मिलता था। मिठाई की भी उनकी दुकान अलग थी। हिन्दुओं और सिखों की भी अपनी शाकाहारी और मांसाहारी भोजन की अलग-अलग कैंटीनें थीं और एक अलग मिठाई की दुकान थी। यद्यपि हम लोग टेबल टेनिस, कैरम और अन्य 'इन्डोर' खेल एकसाथ खेलते थे और कक्षा में भी साथ-साथ बैठते थे, फिर भी मुसलमानों के साथ घनिष्ठ मित्रता के उदाहरण विरल ही थे। जो दो-एक उदाहरण थे भी, उनके बारे में फौरन ही यह आशंका होने लगती थी कि कहीं उनमें समलैंगिक सम्बन्ध

न हों। एक स्त्रैण-से दिखाई देनेवाले सिख के साथ जो बाद में एक बेहतरीन बॉक्सर साबित हुआ, हॉकी टीम का मुसलमान कैप्टन लौंडेबाजी करता था। कुछ साल बाद वह सिख लड़का नवागन्तुक खूबसूरत लड़कों को अपनी दोस्ती के जाल में फाँसने लगा। लौंडों से लौंडेबाज बने लोगों के बारे में उर्दू में कहावत है : 'जब चहबच्चे भर गए, टूटियाँ बहने लगीं।' अर्थात जब टंकियाँ भर जाती हैं तो टोंटियों से पानी बहने लगता है।

कुछ समय बाद, मैंने ऐसे लोगों को दोस्त बनाने से ही सन्तोष का अनुभव किया जो मुझे रास आते थे। उनमें से एक था चेतन आनन्द—बेहद सुदर्शन और गोरा-चिट्टा। सपनीली आँखों और घुँघराले बालोंवाला चेतन देखने में लड़कियों जैसा लगता। उससे समलैंगिक सम्बन्ध स्थापित करने को ललचाए बड़े लड़कों को चकमा देने में उसे बहुत मुश्किलें पेश आतीं। उसने मेरा साथ पकड़ लिया। वह रवीन्द्रनाथ टैगोर की शैली में कविताएँ लिखा करता। अक्सर मुझे सम्बोधित करते हुए भावुकतापूर्ण अतुकान्त कविताएँ लिखता। हम दोनों इकट्ठे कक्षा में जाते, साथ-साथ बैठते, टेनिस खेलते और अक्सर फिल्म देखने भी साथ-साथ जाते। इंग्लैंड में कुछ समय के लिए हम एक बार फिर मिले। जब मैं लाहौर बस गया तब भी उसने एक साल गर्मियाँ मेरे साथ बिताई थीं। फिर वह फिल्म-निर्माता के रूप में अपना भाग्य आजमाने के लिए बम्बई चला गया, लेकिन ज्यादा कुछ नहीं कर सका। वह लेना जानता था, देना नहीं। वह जिसका भी हो सकता हो उसका शोषण करता। हमारे ग्रुप में एक नाटा-सा सिख लड़का भी था जिसकी लम्बाई मुश्किल से पाँच फुट चार इंच रही होगी। नाम था एन. इक़बाल सिंह। देखने में वह लड़कियों-जैसा लगता था और उसकी आवाज़ बड़ी कर्कश थी। उसका नाम पड़ गया था 'चूची'। उसने भी दिल्ली, लाहौर और लन्दन में मेरे साथ कई महीने बिताए। चेतन की तरह वह भी लेना जानता था, देना नहीं। औरों के मुकाबले ऐसे लेनेवालों से मैं जल्दी ही ऊब जाता हूँ और एकतरफा आवभगत को मैं ज्यादा समय तक बर्दाश्त नहीं कर पाता। गवर्नमेंट कॉलेज में कुछ अन्य विद्यार्थी भी थे जो आगे चलकर फिल्म की मशहूर हस्तियाँ बने। इनमें से एक थे बलराज साहनी जो बेहद खूबसूरत और मिलनसार इनसान थे। बी.आर. चोपड़ा मेरे सहपाठी थे जो आगे चलकर बम्बई के प्रमुख फिल्म-निर्माता बने।

एक अन्य लड़का था किरपाल सिंह चावला। वह एक धनी व्यापारी का सबसे बड़ा बेटा था। हालाँकि उसने जीवन में कुछ खास हासिल नहीं किया, फिर भी उसे याद करने का वाजिब आधार है। उसने मेरे साथ दोस्ती इसलिए की कि उसके पास भी मोटरसाइकिल थी। उसका मानना था कि अमीर घरों के लड़कों को अपना एक अलग ही गुट बनाना चाहिए। वह हमेशा बढ़िया सिले सूट और बो-टाई में सजा-धजा आता। उसकी करीने से बँधी पगड़ी के कोण के नीचे चमकता हुआ रंग-बिरंगा दस्तार बहुत सुन्दर दिखाई देता। वह अपनी छितरी-बिखरी दाढ़ी पर मोम लगाता, अपनी मूँछों को ऊपर की तरफ ऐंठकर रखता और छाती निकालकर मोटरसाइकिल की सवारी करता। उसने मुझे सलाह देनी शुरू की कि मुझे जरा ढंग के कपड़े पहनकर आना चाहिए और मोटरसाइकिल पर कुबड़ा होकर नहीं बैठना चाहिए। उसने मुझसे कहा : 'हम जैसे लोगों को, जिनके पास चार पैसे हैं, छाती

निकालकर चलना चाहिए।' वह मुझे अपने घर बुलाने लगा। उसके पिता भी कपड़े पहनने में बहुत सावधान थे। वे इंग्लैंड से आयातित रेशमी टाइयाँ पहनते, किन्तु उन्हें कोई देख नहीं पाता था क्योंकि नाभि तक लहराती उनकी लम्बी सफेद दाढ़ी के नीचे वे ढक जाती थीं। उन्होंने दो शादियाँ कर रखी थीं और दोनों पत्नियों से उनके कई लड़के और विवाह योग्य लड़कियाँ थीं। वे अपने बेटे को प्रोत्साहित करते रहते कि वह अन्य सिख लड़कों को अपने घर बुलाकर लाए। बगीचे में मोटर-गैरेज के ऊपर उसका अपना निजी कमरा था। वह सौन्दर्यप्रेमी था और उसके पास भारतीय शास्त्रीय संगीत के कई रिकॉर्ड थे। वह विचित्र वीणा बजाने लगा था और कालान्तर में इसमें इतना प्रवीण हो गया था कि ऑल इंडिया रेडियो के लाहौर स्टेशन पर उसे वीणावादन के लिए बुलाया जाता। गोरी या आकर्षक त्वचावाली औरत का वह दीवाना था। ऐसी ही किसी काल्पनिक औरत को बाँहों में भरता हुआ वह कहता : 'कश्मीरी पंडितों की लड़कियों का कोई जवाब नहीं। यदि मैं कभी शादी करूँगा तो किसी कुमारी पंडितानी से ही। किन्तु वास्तव में मैं शादी करूँगा नहीं क्योंकि मेरी जीवन-रेखा यह बताती है कि मैं तीस साल का होने से पहले ही मर जाऊँगा।' ऐसा कहते-कहते वह अपने सीधे हाथ की हथेली खोलकर यह दिखाता कि उसकी जीवन-रेखा कितनी छोटी है। जब वह कॉलेज में ही था तभी गोरी औरत पाने की उसकी यह साध पूरी भी हो गई। उसने मुझे बताया कि यह सब कैसे हुआ।

एक दिन गर्मियों की दोपहरी जब वह कश्मीरी सुन्दरी के सपने देख रहा था तो उसे बड़ी कामोत्तेजना महसूस होने लगी। वह हस्तमैथुन करने-करने को था कि तभी कपड़ों की गठरी लादे धोबिन आ गई। वह एक मोटी मध्य वय की औरत थी और उसके कई बच्चे थे। वह गोरी भी थी। किरपाल ने किया यह कि उसे धक्का देकर बिस्तर पर गिरा लिया और उसके ऊपर चढ़ बैठा। धोबिन ने पहले तो थोड़ा-सा एतराज किया, फिर किरपाल जो कुछ करना चाहता था, वह कर लेने दिया। किरपाल जल्दी ही फारिग हो गया। उसने धोबिन को बतौर इनाम एक दस रुपए का नोट दिया। इनाम पाकर वह काफी खुश हुई। उसने धुलकर आए कपड़ों की गिनती की और मैले कपड़े उसे धोने के लिए दे दिए। धोबिन ने धृष्टता से कटाक्ष किया : 'तुमने आग लगाई है, अब बुझानी भी तुम्हें ही पड़ेगी।' अतः दूसरी ट्रिप जरूरी हो गई। इस बार धोबिन को जितना मजा आया उतना दूसरा दस का नोट लेने में भी न आया था। फिर तो यह एक सिलसिला बन गया। वह हर सप्ताह उसके आने का इन्तजार करता। उसने मुझे भी इस आनन्द में सहभागी बनने को आमन्त्रित किया बशर्ते कि मैं दस रुपए का नोट खर्च करने को तैयार रहूँ। मुझे यह पसन्द नहीं था कि मेरी काम-मुक्ति के रहस्यों को कोई जाने, अतः मैंने बड़ी विनम्रता से उसके निमन्त्रण को अस्वीकार कर दिया। किरपाल चालीस-पैंतालीस की उम्र में अविवाहित ही मर गया।

कविता, संगीत और कलाओं में मेरी रुचि फिर से कैसे जाग्रत हुई, इस बारे में साफ तौर पर कुछ बता पाना मुश्किल है। इसके पीछे या तो चेतन की कविताओं का हाथ हो सकता है या फिर किरपाल चावला के कमरे में सितार के उस्तादों के रिकॉर्ड सुनने का। जो भी हो, मैंने यह तय किया कि मैं सितार सीखना फिर से शुरू करूँगा और चित्रकला

पर भी हाथ आजमाऊँगा। जब पहली गर्मियों की छुट्टियाँ होनेवाली थीं तो मैंने टैगोर विश्वविद्यालय (शान्ति निकेतन) को कला भवन में प्रवेश के लिए लिखा। कला भवन वहाँ के संगीत और कलाओं का केन्द्र था। उत्तर में मुझे एक आवेदनपत्र प्राप्त हुआ जिसमें उनके परिचित किसी व्यक्ति का हवाला देने को कहा गया था। अशोक सेन के पिता का शान्तिनिकेतन में एक भूखंड था और वहाँ अनेक लोग उन्हें जानते थे। मैंने उनसे एक सिफारिशी चिट्ठी देने को कहा। वे बोले : 'अरे अकाली ! तुम शान्तिनिकेतन में क्या करोगे ?' वे मुझे हमेशा 'अकाली' कहकर बुलाते थे क्योंकि अकाली आन्दोलन के दौरान मैंने काली पगड़ी बाँधनी शुरू कर दी थी। मैंने सबकुछ बता दिया। वे बड़े उदार किस्म के बुजुर्ग व्यक्ति थे। उन्होंने तुरन्त ही विश्वभारती के रजिस्ट्रार को पत्र लिख दिया।

शान्तिनिकेतन जाते समय मुझे पहली बार अपने-आप रेलयात्रा करने का अनुभव हुआ। मैंने तीसरे दर्जे के डिब्बे में सफर किया और हावड़ा में बोलपुर के लिए गाड़ी बदली। मानसून अभी आया ही आया था। हावड़ा से बोलपुर के बीच के देहाती इलाके में यहाँ से वहाँ दूर-दूर तक पानी-ही-पानी नजर आ रहा था। मैंने एक बैलगाड़ी की और कोई घंटे भर बाद विश्वविद्यालय के प्रशासक को अपने पहुँचने की सूचना दे दी। मुझे एक बड़ा-सा खाली कमरा दिखाया गया जिसमें मुझे श्रीलंका से आए एक युवा बौद्धभिक्षु के साथ रहना था। भिक्षु का नाम था मंजुश्री। फिर मुझे भोजन-कक्ष और कला भवन दिखाया गया। विश्वविद्यालय परिसर का चक्कर लगाते-लगाते शाम घिर आई और हल्की बूँदाबाँदी होने लगी। मैं अपने कमरे में वापस लौट आया और जमीन पर अपना बिस्तर बिछा दिया। मंजुश्री लैम्प की रोशनी में पढ़ता रहा। हमारे कमरों में बिजली की व्यवस्था नहीं थी। उसे हिन्दुस्तानी नहीं आती थी, अतः हमने अंग्रेजी में ही एक-दूसरे के बारे में जानकारी हासिल की। वह शान्तिनिकेतन के अभिलेखागार में उपलब्ध कुछ पालि की पांडुलिपियों पर काम कर रहा था। उसने ब्रह्मचार्य व्रत ले रखा था, जिसमें स्त्रियों से बात करने की मनाही थी। किन्तु उसने पहले-पहल मुझसे जो प्रश्न पूछे वे इसी बारे में थे कि मैं किन-किन लड़कियों को जानता हूँ।

बीच-बीच में मेरी नींद खुल जाती थी क्योंकि मुझे जमीन पर सोने की आदत नहीं थी। साथ ही मूसलाधार बारिश भी होने लगी थी। मैं ऊँघते-ऊँघते सो गया और सपनों की दुनिया में पहुँच गया। दूर कहीं गाती हुई आवाजें मुझे पास आती लग रही थीं। तभी मुझे एहसास हुआ कि मैं सपना नहीं देख रहा हूँ। मैं अपने बिस्तर से उठा और कमरे का दरवाजा खोल दिया। बूँदाबाँदी के झीने परिधान से छन-छनकर धुँधली चाँदनी छिटकी हुई थी। मैंने देखा कि सफेद-बुर्राक कपड़ों में स्त्री-पुरुषों का एक दल हाथों में लालटेंने और मोमबत्तियाँ लिए गाता चला आ रहा था। मैं मन्त्रमुग्ध होकर उन्हें अपने दरवाजे से गुज़रता हुआ देखता रहा। मंजुश्री ने मुझे बताया : 'यह **वर्षा मंगल** है। वे लोग टैगोर के गीत गाते हुए परिसर की परिक्रमा करेंगे।'

शान्तिनिकेतन से मेरा यह बड़ा ही सुखद परिचय था। गीत और सौन्दर्य का यह दृश्य आनेवाले कई सालों तक मेरे मन पर छाया रहा। अभी काफी-कुछ जानना-समझना शेष

था। मैंने सुरेन्द्रनाथ कार के तहत कला के विद्यार्थी के रूप में अपना नाम पंजीकृत कराया और मुझे यह भी बता दिया गया कि मेरा सितार का उस्ताद कौन होगा। दिन का समय मैंने उपकरण खरीदने और वातावरण से परिचित होने में बिताया। दोपहर को टैगोर विश्वविद्यालय परिसर में आए। उन्होंने उदयशंकर और नृत्य के उनके फ्रांसीसी साथी सिमकी का परिचय छात्रों से करवाया। वे दोनों अभी हाल में अपने यूरोप के दौरे से वापस लौटे थे। टैगोर मंच पर एक आरामकुर्सी पर बैठ गए और उन्होंने सीधे शंकर को आदेश दिया : 'मुझे नृत्य करके दिखाओ।' उन्होंने न तो कोई मेक-अप कर रखा था, न कोई उपकरण था, न स्टेज लाइटें थीं, न कोई आर्केस्ट्रा था। केवल तिमिरबरण सरोद बजा रहे थे। उदयशंकर ने तांडव नृत्य किया और उसमें पार्वती की भूमिका निभाई सिमकी ने। मैंने हिजड़ों के फूहड़ नाच और राधा-कृष्ण की लीला पर आधारित नौसिखिए कत्थक नर्तकों के अभिनय के सिवा और कोई भारतीय नृत्य नहीं देखा था। सरोद की लय पर ताल से ताल मिलाकर थिरकते हुए शंकर और सिमकी को देखकर मैं मन्त्रमुग्ध हो गया। उस रात मैं सो नहीं पाया। उस नृत्य और संगीत ने मेरे मन पर बहुत गहरा असर डाला।

शान्तिनिकेतन ने मुझे बंगाल के ग्रामांचल के सौन्दर्य से भी परिचित कराया। मैंने अपना जीवन पंजाब के सपाट मैदानी इलाके में गुजारा था और गर्मियाँ कसौली या शिमला में। किन्तु शान्तिनिकेतन की बात ही कुछ और थी। यह संथालों का देश था—साल के वनों से आच्छादित, तेजी से बहती मटमैली नदियोंवाला और लाल बजरी की घुमावदार पहाड़ियोंवाला। वर्षा ऋतु थी, अतः सारी नदियों में बाढ़ आई हुई थी। जब वर्षा बन्द होती, चारों ओर छोटे-छोटे साँप-बिच्छू इधर-उधर दिखाई देते। पहले तो मुझे उनसे बड़ा डर लगा और मैंने दो साँप मारे भी। बाद में मुझे पता चला कि वे एकदम निरापद हैं। (स्त्रियों को चिढ़ाने का एक मनपसन्द तरीका था उनकी चादरों के नीचे इस हायला साँपों को खिसका देना) एक बार जब मूसलाधार बारिश हो रही थी, मैं कमर तक कीचड़-भरे पानी में फँस गया। पानी में तेज बहाव था। और आवर्त उठ रहे थे। सहारे के लिए मैंने एक कँटीली झाड़ी की शाखा पकड़ ली। देखता क्या हूँ कि अनेक साँप, बिच्छू, मेंढक और मैदानी चूहे उस शाखा से लिपटे हुए हैं। आम संकट के क्षण में वे एक-दूसरे को नुकसान नहीं पहुँचा रहे थे। ग्रामांचल की सैर के दौरान कई बार मेरा सामना अर्धनग्न संथाल लड़कियों से होता जो ईंधन की लकड़ी सिर पर लादे जा रही होतीं। आबनूस की तरह काली उन संथाल बालाओं की देह बहुत सुडौल थी और वे ऐसे चलती थीं जैसे रंगमंच पर नर्तक चलते हैं। गुरुदेव रवीन्द्रनाथ टैगोर को स्वयं को 'संथाल राजा' कहा जाना बहुत भला लगता था।

सप्ताह में एक बार हम टैगोर के भव्य प्रासाद-नुमा आवास 'उत्तरायण' में उनके दर्शन करने जा सकते थे। वे प्रायः एक बड़ी कुर्सी पर बैठे होते जो आकार-प्रकार में दाँत के डॉक्टर की कुर्सी जैसी थी। कुर्सी मच्छरदानी से ढकी होती और उसमें लगे हुए कप-होल्डरों में धूपबत्तियाँ चल रही होतीं। नंदलाल बोस और ऐसे ही कुछ अतिविशिष्ट लोग ही गुरुदेव के चरण छू सकते थे। विद्यार्थी फर्श पर बैठकर दाढ़ी-मूँछों से ढके उनके चहरे से ज्ञान के मोती झरने का इन्तजार करते रहते। एक-आध वाक्य से अधिक हमसे वे शायद ही

कभी बोले हों। हर हफ्ते होने-वाली यह कवायद मुझे एकदम दिखावटी लगती।

जब मैं शान्तिनिकेतन में था तभी एक बार मैंने कलकत्ता जाने का निश्चय किया। वहाँ रोमा विश्वास से भी मुलाकात हो सकती थी क्योंकि वह छुट्टियों में वहाँ आई हुई थी। हमारा पत्राचार कुछ-कुछ प्रेम का रूप लेता जा रहा था और मुझे ऐसा लगा कि अब उससे मुलाकात ही फलदायी हो सकती है। मैंने बोलपुर से हावड़ा की एक सप्ताहांत आने-जाने की टिकट ली। हावड़ा पहुँचने पर मेरे पास एक लिफाफे में दस-दस रुपए के कुल दो नोट बचे थे। मैं पैदल ही हावड़ा ब्रिज पार करते हुए भीड़-भरे बाजारों में निकल पड़ा। उसका घर ढूँढ़ने में मुझे तीन घंटे से ऊपर लगे। मैंने घंटी बजाई। किन्तु कोई उत्तर नहीं। तब मैंने दरवाजा खटखटाया। फिर भी किसी ने दरवाजा नहीं खोला। तभी एक पड़ोसी निकलकर आया, उसने मुझे शक की निगाह से देखा और बताया कि वे तो सप्ताहांत बिताने कहीं गई हुई हैं। मैंने अपना नाम लिखकर छोड़ जाने के लिए लिफाफे का एक कोना फाड़ा और लो, मैं क्या देखता हूँ कि लिफाफे के साथ-साथ मैंने तो बचे हुए दोनों नोटों को भी फाड़ दिया है। घबराहट से मेरा बुरा हाल था। बैंक बन्द हो चुके थे, अतः उन्हें बदलना भी सम्भव नहीं था। भारी कदमों से मैं हावड़ा की तरफ लौट पड़ा। समझ में नहीं आ रहा था कि क्या करूँ। रात कहाँ गुजारूँ अथवा खाना कहाँ खाऊँ। मैं एक मारवाड़ी धर्मशाला में गया। मैनेजर ने मुझे बाहर का रास्ता दिखाते हुए कहा कि वह केवल मारवाड़ियों के लिए है। वह बोला : 'अपने गुरुद्वारे में जाकर क्यों नहीं रहते।' हावड़ा में मुझे एक गुरुद्वारा दिखाई दिया। ग्रन्थी ने मुझे अन्य मुसाफिरों के साथ एक कमरे में ठहरा दिया। मैंने गुरुद्वारे में मुफ्त की दाल-रोटी खाई और पगड़ी का तकिया बनाकर फर्श पर ही सो गया। दूसरे दिन सुबह बोलपुर जानेवाली मैंने पहली गाड़ी पकड़ ली। इस प्रकार मैं हावड़ा ब्रिज और भीड़भाड़वाले बाजारों को छोड़ कलकत्ता में और कुछ नहीं देख पाया। सच्चे प्यार का रास्ता कभी आसान नहीं होता। और फिर यह तो सच्चा प्यार भी नहीं था। यह तो एक किशोर की अपनी से बड़ी औरत के प्रति विस्फोटक काम-वासना भर थी—उस औरत के प्रति जो उसकी समस्याओं को समझने का वादा कर रही थी।

मुझे यह समझने में अधिक समय नहीं लगा कि मैं कभी चित्रकार नहीं बन सकता। कुछेक दिनों तक रेखांकन पर हाथ आजमाने के बाद मैंने उसे छोड़ दिया। सितार बजाने में मैं बेहतर था। मैंने अपने शिक्षक से एक पुराना सितार खरीदा और उसने इस सौदे से कुछ मुनाफा भी कमाया। इसके बाद से वह मेरे सितार-वादन पर ज्यादा ध्यान देने लगा। अपने घर में भी वह मुझे विभिन्न रागों के बारे में बताता। मैं अपने कमरे में घंटों सितार बजाता रहता। उस समय मेरा एकमात्र श्रोता होता वह श्रीलंकाई बौद्धभिक्षु। मैंने एक पारसी लड़की मेहर से भी दोस्ती कर ली थी। वह अक्सर मेरा सितार सुनने या मुझसे बातचीत करने चली आती। बौद्धभिक्षु उससे कभी नहीं बोलता था। किन्तु उसके कमरे से बाहर निकलते ही वह पूछता कि बात कुछ आगे बढ़ी है या नहीं। 'क्या तुमने उसका हाथ पकड़ा ? उसका चुम्बन लिया ?'—वह पूछता। मेरी असफलताओं की वजह से उसे निराश होना पड़ता।

शान्तिनिकेतन का यह अल्पकालीन पड़ाव मुझे अचानक ही छोड़ना पड़ा। यद्यपि मैं मच्छरदानी में सोता था और हाथ-पैरों पर मच्छर-निवारक क्रीम लगाता था, फिर भी मुझे मच्छरों ने बुरी तरह काट लिया जिससे पूरे शरीर पर चकत्ते-से पड़ गए। डॉक्टर ने यथाशीघ्र शान्तिनिकेतन छोड़ने की सलाह दी। एक दिन सुबह, शान्तिनिकेतन में अपने दोस्त बने लोगों से विदा लिए बिना ही मैंने बौद्धभिक्षु मंजुश्री के पैर छुए और दिल्ली के लिए रवाना हो गया। नया सत्र शुरू होने पर मैं लाहौर वापस आ गया। इस बार साथ में मेरा सितार और तालमापक यन्त्र (मेट्रोनोम) भी था।

गवर्नमेंट कॉलेज में मेरी एकमात्र उपलब्धि थी वाद-विवाद प्रतियोगिता में भाग लेना। मैंने विश्वविद्यालय की वार्षिक वाद-विवाद प्रतियोगिता के लिए अपना नाम दे दिया था। किसी सिख के लिए ऐसे श्रोताओं का सामना करना बहुत कठिन था जिसमें ज्यादातर लोग गैर-सिख हों। उसके मंच पर आते ही तिरस्कार और उपहास-सूचक हँसी-मजाक से उसका स्वागत होता जिसमें यह संकेत निहित रहता था कि बारह बजे सभी सिख पागल हो जाते हैं। जब मेरी बारी आई तो मेरे साथ भी यही हुआ। किन्तु जैसे ही मैंने बोलना शुरू किया, वे सब चुप हो गए। जब मैंने बोलना बन्द किया तो तालियों की गड़गड़ाहट से कमरा गूँज उठा। न्यायाधीशों के पैनल में तीन प्रोफेसर थे और उसके अध्यक्ष थे ए.एस. बुखारी। वक्ताओं में विभिन्न कॉलेजों से आए अच्छे-अच्छे प्रतिभागी थे। बुखारी ने पैनल के सर्वसम्मत निर्णय की घोषणा की। मुझे प्रथम पुरस्कार दिया गया था। किन्तु अपने कमरे के साथी और रिश्ते के भाई नरिन्दर के कारण मेरा विजय का उत्साह कुछ-कुछ मन्द पड़ गया था। बेचारा नरिन्दर बोलते-बोलते बीच में ही रुक गया था।

गवर्नमेंट कॉलेज की कुछ घटनाओं की याद अब भी ताजा है। मेरा पढ़ने में जी नहीं लगता था, अतः मेरी कोशिश यह रहती थी कि दूसरों को भी इम्तहान की तैयारी करने से किसी-न-किसी तरह रोका जाए। मैंने बत्ती गुल करने का एक आसान तरीका खोज निकाला था। मुझे करना केवल यह होता था कि अपने टेबल लैम्प के बल्ब और सौकिट के बीच एक सिक्का लगा दूँ और फिर स्विच ऑन कर दूँ। ऐसा करते ही फ्यूज उड़ जाता और पूरा-का-पूरा हॉस्टल अन्धकार में डूब जाता। फिर मैं ऊपर छत पर चला जाता और तारों की रोशनी में आराम से टहलने लगता। एक बार रात को इसी तरह हॉस्टल की बत्ती चली गई और मेरे साथ छत पर कुछ और विद्यार्थी भी आ गए। तभी अचानक बत्ती आ गई। हम क्या देखते हैं कि वार्डन प्रोफसेर अमोलक खन्ना अपनी बीबी के साथ प्रेम फर्मा रहे हैं। उनका फ्लैट हमारे एल-आकार के हॉस्टल के दाहिने कोने में पड़ता था। हमने शोर मचाकर दूसरे लड़कों को भी बुलाया और एक नजर देख लेने को कहा, किन्तु खन्ना-दम्पति को भनक लग गई और उन्होंने अपनी बत्तियाँ गुल कर दीं।

कुछ दिन बाद हॉस्टल देर से लौटनेवाले कुछ लड़कों को एक नई शैतानी सूझी। उन्होंने तय किया कि वे खन्ना की बेबी ऑस्टिनकार की पेट्रोल-टंकी को अपनी पेशाब से भर देंगे। कार की बगल में ही मैं अपनी मोटरसाइकिल खड़ी करता था। गोया उस शरारत में मेरा कोई हाथ नहीं था, किन्तु खन्ना ने मेरे ऊपर 50 रुपए का भारी जुर्माना

ठोंक दिया। उसका अनुमान था कि चूँकि मेरे पास मोटरसाइकिल थी, अतः केवल मुझे कार की बनावट की जानकारी थी। दरअसल उसे इस बात का पता चल गया था कि जिन लड़कों ने उसे पत्नी के साथ उस हाल में देख लिया था उनमें मैं भी था।

अमोलक खन्ना भी बड़ा ही अजीबोगरीब आदमी था। वह हमें इतिहास पढ़ाता था जबकि इतिहास के बारे में उसे कुछ भी नहीं आता था। किन्तु शरीर को चुस्त-दुरुस्त रखने को लेकर वह दीवाना था। वह एकदम नाटे कद का था और टेनिस-हॉकी जैसे ताकतवाले खेल खेला करता था। सर्दियों के बेहद ठंडे दिनों में भी वह रोज सुबह को कॉलेज के स्विमिंग पूल में तैराकी करता। मैं भी होड़ाहोड़ी में टेनिस खेलने के बाद कई घंटे तक पूल में कई बार आर-पार चक्कर लगाता। इस प्रकार मैं कॉलेज की तैराकी तथा वाटर पोलो टीमों में चुना गया।

कॉलेज के स्विमिंग पूल पर एक मजेदार घटना घटित हुई। घने बालोंवाला एक सिख लड़का कॉलेज की कुश्ती टीम में था। उसकी यह आदत थी कि तैरने के बाद नहाने के लिए वह किसी का भी साबुन उठा लेता था। एक मुसलमान लड़के ने मजा चखाने की सोची। उसने एक बालसफा साबुन की टिकिया को साबुनदानी में डालकर किनारे पर रख दिया और खुद तौलिए से अपना शरीर पोंछने लगा। सिख लड़के ने अपनी आदत के मुताबिक वह टिकिया उठाई और उसे अपने चेहरे, दाढ़ी और जिस्म पर जोर-जोर से मलने लगा। मुसलमान लड़का चुपचाप खिसक लिया। सिख लड़के के ज्यादातर बाल जाते रहे। गुस्से से आगबबूला हो वह उस विद्यार्थी की तलाश करता रहा जिसने उसके साथ ऐसी गन्दी शरारत की थी। मुस्लिम लड़के ने अक्लमन्दी की कि उसने गवर्नमेंट कॉलेज छोड़कर इस्लामिया कॉलेज में दाखिला ले लिया।

मैंने 1934 में तृतीय श्रेणी में बी.ए. पास किया। मैंने जितनी मेहनत की थी उसे देखते हुए यह मेरा सौभाग्य ही था जो मैं पास हो गया। तब तक मैंने अनेक ब्रिटिश विश्वविद्यालयों में दाखिले के लिए आवेदनपत्र भेज दिए थे। तृतीय श्रेणी के चलते ऑक्सफोर्ड अथवा कैम्ब्रिज विश्वविद्यालय में तो सम्भव नहीं था। मैं लन्दन विश्वविद्यालय में दाखिले के लिए राजी हो गया। जिन तीन कॉलेजों में मुझे प्रवेश मिल सकता था उनमें से मैंने किंग्स कॉलेज को चुना क्योंकि इसका नाम बाकी दोनों यूनिवर्सिटी कॉलेज और लन्दन स्कूल ऑफ इकॉनॉमिक्स की तुलना में ज्यादा शानदार था। मैंने एल.एल.बी. की उपाधि के लिए पंजीकरण कराया था। साथ ही बैरिस्टर की पात्रता की खातिर इनर टेम्पल की सदस्यता के लिए भी आवेदन कर दिया था।

भारत में अपनी आखिरी गर्मियों की छुट्टियाँ मैंने शिमला में गिल परिवार के साथ उनके विशाल घर लांगवुड में बिताईं। किसी समय चार्ल्स डिकिंस का पोता इस मकान का मालिक हुआ करता था। सेवा सिंह गिल अपनी औकात से ज्यादा ठाठ-बाट से रहा करते थे। मेरे पिता के मन में उनकी पत्नी के प्रति थोड़ा आकर्षण था। अपनी शाम की ड्रिंक अक्सर वे जन्तर-मन्तर में सड़क पार करके उनके घर पर ही लेते। वे तीनों एक साथ यूरोप की यात्रा पर गए थे। वहाँ उन्होंने निश्चय ही खूब मौज-मस्ती की होगी। यूरोप की

यात्रा के दौरान नाव में अथवा विभिन्न शहरों में जो घटनाएँ घटीं उन्हें सुनाते मेरे पिता कभी थकते न थे। सेवा सिंह की बहन की शादी उमराव सिंह से हुई थी जो मनाली के प्रधान थे। उमराव सिंह ने पहली पत्नी के रहते दूसरी शादी कर ली थी। दूसरी शादी की रस्म अभी पूरी भी न हो पाई थी कि उनकी पहली पत्नी ने पंजाब स्टेट के रेजीडेंट के यहाँ यह शिकायत दर्ज करा दी कि उमराव सिंह से उसके एक बेटी और एक बेटा है, फिर भी वह शादी कर रहा है। दोनों ही बच्चे किसी अस्पताल से लाए गए थे। उनमें से लड़की, जो कि बड़ी थी, स्पष्ट ही एक यूरोपीय नर्स की बच्ची थी। लड़के के माता-पिता कौन थे यह बात अज्ञात ही रही। उमराव सिंह को असलियत का पता चले-चले तब तक दोनों बच्चे बड़े हो गए थे। उसकी दूसरी पत्नी अत्यन्त धर्मपरायण किस्म की महिला थी। दोनों ने अन्ततः यथास्थिति से सन्तोष कर लिया। उमराव सिंह, उनकी दोनों पत्नियाँ और बच्चे लांगवुड में ही गिल परिवार के साथ मिल-जुलकर रहते थे।

उमराव सिंह शराब का दीवाना था और उसे छिपकर दूसरों को रतिक्रिया करते देखने में बहुत आनन्द आता था। वह शराबियों की महफिल में जाता और सुबह से लेकर देर रात तक लगातार पीता रहता। फिर वैसे ही अचानक कुछ महीनों के लिए शराब छोड़ देता। फिर अकस्मात शराब पीने का भूत उस पर फिर से सवार होने लगता। मैं जब उसके साथ लांगवुड में ठहरा हुआ था तो उस पर मदिरापान का ऐसा ही नशा सवार था। एक दिन उसने एक नौकरानी को जबरन मेरे कमरे में ठेल दिया, इस आदेश के साथ कि वह मेरे साथ रतिक्रिया करे ताकि वह परदे के पीछे से इस कार्रवाई को देखता रहे। बेचारी लड़की मेरे पलंग के पास खड़ी-खड़ी काफी देर तक इन्तजार करती रही कि कब मैं पहल करूँ। अपने मालिक के उकसाने के बावजूद वह खुद अपनी सलवार-कमीज उतारने को तैयार नहीं हुई। जब उमराव सिंह शराब का दूसर पेग लेने गया तो वह मेरे कमरे से खिसक गई और मैंने अपने दरवाजे की कुंडी अन्दर से लगा ली। एक और दिन की बात है। किसी पहाड़ी इलाके का जागीरदार लांगवुड में रात भर के लिए ठहरा हुआ था। उमराव सिंह के समान वह भी भयंकर रूप से नशे में धुत था। जागीरदार चाहता था कि उमराव उसके साथ रतिक्रिया करे। उमराव ने अपने शोफर को बुलाया और उसे जागीरदार के साथ लौंडेबाजी करने का आदेश दिया। शोफर ने बात मानकर उन्हें उपकृत किया। उमराव उछल-उछलकर ही कोण से उन्हें वह क्रिया करते देखता रहा और उनका उत्साहवर्धन करता रहा। वह खुद भी एकदम नपुंसक था।

1934 की गर्मियों में मैं दिल्ली से लन्दन के लिए रवाना हो गया। मेरे माता-पिता, रिश्तेदारों और दोस्तों ने रेलवे स्टेशन पर मुझे फूलमालाएँ पहनाईं और आँखों में आँसू भरे भावभीनी विदाई दी। मेरे बड़े भाई और उनकी पत्नी अमरजीत बम्बई तक मेरे साथ आए। वहाँ से मैंने समुद्री यात्रा के लिए **कोंत रॉसो** नामक इतालवी जहाज पकड़ा। मैं जहाज पर किसी को नहीं जानता था, न इंग्लैंड में ही मेरा कोई इष्ट-मित्र थे। सिर्फ रोमा विश्वास उच्च शिक्षा का कोई कोर्स करने के लिए मुझसे पहले वहाँ गई हुई थी।

अध्याय-चार

इंग्लैंड से परिचय

समुद्री यात्रा में कुछ ऐसी बात होती है जो सहयात्रियों को ताउम्र दोस्ती के बन्धन में बाँध देती है। वे घटनाओं के छोटे-छोटे ब्यौरों को भी ऐसे याद करेंगे जैसे कि वे ऐसी साहसिक कथाएँ हों जिन्हें कभी भुलाया नहीं जा सकता हो। यह दो दुनियाओं के बीच का मस्ती का समय होता है—एक वह दुनिया जो हम पीछे छोड़ आए हैं और दूसरी वह नई दुनिया जो भविष्य के गर्भ में है। यह बँधी-बँधी कारागार-जैसी स्थिति ऐसी घनिष्ठता को जन्म देती है जैसी कि एक ही पलटन में काम कर चुके लोगों में देखने में आती है। आगे जीवन में जब कभी वे मिलते हैं तो उनका फिर से परिचय देने का तरीका प्रायः यह होता है : 'क्या बम्बई से लन्दन तक हमने एक ही जहाज में सफर नहीं किया था ?'

बम्बई से लेकर साउथहैम्पटन तक की समुद्री यात्रा में ग्यारह दिन लगे। इसमें अदन और पोर्ट सईद पर कुछ-एक घंटे का विराम भी शामिल है। कुछ समय तक जहाज इस्माइलिया भी रुका था ताकि जो यात्री पिरामिड और काहिरा देखने जाना चाहते हों वे उतर जाएँ और पोर्ट सईद पर वे फिर वही जहाज पकड़ लें। कई बार स्वेज नहर के मुहाने पर जहाजों का इन्तजार करना होता था कि कब उनकी बारी आए और उनके पोतचालक सत्तर मील लम्बी नहर के सँकरे रास्ते को पास करने की जिम्मेवारी सँभालें। यह नहर आगे चलकर लाल सागर और भूमध्यसागर में मिल जाती थी। यह रास्ता धीरे-धीरे तय करना होता था क्योंकि उसके आगे-पीछे जहाजों की कतार रहती थी, दाएँ-बाएँ विशाल रेगिस्तान और बीच-बीच में तरह-तरह के धूल-भरे रिहायशी मकान।

कोंत रॉसो की कमखर्चवाली श्रेणी में जो मुसाफिर सफर कर रहे थे उनमें ज्यादातर विद्यार्थी थे जो हिन्दुस्तान के अलग-अलग हिस्सों से आए थे। इन विद्यार्थियों में सौ-एक पुरुष थे और तकरीबन दर्जन भर महिलाएँ। इनमें से मैं केवल एक विद्यार्थी को जानता था जिसका नाम था अर्जन सिंह। वह गवर्नमेंट कॉलेज में मेरा सहपाठी रहा था। वह एक साल पहले इंग्लैंड गया था और अपने पिता बाबा डिंगा सिंह के साथ प्रथम श्रेणी में यात्रा कर रहा था। डिंगा सिंह इमारती लकड़ी के ठेकेदार थे और उनकी माली हालत बहुत अच्छी थी। अर्जन ने मुझे बताया था कि अपने पिछले इंग्लैंड भ्रमण के दौरान उसने कैसे मौज-मस्ती की थी, अंग्रेज लड़कियों को पटाना कितना आसान था और पोर्ट सईद के

चकलाघरों में किस तरह थोड़ा-सा पैसा खर्च करके आरम्भिक प्रशिक्षण लिया जा सकता था।

एक और अकेला जाना-पहचाना चेहरा था सोमनाथ चिब का जो कुछ समय पहले ही दयाल सिंह कॉलेज लाहौर में प्राध्यापक नियुक्त हुए थे। एक-दो सप्ताह पहले ही उन्होंने लाहौर विश्वविद्यालय की सुपरिचित सुन्दरी सावित्री भल्ला से शादी की थी। वे अपनी हनीमून-यात्रा पर थे। वे आँखों में आँखें डालकर एक-दूसरे को देखते रहते, सबके सामने चुम्बन ले लेते, फिर तेजी से दो लोगों के लिए बने अपने केबिन में चले जाते। उनका कामुकतापूर्ण आचरण काफी ईर्ष्या और गपशप का विषय बनता।

एक केबिन में हम छह लोग थे। परस्पर परिचय के बाद लंच का घंटा बजा। भोजन-कक्ष में जाने से पहले हम लोग यह देखने गए कि हमारा जहाज किस तरह बम्बई बन्दरगाह को छोड़कर बाहर निकल रहा है। साथ ही जो इष्ट-मित्र-रिश्तेदार हमें विदा करने आए थे उनका हम हाथ हिलाकर अभिवादन भी करना चाहते थे। फिर समुद्र की सतह पर अपने पहले भोजन के लिए हम लोग सीढ़ियों से नीचे उतरे। जैसे ही सूप परोसा गया, जहाज लहरों के साथ ऊपर-नीचे जाने लगा और जोर से डगमगाने लग। वर्षा ऋतु थी और अरब सागर एकदम प्रलयंकर हो उठा था। हम लोगों ने सूप को बीच ही में जहाँ-का-तहाँ छोड़ा और अपनी-अपनी केबिन की तरफ दौड़े। कुछ ने वाश-बेसिन में उलटी कर दी। मैं किसी न किसी तरह अपनी ऊपर की बर्थ तक पहुँच गया और जैसे-तैसे करके मितली की प्रवृत्ति पर काबू पाया। जहाज से भयंकर आवाजें आ रही थीं और वह जोर से हिल रहा था। ऐसा लग रहा था कि यह अब टुकड़े-टुकड़े हो जाएगा। मेरी साँस उखड़ गई थी। फिर से प्रकृतिस्थ होने और सन्तुलन लाने के लिए मैंने अगले तीन दिन के लिए अपनी शायिका (बर्थ) छोड़ दी जो कभी पीछे टॉयलेट से टकराती, फिर अपने स्थान पर वापस आ जाती। बीच-बीच में केबिन-परिचारक मेरे लिए रोटी और फल लेकर आया जिसे मैंने वापस कर दिया। तीन दिन और तीन रात भयंकर पीड़ा से गुजारने के बाद जहाज का डगमगाना और चक्कर खाना थमा। हम लोग तूफानी समुद्र के खतरे से बाहर निकले। दूसरे दिन जहाज अदन बन्दरगाह पर जा लगा।

अदन के बाजारों में कुछ घंटे चहलकदमी करने के बाद ही कुछ सहयात्रियों के साथ मेरा परिचय हुआ। इन बाजारों पर काफी हद तक भारतीयों का स्वामित्व था। इन परिचयों में से केवल दो का उल्लेख करना चाहूँगा क्योंकि ये दोनों आगे चलकर मेरे जीवन में फिर प्रकट हुए। इनमें से एक थे लक्ष्मीकान्त झा जो आइ.सी.एस. अधिकारी बने और सरकार में कई महत्त्वपूर्ण पदों पर रहने के बाद सत्तर वर्ष की आयु में उनकी मृत्यु हुई। वे समय-समय पर भारतीय रिज़र्व बैंक के गवर्नर, संयुक्त राज्य अमरीका में भारत के राजदूत, जम्मू तथा कश्मीर के राज्यपाल और प्रधानमंत्री लालबहादुर शास्त्री के मुख्य आर्थिक सलाहकार रहे। उन्होंने हस्तरेखाविद्या और जन्मकुंडली देखने में भी हाथ आजमाया। यद्यपि वे काफी भारी-भरकम और थुलथुले थे, फिर भी कोई युवा महिला यदि उनकी पहुँच के भीतर होती तो वे अपने-आपको रोक नहीं पाते थे। लन्दन में झा और मैं कुछ माह तक एक ही बोर्डिंग

हाउस में रहे और बाद में भी एक-दूसरे से मिलते रहे। एक मिस नेहरू भी थीं जो स्वतन्त्र भारत के प्रथम प्रधानमन्त्री की दूर की रिश्तेदार थीं। वे हमेशा हाथ की बुनी खादी पहनतीं और हमें उपदेश देने का कोई मौका हाथ से जाने न देतीं कि किस प्रकार हमें 'भारत के राजदूतों' के रूप में पेश आना चाहिए। उनके बारे में और अधिक फिर कभी।

अदन के बाद की यात्रा में आनन्द-ही-आनन्द रहा। लालसागर झील की तरह शान्त था। हम लोग डेक टेनिस, टेबल टेनिस आदि खेलते या फिर लड़कियों से गपशप करते। पास के रेगिस्तानों से गर्म हवाएँ चल रही थीं। कई बार देशान्तरगामी चिड़ियाँ जहाज पर उतर आतीं। उड़नेवाली मछलियाँ अक्सर डेक पर आ जातीं। एक दिन शाम को जब सूर्य डूब गया तो यहाँ से वहाँ जहाँ तक भी नजर जाती थी पूरा समुद्र डॉल्फिनों से जीवन्त हो उठा। वे कभी पानी के अन्दर जातीं और कभी बाहर। रात के समय आसमान बेशुमार तारों की चमक से झिलमिला उठा। चाँदनी रात में समुद्र पारे के अनन्त विस्तार की तरह चमचमाता। आगे के जीवन में हमें अविराम उड़ानें भरनी पड़ीं जिनमें हम नशे में धुत हो जाते, बँधे-बँधे हालात में जल्दी-जल्दी खाना खाते और वक्त काटने के लिए फिल्में देखते। किन्तु उनकी तुलना में यह समुद्री यात्रा कितनी आनन्ददायक थी।

जो दल पिरामिड देखना चाहता था उसे उतारकर हमने स्वेज नहर में प्रवेश किया। ऐसा लग रहा था जैसे हम किसी विशालकाय रथ से धीरे-धीरे रेगिस्तान को पार कर रहे हों। पानी को हम तभी देख सकते थे जब डेक के बीच से झाँककर देखें। मिस्र की तरफ नहर के साथ-साथ एक सड़क जा रही थी। बीच-बीच में छोटे-छोटे बँगले और विरल बस्तियाँ दिखाई देतीं। नहर के दूसरी तरफ बंजर, ऊबड़-खाबड़, धूलभरे रेगिस्तान का अनन्त विस्तार था। यात्रा के इसी दौर में बाबा अर्जन सिंह ने ऐसे युवकों की सूची बनाई जो पोर्ट सईद पर अपने कौमार्य की बलि देना चाहते थे। उस सूची में मेरा नाम नहीं था।

हम पोर्ट सईद पर छह घंटे तक रुके। जैसे ही हम जहाज से नीचे उतरे, हमें कुछ चापलूसनुमा लोगों ने घेर लिया। वे लाल तुर्की टोपी और जलाबा पहने हुए थे और अश्लील पोस्टकार्ड बेचने की कोशिश कर रहे थे। साथ ही वे हमें मिस्री वेश्यालयों का रसास्वाद लेने को आमन्त्रित कर रहे थे। वे अपनी तर्जनी को अँगूठे की जड़ के पास ले जाकर सूराख जैसा बनाते और उसमें दूसरे हाथ की तर्जनी डालते हुए पूछते, 'क्या तुम्हें लबलब नहीं चाहिए ?' जैसे ही हम उन्हें परे हटाते, दूसरे लोग घेर लेते। यह सिलसिला तब टूटा जब हम अपने गन्तव्य—साइमन आर्ट्ज डिपार्टमेंट स्टोर पर पहुँच गए। मैंने उतना बड़ा स्टोर पहले कभी नहीं देखा था। उस समय यह एशिया का सबसे बड़ा स्टोर था। इसका मालिक एक यहूदी था किन्तु सबसे ज्यादा यहाँ रईस मिस्री लोग ही आते थे। मैंने कोई खरीदारी नहीं की, केवल विस्मय-विमुग्ध होकर चारों ओर देखता रहा। फिर मैं सँकरे पुल पर चल पड़ा जो स्वेज नहर के वास्तुशिल्पी फर्दीनाँ द लेस्से की मूर्ति तक पहुँचाता था। जब तक मैं वापस आया, कोंत रॉसो के छूटने में केवल एक घंटा बाकी रह गया था। जहाज पर चढ़ने के मार्ग पर जाने से पहले एक बेचनेवाला पिंडखजूर का डिब्बा खरीद लेने के लिए मेरे पीछे पड़ गया। मैंने हडाली में जैसे खजूर देखे थे उनकी तुलना में ये

ज्यादा लम्बे, ज्यादा गहरे रंग के और देखने में और ज्यादा सुस्वादु लग रहे थे। मैं भाव-ताव करके खजूर-विक्रेता को आधी कीमत पर ले आया और उनका स्वाद लेने के लिए मूँछों पर ताव देता हुआ डेक पर पहुँचा। तब मुझे पता चला कि दर्जन-भर खजूरों की ऊपरी पर्त के नीचे केवल बुरादा भरा हुआ था।

जो सहयात्री जहाज के साथ-साथ बँधी नावों से चीजें खरीद रहे थे और उन्हें रस्सियों में लटकती हुई टोकरियों में डालते जाते थे उन्हें मैंने चेतावनी दी। अनेक यात्रियों ने चॉकलेट के डिब्बे खरीदे किन्तु जल्दी ही उन्हें पता चला कि पहली पर्त के नीचे कुछ भी नहीं है। कुछ लोगों ने फ्रांसीसी ट्रेडमार्क वाले इत्र खरीदे और उन्हें पता चला कि उन बोतलों में तो खुशबूदार तेल है। तब से पोर्ट सईद और काहिरा होकर मैं कई बार गुजरा हूँ किन्तु मैंने मिस्र से फिर कभी कोई चीज नहीं खरीदी।

उस शाम को हमने उन पुरुषों की साहसिक कारगुजारियों के बारे में सुना जो वेश्यालयों की शोभा बढ़ाने गए थे। वहाँ उनके इन्तजार में कोई हूरें नहीं खड़ी थीं जिनका वे कौमार्य हरण करते। वहाँ थीं अधेड़ उम्र की मोटी-थुलथुल, और काली अरबी औरतें। एक बार इन चकलों में दाखिल हुए नहीं कि फिर बच पाना मुश्किल था। जितने पैसों से सौदा तय होता, बाद में उससे भी ज्यादा पैसा उनसे टिप आदि में ऐंठ लिया जाता। चूँकि औरत-शरीर से उनका यह पहला सम्पर्क था, अतः वे घुसते ही बाहर आ गए—कइयों का तो दाखिल होने से पहले ही मामला खारिज हो गया। उन्हें चिन्ता थी तो केवल यह कि कहीं कोई यौनरोग न लग जाएँ क्योंकि उनमें से किसी ने इस्तेमाल की कौन कहे, गर्भ-निरोधक देखा तक नहीं था। अगले दो दिन उन्होंने सिफलिस और सुजाक के सुने-सुनाए लक्षणों के आधार पर अपनी इन्द्रिय की जाँच-पड़ताल में गुजारे। इन लोगों की कारगुजारियों के किस्से मिस नेहरू के कानों तक पहुँचे। उन्होंने हमारे बारे में क्या-क्या बातें सुनी हैं, यह बताए बिना ही हमारे शर्मनाक बर्ताव के लिए उन्होंने हमें डाँटा-फटकारा। 'पोर्ट सईद पर आपने जो हरकतें की हैं, आप चाहते हैं कि क्या आपके देश को उसी आधार पर आँका आए ?'—उन्होंने पूछा।

भूमध्यसागर हमारी पूरी यात्रा के दौरान नीला और सूर्य से प्रकाशित रहा। जिब्राल्टर के जलडमरूमध्य से होते हुए हम लोग बिरके की खाड़ी में पहुँचे जो अपनी तूफानी दुर्दांतता के लिए कुख्यात थी। हम लोग सौभाग्यशाली रहे। यही स्थिति इंग्लिश चैनल के साथ भी रही जो अपनी प्रचंड तरंगाकुलता के लिए विख्यात था। हम लोग साउथहैम्पटन बन्दरगाह पर उतरे और लन्दन जानेवाली जहाजी ट्रेन पकड़ी। कहीं जाने के लिए मेरे पास कोई पता नहीं था।

मेरी अगवानी के लिए रोमा विश्वास विक्टोरिया स्टेशन के प्लेटफार्म पर पहले से मौजूद थीं। जैसा कि मैं बता चुका हूँ, गवर्नमेंट कॉलेज से उन्हें मैं जो पत्र लिखता था उनका रूप कुछ-कुछ रसिकतापूर्ण होता जा रहा था। एक बार दिल्ली में छुट्टियों के दौरान मैं उनसे मॉडर्न स्कूल में मिलने गया था। उनके पास छत पर दो कमरों का सेट था। हम लोग साथ-साथ बैठे और देर शाम तक बातें करते रहे। जब हम बाहर आए, पूरा चन्द्रमा

निकला हुआ था। उनसे अलविदा कहने के बजाय मैंने उन्हें बाँहों में भर लिया और उनके ओंठों पर कसकर चुम्बन लिया। उन्होंने प्रतिवाद करते हुए कहा : 'सच, तुम भी ऐसा कैसे कर सकते हो ?' मैं सीढ़ियों से उतरकर नीचे भाग गया। लाहौर वापस आकर मैंने उन्हें पत्र लिखा और अपने बर्ताव के लिए माफी माँगी। उन्होंने उदारतापूर्वक मुझे माफ कर दिया। किन्तु इस घटना के बाद उनके पत्रों में वैसी ही गर्मजोशी आ गई जैसी कि मेरे पत्रों में रहती थी। मैं यकीन के साथ नहीं कह सकता था कि वे मेरा स्वागत कैसे करेंगी।

मुझे ज्यादा देर पसोपेश की हालत में नहीं रहना पड़ा। हमें गोवर स्ट्रीट पर इंडियन स्टुडेंट्स यूनियन हॉस्टल में पहुँचना था। जैसे ही हम टैक्सी के अन्दर दाखिल हुए, रोमा ने मुझे बाँहों में ले लिया और अपने ओंठ मेरे ओंठों से सटा दिए। हम लोग भावावेश में एक-दूसरे को तब तक चूमते रहे जब तक टैक्सी हॉस्टल के बाहर आकर नहीं रुक गई। कोई कमरा खाली नहीं था। सेक्रेटरी ने सड़क पार कर बोर्डिंग हाउस की तरफ इशारा करते हुए वहाँ देख लेने को कहा। हम लोगों ने सड़क पार की। साथ में सफरी थैला भी था। एल.के. झा वहाँ पहले से मौजूद थे। यह बोर्डिंग हाउस सेराफिनो नामक एक नाटा, जीर्ण-शीर्ण इतालवी व्यक्ति और उसकी अंग्रेज पत्नी चलाते थे। पत्नी खाना पकाती थी और अपने पति की अपेक्षा वह डीलडौल में काफी विशाल थी। वहाँ काम करनेवाली एक नौकरानी ने मुझे सबसे ऊपर एक छोटा कमरा दिखाया। खाने-पीने की शर्तें मेरी सामर्थ्य के भीतर थीं। पहले कुछ महीनों तक मैंने वहाँ रहने का निश्चय किया। जैसे ही हम अकेले रह गए, वैसे ही रोमा और मैं बिस्तर पर गिर पड़े और बड़े भावावेश में एक-दूसरे को चूमने लगे। मैंने किसी स्त्री को इतनी नजदीकी से नहीं जाना था और मुझे इसकी ठीक-ठीक जानकारी नहीं थी कि मुझे क्या करना चाहिए और क्या नहीं। मैं उसे तब तक चूमता रहा जब तक उसके ओंठ दंतक्षत से घायल नहीं हो गए। मैंने उसकी साड़ी उतारने की पुरजोर कोशिश की। मैं अपने-आप पर काबू नहीं रख सका। यह बड़ा ही गन्दा काम था। मुझे अपने-आप पर बड़ी शर्म आई और मैं अब उससे मिलना नहीं चाहता था।

उसने मुझे फटकारा : 'यह प्रेम नहीं है, यह तो वासना है।' किन्तु वह उत्तेजित हो उठी थी और मुझे जाने देना नहीं चाहती थी। मैं शर्मिन्दा होकर जब बिस्तर में लेटा हुआ था तो वह मेरे ऊपर आ गई और बोली : 'वायदा करो, तुम ऐसी कोशिश फिर कभी नहीं करोगे।' क्षत-विक्षत करने की प्रक्रिया एक बार फिर शुरू हुई। और फिर उसका वही हश्र हुआ। मुझे उससे और अपने-आपसे मितली-सी आने लगी।

रोमा के साथ अब मैं कोई जोखिम नहीं उठाना चाहता था। डिनर का समय था। सड़क के किनारे बने एक छोटे-से कैफे में जाकर हमने खाना खाया। गनीमत यह रही कि अँधेरा होने के बाद किसी महिला आगन्तुक को बोर्डिंग हाउस में रुकने की अनुमति नहीं थी।

किशोर वय के लड़कों के साथ आचरण में रोमा यदि कुछ अधिक अनुभवी होती तो इंग्लैंड में अपने बाकी के बसेरे के दौरान मेरे हृदय की स्वामिनी बन जाती। उसे सफलता

केवल इसमें मिली कि उसने मुझे कई महीने तक अपने-आपसे और स्त्री-मात्र के प्रति यौन-भाव से दूर रखा। अगले कुछ दिनों तक वह बोर्डिंग हाउस पर घेरा डाले रही। वह जब भी मुझे कमरे में अकेले पकड़ने का प्रयास करती, मैं चकमा देकर निकल जाता। निराश होकर उसने प्रयास करना छोड़ दिया और मॉडर्न स्कूल से पढ़े हुए एक मुझसे बड़े और अधिक अनुभवी छात्र के साथ चली गई। मैंने उसका पीछा करना छोड़ दिया।

लन्दन से तो मुझे पहली ही नजर में प्यार हो गया। इसकी सड़कें, इसकी नक्काशीदार सुन्दर खिड़कियाँ, इसकी बसें, ट्रामें, जमीन के अन्दर चलनेवाली रेलें और इसकी गन्ध—सभी कुछ मेरे मन-प्राण में बस गए। सबसे बढ़कर इसकी औरतें—और इसी प्रकार अन्य सभी चीजें। पहले कुछ दिन मैंने इसे जानने में लगाए। मैं धीरे-धीरे टहलता हुआ टॉटेनहम सर्कस तक पहुँचा, नीचे ऑक्सफोर्ड स्ट्रीट से मार्बल आर्क गया, फिर ऑक्सफोर्ड सर्कस वापस आया और रीजेंट स्ट्रीट होता हुआ पिकाडिली सर्कस लेसेस्टर और ट्रफालगर स्क्वेर्स पहुँचा। मैं सेंट मार्टिन्स-इन-द-फील्ड्स की सीढ़ियों पर बैठा रहा और लोगों को कबूतर चुगाते देखता रहा। मैंने लाखों मैनाओं को चहचहाते हुए सुना। जब शाम का अँधेरा कुछ गहराने लगा तो मैं स्टैंड होता हुआ हॉलवोर्न, ब्लूम्सबरी आया और फिर रात्रि के भोजन के लिए समय पर बोर्डिंग हाउस वापस आ गया।

कुछ ही दिनों में जीवन एक ढर्रे में ढल गया। सुबह की शुरुआत यूनिवर्सिटी कॉलेज में रोमन ला पर अभिभाषण से होती। हमारे टीचर थे डॉ. जोलोविज जिनका चेहरा बहुत गुरु-गम्भीर था और उन्हें बहुत जल्दी गुस्सा आ जाता था। वहाँ डीन ऑफ स्टडीज डॉ. पॉटर इंग्लिश कानून पर व्याख्यान देते थे। फिर ऐल्डविच के उस पार लन्दन स्कूल ऑफ इकॉनॉमिक्स जाता था जहाँ सप्ताह में दो बार राजनीति पर प्रोफेसर हैरोल्ड लास्की के अभिभाषण, नागरिक अपराध कानून पर प्रोफेसर डेवीज और संवैधानिक कानून पर आइवर जेनिंग्स के भाषण सुनता। शाम को मैं गैसबत्ती से प्रकाशित हॉलबोर्न होता हुआ खरामा-खरामा वापस आता और ब्रिटिश म्यूजियम पार करता हुआ सेराफिनो प्रतिष्ठान पहुँचता। हॉलबोर्न आते समय कई माउथ-ऑर्गन-वादक लोकधुनें बजाते हुए साथ-साथ चल रहे होते। अक्सर मैं अपना रात का भोजन इंडियन स्टुडेंट्स हॉस्टल में करता क्योंकि कढ़ी-चावल के लिए इससे सस्ती जगह कोई नहीं थी। कभी-कभी मैं किसी इतालवी रेस्तराँ में जाता जहाँ पाँच शिलिंग में आटे और अंडे से बनी पेट भरने वाली इतावली डिश **पास्ता** खाता। अदालत की बैठक के दौरान इनर टेम्पल में भी डिनर होते। यहाँ काले कपड़े और काला गाउन पहनना होता। चार लोगों के लिए पुर्तगाली अथवा अंगूर की लाल मदिरा की दो बोतलें हुआ करती थीं। हमेशा एक अतिरिक्त गिलास की कामना रखनेवाले अंग्रेज विद्यार्थी चौथे साथी के रूप में मुझे तलाशना चाहते जिससे मेरे हिस्से की शराब भी उन्हें मिल सके।

नवम्बर में काफी सर्दी हो गई। फिर घने कोहरे के दिन आए—भूरे और पीले और मारक कोहरे के दिन। हाथ को हाथ नहीं सूझता था। मुझे सर्दी लग गई, फिर खाँसी और बुखार का सिलसिला चला। मैंने जिस डॉक्टर को दिखाया उसने सलाह दी कि मैं कुछ दिन

के लिए लन्दन से बाहर चला जाऊँ। मैंने बकिंघमशायर में किसी जगह के लिए ट्रेन पकड़ी और न्यूफारेस्ट के बीच एक सराय में एक कमरा मुझे किराए पर मिल गया। ताजी हवा और चीड़, बलूत तथा देवदारु के पेड़ों के बीच दूर-दूर तक टहलने से मेरी छाती ठंड और बलगम से मुक्त हो गई। मैं अपने-आपको दुनिया के शिखर पर समझने लगा। अब मैं लन्दन वापस लौटने को उत्सुक नहीं था।

एक दिन रात को डिनर के बाद जंगलों में लम्बी दूरी तक टहलकर मैं पहली मंजिल पर अपने कमरे में बड़े अन्यमनस्क भाव से लेटा हुआ था। तभी मुझे प्रवेश-कक्ष में कुछ लोगों की आवाजें सुनाई दीं जिन्हें रातभर के लिए कमरे की तलाश थी। स्त्री की आवाज कुछ परिचित-सी लगी। मैंने कमरे के बाहर झाँका और नीचे बालकनी में देखा। ये उपदेश झाड़नेवाली मिस नेहरू थीं जिनके साथ एक युवा अंग्रेज था। स्पष्ट ही, अतिथि-रजिस्टर में 'सिंह' शब्द पर उनकी निगाह पड़ गई थी, किन्तु उस समय उनके सामने कोई विकल्प नहीं था और वे बचकर नहीं जा सकती थीं। इस जोड़े को मेरे बादवाला कमरा दे दिया गया और वह रात दोनों ने साथ-साथ बिताई। दूसरे दिन तड़के सुबह नाश्ता किए बिना ही वे सराय से चले गए, हालाँकि किराए में नाश्ता भी शामिल था। जब मैं नीचे खाने के कमरे में गया, मैंने जल्दी-जल्दी रजिस्टर पर निगाह डाली : उन्होंने अपने-आपको किसी अंग्रेज नाम के साथ श्री एवं श्रीमती के रूप में दर्ज किया था। जो यह उपदेश झाड़ा करती थीं कि विदेश में भारतीय जन किस तरह अपने देश के राजदूत होते हैं और ऐसे आख्यान सुनाया करती थीं कि भारतीय नारी कितनी पवित्र होती है, उसकी यह परिणति उचित ही थी। गांधी जयन्ती और दीवाली-जैसे कई भारतीय समारोहों में मैं मिस नेहरू से टकराया और मुझे यह जानकर ताज्जुब हुआ कि दूसरों को यह उपदेश देने की आदत अभी वे छोड़ नहीं पाई हैं कि उन्हें विदेश में किस तरह व्यवहार करना चाहिए।

कई बार मैं बहुत अकेलापन महसूस करता और घर की याद करके दुखी होता। कॉलेज में कई अंग्रेज विद्यार्थियों से मेरी अच्छी जान-पहचान थी किन्तु वे लन्दन के दूरवर्ती इलाकों में रहते थे। शाम के वक्त स्टुडेंट्स यूनियन हॉस्टल में मैं जिन भारतीयों से मिलता था उनके अपने-अपने गुट थे। वे मेरे साथ टेबल टेनिस तो खेलते थे, किन्तु मुझे अपनी मित्रमंडली में शामिल नहीं करना चाहते थे। लक्ष्मीकान्त झा आई.सी.एस. की तैयारी में बहुत ज्यादा व्यस्त था और मेरे कमरे में केवल मेरे नोट्स माँगने आता था। कई बार, बोर्डिंग हाउस की दोनों अंग्रेज नौकरानियाँ, जो बिस्तर आदि ठीक-ठाक करने के लिए कमरे में आती थीं, हाव-भाव दिखाकर मेरे प्रति अनुरक्त होने का स्वाँग करतीं। मुझमें प्रतिक्रिया व्यक्त करने की हिम्मत नहीं थी। उन्हें लक्ष्मीकान्त अधिक संवेदनशील लगा।

मेरे कमरे के उस तरफ यूनिवर्सिटी कॉलेज अस्पताल था। वहाँ शनिवार को रात के समय डॉक्टरों, विद्यार्थियों और नर्सों के लिए नृत्य का आयोजन होता। अपनी खिड़की से मैं उन्हें नृत्य करते देख सकता था। विएनाई बॉल डांस की लयें मेरी पकड़ में आ गई थीं, साथ ही कुछ लोकप्रिय गीतों की पंक्तियाँ भी, जैसे 'रैड सेल्स इन द सनसैट', 'म्यूजिक गोज़ राउंड एंड कम्स अप हियर' और 'लैम्बेथ वाक'। अन्य लोगों को खुश और मौज

मनाते देख मेरे एकाकीपन का एहसास और ज्यादा बढ़ जाता।

सप्ताहांत को तो हालत सबसे ज्यादा गई-बीती हो जाती। कॉलेज ग्राउंड में टेनिस अथवा हॉकी खेलने के बाद मेरे पास सिवा इसके कोई काम नहीं होता था कि मैं अपने लेक्चर नोट्स को साफ-साफ उतार लूँ या फिर कानून की किताबें बैठकर पढ़ूँ। जो भारतीय अधिक साहसी होते वे पिकाडिली सर्कस जाते और वहाँ से औरतें अपने डेरे पर ले जाते। उन्होंने मुझे बताया कि यह बिलकुल आसान है और इसमें कुछ खास खर्च नहीं होता। बस औरतों को किसी शराबखाने में एक-दो पैग शराब पिला दो और घर पर कुछ सैंडविच खिला दो। इसके बाद वे 'स्ट्रिप पोकर' नामक ताश का एक खेल खेलते जिसमें जिस किसी का पत्ता सबसे छोटा निकलता उसे अपना एक कपड़ा उतारना होता और पन्द्रह मिनट बीतते-न-बीतते दोनों-के-दोनों मादरजात नंगे हो जाते। फिर वे काम में लग जाते। मैं उनकी उत्तेजक कहानियाँ सुनता, स्वयं काफी उत्तेजित भी हो जाता, किन्तु कभी उनके पदचिह्नों पर चलने की अपेक्षित हिम्मत न जुटा पाता। ज्यादा-से-ज्यादा मैं यही कर सकता था कि पिकाडिली सर्कस, शेफर्ड्स मार्केट अथवा बेजवाटर रोड की गलियों के चक्कर लगा लेता और जो वेश्याएँ इन इलाकों में अक्सर आतीं उन्हें देखकर आँखें सेक लेता। उनमें से किसी ने कभी अपनी तरफ से रति का प्रस्ताव नहीं रखा। मुझे ऐसा लगा कि यदि मैं उनके सामने प्रस्ताव रखता तो वे मुझे डाँट-फटकार देतीं—महज इसलिए कि मैं काला था, और पगड़ी बाँधता था और मेरे दाढ़ी थी।

इतवार को मैं हाइड पार्क जाता। मैं एक नाव किराए पर लेता और अपनी अतिरिक्त ऊर्जा खर्च करने के लिए एक सिरे से दूसरे सिरे तक नाव से सैर करता हुआ कई बार सरपेंटाइन से ऊपर-नीचे जाता। ऐसा लगता था कि यह ऊर्जा मेरे मध्य भाग में एक बिन्दु पर केन्द्रित हो गई थी। यह युक्ति बहुत कारगर सिद्ध नहीं हुई। दूर-दूर तक फैले हरे-भरे मैदान में स्त्री-पुरुषों के जोड़े, आने-जानेवालों से बेखबर, गाढ़ आलिंगन में बद्ध लेटे रहते। अंग्रेज तो अपने आचरण में इतने भद्र थे कि वे उधर घूरते नहीं थे किन्तु हमारे जैसे पूर्व के लोगों के लिए उनसे नजरें हटा पाना मुश्किल था। कभी वे सीधे एक-दूसरे के ऊपर लेटे होते और उनके ऊपर किसी मोमजामा अथवा ओवरकोट को छोड़ और कुछ न होता। कुछ देर बाद इतनी अधिक नजदीकी निहायत ठंडे अंग्रेजों के लिए भी जरूरत से ज्यादा हो जाती : उनका आवरण जोर-जोर से ऊपर-नीचे उठने-गिरने लगता और फिर ढेर हो जाता। यदि उनकी मैथुन क्रिया एकदम स्पष्ट हो जाती तो पुलिस उन्हें पास के पुलिस स्टेशन पर ले जाती। कुछ जुर्माना भरने के बाद उन्हें छोड़ दिया जाता। मैं ज्यादा-से-ज्यादा यही कर सकता था कि अपने रिश्ते के भाई नरिन्दर को लिखे अपने पत्रों में इन दृश्यों को पुनर्जीवित कर देता। कई बार 'स्ट्रिप पोकर' खेल में अपने दोस्त के स्थान पर मैं अपना नाम रख देता और उसे बताता कि मैं कैसे मौज-मस्ती कर रहा हूँ। सच्चाई यह है कि इंग्लैंड में अपने पहले साल के अन्त तक मैं कुँवारा ही था।

मेरे तईं एक अफसोस की बात यह थी कि मैं किसी अंग्रेज के घर नहीं गया था। जिस एक अंग्रेज को मैं जानता था वह था सी.एच.एवरैट। वह भारतीय पुलिस सेवा में

था और यूनिवर्सिटी कॉलेज में कानून का कोई कोर्स कर रहा था। वह एक शर्मीला और मितभाषी व्यक्ति था। बहरहाल, उसने मुझे अपनी शादी में आमन्त्रित किया। कराची में कमिश्नर रह चुके एक आई.सी.एस. अधिकारी की बेटी से उसकी शादी हुई थी। अपने हनीमून के बाद एवरैट ने मुझे अपनी पत्नी के माता-पिता के ग्रामीण घर में एक सप्ताहांत बिताने का आग्रह किया। वे शिष्ट और विनम्र लोग थे किन्तु एक काले आदमी को अपने अतिथि के रूप में पाकर परेशानी का अनुभव कर रहे थे। परेशान मैं भी था। वे डिनर के लिए तैयार हुए और उच्चवर्गीय अंग्रेज परिवारों के कठोर अनुशासन का अनुपालन किया। दूसरे दिन वे ग्रामीण इलाके में शिकारी कुत्तों के साथ लोमड़ी का शिकार करने के लिए मुझे अपने साथ ले गए। चूँकि मुझे घुड़सवारी नहीं आती थी, अतः मैंने माफी माँग ली। किन्तु मुझे यह अवश्य देखने को मिला कि कपड़े पहनने के तौर-तरीके क्या हैं, शिकार करनेवाले विभिन्न वर्गों में क्या श्रेणी-क्रम अपनाया जाता है, भोंपू कैसे बजाते हैं, शिकारी कुत्तों को कैसे सँभाला जाता है और बेचारी लोमड़ी को किस तरह दौड़ाकर मार डाला जाता और उसकी पूँछ कटवा दी जाती है। यह लक्ष्य प्राप्त करने के बाद अंगूर की सफेद शराब ऐसे बाँटी जाती है जैसे किसी धार्मिक पूजा के बाद प्रसाद बाँटा जाता है।

गर्मियों की छुट्टियाँ इंग्लैंड में बिताने के बजाय मैंने हिन्दुस्तान लौटने का निश्चय किया। मैं ट्रेन से जेनोआ पहुँचा और वहाँ से बम्बई के लिए फिर एक इतालवी जहाज कोंते वर्दे पकड़ा। इस बार मैंने एक अनुभवी यात्री होने का स्वाँग किया। बाहर जाने के रास्ते में मैंने कोई दस-बारह इतालवी शब्द सीख लिए थे। और इतावली रेस्तराँ में जाने के दौरान उनमें कुछ वृद्धि और हो गई थी—जैसे बोन जीर्नो, बुआनो सेरा, ग्रात्स्यि, सि नो, पर्फोवोरे, क्वांते कोस्ता (नमस्कार, शुभरात्रि, धन्यवाद, तुम, नहीं, कृपया, दाम क्या है ?) आदि। यात्रियों में चिब दम्पति भी थे जो अपनी चार माह की बिटिया के साथ घर लौट रहे थे। उनका प्रेमोन्माद का दौर अब समाप्त हो चुका था। मि. चिब अपनी किताबों की दुनिया में लौट गए थे और मिसेज चिब अपनी बच्ची में मशगूल थीं। हम लोग एक ही मेज के सामने बैठे हुए थे।

हमारा अगला पड़ाव था ब्रिन्दिज़ी। समुद्र के रास्ते जेनोआ से यहाँ पहुँचने में चौबीस घंटे लगते थे। जहाज के ब्रिन्दिज़ी बन्दरगाह पहुँचने के पहले सावित्री चिब ने मुझे इतालवी वेटर से बात करते देख लिया था, अतः उन्होंने मुझसे पूछा : 'आप थोड़ी-बहुत इतालवी बोलना जानते हैं, है न ?' मैंने स्वीकार सूचक सिर हिलाया। 'क्या आप मेरे बच्ची के लिए ग्लिसरीन की बत्तियों का पैकट ला देंगे ? मेरी बेटी को कब्ज है और मैं उसे मुख के रास्ते कोई दस्तावर दवा नहीं देना चाहती।'

मैंने तुरन्त लाने का जिम्मा ले लिया।

दवाई की दुकान खोजने में मुझे कोई खास परेशानी नहीं हुई। मैंने अलमारियाँ पर नजर दौड़ाई कि कहीं ग्लिसरीन की बत्तियाँ दिखाई दे जाएँ। लेकिन वे कहीं दिखाई नहीं दीं। जो दस-बारह इतालवी शब्द मैंने सीख रखे थे उन्हीं की सहायता से मैंने अपनी बात समझाने का निश्चय किया। औषधि-विक्रेता ने कान्स्टीपेशन (कब्ज) समझ लिया और

उसने विभिन्न कम्पनियों के ट्रेडमार्क वाली कुछ दस्तावर दवाइयाँ पेश कर दीं। मैंने 'नहीं, नहीं, कहकर अपना सिर हिलाया। फिर मैंने उँगली को मोड़कर अपने चूतड़ों की तरफ इशारा किया। इशारा समझकर औषधि-विक्रेता ने अब एक एनीमा-उपकरण पेश कर दिया। मैं समझा कि मैं अब अपने प्रश्न के काफी नजदीक पहुँच गया हूँ। अचानक बच्चे का इतालवी पर्याय मेरे दिमाग में आ गया। फिर मैंने अपने पेट को थपथपाया (मुझे ऐसा नहीं करना चाहिए था) और बड़े उल्लसित स्वर में जोर से चिल्लाया : 'बैम्बिनो, पॉर बैम्बिनो' (बच्चे, बच्चे के लिए)।

'आह, सी सिगनॉर !' (ओह, अच्छा महिला)—औषधि-विक्रेता ने आश्चर्य की मुद्रा में कहा जैसे कि वह समझ गया हो। और उसने गर्भनिरोधकों का एक पैकिट मेज पर पटक दिया। मैं कोंत वर्दे पर वापस आ गया। एक बच्ची के कब्ज को दूर करने के लिए मैं ग्लिसरीन की बत्तियाँ तो नहीं ला पाया था किन्तु ऐसी छोटी-सी घटना जरूर ले आया था जिसे सुनकर मैंने अनेक पार्टियों में जीवन्तता का संचार किया।

शेष यात्रा में कोई उल्लेखनीय घटना नहीं हुई। पोर्ट सईद पर दे लेस्सेप की मूर्ति तक मैंने फिर लम्बी दूरी तक सैर की। मैंने खरीदा कुछ नहीं। हम लोग अदन नहीं रुके। अरब सागर एकदम शान्त था। जल्दी ही हम लोग भारत पहुँच गए। दिन मैंने बम्बई घूमने-फिरने में बिताया और दिल्ली के लिए शाम की गाड़ी पकड़ ली।

इस बार रेलवे स्टेशन पर मेरे परिवार के सदस्य ही मेरा स्वागत करने आए। उन्हें यह देखकर बड़ी निराशा हुई कि मैं वैसे ही फटीचर कपड़े पहने हुए था जैसे कि जब मैं उन्हें छोड़कर गया था। मेरी माँ ने कुछ-कुछ शिकायत के लहजे में कहा, 'तुम तो अदन के रास्ते वापस आए होगे।' अपने चाचा-चाची और दोनों जुड़वाँ बहनों के साथ एक सप्ताह बिताने के ख़्याल से जब मैं शिमला गया था तो उस समय मैंने जो कपड़े पहने रखे थे वही अब भी पहने हुआ था। कुछ साल पहले मेरे चाचा-चाची गोलमेज सम्मेलन के मौके पर लन्दन गए थे और वहाँ से कुछ महीनों में ही वे इतना सामान बटोर लाए थे जितना मैं एक साल रुककर भी न ला पाया था। मेरे चाचा के पास लन्दन के मशहूर दर्जी के सिले हुए दो बढ़िया सूट थे। मेरी चाची अंग्रेजी बेहतर बोलने लगी थीं और उन्हें अंग्रेजी सलाद रुचिकर लगने लगे थे। उन्हें लेटिस सलाद बहुत प्रिय था, किन्तु वे 'लेटिस' का उच्चारण करती थीं 'लेट ऊज'। अपनी चचेरी बहनों के साथ मैं शाम को दूर-दूर तक टहलने जाया करता था। उन्होंने मुझे बताया कि मैंने जो एकमात्र चीज सीखी है वह है टार्जन की चीख जब वह जोर-जोर से 'यू हू, यू हू' करके अपने वानर-दल को बुलाया करता था। केवल नरिन्दर मेरी बातों को बड़े ध्यान और उत्साह से सुनता था। उसे मैं तरह-तरह की कहानियाँ गढ़कर तृप्त करता रहता था कि कैसे मैंने अंग्रेज लड़कियों को फँसाया।

दोनों महीने जितनी आशा थी उससे ज्यादा तेजी से बीत गए। मैंने फिर बम्बई के लिए फ्रंटियर मेल पकड़ा ताकि वहाँ से एक अन्य लॉयड त्रेस्तिवो यात्री जहाज 'एस.एस. विक्टोरिया' पकड़ सकूँ (हम लोग 'पी एंड ओ' नावों से जाना बचाते थे क्योंकि हमें यह बताया गया था कि अंग्रेज जहाज-परिचारक अपने आचरण में भारतीय यात्रियों के प्रति

वैसी शालीनता नहीं दिखाते थे जैसी अंग्रेज यात्रियों के प्रति दिखाते हैं। मैं दोपहर बाद बम्बई पहुँचा। मेरे जहाज को दूसरे दिन सुबह रवाना होना था। विक्टोरिया टर्मिनस स्टेशन पर मुझे रातभर के लिए एक कमरा मिला गया। रेलगाड़ी से मैं इसी स्टेशन पर उतरा था। यह चुनाव बहुत शुभ नहीं रहा, किन्तु कुछ व्यक्तिगत कारणों से यह स्मरणीय अवश्य रहा।

मैंने अपना सामान अपने कमरे में छोड़ दिया और बाहर से ताला लगा दिया। फिर पास-पड़ोस का निरीक्षण करने के खयाल से बहार निकल गया। शीघ्र ही मैंने अपने-आपको एक सँकरी गली में पाया जिसमें नीचे छोटी-छोटी दुकानें थीं और ऊपर छत पर खुली खिड़कियों से सटकर औरतें बैठी हुई थीं। जैसे ही मैंने ऊपर देखा, उनमें से एक मुस्कुराई और उसने ऊपर आने का इशारा किया। मैं उसके आमन्त्रण की उपेक्षा करके आगे बढ़ गया। मैंने पाया कि मैं तो वेश्याओं की बस्ती कमातीपुरा में आ गया हूँ। मैं गली के अन्त तक गया और फिर लौट पड़ा। जिस औरत ने मुझे इशारा किया था वह अब भी खिड़की से सटी हुई बैठी थी। उसने फिर ऊपर आने का इशारा किया। 'किधर से ?' मैंने पूछा। उसने एक सीढ़ी की तरफ संकेत किया जो उसके कमरे तक आती थी। मैं अँधेरी सीढ़ियों पर चढ़ गया। वहाँ एक लड़का बैठा हुआ था। वह औरत मेरा स्वागत करने आई। वह मोटी, काली, अधेड़ उम्र की औरत थी और सलवार-कमीज पहने हुए थी। स्वागत का कोई शब्द बोले बिना उसने पंजाबी में कहा, 'दस रुपए लगेंगे।' मैंने दस रुपए का एक नोट निकाला और उसे दे दिया। उसने उस लड़के को पाँच रुपए का नोट देते हुए यह आदेश दिया कि वह उसे उसके मकान-मालिक को दे आए। फिर उसने अन्दर से चटकनी लगाकर दरवाजा बन्द कर लिया।

यह एक अँधेरा, गन्दा कमरा था जिसमें तेल की एक कुप्पी जल रही थी। उसकी चारपाई को छोड़ वहाँ कोई और फर्नीचर नहीं था। चारपाई पर एक चिकनी दरी बिछी थी और सिरहाने गन्दा-सा तकिया रखा हुआ था। वहीं पानी का एक घड़ा था जिसका मुँह लोटे से ढका हुआ था। मुझे सम्बोधित करने के लिए वह पीछे मुड़ी और मेरी दाढ़ी पर हाथ फिराते हुए पूछा, 'तुम सरदार लोग देखने में कितने अच्छे लगते हो, किन्तु अपनी दाढ़ी पर चारों ओर यह बबाल क्यों उगा लेते हो ?' मैंने कोई उत्तर नहीं दिया। उसने भाँप लिया मैं नौसिखिया हूँ। 'क्या तुम किसी औरत के पास पहले कभी नहीं गए हो ?' उसने पूछा। मैंने कुछ-कुछ भर्राए स्वर में जवाब दिया, 'नहीं, तुम एकदम पहली हो।'

'चिन्ता की कोई बात नहीं, 'उसने उत्तर दिया, 'मैं एकदम साफ हूँ।'

उसने अपनी सलवार नीचे खिसका दी और अपनी कमीज कमर के ऊपर खोंस ली और अपने मोटे-मोटे चूतड़ों को नंगा कर लिया। फिर वह घड़े के पास गई, लोटा भरा और अपनी दोनों जाँघों के बीच में पानी के छींटे मारे और अपनी बीच की चीज को एक गन्दे फटे-फटाए कपड़े से सुखा लिया। वह चारपाई पर चित्त लेट गई और घुटने मोड़कर अपनी टाँगों को उठाकर छाती से लगा लिया। फिर उसने मेरी तरफ दोनों बाँहें फैलाकर कहा, 'आओ !'

अभी तक मैंने किसी औरत की जाँघों के बीच की जगह को भलीभाँति नहीं देखा

था। कमला बोस के बालोंवाले गुप्तांगों को उड़ती नजर से देखने पर मुझे बड़ी वितृष्णा हुई थी। किसी स्त्री के अधोभाग के बारे में मेरी धारणा जो कुछ मैंने संगमरमर की मूर्तियों में देखा था उस पर आधारित थी। उनमें से किसी के गुप्तांग पर बाल नहीं थे। अपने घुटनों को ठोड़ी से लगाए जो काली, मोटी औरत मेरे सामने लेटी हुई थी उसने अपने बाल बना रखे थे। मुझे ठीक-ठीक नहीं पता था कि उसमें प्रवेश कहाँ किया जाए। जैसे ही मैंने अपना पजामा उतारा और उसके ऊपर हो लिया, उसने एक हाथ में मेरा लिंग पकड़ा और अपने निशाने पर लगा दिया। दाखिल होते ही मैं खारिज हो गया।

वह दयालु स्वभाव की वेश्या थी। उसने समझ लिया कि मेरे पैसे के एवज में मुझे जो प्राप्ति हुई वह काफी कम है। उसने चारपाई पर बैठते हुए कहा, 'यदि तुम दुबारा करना चाहो, तो केवल पाँच रुपए लगेंगे।' ठीक-ठीक नहीं बता सकता था कि दुबारा तैयार होने में मुझे कितना वक्त लगेगा। उसने मुझे विश्वास दिलाते हुए कहा, 'जब भी मन करे, आ जाओ। मेरे बारे में तुम्हें चिन्ता करने की जरूरत नहीं। मैं तुम्हें और अच्छा समय दूँगी। तुम मेरे स्तनों पर स्पर्श कर सकते हो और साथ ही मुझे चूम भी सकते हो।'

मैं विक्टोरिया टर्मिनस पर अपने कमरे में लौट आया। इस संक्षिप्त मुठभेड़ का नजारा मेरे दिमाग से हटता ही न था। मैंने उस वेश्या के पास लौट जाने का फैसला किया ताकि उसका दूसरी बार और शायद अधिक सन्तोषप्रद रूप से उपभोग कर सकूँ। किन्तु मुझे स्टेशन का मुख्य द्वार बन्द मिला। गोरखा गार्ड ने मुझे बताया कि मैं बाहर गया तो मुझे सुबह होने से पहले अन्दर नहीं आने दिया जाएगा। बेमन से मैं अपने कमरे में लौट आया और मैंने अपने को उस बढ़े हुए तनाव से निजात दिलाई। मैं यकीन से नहीं कह सकता कि उस संक्षिप्त से सेक्स कर्म को मैं अपने कौमार्य की इति कह सकता हूँ या नहीं। बहरहाल, इंग्लैंड वापिस लौटते हुए मैंने अपने लिंग पर सिफलिस से होनेवाले घावों की टोह में काफी समय चिन्ताग्रस्त रहकर गुजारा।

अपनी छुट्टियों पर जाने से पहले मैं सेराफिनों के बोर्डिंग हाउस से मिस व्हैले के बोर्डिंग हाउस में चला गया था। यह जगह दक्षिण-पश्चिमी लन्दन के तुलसे हिला और स्ट्रेथेम के बीच थी। क्रिस्टल पैलेस से यह बहुत दूर नहीं थी। यह तिमंजिला बोर्डिंग हाउस ऐसी रेलवे लाइन के किनारे था जिस पर हर पाँच मिनट में एक गाड़ी निकलती थी। मुझे उनका अभ्यस्त होने में दो-चार दिन लगे। मिस व्हैले के बोर्डिंग में जो और लोग रहते थे उसमें एक बूढ़ा-सा स्कॉटमैन आर्मस्ट्रंग था, जो उसके ही बेडरूम में साझी था, एक बीच की उम्र की महिला थी जो लांड्री चलाती थी, एक उम्रदराज भाई-बहन थे, दो नर्सें मिस मैज बार्खम और मिस लिलियन बूथ—और एक युवा इंग्लिश केमिस्ट था।

मेरे लिये यह आवास भारतीय विद्यार्थियों के हॉस्टल के सचिव शारन सिंघा ने ढूँढ़ा था। उसका निवास इसी सड़क के अन्त में स्ट्रेथेम वाले किनारे पर था। वह वहाँ अपनी फ्रेंच पत्नी और बेटी के साथ रहता था। मैं सप्ताह में दो दिन सिंघा की सौतेली बेटी से फ्रेंच पढ़ने जाता था। सप्ताह में दो दिन मैं एक अंग्रेज युवती से बॉलरूम नृत्य सीखने भी जाता था।

मैं मैज बार्खम के बगल के कमरे में रहता था। वह बीस से ऊपर उम्र की सीधी-सादी दिखाई पड़नेवाली महिला थी। उसकी साथिन लिलियन बूथ, उससे कुछ कम उम्र की, शरीर से भरी-पूरी और ज्यादा आकर्षक थी। मुझे लगा कि ज्यादा सुन्दर लिलियन की अपेक्षा सीधी-सादी मैज के साथ मेरा जुगाड़ ज्यादा आसानी से बैठ सकता है। मैज हमारे लिए अपने भाई के लिखे हुए नाटक के टिकट लेकर आई थी। यह नाटक वैस्ट एंड थियेटर में काफी समय से खेला जा रहा था। मैं पहले उससे कुछ इशारेबाजी करता रहा और फिर एक रात को पैर दबाकर उसके कमरे में पहुँच गया। उसके विरोध करने के बावजूद मैंने उसे चूम लिया। मैंने उसे भारत से पत्र लिखे थे और उसने उनका जवाब दिया था।

जब मैं नौली की सड़क पर लौटा तो मुझे पहली मंजिल पर, थोड़े से ज्यादा किराए पर एक अपेक्षाकृत बड़ा कमरा मिल गया। जहाँ तक बोर्डिंग हाउसों का सवाल है, मेरी स्थिति अधिकांश भारतीय विद्यार्थियों से बेहतर थी। सबसे बड़ी सुविधा यह थी कि मैं एकदम अंग्रेज और स्काट माहौल में था। शाम के समय हम लोग बैठक में एकसाथ बैठकर गपशप करते, अपना खाना साथ खांते और अक्सर स्ट्रेथेम कॉमन पर खाने के बाद टहलने निकलते थे। गोकि मुझे बस या ट्रेन से कॉलेज पहुँचने में लगभग एक घंटा लगता था, फिर भी मुझे यह परिवर्तन लाभप्रद लगा। पास ही में एक अंग्रेज लड़का रहता था। उसका नाम डेनिस विज़डम था। उसके पिता स्थानीय स्कूल के हेडमास्टर थे। डेनिस अक्सर मुझे खाने के लिए अपने घर पर आमन्त्रित कर लेता था। बाद में मैंने विज़डम परिवार से सम्बन्ध बनाए रखा। जब इंडिया हाउस में मेरी नियुक्ति हुई तब मैं डेनिस के विवाह में भी शामिल हुआ। डेनिस कानूनी सलाहकार हो गया। उसने बहुत तरक्की की। आगे चलकर उसने रोल्स रायस गाड़ी और टेम्स के किनारे एक विशाल घर खरीदा। उसकी छोटी बहन सिंथिया ने भी हमसे सम्पर्क बनाए रखा और बच्चों को दिल्ली में हमारे पास रहने के लिए भेजा।

विदेशों में रहनेवाले भारतीयों की प्रवृत्ति आपस में चिपके रहने की होती है। वे भारतीय क्लबों के सदस्य हो जाते हैं, नियमित रूप से मस्जिद, मन्दिर और गुरुद्वारे जाते हैं और घरों या भारतीय रेस्तराँ में भारतीय खाना खाते हैं। ऐसा बहुत कम होता है कि अंग्रेजों से वे उसी तरह मिलें-जुलें जैसे वे अपने देशवासियों के साथ करते हैं। इस द्वीप-धर्मी रहन-सहन का आधार कुछ रूढ़ धारणाएँ होती हैं—मसलन अंग्रेज बड़े आत्मकेन्द्रित होते हैं, वे बाहरी लोगों को इसलिए अपने घर पर आमन्त्रित नहीं करते क्योंकि वे अपने घरों को किले समझते हैं, अंग्रेज औरतें सेक्स में ठंडी होती हैं, आदि, आदि। मैंने पाया कि इनमें से एक भी बात सच नहीं है। बाद के सालों में भारतीय की अपेक्षा मेरी मित्रता अंग्रेज आदमी-औरतों से ज्यादा रही। मैं दर्जनों अंग्रेज परिवारों में रहा और उनकी पारिवारिक समस्याओं में उनका साथ दिया। और यह अनुभव करके मुझे बेहद खुशी हुई कि इससे झूठी अफवाह दूसरी नहीं हो सकती कि अंग्रेज औरतें सेक्स के मामले में ठंडी होती हैं।

मैं व्हेले घरबार में एक वर्ष से भी अधिक समय तक रहा। दोनों नर्सें अपने खोजे हुए स्थानों में चली गईं—दो पलंग के कमरे अपनी-अपनी पकाने की जगह के साथ।

लिलियन को यह आभास हो गया था कि मैं मैज की अपेक्षा उसके प्रति अधिक आकर्षित हूँ। उनके जाने के एक दिन पहले, मैंने उससे हैम्पस्टैड के एक छोटे सिनेमाघर में चल रही बड़ी अच्छी यूरोपियन फिल्म का जिक्र किया। 'तुम मुझे भी साथ क्यों नहीं ले जाते ?' उसने पूछा। हम लोग तय करके एक भूमिगत स्टेशन पर मिले और सिनेमा चले गए। जब बत्तियाँ बुझ गईं, उसने मेरा हाथ अपने हाथ में ले लिया। पिक्चर खत्म होने के बाद हम लोगों ने एक पब में जाकर सैंडविच खाया और ड्रिंक लिया और उसके बाद हम लोग हैम्पस्टैड हीथ पर टहलने के लिए निकले। जब हम कीट्स की कॉटेज के सामने से निकले तो मैंने उसे 'ओड टू नाइटिंगेल' का पहला बन्द सुनाया।

वह प्रभावित हुई और इनाम के बतौर उसने मेरा हाथ चूम लिया। हम बाँहों में बाहें डाले केनवुड तक चलते गए और वहाँ एक एकान्त जगह ढूँढ़ ली ताकि हम एक-दूसरे को और अच्छी तरह जान लें। वह उम्र में मुझसे थोड़ी-सी ही बड़ी थी और उससे लेवेन्डर और कलफ की सुगन्ध आ रही थी। उस सुन्दर लड़की के इतने निकट होना मेरे लिए बड़ा आह्लादक अनुभव था। अगले दो-एक साल मैं लिलियन से खूब मिलता रहा। हम लोग पैदल घूमने के लिए हाइड पार्क, किउ गार्डन वगैरह जाते थे। हम लोग साथ पिक्चर और रेस्तराँ जाते। वह मुझे *द स्वान लेक* दिखाने ले गई। मैंने वह पहला बैले देखा था। मुझे उसका अर्थ बिलकुल समझ में नहीं आया। वह अक्सर मुझे अपने कमरे में बुला लेती थी। वहाँ हम देर रात गए तक चूमाचाटी करते। मैंने जो रोमा विश्वास के साथ किया था उसके आगे मैं कभी नहीं बढ़ पाया। मैं तब भी उसकी छातियों से खिलवाड़ या कुछ और भी करने की हिम्मत नहीं जुटा पाता था। पर मुझे यकीन है कि वह मुझसे इसकी उम्मीद रखती थी। और वह यह नहीं समझ पाई थी कि मैं तब भी कुँआरा था (गोकि तकनीकी दृष्टि से नहीं) और यदि उसने मुझे सेक्स के बारे में एकाध बात सिखाई होती तो मैं उसका आभार मानता। धीरे-धीरे हम एक-दूसरे से खिंच गए—हमारे बीच कोई बदमजगी नहीं हुई थी पर हम निराश जरूर अनुभव कर रहे थे। मुझे मालूम नहीं कि फिर उसका क्या हुआ।

किसी ने मुझे बताया कि सतिन्दर सिंह जो मॉडर्न स्कूल में मेरा सहपाठी था, वहीं कहीं लन्दन में डॉक्टरी पढ़ रहा है। मैं उससे मिलने के लिए उत्सुक था क्योंकि इंग्लैंड में मेरा कोई और भारतीय दोस्त नहीं था। पर मेरी समझ में नहीं आ रहा था कि उसे कहाँ ढूँढ़ूँ। एक दिन मैं भूमिगत ट्रेन से अपने कॉलेज जा रहा था। जैसे ही ट्रेन का दरवाजा खुला, देखता हूँ कि सतिन्दर भीतर चला आ रहा है। यह भी पता लगा कि उसका दाखिला किंग्स कॉलेज की मेडिकल फैकल्टी में हुआ है। अगले दो-एक साल हम लोग ज्यादातर वक्त साथ रहते थे। वह अच्छा खिलाड़ी था और जब औरतों का प्रसंग आता था तो भी वह पीछे नहीं रहता था। उसके पास प्रायः पैसे की कमी रहती थी और वह मुझसे पैसा उधार लिया करता था। हम लोग कॉलेज के कैफेटीरिया में एकसाथ लंच खाते थे और फिर कॉमनरूम में टेबिल टेनिस खेलते थे।

कॉलेज के कॉमनरूम में एक घटना हो गई जिसमें हम दोनों शामिल थे। एक सफेदपोश बीच की उम्रवाले अंग्रेज ने अपना परिचय यह कहकर कराया कि वह ब्रिटिश

विदेश सेवा का सदस्य है और उसकी नियुक्ति भारत में होनेवाली है। हमने उसका परिचय दूसरे भारतीय विद्यार्थियों से करा दिया। अचानक वहाँ तड़ातड़ चोरियाँ होने लगीं। ज्यादातर शिकार भारतीय होते थे। एक दोपहर को टेबिल टेनिस खेलते हुए मैंने अपना कोट उस मुँडेर पर रख दिया जहाँ सतिन्दर और वह अंग्रेज बैठे थे। जब खेल खत्म करके मैंने कोट पहना तो मैंने देखा कि मेरा बटुआ गायब है। पहले मैंने सोचा कि सतिन्दर ने मेरे साथ मजाक किया है। लेकिन जब सतिन्दर ने इंकार किया कि उसने बटुआ नहीं लिया है तो मुझे उस अंग्रेज पर शक होने लगा। मैंने उसके बारे में और जानकारी हासिल करनी शुरू की। मुझे लम्बा इन्तजार नहीं करना पड़ा। कुछ दिन बाद स्कॉटलैंड यार्ड से एक जासूस हमारे कॉलेज में उन लोगों के बारे में पता लगाने आया जिनके पैसे खोए थे। उसने सूचना दी कि उस व्यक्ति को गिरफ्तार कर लिया गया है। चोरी और जेबकतरी का उसका लम्बा इतिहास है। उसके दूसरे शिकारों में एक अट्ठारह साल की अंग्रेज लड़की थी। उसने सालाना वजीफे का पैसा जिस दिन चेक भुनाकर हैंडबैग में रखा उसी दिन वह उसके हैंडबैग से उड़ा लिया गया था। मैं उन तमाम विद्यार्थियों में था, जिनसे जरूरत पड़ने पर, बो स्ट्रीट मजिस्ट्रेट के सामने पेश होकर गवाही देने के लिए कहा गया था। ब्रिटिश न्याय व्यवस्था के बारे में वह मेरा पहला अनुभव था। हम गैलरी में बैठे हुए दूसरे केसों को निबटता देख रहे थे। मुझे यह देखकर अचम्भा हुआ कि लगभग सभी अपराधियों ने अपना जुर्म कबूल कर लिया और उन्हें जुर्माने या कैद की सजा मिली। उसके बाद हमारे 'विदेशी सेवा' वाले ढोंगी की बारी आई। वह हथकड़ी में था। उसके साथ उसकी पत्नी थी। वह चुस्त-दुरुस्त वेशभूषा में, तीस के कुछ ऊपर उम्र की आकर्षक महिला थी। उस आदमी ने गुनाह कबूल नहीं किया। जब मजिस्ट्रेट ने उससे पूछा कि क्या वह अपने ऊपर अभियोग लगानेवालों में से किसी से जिरह करना चाहेगा, उसने मेरी तरफ इशारा कर दिया। मुझसे आगे आकर सच बोलने की शपथ लेने के लिए कहा गया। मैंने कॉमनरूम वाली घटना बयान कर दी। उसने मुझसे कोई सवाल नहीं पूछा। मजिस्ट्रेट ने उसे समाज के लिए कलंक होने और गरीब छात्रों को लूटने के लिए सख्ती से फटकारा। उसने उसके इतिहास को देखते हुए, उसे चार साल जेल काटने की सजा सुना दी। उसे निबटाने में दस मिनट से भी कम समय लगा।

स्त्रियों के प्रसंग में सतिन्दर मेरी तुलना में कहीं अधिक साहसी था। हर शनिवार को, टेनिस या हाकी खेलने के बाद, वह घर ले जाने के लिए एक लड़की को पटा लेता था। उसकी इस बहादुरी पर मुझे अचम्भा होता था क्योंकि वह बहुत कम बोलता था और किसी के साथ किसी विषय पर मुश्किल से ही बात कर पाता था। जब हम लोग पेरिस में छुट्टी मना रहे थे तब मुझे इस रहस्य का पता लगा। हम पाँथिओं के करीब एक बोर्डिंग हाउस में थे। वहाँ जो और लोग ठहरे हुए थे, उनमें एक लम्बी, छरहरी, भरे वक्ष और चौड़े पिछाड़े वाली एफ्रो-अमरीकन लड़की थी। उसका नाम मैरी स्टोक्स था। वह उसी संस्थान में फ्रेंच साहित्य का एक कोर्स कर रही थी, जिसमें मैं फ्रेंच की प्राथमिक कक्षाओं में था। गोकि मुझे विश्वास था कि मैं आगे बढ़ूँगा तो उधर से इंकार नहीं होगा, फिर भी मैं कुछ कर

नहीं पा रहा था। सतिन्दर ने मुझे चेतावनी दी, 'अगर तुम मैरी नाम की इस औरत का, आनेवाले तीस दिन के भीतर सम्भोग नहीं करोगे तो यह काम तुम्हारे लिए मैं कर डालूँगा।' मुझे मालूम था कि वह जो कहता है वह कर दिखाता है। मैंने कुछ और समय देने के लिए उससे अनुरोध किया।

मैं अपनी घबराहट पर काबू पा सकूँ, इसमें मेरी मदद करने के लिए इस बीच सतिन्दर ने मेरा परिचय फ्रेंच बोर्देलो से कराया। वह मेरे लिए *द पिंक बुक* की एक प्रति ले आया। उसमें पेरिस के रंडीखानों के पतों के साथ उनकी पूरी सूची थी। उनमें से अधिकांश गारसेंलज़ार इलाके में थे। हम उनमें से एक में पहुँचे। मदाम ने हमारा स्वागत किया और हमें एक बड़े ड्राइंगरूम में ले गई जिसकी दीवारों पर शीशे लगे थे। उसने हमें बताया कि पैसा कितना खर्च होगा; बख्शीश उसके अलावा। उसने ताली बजाई। एक दर्जन लड़कियाँ दल बाँधकर भीतर आईं—सब मादरजाद नंगी। जब वे अपनी जाँघों के बीच के बालों को ऐसे मरोड़ रही थीं जैसे वे मूँछे हों, उनके लिए शैम्पेन का ऑर्डर दिया गया। हमने शैम्पेन और जो सेवाएँ हमें दी जानेवाली थीं, उनका भुगतान किया। हम जिन लड़कियों को चाहते थे उनकी तरफ हमने इशारा किया, और वे हमें अपने अलग-अलग कमरों में ले गईं। जो मेरे साथ थी उसने गुप्तांगों को धोया और मुझे आदेश दिया कि मैं भी ऐसा ही करूँ। उसने मुझसे पूछा कि क्या मैं मुख मैथुन करना चाहूँगा। मैंने दृढ़ता से जवाब दिया, 'नहीं।' पहले की तरह सम्भोग-क्रिया कुछ ही सैकेंड में सम्पन्न हो गई। मुझे सतिन्दर के लिए लगभग आध घंटा इन्तजार करना पड़ा। तब कहीं जाकर वह अपने मिलन कक्ष से बाहर निकला। वह आप-ही-आप बहुत प्रसन्न दिखाई पड़ रहा था, उसके साथवाली लड़की भी मुस्कुराकर उसे फिर आने के लिए कह रही थी। उसने मुझे चूतिया कहकर एक बार फिर मैरी को मेरे हाथ से उड़ा ले जाने की धमकी दी।

मैंने सतिन्दर को यह बहाना करके टाला कि मैं आखिर मैरी का भोग करने में कामयाब हो गया जबकि असल में मैंने सिर्फ उसके रँगे हुए मोटे होंठों को ही चूमा था। वैसे मैरी ने इसे प्रेम-प्रसंग की शुरुआत समझा जिसको पूर्णता तक पहुँचना अभी बाकी था। ऐसा हुआ नहीं। कुछ दिन बाद वह अमरीका चली गई। हम लोग पत्र-व्यवहार करते रहे। तीस साल से भी कुछ अधिक हो गया था जब वह मुझसे मिलने रोचेस्टर आई। मैं उस समय वहाँ पढ़ा रहा था। उसका वजन बेहद बढ़ गया था। वह लम्बी, छरहरी लड़की जो मुझे पेरिस में मिली थी, जब मांस का स्तूप हो गई थी। मैं उसे अपने अपार्टमेंट ले गया। उसने रोचेस्टर पहुँचने के लिए सारी रात बस से सफर किया था। शावर में नहाते हुए उसने मुझे अपनी दो शादियों के, और प्रेमियों के बारे में बताया। वह अपनी विशाल काया को रगड़ते हुए शावर से बाहर आई। इस बीच वह मुझसे बात करती रही। मैंने उसकी छातियों को सहलाकर उसे चूमा। 'हनी अब तो तुम मुझसे सम्भोग नहीं करना चाहते। तुमने तो ऐसा पेरिस में भी नहीं किया, जब मैं सचमुच सम्भोग करने लायक थी।' मैंने वह हल्का-सा प्रयास भी छोड़ दिया। बाद में उसने मुझे ताना मारा, 'तुमने मुझे बहुत नहीं धकियाया वरना मैं खुशी से मान गई होती।'

मैरी से मेरी मुलाकात उसके डैट्रोइट वाले घर में ज्यादा हुई। उसने वहाँ मेरे और मेरी पत्नी के लिए बहुत बड़ी पार्टी दी। उसकी अंधी माँ ने मुझसे कहा कि मैं उनकी गोद में बैठ जाऊँ। 'मैरी ने मुझे तुम्हारे बारे में इतना कुछ बताया है। मैं अब तुम्हें अपने हाथों से देखना चाहती हूँ।' उसने अपनी उँगलियों से मेरी पगड़ी, दाढ़ी और चेहरे को ऐसे टटोलकर देखा जैसे वे ब्रेल पढ़ रही हों। 'अब मुझे ठीक पता लग गया कि तुम देखने में कैसे लगते हो,' उन्होंने कहा। मैरी दिल्ली में भी हमारे घर आई। मेरी पत्नी ने बच्चों को बता दिया था कि कॉलेज के दिनों की पापा की महिला मित्र डिनर के लिए आ रही है। बच्चे बड़ी बेसब्री से उसके आने का इन्तजार कर रहे थे। वह उनके लिए तोहफे लाई। बच्चों को इस बात का यकीन ही नहीं हो रहा था कि मैरी के कभी कोई पुरुष-मित्र हो सकते थे। मैरी पर मैंने एक कहानी लिखी 'ब्लैक जैसमीन'। उसमें वास्तविकता कम, कल्पना ज्यादा थी।

मैं दक्षिण लन्दन में व्हैले के बोर्डिंग हाउस में लौट आया। एक दिन शाम को आर्म्सट्रंग और उसकी लांड्री वाली महिला के बीच भयंकर झगड़ा हुआ। वे कभी एक-दूसरे को पसन्द नहीं करते थे। आर्म्सट्रंग बहुत शराब पीता था और उसे गालियाँ देता था। हम सब महिला का पक्ष लेकर इस झगड़े में शरीक हो जाते थे। यद्यपि मिस व्हैले आर्म्सट्रंग की रखैल थी, फिर भी उन्हें उसे बाहर निकालने के लिए मजबूर होना पड़ा। उसने कसम खाई कि वह सबेरे चला जाएगा। लेकिन उसने अपनी वसीयत से मिस व्हैले को निकाल बाहर किया। 'मेरी जायदाद में एक कौड़ी भी तुम्हें नहीं मिलेगी,' उसने चेतावनी दी।

अगले दिन सुबह आर्म्सट्रंग पछताने लगा। उसने लांड्री वाली महिला को छोड़कर बोर्डिंग के सभी निवासियों से माफी माँगी। मिस व्हैले उसको माफ करके रहने देने के लिए जरूरत से ज्यादा उत्सुक थी। डन्समायर ने भी, जो विशेष रूप से सस्ते किराए पर थे, टिके रहने का फैसला कर लिया। बाकी लोगों ने जो लांड्री वाली के पक्ष में थे, दूसरी जगह ढूँढ़ने का फैसला किया।

मुझे तत्काल जो एकमात्र जगह मिल सकी, वह एक बोर्डिंग हाउस था, जिसे एक विधवा और उसका बेटा भारतीय विद्यार्थियों के लिए चलाते थे। यह जगह हैम्पस्टैड और बैलसाइज पार्क के बीच वोर्स्ले रोड पर थी। यह एक निहायत वाहियात छोटी-सी जगह थी जिसमें चार भारतीय विद्यार्थी और रह रहे थे। इनमें दो सिन्धी, एक बंगाली मुसलमान और कुमाऊँ के पहाड़ी इलाके का एक सुन्दर युवक था। हम लोग सिर्फ ब्रेकफास्ट और डिनर के समय मिलते थे। इस जगह का एकमात्र लाभ यह था कि यह हैम्पस्टैड हीथ के करीब थी। और हैम्पस्टैड हीथ को मैं ऐसे जान गया था जिसे अपने हाथ के पिछाड़े को जानना कहते हैं।

मैं पूरी तरह भारतीय लोगों की संगत में रहने से खुश नहीं था। मैं इंग्लैंड इसलिए नहीं आया था। मैं इस बोर्डिंग हाउस में कुछ ही महीने रहा। इसी बीच वहाँ दो घटनाएँ

हो गईं : एक का मेरे भविष्य पर निर्णायक प्रभाव पड़ा। दूसरी घटना बहुत तुच्छ-सी थी। बाद में मैंने उस पर एक कहानी लिखी।

पहले उस छोटी घटना का जिक्र करना चाहता हूँ। कुमाऊँ का वह युवक, जिसका नाम मेरे खयाल से शाह था, हम लोगों से मिलने-जुलने की परवाह नहीं करता था। कुछ सप्ताह बाद वह मेरी तरफ उन्मुख हुआ और मुझसे खुलने लगा। उसकी एक अंग्रेज महिला-मित्र थी–'उच्च वर्ग के बहुत भद्र परिवार की'–यह आश्वासन उसने मुझे कई बार दिया। उसने कहा, 'वह उन घटिया वेट्रसों और नर्सों की तरह नहीं है, जिनके साथ अधिकांश भारतीय लोग घूमते हैं। वह बहुत संकोची और शालीन है।' कुछ दिन बाद मैंने उससे पूछा कि उस लड़की के साथ उसके सम्बन्ध कहाँ तक पहुँचे ? उसने कुछ चिढ़कर जवाब दिया, 'मैंने तुमसे कहा ना कि वह उस तरह की लड़की नहीं है। वह किसी को अपने साथ छूट लेने की इजाजत तभी देगी, जब वह उससे सचमुच प्रेम करती हो।' कुछ दिन बाद उसने स्वीकार किया कि जब वह चलने लगा तो उस लड़की ने उसे चूमा और शायद वह उससे प्यार करने लगी है। वह इस मामले में अपनी प्रगति से बहुत खुश था। 'अब तुम वह काम कब करोगे ?' मैंने उससे सवाल किया। उसे मेरा ऐसी भाषा इस्तेमाल करना पसन्द नहीं आया। पर जाहिर है यह बात उसके दिमाग में थी जरूर। इतवार को उसने अपना सबसे अच्छा गहरे रंग का सूट पहना, और अपने ऊपर खूब इफरात से कोलोन छिड़का। उसने मुझे बताया कि सप्ताहान्त में लड़की के माता-पिता बाहर चले जाएँगे और वह उसके साथ अकेला होगा। मैंने उसे शुभकामनाएँ दीं।

वह एक ही घंटे में लौट आया। मैं उसके कमरे में गया। वह अपने बिस्तर में लेटा हुआ गमगीन दिखाई पड़ रहा था। मैंने उससे पूछा कि क्या हो गया। क्या उसने कुछ करने से मना कर दिया ? 'कुछ मत पूछो सरदार जी, हमारा तो दिल टूट गया।' कहानी ऐसे खुली की राजी न होना तो दूर, लड़की बड़ी तत्परता से शाह को अपने सोने के कमरे में ले गई। वहाँ पहुँचकर उसने अपने कपड़े उतार दिए और शाह से भी वैसा करने को कहा। उसने भी आज्ञा का पालन करते हुए कपड़े उतार दिए। वे आलिंगन में बँध गए। लड़की ने प्यार से शाह के बेसुन्नत लिंग को अपने हाथ में लेकर टिप्पणी की, 'तो तुम मुसलमान नहीं हो।' कुमाऊँ की पहाड़ियों के इस कट्टर हिन्दू ब्राह्मण के सारे उत्साह पर पानी फिर गया। वह एकदम ढीला पड़ गया। मैंने इस घटना का उपयोग अपनी 'द ग्रेट डिफरेन्स' नाम की कहानी में किया।

दूसरी घटना का सम्बन्ध मलिक परिवार के लन्दन आने से है। वह अपने दूसरे बेटे शुभचिन्तन को कैंट में एक कृषि विद्यालय में दाखिल करने आए थे। वह पढ़ाई में बहुत ढीला था। वे अपनी बेटी के लिए वर पाने की सम्भावना का जायजा भी लेना चाहते थे। वे रूढ़िवादी सिख थे। उनके होनेवाले दामाद का सिख होना जरूरी था। उसी साल तरलोक सिंह नाम का एक व्यक्ति आई.सी.एस. में आ गया था। अगर वह उनके हाथ आ जाए तो इससे बेहतर और क्या हो सकता था। अगर उसमें सफल न हो सके तो उनका इरादा ब्रिटिश विश्वविद्यालयों में पढ़ रहे दूसरे सिख लड़कों में कोई उपयुक्त वर तलाश कर लेने

का था। मैं उनमें से एक था। हमारे परिवार एक-दूसरे को जानते थे। लेकिन एक व्यक्ति के रूप में मेरे बारे में मलिक परिवार की जानकारी बहुत कम थी। उन्होंने मुझे फोन किया। मैंने अपने कमरे में उन्हें चाय के लिए आमन्त्रित किया। वे समय से कुछ पहले पहुँच गए और उन्हें मेरे कमरे का रास्ता दिखा दिया गया। श्रीमती मलिक ने चारों तरफ अच्छी तरह नजर डालकर देखा वे मेरे बिस्तर पर बैठ गईं और उन्होंने तकिया उठाया। उन्हें उसके नीचे एक **गुटका** मिला। उन्होंने अपने मन में तय कर लिया। अगर तरलोक सिंह उनके हाथ नहीं आता, तो बाकी लोगों में, मैं सबसे अच्छा हूँ। एक वरिष्ठ इंजीनियर होने के कारण मलिक साहब के मन में अपनी बेटी का विवाह मुझसे करने में हिचक थी। क्योंकि मैं इमारतों के उस ठेकेदार का बेटा था जो अक्सर उनकी सहायता माँगा करते थे। लेकिन उनके लिए अपनी अपेक्षा अपनी पत्नी की राय का हमेशा ज्यादा महत्त्व रहता था। इसके अलावा तब तक मेरे पिताजी बहुत बड़े ठेकेदार हो चुके थे, जिनके पास नई दिल्ली के केन्द्र में बहुत बड़ी जायदाद थी। अन्ततः तकिए के नीच रखा गुटका इस बाजी में मेरे लिए तुरुप का इक्का साबित हुआ।

उसी गर्मी में बाद में मैं उनसे एक बार फिर टकराया। मैं लेक डिस्ट्रिक्ट में विंडरमिअर पर छुट्टी मना रहा था। वे लोग लेक के उत्तरी सिरे पर बो नेस पर एक बढ़िया होटल में ठहरे थे। एक दिन सुबह मैं नाव खेकर उनके साथ सुबह का नाश्ता करने बो नेस पहुँचा। वे लोग मेरे पराक्रम से बहुत प्रभावित हुए। मिस्टर मलिक ने उस महिला से बात की जो होटल चलाती थी और उसने बाकी छुट्टी गुजारने के लिए मेरे सामने बहुत वाजिब रेट का प्रस्ताव रख दिया। अगले दिन मैं अपने बोर्डिंग हाउस से इस होटल में आ गया जिसमें बार, बालरूम और लेक के ऊपर एक बगीचा था। मैंने चप्पू से चलनेवाली नाव एक महीने के लिए किराए पर ले ली और ज्यादातर समय नाव खेने, कवई मछली पकड़ने, या चारों तरफ पहाड़ियों के जंगलों में घूमने में बिताने लगा। वह वर्ड्सवर्थ का देश था। मेरा ज्यादा समय अपनी कानून की किताबों की बजाय उसकी कविताएँ पढ़ते हुए बीतता था।

मैं सोचता था कि मेरे मन से भूतों का भय निकल गया है। एक चाँदनी रात में जब मैं बाहर जंगलों में घूम रहा था तो मुझे एक स्मारक मिला। उस पर एक संगमरमर की टुकड़ी लगी थी। मैंने उस शिलालेख को पढ़ा। वह उस जगह की निशानदेही के लिए लगाया गया था जहाँ कुछ लोग बिजली गिरने से मर गए थे। मुझे बहुत घबराहट होने लगी और मैंने महसूस किया कि मैं मुर्दों से घिरा हूँ। मैं होटल की तरफ लौटा, पर मैं लगातार मुड़-मुड़कर पीछे देखता जा रहा था कि कहीं कोई मेरा पीछा तो नहीं कर रहा।

लन्दन लौटकर मैं हैम्पस्टैड वापस नहीं गया। हाकी खेलते हुए मेरी मित्रता एक लम्बे, सुन्दर, सुनहले बालोंवाले लड़के से हो गई। उसका नाम रिचड्र्स रीज़ था और वह इंजीनियरी पढ़ रहा था। उसने मुझे वेल्विन गार्डन सिटी में अपने परिवार के साथ एक इतवार गुजारने के लिए आमन्त्रित किया। मुझे रीज़ परिवार से प्रेम हो गया। पिता कैप्टेन रीज़ ने कुछ

समय भारत में गुजारा था और वे गार्डन सिटी के संस्थापकों में से थे। श्रीमती रीज़ बहुत कुछ व्हिसलर द्वारा बनाई उसकी माँ की तस्वीर जैसी थीं। लम्बी, पके बालोंवाली शालीन महिला। वे क्वेकर और शान्तिवादी थीं। इनके अलावा रिचर्ड की बहनें थीं–गजब की सुन्दर, गोरी और भाई की तरह सुनहले बालोंवाली। उनका घर पहाड़ी पर था जिससे नीचे गॉल्फ कोर्स नजर आता था। एक तरफ फैला हुआ झाड़, बलूत, देवदार और देन्द्रस का पूरी तरह फूला हुआ जंगल था। मैंने खुद से सवाल किया कि क्यों, आखिर क्यों मैं लन्दन में रहता रहा और इस परम आह्लादक सुन्दर वन्य नगर-क्षेत्र में नहीं।

श्रीमती रीज़ ने मेरे लिए एक आदर्श आवास ढूँढ़ दिया। प्रोफेसर एफ.एस. मार्विन, जिनकी उम्र अस्सी के आसपास थी, एक सुन्दर दोमंजिली कॉटेज में रहते थे। उसमें एक खासा बड़ा बगीचा था। एक ऐंग्लो-इंडियन महिला, श्रीमती क्रेमोन और उनकी बीस वर्ष की बेटी डोरिस उनकी देखभाल के लिए साथ रहती थीं। उनके पास एक फालतू कमरा था और वे खुशी से मुझे किराए पर रखने के लिए तैयार थे। उनके दोनों बेटे दूर रहते थे। मैं साज-समान सहित वेल्विन गार्डन सिटी में आ गया। मेरे पाँच वर्ष के इंग्लैंड प्रवास में यह सबसे खुशी का समय था।

मैंने बहुत सारे अंग्रेज दोस्त बनाए। कुछ लोग ऐसे थे जिनके साथ मैं रोज लन्दन आता-जाता था। मैं डेल्कोट टेनिस क्लब का सदस्य बन गया। मैं खेलने में काफी अच्छा था इसलिए दूसरे स्थानीय क्लबों के विरुद्ध मैं इस क्लब की ओर से खेला। क्रिसमस के करीब आते-आते मैं कैरल गानेवालों के गुट में शामिल हो गया था। ये लोग किंग्स क्रॉस की तरफ सुबह जाते हुए बाँसुरी के साथ गाने की प्रैक्टिस किया करते थे। इन्हीं लोगों के बीच एक काले बालोंवाली युवती थी। उसका नाम बारबरा परडम था। वह बैले नृत्य की ट्रेनिंग ले रही थी। उसके पिता एक किस्म के लेखक थे। उसका भाई फिल्म-अभिनेता था। वे लोग रोमन कैथलिक थे। कारण तो मेरी समझ के बाहर था, लेकिन बारबरा मुझे पसन्द करने लगी और अपने किशोरावस्था के उत्साह में उसने मुझसे शादी करने का संकल्प कर लिया। वह अक्सर मुझे अपने घर पर नृत्य के स्टैप्स का अभ्यास देखने के लिए आमन्त्रित करने लगी। वह ट्रेन में तय करके मेरे पास बैठती थी, और मेरी जेब में प्रेम-पत्र सरका देती थी। मैं उसके आकर्षण से प्रसन्न होने के बजाय संकोच महसूस कर रहा था।

मेरे और मित्रों में जैक पील और उसकी प्यारी-सी एस्टोनियन पत्नी थी। वह एक कैफे में वेट्रस का काम करती थी जहाँ मैं अक्सर इतवार को सुबह की कॉफी पीने चला जाता था। जैक जन्मना बहुभाषाविद था। वह जर्मन और रूसी भाषाओं को उतना ही धाराप्रवाह बोल सकता था जितना अपनी जातीय भाषा अंग्रेजी को। वह बहुत अच्छा पियानोवादक था और गाँव के हॉल में कन्सर्ट दिया करता था। वह एक विरोधी क्लब के लिए टेनिस खेलता था। सिख उसके लिए अजनबी नहीं थे क्योंकि पहले उसने गुरदयाल सिंह नाम के एक सिख से दोस्ती की थी जो उसकी महिला-मित्र के साथ चलता बना। विदेशी भाषाओं पर अपने अधिकार के कारण जैक ने लीवर ब्रदर्स में एक वरिष्ठ

प्रशासनिक पद पर तरक्की कर ली और उसे पूर्व-यूरोपीय विभाग की जिम्मेदारी दे दी गई। उसने याल्टा में स्टालिन के साथ विन्स्टन चर्चिल की मुलाकातों के समय उनके लिए दुभाषिये का काम भी किया। जब जैक की एस्टोनियन पत्नी की मृत्यु हो गई, तो उसने एरिका नाम की एक वैसी ही सुन्दर जर्मन लड़की से विवाह कर लिया। उससे जैक के यहाँ एक बेटा हुआ—निकी। जैक की मार्फत मैंने वेल्विन में और भी कई दोस्त बनाए। उनमें ओर्टन्स थे जो एक छोटे-से गाँव वेस्टन में रहते थे, और बेहमन्स—एक जर्मन यहूदी—जो मत बदलकर भद्र ईसाई अंग्रेज हो गया था। रीज़ या पील्स से मेरा सम्पर्क कभी नहीं टूटा। रिचर्ड की बेटी ने रणधीर सिंह नाम के एक हरियाणवी जाट से शादी की जो अमरीका में बस गया था। जब वह मुझसे मिलने आया तो मैंने दामाद की तरह उसकी खातिर की। जब मेरी नियुक्ति लन्दन में इंडियन हाई कमीशन में हुई तब भी, जैक और मैं लंच के समय बराबर स्क्वैश खेलते रहे। उसने अपनी पत्नी के साथ कुछ दिन हमारे यहाँ दिल्ली में बिताए और जब भी मैं लन्दन जाता हूँ हम लोग एक बार खाने पर जरूर मिलते हैं।

पेरिस को छोड़कर बाकी यूरोप को मैं नहीं देख पाया। जब मैं विद्यार्थी था तब मैंने एक गर्मी कोट द्'ज़्यू पर बिताई थी।

जर्मनी जाने का मौका बर्लिन ओलम्पिक्स से कुछ ही पहले हाथ आया। ओलम्पिक में भारत का सामना करने से पहले जर्मन लोग भारतीय शैली की हाकी देखने के लिए उत्सुक थे। उन्होंने वाइसबाडन में एक खेल-प्रतियोगिता में हिस्सा लेने के लिए इंग्लिश विश्वविद्यालयों की भारती हाकी की संयुक्त टीम को आमन्त्रित किया। किंग्स से दो विद्यार्थी उसे प्रामाणिक भारतीय रूप देने के लिए शामिल कर लिए गए। दोनों सिख थे। कीनिया से बसन्त सिंह और मैं। हम दोनों ही साधारण खिलाड़ी थे।

जर्मनी में पहली बार सामीवाद-विरोध से मेरा साबका पड़ा। खेल के मैदान के चारों तरफ दर्शकों के लिए बेंचें पड़ी थीं। उनमें से कुछ पर पीला रंग किया गया था और उन पर 'ज्यूडेन' लिखा था। इसका क्या मतलब है यह मैं जानता था। प्रारम्भिक ट्रायल देखते समय मैंने दूसरी बेंचों के बजाय उन पर बैठने का फैसला किया। मेरे एक मेजबान ने मुझे बताया कि ये बेंचें यहूदियों के लिए हैं। मैंने उत्तर दिया कि मैं जानता हूँ लेकिन जान-बूझकर इसलिए उन पर बैठा हूँ क्योंकि मैं कम्युनिस्ट हूँ (जो सही नहीं था) और फासिज्म का विरोधी हूँ (जो मैं था)। वे लोग बड़े परेशान हुए। हमारी तरफ का कैप्टेन चाहता था कि मुझे वापस इंग्लैंड रवाना कर दिया जाए। पर ऐसा करने के बजाय वे मुझे घेरने लगे। अपनी ओर के सदस्यों में से मेरी माँग सबसे ज्यादा हो गई। मुझे उन समारोहों में आमन्त्रित किया गया जो सिर्फ आर्यों के लिए थे। इनमें से एक में मुझे एक विशाल, छह फुटी भूरी, भरे बदन की जर्मन लड़की मिली, जो हिटलर के सपनों की आदर्श आर्य कुमारी का दूसरा नमूना थी। एक दुभाषिये के माध्यम से मैंने उससे कहलवाया कि मैंने जीवन में उस जैसी सुन्दरी नहीं देखी। मुझे नहीं मालूम कि मेरी यह प्रशंसा उसे किस रूप में पहुँचाई गई, लेकिन बाद में शाम को वह होटल में मेरे कमरे में आई और टूटी-फूटी अंग्रेजी में मुझसे कहा

कि चूँकि मैंने उसे इतना पसन्द किया है वह मुझे आनन्द प्रदान करने के लिए प्रस्तुत है। मैंने उसका प्रस्ताव स्वीकार कर लिया होता, लेकिन मुझे उसका एक वाक्य खटक गया, 'तुम्हें यहूदी इतने क्यों पसन्द हैं ?' मैं इस वाक्य से उखड़ गया, क्योंकि वास्तव में मैं किंग्स में जिन थोड़े-बहुत यहूदियों को जानता था वे मुझे औरों से ज्यादा अच्छे लगते थे। वहाँ ब्रोनोव्स्की था जिसने अपना नाम बदलकर बैरन कर लिया था। वह इंग्लैंड के लिए टेबिल टेनिस खेलता रहा और आखिर में किसी अफ्रीकी देश में मुख्य न्यायाधीश हो गया। वहाँ लेविनसन था, जिसने परीक्षा की तैयारी करने में मेरी सहायता की थी। वह सफल कानूनी सलाहकार हो गया। और एक थी मिस जाफ़्फ जो हमारी क्लास की सबसे होनहार लड़की थी। आखिरी परीक्षा में उसका नर्वस ब्रेकडाउन हो गया और वह पूरे पर्चे नहीं दे पाई। फिर भी परीक्षकों ने उसे प्रथम श्रेणी दी। मैं यहूदियों से दोस्ती करने की असामान्य रूप से कोशिश करता था।

बहरहाल, चार चुनिंदा जर्मन टीमों को हमारी जल्दी में इकट्ठा की गई, कॉलेज के भारतीय लड़कों की कुली-कबाड़ी-सी टीम को हराने में कोई विशेष परेशानी नहीं हुई, लेकिन वे हमसे तकनीक-विशेष नहीं सीख सके। जब हमारी ओलम्पिक टीम के विरुद्ध खेलने की बारी आई तो जर्मन पक्ष जोकरों की गड्डी की तरह ढेर हो गया।

जब मैं वेल्विन लौटा, तो मैंने देखा कि बहुत-से आदमी और औरतें, जिन्हें मैं दिल्ली में जानता था, इंग्लैंड पहुँच गए हैं। उनमें सबसे पहली और प्रमुख थी कवल मलिक। वह पढ़ाने की मौंटेसरी पद्धति का कोर्स करने आई थी। वह अब अनिंद्य सुन्दरी हो गई थी और उसे इसका एहसास था। वह अक्सर उल्लेख करती थी कि उसका माप ठीक वही था जो क्रमशः मिस यूनिवर्स का ताज पहननेवाली लड़कियों का रहा है। मैंने स्कूल में प्रतापलाल के साथ भ्रातृत्व के सम्बन्ध के प्रतीक के रूप में पगड़ी बदली थी। वह भी कानून और पत्रकारिता की शिक्षा के लिए आ गया था। दोनों एक ही बोर्डिंग हाउस में थे जिसे एलिंग में बैल परिवार चलाता था। ई.एन. मंगतराय जो आई.सी.एस. में आ गया था, कैबल कॉलेज ऑक्सफोर्ड में अपने प्रोबेशन के लिए आ गया और अमरजीत सिंह जिसका दाखिला कैम्ब्रिज में किसी कॉलेज में हुआ था, अपनी ट्राइपॉस करने आया था।

प्रताप और अमरजीत दोनों की आँखें कवल पर लगी थीं। अमरजीत एक तो सिख था और दूसरे उसकी एक बहन की शादी पहले ही कवल के बड़े भाई से हो चुकी थी। इसलिए उसे अपनी सम्भावना बेहतर लग रही थी। प्रताप को कवल से ज्यादा मिलते रहने की सुविधा थी। मंगतराय उस समय तक उसकी तरफ से उदासीन बल्कि उसके कुछ खिलाफ ही था। मैं इन लोगों से काफी मिलता-जुलता रहता था। एक बार मैं, मंगतराय और रिचर्ड रीज़ साइकिलों पर सवार होकर ऑक्सफोर्ड और कॉट्सवोल्ड्स का चक्कर लगाने गए। दूसरी बार मैंने और प्रताप ने साइकिल से टिन्टर्न ऐबी और वेल्स की सैर की। टिन्टर्न में दरबान ने मुझे उसका बाप समझा। मुझे इस बात से बड़ी खीझ हुई और प्रताप को मजा आया। लेकिन, उसकी सात साल की बेटी ने मेरी दाढ़ी में झाँककर हम दोनों को हमउम्र घोषित कर दिया। एक बार अमरजीत मेरे साथ रहने वेल्विन आया।

प्रोफेसर मार्विन से उसकी खूब पटी क्योंकि वह पियानो पर शोपाँ की धुनें बजा लेता था। एक दिन दोपहर को जंगल में टहलते हुए उसे एक उम्रदराज महिला ने टोका। उसने कुछ सवाल पूछे जिसका जवाब अमरजीत नहीं दे सका। 'मैं वो सिंह नहीं हूँ जिसे आप जानती हैं। मैं उसका दोस्त हूँ और उसके पास ठहरा हुआ हूँ,' उसने महिला से कहा। महिला ने माफी माँगते हुए कहा, 'मुझे लगा तो था कि आप कुछ फर्क से लग रहे हैं।' एक घंटे बाद जब अमरजीत कैम्ब्रिज जाने के लिए ट्रेन का इन्तजार कर रहा था, वही महिला उसके पास आकर बोली, 'मिस्टर सिंह, आपको मालूम है मैंने गलती से आपके एक दोस्त को आप समझ लिया।'

कवल मलिक को जीत लेने का मेरा मौका उसी साल क्रिसमस में आया। मैंने पिछले साल की क्रिसमस सिअर ग्रीन हॉल्ट के एक क्वेकर हॉस्टल में बिताई थी। यह जगह उस बीकंसफील्ड से बहुत दूर नहीं थी, जहाँ कवि मिल्टन ने *पैराडाइज लॉस्ट* लिखा था, और उस स्टोक पोग्स चर्चयार्ड के भी करीब थी जहाँ ग्रे ने अपनी मशहूर *एलेजी* की रचना की थी। मैंने उससे पूछा कि क्रिसमस बिताने की उसने क्या योजना बनाई। उसकी कोई योजना नहीं थी और बैल लोग अपनी व्यवस्था को कुछ दिन के लिए बन्द करके, छुट्टी मनाने की योजना बना रहे थे। मैंने कवल को सुझाव दिया कि वह भी मेरे साथ क्वेकर हॉस्टल चले। वह बड़ी अच्छी जगह है और उसमें ज्यादातर उम्रदराज बेवाएँ आती रहती हैं। मैंने उसे फ्रैंड्स मीटिंग के बारे में बताया, मे फ्लावर बार्न के बारे में बताया जहाँ हम लोग बैडमिंटन और टेबिल टेनिस खेल सकते थे, और उस कब्रगाह के बारे में बताया जहाँ पैन भाइयों को दफनाया गया था; इसके साथ ही उन जंगलों के बारे में भी जिनसे वह जगह घिरी हुई है।

हॉस्टल को कथबर्टसन नाम की एक बेवा चलाती थी। मैंने कवल को यह भी बताया कि पिछले साल मैंने वहाँ कितनी मौज-मस्ती की थी। उसने जवाब दिया कि रजामन्दी देने से पहले उसे अपने माता-पिता की अनुमति लेनी होगी। उसने उन्हें पत्र लिखा। मुझे यह जानकर सुखद आश्चर्य हुआ कि उन्होंने उसे मेरे साथ जाने की इजाजत दे दी। हमने क्रिसमस से कुछ दिन पहले बकिंघमशायर में सिअर ग्रीन हॉल्ट के लिए एक धीमी रफ्तारवाली गाड़ी पकड़ी। वहाँ स्टेशन से गाँव तक सिर्फ एक टैक्सी थी जिसे एक वृद्ध महिला चलाती थी। उसने हमें क्वेकर हॉस्टल पहुँचा दिया।

मैंने कवल के दिल के चारों तरफ से घेरा डाला। मिल्टन की कॉटेज और स्टोक पोग्स चर्चयार्ड की तरफ पैदल लम्बी दूरियाँ तय करने के दौरान मैंने अंग्रेजी कविता की अपनी जानकारी से उसे प्रभावित करने की कोशिश की। मुझे मिल्टन का विशेष ज्ञान नहीं था, लेकिन *एलेजी* के बारे में अपनी याद्दाश्त को मैंने फिर से ताजा कर लिया था। जब हम वहाँ पहुँचे तो मैंने पहला छन्द सुनाया; वह उसके बारे में नहीं जानती थी और जब मैंने उससे कहा कि यह उसी जगह रचा गया है जहाँ हम खड़े हैं तो उस पर वाजिब प्रभाव पड़ा। मैं कहता गया, 'और ये सुनो :

फुल मैनी ए जैम ऑफ प्योरेस्ट रे सीरीन,
डार्क, अनफैथम्ड केव्स ऑफ ओशन बिअर,
फुल मैनी ए फ्लावर इज बार्न टू ब्लश अनसीन,
एंड वेस्ट इट्स स्वीटनैस इन द डेजर्ट एयर।

(उज्ज्वल शान्त किरणमयी कितनी मणियाँ
समुद्र की अँधेरी अगाध गुफाओं में छिपी रहती हैं
न जाने कितने फूल खिलते हैं अलक्षित रूप से
अपनी लाली और मधुरता, रेगिस्तान की हवाओं में लुटाने को।)

मैंने अंदाजा लगा लिया कि निशाना ठीक बैठा है। उसके किसी दूसरे मित्र ने कविता में प्रेम निवेदन नहीं किया था। यद्यपि मैं उसे छूने की कोशिश करता तो वह सकुचाकर पीछे हट जाती थी पर उसकी आत्मरक्षा के प्रयास लड़खड़ाने लगे थे। जब हम लोग क्वेकर हॉस्टल में थे, उसके पास प्रतापलाल के कई लम्बे खत आए। उनमें मेरे लिए बेहूदी टिप्पणियाँ भरी रहती थीं और यह भी कि एक बालदार सिख की सोहबत में रहना उसके लिए कितना अप्रीतिकर होगा। उसके पास लिखने की प्रतिभा थी और वह व्यंगकार था। कवल मुझे उसके खत दिखा देती थी। इससे मेरी यह धारणा और पुष्ट हो गई कि वह पीछे छूटता जा रहा है।

लन्दन लौटते हुए मैंने उसके सामने शादी का प्रस्ताव रखा। उसने मेरे प्रस्ताव को स्वीकार कर लिया बशर्ते उसके माता-पिता की रजामन्दी मिल जाए। जो कुछ घटित हुआ था, वह बताते हुए मैंने अपने पिताजी को पत्र लिखा और उनसे कहा कि वे मलिक दम्पति से मिल लें। उन्होंने ऐसा ही किया। मलिक दम्पति ने रजामन्दी दे दी। हमने अपनी सगाई की घोषणा कर दी। प्रतापलाल ने इस स्थिति को बड़ी शालीनता से स्वीकार कर लिया और हमारी मित्रता बनी रही। कई साल बाद, जब वह हिन्दुस्तान एअरोनॉटिक्स का जनरल मैनेजर था तब हम बंगलौर में उसके पास ठहरे और जब वह भारत का एअर चीफ मार्शल बन गया तो हम लोग काफी मिलते रहे। 1978 में लन्दन में उसकी मृत्यु हो गई। अमरजीत कई बार मेरा रास्ता काट चुका था और उसने मुझे कभी पसन्द नहीं किया। उसने तीखी टिप्पणी की, 'उसके बाप का पैसा जीत गया।'

एक और युवक जो कवल मलिक को अपना दिल बैठा था, भारत के सबसे धनी परिवारों में से एक का वंशज भरतराम था। उस समय उसकी शादी हो चुकी थी और उसके एक बेटा था। फिर भी उसने छिपे तरीकों से कवल के साथ कई साल तब तक सम्पर्क बनाए रखा जब तक उसकी समझ में नहीं आ गया कि वह इस प्रसंग से मुझे नहीं हटा सकता। भरतराम के पिता सर श्रीराम सहित उसका परिवार छुट्टी मनाने यूरोप आया था। कुछ दिन बाद कवल उन लोगों के साथ जर्मनी में एक 'स्पा' (झरने का स्थान) चली गई। मैंने अपने को फ्रांस में एल्प्स पर स्कीइंग में लगा लिया।

उसे हासिल कर लेने के बाद मेरे भीतर सन्देह घर कर गया था कि मैंने ठीक किया

है या नहीं। मंगतराय मुझसे बराबर कहता रहा था कि मैंने गलती की है। कवल की बौद्धिक क्षमताओं के बारे में उसकी राय अच्छी नहीं थी और वह उसे बहुत सुन्दर भी नहीं लगती थी।

हमारा पत्र-व्यवहार घिसटने लगा। स्कीइंग और बर्फ को लेकर मेरा उत्साह उसे थकाने लगा। उसने न्यूरमबर्ग से मुझे एक पिक्चर पोस्टकार्ड भेजा जिसमें उसने एक महान रैली देखने का जिक्र किया था और 'किसी नए जर्मन नेता का, जिसे एडल्फ हिटलर कहा जाता है।' यह वो समय था जब यूरोप में हर आदमी हिटलर और उसके नाजीवाद के खतरे के अलावा कोई दूसरी बात नहीं करता था। जाहिर था कि अपने पाठ्यक्रम में निर्धारित किताबों के अलावा, वह न अखबार पढ़ती थी और ना दूसरी किताबें। उस समय तक जब वह श्रीराम परिवार के साथ भारत के लिए रवाना हुई, एक-दूसरे के लिए हमारा जोश काफी ठंडा पड़ चुका था। इसके अलावा मेरे मन में अपने भविष्य के बारे में सन्देह पैदा होने लगा था।

सिर्फ हाथ आजमाने के लिए मैंने आई.सी.एस. की परीक्षा देने का फैसला किया। मेरे पास सिर्फ एक मौका था, मुझे मालूम था कि मेरा शैक्षिक रिकॉर्ड मेरे खिलाफ भारी पड़ेगा। मैंने जी-तोड़ कोशिश की। मुझे विश्वास था कि मेरे सबसे ज्यादा अंक अन्तर्राष्ट्रीय कानून के पर्चे में आएँगे। मैंने एक पर्चा छोड़ दिया क्योंकि मुझे खयाल था कि मैं उसे अच्छा नहीं कर सकूँगा। मौखिक परीक्षा की बारी आई। मैं हमेशा जैसे खराब कपड़े पहने रहता था, वैसी ही वेशभूषा में मौखिकी के लिए पहुँच गया। गहरे रंग का खराब फिटिंग का सूट, लाल रंग की टाई और नीली पगड़ी पहने। तीन सदस्यों के पीठ ने मुझसे पहला सवाल किया कि मैं आई.सी.एस. में क्यों आना चाहता हूँ। मैंने साफ-साफ उत्तर दे दिया कि मुझे मालूम है कि मेरे सफल होने की सम्भावना बहुत कम है, लेकिन क्योंकि इसे बुद्धिमत्ता की कसौटी मना जाता है, मुझे लगा कि मुझे कोशिश करनी चाहिए। वे हँसे। इसी सवाल का दूसरे भारतीय उम्मीदवारों ने जवाब दिया था कि वे जनता की सेवा, देश-सेवा करना चाहते हैं, आदि। उन्होंने अगला सवाल किया कि क्या कानून का अध्ययन करते हुए, मैंने कभी इंग्लैंड के कोर्ट देखे और यह जानने की कोशिश की कि वहाँ की न्याय-व्यवस्था कैसी है। मैंने उन्हें बो स्ट्रीट मजिस्ट्रेट के सामने गवाह के बतौर पेश होने की घटना सुना दी। मैंने उनसे यह जिक्र भी किया कि केस जितनी तेज रफ्तार से वहाँ निबटाए जाते हैं उससे मुझे कितना आश्चर्य हुआ, कितनी संख्या में अभियुक्तों ने अपना गुनाह स्वीकार किया और छोटी-मोटी चोरियों की कितनी कड़ी सजा सुनाई गई। साथ ही यह भी कि अंग्रेज बैरिस्टरों को अपनी जीविका कमाने में कितनी कठिनाई होती होगी। लोग एक बार फिर दिल खोलकर हँसे।

एक महीने के बाद परिणाम निकला। मैं आई.सी.एस. में आते-आते सिर्फ एक जगह से पीछे रह गया था। मेरी उम्मीद के खिलाफ परीक्षक ने मुझे अन्तरराष्ट्रीय कानून में कम नम्बर दिए थे। अगर उसने मुझे ग्यारह नम्बर और दे दिए होते या मुझे इतने ही नम्बर उस पर्चे में मिल गए होते जो मैंने दिया नहीं, तो मैं निकल गया होता। और इसका एकमात्र

कारण यह था कि मैं भारतीय और अंग्रेज सभी उम्मीदवारों में अकेला था जिसे मौखिकी में पूरे यानी 300 में से 300 नम्बर मिले थे। अल्पसंख्यक समुदाय की सदस्यता के नामांकन के लिए भी मेरे नाम की सिफारिश की गई थी। वे हर तीन साल में बारी-बारी से एक मुसलमान, एक ईसाई और एक सिख को लेते थे। मोहन सिंह उस समय सेक्रेटरी ऑफ स्टेट्स एडवाइजरी काउंसिल फॉर इंडिया के सदस्य थे। उन्होंने मुझे फोन पर बधाई दी और बधाई का एक तार मेरे पिताजी के पास भेजा। एक सप्ताह तक मैं आसमान में उड़ता रहा। मैंने अपनी कानून की परीक्षा की परवाह न करने का फैसला किया और मैं ऑक्सफोर्ड या कैम्ब्रिज में अपना प्रोबेशन पूरा करने के लिए इंग्लैंड में एक साल और बिताने के सपने देखता रहा और उसके बाद 'ईश्वर की अपनी सेवा' के सदस्य के रूप में विजेता होकर घर लौटने के। मेरे दुर्भाग्य से, एक सिख का नामांकन एक साल पहले ही हुआ था; और ईसाई का उससे एक साल पहले। इसलिए नामांकन मुसलमान का हुआ। मैं बहुत उदास हो गया। अगर सोचा जाए, तो मैंने सालों कानून और पत्रकारिता में संघर्ष करते और किताबें लिखते अपनी जिन्दगी गुजारने के बजाय सरकार में सचिव के रूप में अपनी आजीविका पूरी की होती।

स्कीइंग करते हुए मैं छुट्टियाँ बिता रहा था, तभी मैंने सुना कि मेरा एल-एल.बी. की परीक्षा का परिणाम ठीक नहीं रहा। मैं पास भर हुआ था लेकिन मुझे एक पर्चा दुबारा देना था। मैं अपनी कानून की परीक्षा में घिसटता हुआ निकल गया और कानून की स्नातकोत्तर डिग्री के लिए मैंने दुबारा कॉलेज में दाखिला लिया। मेरे प्राध्यापक डॉ. पोटर ने मुझसे साफ कह दिया कि मुझमें इसकी काबलियत नहीं है। छः महीने एल.एल.एम. कोर्स में संघर्ष करने के बाद मैंने हथियार डाल दिए और घर लौटने का फैसला कर लिया। मुझे अपना बैरिस्टर का प्रमाणपत्र लेने के लिए छः महीने और गुजारने पड़ते लेकिन कवल के पिता के प्रेरित करने से सर मॉरिस ग्वायर ने एक पत्र लिखा जिसकी मदद से मुझे **अनुपस्थिति** में लाइसेंस मिल गया। सर ग्वायर भारत के मुख्य न्यायाधीश के पद से रिटायर हुए थे और बाद में दिल्ली विश्वविद्यालय के उपकुलपति हो गए थे।

प्रोफेसर मार्विन से मेरा साथ अचानक छूट गया—कारण मैं ही था। हम लोगों का आपसी सम्बन्ध बहुत अच्छा था। वे मुझे अपनी कार चलाने की अनुमति दे देते थे। मैं बगीचा साफ-सुथरा रखने में उनकी मदद कर देता था। मैं घास काटकर बगीचे में झाड़ू लगा देता था और सर्दियों के लिए लकड़ी काटकर रख देता था। एक दोपहर को मुझसे मिलने एक अंग्रेज लड़की आई। वह इस बात से प्रभावित हुई कि मैं मार्विन जैसे विशिष्ट व्यक्ति के साथ रहता हूँ, जिसने कई पुस्तकों की रचना की है। मैंने उसका हाथ पकड़कर कहा, 'आओ मैं तुम्हें उनसे मिलवाता हूँ।' हम मार्विन के अध्ययनकक्ष में अन्धाधुंध घुस गए। वे अपने टाइपराइटर के सामने बैठे गम्भीर विचारों में खोए थे। इस तरह की बाधा से वे परेशान होते नजर आए। मैंने बड़ी प्रसन्नता के साथ लड़की का परिचय दिया और उन्हें बताना शुरू किया कि वह कौन है। वे गुस्से से लाल-पीले होते हुए बरस पड़े, 'तुम्हें दिखाई नहीं देता कि मैं व्यस्त हूँ ? तुम दोनों बाहर निकल जाओ।' मैं उनके इस तरह

भड़कने से बुरी तरह विचलित हो गया। मैं जंगलों के रास्ते लड़की को बाहर ले गया। मैं मार्विन को उनकी बदतमीजी के लिए माफ नहीं कर सकता था। कुछ दिन मैं उनसे बातचीत करने से बचता रहा। इस बार वे परेशान थे और उन्हें इस बात की सफाई देनी थी कि उन्होंने इस तरह गुस्सा क्यों दिखाया। क्षमा करना मेरे स्वभाव में नहीं था। मैं वेल्विन गार्डन में एक बोर्डिंग हाउस में चला गया। फिर पील के सुझाव पर मैं उसके मित्र मौरिस और ब्रेंडा और्टन के साथ रहने चला गया। वे लैचवर्थ गार्डन सिटी से कुछ मील दूर वेस्टन गाँव में रहते थे। मैंने कॉलेज का काम खत्म कर लिया था और मैं कानून की फाइनल परीक्षा के लिए सिर्फ एक पर्चे पर काम कर रहा था इसलिए मेरे पास काफी खाली समय था। मुझे एंड कॉटेज बहुत सुविधाजनक लगी। और्टन दम्पति लन्दन में काम करते थे। वे सुबह चले जाते थे और शाम को देर से खाने के समय तक लौटते थे। पूरी कॉटेज मेरे इस्तेमाल के लिए खाली रहती थी।

और्टन दम्पति कुछ अजीब ढंग के दम्पति थे। ऐसे लोगों से मेरा पहले कभी साबका नहीं पड़ा। मौरिस लम्बा, सुनहले बालोंवाला अच्छी कद-काठी का आदमी था। वह श्रमिक वर्ग से था जिसको शिक्षा बहुत कम मिली थी। शिक्षा के अभाव को उसने बोलने में उच्चवर्गीय लहजा अपनाकर पूरा कर लिया था। उसकी पत्नी ठिगनी, काले बालोंवाली, सुसंस्कृत यहूदी लड़की थी जो यूनिवर्सिटी में पढ़ी थी। उनकी मुलाकात एक पार्टी में हुई थी। मौरिस ने वहाँ कुछ अपनी कविताएँ सुनाई थीं जिससे यह प्रभाव पड़ा था कि आनेवाले समय में वह श्रमिक वर्ग का कवि होगा। काव्य-पाठ के बाद वे लोग शराब पीते हुए बातें करते रहे थे। वह प्रशंसा से भावुकता में बह गई। वह उसे सीधे हाथ पकड़कर मेजबान के कमरे में ले गया और वहाँ उसके साथ सम्भोग कर डाला। ब्रेंडा को बिना किसी तैयारी के इस तरह केवल शारीरिक आवश्यकता के लिए सीधे मैथुन का कोई अनुभव नहीं था। कुछ सप्ताह बाद उन्होंने शादी कर ली।

ब्रेंडा को बहुत जल्दी इस बात का पता चल गया कि मौरिस बिल्कुल गँवार है, हिंसा उसकी प्रवृत्ति है, थोड़े-थोड़े दिन के बाद उसे नई औरत की चाहत होती है। वह टिककर कोई काम नहीं करता था, और बूर्जुआ समाज को इस बात के लिए दोषी ठहराता था कि वह उसकी प्रतिभा की कद्र नहीं करता। जब-जब उसकी नौकरी छूटती थी तो वह इसकी कसर ब्रेंडा पर निकालता था। जब मैं उनकी कॉटेज में रहने लगा, उस समय उसने गाँव की एक उन्नीस साल की लड़की फिओना पर अपनी आँख लगा रखी थी। उसने ब्रेंडा से उसे घर पर आमन्त्रित करने की जिद की। जब वह उसे वापस छोड़ने गया तो उसने लड़की के साथ कुछ छूट लेने की कोशिश की। लड़की की माँ ने इस बात की शिकायत ब्रेंडा से की। दूसरी बार उसने एक भारतीय लड़की को सप्ताहान्त बिताने के लिए अपने यहाँ आमन्त्रित किया। इस लड़की को भी उसने छेड़ने की कोशिश की। वह उससे बेहद डर गई और जब तक लौटी उसने मेरा साथ नहीं छोड़ा। किसी-किसी दिन वह हठ पकड़ लेता और ब्रेंडा को उसके दफ्तर नहीं जाने देता था। वह उससे गाली-गलौज करता—'कुतिया ! रंडी !' और धमकी देता कि अगर उसने कॉटेज से बाहर पैर रखा तो वह उसे मारेगा। ब्रेंडा रो-रोकर हल्कान होती रहती, पर डर के मारे उसकी आज्ञा का उल्लंघन नहीं कर पाती

थी। एक सप्ताह के अन्त में वह मेरे साथ पेरिस आया और जिद करने लगा कि मैं उसके साथ सोने के लिए कोई औरत ढूँढ़ दूँ। मैंने उससे कहा कि 'जाकर खुद ढूँढ़ लो।' 'मुझे कोई रंडी नहीं चाहिए, मुझे तुम्हारी महिला-मित्रों में से कोई चाहिए। एक बार इसे लेने के बाद वे मुझे कभी भुला नहीं सकेंगी।' यह कहते हुए उसने अपने बटन खोले और झटककर अपना लिंग बाहर निकाल लिया। मैंने उतना बड़ा लिंग, लगभग गधे का-सा, पहले कभी नहीं देखा था। हम लोग वेस्टन लौटे। वह सारे समय इस बात का गिला करता रहा कि उसका समय और पैसा दोनों व्यर्थ बर्बाद हुए। मुझे ब्रेंडा पर बहुत तरस आया, पर मैं उसे दिलासा देने के लिए कुछ विशेष नहीं कर पाता था। मौरिस के बावजूद, मैंने एंड कॉटेज में हँसी-खुशी दो महीने गुजार लिए। मैं सुबह टहलने के लिए लम्बी सैर पर निकल जाता था और दोपहरें घुड़सवारी करके गुजार लेता था। लेकिन आखिर औरटन दम्पति से अलग होकर मुझे प्रसन्नता हुई। बाद में मुझे जैक पील से पता लगा कि मौरिस वायु-सेना में भर्ती हो गया था और दूसरे विश्वयुद्ध के शुरू के महीनों में विमान-दुर्घटना में उसकी मृत्यु हो गई। ब्रेंडा ने दूसरी शादी कर ली और वह महिलाओं की एक पत्रिका का सम्पादन कर रही थी।

मैं कुछ शर्मिंदगी के साथ घर लौटा। चारों तरफ अफवाह गर्म थी कि मेरी सगाई टूटनेवाली है। मैंने परीक्षा पास करने में पाँच साल लगाए थे जो औरों ने तीन साल में पास कर ली थी। मेरे पिता के दोस्त उनके बेटे की वापसी पर उन्हें बधाई देने आते और सवाल करते, 'काका की पास करके आया है ?' तो वे जवाब देते, 'होर ते पता नहीं, टाइम बहुत पास करके आया है।' जब कवल की दादी से लोग कहते कि उनकी पोती की शादी बैरिस्टर से होनेवाली है, तो वे कहतीं, 'हाय ! हाय ! इट्ट पुट्टो ते बलिस्टर निकलदा है !'

एक व्यक्ति जिसे मेरे घर लौटने से वाकई खुशी हुई थी, मेरी दादी थीं। उन्होंने अपनी अन्तरंग सहेलियों को इकट्ठा करके, ढोलक बजाकर वे लोकगीत गाए जो योद्धाओं के लौटने पर गाए जाते हैं, और इस तरह मेरी वापसी का जश्न मनाया। उन्हें इससे थकान हो गई और अगले दिन हल्का-सा बुखार हो गया। लेकिन उन्होंने सुबह-सबेरे नहाना नहीं छोड़ा। वे सारे दिन चर्खा चलातीं और 'शान्ति स्तोत्र' गुनगुनाती रहतीं और दोपहर में चिड़ियों को चुगाती रहतीं। वे बासी चपातियों के छोटे-छोटे टुकड़े करके हवा में उछालतीं तो सैकड़ों की तादाद में चिड़ियाँ उन्हें चुगने के लिए जमा हो जातीं। बुखार बढ़ गया। पर उन्होंने अपनी प्रार्थना करने, चर्खा कातने और चिड़ियों को चुगाने की नित्यचर्या नहीं छोड़ी। एक दिन वे सुबह उठ नहीं सकीं। डॉक्टर बुलाए गए। उन्हें पता था कि उनका अन्त निकट है। उन्होंने घर के मुंशी को बुलवाया और उससे कहा कि 'मेरे पास जो थोड़ी-सी नकदी और जेवरात हैं, उनका मैं जो करना चाहती हूँ वह तुम लिख लो।' एक घंटे बाद, अपने बिस्तर के पास दोनों बेटों और नाती-पोतों से घिरे हुए, उन्होंने हमसे अलविदा कहा और चली गईं।

उनके शव को बरामदे में उसी जगह लिटा दिया गया जहाँ वे चर्खा कातते और चिड़ियों

को चुगाते हुए दिन का ज्यादातर वक्त गुजारती थीं। चिड़ियों का झुंड हर दोपहर की तरह वहाँ इकट्ठा हो गया। मेरी माँ ने उन्हें रोटी के टुकड़े डाल दिए। शोक प्रकट करने के लिए लोग आ-जा रहे थे। या तो उनकी वजह से या उनके शव को दाह के लिए ले जाने से पहले होनेवाले कीर्तन और रोने की आवाजों की वजह से चिड़ियों ने वे टुकड़े नहीं चुगे। मैंने कई साल बाद 'पोर्ट्रेट ऑफ ए लेडी' नाम से एक रेखाचित्रनुमा कहानी लिखी। इस कहानी का विषय मेरी दादी थीं। यह कहानी द *केनेडियन फोरम* में छपी थी। और यह आज भी मेरी सबसे लोकप्रिय कहानी है।

कवल से मेरी मुलाकात अजीब धर्मसंकट भरी थी। हम लोगों के बीच जो चुप्पी आ गई थी उसका अर्थ हमारे पहले के वादों का टूटना लगाया जा रहा था। हम लोगों ने इस बारे में एक घंटे से ऊपर बातचीत की। हमें लग रहा था कि अगर हमने यह सगाई तोड़ी तो इससे हमारे खानदानों की बदनामी होगी, और हमारे पास सम्बन्ध तोड़ने का कोई ठोस कारण भी नहीं है। हमने शादी करने का फैसला किया। मैं शादी को उस समय तक स्थगित रखना चाहता था जब तक मुझे लाहौर में कोई ठीक-ठाक जगह न मिल जाती। मैं अपनी वकालत वहीं शुरू करना चाहता था। मेरे पिताजी ने इस समस्या का हल पहले ही ढूँढ़ लिया था। उन्होंने हाईकोर्ट के सामने दो बेडरूम का किनारे का एक फ्लैट किराए पर ले लिया। यह फ्लैट शहर के मुख्य राजमार्ग मॉल पर था।

घर वापस लौटने और शादी होने के बीच के तीन महीने मैंने कृपानारायण के चेम्बर में बिताए। वे दिल्ली के बड़े मशहूर वकीलों में से थे और मेरे पिताजी के कानूनी मामले उन्हीं के सुपुर्द रहते थे। वे मुझसे जो संक्षिप्त ब्यौरे तैयार करने के लिए कहते थे, उनमें मैं बहुत दिलचस्पी नहीं लेता था। मैं सम्पत्ति को लेकर होनेवाले झगड़ों के बजाय सेशन कोर्ट में हत्या के मामलों को सुनने में ज्यादा वक्त गुजारता था। अपनी सन्ध्याएँ मैं कवल के साथ बिताता था—हम लोग दिल्ली के चक्कर लगाते, भरतराम दम्पति के साथ पिक्चर देखने चले जाते या फिर उनके ताल में तैरते थे।

हमारी शादी बड़ी धूमधाम से हुई। कवल के पिता सी.पी.डब्ल्यू.डी. के पहले भारतीय चीफ इंजीनियर थे, और यह उनकी इकलौती बेटी की शादी थी। तब तक मेरे पिता इमारतों के बहुत बड़े ठेकेदार हो चुके थे और राजधानी में सबसे बड़ी जायदाद के अकेले मालिक थे। वे वर्षों से दूसरों के बच्चों को उपहार देते रहे थे। इस बार अपने दूसरे बेटे के माध्यम से उपहार लेने की बारी उनकी थी।

हमारी शादी परम्परागत ढंग से सिखों की शादी की तरह हुई। बारात के आगे बैंड चल रहा था और मैं दूल्हे के रूप में मोगरे के फूलों का सेहरा बाँधे, हाथ में तलवार थामे सफेद घोड़े पर सवार था। मलिक परिवार का घर नम्बर 1 तुगलक रोड पर था। मेरे पिता के 1-ए जनपथ वाले घर से यह जगह मुश्किल से एक फर्लांग की दूरी पर थी। हम लोगों का रिवाज के मुताबिक दुल्हन के रिश्तेदारों ने स्वागत किया। उसके रिश्ते के भाई-बहनों ने मेरे साथ खूब छेड़खानी और हँसी-मजाक किया और उसके बाद दावत हुई। मैंने रात अपनी ससुराल में गुजारी। अगले दिन सुबह-सुबह हम लोग एक बड़े चंदोवे के नीचे *ग्रन्थ*

साहब के सामने बैठे। कवल ने नखरे से अपने चेहरे पर घूँघट डाल रखा था। मैं मोतिया रंग की शेरवानी और चूड़ीदार पाजामा पहने था और मेरे हाथ में सोने का मुलम्मा चढ़ी किरपान थी। *आनन्द कारज* बड़ी पावनता से सम्पन्न हुआ। रागियों ने शादी के स्तोत्र गाए। मैं उसके दुपट्टे के नीचे हाथ सरकाकर उसके पैर में चिकोटी काटने के लोभ का संवरण नहीं कर सका। हम लोगों ने *ग्रन्थ साहब* के चार फेरे लगाए। मैं आगे था। वह पीछे-पीछे मेरे हाथ के दुपट्टे का एक कोना पकड़े चल रही थी। हमने शादी से सम्बन्धित वचन भरे कि हम दोनों एक-दूसरे के प्रति वफादार रहेंगे और लोगों के साथ भाई-बहनों जैसा व्यवहार करेंगे। उस दिन अक्तूबर 1939 की 30 तारीख थी।

उसी दिन शाम को मेरे पिताजी ने अपने घर के सामने लम्बे-चौड़े लॉन पर कॉकटेल पार्टी की। एक हजार से ऊपर लोग उसमें शरीक हुए। स्कॉच, शैम्पेन, वाइन, ब्रेंडी की नदियाँ बह रही थीं। इस मौके के लिए खासतौर पर डाले गए लकड़ी के फर्श पर सुबह होने तक मेहमान बॉल डान्स करते रहे। मेहमानों में मोहम्मद अली जिन्ना भी थे। वे सड़क के उस पार रहते थे और अक्सर मेरे पिताजी का गुलाब का बगीचा देखने आ जाया करते थे। हम लोगों को अपनी सुहागरात मनाने के लिए आधी रात के समय सोने की इजाजत दे दी गई। मुझे बाद में पता लगा कि शराब के नशे में धुत्त एक मेहमान ने तारघर के एक चपरासी पर गाड़ी चढ़ा दी। वह बधाई का तार पहुँचाने आ रहा था। इस खबर को दबा दिया गया।

हर नवविवाहित जोड़ा उत्सुक्ता से अपनी सुहागरात की प्रतीक्षा करता है। मैंने परम्परागत पद्धति के पालन की भरसक कोशिश की। उसी समय मुझे इस बात की जानकारी हुई कि मेरी पत्नी कुँआरी है। हमने उस दिन से पहले कभी सेक्स के बारे में चर्चा नहीं की थी। न ही उसने मुझे कभी इस बात की इजाजत दी थी कि मैं अपने हाथों से उसकी कमर के नीचेवाले हिस्सों को टटोलकर देखूँ। उसने मुझसे सब्र रखने का अनुरोध किया! मैंने उसकी बात मान ली।

अगले दिन शाम को हम लोग हनीमून मनाने के लिए माउंट आबू रवाना हो गए। जगह का चुनाव मेरा था। मैंने यह जगह किसी और कारण से नहीं, सिर्फ इसलिए चुनी थी क्योंकि वेल्विन गार्डन सिटी रेलवे स्टेशन के प्रवेशस्थल पर एक बड़ा-सा पोस्टर लगा था। उस पोस्टर में संगमरमर का एक मन्दिर बना था जिसके नीचे लिखा था, 'भारत आइए : माउंट आबू के दिलवाड़ा मन्दिर।' मेरे अंग्रेज दोस्तों ने मुझसे पूछा कि क्या मैंने वह जगह देखी है। मैंने स्वीकार किया कि मैंने वह जगह नहीं देखी पर मैं घर लौटते ही उसे देखने जाऊँगा। हम लोगों को यात्रा में अजमेर रुकना पड़ा। वहाँ हम उत्तम सिंह के मेहमान रहे। वे मेरे ससुर के मातहत एक्जीक्यूटिव इंजीनियर थे और उनकी युवा हंगेरियन-यहूदी पत्नी मेडी असाधारण रूप से सुन्दर थी। किसी के यह बात समझ में नहीं आई कि उसने अपने पिता की उम्र से भी बड़े सफेद दाढ़ीवाले सिख से शादी क्यों की थी। वह अपनी माँ के साथ भारत आई थी। दरअसल उत्तम सिंह की उम्र के साथ उसकी माँ की उम्र की बराबरी थी। मेडी बहुत ही समर्पित और वफादार पत्नी साबित हुई थी।

अपने पति की मृत्यु के बाद ही उसका मेल-जोल दून स्कूल के हेडमास्टर जॉन मार्टिन से हुआ और उसने मार्टिन से शादी कर ली। मार्टिन की मृत्यु के दो-एक साल बाद देहरादून में अपनी कॉटेज में मेडी की हत्या हो गई। हम लोगों ने उत्तम सिंह के घर में रात बिताई। पर मैं अपनी पत्नी के साथ सम्बन्ध कुछ और आगे बढ़ाने में फिर भी सफल नहीं हुआ।

अगले दिन सुबह हम माउंट आबू तक गाड़ी से गए। हमारे लिए नक्की ताल के ऊपर सी.पी.डब्ल्यू.डी. का एक बड़ा-सा बँगला आरक्षित था। हमारे लिए बावर्ची, बैरा, आया और माली की सेवाएँ एक हफ्ते के लिए मुहैय्या कर दी गई थीं। क्लब की सदस्यता और उसके शराबखाने में जो कुछ उपलब्ध था उसका स्वाद लेने की हमें पूरी छूट थी। हमने उसके अंग्रेजी साइडर (सेब से बनी शराब) का पूरा भंडार पीकर खत्म कर दिया। नक्की में घूमने के लिए एक चप्पू वाली किश्ती भी थी। हमने सुबह ताल में दो-एक ऊदबिलावों का पीछा करते गुजार दी और आखिर उन्हें ताल के बाहर पहाड़ियों में खदेड़ दिया। राजपूताना राज्यों के अंग्रेज रेजीडेंट ने हमारे लिए दावत दी जिसमें स्थानीय साहब-समाज और उनकी महिलाएँ मौजूद थीं। माउंट आबू में हमें बहुत भाव दिया गया। हमने वहाँ पहली बार स्कॉच पी और अपनी सलामती के लिए उठाए गए शैम्पेन के जाम को पीने में शिरकत की। हम जब अपने बँगले पर लौटे तो बहुत हल्का महसूस कर रहे थे और हमें लग रहा था मानो हम दुनिया के सबसे ऊँचे शिखर पर हैं।

वह रात जैसे प्यार करने के लिए ही बनी थी। पूरे चन्द्रमा की चाँदनी नक्की ताल और हमारे बिस्तरों पर छिटकी थी। हमारे बिस्तर पहली मंजिल के हवादार बरामदे में लगाए गए थे। माली ने हमारे तकियों पर गुलाब और चमेली के फूलों की पँखुड़ियाँ बिखेर दी थीं। इस बार मेरे उत्साह के रुकने का सवाल ही नहीं उठता था और जो होनेवाला था उसके लिए मेरी पत्नी ने भी अपने को तैयार कर लिया था। हामी भरने से पहले उसने कुछ आनाकानी की; उसे थोड़ी-सी तकलीफ हुई। थोड़ा-सा रक्त-स्राव हुआ लेकिन आखिर हमारा सहवास पूरा हो गया।

हम लोग दिल्ली लौट आए। एक-दूसरे के शरीर की हमारी भूख अभी मिटी नहीं थी कि मेरे पिताजी ने मुझे मियाँ चन्नू जाने का आदेश दिया। वहाँ मेरे चाचा उज्जल सिंह अस्वस्थ थे। मुझसे जैसा कहा गया था मैंने वैसा ही किया और मैंने एक सप्ताह का लम्बा समय दूर रहकर बड़ी यन्त्रणा में बिताया। चाचाजी बीमारी से उबरने लगे और उन्होंने मुझे दिल्ली लौटने की इजाजत दे दी।

हनीमून बीत गया था। मैंने लाहौर में घर और वकालत जमा लिए थे। दोनों ही पूरी तरह मेरे पिताजी की उदारता के मोहताज थे। उन्होंने मुझे एकदम नई फोर्ड गाड़ी दी जिसमें मैं अपनी नई ब्याहता पत्नी के साथ लाहौर तक जा सकूँ। रहने के लिए एक फ्लैट दिया और अपने मुवक्किलों से मिलने के लिए फेन रोड पर एक चेम्बर दिया। मेरे ससुर ने हमारे फ्लैट का फर्नीचर मुहैय्या कर दिया। मेरे पिताजी के सबसे अजीज दोस्त बसाखा सिंह ने शादी के तोहफे के बतौर मुझे कानून की वे सारी किताबें दे दीं जिनकी मुझे जरूरत थी। अब यह मुझ पर निर्भर था कि मैं कानूनी पेशे में तरक्की करूँ या उसे चौपट कर दूँ।

अध्याय-पाँच

लाहौर, देश का बँटवारा और आजादी

मैं पहले गवर्नमेंट कॉलेज, लाहौर में बेफिक्री से दो साल बिता चुका था। इसलिए मैं लाहौर में अजनबी नहीं था। लेकिन रोजी-रोटी कमाने के लिए वहाँ लौटना कुछ और बात थी। मेरे लिए हर सुविधा पहले से तैयार मौजूद थी। बढ़िया सजा-सजाया फ्लैट और दफ्तर, और दो प्रमुख क्लबों की सदस्यता। इनमें से एक था कॉस्मोपॉलिटन, जिसके सदस्य भारतीय समाज के ऊँचे तबके के लोग होते थे और दूसरा जिमखाना जो कुल मिलाकर अंग्रेजों के लिए सुरक्षित था। इसमें मुख्यतः ऑक्सफोर्ड से आनेवाले लोग थे जिनकी गिनती एक दर्जन से ज्यादा नहीं होगी। मेरे पिता और ससुर की सामाजिक प्रतिष्ठा ने (दोनों को ब्रिटिश सरकार ने सर की उपाधि दी थी) मेरे लिए जजों और मन्त्रियों के दरवाजे खोल दिए थे। कवल के यौवन और सौन्दर्य के कारण भी दम्पति के रूप में लाहौर में फोटो खींचने के लिए हमारी माँग सबसे ज्यादा थी। नहीं थे तो सिर्फ मुकदमों के मुवक्किल। मैं सुबह के दो-एक घंटे अपने दफ्तर में कानूनी किताबों को देखने में गुजारता था। फिर मैं अफवाहें इकट्ठी करने के लिए बार रूम में जाता था। उसके बाद महत्त्वपूर्ण मुकदमों की बहस सुनने के लिए मैं कोर्ट के कमरों में जाता था, एकाध घंटा कॉफी हाउस में और अफवाहें बटोरने में लगाता था और फिर दोपहर के खाने के लिए घर लौट आता था। शुरू के कुछ महीनों में एक भी मुवक्किल ने मेरी दहलीज पर दस्तक नहीं दी। कुछ समय मैंने कृपानारायण के जूनियर की तरह काम किया। वे तब दिल्ली से लाहौर आ गए थे। एक दिन वे एक मुकदमे की बहस करते हुए ढेर हो गए और डॉक्टर को बुलाने का मौका दिए बगैर उनकी मृत्यु हो गई। वकीलों के लिए इस तरह की मौतें असाधारण नहीं थीं। इस घटना के बाद मैं जयगोपाल सेठी का जूनियर हो गया। पंजाब में फौजदारी के मामलों में उनकी वकालत सबसे ज्यादा चलती थी। वे कभी-कभी जूनियर की फीस के बतौर अपने मुवक्किलों से कुछ टुकड़े मेरे सामने भी फिकवा देते थे। मुझसे उन्होंने एक अच्छा मुंशी रखने के लिए कहा। मुंशी तब भी भारत में वकालत के पेशे में एक खास किस्म का दर्जा रखते थे (और अब भी रखते हैं)—लगभग संस्था की तरह। जहाँ कानूनी सलाहकार नहीं होते हैं, जैसाकि पंजाब में, वहाँ ये लोग कानूनी सलाह देते हैं—मुवक्किलों से बातचीत करते हैं, उनके कागजात की छँटाई करते हैं, फीस तय करते हैं, और अपने मुंशियाने का दस

प्रतिशत जोड़कर उसकी वसूली करते हैं। जब मैं लाहौर में था तो मुंशी और भी बहुत कुछ करते थे। वे रेलवे स्टेशन और बस अड्डे पर होटल के एजेंटों की तरह जाते थे, वहाँ मुवक्किलों को ताक कर उन्हें इस बात के लिए तैयार करते थे कि वे इनके मालिकों को अपना वकील तय कर लें। इस काम के लिए हर तरीका काम में लाया जाता था, मसलन हमारे मालिक की बीवी जज की रखैल है, या फिर इसका उल्टा। हमारे वकील साहब सबसे काबिल 'विलायत-पलट बैरिस्टर' हैं और वे साहब लोगों के साथ टेनिस और ब्रिज खेलते हैं, और उनकी 'मेमों' के साथ शराब पीते और नाचते हैं। मैंने सबसे पहले जो क्लर्क नियुक्त किया वह हिमाचल का छोटा-सा तेज-तर्रार आदमी था। उसने मुझे इस बात के लिए राजी कर लिया कि मैं उसे अपना कुछ प्रचार करने के लिए पंजाब के जिलों का दौरा करने की इजाजत दे दूँ। वह एक महीने शहर के बाहर रहा। वापस आकर उसने अपने सफर-खर्च का बिल मुझे थमा दिया और यकीन दिलाया कि जिला-कचहरियों के तमाम बड़े वकीलों ने वादा किया है कि वे अपने अपील सम्बन्धी मामले मेरे पास भेजेंगे। मेरे पास कोई मामला नहीं आया। दूसरा आदमी जो मैंने रखा, शिया मुसलमान था। उसने मुझे इस तरह एक मामले का खुलासा पकड़ाया जैसे कोई छोटा वकील किसी बड़े वकील को देता है। यह मुकदमा बहराइच के अमीर शिया जमींदारों की दो शाखाओं के बीच लाहौर में उनकी जायदाद के झगड़े को लेकर था। मुझे थोड़ी-सी फीस जरूर मिली लेकिन बदले में परिवार के लाहौर में रहनेवाले मुखिया से मेरी मित्रता खत्म हो गई। हम मुकदमा भी हार गए। उसके बाद मेरे पास कुछ करने को नहीं बचा। मैंने अपने मुंशी से एक मौलवी तय करने के लिए कहा जो मुझे रोज सुबह एक घंटे कुरान पढ़ा दिया करे। कुछ दिन के बाद मुंशी ने मेरी नौकरी छोड़ दी। उसने बहाना यह किया कि ऐसे गैर-मुसलमान से तनख्वाह लेना हराम है जो खुदा के होने के बारे में ही सवाल उठाता हो।

हताश होकर मैंने लाहौर के सबसे महँगे मुंशी को रख लिया। उधम सिंह हट्टा-कट्टा, छह फुटा सिख जाट था। वह एक मशहूर दलाल था। मैंने उसकी सेवाएँ प्राप्त करने के लिए उसे दस हजार रुपए पेशगी दे दिए। इस काम के लिए इतनी बड़ी रकम किसी को देते नहीं सुना गया था। वह लाहौर जिलों के गाँवों से अच्छी तरह परिचित था। जब भी किसी सिख गाँव में कोई हत्या होती थी—और ऐसी चार-पाँच वारदातें हर महीने जरूर होती थीं—तो वह शोक-संतप्त परिवार के प्रति अपनी संवेदना व्यक्त करने जाता था। साथ ही वह उस परिवार से भी मिलता था जिसके सदस्यों का नाम उस सिलसिले में लिया जाता था। वह किसी-न-किसी तरह से मामले का संक्षिप्त विवरण जरूर ले आता था। अपने मुंशियाने के बतौर वह मेरी फीस का दसवाँ भाग लेने के बजाय एक-तिहाई भाग वसूल लेता था। जैसे-तैसे मेरे पास फौजदारी के मुकदमे आने लगे। मैं उनमें से कुछ मुकदमे जीत जाता था, कुछ हार जाता था। मुझे मालूम हुआ कि फौजदारी के मुकदमे में बड़ी फीस देकर मशहूर वकील करने से वास्तव में बहुत फर्क नहीं पड़ता। अगर मजिस्ट्रेट या जज से मेरे ताल्लुकात दोस्ताना होते थे, तो मेरे मुवक्किलों को जमानत मिल जाती, और अक्सर सजा भी कम मिलती थी। एक ऐंग्लो-इंडियन वकील था जिसे कानून के नाम पर कुछ नहीं आता

था। लेकिन उसे अपने दलालों के मार्फत इसलिए मुकदमे मिल जाते थे क्योंकि वह साहब था। इसी तरह एक पारसी था। वह एक-आँखवाला चश्मा पहनता था। उच्च वर्ग के लोगों के-से बनावटी उच्चारण के सहारे अपने मुकदमों के मुद्दों को गुनगुना-बताकर वह अपना काम चला लेता था और गुजारे लायक कमाई कर लेता था। एक मुसलमान वकील था—जो इस बात के लिए बदनाम था कि वह कभी अपने मुकदमे की तैयारी करके नहीं आता था। उसके मुवक्किल कोर्ट की मेहरबानी के हवाले कर दिए जाते थे : 'जनाब, आपसे बेहतर कानून कौन जानता है। मैं इस मुकदमे के सच्चे वाकयात आपको बतानेवाला कौन होता हूँ : जनाबेआली, मुझे इस बात में कोई शक नहीं है कि आप उन्हें मुझसे बेहतर समझेंगे और मेरे मुवक्किल के साथ इंसाफ करेंगे।' उसकी वकालत उन तमाम वकीलों से बेहतर चलती थी जो आधी-आधी रात तक अपने मुकदमों की तैयारी करते रहते थे और जजों से तकरार करते थे।

यह ऐसा मुश्किल, कमर तोड़ पेशा था जिसमें आत्मा के लिए कोई जगह नहीं थी। मैंने सोलह रुपए रोज पर सेशन अदालत में वे मुकदमे लिए जिनकी पैरवी नहीं की गई थी, मैं कम्युनिस्टों के खिलाफ मुकदमों में बिना फीस लिए पेशियाँ भुगतता रहा; मैंने लॉ कॉलेज में अंशकालिक अध्यापन का काम ले लिया, मुझे हाईकोर्ट में सफाई के वकीलों की नामसूची में रख दिया गया और फिर एडवोकेट जनरल की नामिका में। फिर भी मैंने शायद ही कभी महीने में हजार रुपए से ज्यादा कमाए होंगे। मेरे पिताजी बराबर पैसे से हमारी मदद करते रहे। उन्होंने हमारे लिए ज्यादा बड़ा अपार्टमेंट खरीद दिया, कुछ ऐसी जायदाद भी जिससे हमें कुछ किराया मिलने लगा। उसके बाद उन्होंने हमारे लिए लाहौर के सबसे बड़े पार्क लारेंस गार्डन (जिसे बदलकर बाद में बागे-जिन्ना नाम दे दिया गया) के सामने लारेंस रोड पर एक बहुत बड़ा मकान ले दिया।

वकालत के पेशे में बहुत तरक्की न कर पाने के कारण मुझमें कड़वाहट आ गई। मैंने अपने-आपसे सवाल किया, 'क्या वकालत करने में कोई सर्जनात्मकता है ? क्या मैंने जो ये एक जिन्दगी पाई है इसके प्रति मेरा और कोई फर्ज नहीं है, सिवा इसके कि मैं दूसरों के झगड़ों से पैसे बनता रहूँ ? एक वकील के मुकाबले एक साधारण वेश्या समाज की ज्यादा सेवा करती है। दरअसल, यह तुलना तो वेश्या के प्रति अन्याय है। वह कम-से-कम एक सामाजिक जरूरत को पूरा करती है और अपने ग्राहकों को उनके पैसे के बदले आनन्द देती है। वकील तो वह भी नहीं करता।' मुझे सन्देह नहीं कि अगर मैं कानून से चिपटा रहता तो मैं न्यायपीठ तक तो पहुँच ही जाता, हो सकता है मेरी पहुँच सुप्रीम कोर्ट तक भी हो जाती। जिनकी वकालत और काबलियत दोनों मुझसे कम थीं, उनकी तरक्की भी न्यायपीठ तक हो गई। उनमें से दो-एक ने तो सुप्रीम कोर्ट के न्यायाधीश की कुर्सी तक पहुँचकर खत्म किया। मुझे कानून को छोड़ने का पछतावा कभी नहीं हुआ; मुझे पछतावा सिर्फ एक बात का हुआ कि मैंने कानून की पढ़ाई में पाँच साल बर्बाद किए और सात साल उसके जरिए रोजी-रोटी की कोशिश करने में।

वकालत के बारे में और जो लोग उसके सहारे जीते हैं उनके बारे में मेरा दृष्टिकोण

बदला नहीं है। वकीलों की किसी पार्टी में, कचहरी में उनके तजुर्बों और जजों के अभद्र व्यवहार की चर्चा के अलावा कोई दूसरी बात नहीं होती। सिर्फ राजनीति ऐसा विषय है जिसमें वकालत के अलावा उनकी दिलचस्पी होती है और कई लोग उस क्षेत्र में चले जाते हैं। इस बात से कुछ दूर तक भारतीय राजनीति की अनैतिकता की व्याख्या हो जाती है, और इस बात की भी कि भारत के परिदृश्य पर राजनेता पूरी तरह क्यों अनुपस्थित हैं। जहाँ तक विदग्धता और हाजिरजवाबी का सवाल है, लाहौर के हाईकोर्ट में बिताए अपने सात साल में मुझे सिर्फ एक बार उसे देखने का मौका मिला। एक वरिष्ठ वकील को एक अंग्रेज जज को अपने तर्क मनवाने में बहुत दिक्कत पेश आ रही थी। हर बार जब वह एक नया तर्क पेश करता, तो जज 'नॉनसेंस' कहकर तत्काल उसकी बात काट देता था। विशुद्ध उत्तेजना में वकील के मुँह से निकला, 'आज सुबह, श्रीमान के मुँह से नॉनसेंस के सिवा कुछ निकलता दिखाई ही नहीं पड़ रहा है।'

वकालत-पेशा लोगों के लिए सेक्स हमेशा बहुत दिलचस्पी का विषय रहा है। मेरी पीढ़ी में युवा वकीलों के दिमाग पर तो यह और भी छाया रहा है। एक वकील इतवार की दोपहरों में पार्टी दिया करता था। अपने मेहमानों के मनोरंजन के लिए इस मौके पर वह टिब्बी से वेश्याएँ बुलवाया करता था। वेश्याओं के बाजार में जो *नया साल* आता था उसके बारे में वह पूरी सूचना रखता था। एक नवागन्तुक की शादी एक लन्दनिया से हुई थी। अंग्रेज लड़की जिस पागलपन के साथ उसके साथ प्रेम-लीला करती थी वह उसके किस्से सुनाकर हमरा मनोरंजन किया करता था। वह हमें अपने बदन पर उसके काटने और नाखून गड़ाने से पड़े निशान दिखाया करता था। ऐसी ही एक लम्पट-सभा में यह पता लगाने के लिए एक प्रतियोगिता की गई कि किसका खूँटा सबसे कड़ा है। एक डोरी में *एक कन्साइज ऑक्सफोर्ड डिक्शनरी* बाँध दी गई। इस डोरी के सिरे पर यह देखने के लिए एक छल्ला था कि किसका लिंग बिना झुके उसके बोझ को उठा सकता है। वे लोग उन उम्रदराज बच्चों की तरह थे जिनकी मानसिकता बाल-अपराधियों की-सी होती है। अकबर इलाहाबादी ने ऐसे लोगों के बारे में सही कहा है :

> पैदा हुआ वकील तो इबलीस ने कहा :
> 'अल्लाह ने मुझे साहिबे-औलाद कर दिया।'

(जिस दिन वकील ने जन्म लिया, शैतान ने कहा : अल्लाह मियाँ ने मुझे सन्तान का वरदान दे दिया।)

अदालतों में ऐसा कुछ नहीं था जिसमें मेरा मन रमता, इसलिए मैंने साहित्य की पुस्तकों को पढ़ना शुरू कर दिया। वे पुस्तकें जिन्हें मुझे अपने कॉलेज के दिनों में ही पढ़ लेना चाहिए था : अंग्रेजी कविता के संकलन, शेक्सपीयर के नाटक और सॉनेट; ताल्सताय, ऑस्कर वाइल्ड, आल्डस हक्सले, राधाकृष्ण द्वारा लिखित *हिन्दू दर्शन* आदि। मैं *द ट्रिब्यून* के लिए किताबों की समीक्षा भी करने लगा। (मुझे अपने दोस्तों को बताना पड़ा कि स्तम्भ

के अन्त में लिखा के.एस. में ही हूँ)।

मैंने **द फ्रेंड्स ऑफ द सोवियत यूनियन** के लिए स्टालिन की प्रशंसा में एक पुस्तिका भी लिखी। मैं लाहौर में इस संस्था के संस्थापक सदस्यों में से था। शिमला की पहाड़ियों में छुट्टियाँ बिताने के दौरान मैंने सुबह के समय पढ़ने और दोपहर में लम्बा घूमने के अलावा विशेष कुछ नहीं किया। हर रोज दोपहर को मैं मशोबरा से माल तक छः मील पैदल आता था। मेरी बीवी साइकिल पर सवार होकर साथ आती थी। हम लोग वैंगर या डेविको में चाय पीते थे। अंग्रेज अफसरों, भारतीय मन्त्रियों और पास ही उनकी सजी-धजी बीवियों का टहलता जुलूस देखते और फिर छः मील वापस मशोबरा लौट जाते। एक बार ग्वालियर के महाराज के वित्तमन्त्री सर चार्ल्स कार्सन ने दो-एक दिन हमारे साथ गुजारे। उन्होंने मुझे बताया कि वे एक ही दिन में शिमला से तत्ता पानी पैदल गए और वापस आए। यह दूरी कुल मिलाकर 44 मील बनती है। गन्धक का गर्म पानी का यह झरना, शिमला से 5,000 फुट नीचे, सतलज नदी के किनारे पर पड़ता है। उसी सप्ताह के अन्त में मैंने भी ऐसा ही किया। मैं गन्धक के उबलते पानी में नहाया, सतलज की बर्फीली, तेज बहती धारा में ठंडी की हुई एक बोतल बियर पी और रात को दस बजे तक घर लौट आया।

मेरा बहनोई जसपाल सिंह, तगड़ा सिख जाट था। उसने शर्त लगाई कि पैदल चलने में वह मुझे पीछे छोड़ देगा। एक पूर्णिमा की रात हम लोग हिन्दुस्तान-तिब्बत रोड पर चल पड़े। उसके साथ उसके दो भतीजे थे—दोनों की उम्र बीस के कुछ ऊपर थी और हमारा रसद का सामान ले जाने के लिए कश्मीरी कुली थे। पन्द्रह मील के बाद दोनों लड़कों और कुलियों ने आगे जाने से इंकार कर दिया। हमने उन्हें एक डाक-बँगले पर छोड़ दिया और अपनी मंजिल—नारकंडा की तरफ बढ़ गए। उस रात को कुछ और बाद में हम लोग देवदार के एक जंगल में ताजा होने के लिए रुके; जसपाल ने गैलन के हिसाब से दूध पिया; मैंने ब्रांडी का पुट देकर चाय पी। चाँदनी रात की निस्तब्धता भयावह थी। हम लोग बड़ी जोर से बातें कर रहे थे। देखने में ऐसा लगता था कि बँगले में कोई और नहीं है तभी कोई बड़ी जोर से चिल्लाया—'बगर ऑफ' (दफा हो)। हमने वैसा ही किया और सुबह-सुबह नारकंडा पहुँच गए। चौकीदार से जो देते बना हमने खा लिया—घी के पराँठे और बहुत मीठी चाय। हमने वापसी यात्रा शुरू की। हमने दिन-भर और शाम को देर तक रफ्तार बनाए रखी। मेरे पैरों से खून निकलने लगा। मशोबरा से लगभग दस मील पहले मैं एक डाक-बँगले पर उन पर पट्टी बाँधने के लिए रुका। चौकीदार ने जो चिथड़े दिए मैंने उन्हीं को पैर में बाँध लिया। जसपाल ने जीतने का दावा करने की खातिर आगे बढ़ना तय किया। मैं उसके सौ गज पीछे था। वह आधी रात गए मशोबरा पहुँच गया। परिवार को उसने सूचना दी कि मैं रास्ते में हिम्मत हार गया और जीतने की खुशी में जाकर सो गया। उसके कुछ ही देर बाद मशोबरा पहुँचकर मैं सीधे अपने कमरे में गया। सुबह नाश्ते के समय जब मैं पहुँचा तो वह मेज पर अपने पैरों के बारे में डींग हाँक रहा था। तकनीकी दृष्टि से उसने बाजी जीत ली थी। हम दोनों ने लगभग बिना रुके बहत्तर मील की दूरी तय की थी और हम दोनों ने ही अगले कुछ दिन अपने जख्मी पैरों की तीमारदारी करने में गुजारे।

मेरे पिताजी ने सिर्फ इतनी ही टिप्पणी की : 'अगर तुमने 72 मील पैदल चलने के बजाय 72 घंटे कानून की किताबें पढ़ी होतीं, तो तुम ज्यादा समझदार आदमी होते।'

मुझे आगे, लम्बी दूर पैदल चलने की मनाही हो गई। लेकिन पन्द्रह दिन बाद जब मेरे पिताजी दिल्ली में थे और मुझे किसी काम से लाहौर लौटना था, तो मैंने कालका पैदल जाने का निर्णय किया। कालका वहाँ से 65 मील की दूरी पर था और पूरा रास्ता पहाड़ी उतराई का था। अभी अँधेरा ही था कि मैं मशोबरा से रवाना हो गया। दोपहर तक मैं सोलन पहुँच गया जो वहाँ से 25 मील की दूरी पर था। मैं डाक-बँगले में चाय पी रहा था कि अचानक मेरे पिताजी वहाँ पहुँच गए। उनका ध्यान इस बात पर गया कि वहाँ मेरे इन्तजार में कोई गाड़ी खड़ी नहीं दिखाई दे रही है। उन्होंने पूछा, 'तुम्हारी टैक्सी कहाँ गई है ?' मुझे स्वीकार करना पड़ा कि मैं सोलन तक पैदल चलकर आया हूँ। उनका पारा चढ़ गया और उन्होंने शोफर से टैक्सी लाने के लिए कहा। मुझे उन्होंने अपने सामने उस टैक्सी में चलता किया। बहुत बुरा हुआ। कालका तक की लम्बी पैदल यात्रा करने के बाद मेरी बड़ी इच्छा थी कि मैं रेलवे स्टेशन पर शावर में नहाकर पेटभर खाना खाऊँ और एक ठंडी बियर की बोतल भी चढ़ाऊँ।

मशोबरा में अपने माता-पिता के सुन्दर घर 'सुन्दरवन' में मैंने जो गर्मी का समय बिताया उसकी यादों को मैंने मन में सँजोए रखा। वह एक पूरी पहाड़ी पर बना था। उसके उत्तर की तरफ बर्फ से ढके पहाड़ों का भव्य दृश्य था और दूसरी तरफ चौड़ी घाटियाँ थीं। मेरी माँ ने एक बड़ा-सा सीमेंट का प्लेटफार्म ऊँचा उठाकर बनवाया था। उससे शिमला से मशोबरा बाजार तक आनेवाली सड़क, गेबल्स होटल, राजा फरीदकोट की जागीर से नालडेरा के नौ सूराखोंवाले गोल्फ कोर्स तक सब दिखाई पड़ता था। ज्यादातर हम लोग सुबह और दोपहर के समय इसी प्लेटफार्म पर पास में खड़े एक गुलखैरू की छाया में धूप तापा करते थे। मशोबरा में परिन्दों का जीवन अद्‌भुत था : सारे दिन बसन्ता कूकती रहती थी, लाल रंग की सहेलियों के झुंड चेरी के पेड़ों के बीच उड़ते रहते थे, चिराबेल के एक पेड़ पर चढ़ी लता में सिबियाओं ने घोंसले बना रखे थे। वे सुन्दरतम जाति की मक्खी पकड़ अपनी रुपहली पूँछ की दो रिबन पीछे लहराती हुई अक्सर दिखाई पड़ती हैं। लेमरगेअर और हिमालयी उकाब हवा में तैरते रहते। सुबह-सुबह और देर शाम गए कस्तूराएँ हमारी छत पर बैठ जातीं और जोर-जोर से गाने लगतीं। चाँदनी रातों में पूरी-पूरी रात छपके एक-दूसरे को पुकारते रहते। उड़नेवाली गिलहरियों के एक परिवार ने हमारी ओलती पर घोंसला बना लिया था : वे एक पेड़ से दूसरे पेड़ पर तैरती-सी जातीं और फिर टेनिस कोर्ट पर अक्सर फुदकती दिखाई पड़ती थीं।

इतवार का दिन बहुत खास होता था। मशोबरा बाजार में प्रवेश-स्थल पर बने सेंट स्वीथिन चर्च की घंटियों की घनघनाहट से हम लोगों की नींद खुलती थी। इस चर्च को कानपुर के एक चमड़े के व्यापारी ने बनवाया था, और इसका नाम मोचियों के संरक्षक सन्त के नाम पर रखा गया था। ये बिलकुल इंग्लैंड में एक गाँव के प्रार्थनाघर की तरह बनाया गया था। इसमें अर्गलावाला दरवाजा, रंगीन काँच की खिड़कियाँ और ऊँची वेदी

थी। गेबल्स और पर्वत की चोटी पर व्हाइट फ्लावर हॉल में रहनेवाले अंग्रेज लोग, सुबह की उपासना के लिए हर इतवार को सजधजकर कतार बाँधे चर्च में आते थे। प्रार्थना के बाद वे लोग लेवेन्डर और फ्रेंच परफ्यूम की सुगन्ध बिखेरते हुए बाजार में चहलकदमी करते थे।

मेरे पिता अंग्रेजों के प्रेमी थे और उन्हें गोरे लोगों की मेहमानदारी करने का बड़ा शौक था। एक बार उन्होंने वाइल्ड फ्लावर हॉल और गेबल्स में जितने यूरोपियन ठहरे हुए थे, उन सबकी सूची मँगाकर उन्हें डिनर पर आमन्त्रित किया। वे लोग दर्जनों की संख्या में आए। वह युद्ध का समय था और उनके होटलों में कोई दिलचस्प कार्यक्रम नहीं होते थे। हम लोगों ने प्रवेशद्वार से अपने घर तक चीनी लालटेनें लटका दी थीं। नृत्य का संगीत बजाने के लिए हमने गोवन बैंड का इन्तजाम किया था। साहब लोगों ने अपना और अपनी मेमों का परिचय कराया, हमारी स्कॉच और वाइन पी, हमारा सालनवाला खाना खाया और चलते बने। मैंने अपने पिताजी से पूछा कि उन अजनबियों का दिल बहलाने के लिए हजारों रुपए उड़ाकर उन्हें क्या मिला। उन्होंने जवाब दिया, 'जो लोग उनकी खातिर करते हैं उन्हें अंग्रेज कभी नहीं भूलते।' उनकी बात सही थी। कुछ दिन बाद जब वे दिल्ली आने के लिए रेल-कार से सफर कर रहे थे तो एक अंग्रेज अफसर ने आकर अपना परिचय देते हुए कहा कि वह पार्टी में मौजूद था। वे बातचीत करने लगे। मेरे पिताजी को सेना को रसद सप्लाई करने का फायदेमन्द ठेका मिल गया।

फरीदकोट के राजा को भी गोरों की खातिर करने का बड़ा शौक था। हर शरत के मौसम में वे खुले अखाड़े में बैलों की लड़ाई का आयोजन करता था। दूर-दूर के गाँवों से किसान लोग अपने विजेता बैलों को लाते थे। विदेशी लोग और महत्त्वपूर्ण भारतीय दर्शक बैलों की गुत्थमगुत्था को देखने के लिए सोफों पर बैठते थे। तमाशे के बाद राजा अपने मेहमानों की खातिर में दावत देता था। उनका अपना प्राइवेट बैंड संगीत बजाता था क्योंकि हमारे यहाँ अक्सर अंग्रेज दोस्त ठहरा करते थे इसलिए हमें बार-बार आमन्त्रित किया जाता था। राजा जितना उदार था उतना ही कमीना भी था। वह सबको शैम्पेन पेश करता था, लेकिन जब व्हिस्की की बारी आती थी तो उसके बैरे भारतीयों को भारतीय किस्म की और स्कॉच सिर्फ गोरों को पेश करते थे। यह बात मुझे तब पता चली जब एक दिन हम अपने साथ *द स्टेट्समैन* के सम्पादक इवान शार्लटन और उसकी पत्नी जौय को उनकी पार्टी में ले गए। जब मैंने इवान से व्हिस्की की किस्म के बारे में शिकायत की तो वह फुफकारा, 'तुम साले शक्की आदमी हो। मेरी व्हिस्की तो बिलकुल ठीक है।' हमने ग्लास बदल लिए। मेरी व्हिस्की चखकर उसने नाक सिकोड़ी। राजा बहुत गँवार भी हो जाता था। जब भी मेरे पिताजी उसे निमन्त्रित करते वह मूर्खों की तरह पी जाता और दूसरे मेहमानों के चले जाने के बाद भी रुका रहता। मेरी भतीजियों सें, जिनकी उम्र सोलह के आसपास थी, और दूसरी उपस्थित युवा महिलाओं से वह भद्दे मजाक करता। मेरे माता-पिता जो प्रायः नौ बजे सोने चले जाते थे, उन बिचारों को आधी रात तक जागना पड़ता था।

मुझे और तमाम बातों की अपेक्षा लम्बी सैर के लिए जाना बहुत प्रिय था। जब शिमला

की तरफ जाना नहीं होता था तो मैं दूसरे पहाड़ी रास्तों पर निकल जाता था। एक सुनसान छायादार रास्ता चीड़ और देवदार के जंगलों के बीच से होकर सान देमियानो नाम के इतालवी मठ की तरफ जाता था। एक दूसरा रास्ता था, जो मशोबरा से खड़ी चढ़ाई चढ़कर एक छोटे-से डेंस फॉली नाम के फलों के बगीचे को जाता था। यह बगीचा वाइल्ड फ्लावर हॉल की तरफ था। पहाड़ की चोटी से पर्वतमाला दिखाई पड़ती थी। इसमें शाली चोटी 10,000 फीट ऊँची थी और नदी की चौड़ी धारा दो पर्वतश्रेणियों को बीच से अलग करती थी। बरसात के मौसम में घाटी में अक्सर कोहरा छाया रहता था। यह कोहरा रहस्यात्मक ढंग से छँट जाता और सूरज निकल आता था। वर्षा से धुली पन्ने-जैसी हरी पहाड़ियाँ उसके आलोक में दमकने लगती थीं और उनके बीच बहती हुई धारा रोशनी में चमचमाने लगती थी।

शरत के मौसम में रात में एक बार, मशोबरा बाजार से एकाध मील नीचे सिपि गाँव में मेला लगता था। गाँववाले अपनी विवाह के लायक कन्याओं और युवा बेटों को वहाँ उनकी शादियाँ तय करने के लिए लाया करते थे। अफवाह यह थी कि सुन्दर लड़कियों को—हिमाचली लड़कियाँ गोरी, ठिगनी, बादाम-जैसी आँखोंवाली और चंचल होती थीं—यहाँ सबसे ऊँची बोली लगानेवाले को बेच दिया जाता था। मैंने वहाँ बहुत-सी सुन्दर लड़कियाँ देखीं। लेकिन कभी किसी बाहरवाले को किसी लड़की को ले जाते नहीं देखा।

लाहौर में चूँकि मुझे कुछ खास करने-धरने को नहीं था—एक अच्छा-सा घर था। एक देखने में सुन्दर (जो अब कुछ-कुछ अतिरिक्त रौब जमाने लगी थी) बीवी थी—मेरे पास मिलने आनेवालों की कोई कमी नहीं थी। उनमें सबसे आगे था मंगतराय। उसकी नियुक्ति लाहौर में हो गई थी। आई.सी.एस. में होने के कारण उन ईसाई परिवारों में उसकी बड़ी पूछ थी जिनमें विवाह योग्य लड़कियाँ थीं। वह अक्सर मित्रों को घर में आमन्त्रित करके अपनी लिखी हुई रचनाएँ सुनाया करता था। एक किस्सा जिसे दोहराने की माँग की जाती थी एक ऐसी मुर्गी के बारे में था जिसने नाली में अंडे दे दिए थे। इस किस्से की महिला-प्रशंसकों के लगातार बढ़ते हुए हलके में मुँह फाड़-फाड़कर प्रशंसा की जाती थी। कुछ महीनों के बाद वह अपने दफ्तर से घर वापस जाते समय हमारे यहाँ आ जाया करता था। अपनी साइकिल को सीढ़ियों पर रखकर ड्रिंक और डिनर के लिए भी वह रुक जाता था। मेरी पत्नी को लेकर जो थोड़ा बहुत संकोच उसमें था वह गायब हो गया था; मुझे साफ दिखाई पड़ रहा था कि वह उस पर काफी मुग्ध है। मुझे इस बात के बारे में कोई सन्देह न रहे, इसलिए यह स्वीकार करते हुए कि वह उससे प्रेम करने लगा है, उसने मुझे एक पत्र लिखा जिसमें हमारे यहाँ आते रहने की इजाजत माँगी गई थी। मैंने पत्र अपनी पत्नी को दे दिया। वह बड़ी प्रसन्न हुई। मैंने इसको मजाक के तौर पर लिया और उसे आश्वस्त करते हुए लिखा कि हम पहले की ही तरह उसका स्वागत करेंगे। मुझे बाद में अपनी उदारता के लिए पछताना पड़ा। मंगतराय में दूसरों से अपनी बात मनवाने की अद्भुत क्षमता थी।

उन दिनों मेरी पत्नी अपना सुबह का समय भुवेश सान्याल के स्टूडियो में पेंटिंग करते

हुए गुजारा करती थी। मंगतराय ने स्टूडियों में जाना शुरू कर दिया और वह उसे यह समझाने लगा कि पेंटिंग करना बेकार का काम है। उसने पेंटिंग करना छोड़ दिया। कवल को टेनिस खेलने का बहुत शौक था और वह रोज शाम को कॉस्मोपोलिटन क्लब में टेनिस खेलने जाया करती थी; उसने उसे कायल किया कि साइकिल चलाने में ज्यादा मजा है। इसलिए कवल टेनिस खेलना छोड़कर उसके साथ साइकिल चलाने के लिए जाने लगी। वह धार्मिक अनुष्ठान को भी बड़े नियम-कायदे से पूरा करती थी। वह रोज सुबह *ग्रन्थ साहिब* को खोलकर उसमें से एक-दो भजनों का पाठ करती थी। शाम को वह पवित्र ग्रन्थ को रात के लिए लपेटकर रखती थी। मंगतराय ने उसे इस कर्मकांड की व्यर्थता के बारे में कायल कर लिया। उसने अपने रोज अरदास के नियम में भी नागा करनी शुरू कर दी। मंगतराय जम के पीता था, मेरी पत्नी भी डटकर पीने लगी। वह जो कुछ करता था उस सबका धड़ल्ले से बखान किया करता था। उसने मेरी पत्नी से कहा कि एक दिन शाम को जब वह अपनी बहन को बिदा करने रेलवे स्टेशन गया तो वहाँ एक इसाई युवा लड़की टकरा गई जो हमारी परिचित थी। उसके पास सवारी नहीं थी। मंगतराय ने उससे अपनी साइकिल पर वापस लाने का प्रस्ताव किया। वह आगे के डंडे पर बैठ गई। शारीरिक सम्पर्क से वे लोग उत्तेजित हो गए। उसने लड़की को अपने अपार्टमेंट में आमन्त्रित किया। उसने आमनत्रण स्वीकार कर लिया। उन्होंने इकट्ठे बिस्तर में रात बिताई। उसने स्वीकार किया कि ऐसा करते हुए उसके मन में अपराध-बोध हो रहा था। क्योंकि वह मेरी पत्नी से प्रेम करता था, उस लड़की से नहीं जिसके साथ उसने सम्भोग किया। इस बात का बुरा मानने के बजाय, मेरी पत्नी ने उसकी साफगोई की प्रशंसा की और वह उसकी तरफ और आकर्षित हो गई। जाहिर है, उन दोनों के सम्बन्ध को लेकर तरह-तरह की चर्चाएँ होती रहीं।

उन और लोगों में जो मेरे घर नियमित रूप से आया करते थे, न्यायाधीश गोपालदास खोसला और उनकी पत्नी शकुन्तला थे। वे भी आई.सी.एस. थे। उन्हें मेरी पत्नी ने अपनाया और मैंने उनकी पत्नी को। इसलिए हिसाब बराबर हो गया। इनके अलावा एक कनाडियन दम्पति थे—विल्फर्ड कैन्टवेल स्मिथ, जो भारतीय इस्लाम पर डॉक्टरेट की थीसिस की तैयारी कर रहे थे और उनकी पत्नी म्यूरियल, लाहौर मेडिकल कॉलेज में डॉक्टरी पढ़ रही थी। एक थे पी.एन. किरपाल जो दयालसिंह कॉलेज में प्राध्यापक थे। वे मंगतराय की बड़ी बहन प्रियावाला पर मुग्ध थे और उससे शादी की उम्मीद लगाए थे। हमारी बाकी जिन्दगी में भी अपनी जगह कायम रखना उनकी नियति थी। इनके अलावा कुछ दूसरे लोग भी थे, जैसे नवाबजादा महमूद अली खान और उनकी सिख बीवी सतनाम; विल्बर्न और उषा लाल, जिनकी मंगतराय से दूर की रिश्तेदारी थी; इन्दरमोहन वर्मा जो गवर्नमेंट कॉलेज में अंग्रेजी के प्राध्यापक थे, बिशन नारायण और उनकी पत्नी शान्ति, दोनों खोसला दम्पति के मित्र थे। कुछ और लोग आते-जाते रहे। कभी-कभी, जब वह लाहौर में होता था तो आर्थर लाल का छोटा भाई जॉन भी आ जाता था। वह भी आई.सी.एस. था। जॉन कुछ दिलफेंक किस्म का आदमी था जो अजीब तरह से हौ-हौ करके ब्रिटिश उच्चारण से बोलता

था। वह मेरी कीमत पर बड़ी चतुराई से मेरी पत्नी से छेड़खानी किया करता था। एक दिन उसने कवल से कहा, 'कवल, अगर तुम्हारी कोई बहन हो तो उसकी शादी अपने दढ़ियल मियाँ से कराके, तुम मुझसे शादी कर लो।' दोनों लाल भाइयों के लतीफों का निशाना मैं होता था। जॉन से तो मैंने हिसाब उस दिन चुकता कर लिया जब वह अपनी होनेवाली बीवी होप को हमसे मिलवाने लाया। होप साँवले रंग की खुशमिजाज मोटी-सी लड़की थी। अगले दिन वह फिर आया और उसने होप के बारे में मेरी राय पूछी। 'वह तुम्हारे लिए भरोसे और उदारता में बराबर कशमकश पैदा करती रहेगी।' उसके बाद उसने चतुराई से छेड़खानी करनी छोड़ दी। आर्थर के साथ हिसाब चुकता करने के लिए मुझे कुछ साल इन्तजार करना पड़ा।

इन सालों के दौरान लाहौर में मेरी मुलाकात दो उल्लेखनीय व्यक्तियों से हुई। एक थीं चित्रकार अमृता शेरगिल। वे हमारे घर के सामने सड़क पर बने हुए फ्लैटों के एक ब्लाक में रहने आईं। उनका यश उनसे बहुत पहले हम तक पहुँच चुका था। उन्होंने हाल ही में अपने रिश्ते के हंगेरियन भाई विक्टर एगन से शादी की थी। वे डॉक्टर थे और लाहौर में प्रैक्टिस करना चाहते थे। मशहूर था कि अमृता बड़ी सुन्दर और कामुक है। ऐसा माना जाता था कि पंडित नेहरू भी उसके सम्मोहन का शिकार हुए थे। उसकी सेक्स की भूख के किस्से बड़ी लार टपका-टपकाकर सुनाए जाते थे। वह पहले भी लाहौर आई थी और अपार्टमेंट ढूँढ़ने के लिए फैलेटिस होटल में ठहरी थी। सुना जाता है कि उसने एक-एक दिन में अपने तीन या चार प्रेमियों को बीच में दो-एक घंटे का वक्फा देकर मिलने का समय दिया था। वे आते थे, अपना काम करते थे और काम पूरा होते ही विदा कर दिए जाते थे। गवर्नमेंट कॉलेज के दिनों के मेरे छोटी कद-काठी के दोस्त इकबाल सिंह, उस समय ऑल इंडिया रेडियो में प्रोड्यूसर थे। सुना गया कि वे उस दिन शाम को उसके मिलनेवालों में आखिरी आदमी थे। उन्हें सीमित सुविधा दी गई थी। उन्हें अमृता के सोते हुए उसकी जरूरतें पूरी करनी थी। उसके इस कामोन्माद के बारे में जो गप्पें उड़ाई गई थीं उनमें कितनी सच्चाई थी, मैं नहीं जानता। पर मैं उससे परिचय के लिए उत्सुक था। मुझे बहुत दिन इन्तजार नहीं करना पड़ा।

गर्मियों के दिन थे। मेरी पत्नी छः महीने के बेटे को लेकर अपने माता-पिता के साथ रहने कसौली गई थी। एक दिन दोपहर को जब मैं खाना खाने के लिए घर आया तो मैंने देखा कि मेज पर एक बियर का मग और जनाना हैंडबैग रखा है और बैठक से फ्रेंच पर्फ्यूम की तेज खुशबू आ रही है। मैं कदम बढ़ाकर रसोई में बावर्ची से पूछने गया कि बैठक में कौन है। उसने जवाब दिया, 'मुझे नहीं मालूम। एक मेमसाहब हैं, साड़ी में। उन्होंने फ्लैट को घूमकर देखा और अपने-आप फ्रिज में से बियर निकाल ली। वे गुसलखाने में हैं।'

मुझे इस बात में जरा भी शक नहीं था, कि यह अमृता शेरगिल ही होगी। मेरा अंदाज सही निकला। उसने बैठक में आकर अपना परिचय दिया। सड़क पार उसने जो फ्लैट किराए पर लिया था उसके बारे में मुझे बताया और मुझसे बढ़ई, नलसाज, दर्जी और ऐसे ही दूसरे कामगरों के बारे में सलाह माँगी। मुझे जो कुछ जानकारी थी, वह मैंने उसे दे दी।

मैंने उसकी थाह लेने की कोशिश की। मैं उसकी आँख से आँख नहीं मिला सका। उसके चेहरे पर एक ऐसा निडर निर्लज्ज किस्म का भाव था, जिसके सामने मेरे जैसे बुजदिल लोगों की आँखें जमीन की तरफ झुक जाती हैं। वह ठिगनी थी और उसका रंग पीला-सा था। (आधी सिख, आधी हंगेरियन होने की वजह से)। उसने बीच की माँग निकाल रखी थी और बाल कसकर पीछे की तरफ बाँध रखे थे। उसकी नाक थुलथुली थी और उस पर कीलें दिखाई पड़ रहीं थी। उसके होंठ भी मोटे थे और उन पर हल्के से मूँछों के आकार के रोएँ थे। मैंने उससे कहा कि मैंने उसकी पेंटिंग की बहुत तारीफ सुनी है और फिर दीवार पर पानी के रंगों के उन चित्रों की तरफ इशारा किया जो मेरी पत्नी ने बनाए थे। उनकी व्याख्या की गरज से मैंने कहा, 'वह अभी पेंटिंग करना सीख ही रही है।' उसने जैसे मुझे फटकारा, 'यह तो जाहिर है।' विनम्रता उसने सीखी नहीं थी। चाहे कितनी अभद्र और कठोर बात हो, जो मन में आता था वह खट से कह डालती थी।

कुछ हफ्तों के बाद उसकी बदतमीजी का एक और नमूना मेरे सामने आया। मैं अपनी बीवी और बेटे को कसौली से उठाकर मशोबरा ले गया। अमृता वहाँ अपने मित्र चमनलाल के परिवार के साथ ठहरी हुई थी। उन्होंने मेरे पिताजी के घर के कुछ ऊपर एक मकान किराए पर लिया था। मैंने उन्हें लंच के लिए आमन्त्रित किया। हम लोग गलखैरू के पेड़ की छाया में खुले प्लेटफार्म पर बैठे बियर और जिन-स्लिंग्स पी रहे थे। मेरा बेटा जँगले में खड़ा होना सीख रहा था। सब लोग उसकी तारीफ कर रहे थे : वह बड़ा प्यारा-सा बच्चा था। उसके बाल घुँघराले थे, बड़ी-बड़ी सवालिया आँखें थीं और गालों में गड्ढे पड़ते थे। 'कैसा भद्दा छोटा-सा लड़का है,' अमृता ने टिप्पणी की। इस बात पर और लोगों की परेशानी जाहिर होने लगी। मेरी बीवी एकदम जड़ हो गई। अमृता पर कोई असर नहीं था। वह आराम से अपनी बियर पीती रही। बाद में, जब उसे यह पता लगा कि उसके व्यवहार के बारे में मेरी बीवी ने क्या कहा और यह कि उसने 'ब्लडी बिच' कहकर उसकी व्याख्या की तो अमृता ने खबर देनेवाले से कहा, 'मैं उस औरत को सबक सिखा दूँगी। मैं उसके मियाँ को पटाकर छोड़ूँगी।'

वह दिन कभी नहीं आया। जब हम लोग लाहौर लौटे तो मेरी बीवी ने अपने घर में अमृता को पैर रखने से भी मना कर दिया। कुछ महीनों के बाद दोनों ओर के समान मित्रों ने बताया कि अमृता बीमार है। एक रात को उसके रिश्ते का एक भाई हमारे यहाँ इसलिए रात गुजारने आया कि अमृता इतनी ज्यादा बीमार थी कि उसके घर में मेहमान नहीं ठहर सकते थे। उसने हमें बताया कि वह प्रलाप कर रही है और ब्रिज की चालें बुदबुदाती रहती है—उसे ब्रिज खेलने का बहुत शौक था। अगले दिन खबर मिली कि उसकी मृत्यु हो गई। उसकी उम्र सिर्फ इकत्तीस साल की थी।

मैं एगन के अपार्टमेंट गया। अमृता के बूढ़े दढ़ियल पिताजी उमराव सिंह हक्का-बक्का बैठे थे और उसकी माँ को दौरे पड़ रहे थे। वे तभी समर-हिल शिमला से आए थे और उन्हें विश्वास नहीं हो रहा था कि उनकी प्रतिभाशाली युवा बेटी हमेशा के चली गई। उसी दिन दोपहर को एक दर्जन आदमी-औरतें उसकी अर्थी के पीछे श्मशान भूमि गए जहाँ उसके

पति ने उसकी चिता को अग्नि दी। जब हम एगन के अपार्टमेंट लौटे तो पुलिस उसकी प्रतीक्षा कर रही थी। नाजी जर्मनी का साथ देने के कारण इंग्लैंड ने हंगरी के खिलाफ लड़ाई का एलान कर दिया था। एगन इस तरह शत्रु-नागरिक हो गया था। पुलिस ने उसे हिरासत में ले लिया, यह उसका सौभाग्य था।

अपनी बेटी की बीमारी और मृत्यु के बारे में तफसील से जानकारी पाने में अमृता की माँ को कुछ समय लगा। उन्होंने अपने भतीजे और दामाद को इसके लिए जिम्मेदार ठहराया। उन्होंने मन्त्रियों, अफसरों और मित्रों (जिनमें मैं भी शामिल था) के पास पत्रों की बौछार कर दी जिनमें उस पर हत्या का आरोप लगाया गया था। हत्या, वह नहीं थी, इस बात का मुझे यकीन है। मुझे इतना ही यकीन इस बात का है कि इस मामले में लापरवाही जरूर हुई। उसकी मृत्यु के बारे में मुझे जानकारी उस समय लाहौर के मशहूर डॉक्टर रघुबीर सिंह की बात से मिली। उन्हें आधी रात को अमृता को देखने के लिए उस वक्त बुलाया गया, जब उसके बचने की कोई उम्मीद नहीं रही थी। उन्हें यकीन था कि वह गर्भवती थी और उसके पति ने उसका गर्भ गिराने की कोशिश की थी। ऑपरेशन बिगड़ गया। उसे बेतरह रक्तस्राव हुआ था और उसको पेरिटोनाइटिस हो गया। उसके पति ने डॉक्टर रघुबीर सिंह से उसे खून देने के लिए कहा और इसके लिए अपना खून देने की पेशकश की। डॉ. रघुबीर सिंह ने उन दोनों के ब्लड ग्रुप का पता लगाए बगैर ऐसा करने से इनकार कर दिया। जब ये दोनों डॉक्टर आपस में बहस ही कर रहे थे, अमृता के प्राण निकल गए।

बहुत-से लोगों ने अमृता पर किताबें लिखी हैं। इनमें कला-समीक्षक कार्ल खंडालवाला, इकबाल सिंह और उसका भतीजा विवान सुन्दरम, जो खुद चित्रकार है, शामिल हैं। बदरुद्दीन तैयबजी ने इस बात का खुलासा बयान किया है कि उसने उन्हें कैसे खराब किया (उसने सीधे-सीधे अपने कपड़े उतारे और अँगीठी के पास बिछे कालीन पर नंगी लेट गई)। विवान ने भी स्वीकार किया है कि उसके कई प्रेमी थे। उसके अनुसार जिन्दगी में अमृता की अगर कोई सच्ची लगन थी तो वह थी एक दूसरी औरत।

जब गर्मियों में मेरी बीवी और बेटा गए हुए थे, उस समय मेरे अपार्टमेंट में बतौर मेहमान रहनेवाले लोगों में कम्युनिस्ट डेनियल लतीफी थे। वे कई बार जेल जा चुके थे। और पार्टी के हेडक्वार्टर में उन्हें जो खाना मिलता था वह उनको रास नहीं आता था। उस समय मैं पार्टी के करीब था। मैंने उन्हें आमन्त्रण दिया कि कुछ हफ्ते मेरे पास गुजारकर वे अपनी सेहत बना लें। डेनियल उस समय भी बकवादी था, और आज तक बड़ा बकवादी है। उसकी सपाट, एकरस आवाज में एक निद्राजनक विशेषता रहती है। एक शाम मेरे दो मित्र मिलने आए। दोनों नशे में थे। उन्होंने विनम्रतावश कुछ सवाल कर दिए। डेनियल ने इस मौके का फायदा उठाते हुए उन्हें वर्ग-संघर्ष और द्वन्द्वात्मक भौतिकवाद पर एक लम्बा एकालाप पिला दिया। मैं ताजी हवा खाने बाहर निकल गया था। जब लौटा तो देखा डेनियल

तब भी चालू था और मेरे दोनों दोस्त गहरी नींद सो रहे थे।

बदले में, डेनियल के मार्फत, मेरा सम्पर्क दो लोगों से हुआ। उनमें से पहले थे श्रीपाद डाँगे, जो उस समय पुलिस से भाग रहे थे। उन्हें मेरा नौकर होने का नाटक करना पड़ा। वे अपना ज्यादातर समय मेरी किताबें पढ़ते हुए गुजारते थे। जब कोई मुझसे मिलने आता था वे रसोईघर में गायब हो जाते थे। दूसरे व्यक्ति अजय घोष थे, वे भी उसी समय भूमिगत थे। वे सख्त किस्म के आदमी थे जो बातचीत नहीं करते थे। जब मैं हाईकोट में होता था, उस समय रोज उनकी प्रेमिका लिट्टो, जिससे उन्होंने बाद में शादी की, आ जाती थी और उनके साथ घंटों बिताती थी। कई साल बाद इंग्लैंड में मैंने अपने दोस्त सी.आई. डी. के ऐवरेट से पूछा कि क्या उसे मालूम था कि ये लोग मेरे पास ठहरे थे तो उसने जवाब दिया कि वह जानता था। उसने बताया कि यह फैसला किया गया था कि उन लोगों को गिरफ्तार नहीं किया जाएगा। सिर्फ मेरे अपार्टमेंट पर नजर रखी जाएगी और जो लोग मेरे कम्युनिस्ट मेहमानों से मिलने आएँगे, उनके नाम नोट कर लिए जाएँगे।

लाहौर के दिनों में मेरी जिन्दगी पर मंजूर क़ादिर छाया हुआ था। वह मुझसे दो-एक साल बड़ा था। उसने इंग्लैंड से वकालत पास की थी और लायलपुर (अब फरीदाबाद) की जिला कचहरी में प्रैक्टिस करता था। उसके मुवक्किलों की संख्या काफी थी और वह असाधारण रूप से काबिल और खरा आदमी माना जाता था। उसके पिता सर अब्दुल क़ादिर, लाहौर हाईकोर्ट के जज और साहित्यकार थे। *मखज़न* के सम्पादक की हैसियत से उन्होंने सबसे पहले अपने दोस्त अल्लामा इक़बाल की कविताएँ छापी थीं। मंजूर की शादी मियाँ सर फज़्ले हुसैन की बेटी असग़री से हुई थी। वह सुन्दर थी। रूसी चित्रकार स्वेतोस्लाव रोएरिक ने मेडोना के चित्र बनाने के लिए उसे मॉडल के रूप में इस्तेमाल किया था। उस वक्त असग़री मंजूर का दर्जा अपनी हैसियत से बहुत नीचा मानती थी और उसे लगता था कि उसने मंजूर पर एहसान किया है (शादी करके)। मंजूर ठिगना, गंजा हो चला, छोटी आँखोंवाला आदमी था जो मोटे शीशों का चश्मा लगाता था। जाहिर था कि वह अपनी बीवी से बहुत प्रेम करता था और बड़े सब्र के साथ उसकी बदमिजाजी को झेलता था। मुझे और मंजूर को एक-दूसरे के साथ परिचित होने और दोस्त बनने में बहुत समय नहीं लगा। खुशकिस्मती से हमारी बीवियों में भी, जिनकी शख्सियत बराबर की कँटीली थी, पटने लगी। हम लोग हर दूसरी शाम को एक-दूसरे के घर में खाना खाने लगे। मेरी पत्नी भी मंजूर की तरह सिनेमा की दीवानी थी : वे लोग हर हफ्ते कम-से-कम एक पिक्चर साथ देखते थे। दोनों आम के भी बेहद शौकीन थे। वे दोनों मिलकर एक ही बैठक में बड़े चाव से एक दर्जन आम का सफाया कर सकते थे।

जो लोग मेरे सम्पर्क में आए, उनमें से मंजूर हर दृष्टि से बड़ा असाधारण व्यक्ति था। इसमें शक नहीं कि पंजाब में उभरकर आनेवाले वकीलों में वह सबसे लायक था। वे और उसके चाचा मोहम्मद सलीम हाईकोर्ट में दिनभर का काम निबटाने के बाद घंटों कानूनी मुद्दों पर बहस करते गुजार देते थे। ये वही मोहम्मद सलीम थे जो टेनिस के मशहूर खिलाड़ी थे और डेविस कप में लगातार पन्द्रह साल तक भारत का प्रतिनिधित्व करते रहे।

दोनों आदमियों ने उच्चतम स्तर की ईमानदारी का निर्वाह किया। ये प्रवृत्ति मुश्किल से दिखाई पड़ती है, खासकर वकीलों में। वे अपनी फीस चेक से लेते थे और जब नकद लेते थे तो अपने मुवक्किलों को पूरी रकम की रसीद देते थे। उन पर जितना आयकर निकलता था वे अक्सर उससे ज्यादा जमा कर देते थे और फिर उसमें से कुछ उन्हें वापस लेना पड़ता था। मेरी जिन्दगी में आए व्यक्तियों में मंजूर अकेला ऐसा आदमी था जिसने कभी झूठ नहीं बोला और वह इस बात की भी बेहद कोशिश करता था कि दूसरों को दुख न पहुँचाए। वक्त के साथ वह एक तरह से लिटमस कागज की तरह हो गया जिससे उसके दोस्त अपनी ईमानदारी की परख करने लगे। जब कोई काम करने के बारे में हमारे मन में शक पैदा होता था तो हम अपने से सवाल करते थे, 'क्या मंजूर इसे मंजूर करेगा ?' मेरी ही तरह वह भी अज्ञेयवादी था।

मंजूर और मैं समान रूप से साहित्यप्रेमी थे। जहाँ तक उसका सवाल था, वह पूरी तरह उर्दू-कविता का प्रशंसक था। मेरी नजर उसने दुबारा उसके प्रति आकर्षित की थी। उसे तमाम शायरों की शायरी जबानी याद थी। उसने लिखने की भी कोशिश की, पर उसमें खास सफलता नहीं मिली। उसकी सबसे अच्छी रचनाएँ अश्लील कविताएँ होती थीं जिन्हें बड़े उत्साह से वह अपने पुरुष-मित्रों को सुनाता था। महिलाओं के बीच वह बेहद कायदे से रहता था। हमने बहुत-सी छुट्टियाँ साथ गुजारीं—कभी पटियाला में, जहाँ मेरे ससुर सर तेजासिंह मन्त्री थे। कभी दिल्ली में या मशोबरा में मेरे माँ-बाप के साथ। हमारी दोस्ती शहर-भर में चर्चा का विषय थी, क्योंकि सिख और मुसलमानों के, या हिन्दू-मुसलमानों के बीच ऐसी दोस्ती के उदाहरण बहुत कम मिलते थे।

जो बात आजीविका की दृष्टि से मेरी जिन्दगी में मोड़ लानेवाली साबित हुई वह हम लोगों की मंडली में मंगतराय की यह ख्वाहिश थी कि शब्दकार के रूप में वह हम सबसे आगे निकल जाए। उसने सुझाव दिया कि बजाय इसके कि वह अकेला अपनी रचनाएँ अपने प्रशंसक श्रोताओं के सामने प्रस्तुत करता रहे, हम सब लोग अपनी-अपनी रचनाएँ पेश करें। इसके बाद हमारी पहली बैठक उसके घर में होनेवाली थी—जो घर उसने किराए पर लिया था उसके एक हिस्से में। उसने विषय सुझाया, 'मैं विश्वास करता हूँ।' हम लोगों को जीवन-मूल्यों में अपनी आस्थाओं के बारे में लिखना था। लगभग दस संक्षिप्त आलेख पढ़े गए। मैंने अपने आलेख में ईश्वर में अपने अविश्वास के कारणों के साथ धर्म, राष्ट्रीयता, मित्रता, प्रेम, विवाह, मृत्यु और उसके बाद के सिद्धान्तों के बारे में लिखा। मैंने जो लिखा था उसमें कोई विशेष मौलिकता नहीं थी। मेरे मन में जो आता गया मैं बस वही लिखता गया। मेरी मुख्य उपलब्धि यह थी कि अब तक जिस मंगतराय का कोई प्रतिद्वन्द्वी नहीं था, उसके प्रतिद्वन्द्वी के रूप में मैं उभर आया। उसे इस बात का श्रेय देना होगा कि उसने मेरी प्रशंसा बड़ी उदारता से की। अगले दिन मेरे पास विल्फर्ड और म्यूरियल कैन्टवेल स्मिथ ने प्रशंसा करते हुए एक नोट भेजा। यह मेरे प्रशंसकों से प्राप्त होनेवाला

पहला पत्र था और इससे मुझे बहुत नैतिक बल मिला।

यह साहित्यिक मंडली हर सप्ताह मिलने लगी। हम लोग बारी-बारी से अलग-अलग घर में मिलते थे। जब कविताएँ, कहानियाँ और लेख पढ़े जाते थे और लोग ईमानदारी से उनकी प्रशंसा करते थे तो कॉफी और शराब (ज्यादातर भारतीय मार्के की) पी जाती थी। जो दो लोग सबसे ज्यादा योगदान देते थे उनमें एक मैं था और दूसरे जस्टिस जी. डी. खोसला थे। मैं अपने को जितना वकालत के पेशे में जमाना चाहता था खोसला साहब उससे कहीं ज्यादा अपने को लेखक के रूप में जमाना चाहते थे। जितनी कोशिश और लोगों को करनी पड़ती थी उसकी तुलना में मुझे बहुत कम काम करना पड़ता था। जिन सिख गाँवों से मेरे मुवक्किल आते थे मैं उन गाँवों की अपनी यात्राओं को अपनी कहानियों की पृष्ठभूमि के रूप में इस्तेमाल कर लेता था। इन बैठकों में मेरी भूमिका केन्द्रीय हो गई। धीरे-धीरे यह बात मेरी समझ में आ गई कि परीक्षा में सबसे ज्यादा नम्बर पाने का सम्बन्ध ऐसी कहानी सुनाने की काबलियत से बिलकुल नहीं है जो सबका ध्यान आकर्षित करे। हमारी मंडली के मंगतराय को आई.सी.एस. में उसके निबन्ध पर सबसे अधिक नम्बर मिले थे। कहानी लिखने की क्षमता जन्मजात होती है। कुछ लोगों के पास यह होती है, दूसरों के पास नहीं। धीरे-धीरे मंगतराय का लेखन और हमारी बैठकों में उसकी उपस्थिति, दोनों कम होने लगे।

मंगतराय ने बीवी के लिए चारों तरफ तलाश शुरू कर दी थी। सबसे पहले उसका ध्यान एक बहुत सुन्दर लड़की लाजवन्ती रलियाराम ने आकर्षित किया। उसका परिवार देशभक्त ईसाई परिवार था। वह कश्मीरी ब्राह्मणों की तरह गोरी-चिट्टी थी, आँखें बड़ी-बड़ी थीं और वह दुबली-पतली लम्बे कद की थी। उसे अँग्रेजी एम.ए. में यूनिवर्सिटी में पहला स्थान मिला था (उसके पिता यूनिवर्सिटी के रजिस्ट्रार थे)। मुझे याद नहीं है कि उन लोगों की मुलाकात कैसे हुई, पर चूँकि कुँवारे लड़कों में से, ईसाई बिरादरी में मंगतराय की सबसे ज्यादा माँग थी, इसलिए उसका पता लगाने में और अपनी लड़की से उसकी जान-पहचान कराने में उन्हें कोई खास दिक्कत नहीं हुई होगी। जब हम क्लब चले जाते थे तब वे लोग अक्सर मेरे अपार्टमेंट में मिला करते थे। उन्होंने अपनी सगाई की घोषणा कर दी और शादी की तारीख तय हो गई। शादी के कार्ड छप गए और भेज दिए गए। लाजवन्ती ने अपने घर की चादरों वगैरह पर एल.एम.आर. अक्षर तक लिखवा लिए। एक स्थानीय चर्च में शादी होनेवाली थी कि कुछ ही दिन पहले मंगतराय ने सगाई तोड़ दी। लगभग प्रतिक्रियावश लाजवन्ती ने मोहम्मद युनूस से शादी कर ली। यूनुस एक खूबसूरत पठान था जो स्वाधीनता आन्दोलन में सक्रिय था (और बाद में श्रीमती गाँधी के निकटतम अनुचरों में था)। यह शादी दोनों के लिए बहुत अनर्थकारी साबित हुई।

मंगतराय फिर हमारे यहाँ लगभग रोज मिलने आने लगा। मैंने उसके आने पर एतराज नहीं किया क्योंकि मेरी बीवी की अपेक्षाएँ बहुत बढ़ गई थीं। वह ईर्ष्यालु तो हो ही गई थी, साथ ही यह भी चाहती थी कि मैं हर वक्त उसी पर ध्यान देता रहूँ। मैं उसे असुरक्षित महसूस करने के लिए दोषी नहीं ठहराता क्योंकि मैं बहुत निर्लज्जता से इश्कबाजी करने

लगा था और दूसरी औरतों से छेड़खानी किया करता था। वह मंगतराय के साथ व्यस्त रहती थी तो मुझे कुछ राहत ही मिलती थी।

एकाध साल के बाद मंगतराय की मुलाकात चम्पा नाम की एक और ईसाई लड़की से हो गई। उसे भी अंग्रेजी एम.ए. में प्रथम स्थान मिला था और उस समय उसके पिता एस.पी. सिंघा भी यूनिवर्सिटी में रजिस्ट्रार थे। चम्पा साँवली, जीवन्त और स्वच्छन्द थी। मंगतराय उसकी तरफ उसकी जिन्दादिली के कारण आकर्षित हुआ था। उनकी सगाई हो गई। चम्पा ने लम्बे समय तक सगाई रखने का खतरा नहीं उठाया और चर्च में उनकी शादी हो गई। गोकि हमें आमन्त्रित किया गया था पर हम शादी में शरीक नहीं हुए। चम्पा ने कई बार अधमने ढंग से हमसे मित्रता बनाने की कोशिश की, पर जब हमारी ओर से प्रतिक्रिया नहीं हुई तो उसने भी हमें छोड़ देने का फैसला कर लिया।

जैसाकि मुझे पहले ही दिखाई दे गया था, यह शादी अनमेल विवाह साबित हुई। मंगतराय ने फिर हमारे घर आना शुरू कर दिया और जब हम लोग बाहर होते थे वह मेरी बीवी को लम्बे खत लिखा करता था। लेकिन उसकी शादी में जितने बेतुके ढंग से झंझट पैदा हुआ उसकी किसी को उम्मीद नहीं थी। एक बार हम लोग एक ही समय में शिमला में थे। मंगतराय दम्पति अपनी बहन शीला और उसके पति आर्थर लाल के साथ लक्कड़ बाजार के पास एक मकान में ठहरे हुए थे। हम, हमेशा की तरह, मशोबरा में मेरे पिता के घर में थे। हम लोग रोज दोपहर के वक्त साइकिल पर नीचे उतरकर शिमला चले जाते थे और शाम को उन्हीं के साथ माल पर पैदल चक्कर लगाया करते थे। यह बात साफ जाहिर थी कि चम्पा और आर्थर के बीच अच्छा-खासा सम्बन्ध चल रहा है। एक हफ्ते के लिए इलाके के भीतरी भागों में पैदल जाने की योजना बनाई गई। टोली बनाकर कुली भी तय कर लिए गए। आखिरी दिन मंगतराय और उसकी बहन शीला ने चलने से इंकार कर दिया। आर्थर और चम्पा ने हिमालय के सुनसान इलाकों में एक सप्ताह एकसाथ गुजारा। उन्होंने वीरान डाकबँगलों में रातें बिताईं। वे जब पैदल यात्रा करके लौटे तो उन्हें इस बात का यकीन हो चुका था कि वे एक-दूसरे के लिए ही बने हैं। मंगतराय खुशी से अपनी बीवी को तलाक देने के लिए तैयार हो गया; शीला ने कुछ हील-हुज्जत के बाद आर्थर की उससे मुक्त होने की इच्छा के सामने समर्पण कर दिया। पर वैसा हो नहीं सका। जब सिंघा दम्पति को यह पता लगा तो उन्होंने अपनी बेटी की बुरी तरह खबर ली। चम्पा ने अपने पति से क्षमा-याचना की। उसने उसे उसी तरह खुशी से माफ कर दिया जिस तरह वह उसको तलाक देने को तैयार हो गया था। पर व्यावहारिक दृष्टि से वह शादी वहीं खत्म हो गई।

मेरे लाहौर के दिन अब समाप्त होनेवाले थे। मैं जिस दिन यहाँ रहने आया था लगभग उसी दिन से यूरोप में और सुदूर पूर्व में भयानक युद्ध हो रहा था। मेरे विचार फासिज्म के सख्त खिलाफ थे। मुझे यकीन था कि इससे पहले कि सही अर्थ में भारत स्वतन्त्र हो, हिटलर, मुसोलिनी, यूरोप में उनके सहायक राष्ट्रों और जापान का हारना बहुत जरूरी है। ज्यादातर भारतीय इन धुरी-शक्तियों की विजय पर फूले नहीं समाते थे। ऐसा नाजियों और

तानाशाहों के लिए प्रेम के कारण नहीं, बल्कि अपने अंग्रेज शासकों के प्रति विद्वेष के कारण होता था। सुभाषचन्द्र बोस के 'इंडियन नेशनल आर्मी' (आई.एन.ए.) की कमान सँभालने के बाद मुझे जापानियों की नीयत के बारे में बहुत यकीन नहीं रह गया था। वे इतने शक्तिशाली व्यक्ति थे कि किसी के हाथ की कठपुतली नहीं बन सकते थे। लेकिन मेरे मन में उनके और उनकी आई.एन.ए. के बारे में भी गहन सन्देह था। जब स्तालिन ने हिटलर से समझौता किया तो मेरे कम्युनिस्ट भ्रम के परखचे आसमान तक उड़कर छितर गए। मेरी स्थिति तब कुछ सहज हुई जब वे एक-दूसरे के खिलाफ युद्ध करने लगे। मैं गांधीजी के 'भारत छोड़ो' आन्दोलन का भी समर्थक नहीं था। उन क्षेत्रों में जहाँ मुसलमानों की आबादी ज्यादा थी, मैं उनकी अलग सूबे की माँग का समर्थन कर रहा था। मुझे विश्वास था कि दोनों तरफ स्वायत्त बहुसंख्यक मुसलमान सूबों के साथ भी भारत अखंड बना रहेगा।

इस बात पर बहुत कम भारतीयों को विश्वास था कि अंग्रेज भारत में अपने साम्राज्य को राजी-खुशी छोड़ देंगे। वे लोग क्रिप्स और केबिनेट मिशनों को सिर्फ खानापूरी समझते थे। उन्हें अंग्रेजों की सही समझ नहीं थी। वे युवा अंग्रेज अफसर, जिन्होंने युद्ध के दौरान भारत में नौकरी की, नई किस्म के थे। उन्होंने सिर्फ गोरे लोगों के क्लबों का सदस्य होने से इंकार कर दिया; अतिरिक्त प्रयत्न करके भारतीयों से मित्रता करने की कोशिश की। कुछ अंग्रेज शासकों ने भारत में जो कुछ किया था उसके बारे में उन्होंने खेद प्रकट किया और कांग्रेस के नेतृत्व में चलाए गए स्वाधीनता आन्दोलन के साथ हमदर्दी व्यक्त की। एक घटना ऐसी हुई जिसका इन लोगों से तो सम्बन्ध नहीं था लेकिन जिससे मुझे इस बात का दुबारा यकीन हो गया कि स्वाधीनता मिलने ही वाली है। यह घटना 1946 की गर्मियों में घटित हुई थी।

मैं अपने माता-पिता के पास मशोबरा में था। मुझे लाहौर लौटना था। मैंने कालका के लिए शाम को रेल-कार पकड़ी। मेरे अलावा उसमें एक ही हिन्दुस्तानी था, बाकी लोग या तो वर्दी में अंग्रेज अफसर थे या अंग्रेज नागरिक थे। बारोग में डिनर के लिए थोड़ी देर रुककर पहाड़ी से नीचे उतराई पर यात्रा शुरू हो गई। उस दिन बड़ी सुन्दर पूर्णिमा की रात थी। धरमपुर के पास एक मोड़ पर कार का एक पहिया पटरी से उतर गया। ड्राइवर ने हमसे तब तक वहीं इन्तजार करने के लिए कहा, जब तक वह अगले स्टेशन पर पहुँचकर कालका से हमारे लिए एक राहत-कार मँगवाने की व्यवस्था न कर दे। हम चाँदनी में डूबी पहाड़ी के किनारे चीड़ के पेड़ों के बीच बैठ गए। अंग्रेज लोग स्वभावतः कुछ घबराए हुए थे क्योंकि कुछ महीने पहले एक रेल-कार पर लुटेरों ने घात लगाकर हमला कर दिया था। उन लोगों ने छः अंग्रेज यात्रियों को मार डाला था और फिर बिना कुछ लिए भाग गए थे। शक किया जा रहा था कि यह काम भारतीय आतंकवादियों ने किया था।

किसी ने पटरी से उतरी हुई रेल-कार का रेडियो चालू कर दिया और बी.बी.सी. की ओवरसीज सर्विस लगा ली। उस पर चुनाव परिणामों की घोषणा हो रही थी। लेबर पार्टी की भारी बहुमत से जीत हुई थी और क्लीमेंट एटली इंग्लैंड के प्रधानमन्त्री नामजद हुए थे। अंग्रेज यात्री उस खबर को पत्थर के बुत की तरह चुपचाप सुनते रहा। दूसरा

हिन्दुस्तानी, जिसे मैं नहीं जानता था, और मैं, दोनों उछलकर एक-दूसरे से गले मिले। हमें मालूम था कि इंग्लैंड में समाजवादियों की सत्ता कायम हो जाने के साथ भारत को स्वाधीनता मिलने ही वाली है।

मंजूर क़ादिर परिवार के साथ हमारी दोस्ती के बावजूद मुझे सामान्य रूप से मुस्लिम-हिन्दू/सिख विभाजन के बारे में कोई भ्रम नहीं था। यहाँ तक कि हाईकोर्ट के बार एसोसिएशन और लाइब्रेरी में, मुसलमान वकील बड़े लाउंज और लाइब्रेरी में हिन्दुओं और सिखों से हटकर अलग कोनों में बैठा करते थे। शादी और मौत की गमी के मौकों पर कुछ सतही ढंग का मेल-मिलाप होता था पर वह सिर्फ दिखावा करने के लिए किया जाता था। पाकिस्तान की माँग के बारे में मुस्लिम लीग के प्रस्ताव के बाद दोनों के बीच दरार चौड़ी हो गई और यह फासला बढ़ता चला गया। पाकिस्तान की माँग पहाड़ की तरह ढहती चली आई और ढहने के साथ उसमें और ताकत आती गई। हर दूसरे दिन मुसलमानों के विशाल जुलूस माल पर मार्च करते हुए समवेत सुर में गाते चलते थे :

पाकिस्तान का नारा क्या ?
ला इल्लाहा लिल्लिल्लाह

(ईश्वर सिर्फ एक है, वह अल्लाह है।)

मैं मंजूर के जूनियर के बतौर एक मामले में पेश हुआ जिससे इस बात की जानकारी मिली कि यह जहर कितनी गहराई तक फैल चुका है। यह मामला एक सिख विधवा का था। उसके पास काफी धन-दौलत थी और वह बहुत सुन्दर थी। उसका नाम था सरदारनी प्रेमप्रकाश कौर। उसकी शादी लुधियाना के एक अमीर ठेकेदार के इकलौते बेटे से हुई थी। उसका पति लम्पट था। उसे सिफलिस की बीमारी लग गई और पत्नी से सहवास से पहले ही उसकी मृत्यु हो गई। उसकी सारी सम्पत्ति उस जवान विधवा को मिल गई। एक बार शिमला में छुट्टियाँ बिताते हुए वह डेविको'ज़ में चाय पी रही थी। माल पर एक मुसलमान युवक टहल रहा था। उसकी नजर खिड़की पर अकेली बैठी इस युवती पर पड़ी। उसकी आँखें मिलीं और युवती की मुस्कुराहट में उसे निमन्त्रण का यकीन हो गया। वह उसके साथ चाय पीने बैठ गया। उन लोगों में प्रेम हो गया। वह युवक सुन्दर जरूर था लेकिन एक हज्जाम का निकम्मा बेटा था। उसने प्रेमप्रकाश कौर के जिम्मे रहना शुरू कर दिया। उनके दो बेटे हुए। उसके बाद प्रेमप्रकाश कौर अपने इस गँवार प्रेमी से तंग आ गई। प्रेमप्रकाश का एक रिश्ते का भाई गुरनाम सिंह लायलपुर में बैरिस्टर था। वह जितना खूबसूरत था उतना ही सुसंस्कृत। लायलपुर में उसकी वकालत भी खूब चलती थी। (वह मंजूर क़ादिर का करीबी दोस्त था।) उसने प्रेमप्रकाश कौर को इस हज्जाम के बेटे के शिकंजे से छुटकारा दिलाने का फैसला किया। प्रेमप्रकाश गुरनाम के पास रहने लगी। दोनों लड़कों के संरक्षण का मामला उसके प्रेमी ने अदालत में उठाया। उसने दावा किया कि प्रेमप्रकाश कौर ने इस्लाम कबूल करके उससे इस्लामी रस्मो-रिवाज के मुताबिक शादी की थी और उनके बेटों

का खतना कराके उनके मुस्लिम नाम रखे गए थे। शादी और बच्चों के संरक्षण के अलावा, अनधिकार प्रवेश करने और जबर्दस्ती सम्पत्ति पर अधिकार करने के फौजदारी मुकदमे अलग थे। ये मुकदमे जैसे-जैसे नीचे की अदालतों से अपील की अदालतों की तरफ बढ़े, एक ढर्रा साफ उभरने लगा। अगर न्यायाधीश मुसलमान होता था तो फैसला हज्जाम के बेटे के पक्ष में होता था, अगर वह हिन्दू या सिख होता तो फैसला सिख विधवा के पक्ष में होता था। मैं जब इस मामले में दाखिल हुआ उस समय शादी और संरक्षण के मुकदमे सुनवाई के लिए लाहौर में जिला और सेशन जज आई.सी.एस. डोनल्ड फालशॉ के सामने पेश हुए। मुझे इसलिए तय किया गया ताकि मैं इस मुकदमे को गैर-साम्प्रदायिक रूप दे सकूँ, साथ ही इसलिए भी कि मुझे डोनल्ड और उनकी पत्नी जोन का मित्र समझा जाता था।

हम लोग धर्म-परिवर्तन और शादी के मुकदमे की पैरवी कर रहे थे। इन दोनों कामों को जिस मौलवी ने सम्पन्न कराया था उसके हलफनामे के साथ मूल निकाहनामे (शादी का अनुबन्ध) को बाकायदा प्रदर्शित दस्तावेज नं. एक और दो देकर दाखिल किया गया था। उसके बाद मंजूर ने (या शायद मुसलमान वकीलों की सूची के किसी दूसरे वकील ने) एक तीसरी चीज प्रदर्शन के लिए पेश की—यह रिबन से बँधा हुआ एक पैकेट था। उसे फालशॉ की मेज पर रखते हुए वकील ने कहा, 'और श्रीमान, यह इस बात का निर्णायक सबूत है कि प्रेमप्रकाश कौर ने सिख मत को छोड़कर इस्लाम कबूल कर लिया था।'

'यह क्या है ?' फालशॉ ने सवाल किया।

'श्रीमान, इसे खोलकर इसके भीतर रखी वस्तु की जाँच कर सकते हैं।'

फालशॉ ने बड़ी सावधानी से पैकेट को खोला, फिर अपने हाथों को इस तरह से खींचा मानो उन्हें बिजली का झटका लग गया हो, 'ये किस तरह का सबूत है ?' वे गरजे। उनका चेहरा टमाटर की तरह लाल हो गया था।

'श्रीमान, ये उस महिला के जघन-बाल हैं। जिस दिन मेरे मुवक्किल ने उससे शादी की थी उसने उसी दिन इनकी हजामत करके उसे पेश कर दिया था। श्रीमान ये बात जरूर जानते होंगे कि सिख अपने बाल कभी नहीं काटते।'

'ले जाओ इसे,' फालशॉ गरज़े। 'इसे ले जाकर कूड़ेदान में फेंक दो। मैं इस तरह का कचरा स्वीकार नहीं कर सकता।'

अगर 1947 में भारत का विभाजन न हुआ होता तो वह मुकदमा आज भी चल रहा होता। प्रेमप्रकाश और उसकी सारी सम्पत्ति जो पूर्वी पंजाब में थी, भारत में आ गई। हज्जाम का बेटा पाकिस्तान में छूट गया। गुरनाम सिंह पूर्वी पंजाब आ गए, उसके मुख्यमन्त्री बने और प्रेमप्रकाश ने अपना सम्पर्क फिर कायम कर लिया। जब पंजाब की विधानसभा में उनका बहुमत नहीं रहा तो उन्हें आस्ट्रेलिया में भारत का हाई कमिश्नर नियुक्त कर दिया गया। कैनबरा में अपना परिचय-पत्र प्रस्तुत करने के बाद वे अपनी प्रेमिका और साजो-सामान को लेने के लिए घर वापस लौट रहे थे। उनका विमान दुर्घटनाग्रस्त हो गया और उसमें कोई नहीं बचा।

पंजाब का वातावरण नफरत से इतना भर गया था कि उसमें आग लगाने के लिए सिर्फ एक तीली लगाने की जरूरत थी। कलकत्ता में लम्बे समय तक चले हिन्दू-मुस्लिम दंगों का नतीजा हुआ पहले बिहार के मुसलमानों का और उसके बाद पूर्वी बंगाल के नोआखली जिले में हिन्दुओं का कत्लेआम। उसके बाद उत्तर-पश्चिमी सीमाप्रान्त में मुसलमानों ने बिखरे हुए सिख और हिन्दू गाँवों पर धावा बोल दिया और जितने लोग उनके हाथ आए उन सबकी हत्या कर दी। बाकी बचे हुए लोग अपने घरों से, सुरक्षा के लिए लाहौर, अमृतसर और पूर्वी पंजाब भाग गए।

जब पश्चिमोत्तर सीमाप्रान्त में हिन्दू और सिखों की हत्या का सिलसिला जारी था उस समय मुझे एबटाबाद जाना पड़ा। मैं वहाँ एक हत्या के मुकदमे में सफाई के वकील की हैसियत से पेश होने गया था। यह मुकदमा एक हिन्दू परिवार की दो शाखाओं के बीच चल रहा था। मुकदमा एक ही दिन में खत्म हो गया। अगली सुबह गाड़ी पकड़ने के लिए तक्षशिला तक मोटर से आने के बजाय मैंने लगभग दस मील का रास्ता पैदल तय करने का फैसला किया। मौसम सुहावना था। रास्ता एकदम सुनसान पड़ा था। जिन गाँवों से होकर मैं गुजरा उनमें जीवन का कोई चिह्न नहीं दिखाई दिया। आदमी-औरतें अपने दरवाजों से झाँककर मुझे अकेले डग भरते देख रहे थे। तक्षशिला से एक-दो मील पहले सिख सैनिकों से भरी एक लारी मेरे पास आकर रुकी। एक युवा कप्तान ने बड़ी सख्ती से मुझसे कहा, 'सरदारजी, क्या आपका दिमाग खराब हो गया है ? उन्होंने इन गाँवों में हर एक सिख की हत्या कर दी है और आप ऐसे निकले हैं जैसे शाम की सैर पर जा रहे हों। अन्दर बैठिए।' मैंने आदेश का पालन किया और मुझे तक्षशिला स्टेशन पर उतार दिया गया।

स्टेशन मास्टर और दो-एक टिकट कलक्टरों को छोड़कर तक्षशिला स्टेशन भी एकदम वीरान था। जो गाड़ी मुझे पकड़नी थी मैंने देखा कि वह आकर बाहरवाले सिगनल पर रुक गई। मुझे चिल्लाने की कुछ आवाजें सुनाई पड़ीं पर समझ में नहीं आया कि उसकी वजह क्या थी। जब गाड़ी प्लेटफार्म तक सरकती हुई आई तो मैं एक प्रथम श्रेणी के डिब्बे में चढ़ गया। मैं अकेला मुसाफिर था और मैंने अन्दर से कुंडी लगा दी। जिन स्टेशनों से वह गाड़ी गुजरी उनमें से कहीं जिन्दगी का कोई निशान नहीं था। जब मैं लाहौर पर उतरा तो प्लेटफार्म पर मंजूर क़ादिर को छोड़कर और कोई नहीं था। वह मुझे ले जाने आया था। उसने मुझे बताया कि लाहौर में साम्प्रदायिक दंगे शुरू हो गए हैं। अगले दिन सुबह अखबार की खबरों से मुझे पता लगा कि जिस गाड़ी से मैं सफर करके आया था उसे तक्षशिला के करीब सिगनल पर रोककर उसमें जितने सिख यात्री थे, उन सबको बाहर घसीटकर मार डाला गया था।

कुछ दिन बाद मंजूर क़ादिर को लेकर आने की मेरी बारी आई। वह एक मुकदमे के सिलसिले में गुजराँवाला गया था। वापसी पर जब उसकी गाड़ी बादामीबाग पर रुकी तो उस पर मुसलमानों की भीड़ ने आक्रमण कर दिया और उसके सिख यात्रियों को बाहर घसीटकर, उन्हें काट डाला। उसने अपनी आँखों से वह कत्लेआम देखा था। वह पीला पड़ गया था और उसके पाँव अब भी काँप रहे थे।

लाहौर छोड़ने के लिए मजबूर किए जाने से पहले मैं आखिरी बार लाहौर से तीन आदमियों की पैरवी करने के लिए निकला। इन तीनों पर डकैती और हत्या के आरोप का मुकदमा गुजराँवाला के सेशन जज की अदालत में चल रहा था। इनमें से दो अभियुक्त आई.एन.ए. के सदस्य थे और उनके बचाव के लिए स्थापित एक संगठन ने मुझे सफाई का वकील तय किया था। यह राजनीतिक जुर्म नहीं, मानव-हत्या का मामला था। ये लोग लाहौर से रावलपिंडी जानेवाली रात की गाड़ी में चढ़े और जबर्दस्ती एक प्रथम श्रेणी के कूपे में घुस गए जिसमें दो युवा अंग्रेज सैनिक नर्सें सफर कर रही थीं। लड़कियों ने मुकाबला किया; एक आदमी ने जब ऊपर की बर्थ से उसे घसीटने की कोशिश की तो लड़की ने उसके हाथ में काट लिया। दूसरी हाथों के सहारे लड़ने लगी। उन आदमियों ने उसे तेज दौड़ती हुई गाड़ी से बाहर फेंक दिया। जब गाड़ी गुजराँवाला पर रुकी, तीनों लुटेरे अँधेरे में गायब हो गए। जो लड़की बची थी वह पागलों की तरह चिल्लाती हुई प्लेटफार्म पर दौड़ी। रेलवे पुलिस आई और दूसरी अंग्रेज लड़की की लाश रेल की लाइन के पास पड़ी मिली। जीवित बची हुई लड़की को इंग्लैंड वापस ले जाने से पहले गुजराँवाला अस्पताल ले जाकर उसके अन्दर भरी दहशत का इलाज कराना पड़ा। तीन अभियुक्त अगले दिन गिरफ्तार कर लिए गए। वे लोग सिख थे। गाड़ी लूटने के बाद उन्होंने रात में एक नाई को जगाकर अपने लम्बे बाल और दाढ़ी मुँडवा ली थी ताकि उन्हें पहचाना न जा सके।

कुछ महीनों बाद जब अभियोग पक्ष इस्तगासा दाखिल करने को तैयार हो गया तो जीवित बची अंग्रेज लड़की को हवाई जहाज से भारत लाया गया। लड़की से पहचान परेड में अपने हमलावरों को पहचानने के लिए कहा गया। पुलिस रिकॉर्ड के अनुसार लड़की ने उन्हें ठीक पहचान लिया था और उनका केस हर तरह से मजबूत था। केस का आधार नाई की गवाही थी और अभियुक्त के पास से चोरी का माल बरामद हो चुका था, जिसमें मृत लड़की का हैंडबैग भी शामिल था। इस बैग में उसका कॉम्पैक्ट, लिपस्टिक, कंघा और शृंगार की दूसरी चीजें भी थीं। जब मैं सेशन अदालत पहुँचा तो देखा कि सेशन जज जो मुसलमान था, उसने तय कर लिया था कि वह तीनों आदमियों को फाँसी की सजा सुनाएगा। मेरी सारी उम्मीद अंग्रेज लड़की की ईमानदारी पर टिकी थी। मैंने नाई से ज्यादा देर पूछताछ करने की परवा नहीं की, न ही पुलिस से उन चीजों के बारे में विशेष पूछताछ की जो अभियुक्त के पास से बरामद हुई थीं; और बेकसूर लोगों पर अभियोग लगाने के लिए चीज़ें रखवा देना एक आम बात थी। मेरा सारा ध्यान अंग्रेज लड़की पर टिका हुआ था। वह अभी तक दहशत की स्थिति में थी और रेल की उस दुर्भाग्यपूर्ण यात्रा में होनेवाली घटनाओं का वर्णन करते समय कई बार वह फूट-फूटकर रो पड़ती थी। जैसे ही मैं उससे जिरह करने खड़ा हुआ, जज ने मुझसे बड़ी रुखाई से कहा, 'संक्षेप में पूछिए, वह पहले ही बहुत परेशान रही है। मैं आपको उसे परेशान करने की इजाजत नहीं दूँगा।'

मैंने विरोध किया कि मुझे अपना फर्ज ठीक से पूरा करना है, वरना मुझे मुकदमे से अलग हो जाने की इजाजत दी जाए। वह नरम पड़ा और मुझसे जारी रहने के लिए कहा। मैंने उस लड़की से पूछा कि अगर दो सिख लगभग एक-जेसी उम्र के हों तो क्या वह उन

दोनों में फर्क कर सकती है ? उसने स्वीकार किया कि उसे ऐसा करने में बहुत कठिनाई होगी। तब वह यकीन से कैसे कह सकती है कि यही वे तीनों आदमी हैं जिन्होंने उन्हें लूटा था, इनमें से किसको उसने काटा था और इनमें से किसने उसकी साथिन को गाड़ी से बाहर फेंका था ? उसने स्वीकार किया कि वह यकीन से नहीं कह सकती, लेकिन इन्हीं आदमियों को पुलिस ने गिरफ्तार किया था और उससे इन्हीं को पहचानने के लिए कहा गया था। मैंने उससे पूछा कि क्या उसे यह पता है कि इन अभियुक्तों ने अपनी हजामत कर ली थी और पुलिस ने इन्हें उसके सामने पहचान के लिए पेश करने से पहले अपनी दाढ़ी फिर से बढ़ाने के लिए मजबूर किया है ? उसने स्वीकार किया कि उसे इस बात की जानकारी नहीं।

पहचान परेड बहुत ही वाहियात तरीके से कराई गई थी। उस अंग्रेज लड़की के सामने जो बारह आदमी कतार में खड़े किए गए थे, उनमें से सिर्फ तीन दाढ़ीवाले सिख थे; उसने उन्हीं की तरफ इशारा कर दिया। उसने तुरन्त स्वीकार कर लिया कि अगर उन सबके दाढ़ी होती और उन्होंने पगड़ी पहनी होती तो उसके लिए दोषियों को पहचान पाना असम्भव हो जाता। उसने यह भी स्वीकार किया कि एक पुलिस अफसर ने अभियुक्तों को पहचानने में उसकी मदद करने का प्रस्ताव किया था पर उसने वह प्रस्ताव स्वीकार करने से इंकार कर दिया। मैंने उससे कहा कि कठघरे में हथकड़ीबन्द तीनों अभियुक्तों को देखकर यह बताए कि उनमें से वह कौन-सा है जिसको उसने काटा था और बाकी दो कौन से हैं जिन्होंने उसकी साथिन को डिब्बे के बाहर फेंक दिया था। उसने अभियुक्तों की तरफ देखने से इंकार कर दिया। अभियोग के वकील और जज ने चिल्लाकर मुझे चुप करने की कोशिश की। मैं अपनी बात पर अड़ा रहा और मैंने जोर दिया कि इससे पहले कि जज उसे खारिज कर दे, मेरे सवाल को रिकॉर्ड कर दिया जाए। सवाल रिकॉर्ड कर दिया गया। जज सवाल को खारिज करने के बारे में दुबारा सोचने लगा और उसने बड़ी नरमी से गवाह से पूछा कि क्या वह उसका जवाब देना चाहेगी। लड़की फूटकर रो पड़ी। उसने रोते हुए कहा, 'नहीं, नहीं, नहीं, मैं इन खूनी बदमाशों की तरफ नहीं देखना चाहती। मेहरबानी करके मुझे जाने दीजिए।' मेरे जोर देने पर उसका जवाब रिकॉर्ड कर लिया गया और लड़की को दो ब्रिटिश सैनिक सहारा देकर अदालत के बाहर ले गए।

मैंने अपना सफाई का भाषण बड़े क्रुद्ध होकर जज के सामने दिया। उसे देखकर लगता था जैसे तीनों अभियुक्तों के साथ वह मुझे भी फाँसी चढ़ा देना चाहता है। मैं लाहौर के लिए चल दिया और कुछ दिन बाद कसौली चला गया। मुझे बाद में खबर मिली कि सेशन जज ने तीनों अभियुक्तों को विश्वसनीय गवाही के अभाव में रिहा कर दिया। मेरे मन में इस बारे में विशेष सन्देह नहीं था कि मैंने जिन तीन आदमियों को साफ छुड़वा लिया था वे लूट और हत्या के दोषी थे। इसी तरह की बातें मेरे मन में वकालत के पेशे के लिए मतली पैदा करती हैं। इस पेशे का न्याय दिलाने से बहुत कम मतलब है।

अचानक लाहौर में दंगे शुरू हो गए। उन्हें सिख नेता मास्टर तारा सिंह ने पंजाब विधानसभा भवन के बाहर एक भावुकतापूर्ण इशारा करके भड़काया था। उधर चैम्बर के

भीतर प्रमुख सर ख़िज्रहयात तिवाना ने मुस्लिम लीग के दबाव के सामने समर्पण करके इस्तीफा दे दिया। अब यह बात साफ हो गई थी कि पंजाब के मुसलमानों ने भी पाकिस्तान का चुनाव कर लिया है। जैसे ही सत्र समाप्त हुआ, मास्टर तारा सिंह ने म्यान से कृपाण खींचकर नारा लगाया, 'पाकिस्तान मुर्दाबाद।' यह काम ऐसा ही था जैसे किसी ने जलनेवाली गैस से भरे कमरे में जलती हुई माचिस की तीली फेंक दी हो। सारे सूबे में साम्प्रदायिक दंगे फैल गए। मारकाट करने में मुसलमान ज्यादा सुविधाजनक स्थिति में थे। उनकी संख्या ज्यादा थी। उनकी व्यवस्था बेहतर थी और हिन्दुओं और सिखों की तुलना में वे ज्यादा प्रेरित थे। पंजाब की पुलिस में मुसलमानों की संख्या ज्यादा थी और वे बेहयाई से पक्षपात कर रहे थे। मुसलमान गिरोहों की रोकथाम करनेवाला एकमात्र संगठित गुट राष्ट्रीय स्वयंसेवक संघ का था, पर वे सिर्फ थोड़े-से बम फोड़ने के सिवाय और कुछ नहीं कर सके जिनसे एक-दो जानें गईं। उसके बाद वह गुट दृश्य से गायब हो गया। नगरवासी सिखों की हालत दयनीय थी। वे अपनी युद्ध सम्बन्धी वीरता की डींगें हाँकते थे जो वास्तव में उनमें थी नहीं और लम्बी कृपाणें लहराते थे जिन्हें उन्होंने पहले कभी नहीं चलाया था।

मैं जिस पेट्रोल पम्प से पेट्रोल लिया करता था, एक दिन उस पर काम करनेवाले एक बिहारी को दो मुसलमान लड़कों ने, जिनकी उम्र ग्यारह और बारह साल थी, दिनदहाड़े चाकू से मार दिया। मन में बिना किसी शक के जो सिख साइकिलों पर निकलते उन्हें सड़क पर पड़ी रस्सियों से उलटकर छुरा मार दिया जाता था। ये रस्सियाँ उनके करीब आते ही सड़क के दोनों कोनों से अचानक उठा दी जाती थीं। हमारी रातों की नींद, एक तरफ 'अल्लाह-हो-अकबर' और दूसरी तरफ से 'सत श्री अकाल' या 'हर-हर-महादेव' की आवाजों के अचानक उठे शोर से, भंग हो जाती थी। मुसलमानों में ज्यादा आत्मविश्वास रहता था—वे हिन्दू और सिख मुहल्लों के करीब आकर चिल्लाते थे 'होशियार ! शिकार का है इन्तजार !'

हिन्दुओं और सिखों ने मुसलमान गुंडों के खिलाफ जो थोड़ी-बहुत रुकावट खड़ी की थी, वह भी जून 1947 की एक गर्म दोपहर को ढह गई। उस दिन न बन्दूकें दागने की आवाज आई, न नारे लगाने की। सिर्फ शहर से धुएँ के काले बादल लहराते हुए ऊपर उठने लगे। शाहआलमी की हिन्दुओं की पूरी बस्ती में आग लगा दी गई थी। जो कुछ साथ ले जाते बन पड़ा उसे लेकर हिन्दुओं और सिखों ने लाहौर छोड़कर जाना शुरू कर दिया। कुछ दिन बाद उन्हें जबर्दस्ती बिना कुछ लिए खदेड़ना शुरू हो गया। उनके घरों और सामान पर उनके मुसलमान पड़ोसियों ने कब्जा कर लिया।

मुझे मालूम नहीं था कि हम लोग लाहौर में कितने दिन और रह सकेंगे। हमने अपने दोनों बच्चों को उनके नाना-नानी के पास कसौली भेज दिया था। मेरे अगल-बगल के पड़ोसियों ने अपनी धार्मिक पहचान के प्रतीक अपनी दीवारों पर लगा दिए थे। एक तरफ बड़ा-सा क्रास लगा था ताकि उनके ईसाई होने का पता लग जाए, दूसरी तरफ बड़े-बड़े उर्दू अक्षरों में लिखा था—पारसी का मकान। पास ही न्यायाधीश तेजा सिंह रहते थे। वे अक्सर मुझे और दूसरे सिखों को डटे रहने का उपदेश दिया करते थे। अगस्त के शुरू

में एक दिन सुबह मैं गाड़ी में उनके घर गया तो उस पर ताला लगा था। चौकीदार ने बताया कि उसके मालिक दिल्ली चले गए हैं। लन्दन के दिनों के मेरे कॉलेज के मित्र सी. एच. ऐवरेट उस समस वहाँ सी.आई.डी. के प्रमुख थे। उन्होंने मुझे कुछ दिन के लिए लाहौर छोड़ देने की सलाह दी, तब तक के लिए जब तक कि स्थिति सामान्य नहीं हो जाती। 'अपना घर और सामान किसी मुसलमान दोस्त की सुपुर्दगी में छोड़ जाओ,' उन्होंने राय दी। मंजूर उस समय शिमला में कोई मुकदमा लड़ रहा था। मैंने उसे फोन किया और हमने कालका-शिमला रोड पर धरमपुर में मिलने का फैसला किया; उस जगह के पास जहाँ से कसौली के लिए सड़क कटती है। अगली रात मेरी बीवी को, मुझे और हमारे हिन्दू रसोइए को ऐवरेट के तैनात किए हुए बलूच सिपाहियों के दस्ते की निगरानी में रेलवे स्टेशन पहुँचा दिया गया। हमने अपने युवा सिख नौकर दलीप सिंह को तब तक के लिए घर की जिम्मेदारी देकर छोड़ दिया, जब तक क़ादिर उसकी देखभाल के लिए वहाँ न पहुँच जाए।

अगली सुबह हम लोग खैरियत से कालका पहुँच गए। मैंने अपनी गाड़ी को वहाँ मिलने के लिए पहले ही चलता कर दिया था। हम लोग गाड़ी से धरमपुर तक गए। कुछ ही मिनट बाद मंजूर टैक्सी में शिमला से आ गया। उसने मुझे बताया कि शिमला में कुछ कश्मीरी मुसलमान मजदूरों को छुरा मार दिया गया है और मुसलमान लोग हिमाचल की पर्वतीय सैरगाहों से भाग रहे हैं। मैंने उसे अपने घर की चाबियाँ थमा दीं। हम दोनों गले मिले और हमने वायदा किया कि हालात के सामान्य होते ही हम वापस लौट आएँगे।

हम कुछ दिन कसौली में रहे। तब तक पाकिस्तान से हिन्दुओं और सिखों तथा पूर्वी पंजाब से मुसलमानों की बड़े पैमाने पर रवानगी शुरू हो चुकी थी। रेलों पर और सड़क से चलनेवाले काफिलों पर हमलों के भयंकर किस्से सुने जा रहे थे जिनमें हजारों लोगों का बड़ी निर्ममता से कत्लेआम कर दिया गया था। पश्चिमी पंजाब के सिखों पर भयंकर अत्याचार हुए थे। वे पूर्वी पंजाब में बेकसूर मुसलमानों से खूनी बदला लेने पर आमादा थे और एक के बाद एक मुसलमान गाँवों का सफाया करते चले जा रहे थे। मैंने दिल्ली जाने का फैसला कर लिया। मुझे क्या करना है इस बारे में मुझे अपने दिमाग में तय करना था। मैंने अपने बीवी-बच्चों को कसौली में छोड़ दिया और अपने साथ एक मोटर मिस्त्री को ले लिया ताकि गाड़ी परेशान करे तो वह मदद कर सके। कालका से कुछ मील आगे बढ़ने पर मैंने देखा कि सड़क के किनारेवाले सारे पेट्रोल पम्प बन्द पड़े हैं। मैं टंकी भरवाने और एक खाली टिन में पेट्रोल लेने के लिए कालका लौटा। रास्ते में मैंने देखा कि हमारा लाहौरवाला नौकर दलीप सिंह सड़क के किनारे पैदल जा रहा है। उसने मुझे बताया कि मुसलमानों की भीड़ लाहौर में हमारे घर पर आई थी। क़ादिर परिवार और उनके नौकरों ने कई दिन तक उसे छत पर छिपाए रखा और मंजूर ने दरवाजे पर से मेरे नाम की तख्ती हटाकर वहाँ अपना नाम लगा दिया लेकिन यह खबर फैल गई थी कि एक सिख को वहाँ शरण दी गई है और गुंडे घर की तलाशी लेना चाहते थे। मंजूर ने उन्हें दरवाजा तोड़कर घुसने से रोकने के लिए समय पर पुलिस बुला ली। उसी रात को मंजूर दलीप सिंह को गाड़ी की डिक्की में छिपाकर वहाँ ले आया जहाँ बाद में भारत-पाकिस्तान की सीमा

बननेवाली थी। उसने उसे पैसे देकर हिदायत दी कि वह अमृतसर से कालका जानेवाली गाड़ी पकड़ ले। वह इस तरह वहाँ आया था। उसे कसौली के बारे में जानकारी नहीं थी, इसलिए वह बेचारा इस उम्मीद में दिल्लीवाली सड़क पर चल दिया था कि रास्ते में कहीं बस पकड़ लेगा।

मैंने दलीप सिंह को कार में बैठाया। दिल्ली तक पहुँचने के लिए काफी पेट्रोल ले लिया और अपने रास्ते पर चल दिया। सड़क पर कहीं कोई चिड़ी का बच्चा तक नजर नहीं आ रहा था। ग्रैंड ट्रंक रोड के किनारे पड़नेवाले शहरों और गाँवों में जिन्दगी का कोई निशान नहीं था। जब मैं करनाल पार करके आगे बढ़ा तो दिल्ली से लगभग साठ मील पहले मुझे एक जीप अपनी तरफ आती दिखाई दी। मैंने गाड़ी रोकी। जीप भी रुक गई—मुझसे लगभग सौ गज की दूरी पर। मैंने अपनी पिस्तौल निकाली और इन्तजार करने लगा। पाँच मिनट तक जीप की तरफ ताकते रहने के बाद मैंने ध्यान किया कि उसमें बैठे हुए लोग सिख हैं। हाथों में राइफल लिए दो आदमी सड़क पर उतर आए। मुझे और भरोसा हुआ और मैं गाड़ी चलाकर जीप के पास पहुँचा। मैंने उनसे पूछा कि क्या दिल्ली की तरफ जाना सुरक्षित है। 'एकदम सुरक्षित है,' उन्होंने मुझे भरोसा दिलाया। 'हमने रास्ते के गाँवों में सब सुअरों को साफ कर दिया है।' वे 'सुअर' मुसलमानों के लिए कह रहे थे। उनकी बात से मेरे पेट में उथल-पुथल मच गई। यह उनसे बहस करने की जगह नहीं थी। जिस दिन हिन्दुस्तान के आजाद होने की घोषणा होनेवाली थी, मैं उससे कुछ दिन पहले दिल्ली पहुँच गया था।

मेरे पास जाने के लिए कम-से-कम अपने पिता का घर था। मेरे जैसे पाकिस्तान से भागे दूसरे सैकड़ों-हजारों लोगों के पास जाने के लिए कोई जगह नहीं थी। कुछ लोगों को शरणार्थी कैम्पों में जगह दे दी गई थी, बाकी लोगों ने पुराने स्मारकों, रेलवे स्टेशनों के प्लेटफार्मों, दुकानों और दफ्तरों के बरामदों या फिर सड़क-किनारे की पटरियों को अपना घर बना लिया था। यह विशाल त्रासदी जो घटित हुई थी, कुछ समय के लिए आगे आनेवाली स्वाधीनता के उल्लास के भ्रम में उसका एहसास ऐसा ही था जैसे किसी व्यक्ति का हाथ या पैर सहसा कट जाए तो उसे तत्काल तकलीफ नहीं होती, असली पीड़ा कुछ देर के बाद होती है।

14 अगस्त की रात को मैं भी लोगों के उस प्रवाह में शामिल हो गया जो संसद-भवन की तरफ जा रहा था। मेरे साथ मेरी बीवी का रिश्ते का भाई हरजी मलिक था। हम जैसे-तैसे रात के 11 बजे संसद-भवन पहुँच गए। ठसाठस भीड़ थी पर अनुशासित और उत्साह से भरी हुई। बीच-बीच में बड़े जोर से नारे फूट पड़ते थे, 'महात्मा गांधी की जय' और 'इनकलाब जिन्दाबाद'। रात के बारह बजने से एक मिनट पहले भीड़ पर पूरी तरह सन्नाटा छा गया। 'वंदे मातरम्' के सुरों में गाती हुई लाउडस्पीकरों से सुचेता कृपलानी की आवाज सुनाई पड़ी। इसके ठीक बाद पंडित नेहरू ने अपना स्मरणीय भाषण दिया, 'बहुत साल पहले हमने नियति से मुलाकात की थी...अब उस धरोहर को वापस लेने का वक्त आ गया है...' वगैरह-वगैरह। जैसे ही उनका भाषण समाप्त हुआ, भीड़ खुशी से पागल हो गई

और चिल्ला-चिल्लाकर नारे लगाने लगी। हम अजनबियों से गले मिले और स्वाधीनता पाने के उपलक्ष्य में एक-दूसरे को बधाई दी। हम लोग दो बजे तक ही घर लौट पाए।

मैं सुबह जल्दी उठ गया ताकि लाल किले जाकर यूनियन जैक का उतरना और भारत के तिरंगे झंडे का फहराया जाना देख सकूँ। एक बार फिर रास्तों पर पैदल जानेवालों की भारी भीड़ थी। लॉर्ड और लेडी माउंटबैटन छह घोड़ोंवाली वायसराय की बग्गी पर चढ़कर आए थे। बहुत-से अंग्रेज अफसरों को भीड़ अपने कन्धों पर उठाए लिये जा रही थी। एक रात ही में मानो वे अंग्रेज, जो बेहद नफरत के पात्र थे, अब भारतीयों के लिए सबसे अधिक प्रिय विदेशी हो गए थे।

मैं लाल किले की फसीलों से लगभग पचास गज दूर खड़ा था। जब लॉर्ड माउंटबैटन ने यूनियन जैक को उतारा तो मैंने आखिरी बिगुल की आवाज सुनी। जब पंडित नेहरू ने भारत का तिरंगा फहराया तो बैंड राष्ट्रगान बजा रहा था और सलामी देने के लिए तोपें गरज रही थीं। मैंने सब सुना, लेकिन देख बहुत कम पाया क्योंकि खुशी के आँसुओं ने मेरी दृष्टि को धुँधला दिया था। मेरा दिल गर्व की भावना से भरा था। यह सब तो बहुत अच्छा था, लेकिन मैं अपनी आजीविका कमाने के लिए क्या करूँगा ? स्वाधीनता और विभाजन के साथ फैली आपसी नफरत का जो परिणाम हुआ था हम उसके कारण वापस लाहौर तो जा नहीं सकते थे।

अध्याय-छह

लन्दन में मेनन के साथ : कनाडा में मलिक के साथ

भारत-विभाजन के साथ मेरे साथ जो महत्त्वपूर्ण घटना घटी, वह यह थी कि मैंने वकालत के पेशे से अपना पिंड छुड़ा लिया। मैंने कसम खाई कि अब कभी उसकी तरफ नहीं लौटूँगा। मेरे सामने कुछ प्रलोभन फेंके गए। मिस्टर जिन्ना ने मेरे पिताजी के पास सन्देश भेजा कि वे मुझे लाहौर में बने रहने के लिए राजी करें। संकेत साफ था; वे हाईकोर्ट के जज की नियुक्ति के लिए मेरे नाम पर विचार करना चाहते थे। यह बात साफ थी कि न तो उन्होंने ऐसी कामना की थी और न ही उन्हें इस बात का अंदाजा था कि जिस पाकिस्तान को उन्होंने जन्म दिया है, उसमें गैर-मुसलमानों के लिए कोई जगह नहीं होगी। इसी तरह का आश्वासन मुझे मेरे मित्र न्यायमूर्ति खोसला ने दिया था। वे शिमला में पुनर्गठित पंजाब हाईकोर्ट में वरिष्ठता में दूसरे नम्बर पर थे। उनका खयाल था कि मैं आनेवाले किसी हिन्दू और सिख वकील से कम नहीं हूँ और वे मेरा नाम स्वीकार करा लेंगे। पर कानून सम्बन्धी हर चीज के बारे में मेरे मन में ऐसी नफरत हो गई थी कि मैंने इन प्रलोभनों के सामने हथियार डालने से इंकार कर दिया।

सवाल यह था कि आख़िर मैं करूँ क्या ? चारों तरफ बहुत-सी नौकरियाँ थीं। भारत ने कई दूतावास खोले थे और उनमें काम करने के लिए लोगों की जरूरत थी। असग़री, क़ादिर के भाई अज़ीम हुसैन ने भारत में टिके रहने का फैसला किया था। वे उस समय, उपप्रधानमन्त्री सरदार बल्लभभाई पटेल के अधीन सूचना और प्रसारण मन्त्रालय में उपसचिव के पद पर थे। उन्होंने मुझसे कहा कि लन्दन स्थित इंडिया हाउस के जनसम्पर्क विभाग में वे मेरी नियुक्ति सूचना अधिकारी के रूप में करा सकते हैं। इस पद में कोई विशेष आकर्षण नहीं था सिवा इसके कि इसे स्वीकार करके मैं वापस इंग्लैंड जा सकता था। मुझे सरदार पटेल से संक्षेप में विवरण लेना था, उसके बाद संघ लोक सेवा आयोग द्वारा मेरी नियुक्ति की पुष्टि की जानी थी।

उनसें मेरी मुलाकात एक यादगार घटना हो गई। मुझसे कहा गया कि मैं सरदार पटेल के घर पर प्रस्तुत हो जाऊँ (बाद में मोतीलाल नेहरू मार्ग पर इतालवी राजदूत का निवास

हुआ)। जब मैं वहाँ पहुँचा तो मुझे प्रवेशद्वार के पास निजी सचिव के कमरे में यह कहकर बैठा दिया गया कि मन्त्री एक महत्त्वपूर्ण मेहमान का इन्तजार कर रहे हैं, इसलिए मुझे कुछ देर इन्तजार करना पड़ेगा।

चन्द मिनट बाद एक विशाल रोल्स रॉयस, जिस पर इन्दौर के महाराजा का झंडा फहरा रहा था, आकर रुकी। नौसेना की सफेद वर्दी में लैस एक अफसर ने महामहिम के उतरने के लिए कार का दरवाजा खोला। मन्त्री के सचिव ने उनका स्वागत किया और उन्हें ड्राइंगरूम में ले गया। जहाँ मैं बैठा था वहाँ से ड्राइंगरूम में जो कुछ हो रहा था वह मुझे दिखाई पड़ रहा था। सरदार पटेल कमरे में दाखिल हुए। हमेशा की तरह उनकी त्यौरी चढ़ी थी। महाराजा उनके सम्मान में उठकर खड़े हो गए थे। सरदार पटेल ने उन्हें इशारे से बैठने के लिए कहा। उन्होंने आगंतुक से हाथ नहीं मिलाया। महाराजा ने अपने ऑक्सफोर्डवाले अंग्रेजी लहजे में तेज रफ्तार से बोलना शुरू कर दिया। सरदार पटेल टकटकी लगाकर अपनी चप्पलों की तरफ देखते रहे। अफवाह यह थी कि महाराजा दूसरे राजाओं को इस बात के लिए राजी करने की कोशिश कर रहा था कि वे भोपाल के नवाब के साथ मिलकर, भारत सरकार की योजना को रोकने में उसका साथ दें। सरकार की योजना उनके राज्यों पर अधिकार करके उन्हें पेंशन के रूप में प्रीवी पर्स के बतौर निश्चित राशि देने की थी। गृह मन्त्रालय के मन्त्री होने के नाते यह जिम्मेदारी सरदार पटेल को सौंपी गई थी कि वे उनसे सहमति के दस्तावेजों पर दस्तखत करा लें। मुझे यह तो सुनाई नहीं पड़ा कि महाराज इन्दौर क्या कह रहे हैं, लेकिन यह साफ था कि उन पर चोरी-छिपे जो करने का आरोप लगाया गया था वे उस सबसे इंकार कर रहे हैं। जब तक बोलते-बोलते उनकी साँस नहीं फूल गई तब तक सरदार पटेल ने एक बार भी सिर उठाकर ऊपर नहीं देखा, न ही उनके बोलने में किसी प्रकार की बाधा दी। जब महाराजा ने अपनी बात खत्म कर ली, तो पटेल सिर्फ उठकर खड़े हो गए और इतनी साफ और ऊँची आवाज में बोले कि उनकी बात मेरे कानों तक पहुँच गई, 'तुम एकदम झूठे हो' कहकर वे वापस लौट गए। एकदम हतोत्साहित महाराजा और उनके पीछे-पीछे उनके सुन्दर ए.डी.सी. तेजी से रोल्स रॉयस की तरफ लपककर पहुँचे। सरदार पटेल के सचिव ने मुझसे आकर कहा कि मन्त्रीजी बहुत परेशान हैं। इसलिए मुझसे नहीं मिल सकेंगे। मुझे लन्दन जाकर सुधीर घोष से आवश्यक विवरण लेना था। वे जनसम्पर्क अधिकारी थे और मुझे सीधे उन्हीं के नीचे काम करना था।

कुछ दिन बाद मैंने लन्दन के लिए के.एल.एम. की उड़ान ली। उन दिनों हवाई यात्रा बड़ी आरामदेह होती थी। हम लोगों को सोने के लिए बर्थ मिली और काहिरा में उतरने से एक घंटा पहले हमें गर्म चाय या कॉफी देकर जगाया गया। वे हमें गाड़ी से एक छोटे-से विश्रामगृह में ले गए और आराम करने, नहाने और ब्रेकफास्ट करने के लिए कमरे दे दिए। हमें विमान पर दुबारा चढ़ने से पहले बगीचे में टहलने के लिए एक घंटा और दिया गया।

मेरे परिवार के लन्दन पहुँचने और रहने के लिए हमारी अपनी जगह मिलने तक मुझे ऑर्थर और शीला लाल के साथ नाइट्स ब्रिज में उनके तिमंजिले अपार्टमेंट में रहना था।

यह व्यवस्था मेरे लिए बहुत अनुकूल थी। तेज चाल से हाइड पार्क को पार करके मैं ऐल्डविल स्थित इंडिया हाउस पहुँचने के लिए बस या भूमिगत ट्रेन पकड़ सकता था। मुझे घर की देखभाल की भी कोई चिन्ता नहीं करनी पड़ती थी क्योंकि लाल दम्पति अपना रसोइया (वे उसे माली कहते थे) साथ लाए थे। उनके यहाँ ड्यूटी-फ्री शराब का भी अच्छा-खासा भंडार था।

ऑर्थर कृष्ण मेनन से बहुत प्रभावित था। उसने मुझे यकीन दिलाया कि जिन लोगों से उसकी मुलाकात है उनमें कृष्ण मेनन सबसे अधिक बुद्धिमान हैं और स्टालिन से तुलना करने पर वे खरे उतरते हैं (स्टालिन को विशेष बुद्धिमान नहीं समझा जाता था)। कॉलेज के दिनों में कृष्ण मेनन के साथ मेरी जरा-सी मुलाकात हुई थी और मुझे उनमें प्रतिभा के कोई आसार नजर नहीं आए थे। वे बदमिजाज बैरिस्टर थे जिनके पास कोई काम नहीं था। वे अपनी शक्तियों का उपयोग या तो अपनी इंडिया लीग को बढ़ाने में करते थे या जब भी पंडित नेहरू इंग्लैंड आते तो उनकी जी-हुजूरी में। हाई कमिश्नर के रूप में उनकी नियुक्ति पर भारत में और इंग्लैंड में बसे भारतीयों ने खुशी जाहिर नहीं की थी। बल्कि इसे भारी पक्षपात माना गया था। ऑर्थर की बात सुनने के बाद मुझे लगा कि या तो मेनन के बारे में मेरा अनुमान ठीक नहीं था या अब वे पहले से बेहतर इनसान हो गए हैं।

अगले दिन सुबह मैं काम के लिए इंडिया हाउस में प्रस्तुत हो गया। मैंने सुधीर घोष को अपना परिचय दिया। ऐसा लगा जैसे मुझे देखकर उसे खुशी नहीं हुई। उसके काम करने की मेज पर लगे शीशे के नीचे कई चित्र और पत्रों की मूल प्रतियाँ लगी थीं। यह पत्र गांधी और सर स्टैफर्ड क्रिप्स के, और गांधी और प्रधानमन्त्री एटली के बीच लिखे गए थे। इन सबमें सुधीर घोष की प्रशंसा की गई थी। यह बात भी जाहिर थी कि सुधीर को कृष्ण मेनन के साथ परेशानी हो रही थी और भारतीय पत्रकारों से भी उसके सम्बन्ध अच्छे नहीं थे। उसने मुझे वह छोटा-सा कक्ष दिखा दिया जिसमें मुझे बैठना था और पैमेला कलेन नाम की एक अंग्रेज लड़की से मेरा परिचय करा दिया जिसे मेरे सहायक का काम करना था। उसने मुझे यह नहीं बताया कि मुझे करना क्या है। उसने कहा, 'आप जब मेनन से मिलें तो उन्हीं से पूछ लें।' उसने सतर्कता बरतते हुए मेनन को हाई कमिश्नर नहीं कहा; यहाँ तक कि उनके नाम के आगे मिस्टर भी नहीं लगाया।

मुझे इस बात का बिलकुल अंदाज नहीं था कि जनसम्पर्क का क्या मतलब है और उसे बढ़ावा देने के लिए मुझे क्या करना होगा। न मुझे इस बारे में कोई दिशा दी गई थी, न ही यह बताया गया था कि मुझे ठीक-ठीक क्या करना है। इसलिए मैंने तय किया कि मेरे लिए सबसे अच्छा यह होगा कि मैं भारत के बारे में कुछ पुस्तिकाओं का प्रकाशन करूँ—भारत की जनता, उसके प्राकृतिक स्रोतों, वनस्पतियों और जीव-जन्तुओं आदि के बारे में। राजनीति मेरे दिमाग में आस-पास भी नहीं थी। लाहौर से जबरदस्ती बाहर किए जाने के बावजूद भावना के स्तर पर मैं पाकिस्तान से जुड़ा हुआ था। दोनों के बीच फसाद की जड़ कश्मीर था। इसी को लेकर दोनों देशों में युद्ध हो गया था। मुझे लगता था कि इस मामले में भारत की अपेक्षा पाकिस्तान का पक्ष ज्यादा मजबूत है।

लंदन पहुँचने के बाद, शुरू के चार दिन मैं बराबर सुबह के वक्त इंडिया हाउस लाइब्रेरी में काम के लिए प्रस्तुत होता रहा। मैं वहाँ आनेवालों के लिए रखी किताब पर हस्ताक्षर करने के बाद सुधीर घोष को याद दिलाता था कि वह हाई कमिश्नर से मेरा परिचय करा दे। उसे इसकी तात्कालिक आवश्यकता नहीं महसूस हुई। मैंने लाल से कहा तो उन्होंने जवाब दिया कि यह उनका नहीं, सुधीर का ही काम है। लेकिन उन्होंने मेनन को यह बता दिया कि मैं उनसे मुलाकात करना चाहता हूँ। पाँचवें दिन सुधीर घोष मुझे मेनन के कमरे तक ले गया। मैंने अच्छी तरह दाँत निकालते हुए कृष्ण मेनन को नमस्कार करके अपना दाहिना हाथ उनकी तरफ बढ़ा दिया। अपनी पंजे-जैसी उँगलियों से उन्होंने मेरा हाथ एक तरफ झटक दिया। मुस्कुराकर मेरा स्वागत करने के बजाय उनकी त्यौरी चढ़ी हुई थी। मैंने उन्हें बड़े उल्लास के साथ याद दिलाया कि एक बार मैंने उनके और रजनी पटेल के साथ पेरिस तक यात्रा की थी। मैंने जो अपना परिचय दिया था उन्होंने उसकी उपेक्षा कर दी और भौंके, 'सरदार! भारत में तुम्हें तमीज नहीं सिखाई गई? तुम चार दिन से यहाँ आए हुए हो और तुमने मुझसे आकर मिलने का शिष्टाचार भी नहीं बरता? तुम्हें मालूम है कि मैं हाई कमिश्नर हूँ।' मेरी मुस्कान जमकर रह गई। मैंने विरोध दर्ज करते हुए कहा कि मैंने अपनी तरफ से पूरी कोशिश की—'मुलाकातियों की किताब में दस्तखत किए और सुधीर और लाल दोनों से आपसे समय तय करने के लिए कहा।' सुधीर ने बात काटकर कहा कि गलती उसकी है। 'मैं तुम्हें बाद में बुलाऊँगा', कहकर मेनन ने मुझे विदा कर दिया। 'मैं मिस्टर घोष से बात करना चाहता हूँ।'

मैं बेहद विचलित होकर अपने कक्ष में लौटा। मुझसे कभी किसी ने इस ढंग से बात नहीं की थी जैसे मेनन ने की। इसके अलावा इस तरह बात करने का कोई कारण भी नहीं था। मैंने तय कर लिया था कि मैं ऐसा व्यवहार बर्दाश्त नहीं करूँगा। मैंने खुद कसम खाई कि अगर अगली बार मेनन ने मुझसे सख्ती से कोई बात कही तो मैं उलटकर वार करूँगा, अपना इस्तीफा पकड़ाकर उससे कहूँगा कि वह उसे अपने गन्दे तले में ठूँस ले। सारी दोपहर मैं उखड़ा रहा। कोई काम करने के बजाय मैं टेम्स के किनारे-किनारे दूर तक टहलता रहा जब तक मेरा गुस्सा कुछ ठंडा नहीं हो गया। शाम को मुख्य स्वागत कक्ष में एक चाय पार्टी थी। मैं उसमें गया और चाय का प्याला उठाकर एक कोने में बैठ गया। मेनन सहजता से अन्दर आए। मैं ऐसा बन गया जैसे मैंने उन्हें देखा ही नहीं। वे मेरे पास आए और मेरे कन्धों पर अपनी बाँह रखकर बोले, 'मुझे अफसोस है कि मुझे तुम्हें सुबह बर्खास्त करना पड़ा। उम्मीद है तुम समझ गए होगे कि मेरा इशारा तुम्हारी तरफ नहीं था।' मैं उनके लहजे के बदलाव पर कुछ हक्का-बक्का-सा होता हुआ अपनी जगह से उठा; 'मैं कुछ चौंक-सा गया था', मैंने जवाब दिया।

'अगर तुम्हें इतनी मामूली समझ भी नहीं है तो तुम सूचना अफसर के रूप में कभी कामयाब नहीं होगे,' उन्होंने मुझे यकीन दिलाया। उन्होंने मेरी पीठ थपथपाई और दूसरे लोगों से हाथ मिलाने के लिए आगे बढ़ गए। मैं बुरी तरह निरुत्साहित हो गया था। जाहिर था कि वे मुझसे मित्रता जता रहे थे और उनकी बन्दूक का निशाना सुधीर घोष था। मेनन

का दिमाग कुंडलीदार था।

मुझे इंडिया हाउस की राजनीति को समझने में बहुत वक्त नहीं लगा। कृष्ण मेनन के वफादारों का अपना अलग गुट था। इस सूची में सबसे ऊपर उनके ट्रेड कमिश्नर ऑर्थर लाल का नाम था। उनके मन में डिप्टी हाई कमिश्नर आर.एस. मैनी के लिए बहुत कम इज्जत थी। गोकि वह भी आई.सी.एस. था और क्रम में उसका स्थान दूसरा था। मैनी थुलथुले बदन का आदमी था और उसकी बेल्जियन बीवी उससे भी ज्यादा थुलथुली थी। मैनी ने अपने को मेनन का कृपापात्र बनाने की जितनी कोशिश हो सकती थी, की। उसके साथ पायदान की तरह व्यवहार किया गया जो उसने झेला। वह पायदान ही रहा। मेनन को वर्दीवालों से भी एलर्जी थी। वे अपने थल, जल और वायु अताशियों से भी खुलमखुल्ला अपमानजनक व्यवहार करते थे। उनकी नफरत का विशेष पात्र सुधीर घोष था जिसने जनसम्पर्क विभाग को एक स्वतन्त्र निजी विभाग के रूप में चलाने का निश्चय कर रखा था। वह अपने को उन सदाशय अंग्रेजों के प्रति जिन्होंने स्वाधीनता आन्दोलन का साथ दिया था, गांधी का निजी दूत समझता था। उनमें से अधिकांश लोग क्वेकर थे। वह मेनन से बिना सलाह लिए उन्हें सरकारी काम सौंप देता था। वह अपनी मेज पर लगे चित्रों और पत्रों को घूरते हुए अक्सर मुझसे कहा करता था, 'मेनन अपना काम करते रहें और मुझे अपना काम करने के लिए अकेला छोड़ दें। मैंने गांधीजी के साथ बहुत साल गुजारे हैं। मेरे मन में किसी के लिए घृणा नहीं है।' वह बार-बार मुझे यकीन दिलाता और फिर मेनन के खिलाफ अपना लम्बा भाषण दुबारा शुरू कर देता था। ऑर्थर लाल के अलावा मेनन के बहुत निकट और उनके प्रिय, स्टाफ के जूनियर लोग थे। उनमें से कुछ लोगों को अपने निजी सचिव, भारतीय नौसेना के कप्तान श्रीनिवासन की तरह वे तब तक रगड़ते रहे जब तक उन्होंने उनके प्रति अपनी वफादारी का प्रमाण नहीं दिया। मेनन की नजर सुन्दर स्त्रियों पर रहती थी। वे सुन्दर महिलाओं के पतियों से दोस्ताना व्यवहार करते थे। अगर उन्हें किसी जोड़े के बीच तनाव का आभास हो जाता था तो वे उनका ज्यादा ध्यान रखने लगते थे। गलतफहमी की शिकार महिलाओं की मेनन को खास समझ थी। इस वर्ग में शीला लाल और मेरी पत्नी (मेरे परिवार के वहाँ आने के बाद) आती थीं। ऑर्थर लाल और मैं उनके क्रमशः एक और नम्बर दो कृपापात्र हो गए। हमारे ऊपर थी अमला लाल जो उनके क्लर्कों के झुंड में शामिल हुई थी। वह सिख थी : गोरा रंग, घुँघराले काले बाल और एक आँख में आकर्षक-सा भैंगापन। वह दफ्तर में ऐसे सज-धजकर आती थी जैसे कॉकटेल पार्टी में जा रही हो। वह चटकीले रंग की शिफॉन की साड़ियाँ पहनती थी, जिनके साथ पहने हुए ब्लाउजों से उसका नाभि तक बीच का पूरा बदन दिखाई पड़ता था। वह हाथ भरके चाँदी, सोने और काँच की चूड़ियाँ पहने रखती थी। जब भी वह अपने माथे पर गिर आए बालों के गुच्छों को हाथ से हटाती, तो उसकी ये चूड़ियाँ खनक जाती थीं। कम कपड़े पहनने की वजह से उसको अक्सर जुकाम हो जाता था और उसकी नाक बहती रहती थी। वह अंग्रेजी के कवियों के नाम लेकर रौब डाला करती थी और थोड़ा-बहुत भरतनाट्यम् भी कर लेती थी पर बुरी तरह; वह खराब-सा गद्य और कविता भी लिख लेती

थी। वह शोर मचाकर आक्रामक ढंग से अपना प्रभाव डालने की कोशिश करती थी। लेकिन वह कृष्ण मेनन की इस भाव से पूजा करती थी मानो वे विष्णु का अवतार हों। एक अच्छी हिन्दू पत्नी की तरह वह कभी उन्हें नाम से या हाई कमिश्नर कहकर सम्बोधित नहीं करती थी। वह उन्हें महामहिम कहती थी। कृष्ण मेनन के लिए, जो कई दशकों से भारत से बाहर थे, कमला जसपाल आधुनिक भारतीय नारीत्व की प्रतिनिधि थी। वे उससे मिलनेवाली आराधना के बदले उसे फूल और उपहार देते जिनमें घर जाने के लिए उनकी रोल्स रॉयस का इस्तेमाल भी शामिल था। वे अपनी बुढ़ाती अंग्रेज प्रेमिका, ब्रिजेट से अब तंग आ गए थे। वह इंडिया लीग की देखभाल करती थी। अब वे उसका स्थानापन्न ढूँढ़ रहे थे। कुछ दिनों तक कमला ने ब्रिजेट की मुसाहिबी की पर उसे बहुत जल्दी समझ में आ गया कि वह उसकी छुट्टी करा सकती है। इंडिया हाउस में सबको पता था कि कृष्ण मेनन के साथ बनाकर रखने के लिए कमला जसपाल के साथ बनाकर रखना जरूरी है। लन्दन में अपनी पहली नियुक्ति के दौरान मैंने ब्रिजेट और कमला दोनों से सम्बन्ध बनाकर रखे।

मेनन को सुधीर घोष की अपेक्षा मुझ पर ज्यादा भरोसा था और इस भरोसे का कारण था। वे उससे पिंड छुड़ाने के लिए मुझे औजार के रूप में इस्तेमाल करना चाहते थे। उन्हें उपयुक्त मौके के लिए बहुत लम्बा इन्तजार नहीं करना पड़ा।

स्थिति कितनी खराब हो गई है, यह बात मुझे पहली बार तब पता लगी जब इत्तफाक से मेरी नजर एक गोपनीय पत्र पर पड़ी जो मेनन ने पंडित नेहरू को लिखा था। उन्होंने उसका वर्णन 'पटेलाइट' (पटेल का चमचा) कहकर किया था। यह बात जाहिर थी कि नेहरू के सम्बन्ध अपने उपप्रधानमन्त्री से तनावपूर्ण थे। इस बात के लिए भी तर्क दिया था कि विदेशों में प्रचार का महकमा विदेश मन्त्री (नेहरू) के अधीन होना चाहिए, गृह और सूचना विभाग के मन्त्री (पटेल) के अधीन नहीं। पंडितजी इस खत का जवाब देते इसके पहले एक घटना हो गई जिससे सुधीर घोष का पत्ता साफ हो गया।

एक दिन कृष्ण मेनन ने सुधीर के पास अपने हाथ से लिखा हुआ एक कागज का पुर्जा भेजा जिसमें उससे कहा गया था कि मैं जैसे ही दफ्तर पहुँचूँ वह मुझे उनसे मिलने के लिए तुरन्त ऊपर भेज दे। सुधीर ने उस पर ध्यान नहीं दिया। एक-दो घंटे के बाद कमला जसपाल यह देखने के लिए नीचे उतरी कि मैं दफ्तर पहुँचा हूँ या नहीं। मैं घोष के दफ्तर यह मालूम करने गया कि यह मामला क्या है। 'अरे हाँ, मेनन तुमसे मेरे बगैर मिलना चाहते हैं,' उसने चिट को पढ़ते हुए कहा। इसके बाद उसने उस चिट को मसोसकर रद्दी की टोकरी के हवाले कर दिया। जब मैं मेनन से मिलने गया तो उन्होंने मुझसे सवाल किया कि मैंने ऊपर आने में दो घंटे क्यों लगाए। मैंने उन्हें सूचना दी कि जब तक कमला ने मुझे नहीं बताया और मैंने सुधीर के कमरे में जाकर इस बाबत नहीं पूछा, मुझे कोई खबर नहीं थी। सुधीर को बुलाया गया। उसने इस बात से साफ इंकार कर दिया कि उसे ऐसा कोई सन्देश मिला था। उन दोनों को एक-दूसरे से बहस करते हुए छोड़कर मैं घोष के कमरे में लौटा और उसकी रद्दी की टोकरी में से वह मुचड़ी हुई चिट बरामद कर ली।

कमला जसपाल के माध्यम से मैंने वह चिट मेनन को भिजवा दी। मैं नहीं जानता कि गांधीवादी सुधीर ने जो साफ झूठ बोला था उसने अपना बचाव कैसे किया। पर अगले दिन वह भारत रवाना हो गया; मेनन भी उसके कुछ दिन बाद भारत गए।

उनकी गैरहाजिरी में मेरा तबादला कनाडा कर दिया गया और इस बात की सूचना मुझे तार से मिली। सुधीर की जगह पी.एल. भंडारी की नियुक्ति की गई। मैं उन्हें *द सिविल एंड मिलीटरी गज़ेट ऑफ लाहौर* के जूनियर रिपोर्टर के रूप में जानता था और वे अपने को जनसम्पर्क का विशेषज्ञ समझते थे।

कुछ दिन बाद मेनन और घोष लन्दन लौटे। घोष इंडिया हाउस में सिर्फ एक बार आया—अपनी मेज से अपने चित्र और प्रमाणपत्र ले जाने के लिए। अपने अंग्रेज मित्रों के लिए सेवॉए होटल में उसने बड़ी भारी लंच पार्टी का आयोजन करके जैसे विदा होते-न-होते एक दुलत्ती झाड़ दी। उसने मुझे या अपने किसी और सहयोगी को आमन्त्रित नहीं किया। इस एक पार्टी में उसने जनसम्पर्क विभाग का पूरे साल का अतिथि-सत्कार कर भत्ता उड़ा दिया।

जब 30 जनवरी, 1948 को दिल्ली में महात्मा गांधी की हत्या हुई तब मैं लन्दन में ही था। मैंने कनाडा जाने की तैयारी करने के लिए छुट्टी ले ली थी। हमें लंच पर सर मैल्कम डार्लिंग ने आमन्त्रित किया। वे इन्कम टैक्स के सेवानिवृत्त कमिश्नर थे और विक्टोरिया स्टेशन के पास तहखाने में बने फ्लैट में रहते थे। उस दिन बड़ी सर्दी थी, हवा चल रही थी और धूप भी खिली थी। हम लंच खाकर बाहर आए तो मेरा ध्यान अखबारों के स्टॉल पर लगी एक खबर पर गया। एक तख्ती पर किसी ने हाथ से लिख रखा था, 'गांधी की हत्या कर दी गई।' मुझे यकीन नहीं हुआ कि यह खबर हमारे बापू के बारे में है। ऐसे सन्त आदमी को कौन मारेगा जिसने कभी किसी को कोई नुकसान नहीं पहुँचाया ? मैंने स्टॉलवाले से पूछा। उसने मेरे हाथ में *द ईवनिंग स्टैंडर्ड* की प्रति पकड़ा दी। मैंने देखा उसकी आँखों में भी आँसू उमड़ आए; मैं सिर्फ शीर्षक ही पढ़ पाया। अपनी यात्रा की पुष्टि कराने के लिए जहाज के दफ्तर जाने के बजाय अपने लोगों के बीच रहने के लिए हमने इंडिया हाउस का रास्ता पकड़ा। गांधीजी के चित्र के नीचे दीये जला दिए गए थे। वातावरण में अगरबत्तियों की गन्ध व्याप्त थी। फर्श पर स्त्री-पुरुष बैठे गांधीजी के प्रिय भजन गा रहे थे : 'वैष्णव जन तो तेने कहिए जो पीर पराई जाने रे'; और रामधुन : 'ईश्वर अल्लाह तेरे नाम, सबको सन्मति दे भगवान'। हम लोग वहाँ एक घंटे बैठे। मेरी जेब में थिएटर के टिकट थे; जो मैंने एक महीने पहले *माए वेस्ट इन डायमंड लिल* देखने के लिए खरीदे थे। मेरे मन में संघर्ष चल रहा था। जब दिल्ली में बापू की मृत देह पड़ी हो तो क्या विश्व के सबसे बड़े सेक्स-प्रतीक को देखने जाना ठीक होगा ? आखिर हमने थिएटर जाने का फैसला किया। जब वह भरे वक्षवाली महिला अपनी मार्का लाइन 'अभी आकर मुझसे मिलिए' के साथ प्रकट हुई तो मेरे मन में न कोई शर्म थी न अपराध-बोध। मैं

खुशी-खुशी उसका निमन्त्रण स्वीकार करता। पर मुझे विवरण पुस्तिका से पता लगा कि माए वेस्ट की उम्र मेरी माँ की उम्र के बराबर है।

ज़ब तक मेरे कनाडा ट्रांसफर का आदेश आया मेरे बेटे का दाखिला शेरेर्ड्स पार्क स्कूल में हो गया था और हम लोग सत्र की फीस भर चुके थे। वह कुछ-कुछ अंग्रेजी सीखने लगा था। उसकी शब्दावली में शुरू में ही आनेवाले शब्दों में अखबार के लिए अंग्रेजी शब्द था। 'इसे पाइपर कहते हैं,' उसने बड़ी गम्भीरता से मुझे सूचना दी। 'पाइपर नहीं पेपर,' मैंने उसे सही किया। 'पाइपर लंदनिया उच्चारण है।' वह अपनी बात पर अड़ा था, 'लेकिन मैंने रेलवे स्टेशन के बाहर एक अंग्रेज लड़के को चिल्लाते सुना था, 'पाइपर ! पाइपर !' एक और मौके पर जब वह मेरे साथ शाम के समय ब्रॉकेट पार्क में होकर टहलने निकला तो उसने मुझसे पूछा कि उस आलीशान भवन में कौन रहता है। मैंने बताया कि 'वह लॉर्ड ब्रॉकेट का घर है।' वह कुछ उलझन में पड़ गया। उसने सवाल किया, 'क्या वह इन लोगों के गुरुओं में से एक है ?' 'नहीं, पर तुम्हें यह खयाल कैसे आया कि वह अंग्रेज गुरु है ?'

'ये लोग अपने गुरु को लॉर्ड कहते हैं। स्कूल में वे हमें लॉर्ड जीसस के बारे में पढ़ाते हैं,' उसने उत्तर दिया।

लॉर्ड ब्रॉकेट शराब बनाते थे।

मैं कुल मिलाकर अपने तबादले से अप्रसन्न नहीं था। लेकिन मेरी पत्नी के मन में इस बात को लेकर जबर्दस्त संकोच था। मुझे एच.एस. मलिक के मातहत काम करना पड़ेगा, जिनसे उसकी दुतरफा रिश्तेदारी थी। वे उसके चाचा थे और उसकी माँ की छोटी बहन की शादी उनसे हुई थी इस तरह मौसा भी थे। एच.एस. मलिक दम्पति दम्भी थे। उन्हें बराबर अपने आई.सी.एस. होने के साथ इस बात का भी एहसास बना रहता था कि वे पटियाला के प्रधानमन्त्री रह चुके थे। उनकी पत्नी को भी उन्हीं की तरह अपनी हैसियत का एहसास रहता था। परिवार में उन्हें 'द डचेस' कहा जाता था। मलिक दम्पति की नजर में सुसंस्कृत होने का अर्थ था सजे-धजे रहना, खाने की मेज पर यूरोपीय तौर-तरीकों की जानकारी होना और **ओल्ड फैशंड, मिंट ज्यूलेप** और **मैनहैट्टन**-जैसे विदेशी पेयों से परिचित होना। शाम को जब वे डिनर से पहले पीने के लिए मिलते, तो वे रिश्तेदारों और मित्रों के नाम ले-लेकर, बारी-बारी से उनकी बखिया उधेड़ते थे। उन लोगों की निन्दा की कमी को वे आपस में एक-दूसरे की प्रशंसा करके पूरी कर लेते थे। उनका परिवार बड़ा गठा हुआ प्रसन्न परिवार था। मलिक और उनकी 'डचेस' ने कई बार मेरी पत्नी को बेढंगे कपड़े पहनने पर फटकारा था। वे लोग मुझे कल के रईस इमारतों के ठेकेदार का गँवार बेटा समझते थे। मैं एक बार उनके साथ तब ठहरा था जब वे पटियाला के प्रधानमन्त्री थे। मुझे घर के सामने तैनात सन्तरियों के सैल्यूट मारने से बचाव के लिए, पीछे के रास्ते से खिसकना पड़ता था। परिवार का पूरा वातावरण औपचारिकता से इतना दमघोंटू होता था कि मुझे अक्सर उसे साफ करने के लिए हवा खारिज करने की इच्छा होती थी।

हम न्यूयार्क जाने के लए 'क्वीन एलिजाबेथ' नाम के जहाज पर सवार हुए। क्या

ऐश था ! मैं दिन का ज्यादातर समय स्क्वैश खेलते हुए बिताता था। मैं 'प्रो' को आराम करने की सुविधा देकर उसकी जगह यात्रियों के साथ खेलता था—कभी-कभी दिन में एक दर्जन यात्रियों के साथ। मुझे अपने समय का बेहतर उपयोग कनाडा के बारे में पढ़ते हुए करना चाहिए था। मुझे उस देश के बारे में जो कुछ भी जानकारी थी वह मैंने हैवाथा को पढ़कर हासिल की थी। मैं उम्मीद कर रहा था कि कनाडा में मेरी मुलाकात सिर पर उकाब के पंख लगाए बहुत-से रेड इंडियन लोगों से होगी। मुझे पता था कि ओटावा राजधानी थी और पश्चिमी तट पर कुछ सिख बसे हुए थे। उस देश के बारे में मेरी कुल जमा जानकारी इतनी ही थी। मुझे उसके सबसे बड़े शहर मांट्रियल के अस्तित्व के बारे में पता नहीं था।

हमने न्यूयार्क में एक दिन बिताकर ओटावा के लिए रात की ट्रेन पकड़ ली। न्यूयार्क में हम वाल्डार्फ एस्टोरिया में ठहरे थे। होटल में हमने कुछ घंटे बिताए (परिवार के चार सदस्य और दो नौकर), बदले में मेरी एक महीने की पूरी तनख्वाह उड़ गई।

हरजी मलिक स्टेशन पर हमारे स्वागत के लिए मौजूद थी। हमारे लिए रहने की व्यवस्था शहर के सबसे महँगे होटल शेटो लॉरियर में की गई थी। मुझे पता लगा कि उस होटल में एक हफ्ते रहने में मेरी दो महीने की तनख्वाह और खर्च हो जाएगी। किसी को मेरी परेशानी की कोई खास चिन्ता नहीं थी। लोगों को इस बात की जानकारी थी कि मैं रईस बाप का बेटा हूँ।

हमें मलिक परिवार के साथ डिनर खाना था। हमारा बड़े ठंडेपन से स्वागत हुआ। वह मुझे अपने नं. दो के रूप में स्वीकार करने का जितना अनिच्छुक था, उतना ही मेरी पत्नी को यह अच्छा नहीं लग रहा था कि उसके पति को उसके चाचा/मौसा की हाजिरी बजानी पड़े। 'डचेस' का कृपाभाव हमेशा की ही तरह था। केवल दो ही व्यक्ति थे जो इस स्थिति-परिवर्तन से प्रसन्न दिखाई पड़ रहे थे—हरजी और मैं। हरजी इसलिए क्योंकि वह मुझे पसन्द करने लगी थी, मैं इसलिए कि मेरे लिए यह नई चुनौती थी। मुझे मालूम था कि मलिक को दफ्तरी रूटीन से ज्यादा दिलचस्पी गोल्फ में (वह बहुत अच्छा खिलाड़ी था) और आभिजात भद्र समाज से मेलजोल बढ़ाने में थी। अपने नए दूतावास को मैं खुद चलाने की उम्मीद कर रहा था।

हमारे पहुँचने के कुछ दिन बाद पहला संकट सामने आया। हमने शेटो लॉरियर में गांधीजी के लिए शोकसभा का आयोजन किया। बैंड या रिकॉर्ड किया हुआ संगीत था नहीं, इसलिए मैंने पियानो पर राष्ट्रगान बजाया। मलिक ने स्वागत भाषण दिया। जैसा वह अक्सर करता था, टैगोर को उद्धृत किया, 'जहाँ मन में कोई भय नहीं हो'। प्रधानमन्त्री मैकेंजे किंग ने, जो बहुत अच्छा वक्ता नहीं था, उत्तर दिया। बापू को दो स्मरणीय श्रद्धांजलियाँ अर्पित की गईं : एक ब्रिटिश हाई कमिश्नर सर अलेक्जेंडर क्लटरबक ने दी और दूसरी कनाडा के विख्यात कानून-विशेषज्ञ ल्योनर्ड ब्रोकिंगटन ने। मैंने आज तक वैसे भाव-विगलित करनेवाले भाषण नहीं सुने।

इंडियन हाई कमीशन होटल के उस पार, सड़क पार स्थित था। एक दिन सुबह जब

बड़ी जोर से बर्फ पड़ रही थी, मैं ट्रैफिक सिगनल के पास खड़ा सड़क पार करने के लिए लाइट बदलने का इन्तजार कर रहा था। मेरी दाढ़ी और पगड़ी, दोनों पर बर्फ पड़ी थी। यह नजारा जरूर अजीबोगरीब रहा होगा। एक लम्बा अमेरिकन, जो जाहिर था कि बाहर से आया है, मेरे पास आकर खड़ा हो गया। उसने बात करने से पहले मुझे ऊपर से नीचे तक देखा। 'आप अंग्रेजी बोलते हैं ?' उसने मुझसे पूछा। मैंने सिर हिलाकर हामी भरी। उसने बात जारी रखी, 'जनाब अपने व्यवहार से आप विदेशी मालूम होते हैं।'

मैंने स्वीकार किया कि मैं विदेशी हूँ।

'क्या मैं पूछ सकता हूँ कि आप कहाँ से आए हैं ?'

'मैं हिन्दुस्तानी हूँ,' मैंने जवाब दिया।

ऐसा लगा कि सुनकर उसे निराशा हुई, 'क्या आप आरक्षित वर्ग से हैं ?' उसने पूछा।

उस समय मुझे मालूम नहीं था कि आरक्षण का क्या अर्थ है। मैंने उत्तर दिया, 'नहीं, मैं शैटो लॉरियर में ठहरा हुआ हूँ।'

कुछ दिन बाद जब हमने अपने रहने की जगह ढूँढ़ ली थी, एक और मनोरंजक घटना घटी। यह एक सिख सज्जन के साथ घटित हुई। मैंने उन्हें सड़क पार ट्रैफिक लाइट के पास खड़े देखा। वे अपनी काली जरीदार पगड़ी में चमक रहे थे। पगड़ी उन्होंने उस शैली में बाँध रखी थी जिसे गुरु नानक के बेदी वंशजों ने अपनी पहचान बना ली है। उन्होंने काली शेरवानी, सफेद चूड़ीदार पाजामा और जरी के कामवाले पंजाबी स्लिपर पहन रखे थे। सर्दी के भारी हिमपात के बीच वे अलग-थलग और भव्य लग रहे थे। मैंने सड़क पार करके उनका अभिवादन 'सत सिरी अकाल' कहकर किया। उन्होंने शालीनता से उत्तर देते हुए पूछा कि मैं ओटावा में क्या कर रहा हूँ। मैंने उन्हें बता दिया और उनसे पूछा कि वे वहाँ किस काम से आए हैं और जो कपड़े उन्होंने पहन रखे हैं क्या उन्हें उनमें सर्दी नहीं लग रही। उन्होंने मुझे बताया कि वे व्यापार के सिलसिले में वहाँ आए हुए हैं और कुछ ही दिनों में अपने बीवी-बच्चों के पास लौट जाएँगे जिनकी उन्हें बहुत याद आती है। वेशभूषा के बारे में उनका कहना था कि जब हिन्दुस्तानी विदेश में हों तो उन्हें अपना राष्ट्रीय पहनावा पहनना चाहिए, 'वरना विदेशी लोग हमारी संस्कृति और रहन-सहन की शैली की विशेषता के बारे में कैसे जान पाएँगे ?' मेरा अनुमान कि वह बेदी हैं, सही निकला। मैंने उन्हें डिनर के लिए आमन्त्रित किया। शाम को मैं उनके होटल से उन्हें लिवा लाया। वे उसी वेशभूषा में थे।

मेरी बीवी को शराब पीने में साथ देते देखकर उन्हें कुछ अच्छा नहीं लगा। 'हमारी परम्परा में औरतें शराब नहीं पीतीं,' उन्होंने मेरी बीवी से कहा। उन्हें पता लगा कि हम लोग डांस करने के लिए भी बाहर जाते हैं। उन्होंने यूरोपीय तौर-तरीके अपनाने के खिलाफ एक उपदेश और पिला दिया। उन्होंने कहा कि उन्हें पश्चिम आकर्षित नहीं करता और वे अपने परिवार के पास लौटने के लिए बेचैन हैं।

कुछ महीने बाद, स्थानीय पत्रों के सम्पादकों से मिलने के लिए मैं टोरंटो में था। मैंने उन्हें एक छोटे, चुनिन्दा स्थानीय रेस्तराँ में आमन्त्रित किया और अपने होटल रात को देर

से लौटा। मैंने कुछ ज्यादा पी ली थी। तल-मंजिल में लगभग एक दर्जन लिफ्टें थीं। उन्हें पेज बॉय की वर्दी में सुन्दर लड़कियाँ चलाती थीं। उनमें से एक ने मेरी तरफ दोस्ताना ढंग से मुस्कुराकर 'सत सिरी अकाल' कहते हुए नमस्कार किया। मैंने तेजी से उसकी लिफ्ट में प्रवेश किया। जब दरवाजा बन्द हो रहा था तो मैंने उससे पूछा, 'तुम कभी मेरे देश गई हो ?' उसने मेरी तरफ शरारत से देखते हुए जवाब दिया, 'नहीं, पर मैं आपके देशवासियों को जानती हूँ। कौन-सी मंजिल पर जाना है ?' मैंने अपने कमरे की चाबी पर नम्बर देखकर जवाब दिया, 'ग्यारह।' 'क्या इत्तफाक है,' उसने कहा, 'मेरे मित्र भी ग्यारहवीं मंजिल पर थे। कितने सुन्दर सज्जन थे। उनकी पगड़ी आपकी पगड़ी से बहुत बेहतर थी। पूरी सोने-चाँदी की। उन्होंने मुझे अपने साथ मस्कोका में सप्ताहांत बिताने के लिए आमन्त्रित किया था। हमने बड़ी हँसी-खुशी वह समय गुजारा।' उसने उस सप्ताहांत को याद करते हुए ललककर साँस भरी। यह आदमी बेदी साहब के सिवा और कौन हो सकता था जो अपने बीवी-बच्चों के पास लौटने के लिए इतने बेताब थे ? मैंने इस घटना को छोटी कहानी का रूप दे दिया।

कनाडा में कुछ भी वैसा नहीं दिखाई पड़ रहा था जैसी कल्पना मेरे मन में हैवाथा ने रच दी थी। मुझे वहाँ बड़े गालोंवाले ऐसे साँवले आदमी कहीं नहीं दिखाई पड़े जिन्होंने सिर-सज्जा पंखों से की हो। रेड इंडियन ब्रेव जैसा सिर्फ एक आदमी दिखाई पड़ा जो एक ट्रैवल एजेंसी के बाहर कनाडा के नगरों के लिए पर्यटन का विज्ञापन कर रहा था। पर वह गोरा था। रेड इंडियनों के सबसे करीब दिखाई पड़नेवाले एक आदमी से मेरी मुलाकात मांट्रियल में हुई। होटल रिट्ज़ कार्लटन से बाहर निकलते हुए, सड़क के दूसरी तरफ मुझे एक ब्राउन रंग और खड़े गालोंवाला आदमी दूर से आता दिखाई पड़ा। वह मेरी तरफ देखकर मुस्कुराया। मैंने उससे मिलने की गरज से सड़क पार की। 'मैंने देख लिया था कि आप हिन्दुस्तानी हैं,' मैंने उसके साथ हाथ मिलाते हुए कहा। उसने गर्दन हिलाई। मैंने उससे पूछा, 'आप कहाँ के रहनेवाले हैं ?' 'मैं मद्रास से आया हूँ,' उसने जवाब दिया।

अगर मेरे-जैसे हिन्दुस्तानी कनाडा के बारे में थोड़ा-बहुत जानते हैं तो अधिकांश कनाडियन हिन्दुस्तान के बारे में और भी कम जानते हैं। उस समय हैदराबाद की स्थिति सुर्खियों में थी। एक दिन सुबह के वक्त मुझे हथियारों के एक कनाडियन व्यापारी ने फोन किया। हाई कमिश्नर चूँकि गोल्फ खेलने के लिए हवाना गए हुए थे इसलिए उनकी जिम्मेदारी मैं सँभाले हुए था। 'क्या आप नए भारतीय दूतावास से बोल रहे हैं ?' फोन के दूसरी तरफवाली आवाज ने पूछा। 'जी हाँ,' मैंने जवाब दिया, 'मैं आपकी क्या खिदमत कर सकता हूँ ?'

उसने अपनी बात सपष्ट करते हुए बताया, 'बात यह है कि अतीत में जब भी भारत के किसी भी राजे-महाराजे की रियासत से हमें हथियारों का ऑर्डर मिलता था तो हम वह ऑर्डर पूरा करने से पहले ओटावा में ब्रिटिश राज के प्रतिनिधि को इसकी सूचना दे देते थे। हम आपके प्रति भी उसी शिष्टाचार का निर्वाह करेंगे। हमें निजाम हैदराबाद से तुरन्त एक लाख 303-राइफलें सप्लाई करने का ऑर्डर मिला है। भुगतान नकद किया जा चुका

है। हम मानकर चल रहे हैं कि आपको हमारे ऑर्डर सप्लाई करने पर कोई एतराज नहीं होगा।'

मैंने अपनी सरकार को तार से इस बात की सूचना दी और अपने बॉस को टेलीफोन करके तुरन्त ओटावा लौटने के लिए कहा। वे मुझसे अपने खेल के बीच विघ्न डालने पर नाराज हुए और कहा कि इस सौदे के बारे में कोई तात्कालिकता नहीं है। अगले ही दिन भारतीय सेना हैदराबाद में दाखिल हो गई।

अखबारों ने भारत की कटु आलोचना की। कनाडियन अखबार भारत की खबरें तार-सेवाओं या दिल्ली में नियुक्त अमरिकी संवाददाताओं से लेते थे। मैंने हाई कमिश्नर को राजी किया कि वे प्रेस कॉन्फ्रेंस बुलाकर कनाडियन मीडिया के सामने अपना दृष्टिकोण प्रस्तुत करें।

उत्तर में प्रेस और रेडियो से दो दर्जन से अधिक पुरुष और महिलाएँ आए। हाई कमिश्नर ने नई लोकतान्त्रिक व्यवस्था में राजाओं की रियासतों को शामिल करने के बारे में स्वाधीन भारत की नीति की संक्षिप्त पृष्ठभूमि प्रस्तुत की। उन्होंने कहा कि 'भारतीय राज्य-क्षेत्र में हैदराबाद एक द्वीप है और उसे एक बात की इजाजत नहीं दी जा सकती कि वह अपने को स्वाधीन राज्य घोषित करे। कोई सवाल ?'

'हैदराबाद कहाँ है ?' किसी ने सवाल किया।

मैंने एक बोर्ड पर भारत का नक्शा फैला दिया और अपनी तर्जनी को उसकी सीमा पर घुमा दिया। 'पर आपके हाई कमिश्नर कहते रहते हैं कि वह द्वीप है,' एक तेज युवा महिला संवाददाता ने टिप्पणी की। हमने तय किया कि उन्हें समझाने की कोशिश करने का कोई फायदा नहीं होनेवाला और हम लोग स्कॉच और केनेप्स की तरफ बढ़ गए। अगले दिन सुबह के अखबारों में हाई कमिश्नर की प्रेस कॉन्फ्रेंस के बारे में शायद ही कुछ हो। उनके पास ज्यादा महत्त्वपूर्ण खबरें थीं। बर्फ पर स्केटिंग करने का विश्व टाइटिल जीतकर बार्बरा एन स्कॉट अपने घर ओटावा लौट रही थी। शैशव से लेकर स्केटिंग रिंक की रानी के रूप में ताजपोशी तक की उसकी तस्वीरों से खबरें ठुँसी पड़ी थीं।

कनाडा में बिताया हुआ साल मेरे कैरियर में मोड़ का समय साबित हुआ। मैंने तमाम कनाडियन लेखकों और कवियों से सम्पर्क स्थापित कर लिया। उनकी रचनाएँ पढ़ने के बाद मैं उन्हें अपने घर पर आमन्त्रित करता था। इन लोगों में आइरीन पेज और एबे क्लीन कवि थे जो *कनाडियन फोरम* और *सैटर्डे नाइट* के सम्पादक भी थे। इन पत्रिकाओं में मेरी कहानियाँ छपती थीं। मैंने दिल्ली में अपने स्कूल के दिनों के बारे में एक कहानी मांट्रियल में लिखी थी। वह न्यूयॉर्क के 'हार्पर्स' ने छापी थी। मलिक दम्पति के साथ मेरे सम्बन्धों में ठंडापन आ गया था इसलिए मैं नौकरी छोड़कर लेखन को अपनी पूरे समय की जीविका का साधन बनाने के विचार पर सोचने लगा। 'न जोखिम होगी, न फायदा,' मैं बराबर इस बात को दोहराता रहता था। मेरी उम्र तीस के बीच थी, अगर मैंने अभी गोता नहीं मारा तो शायद मैं फिर कभी ऐसा न कर सकूँ।

कनाडा ने मेरे भीतर लेखक बनने की कल्पना ही नहीं पैदा की, बल्कि प्रकृति के प्रति

दिलचस्पी को भी बढ़ावा दिया। जाड़े के मौसम के मध्य में मैं ओटावा पहुँचा। हर चीज बर्फ की परत के नीचे ढकी थी। यहाँ तक कि तेज बहनेवाली ओटावा नदी के हिस्से भी इतनी सख्ती से जम गए थे कि लोग उस पर स्केटिंग कर रहे थे। मार्च का महीना आने पर बर्फ के पिघलने के आरम्भिक चिह्न दिखाई देने लगे। एक तीन फुट की सीधी पट्टी (फसल कटने पर) जो संसद भवन की इमारत से मुख्य मार्ग तक आती थी, ट्यूलिप के फूलों से लहकने लगी। मुझे पता लगा कि उसके नीचे एक गर्म पानी की पाइप जा रही थी। जैसे-जैसे बर्फ पिघलती गई, पूरे बगीचे में ट्यूलिप फूट आए। मैंने कई सप्ताहांत गेटिनो पहाड़ी पर स्कीइंग करते बिताए थे। नंगे पेड़ों की बेलनाकार बर्फ से ढकी शाखाएँ देखकर मैं चमत्कृत होता था। जब उन पर से हवा के झोंके गुजरते तो वे फानूसों की तरह टिनटिनाने लगते थे। अब वे कोपलों से भर गए थे। मैं हाई कमिश्नर और उसके परिवार के साथ पश्चिमी तट की तरफ गया। वैन्कूवर में तीन दिन और तीन रात झड़ी लगी रही। चौथे दिन मैं टहलने के लिए स्टैनले पार्क की तरफ निकला। गीले रास्तों पर साँप बिखरे थे। अगले दिन हम नाव से विक्टोरिया गए। वहाँ मैंने प्रकृति को उसके भव्यतम रूप में देखा। होटल में लगा हुआ एम्प्रेस पार्क फूलों से लहक रहा था। सूरज की रोशनी में चमचमाते हुए ओस से धुले पन्ने-जैसे हरे लॉनों के किनारे मोर और बटेर दौड़ लगा रहे थे। मैं पार्क को पार करके एक चट्टान के कोने पर पहुँचा जिसके नीचे निर्जन समुद्रतट दिखाई पड़ रहा था। मुख्य-भूमि की बर्फ से ढकी पहाड़ियों का अक्स समुद्र के गहरे नीले पानी में पड़ रहा था। मैं चारों तरफ के दृश्य से भौंचक्का हुआ खड़ा था। मानो मेरे इस अलौकिक अनुभव को पूरा करने के लिए दिखाई पड़ा कि एक युवा जोडी समुद्रतट पर आई। उन्होंने चारों तरफ नजर दौड़ाकर अपने को आश्वस्त किया कि उन्हें कोई देख तो नहीं रहा है और अपने कपड़े उतार दिए। वे रेत पर उछल-कूद करते रहे, समुद्र में घुसे, उसका पानी उन्हें बहुत ठंडा लगा और वे अपने को गरमाने के लिए बाहर धूप में आ गए। आलिंगन में बँधकर वे प्रेम-क्रीड़ा करने लगे। मैंने बारी-बारी से उन्हें एक-दूसरे के ऊपर आते देखा। उन्होंने अपनी गति तेज की और आखिर आनन्दातिरेक से ढेर हो गए। वह एक आदर्श सुबह का आदर्श अन्त था।

हमने वापसी की यात्रा ट्रेन से की। वेन्कूवर से हम सुबह रवाना हुए, रॉकीज़ से गुजरे और फिर घने चीड़ और देवदार के जंगलात से। हमारे रास्ते में झिलमिलाते झरने और तालाब आए जिनके तटों पर हिरन और बारहसिंगे चर रहे थे। हम बीच में बैंफ और लेक लुई पर रुके और फिर कैल्गेरी, किंगस्टन और एलबर्टा पर। उस गर्मी में अपने परिवार को मैं एल्गोंक्विन पार्क ले गया। हम लोगों ने वहाँ लेक पर नाव में मुर्गाबियों का पीछा करते और कवई मछलियों का शिकार करते अपना समय गुजारा। मैं परिवार को निआग्रा फॉल्स भी दिखाने ले गया। उस विशाल जल-प्रपात को मैं विस्मयाभिभूत होकर मुँह फाड़े देख रहा था पर मेरी पत्नी उतनी प्रभावित नहीं हुई थी। 'इसमें इतनी बड़ी बात क्या है ?' उसने पूछा। 'हमारे यहाँ ओखला में भी इसी तरह का प्रपात है।' मैंने एक बार फिर टोरंटो की यात्रा की और कार से थाउजैंड आइलैंड्स और मस्कोका का चक्कर लगाने में कई

दिन गुजारे। मैंने कनाडा-जैसा सुन्दर दूसरा देश नहीं देखा।

गर्मी में कनाडियन ट्रेड फेयर का उद्घाटन करने के लिए लॉर्ड और लेडी माउंटबेटेन टोरंटो आए। सन्देश मिला था कि उन महामनाओं की इच्छा है कि इंडियन हाई कमीशन उनके साथ जाने के लिए अपने कार्यकर्ताओं में से प्रबन्ध करे। हम लोग बड़े प्रसन्न हुए और इस बात की वजह हमें तभी मालूम हो सकी जब कार्यक्रम समाप्त हो गया। लॉर्ड लुई अपनी शार्कस्किन की, चाँदी-जैसी सफेद नौसेना की वर्दी पहने थे जो तमगों और कन्धे पर लगे बिल्लों से दमक रही थी। उनकी राजसी रूप वाली लेडी उनके बराबर खड़ी थीं और उनके पीछे दाढ़ी-पगड़ीवाले सिख काली शेरवानियाँ और सफेद चूड़ीदार पाजामे पहने खड़े थे। वह हर तरह से पूर्ण एक ऐसा आदर्श चित्र था जो ब्रिटिश साम्राज्य के प्रताप की पराकाष्ठा को प्रस्तुत कर रहा था। अगर हजारों की संख्या में उपस्थित श्रोताओं के मन में इसकी प्रामाणिकता के बारे में कोई शको-शुबहा रहा भी होगा, तो लॉर्ड लुई ने अपने भाषण में उसका निराकरण कर दिया। उन्होंने बार-बार दोहराया, 'मेरी रिश्ते की बहन महारानी, मेरा भानजा राजकुमार अमुक और तमुक।' और यह भी कि निस्सन्देह उन्हें भारत के प्रधानमन्त्री और वहाँ की जनता से, देश के अन्तिम वायसराय और गवर्नर जनरल होने के नाते, कितना अधिक स्नेह मिला था।

ओटावा लौटने के बाद कुछ-कुछ बाजी उलटनेवाली स्थिति हो गई थी। गोकि रीडो क्लब में टेनिस खेलना मुझे अब भी अच्छा लगता था, इसी तरह मुझे ओटावा नदी के किनारे पैदल चलना, धार के साथ बहते हुए लकड़ी के लट्ठों के समूह को ताकना, कनाडियन मित्रों की खातिर करना और उनसे खातिर कराना—यह सबकुछ अच्छा लगता था लेकिन मलिक परिवार से हमारा सम्बन्ध इतना बिगड़ चुका था कि हम लोगों के बीच बातचीत-भर का सम्बन्ध बचा रह गया था। हमारे सौभाग्य से भारत में होनेवाली घटनाओं ने हमें एक-दूसरे से मुक्ति दिला दी। विदेशों में प्रचार विभाग विदेश मन्त्रालय के अधीन चला गया। मेनन को अब अपनी मर्जी चलाने का मौका मिल गया। उन्होंने मेरा तबादला वापस लन्दन कराने के लिए कहा। वहाँ मुझे पी.एल. भंडारी की जगह लेनी थी क्योंकि मेनन उन्हें बर्दाश्त नहीं कर पाते थे। मुझे यह आदेश अक्तूबर में ऐसे समय मिला जब मेपिल के पेड़ों पर धधकती आग-जैसे लाल पत्ते घिर आए थे। मैंने अपने परिवार को तब तक के लिए ओटावा में छोड़ने का फैसला किया जब तक मेरा बेटा राहुल रॉकक्लिफ़ पब्लिक स्कूल में अपना सत्र पूरा नहीं कर लेता। एक बार फिर मैंने 'क्वीन एलिज़ाबेथ' से सफर किया और जहाज पर अपने दिन स्क्वैश खेलते हुए बिताए। मलिक भी उसी जहाज पर थे : हमें एक ही मेज पर साझी रहना था। उन्होंने मुझे विदाई का यह तोहफा दिया कि मुझे पोकर के खेल में उलझा लिया जिसकी मुझे बिलकुल जानकारी नहीं थी। खेल खत्म होने पर उन्होंने मुझे सूचना दी कि मुझे उनको सौ पाउंड देने हैं।

मेनन मुझे वापस पाकर खुश थे। मैं सिर्फ एक सूचना अधिकारी था। भंडारी से दायित्व

लेने के कुछ ही दिनों में उन्होंने मेरी तरक्की प्रेस अताशी और जनसम्पर्क अधिकारी के पद पर कर दी और मुझे प्रथम सचिव का दर्जा दे दिया। उन्होंने कमला जसपाल के बहनोई जमाल किदवई को भी मेरे नम्बर दो के पद पर ले आने की जुगत लगा ली। कनाडा छोड़ने से पहले मैंने आदेश दे दिया था कि मेरी नई पोंटिएक के साथ ड्यूटी-फ्री स्कॉच के क्रेट्स मेरे पास पहुँचा दिए जाएँ। दोनों चीजें युद्ध के बाद के इंग्लैंड में बहुमूल्य सम्पत्ति साबित हुई।

एक बार फिर मैं नाइट्स ब्रिज में हैरड्'स के पीछे लाल के फ्लैट में चला गया। इस बार घर की देखभाल करने के लिए उनके पास एक आकर्षक अंग्रेज लड़की सेद्रा ऑस्बोर्न थी। वह घर की देखभाल तो नहीं करती थी पर ड्रिंक्स के मौके पर अच्छा साथ देती थी। ऑर्थर और शीला के बीच सम्बन्ध टूटने की स्थिति तक पहुँच रहे थे। ऑर्थर बराबर दूसरी महिलाओं से अपना सम्बन्ध जारी रखता था पर यदि उसकी पत्नी का झुकाव किसी के प्रति होता था तो वह इस बात को हजम नहीं कर पाता था। लाल के अपार्टमेंट पर जो लोग अक्सर आते थे, उनमें से तीन व्यक्ति ऐसे थे जो विवाहेतर सम्बन्धों के लायक थे। एक थे लम्बे, सुदर्शन, बी.के. नेहरू जो प्रधानमन्त्री के रिश्ते के भाई थे और किसी महत्त्वपूर्ण राजनयिक काम से लन्दन आए थे; दूसरे थे अशोक चन्दा जो बने-ठने रहते थे और उन्होंने इंडिया हाउस में डिप्टी हाई कमिश्नर का पद सँभाला था; और इनके अलावा थे बीजू पटनायक (बाद में केन्द्रीय मन्त्री और उड़ीसा के मुख्यमन्त्री), हट्टे-कट्टे छह फुटे आदमी जो खुद अपना जहाज उड़ाकर भारत से लन्दन आए थे। जब मेरा परिवार मेरे पास पहुँच गया तो हमने लाल दम्पति से ऊपर की मंजिल का अपार्टमेंट किराए पर लेकर कुछ हफ्ते उसमें बिताए। वहाँ कई नाटकीय दृश्य उपस्थित हुए। हमारी टोली में उनकी पड़ोसिन ऐल्सा बुडमैन भी शामिल हो गई थीं। वे अमरीकी दूतावास में नौसेना अताशी की पत्नी थीं। वे बड़ी उदार मेजबान थीं और अपने पति की अनुपस्थिति में आसानी से इश्कबाजी के लिए उपलब्ध हो जाती थीं।

इन दृश्यों में पहला तब उपस्थित हुआ जब ऑर्थर लाल भारत गए हुए थे। बीजू पटनायक वहाँ अक्सर आया-जाया करते थे। उन्होंने ऑर्थर लाल और शीला के, तथा मेरे और मेरी बीवी के बीच जो तनाव चल रहा था उसका अंदाजा लगा लिया था। एक दिन शाम को जब मुझे दफ्तर में देर हो गई तो उन्होंने सहज ढंग से शीला या मेरी बीवी को पेरिस तक हवाई जहाज की सैर कराने का प्रस्ताव रखा। मेरी बीवी की स्थिति इस प्रस्ताव को स्वीकार करने की नहीं थी। शीला बड़ी तत्परता से तैयार हो गई। वह बड़ी प्रफुल्लित लौटी। वह किसी बात को गोपनीय रखना नहीं जानती थी। कुछ दिन बाद ऑर्थर भारत से लौटा। हम लोग उसे लेने हवाई अड्डे गए। लौटते हुए शीला ने उसे बीजू के साथ गुजारे सप्ताहांत के बारे में बताया। ऑर्थर के चेहरे से खून टपकने लगा। ऑर्थर गम से बेहाल था। उसने पी-पीकर बुरा हाल कर लिया था। आधी रात के काफी बाद शीला ने ऊपर आकर दरवाजा खटखटाया। उसने सीधी सपाट आवाज में पूछा, 'खुशवन्त सिंह, क्या तुम्हारे पास रिवाल्वर होगा ? ऑर्थर गोली से अपना सिर उड़ाना चाहता है।' वह

इतनी शान्ति से यह पूछ रही थी जैसे नींद की गोली माँग रही हो।

ऑर्थर ने दिन-रात शीला को परेशान करना शुरू कर दिया। नौबत यह आ गई कि शीला थकान से बेहाल हो गई। उसी मौके पर सोमनाथ मेअरा मिलने आ गया। वह लाहौर के लॉ कॉलेज में मेरा विद्यार्थी था और उस समय ऑक्सफोर्ड में पढ़ रहा था। वह लम्बा आकर्षक व्यक्ति था जिसका व्यवहार बड़ा लुभानेवाला था। हम लोग चाय पी रहे थे। वातावरण बड़ा मनहूस हो रहा था। उसने हमें प्रसन्न करने की कोशिश की। उसने पूछा, 'क्या हो गया ? सब लोग इतने गुस्सा-गुस्सा क्यों लग रहे हैं।' वह शीला के पास गया, उसकी ठोड़ी के नीचे हाथ लगाकर अनुनय की, 'शीलाजी, मेहरबानी करके मुस्कुराइए।' इस मुद्रा से ऑर्थर के गुस्से के दौरे को हवा मिल गई। वह क्रुद्ध शेर की तरह मेअरा पर लपका, 'हरामजादा ! भैनचोद, मेरी बीवी के साथ ऐसी हरकत करने की हिम्मत कैसे हुई तुम्हारी !' ऑर्थर ठिगना होने पर भी मजबूत आदमी था। लेकिन सोमनाथ मेअरा उससे एक फीट लम्बा, बीस साल छोटा और कहीं अधिक ताकतवर था। पहले तो उसने समझा कि ऑर्थर का इरादा दोस्ताना ढंग की कुश्ती में उलझने का है। पर जैसे ही उसे अंदाज हुआ कि ऑर्थर का इरादा उसकी पिटाई करने का है, उसने पलटा खाया और ऑर्थर को जमीन पर पटककर चढ़ बैठा। हम लोगों ने उन्हें अलग करने की कोशिश नहीं की, बस देखते रहे। शीला धीमी आवाज में बुड़बुड़ाती रही, 'ऑर्थर, तमीज से पेश आओ।' ऑर्थर को जब समझ में आ गया कि वह सोम पर काबू नहीं पा सकता तो वह खीझकर कमरे से बाहर हो गया। जाते-जाते उसने सोम को गालियाँ देते हुए चेतावनी दी कि वह आगे से कभी उसकी ड्योढ़ी पर पाँव न रखे।

लन्दन लौटने के बाद शुरू के कुछ हफ्तों के लिए मुझे पहली मंजिल पर एक कमरा दे दिया गया। उस पर ताँबे की एक नामपट्टी लगी थी, जिस पर लिखा था : 'काउंटेस माउंटबेटेन ऑफ बर्मा'। मेनन जहाँ थे वहाँ बने रहने के लिए, उन्हें नेहरू के बाद यदि किसी का भरोसा था तो माउंटबेटेन का। जाहिर था कि उन्होंने लेडी एडविना से, भारतीय मामलों में उनके दिलचस्पी लेने की जरूरत के बारे में बात की थी। उनके लिए एक कमरा अलग कर दिया गया था ताकि वे जब चाहें उसका इस्तेमाल कर लें। उन्होंने उसमें एक बार भी कदम नहीं रखा। फिर भी मुझे आगाह कर दिया गया था कि जरूरत पड़ने पर मुझे कम-से-कम समय के नोटिस पर उसे खाली करना होगा। कुछ दिन तक बड़ा मजा आया। मुझे बहुत धीमे से दरवाजा खटखटाने की आवाज सुनाई पड़ती और जब मैं चिल्लाता, 'कम इन' तो दरवाजे को कोई धीरे से इस उम्मीद में खोलता कि राजसी रूप में अपनी कुर्सी पर विराजमान पूर्व वायसरीन के दर्शन होंगे। इसके बजाय उन्हें पूरे दाँत निपोड़े एक सिख दिखाई पड़ता। मेरे दोस्त फट पड़ते, 'तुम साले चूतिया, तुम यहाँ लेडी माउंटबेटेन के कमरे में बैठे क्या कर रहे हो ?'

लेडी एडविना ने तो उस कमरे में कभी पाँव नहीं रखा पर लॉर्ड लुई एक दिन बिना पहले तय किए पधारे। उन्होंने इंडिया हाउस में एक स्वागत समारोह का निमन्त्रण स्वीकार कर लिया था। उनके सेक्रेटरी ने उन्हें समय बताने में भूल की थी और वे नियत समय

से आधा घंटा पहले आ पहुँचे थे। लार्ड माउंटबेटेन को किसी पार्टी में सबसे पहले पहुँचने की आदत नहीं थी; जब दूसरे मेहमान आ चुकते थे तो वे उसके बाद प्रकट होना पसन्द करते थे। इसलिए इस मौके पर वे बेठिकाने महसूस कर रहे थे। मैंने उनसे कहा कि वे अपनी पत्नी के लिए आरक्षित कमरे में चन्द मिनट गुजारें और इस तरह उन महामहिम को आधे घंटे के लिए मैंने पूरी तरह सिर्फ अपने लिए पा लिया। उन्हें सरकार के एक अज्ञातकुल खुशामदी टट्टू के साथ बात करने में अपना कीमती समय बर्बाद करने की कोई उत्सुकता नहीं थी। मैंने बातचीत जारी रहे इसकी पूरी कोशिश की और मैं उनसे भारत में बिताए दिनों के बारे में पूछता रहा, 'बाद में सोचने पर क्या आपको ऐसा नहीं लगता कि भारत का विभाजन एक भूल थी ?' मैंने उनसे पूछा 'हजारों-हजार मासूम जानें सिर्फ इसलिए गईं क्योंकि यह काम बेहद जल्दबाजी में किया गया था।' लॉर्ड माउंटबेटेन को पता था कि मेरा संकेत किस तरफ है। उन्होंने जवाब दिया, 'आज लोग मेरे बारे में क्या कहते हैं, मुझे इसकी कोई परवाह नहीं है। मेरा मूल्यांकन इतिहास के मानदंड पर होगा।'

इंडिया हाउस के मेरे जीवन में कुछ हल्के-फुल्के प्रसंग भी घटित हुए। ऐसा एक प्रसंग तब आया जब मंडी की महारानी की कैंसर से मृत्यु हुई। वे अपने समय की अत्यन्त सुन्दरी महिला थीं और अपने पति से अलग होकर लन्दन में रह रही थीं। उनकी मृत्यु की खबर शाम के अखबारों में छपी। खबर के साथ अखबारों में उनकी युवावस्था का चित्र भी छपा था। अगले दिन सुबह जब मैं दफ्तर में था, मेरी सेक्रेटरी ने मुझसे कहा कि एक अंग्रेज मुझसे किसी जरूरी काम से तुरन्त मिलना चाहता है। मैंने उसे अन्दर लाने के लिए कहा। वह लम्बे कद का आदमी था। उसने सिर पर काला हैट लगा रखा था और काला कोट और धारीदार पैंट पहन रखी थी। उसके हाथ में एक पार्सल था। उसने अपना परिचय दिया, 'मैं मैसर्स केनिअन एंड केनिअन अंडरटेकर्स से मिस्टर केनिअन हूँ। आपने हमारे बारे में जरूर सुना होगा।' मैं शहर के अलग-अलग हिस्सों में अक्सर उनके अंत्येष्टि पार्लरों के सामने से गुजरा था। मैंने जवाब दिया कि मैं उनकी फर्म के बारे में जानता हूँ।

'आपने महामहिषी मंडी की रानी के बारे में तो जरूर ही सुना होगा,' उसने पूछा। मैंने जवाब दिया कि मैंने शाम को अखबारों में इस बाबत पढ़ा है।

'बड़े दुःख की बात है, है न ?' उसने लम्बी साँस ली।

'निश्चय ही बड़े दुःख की बात है,' मैंने उत्तर दिया, 'वे अप्रतिम सुन्दरी थीं।' उसने बात जारी रखी, 'सर, महामहिषी ने एक वसीयत छोड़ी है जिसके मुताबिक दाह-संस्कार से पहले उनके शव को उनकी विशेष पसन्द की साड़ी में लपेटा जाना है।' उसने पार्सल खोला और उसमें से चौड़े सुनहले बॉर्डर वाली नारंगी रंग की एक शानदार साड़ी निकली। 'हमें जिन स्त्री-पुरुषों की मृत्यु हो जाती है, उन्हें कपड़े पहनाने का लम्बा अनुभव है, पर हमारा वास्ता अभी किसी भारतीय महिला के शव से नहीं पड़ा। मैं जानना चाहता हूँ कि शरीर पर साड़ी कैसे लपेटी जाती है। इसलिए मैंने सोचा कि इसके तरीके की जानकारी के लिए मैं व्यक्तिगत रूप से आपके दूतावास आऊँ।'

ईश्वर की कृपा से किसी महारानी की नग्न देह को देखने का मौका मेरे हाथ आया

था, भले ही वह मृत थी। लेकिन मैंने इस सुनहले मौके को छोड़ दिया क्योंकि मेरे भीतर की हाजिरजवाबी जोर मार रही थी। मैंने जवाब दिया, 'मुझे अफसोस है मिस्टर केनिअन। मुझे साड़ियाँ उतारने का तो कुछ तजुर्बा है लेकिन मैंने कभी किसी महिला को साड़ी बाँधी नहीं है।'

मिस्टर केनिअन तेजी से अपना पार्सल लेकर चल दिए और ऊपर कृष्ण मेनन से मिलने गए। मैंने उनके अनुरोध को जिस हल्के ढंग से उड़ा दिया था उसके बारे में उन्होंने मेरी शिकायत की। जब कमला जसपाल ने उन्हें अपेक्षित जानकारी दे दी तो मेनन ने मुझे बुलवाया। उन्होंने सवाल किया, 'सरदार, होशियारी दिखाने की तुम्हारी आदत का कोई इलाज नहीं है ?' बाद में जो भी उन्हें मिलता था उसे वे अंत्येष्टि-प्रबन्धक से हुई मेरी यह बातचीत सुनाते थे।

तभी पंडित नेहरू राष्ट्रमंडल के सम्मेलन के लिए इंग्लैंड आए। प्रधानमन्त्री के रूप में उनकी यह पहली इंग्लैंड यात्रा थी। इस अवसर पर हमने *इंडिया न्यूज नामक* एक साप्ताहिक लघु पत्रिका निकालने का फैसला किया था। इसके ले-आउट को तय करने, टाइप-फेस का चुनाव करने और पहले अंक में जानेवाली खबरों की तैयारी के लिए मैं और जमाल किदवई प्रेस के कई चक्कर काट चुके थे। पत्रिका के पूरे मुखपृष्ठ पर केवल पंडितजी के आगमन और राष्ट्रमंडल सम्मेलन के महत्त्व से सम्बद्ध सामग्री दी जानी थी। पंडितजी के आने के दो दिन पहले ही हमने मुखपृष्ठ की सारी सामग्री छापेखाने में भेज दी थी। मुखपृष्ठ पर सबसे ऊपर फैली हुई सुर्खी थी : 'पंडित नेहरू इन लंडन'। जब हमारे पास प्रूफ आए तो हमने देखा कि 'पंडित' के आरंभ में 'पी' के स्थान पर 'बी' अक्षर लगा दिया गया है–'(बैंडिट (डाकू) नेहरू इन लंडन'। यह क्या कोई मजाक था ? मैंने प्रेस के प्रबन्धक को फोन करके उसकी कसकर खबर ली। उसने बार-बार माफी माँगी। उसके टाइप-सेटर ने कभी भी 'पंडित' शब्द नहीं सुना था और वह मान बैठा था कि हमारा आशय 'बैंडिट' से ही है। प्रूफ के अगले सेट में यह शब्द सुधार दिया गया। महामना पंडितजी के आगमन से पहली शाम कोई दूसरा सेटर काम पर आ गया था और वह भी 'पंडित' शब्द के अस्तित्व से अनजान था। एक बार फिर 'पंडित' को 'बैंडिट' में बदल दिया गया। हमें वह पूरा संस्करण खारिज करना पड़ा और स्टाफ के एक सदस्य को यह देखने के लिए प्रेस में बैठाना पड़ा कि यह शब्द ठीक से छपे।

स्टॉफ के वरिष्ठ सदस्यों को आदेश मिला था कि प्रधानमन्त्री के स्वागत के लिए हीथरो हवाई अड्डे पर उपस्थित रहें। जाड़े की ठंडी रात थी। विमान नीचे उतरा। 'इस बेवक्त तुम सब लोग यहाँ क्या कर रहे हो ?' पंडितजी ने सवाल किया, पर जाहिर था कि हमारे वहाँ होने की उम्मीद उन्हें थी और इस बात से वे खुश भी थे कि हम अपने कर्त्तव्य का पालन कर रहे हैं। मेनन ने मुझे कहा कि मैं पंडितजी को अपना परिचय दूँ और पूछूँ कि मेरे लिए क्या करने का आदेश है ? मैंने जब पूछा तो उन्होंने मुझे डपट

दिया, 'इस वक्त क्या करने को कहूँगा मैं ? घर जाओ और थोड़ी देर सो लो।'

अगली सुबह जब मैं दफ्तर पहुँचा तो मुझे अपनी मेज पर मेनन का एक नोट मिला जिसमें मुझसे तुरन्त आकर मिलने को कहा गया था। मैंने जल्दी से अखबारों की सुर्खियों पर यह देखने के लिए नजर दौड़ाई कि कहीं कोई गड़बड़ तो नहीं हो गई है। *द डेली हेरल्ड* के मुखपृष्ठ पर एक बड़ी-सी तस्वीर छपी थी जिसमें रात के कपड़ों में ही लेडी माउंटबेटेन नेहरू के लिए दरवाजा खोल रही थीं। तस्वीर का शीर्षक था : 'लेडी माउंटबेटेन का अर्धरात्रि का पाहुना।' समाचार में पाठकों को यह सूचना भी दी गई थी कि लॉर्ड माउंटबेटेन इस समय लन्दन में नहीं हैं। हमारे प्रधानमन्त्री के लेडी एडविना के साथ सम्बन्धों की चर्चा विराट अपवाद के रूप में फैलने लगी थी। *द हेरल्ड* का फोटोग्राफर मौके की ताक में था कि दोनों को अशोभन स्थिति में नहीं तो कम-से-कम उसकी तैयारी की स्थिति में तो पकड़ ही ले। उसे स्कूप मिल गया था। जब मैं मेनन के पास पहुँचा तो उन्होंने घुड़ककर पूछा, 'तुमने *द हेरल्ड* देख लिया ? प्रधानमन्त्री तुम पर बेतरह नाराज हैं।'

'मेरा इसमें कोई हाथ नहीं है,' मैं सफाई देने लगा, 'मुझे कैसे पता चलता कि पंडितजी होटल के बदले माउंटबेटेन के घर चले जाएँगे ?'

'बहरहाल, वे बहुत नाराज हैं। अभी एक-दो दिन उनके सामने न पड़ो तो अच्छा है।'

मुझे बचते फिरने की ज्यादा कोशिश नहीं करनी पड़ी क्योंकि नेहरू सम्मेलन में व्यस्त हो गए थे। हमने उनके लिए केवल दो कार्यक्रम आयोजित किए थे—एक, अन्तर्राष्ट्रीय प्रेस से उनकी मुलाकात, और दो, उनके होटल के सुइट में ही शीर्षस्थ अंग्रेजी अखबारों के सम्पादकों के साथ लंच। उनके सचिव एम.ओ. मथाई को दोनों ही कार्यक्रमों का ब्यौरा दे दिया गया था। प्रेस कॉन्फ्रेंस में बहुत बड़ी संख्या में लोग आए थे जिनमें पाकिस्तानी पत्रकार भी थे। उनकी मुख्य दिलचस्पी का विषय था—कश्मीर : पश्चिमी प्रेस का झुकाव आमतौर पर पाकिस्तानी दृष्टिकोण की ओर था। लोग यह जानने को उत्सुक थे कि भारत के प्रधानमन्त्री अपने बचाव में क्या कहते हैं।

प्रेस कॉन्फ्रेंस साढ़े-दस बजे शुरू होनेवाली थी। मगर पौने-ग्यारह बजे तक पंडितजी का कोई नामोनिशान नहीं था। मैंने मथाई को फोन करके बताया कि प्रेसवाले बेचैन होने लगे हैं। पन्द्रह मिनट बाद पंडितजी हड़बड़ाते हुए-से आ पहुँचे। मेनन और मैं उन्हें मंच तक ले गए। 'क्या है ये सब ? किसी ने मुझे बताया क्यों नहीं कि मुझे प्रेस से मुलाकात करनी है ?' वे इतनी जोर से फुसफुसाए कि माइक्रोफोन ने उनकी आवाज कमरे के कोने-कोने में पहुँचा दी। तब फिर कैमरों के लिए उन्होंने अपनी मोहक मुस्कान ओढ़ ली और बोले, 'हाँ, तो सज्जनो, कहिए, मैं आपके लिए क्या कर सकता हूँ ?'

पाकिस्तानी पत्रकार तुरन्त लपककर खड़े हो गए और पंडितजी से उन्होंने कश्मीर के बारे में भारत की स्थिति स्पष्ट करने को कहा। उन्होंने बड़े ही सुबुद्ध तरीके से सारी बात समझा दी। स्पष्ट था कि वे इसके लिए तैयारी करके आए थे, मगर यह आभास देना चाह रहे थे कि तत्काल सोचकर ही बोल रहे हैं। यह प्रेस कॉन्फ्रेंस बहुत सफल रही। बाद में जब मैंने उन्हें उनका छपा हुआ कार्यक्रम दिखलाया जिसमें प्रेस कान्फ्रेंस का भी

उल्लेख था, तो उन्होंने मुझे टालकर एक ओर कर दिया। मेरी कीमत पर उन्होंने अपना सिक्का जमाया था।

मथाई ने मुझे यह चेतावनी भी दी थी कि प्रधानमन्त्री की अपनी स्वीकृति के बिना उनका कोई भी फोटोग्राफ प्रेस के लिए जारी न किया जाए। वे बड़े आत्मश्लाघी व्यक्ति थे। वे नहीं चाहते थे कि किसी ऐसी-वैसी स्थिति में--नाक कुरेदते हुए या उबासी लेते हुए उन्हें देखा जाए।

सम्पादकों वाला लंच तो शुरू से आखिर तक दुर्घटनाग्रस्त ही रहा। खाद्य तालिका कमला जसपाल ने बनाई थी और इसमें मेनन के लिए पारदर्शी सूप के बाद लगातार चाय के प्याले पहुँचाने की व्यवस्था की। इस लंच में *द टाइम्स, टेलिग्राफ, मैनचेस्टर गार्जियन, ऑब्जर्वर* और *न्यू स्टेट्समैन* तथा *नेशन* के सम्पादक उपस्थित थे। खाने की मेज पर आने के पहले हमने शेरी से शुरुआत की। फिर सूप और भोजन के पहले दौर के साथ ठंडी की हुई सफेद वाइन परोसी गई। पंडितजी को खाने-पीने को लेकर कोई सनक नहीं थी। शेरी और वाइन उन्होंने बड़े स्वाद से पी। उन्होंने सिगरेट सुलगाकर इस बात का संकेत दिया कि अब अनौपचारिक बातचीत शुरू हो सकती है। उन्होंने पूछा कि कंजर्वेटिव प्रेस का रुख भारत के प्रति आमतौर पर विद्वेषपूर्ण क्यों होता है ? जवाब में सम्पादकों ने प्रतिवाद किया कि ऐसा नहीं है बल्कि उन्हें तो अपने भारत स्थित संवाददाताओं की भेजी हुई सामग्री प्रकाशित करनी ही पड़ती है और उन संवाददताओं की निष्पक्षता में उन्हें विश्वास होता है। अगर उसमें कोई तथ्यात्मक भूल हो तो वे इंडिया हाउस द्वारा भेजे गए भूल-सुधार को अवश्य छापेंगे। सबने पलटककर मेनन की ओर देखा। उनका सिर सीने पर झुक गया था और उन्हें झपकियाँ आ रही थीं। पंडितजी ने गुस्से में मुझसे फुसफुसाकर कहा, 'तुम्हें दिखाई नहीं देता कि तुम्हारे हाई कमिश्नर की तबीयत खराब है ? बाहरवालों के सामने उसे इस हालत में नहीं लाना चाहिए था।' इसके बाद खुद पंडितजी की ही दिलचस्पी खत्म हो गई। जब एक सम्पादक ने कोई प्रश्न पूछा तो वे सूनी-सूनी आँखों से शून्य में निहारते रहे। अनुत्तरित प्रश्न हवा में झूलता रहा। अपनी तरफ से मैंने अन्तराल की चुप्पियों को तोड़ने की भरसक कोशिश की। भोजन के अन्त में मीठे व्यंजन के आने के पहले ही पंडितजी भी झपकियाँ लेने लगे थे और उनका सिर भी छाती पर झुक आया था। सम्पादक लोग कॉफी का इन्तजार किए बिना ही उठकर चल दिए।

अभी तो मुझे और भी बहुत-कुछ झेलना था। राष्ट्रमंडलीय प्रधानमन्त्रियों के सम्मेलन की समाप्ति के बाद भी पंडितजी के पास दो दिन बचते थे जिनमें वे अपने शौक पूरे कर सकते थे, किताबें खरीद सकते थे और लेडी माउंटबेटेन से मिलने जा सकते थे। एक अपराह्न किताबें खरीदने के लिए रखा गया। मेनन ने मेरी ड्यूटी लगा दी कि प्रधानमन्त्री को किताबें खरीदवाने ले जाऊँ और उनकी खरीदी हुई किताबों के बिलों पर दस्तखत कर दूँ। उन्होंने यह निर्देश भी दिया कि मैं प्रधानमन्त्री को बताऊँ कि उच्चायुक्त के तौर पर मेनन कितना अच्छा काम कर रहे हैं और भारतीय पत्रकार उनके खिलाफ अपने अखबारों को जो रिपोर्ट भेज रहे हैं, उसमें कोई सार नहीं है। मैंने नेहरू को उनके होटल से लिया

और पूछा, 'सर आप किस तरह की किताबें देखना चाहेंगे ?' उन्होंने तड़ाक से जवाब दिया, 'पढ़नेवाली किताबें, और कैसी !' मैंने समझाने की कोशिश की कि किताबों की कई दुकानें कुछ विशेष विषयों का ही संग्रह रखती हैं, जैसे दुर्लभ पुस्तकें, प्राच्य विषयों से सम्बद्ध पुस्तकें, धर्म, दर्शन, यात्रा-साहित्य आदि। मेरे प्रश्न की उपेक्षा करते हुए उन्होंने शोफर से ऑक्सफोर्ड स्ट्रीट स्थित किताबों की एक प्रसिद्ध दुकान पर चलने को कहा। हम वहाँ पहुँचे। उन्हें वहाँ पहचान लिया गया और सेल्समैन उनकी हाजिरी में बिछ-बिछ गए। उन्होंने कुछ-एक किताबें उलट-पलटकर देखीं। जब एक सेल्समैन ने पूछा कि क्या वे कोई खास चीज ढूँढ़ रहे हैं तो उन्होंने जवाब दिया, 'बर्नार्ड शॉ।' शॉ की मृत्यु कुछ सप्ताह पहले ही हुई थी और उनकी किताबों में लोगों की दिलचस्पी एक बार फिर जाग उठी थी। शॉ की रचनाएँ एकत्रित की गईं और मैंने इंडिया हाउस की तरफ से उनके बिलों पर दस्तखत कर दिए। कुछ लोग नेहरू से ऑटोग्राफ माँगने आए तो उन्होंने खुशी-खुशी दिए। मैंने कविताओं की एक पुस्तक खरीदी और उस पर उनके हस्ताक्षर लिए। बस किताबों की खरीदारी खत्म हो गई। होटल लौटते हुए मैंने नेहरू से पूछा कि उन्हें किताबें पढ़ने के लिए कितना समय मिल पाता है। 'बिलकुल भी नहीं,' उन्होंने तड़-से जवाब दिया।

जिस दिन नेहरू को लौटना था, उससे दो शाम पहले उन्होंने लेडी माउंटबेटेन को सोहो के एक ग्रीक रेस्तराँ में एक छोटे-से बिलकुल निजी डिनर के लिए बुलाया जिसमें केवल इन दोनों को ही रहना था। रेस्तराँ के मालिक ने इन्हें पहचान लिया और अपने रेस्तराँ के प्रचार की खातिर उसने फोन करके प्रेसवालों को बुला लिया। अगली सुबह के अखबारों में तस्वीरें छप गईं जिनमें वे दोनों बिलकुल पास-पास बैठे थे। मैं समझ गया कि मुझ पर फिर से मुसीबत आनेवाली है। मैं दफ्तर पहुँचा तो मेरी मेज पर मेनन का एक नोट पड़ा था कि प्रधानमन्त्री मुझसे तुरन्त मिलना चाहते हैं। मैं दौड़ा-दौड़ा क्लैरिजेज़ होटल गया और जाकर मथाई को अपने आने की सूचना दी। उसने बिलकुल मशीनी ढंग से कहा, 'अन्दर चले जाओ।' 'तुम्हें कुछ अंदाज है कि वे मुझसे किसलिए मिलना चाहते हैं ?' मैंने कुछ आशंकित भाव से पूछा। 'ना ! वे खुद ही बताएँगे।'

मैंने प्रधानमन्त्री के दरवाजे पर धीमे से दस्तक दी और अन्दर चला गया। वे कुछ फाइलें देखने में व्यस्त थे। 'क्या काम है ?' उन्होंने गर्दन उठाकर पूछा।

'सर, आपने मुझे बुलवाया था।'

'मैंने तुम्हें बुलवाया था ? कौन हो तुम ?'

'सर, मैं यहाँ आपका जनसम्पर्क अधिकारी हूँ।'

उन्होंने ऊपर से नीचे तक मेरा जायजा लिया और कहा, 'प्रचार के बारे में तुम्हारी धारणाएँ बड़ी अजीब हैं।'

नेहरू के जाने के बाद जल्दी ही संघ लोक सेवा आयोग से अपनी नियुक्ति की पुष्टि करवाने के लिए मुझे दिल्ली से बुलावा आया। ऐसा बुलावा और भी अनेक लोगों को आया था

जिन्हें मेरी ही तरह चुनकर भिन्न-भिन्न देशों में भेज दिया गया था। मैं तो मानकर चल रहा था कि यह सिर्फ ठप्पा लगानेवाली बात है। हम लोग लगभग दो साल तक काम कर चुके थे और अब हमारे निकाले जाने की कोई सम्भावना नहीं थी, जब तक कि कोई बिलकुल ही बेकार सिद्ध न हो। मैं गलत था। एक दर्जन या उससे कुछ ऊपर ही लोगों का इंटरव्यू हुआ था और उनमें से ज्यादातर अस्वीकृत हो गए। मैं ज्यादा खुशनसीब लोगों में से था और मुझे अपने काम पर वापस लौटने का आदेश मिल गया। इंटरव्यू के लिए हमारे भारत आने को घर आने की छुट्टी मान लिया गया।

यह इंटरव्यू मेटकाफ हाउस में हुआ था। वहाँ से घर लौटते समय मैं सब्जी मंडी से होकर गुजर रहा था। वहाँ आगे एक जगह रास्ता रुका हुआ था और लग रहा था कि कुछ लड़ाई-झगड़ा हो रहा है। मैंने ड्राइवर से गाड़ी रोकने को कहा और यह देखने को उतर गया कि मामला क्या है। भीड़ में एक आदमी ने मुझे बताया, 'हमने दो मुसल्ले सुअर पकड़े हैं, ये गाय को काटने के लिए ले जा रहे थे।' मैं भीड़ को चीरता हुआ घटनास्थल पर पहुँच गया। वहाँ लोगों ने लोहे की छड़ें और लम्बे-लम्बे छुरे लेकर एक गाय और तीन आदमियों को घेर रखा था। उनमें से दो मुसलमान थे और एक सिख। मैं सूट और टाई से लैस था और मुझे देखकर वे कुछ हिचक गए। 'क्या हो रहा है यहाँ ?' मैंने गुस्से से गरजकर पूछा। लोगों ने बताया, 'ये दो बन्दे बूचड़ हैं; इस सरदार ने इनको ये गाय बेची है।' तीनों आदमी डर से काँप रहे थे। मुसलमानों को बिलकुल नंगा कर दिया गया था और दिखाई दे रहा था कि उनका खतना हुआ है। उन्हें पीट-पीटकर और छुरे भोंककर मार डाला जाना था। सिख की भी पिटाई होनी थी ताकि उसे सबक मिल जाए। मैंने बूचड़ों के आगे अपनी बाँहें फैला दीं और जोर से चिल्लाया, 'खबरदार, जो इन्हें किसी ने छुआ भी ! बँटवारे में मैं यह सब बहुत देख चुका हूँ। अब यह बन्द होना चाहिए !'

भीड़ मुझ पर बिगड़ खड़ी हुई। 'तुम जानते हो, ये लोग इस गाय को काटने ले जा रहे थे। कैसे सिख हो तुम ?' मैं अड़ा रहा। 'मैं तुम लोगों को इन्हें हाथ नहीं लगाने दूँगा। अगर किसी ने इनको छुआ भी तो मैं उसे गिरफ्तार करवा दूँगा। मैं सरकारी कर्मचारी हूँ।' वे रौ में नहीं आए, मगर कोई भी आगे होकर पहला वार करना नहीं चाहता था। मैंने एक उपाय सोचा। 'चलो इन्हें थाने ले चलते हैं और देखते हैं क्या होता है।' भीड़ ने मुझे मनचाहा करने दिया। मैं गाय की रस्सी थामकर दोनों कसाइयों को बाँहों से घेरे आगे चला। पीछे-पीछे खून की प्यासी भीड़ ट्रामों में लदकर चली जो रास्ता साफ करने के लिए पागलों की तरह घंटी बजाती चल रही थीं। हम सब्जी मंडी पुलिस थाने पर पहुँचे। वहाँ का प्रभारी इंस्पेक्टर पंजाबी हिन्दू था। मैंने उसे अपना परिचय दिया और उससे प्रार्थना की कि कसाइयों को हिरासत में ले ले। वह सिख इस बीच भीड़ में कहीं गायब हो गया था। इंस्पेक्टर बोला, 'इन्होंने कोई जुर्म तो किया नहीं है, इन्हें मैं गिरफ्तार क्यों करूँ ?' 'इनकी जान बचाने के लिए,' मैंने चिरौरी करते हुए कहा। वह अड़ा रहा। मैंने अफसर के रूप में अपनी पद-प्रतिष्ठा से उसे धमकाना चाहा। उस पर कोई असर नहीं पड़ा। 'मुझे इससे कोई फर्क नहीं पड़ता कि आप क्या हैं या भीड़ इन लोगों के साथ क्या सलूक करती है।

ये लोग हैं ही इस लायक।'

उस गाय और कसाइयों को लेकर मैंने फिर चलना शुरू किया। भीड़-भरे बाजारों से होता हुआ मैं तीस हजारी की ओर चला जहाँ एक पशु चिकित्सालय था। मैं वहाँ पहुँचा तब तक भीड़ काफी छँट चुकी थी। पशु-चिकित्सक एक सफेद दाढ़ीवाला सिख था। मैंने उसकी खुशामद की कि गाय की जिम्मेदारी सँभाल ले और इन दो लोगों को पशुओं पर अत्याचार करने के जुर्म में गिरफ्तार कर ले। वह भी अड़ गया। 'मुझे तो गाय पर कोई चोट का निशान नहीं दिखता। और इन साँपों को लोग मारना चाहें तो मैं नहीं रोकूँगा,' कहकर वह एक ओर चल दिया। जो थोड़े-से सम्भावित हत्यारे बचे थे, मैंने मुड़कर उनको सम्बोधित किया, 'देखिए, गाय को तो मैं अभी और यहीं आजाद कर देता हूँ। और इन लोगों को कहीं ऐसी जगह ले जाता हूँ जहाँ इनको सही-सही सबक मिल सके।' वे लोग मान गए। वैसे ही वे काफी घिसट लिए थे। उनके मिजाज भी ठंडे हो चले थे। मैंने गाय की रस्सी छोड़ दी। वह इंसान की कैद से आजाद होने की मस्त खुशी में दुम उठाकर चौकड़ी भरती हुई सामने के खुले मैदान में दौड़ गई। मैंने दोनों कसाइयों को अपनी कार में बैठने का आदेश दिया फिर उनसे पूछा, 'तुम लोग कहाँ रहते हो ?'

'दरियागंज।'

'तुम लोगों की समझ में नहीं आता कि इस माहौल में गोकुशी कितनी खतरनाक हो सकती है ?'

'जनाब, हमें दो दिनों से कुछ भी खाने को नहीं मिला है। हम दोनों ने अपने रुपए मिलाकर तब कहीं यह गाय खरीदी थी। हम तो बर्बाद हो गए।'

मैंने उन्हें दरियागंज में उतार दिया। वे लोग अपने घरों को नहीं गए। मैंने देखा, वे पलटकर अपनी खरीदी हुई गाय को ढूँढ़ने चल दिए।

मैं कोई बहादुर आदमी नहीं हूँ। (अभी) खतरे के सामने मैंने जो निर्भीकता दिखलाई थी, उस पर मैं खुद हैरान था। मैंने शोफर से चाँदनी चौक से गुरुद्वारा सीसगंज चलने को कहा। अब तक मैं पूजा-स्थलों में जाना छोड़ चुका था। सीसगंज नवें गुरु तेगबहादुर की शहादत के स्थल पर बना हुआ है। किंवदन्ती के अनुसार उन्होंने हिन्दुओं को अत्याचार से बचाने के लिए अपने प्राणों का बलिदान कर दिया था। जिस व्यक्ति ने अपनी क्षुद्र क्षमता से दो मुसलमानों के प्राण बचाए थे, वह इससे बढ़कर और किस जगह जा सकता था ? सीसगंज जाकर मैंने गुरु की गद्‌दी पर मत्था टेका जो एक तहखाने में बनी हुई है। वहीं उस बरगद के पेड़ का तना भी सँभालकर रखा हुआ है, जिसके नीचे गुरु का शिरोच्छेद किया गया था। मैंने गुरु का धन्यवाद किया कि मेरी समझ में सिख का जो कर्त्तव्य है उसके पालन का साहस उन्होंने मुझ-जैसे कायर को दिया। मैं अपने-आपको सँभाल नहीं सका; मेरी आँखों में कृतज्ञता के आँसू उमड़ आए। जब मैं वहाँ से चला तो मेरी टाँगें काँप रही थीं। आज मैं कत्ल होने से बाल-बाल बचा था।

घर लौटकर सबको मैंने बड़े गर्व से यह घटना सुनाई। तारीफ तो क्या मिलनी थी। पिताजी के मित्र, रावलपिंडी के सोहन सिंह उन दिनों वहीं आए हुए थे। उन्होंने मुझे बेवकूफ

और गधा तक कहा। माँ इस बात पर नाराज थीं कि मैंने अपनी जिन्दगी खतरे में डाली थी। मेरे पिता चुप रहे। मैं समझ गया कि जिस आदमी की राय मेरे लिए सबसे बढ़कर थी, उसका समर्थन मुझे मिल गया है।

दिल्ली में कुछ दिन बिताकर मैं वापस काम पर लन्दन लौट गया। कनाडा से मैं जो करमुक्त स्कॉच ले गया था, वह स्कॉच-वंचित, प्यासे युद्धोत्तर इंग्लैंड में बहुत काम आई। हर बुधवार को लाल परिवार के फ्लैट में मैं सबकी खातिर-तवज्जो करता था। कुछ को मैं निमन्त्रित करता था और कुछ अपने-आप आ जाते थे क्योंकि उन्हें विश्वास था कि उनका स्वागत होगा। मेनन तो जरूर ही आते थे क्योंकि मेरे अधिकतर मेहमान पत्रकार होते थे।

ऐसी ही एक पार्टी में हमारे मुख्य अतिथि थे प्रोफेसर सी.एम. जोड, जो अपनी किताबों, रेडियो पर दिए गए अपने कार्यक्रमों और अपनी औरतबाजी के किस्सों के कारण सुख्यात भी थे और कुख्यात भी। एक बार 'एनी क्वेश्चंस' शीर्षक शृंखला के एक कार्यक्रम में भाग लेकर उन्होंने अपने जवाब से बहुत वाहवाही बटोरी थी। प्रश्न था, 'वायसराय की पत्नी के बेटा होने पर सलामी के लिए कितनी तोपें दगती हैं ?' जवाब देने के लिए केवल एक हाथ उठा—जोड का। उन्होंने अपनी पतली, किकियाती आवाज में उत्तर दिया, 'कितनी तोपें छूटती हैं, यह तो मुझे नहीं मालूम, मगर वायसराय के ए.डी.सी. की नौकरी जरूर छूट जाती है।' जोड बेतुके कपड़े पहननेवाले मैले-कुचैले, नाटे इंसान थे जिनके एक छोटी-सी बकरानुमा दाढ़ी थी। कहा जाता था वे औरतों से सीधे-सीधे प्रस्ताव कर देते थे, 'क्या आप एक विख्यात व्यक्ति के साथ सोना पसन्द नहीं करेंगी ?' ऐसा लगता था कि यह पद्धति बड़ी कारगर होती थी। बहरहाल, वे हाल ही में एक रेल में बिना टिकट सफर करते हुए पकड़े गए थे और उन पर जुर्माना हुआ था। सारे अखबारों में यह खबर मुखपृष्ठ पर छपी थी। जोड ने हमारा निमन्त्रण स्वीकार कर लिया; उन्हें पता था कि मैं जाने-माने लेखकों और कवियों को निमन्त्रित करता हूँ। मुझे यह मालूम नहीं था कि मेनन जोड को पसन्द नहीं करते थे। मेरे दुर्भाग्य से मेनन ओर जोड, दोनों एक ही वक्त आ पहुँचे। मेनन फुर्ती से सीढ़ियाँ चढ़ गए (वे हमेशा लपककर सीढ़ियों पर चढ़ते थे), मगर चढ़ते-चढ़ते इतनी जोर से अपनी बात कहते गए कि जोड को सुनाई दे जाए, 'अगर मुझे पता होता कि तुमने इस आदमी को बुलाया है, तो मैं तुम्हारी पार्टी में हरगिज नहीं आता।' वे सीढ़ियों के सिरे पर रुक गए ताकि मैं आगे आकर अपने मेहमानों से उनका परिचय कराऊँ। लेकिन मैं इसके बदले नीचे जाकर ओवरकोट उतारने में जोड की मदद करने लगा। जब हम सीढ़ियाँ चढ़ने लगे तो जोड ने बेहद ऊँची आवाज में पूछा, 'वह आदमी मेनन नहीं था ?'

'जी हाँ,' मैंने जवाब दिया।

'वह यहाँ क्या कर रहा है ? मैं तो समझा था कि तुम्हारी पार्टी लेखकों, कवियों और अन्य पढ़े-लिखे लोगों के लिए है।'

दोनों एक-दूसरे से कतराते रहे। जोड अपनी स्कॉच लेकर बैठ गए और जल्दी ही

प्रशंसिकाओं से घिर गए। मेनन को चाय का प्याला मिल गया और उनके एकमात्र श्रोता थे ऑर्थर लाल।

मेनन का चरित्र बेहद जटिल था। उन-जैसा तरंगी और कँटीला व्यक्तित्व मैंने और किसी का नहीं देखा। मैं पहले-पहल उनसे मिला था लन्दन-पेरिस की रेल में, जब वे और रजनी पटेल किसी कॉन्फ्रेंस में हिस्सा लेने जा रहे थे। डोवर में वे और रजनी आप्रवासन का परवाना लेने के लिए खड़े ग्रात्रियों की कतार तोड़कर सबसे आगे जा पहुँचे। जब आप्रवासन अधिकारी ने उन्हें वापस कतार में लगने को कहा तो मेनन उस पर जातिगत पूर्वग्रह का आरोप लगाने लगे। उस आदमी ने उन्हें जाने दिया। मेनन मानो काला आदमी होने का बिल्ला लगाए घूमते थे और जातिगत अपमान हो या न हो, उसकी कल्पना मात्र से झगड़े मोल ले लेते थे। बैरिस्टरी की पढ़ाई का खर्च उठाने के लिए उन्होंने कुछ समय शफ़ी के और कुछ समय रामास्वामी के रेस्तराँओं में वेटर का काम भी किया था। उनकी बैरिस्टरी खास चली नहीं लेकिन समाजवादी राजनेताओं से उनकी जान-पहचान हो गई और पेलिकन शृंखला की किताबों के सम्पादकों की सूची में उनका भी नाम आ गया था। उच्चायुक्त बनने के पहले तक वे बड़ी तंगी में थे और हर निमन्त्रण को स्वीकार करने को उत्सुक रहते थे। वे दुबले-पतले, मझोले कद और साँवले रंग के थे। उनके नाक-नक्श तीखे थे और आँखें सतेज तथा चमकीली। उनका माथा चौड़ा था और काले घुँघराले बालों में कनपटी के पास सफेदी आने लगी थी। उनकी नाक बड़ी और कपोलों की हड्डियाँ ऊँची थीं। स्त्रियों को वे सुरूप लगते थे। वे बड़े तनाव में रहते थे। उनका चेहरा कभी विश्रान्त नहीं दिखाई देता था, हर समय जीवन्तता से फड़कता रहता था। वे हमेशा बड़े करीने की पोशाक पहनते थे और उनके सूट हमेशा प्रसिद्ध दर्जियों की दुकानों में सिले होते थे। औरों के पहनावे का फूहड़पन भी उनसे बर्दाश्त नहीं होता था। एक बार उन्होंने अपने सुबह के तमाम नियत कार्यक्रम रद्द कर दिए, मुझे अपने दर्जी के पास ले गए, कपड़ा पसन्द किया और दो सूटों के लिए मेरा नाप दिलवा दिया। मैं समझा कि वे मुझे उपहार देना चाहते हैं और मैंने बारम्बार उनका शुक्रिया अदा किया। वे उपहार में नहीं मिले, मुझे कई सौ पौंड उनके लिए चुकाने पड़े पर वे मेरे सबसे बेहतरीन सूट थे और बीस साल से ऊपर चले। मेनन की मुट्ठी पैसों के मामले में काफी तंग थी, सिर्फ उनकी महिला-मित्रों और बच्चों के मामलों को छोड़कर। उनके साथ भी उनकी उदारता महिलाओं के लिए गुलाब के गुलदस्तों और बच्चों के लिए सस्ते प्लास्टिक के खिलौनों से आगे शायद ही कभी जाती थी।

अपने ऑफिस से ही लगे एक कमरे में मेनन बड़ी किफायत से रहते थे। खाना वे बहुत कम खाते थे पर शक्कर मिली चाय के प्यालों पर प्यालों और नमकीन बिस्कुटों से अपना पेट भर लेते थे। लेकिन उच्चायुक्त (स्वयं) के लिए रोल्स रॉयस और भारतीय मेहमानों और इंडिया हाउस के अधिकारियों के लिए ऑस्टिन प्रिंसेज़ गाड़ियों का एक दस्ता खरीदने के लिए ढेर सारा पैसा उड़ाने में उन्हें कोई हिचक नहीं हुई। उनकी आवश्यकताएँ

बहुत सीमित थीं इसलिए उन्हें धन इकट्ठा करने की कोई जरूरत नहीं थी लेकिन यह उन्होंने किया। उन्होंने अपनी तनख्वाह का एक पैसा भी खर्च नहीं किया लेकिन अपनी इंडिया लीग के कई सारे उप-संगठन खड़े किए और इन संगठनों के लिए दान के रूप में अमीर हिन्दुस्तानियों और अपने अंग्रेज मित्रों से धन प्राप्त किया। बदले में अंग्रेज मित्र को उन्होंने भारत को हथियार बेचने के लिए ठेके दिए। व्यापार के मामले में उन्हें किसी प्रकार का नैतिक संकोच नहीं था। साथ ही वे जन्मजात मिथ्यावादी थे और सत्य को केवल सीधे-सादे लोगों के ही उपयुक्त मानते थे। झूठ, उनके अनुसार, सबसे बढ़िया दिमागी कसरत है।

मेनन के सामने कोई भी प्रस्ताव रखा जाता तो उनकी सबसे पहली प्रतिक्रिया होती थी, उसे अस्वीकार करना। जो उन्हें जरा अच्छी तरह जान गए थे वे उनसे बात मनवाने के लिए हमेशा कोई विपरीत प्रस्ताव रखते थे। मेनन हमेशा उसका विरोध करते और लोगों का मनचाहा प्रस्ताव लागू हो जाता। उन्होंने कार्य-व्यसनी होने की ख्याति अर्जित कर ली थी, पर वे जो घंटों काम में जुटे रहते थे उसका बहुत बड़ा हिस्सा बिलकुल आलतू-फालतू बातों में खर्च होता था, जैसे कैंटीन की खाद्य-तालिका का निरीक्षण या दफ्तर की कारों में पेट्रोल की खपत का हिसाब। वे कई रात मुझे भी दफ्तर में ही सोने को बाध्य कर देते थे। दफ्तर में कभी इतना काम होता ही नहीं था कि मुझ पर यह असुविधा लादी जाए। उन्हें पता था कि मुझे खेलने का बहुत शौक है और मैं शनिवार की शामों का उत्सुकता से इन्तजार करता हूँ जब मैं टेनिस या हाकी खेलने जाता था। बिना अपवाद के वे हर शनिवार को लंच के पहले मुझे फोन करके अपने द्वारा तीसरे पहर बुलाई गई किसी मिटिंग में शिरकत का आदेश दे देते थे। उन्हें पर-पीड़न में बड़ा सुख मिलता था।

मेनन का मिजाज किस कदर चिड़चिड़ा था और वे कितने अभद्र हो सकते थे इसका विश्वास सिर्फ भुक्तभोगी ही कर सकते हैं। कई अन्य लोगों की तरह उनका पारा भी सबसे ज्यादा सुबह चढ़ा रहता था जब वे खाली पेट होते थे। मैंने उनको एक बार जगन्नाथ खोसला पर एक फाइल फेंककर चिल्लाते देखा, 'खोपड़ी में भेजा है या नहीं ? निकल जाओ यहाँ से।' फिर वे दोनों हाथों में माथा थामकर मिजाज ठंडा करने की कोशिश करने लगे और मुझसे पूछा, 'मुझे उससे इस तरह नहीं बोलना चाहिए था। नहीं ?' मैंने भी इसकी ताईद की कि एक वरिष्ठ अधिकारी से ऐसा व्यवहार कुछ अनुचित ही है। मेनन ने खोसला को बुलाकर क्षमा माँगी। खोसला ने उत्तर दिया, 'सर, आपसे डाँट खाना भी सौभाग्य है।' एक सुबह जब मेनन को फोन पर लन्दन से बाहर का कोई नम्बर नहीं मिला तो वे ऑपरेटर पर चीखने-चिल्लाने लगे। उस हिम्मतवर अंग्रेज लड़की ने पलटकर चीखते हुए कहा, 'मुझसे इस तरह बात करने की हिम्मत भी मत करना। मैं इस्तीफा देती हूँ। तुम रखो अपनी ब्लडी नौकरी !' मेनन सीढ़ियों से दौड़ते हुए नीचे गए, गुस्से से लाल उस लड़की को बाँहों में लिया और माफी माँगी। एक बार मैं *ऑब्जर्वर* के मालिक डेविड ऐस्टर और उनके सहायक विलियम क्लार्क को उनसे मिलाने ले गया। उन्होंने अंग्रेजों का उल्लेख डाकुओं की कौम के रूप में किया। वापसी के समय लिफ्ट में डेविड ने मुझसे कहा, 'मेनन के लिए जनसम्पर्क

का काम तुम्हारे लिए वाकई बड़ा मुश्किल होता होगा।' मेनन के डिप्टी अशोक चन्दा जानते थे कि इनकी कही हुई बात अगर आगे चलकर कोई उलझन पैदा करती है तो ये चट-से उससे मुकर जाते हैं। इसलिए उनकी जिद रहती थी कि ये सारे आदेश लिखित रूप में दें। वे अक्सर बड़ी मस्ती से मेरे दफ्तर में आकर घोषणा करते थे, 'हम शाला को फाइल में एइसा मारा ! भूलेगा नहीं।' हमारे कानूनी सलाहकार सर धीरेन मित्रा कभी भी धीरज नहीं खोते थे। वे बड़े इत्मीनान से अपने पाइप का धुआँ छोड़ते रहते थे और मेनन को दो लफ्ज़ों में खारिज कर देते थे, 'पागल है।'

जो लोग मेनन की बदमिजाजियों को चुपचाप बर्दाश्त कर लेते उन्हें उसका अच्छा फल भी मिलता था। इनमें सबसे नाटकीय उदाहरण है ब्रिगेडियर हरनारायण सिंह और उसकी पत्नी रानी का। मेनन को ब्रिगेडियर से शुरू से ही चिढ़-सी हो गई थी। वह अपना परिचय मोरों के स्वामी के रूप में दिया करता था। यह पंजाब में फिल्लौर के निकट एक छोटी-सी जमींदारी है। मेनन उसे हमेशा मोरोन के राजा कहकर सम्बोधित करते थे। ब्रिगेडियर को इस अंग्रेजी शब्द का अर्थ नहीं मालूम था और वह नक्की सुर में विनम्रता से रिरियाता था, 'सर, आजकल इन उपाधियों का क्या मतलब रह गया !' उसकी पत्नी रानी को भी यह शौक था कि उससे अभिजात वर्ग के उपयुक्त व्यवहार किया जाए। वह रावलपिंडी के एक समृद्धिशील जमींदार सरदार सोहन सिंह की बेटी थी। उसका नाम तो रानी था ही, वह अपने-आपको रानी ही समझती थी। मेनन को पता चला कि वह कमला जसपाल से उसके सम्बन्धों को लेकर अपवाद फैला रही है। उन्होंने उसे दफ्तर में बुलाया, बुरी तरह झाड़ पिलाई और उसे कुतिया तक कह दिया। जार-जार रोती हुई रानी ने उनसे क्षमा की भीख माँगी। उसके बाद इस जोड़े ने बड़ी लगन से कमला जसपाल को प्रसन्न करने की कोशिश की और मेनन की नजरों में चढ़ गया। और भी दो वरिष्ठ अधिकारी थे जिनके साथ कूड़े-जैसा व्यवहार होता था मगर वे बिना किसी शिकायत के इस व्यवहार को बर्दाश्त कर लेते थे। ये थे कैप्टन श्रीनिवासन और प्रथम सचिव डी.एन. चैटर्जी। श्रीनिवासन शादीशुदा, बाल-बच्चेदार आदमी थी। उसने अपनी आकर्षक अंग्रेजी स्टेनो को गर्भवती बना दिया था। इस अभागे नौ-कप्तान से बार-बार कड़ी वसूली करने के बाद ही मेनन ने उसे अपनी भारतीय पत्नी को तलाक देने और गर्भभाराक्रान्त अंग्रेज लड़की से शादी करने की अनुमति दी थी—और उसकी नौकरी भी बनी रहने दी थी। चैटर्जी ने अपनी बंगाली पत्नी को (जो लॉर्ड सिन्हा के खानदान की थी) तलाक दे दिया था और एक बेलजियन अमीरजादी से शादी करना चाहता था। उसकी अर्जी पर विचार हो उसके पहले ही उसे विदेश सेवा के नियमों के अनुसार इस्तीफा दे देना चाहिए था। उसे महीनों अपमानित करने के बाद ही मेनन ने उसके आवेदनपत्र को अपनी सिफ़ारिश के साथ आगे भेजा था। चैटर्जी आगे चलकर राजदूत के पद से सेवानिवृत्त हुआ।

मेनन के लिए किसी की योग्यता का विशेष महत्त्व नहीं था। महत्त्व था तो असंदिग्ध वफादारी का। प्रधानमन्त्री को राजी करके उन्होंने विदेश सेवा के लिए एक निर्वाचक मंडल का गठन करवा लिया जो इंग्लैंड में रहनेवाले आवेदकों का इंटरव्यू ले सके। उन्होंने हेरॉल्ड

लास्की को इस मंडल का अध्यक्ष नियुक्त करवा लिया। मंडल के अन्य सदस्यों में एक वे स्वयं थे और एक कोई और। इस मंडल ने पी.एन. हक्सर (एकमात्र व्यक्ति जो सचमुच चुने जाने के योग्य था), जगन्नाथ खोसला, कमला जसपाल और रुक्मिणी मेनन (जो क्लर्क थी और मिलिटरी अताशी के विभाग के एक कनिष्ठ अफसर की बहन भी) को चुना। बाद में उन्होंने अवर विदेश सेवा में केकी दाराशाह और अंग्रेज पत्नी के हिन्दुस्तानी पति पृथ्वी सिंह को भी घुसाने की व्यवस्था कर ली। मुझसे भी उन्होंने ऐसे वादे कर रखे थे : वे मुझे चुनाव जिताकर संसद में पहुँचवा देते और शायद सरकार में मन्त्री भी बनवा देते। पर मेनन के प्रिय पात्र के रूप में मेरे दिन अब तेजी से पूरे हो रहे थे।

मेनन मुझसे कभी अभ्रद व्यवहार नहीं करते थे। महीनों तक उनकी मुझ पर विशेष कृपा-दृष्टि रही और मेरे जो सहकर्मी उनसे कोई काम निकालना चाहते थे, वे मुझे जरिया बनाते थे। मैंने उनके साथ इंग्लैंड के दूरदराज के शहरों की यात्रा की जहाँ उन्हें भाषण देने को निमन्त्रित किया जाता था। कमला जसपाल ने मुझसे उनकी व्यक्तिगत जरूरियात के बारे में जानकारी दे दी थी। मुझे जो चीजें साथ लेकर चलना जरूरी था उनमें नींबू-पानी की बोतलें भी थीं जिसका एक गिलास वे रोज रात को सोते समय पीते थे।

हालाँकि उनकी अंग्रेजी पर मलयालम उच्चारण का गहरा प्रभाव था मगर वे बड़े हाजिरजवाब वक्ता थे। उनकी तुर्श हाजिरजवाबी और व्यंग्योक्तियाँ खासतौर से अंग्रेजों के प्रति मुखर होती थीं और उन लोगों के प्रति भी जो पलटकर जवाब नहीं दे सकते थे। जल, स्थल और वायु सेना के जो अफसर इंग्लैंड में प्रशिक्षण ले रहे थे उन्हें पहली मुलाकात में इन्होंने 'मैकॉले की सन्तान' कहकर सम्बोधित किया था। दूसरे वक्ता इन्हें मात दे देते थे तो उनसे वह बर्दाश्त नहीं होता था और उन्हें नीचा दिखाने के लिए ये कई बार बड़े बचकाने तरीके अपना लेते थे। एक बार लीड्स में ये मास्टर कटलर्स के सम्मेलन में भाषण दे रहे थे। इनकी तीखी वाग्विदग्धता अपने शिखर पर थी और श्रोता इनकी बातों पर खूब हँस रहे थे। अंग्रेज वैसे भी अपने ऊपर हुए मजाकों का मजा लेते हैं। मेनन के दुर्भाग्य से प्रमुख मेजबान उनसे कहीं बेहतर वक्ता निकला। जब वह धन्यवाद का प्रस्ताव पेश करने खड़ा हुआ तो उसके किस्सों और चुटकुलों पर और भी जोर की प्रशंसा-ध्वनि हुई। मैंने देखा कि मेनन ने इशारा करके एक वेटर को पास बुलाया और चाय का एक और कप मँगाया। वक्ता भाषण के चरम बिन्दु पर पहुँच रहा था कि मेनन ने काँपते हाथों से कप उठाया। वह जैसे ही मुख्य मार्के वाली बात कहने जा रहा था कि मेनन ने हाथ से कप छोड़ दिया और सारी मेज पर चाय फैल गई। मार्के की बात अनकही ही रह गई और भोज अचानक ही समाप्त हो गया।

मेनन के साथ मेरा सबसे स्मरणीय प्रसंग है डबलिन की यात्रा, जहाँ हम अपना दूतावास खोलनेवाले थे—आयरलैंड का पहला-पहला सर्वांगपूर्ण कूटनीतिक मिशन। मेनन ने तय किया कि वे अपने प्रतिरक्षा अताशी और उन सबकी पत्नियों को भी साथ ले चलेंगे। मैं भी उनके दल में था और मुझसे भी अपनी पत्नी को साथ ले चलने के लिए कहा गया। डबलिन के हवाई अड्डे पर हमारे दल का स्वागत सलामी गारद के साथ किया गया। हमें

डबलिन के सबसे शानदार होटल में ठहराया गया। अगली सुबह मेनन को आयरलैंड के राष्ट्रपति के सामने अपना परिचयपत्र पेश करना था। बड़ी सुबह मेरे फोन की घंटी बजी। बेहद बीमार-सी आवाज में मेनन मुझे तुरन्त अपने कमरे में बुला रहे थे। मैंने जाकर देखा, वे बिस्तर पर पड़े कराह रहे थे। काँखते हुए ही वे बोले, 'मेरी तबीयत बहुत खराब है। आज के मेरे तमाम कार्यक्रम रद्द कर दो।' मैं भौंचक्का रह गया, 'सर, उन लोगों ने ढेर सारी तैयारियाँ कर ली होंगी। मैं होटल के डॉक्टर को बुलाता हूँ। देखें वह क्या कहता है।'

वे गुर्राए, 'तुम्हें दिखाई नहीं देता, मेरी तबीयत कितनी खराब है ?' मैंने होटल के डॉक्टर को बुला लिया। उसे मेनन की तबीयत में किसी खराबी का पता नहीं चला। सिर्फ एक सम्भावना थी कि उन्हें थकान बहुत ज्यादा चढ़ गई है। मेनन को सँभालना मुश्किल हो रहा था, 'प्रोटोकोल के प्रमुख को फोन पर बुलाओ।' मैं उनका नम्बर मिला ही रहा था कि हमें मार्च करते हुए कदमों की आवाज सुनाई दी जो हमारी खिड़की के नीचे आकर रुक गई। 'यह क्या है ?' मेनन ने पूछा। मैंने बाहर झाँका, 'सैनिक आकर इकट्ठे हो रहे हैं। मेरा खयाल है ये आपको राष्ट्रपति भवन ले चलने के लिए आए हैं।' मेनन की तबीयत सुधरने लगी। उन्होंने गुसलखाने में जाकर दाँत साफ करना और दाढ़ी बनाना शुरू कर दी। वे जब बाहर निकले, हमें दूर सड़क पर मिलिटरी बैंड की आवाज सुनाई दी। यह भी आकर होटल के सामने रुक गया। मेनन ने खिड़की से उसकी एक झलक देखी। उन्होंने काली शेरवानी और चूड़ीदार पाजामा पहना और मुझसे कहा, 'सरदार, जाकर तैयार हो जाओ। ज्यादा समय नहीं बचा है।'

अब तो मेनन अपने पूरे जलाल में थे। हमें एक जुलूस की शक्ल में ले जाया गया जिसके आगे-आगे बैंड और एक सैनिक दस्ता चल रहा था। कुतूहल के मारे डबलिनवासी सड़क के दोनों ओर कतार में खड़े थे और मेनन हाथ हिलाकर उनका अभिवादन कर रहे थे। परिचयपत्र प्रस्तुत किया गया और स्वीकार भी कर लिया गया। राष्ट्रपति डगलस ने मेनन को शाम की चाय पर अपने घर बुलाया और मेनन ने मुझसे और मेरी पत्नी से साथ चलने को कहा। हमें अध्ययन कक्ष में ले जाया गया। इसकी दीवारें किताबों की आलमारियों से मढ़ी हुई थीं। अँगीठी में पीट* की आग सुलग रही थी। राष्ट्रपति ने शिष्टाचार के नाते भारत के बारे में पूछताछ की। मेनन शुरू हो गए और भारत की खनिज सम्पदा, पन-बिजली संसाधन, उद्योग और कृषि के क्षेत्र में इसकी सम्भावनाओं पर लम्बा-चौड़ा भाषण देने लगे। राष्ट्रपति से आयरलैंड के हाल-चाल के बारे में पूछा, 'बताने लायक कुछ खास नहीं है,' उन्होंने धीरे से कहा, 'हमारे पास निर्यात के लिए भी कुछ खास नहीं है। कुछ अदृश्य चीजें जरूर हैं, जैसे कवि, उपन्यासकार और नाटककार।'

उस शाम हमने आयरलैंड के राष्ट्रपति, प्रधानमन्त्री और विरोधी दलों के नेताओं के सम्मान में एक स्वागत समारोह आयोजित किया। आनेवालों में ईमन डे वलेरा भी थे। स्वागत समारोह के बाद वे हमें यूरोपियन शास्त्रीय संगीत के एक कंसर्ट में अतिथि के तौर

---

* मिट्टी के कंडे।

पर ले गए। हमें बॉक्स की ओर ले ही जाया जा रहा था कि लाउडस्पीकर पर उद्घोषणा होने लगी—आयरलैंड के सर्वप्रथम विदेशी राजदूत पधारे हैं। दर्शकों ने खड़े होकर अभिनन्दन में तालियाँ बजानी शुरू कर दीं। भीड़-भरे हॉल में रोशनी का एक वृत्त मेनन की तलाश में घूम रहा था। उनके बदले वह मुझ पर आकर टिक गया—अपनी दाढ़ी और पगड़ी के कारण मैं दल के किसी भी अन्य सदस्य की अपेक्षा अधिक प्रामाणिक रूप से हिन्दुस्तानी लग रहा था। उस रोशनी से बचने के लिए मैं पिछली पंक्ति में चला गया, पर वह मेरे पीछे-पीछे चली आई। मेरी घबराहट से मेनन को बड़ा मजा आ रहा था और वे मुझे बार-बार आगे धकेले जा रहे थे। दर्शकों के अभिनन्दन का उत्तर कोई भी नहीं दे सका।

अगर बीच-बीच में कुछ सुखद अवसर मुझे न मिले होते तो इंडिया हाउस मुझे बहुत पहले ही पागल कर देता। मेरे कार्यकाल के दौरान दो बार मेरे माता-पिता हमारे साथ गर्मियाँ बिताने के लिए आए। मैं उन्हें और अपने परिवार को आइल ऑफ वाइट ले गया। किसी महामारी का डर फैला हुआ था इसलिए एक तरह से पूरे होटल में हम-ही-हम थे। बैंड वही संगीत बजाता जो हमारी फरमाइश होती। मेरा बेटा राहुल और बेटी माला स्टेज पर जाकर बैंड के साथ गाने गाते। मेरी माँ को तो सबसे ज्यादा मजा आता मनोरंजन कक्ष में जहाँ वे 'ठहाकेबाज नाविक' की झिरी में छह-छह पेंस के सिक्के डालती जातीं। जब उसके जोरदार ठहाकों का विस्फोट शुरू होता तो वे भी बेपनाह हँसी से लोट-पोट हो जातीं—यहाँ तक कि इनकी आँखों से धारोंधार आँसू बहने लगते। लन्दन में मदाम टूसो के संग्रहालय की सैर तो अपरिहार्य थी। मैंने उनके लिए बकिंघम पैलेस से चाय के निमन्त्रणों का भी इन्तजाम करवा दिया था। मेरे पिताजी के लिए यह हमेशा इंग्लैंड-यात्रा की एक विशिष्ट घटना होती थी। यहाँ उन्हें पुराने परिचित सेवानिवृत्त वायसराय, गवर्नर और कमिश्नर मिल जाते थे। मेरे पिताजी ने अंग्रेजी थिएटर की बड़ी तारीफ सुनी थी और चाहते थे कि मैं उन लोगों को कोई नाटक दिखाने ले चलूँ। तब तक उनकी श्रवण-शक्ति कम हो गई थी और मेरी माँ को अंग्रेजी आती नहीं थी। मैं उन्हें विंडमिल थिएटर ले गया जो खुले वक्षवाली नर्तकियों और फूहड़ मजाकों के लिए प्रसिद्ध था। मेरी माँ प्रदर्शन के दौरान खाने के लिए एक लिफाफे में अंगूर ले गई थीं। उनके लिफाफे की सरसराहट से आसपास बैठे लोग खीझते रहे, पर उन्हें कोई खयाल नहीं था। उधर कथाकार कहानी को चरम बिन्दु पर लाने की कोशिश में था मगर उस ओर से बिलकुल बेनियाज ये अंगूरों के बीच जोर-जोर से 'थू-थू' करके लिफाफे में थूकती रहीं। आधे शो के बाद ही मैंने इन लोगों को घर ले चलने का फैसला कर लिया। 'तू हर हफ्ते इन बेशर्म नंगी लड़कियों को देखने आता है ?' यह था माँ का मुझे धन्यवाद।

जब वे अगली बार आए, मैं उन्हें बोर्नमाउथ में ब्रैंकसम टॉवर होटल ले गया। यह मेरे पिताजी की रुचि के अधिक अनुकूल था। उन्हें उच्चवर्गीय स्थान अधिक पसन्द आते थे जहाँ लोग रात्रि-भोजन के लिए बाकायदा अच्छी पोशाकें पहनते हों और भोजन के साथ फ्रांस की मदिरा का भी ऑर्डर देते हों।

मेनन के साथ मेरे रिश्तों का बिगाड़ किसी खास घटना के कारण नहीं हुआ। उनकी दो संगिनियों में से ब्रिजेट टैनार्ड से हमारी ज्यादा दोस्ती हो गई थी। कमला जसपाल को लेकर मेनन की दीवानगी से वह बहुत दुखी थी। उसकी नजर में कमला धूर्त छलनामयी थी जिसकी वजह से मेनन की बदनामी हो रही थी। मैंने मेनन को यह बात बताने की गलती कर दी। उन्होंने मुझे डपट दिया कि अपने काम से काम रखा करूँ। इसके अलावा एक बार *मैनचेस्टर गार्जियन* में कश्मीर पर कोई टिप्पणी प्रकाशित हुई। मेनन और हक्सर ने मिलकर इसके उत्तर का मजमून तैयार किया। प्रेस अताशी होने के नाते इसे मेरे दस्तख्त के लिए भेजा गया। इस तरह का उत्तर मैं भी तैयार कर सकता था—और शायद बेहतर मुहावरे में—पर मुझसे सलाह तक नहीं ली गई थी। अखबार में उत्तर-प्रत्युत्तर चलते रहे। मैंने कुल मिलाकर तीन ऐसे पत्रों पर हस्ताक्षर किए जिन्हें मैंने नहीं लिखा था। मैंने बेहद अपमानित महसूस किया और अपनी तकलीफ दफ्तर में सबके आगे उजागर भी कर दी। फिर मुझसे सीधे बात करने के बजाय मेनन ने अपने आदेश मुझे कमला जसपाल के माध्यम से भिजवाने शुरू कर दिए। मैंने उससे कह दिया कि वह सन्देश न लाया करे क्योंकि मैं उच्चायुक्त के लिए हर समय फोन पर उपलब्ध रहता ही हूँ। मेनन ने मुझ पर कमला से बदतमीजी करने का आरोप लगाया। उनकी दीवानगी उस समय शिखर पर थी।

पत्नी के साथ मेरे सम्बन्ध भी बदतर हो गए थे। लगभग हर शाम हममें झगड़े होते। वह मुझसे दुखी थी तो मैं उससे दुखी थी। स्थिति से पलायन का एक ही रास्ता था कि मैं परिवार को भारत भेज दूँ।

उसी समय सैटर्न प्रेस से मेरा पहला कहानी-संग्रह *द मार्क ऑफ विष्णु एंड अदर स्टोरीज़* प्रकाशित हुआ। ये कहानियाँ आमतौर पर उन दिनों पर आधारित थीं जो मैंने लाहौर में वकील के रूप में बिताए थे। इस संग्रह की बिक्री कोई खास नहीं हुई पर साहित्यिक पत्रिकाओं में इसे बहुत प्रशंसा मिली। हालाँकि इसकी दो सौ अनबिकी प्रतियाँ मेरे मत्थे आ पड़ी थीं फिर भी मुझे लगा कि यह प्रयास सफल हुआ है क्योंकि इसकी बहुत-सी कहानियाँ *द इलस्ट्रेटेड वीकली ऑफ इंडिया* के आयरिश सम्पादक शॉन मैंडी ने अपनी पत्रिका में पुनर्प्रस्तुत की थीं। मेरे अन्दर कुछ और किताबें भी खदक रही थीं—सिख धर्मग्रन्थों के कुछ अनुवाद, *सिखों का संक्षिप्त इतिहास* और भारत के विभाजन पर आधारित एक उपन्यास। मेरे पास इतनी रकम जमा हो गई थी कि मैं इंग्लैंड में छह महीने उससे काम चला सकूँ। मैंने अपनी पत्नी को नौकरी से इस्तीफा देने का और इंग्लैंड में अकेले रहकर लेखन को अपना कैरियर बनाने का निश्चय बताया। उसने कोई टिप्पणी नहीं की।

मैंने बम्बई जानेवाले एक पी एंड ओ जहाज पर अपने परिवार और नौकरों की बुकिंग करा दी। गोविन्द देसानी (*ऑल अबाउट एच. हैटर* के लेखक) ने हैम्पस्टेड हीथ के एक सिरे के नजदीक हाइगेट में मेरे लिए एक तहखाने में स्थित फ्लैट ढूँढ़ दिया। मैं अपना निजी सामान और किताबें इस फ्लैट में ले आया और टिलबरी से अपने परिवार को बिदा दे आया। इस्तीफे के पहले मुझे सरकार को तीन महीने का नोटिस देना था। मेरी तीन

महीने की छुट्टी बाकी थी इसलिए अगली सुबह मैंने छुट्टी की अर्जी दी और इस बात का पता लगाए बिना ही दफ्तर से चला आया कि उसे मंजूर किया गया है या नहीं। एक लम्बे सप्ताहान्त के लिए मैं ब्रैंकसम टॉवर्स होटल चला गया जहाँ पहले मैं छुट्टियाँ मनाने के लिए अपने माता-पिता और परिवार को ला चुका था। यहाँ रहना मेरे लिए बड़ा कष्टदायक रहा। मुझे लॉबी और बगीचे में दौड़ते हुए अपने बच्चों की याद आती थी। मुझे पता था मैंने यह जाने बिना अँधेरे में छलाँग लगा दी थी कि मैं कहाँ पहुँचूँगा। एक अच्छी-भली नौकरी मैंने झटककर फेंक दी थी जो अन्त तक निश्चित रूप से मुझे किसी देश का राजदूत बना देती। यह सोचने का मेरे पास कोई आधार नहीं था कि मैं लेखन के माध्यम से रोजी-रोटी कमा सकूँगा। मेरे पैसे खत्म हो जाएँगे तो मुझे फिर से अपने पिता की उदारता पर ही निर्भर होना होगा। मैं अपने-आपको बराबर यह भी याद दिलाता रहता था कि जीने के लिए मेरे पास केवल एक ही जीवन है। दफ्तर में मैं जो कुछ कर रहा था, वह मेरे बाद आनेवाले भी उतनी ही अच्छी तरह से कर सकेंगे। उन्हें भी साल में एक बार बकिंघम पैलेस में निमन्त्रित किया जाएगा; उन्हें भी 'योर एक्सिलेंसी' कहकर सम्बोधित किया जाएगा; वे भी निःशुल्क शराब उड़ाएँगे और विस्मृति में खो जाएँगे। हो सकता है, लेखक के रूप में मैं सफल न हो पाऊँ पर यह दाँव एक बार लगाकर देखने लायक था। अब पलटकर देखने के लिहाज से काफी देर हो चुकी थी।

अपने हाइगेट वाले फ्लैट में मैं जम गया और काम में जुट गया। मेरी समझ में आ गया था कि लेखन की कठिन प्रतियोगिता-भरी दुनिया में अपनी छाप छोड़ने के लिए व्यक्ति के लिए किसी विषय की विशेषज्ञता हासिल करना जरूरी है। मैंने तय किया कि सिख धर्म और इतिहास ही मेरे लिए सबसे उपयुक्त विषय रहेंगे। इंग्लैंड या अमरीका में इस विषय पर किसी भी सिख की कोई रचना प्रकाशित नहीं हुई थी। सभी तथाकथित सिख-विशेषज्ञ अंग्रेज थे। मैं सिख परिवार में ही पला-बड़ा हुआ था और बिना अर्थ समझे ही बहुत-सी प्रार्थनाएँ मुझे कंठस्थ थीं। *ग्रन्थ साहिब* का अधिकांश सन्त भाषा में लिखा हुआ था लेकिन इस भाषा की मेरी शब्दावली बहुत ही अपर्याप्त थी। मैंने एक पंजाबी-अंग्रेजी शब्दकोश लिया, ट्रम्प और मैकॉलिक द्वारा किया हुआ एक पुराना अनुवाद उठाया और गुरु नानक द्वारा रचित *जपजी* का पद्यानुवाद आरम्भ कर दिया। अनुवाद पूरा होने पर मैंने इसे अपने दोस्त गाइविंट को दिखलाया जो *ऑब्जर्वर* और *मैनचेस्टर गार्जियन* के लिए तो स्वतन्त्र रूप से लिखता ही था, साथ ही ऑक्सफोर्ड के सेंट एंटनी कॉलेज में पढ़ाता भी था। उसने इसे अधिक सुपाठ्य बनाने के लिए कुछ सुझाव ही नहीं दिए, बल्कि इसे प्रकाशित करने के लिए प्रॉब्स्थैन को राजी भी कर लिया।

इसके बाद मैंने *सिखों का संक्षिप्त इतिहास* लिखा जो पूरी तरह पहले से छपी हुई कृतियों पर ही आधारित था पर इसे वर्तमान युग तक ले आया गया था। मैंने इसमें अपनी भविष्यवाणी भी जोड़ दी कि नौजवान सिख जिस रफ्तार से खालसा पन्थ के चिह्न (केश और दाढ़ी) त्यागते जा रहे हैं, उसे देखते हुए शताब्दी के अन्त तक खालसा पन्थ ही निश्चिह्न हो जाएगा और जैन और बौद्धों की तरह सिख भी हिन्दुत्व की मुख्य धारा में

लौट जाएँगे। इस पुस्तक को मेसर्ज़ एलन एंड अनविन ने बड़ी तत्परता से ले लिया। यह कोई विद्वत्तापूर्ण पुस्तक नहीं थी और इसमें कुछ इतिहास-सम्बन्धी भूलें और छपाई की गलतियाँ भी थीं। जो भी हो, कई दशकों बाद इस विषय पर छपी पहली पुस्तक होने के कारण ब्रिटिश प्रेस में इसकी बड़े पैमाने पर समीक्षा हुई। भारत के पारम्परिक सिख समुदाय में भी इसने खासा-तूफान खड़ा कर दिया। यह कहने वाला मैं कौन था कि सिख निःशेष हो जाएँगे जबकि अन्तिम गुरु ने भविष्यवाणी की थी कि निकट भविष्य में ही दुनिया के अधिकतर बाशिन्दे सिख धर्म अपना लेंगे ?

अब लेखक के रूप में मुझमें कुछ आत्मविश्वास आ गया था। मैंने नए मित्र बनाए जिन्होंने मेरा हौसला बढ़ाया। उनमें एक महिला थी स्टेला अलेक्जेंडर–एक ब्रिटिश राजनयिक की तलाकशुदा पत्नी। वह काम आनेवाले लोगों से जान-पहचान बढ़ाने में माहिर थी और अपने जान-पहचानवाले लोगों से मेरा परिचय कराने के लिए मेरे द्वारा लाई गई शैम्पेन की पार्टियाँ दिया करती थी। उनमें एडमंड लीच (जिसे बाद में कैम्ब्रिज में किंग्स कॉलेज के रेक्टर का पद और नाइट की उपाधि भी मिली) और उसकी चित्रकार-उपन्यासकार पत्नी सीलिया भी थी। उन्होंने मुझे हर्टफोर्डशायर में अपनी कॉटेज में आकर रहने का निमन्त्रण दिया। मैं अपने सप्ताहांत उनके साथ बिताने लगा और उनके दोनों बच्चों–लुइसा और अलेक्जेंडर से मेरी बड़ी गहरी दोस्ती हो गई। उन्हीं के घर में मेरी मुलाकात एलिजाबेथ बॉट से भी हुई। वह कनाडियन युवती लंडन स्कूल ऑफ इकॉनॉमिक्स में समाजशास्त्र का अध्ययन कर रही थी। मोटे शीशोंवाला चश्मा और उलझे-बिखरे घने बाल–वह पढ़ने-लिखने में जुटी रहनेवाली लड़की लगती थी। उसने मुझे बहुत प्रभावित किया। वह बहुत मेधावी थी और उसने मेरी कहानियों और सिखों के इतिहास की मेरी पांडुलिपि भी पढ़ी। मैं किसी भी और व्यक्ति की अपेक्षा उसके निर्णय पर ज्यादा निर्भर रहने लगा। वह अच्छे भोजन, मदिरा और यूरोपियन शास्त्रीय संगीत की पारखी थी। उसी ने मनोरोग-विज्ञान से मेरा परिचय कराया। फ्रॉयड और युंग को मैंने पढ़ रखा था। उसने मुझे मेलानी क्लाइन की किताबें दीं। इन किताबों ने मेरे लिए नए क्षितिज खोल दिए। निराशा और अनिश्चय से भरे उन महीनों में लीच दम्पति और एलिज़ाबेथ ने मुझे बहुत सहारा दिया।

इंडिया हाउस को अलविदा कहने का वक्त आ पहुँचा। मेरी जगह जमाल किदवई आ गया था। जब मैं उससे विदा लेने गया तो उसने बताया कि मेनन मेरे लिए विदाई समारोह आयोजित करना चाहते हैं। मैंने उससे साफ कह दिया कि न तो मैं समारोह चाहता हूँ न मेनन से मिलना। उसने मुझे मनाने की बहुत कोशिश की और कहा कि समारोह का आयोजन उसकी तरफ से होगा। मेनन सिर्फ कुछ पल के लिए आ जाएँगे। मैं जानता था कि मेनन ऐसा कुछ भी नहीं करेंगे, पर किदवई की पार्टी में आने को मैं मान गया। अनिच्छा से ही मैं मेनन से मिलने भी गया। वे बड़ी भद्रता से पेश आए और बोले कि हमारी आपसी गलतफहमियों के बावजूद वे मुझे अपना दोस्त ही मानते हैं। बाहर निकलते-निकलते मैंने उनसे बड़ी रुखाई से कहा, 'आपका तो कोई दोस्त है ही नहीं।' जैसाकि मेरा अनुमान था, मेनन विदाई समारोह में नहीं आए। उनकी तरफ से माफी माँगते हुए किदवई ने कहा कि

वे बीमार हैं और बिस्तर पकड़े हुए हैं। पर मैंने उन्हें तेजी से सीढ़ियाँ उतरकर अपनी रोल्स रॉयस में बैठते देखा था। झूठ बोलने की आदत तो मेनन के स्वभाव में ही घुली-मिली थी। जितनी आसानी से वे अभद्रता पर उतर सकते थे, उतनी ही आसानी से झूठ भी बोल जाते थे।

आज तक कोई भी नहीं जान पाया है और शायद जान भी नहीं पाएगा कि पंडित नेहरू के प्रश्रय से मेनन इतनी ऊँचाई तक कैसे पहुँच गए थे। पंडितजी ने उन्हें चुनाव जितवाकर संसद में पहुँचा दिया। फिर उन्हें भारतीय प्रतिनिधिमंडल के नेता के रूप में संयुक्त राष्ट्रसंघ भेजा। कश्मीर के मामले पर उनके सुदीर्घ तेरह घंटों के भाषण का नतीजा यह हुआ कि सारे के सारे मत भारत के खिलाफ पड़े। फिर मन्त्रिमंडल के लगभग सभी सदस्यों की इच्छा के विपरीत उन्हें रक्षामन्त्री बनाया गया। अपने चहेतों की पदोन्नति करके उन्हें वरिष्ठ अधिकारियों के भी ऊपर बैठाकर उन्होंने सेना के अनुशासन का सत्यानाश कर दिया। जो इनसे दबते नहीं थे उनकी जान के ये पीछे पड़ जाते थे। 1962 में चीनियों के हाथों हमारी सेना की जो शर्मनाक पराजय हुई उसके लिए किसी भी अन्य व्यक्ति की अपेक्षा मेनन ही सबसे ज्यादा जिम्मेदार थे। (लेकिन) पंडित नेहरू अन्त तक उनका साथ देते रहे।

मेनन से आखिरी बार मेरी बात टेलीफोन पर हुई। मैं उन दिनों लन्दन में ही इंडिया ऑफिस लाइब्रेरी में कुछ काम कर रहा था। मेरा और शीला लाल का साझा फ्लैट था। हम दोनों के बीच एक ही टेलीफोन था। हर रात वह अपने अनेक प्रेमियों में से किसी के साथ निकल जाती थी। टेलीफोन की घंटी बजती थी पर जब मैं रिसीवर उठाकर 'हलो' कहता तो लाइन कट जाती थी। मैंने शीला से इसकी शिकायत की तो वह बोली, 'जरूर कृष्ण (मेनन) होंगे। वे मुझे अपनी शय्यासंगिनी बनाना चाहते हैं–बिना किसी शर्त के।' अगली बार जब फोन की घंटी बजी तो मैंने हमेशा की तरह 'हलो' कहने की जगह जहर उगलना शुरू कर दिया, 'हरामजादे कहीं के ! मुझे पता है कि तू कौन है। यह बेवक्त फोन करना बन्द कर वरना और भी खरी-खरी सुनेगा।' उसके बाद कभी फोन नहीं आया।

मेनन की दो जीवनियाँ लिखी गई हैं और एक सड़क का नाम भी उनके नाम पर रखा गया है। मैं समझता हूँ कि इतने वर्षों के सम्पर्क की वजह से उन जीवनीकारों की अपेक्षा मैं उन्हें बेहतर जान-समझ पाया हूँ। मैं उन्हें उन वामपन्थियों की तुलना में भी बेहतर जानता हूँ जो भारत के महान सपूत के रूप में उनका बखान करते हैं। जनरल शिव वर्मा ने उन पर बहुत ही सटीक टिप्पणी की है, 'मेनन अविवाहित थे, अपने पिता की ही तरह।'

अध्याय-सात

अतीत का परिष्करण और भारत-वापसी

चार साल के तनाव और पियक्कड़पन ने मेरे शरीर को तोड़ दिया। दफ्तर में भी तनाव था, घर में भी। आधासीसी का मरीज जैसे राहत के लिए एस्पिरिन लेता है, मैं शराब में राहत ढूँढ़ने लगा; लंच के पहले शेरी, लंच के साथ वाइन, कॉफी के साथ शराब। हर दूसरी शाम कॉकटेल पार्टियाँ हुआ करती थीं। रोज रात के खाने से पहले स्कॉच और खाने के साथ वाइन चलती थी और उसकी पूर्णाहुति होती थी कोन्याक या ड्राम्बुई से। नींद मुझे ठीक से आती नहीं थी और सुबह तीन से पाँच के बीच के बेतुके वक्त मैं उठ बैठता था—उतरते नशे के असर से बेहाल और अपनी बदहाली के खयालों में डूबा हुआ। इंडिया हाउस की नौकरी छोड़ने और अपने परिवार को घर भेजने तक बदहजमी मुझे तबाह कर चुकी थी। मैंने एक डॉक्टर से सलाह ली। मेरी अच्छी तरह से जाँच करके उसने फैसला सुनाया, 'तुम्हें कुछ भी नहीं हुआ है। मेरी सलाह है कि तुम कुछ दिन काम और शराब का रोजानावाला क्रम तोड़ो और शहर छोड़कर गाँव की तरफ चले जाओ। तुम्हें प्राकृतिक चिकित्सा की जरूरत है, दवा की नहीं।' उसने शैंपनीज़ (हार्टफोर्डशायर) के एक प्राकृतिक चिकित्सालय का नाम भी सुझाया जिसे एक ऑस्ट्रियन डॉ. लीफ़ चला रहे थे।

मैंने डॉ. लीफ़ को पत्र लिखकर पूछा कि क्या मैं उनके प्रतिष्ठान में कुछ दिन बिता सकता हूँ ? बदले में मुझे एक सूचीपत्र मिला जिसमें जाँच, इलाज, रहने और खाने की दरें दी गई थीं। मामला महँगा तो लगा, मगर मैंने उसे आजमाकर देखने का फैसला कर लिया। मैं कार से शैंपनीज़ पहुँच गया। ग्रीष्म ऋतु थी। चारों ओर हरियाली और धूप छाई थी। शैंपनीज़ एक पुरानी इमारत थी जिसके चारों ओर विस्तृत लॉन फैला था और बलूत, बीच और फूलों से लदे चेस्टनट वृक्ष खड़े थे। जिस हिस्से में कभी घोड़ों के अस्तबल और नौकरों की कोठरियाँ रही होंगी उसे ठीक-ठाक करके रोगियों के लिए कोठरियों की कतार बना दी गई थी।

मुझे लकड़ी से बनी एक छोटी-सी कोठरी में पहुँचा दिया गया। फर्नीचर के नाम पर इसमें सिर्फ एक पलंग, एक मेज और बेंत की कुर्सी थी। बारह आवासियों के लिए सिर्फ एक शौचालय था और स्नानघर तो था ही नहीं। इन दोनों चीजों की जरूरत क्यों नहीं थी, यह समझने में मुझे एक दिन लग गया।

डॉ. लीफ़ मुझसे अपने दफ्तर में मिले। मुझे जो कुछ कहना था, सब सुनने के बाद उन्होंने मुझसे बिलकुल सही-सही और पूरे विस्तार से यह बतलाने को कहा कि रोज मैं क्या खाता और पीता हूँ। मैं सुबह के नाश्ते, पूर्वाह्न के नाश्ते, दोपहर के भोजन, अपराह्न की चाय, कॉकटेल के साथ के नाश्ते और रात के भोजन में क्या-क्या लेता हूँ, सब उन्होंने नोट कर लिया। मुझे उन्होंने अगली सुबह मिलने को कहा। खाने के वक्त अन्य आवासियों के साथ मैं भी कैफेटेरिया में गया। उनमें कई तरह के लोग थे—फिल्म स्टार, कोरस में नाचनेवाली लड़कियाँ, व्यापारी, दुकानदार, नौकरशाह और वकील। उनमें ही लीड्स से आया हुआ एक दर्जी भी था जो बार-बार कमर से अपनी पतलून यह दिखलाने के लिए उचकाता था कि उसकी तोंद कैसे बिलकुल गायब हो गई है और उसका वजन कितना कम हो गया है। मुझे इस पर कोई ताज्जुब नहीं हुआ क्योंकि वहाँ सलाद और दही के सिवा खाने को और कुछ था ही नहीं। मेरी मेज पर जो महिलाएँ और पुरुष बैठे थे, वे डिनर में मिले एक संतरे को भुक्खड़ की तरह खा रहे थे और गुनगुने पानी की चुस्कियाँ ले रहे थे। पर इलाज और अपने पर लादे गए सख्त अनुशासन से वे बड़े खुश नजर आ रहे थे। इलाज पूरा हुए बिना किसी को भी शैंपनीज़ छोड़ने की इजाजत नहीं थी। जब वे अर्धनग्न हालत में लॉन पर टहलते या धूप सेंकते थे तो स्थानीय लोग इन्हें शक की निगाह से देखते थे और ठिठियाते हुए अपनी तर्जनी कनपटी पर रखकर यह जताते थे कि इन लोगों के मगज का पेंच ढीला है। वे हम लोगों को शैंपनीज़ के 'चिंप' (चिपांजी) या लीफ़ के 'लूनी' (पागल) कहते थे।

अगली सुबह जब मैं डॉ. लीफ़ के क्लिनिक में हाजिर हुआ तो देखा उन्होंने अपनी मेज पर शीशे का एक प्याला रख रखा था जिसमें ऊपर तक कै जैसी दिखाई देनेवाली कोई चीज भरी हुई थी। 'मि. सिंह, ये हैं वे चीजें जो आप रोज अपने पेट में ठूँसते हैं—अंडे, बेकन, टोस्ट, कॉफी, केक, बिस्कुट, गोश्त, सब्जियाँ, स्कॉच, वाइन और शराबें। कल शाम जब आपने मुझे अपनी रोज की खूराक के बारे में बताया तो मैंने ये तमाम चीजें इस प्याले में डाल दीं। अब जरा देखिए इसे।' मैंने देखा कि उस कीचड़-जैसी चीज में बुलबुले उठ रहे थे। 'इसे सूँघकर देखिए,' उन्होंने आदेश दिया। मैं प्याले पर झुका और चिहुँककर पीछे हट गया। 'बिलकुल यही बात है !' वे आगे बोले, 'रोज अपने पेट में इतना कचरा ठूँसेंगे तो और क्या होगा ? सबसे पहले तो हमें अपने अन्दर-बाहर की पूरी सफाई करनी होगी। फिर मैं आपके पथ्य और मालिश की तजवीज करूँगा।' कागज के एक पुर्जे पर कुछ घसीटकर उन्होंने मुझे सफेद डॉक्टरी कोट पहने हुए एक आदमी के सुपुर्द कर दिया।

मुझे चिकित्सा कक्ष में ले जाया गया। 'मुझे आपकी आँत की सिंचाई करनी है उस आदमी ने कहा। उसके हाथ में नली से जुड़ी हुई बड़े-से लिंग-जैसी कोई चीज थी। इस पर उसने वैसलीन चुपड़ा। फिर मुझे कपड़े उतारकर रबरशीट से ढकी हुई एक मेज पर पेट के बल लेट जाने का आदेश दिया। फिर वह उस लिंग को मेरी गुदा में घुसाने लगा। तीखे तेज दर्द से मैं तड़प गया। मैंने सोचा, गुदामैथुन से लौंडों को आखिर क्या हासिल होता होगा। उसने वह पूरी चीज मेरे मलाशय में घुसा दी और मेरे पेट में उष्ण जल का

एक फव्वारा छोड़ दिया। एक खींचनेवाले पम्प से अन्दर की चीजें बाहर निकल ली गईं और फिर और गर्म पानी अन्दर डालकर बाहर खींचा गया। यह सिंचाई लगभग चौथाई घंटे तक चली, जब तक अन्दर से मैं पूरी तरह खाली न हो गया।

मैं गर्म पानी के फव्वारे से नहाया। फिर मुझे वहाँ बड़ी-बड़ी बाल्टियों में भिगोए नमक से अपने-आपको रगड़ने का आदेश दिया। यह कीचड़-जैसा गाढ़ा था और मुझे लगा कि मैं अपने को रेत से रगड़ रहा हूँ। नमक की मालिश के बाद तेल की मालिश हुई और तब तेल धो डालने के लिए फिर एक बार गर्म पानी के फव्वारे से स्नान। मुझसे कहा गया कि अपने लिए निर्दिष्ट लंच मैं कैफेटेरिया में ले लूँ और तीसरा पहर धूप में बिताऊँ। लंच में सिर्फ एक संतरा था। पीने के लिए एक गिलास गुनगुना पानी जिसमें थोड़ा-सा शहद मिला हुआ था। मैं अपनी कोठरी में लौटा तो अपने को साफ-सुथरा महसूस कर रहा था, और भूख से बेहाल भी। आँत की सिंचाई के बाद मैं समझ गया कि किसी को शौचालय की जरूरत क्यों नहीं होती। मैंने पढ़ने की कोशिश की मगर भूख के मारे मेरा दिमाग एकाग्र ही नहीं हो रहा था। मैं बाहर बगीचे में चला गया। वहाँ जगह-जगह बिना ढक्कन के ताबूत बिखरे हुए थे जिनमें नंग-धड़ंग लेटे औरत-मर्द धूप सेंक रहे थे। मैं भी एक तरफ लेट गया। निकर मैंने नहीं उतारी क्योंकि नग्न औरतों के सामने अपने को उघाड़ने में मुझे झेंप आ रही थी।

पहले चार दिन कठिन थे। दोपहर और रात के खाने में सिर्फ एक-एक संतरा मिलता था और गैलन-गैलन गुनगुना पानी। मुझे कानों में सनसनाहट-सी सुनाई पड़ने लगी। मुझे तसल्ली दी गई कि यह कोई असामान्य बात नहीं है। खाने की ललक और यह सनसनाहट जल्दी ही दूर हो जाएगी। मैं खाने के सिवाय और कुछ सोच ही नहीं पा रहा था। खाने के कमरे में भी तमाम बातचीत अच्छे रेस्तराँओं, रसीले गोश्त और चॉकलेट सॉस में डूबी आइसक्रीम के बारे में ही होती थी। औरतों के बारे में बात होती ही नहीं थी। आसपास कई खूबसूरत लड़कियाँ थीं, मगर लोगों की एकमात्र चाह खाना थी, सेक्स नहीं। पाँचवें दिन मैंने उन लोगों के साथ टेनिस खेला जो एक पखवाड़े से दो संतरे रोजवाले पथ्य पर थे। लीड्स वाला दर्जी तो अच्छा दोस्त भी बन गया। उसे यहाँ आए तीन सप्ताह हो गए थे। उसने मुझे यहाँ आने के पहलेवाला फोटो दिखलाया जिसमें विराट तोंदवाला एक मोटा आदमी दिखाई दे रहा था। 'अब देखो,' उसने न जाने कितने सौवीं बार अपनी पतलून सामने से ऊपर खिसकाते हुए, खुशी से दमकते हुए कहा, 'सारी-की-सारी गायब।' उसने मुझे एक महिला मित्र से मिलाया जिससे शैंपनीज़ में ही उसकी दोस्ती हुई थी। उसे भी यहाँ तीन हफ्ते हो गए थे। उसके उज्ज्वल केश और सुनहरे दिखाई देने लगे थे और कमर तथा नितम्बों की गढ़न रेतघड़ी-जैसी (सँकरी से गोल और चौड़ी होती हुई)। 'सचमुच की भूख आदमी को क्या कर देती है, देखकर हैरत होती है। शरीर का सारा जहर खींच लेती है, और नतीजा देखो,' खुशी से खिलकर वह बोली। उन्होंने मुझे उन गठिया के रोगियों के बारे में बताया जिनके जोड़ यहाँ खुल गए थे; नाक-कान-गले की बीमारियों से ग्रस्त लोगों के बारे में बतलाया जिनकी सुनने और देखने की शक्ति बढ़ गई थी और नाक का रास्ता

साफ हो गया था।

चरम सीमा आई उस दिन जिसके अगले दिन दर्जी मियाँ और उनकी माशूका को छुट्टी मिलनी थी। उन्होंने तय किया कि इस मौके पर एक जश्न मनाना चाहिए। मस्तमौला होने के कारण दर्जी कर्मचारियों में बहुत लोकप्रिय हो गया था। चिकित्सालय के नियमों के खिलाफ उन्होंने उसे और उसकी मित्र को बाहर जाने दिया। यह जोड़ा एक पब से दूसरी पब के चक्कर काटने लगा। खाली पेट पर शराब एकदम जाकर लगी। दरवाजे बन्द होने का समय आया तो उसने बिना लाइसेंसवाली एक दुकान से स्कॉच की एक बोतल खरीदी और दोनों वापस शैंपनीज़ लौट आए। दोनों नशे में धुत्त थे। रात दोनों ने साथ बिताई। अगली सुबह भी उनका नशा उतरा नहीं था। बाँहों में बाँहें डाले वे दुनियाभर को गालियाँ बकते घूमते रहे। कर्मचारियों ने उनके शरीर-तन्त्र से शराब खींच निकालने की पूरी कोशिश की पर न तो आँतों की सिंचाई, न नमक की मालिश, न ठंडे जल से स्नान, न गर्मागर्म काली कॉफी का ही उन पर कोई असर हुआ। जब डॉ. लीफ़ ने इसके बारे में सुना तो उनके गुस्से का पार न रहा। उन्होंने दर्जी और उसकी मित्र को तुरन्त निकाल बाहर करने का आदेश दिया और जिन कर्मचारियों ने उन्हें बाहर जाने दिया था, उन पर जुर्माना कर दिया। पर यह जोड़ा तो परवाह की सीमा से ऊपर उठ चुका था। 'कीमत वसूल हो गई,' बड़ी मस्ती से मुझसे हाथ मिलाते हुए दर्जी ने कहा। पिछले तीन हफ्तों के इलाज में सबसे बढ़िया कल रात की मस्ती रही। है ना, मेरी जान ?' उसने अपनी मित्र की ओर घूमकर कहा, 'बिलकुल, बिलकुल,' वह निन्दा से सुर में बोली, 'इत्ता मजा तो जिन्दगी में कभी नहीं आया।' बाद में मुझे पता चला कि दर्जी की माशूका लन्दन की एक वेश्या थी।

तीन हफ्ते तक रोजाना दो संतरे और कई गैलन शहद मिले पानी की खूराक के बाद मुझे अपना आप बड़ा निर्मल और हलका महसूस होने लगा। अपना उपवास मुझे योगर्ट के एक डिब्बे से तोड़ना था। कुछ एक चम्मच खाने में भी मुझे काफी देर लग गई क्योंकि इससे मेरा दम फूलने लगा था। डॉ. लीफ़ ने निर्देश दिया कि मुझे क्या-क्या खाने से बचना चाहिए। तली हुई चीजों से बचो और शराब पीना कम कर दो। शैंपनीज़ से निकलते समय मैं काफी बेहतर महसूस कर रहा था, बस, इस अग्नि-परीक्षा की वजह से नजर जरूर कुछ और बिगड़ी हुई महसूस हुई। लन्दन पहुँचते ही सबसे पहले मैं आँखों के डॉक्टर के पास गया। उसने मेरी आँखों और चश्मे की जाँच करके कहा, 'आपको चश्मा बदलने की जरूरत है। न जाने किस चमत्कार से आपकी नजर में सुधार हो गया है।' मैं खुशी से फूल उठा। चिंपाजी या पागल कहलाने का मुझे अब कोई मलाल न रहा।

लन्दन लौटकर मैं गम्भीरता से काम में जुट गया। अपनी *शॉर्ट हिस्ट्री ऑफ सिख्स* मैंने पूरी कर दी और एक उपन्यास पर काम शुरू करने का निश्चय किया। जो विषयवस्तु मेरे दिमाग में थी, वह थी हिन्दुस्तान का बँटवारा और इससे जुड़ा भीषण नरसंहार। इस पर कैसे काम करूँ, यह मैं समझ नहीं पा रहा था। मैंने कई प्लाटों पर विचार किया और कई

चरित्रों की रूपरेखा सोची। यह बात मेरे दिमाग में घर किए बैठी थी कि हर व्यक्ति में हिन्दुओं के त्रिदेव का अस्तित्व होता है : ब्रह्मा (सृजनकर्त्ता), विष्णु (पालनकर्त्ता) और शिव (संहारकर्त्ता)। पर हर व्यक्ति में इन त्रिदेवों में से किसी एक की प्रवृत्ति का पक्ष प्रबल होता है। ब्रह्मावाला पक्ष शायद देहाती किसान के रूप में ज्यादा अच्छी तरह समझा जा सकता है; विष्णुवाला पक्ष कानून के रक्षक न्यायाधीशों के रूप में, और शिववाला पक्ष एक कम्युनिस्ट के रूप में जो एक बेहतर विश्व को गढ़ने के लिए बुराई का संहार करना चाहता है। मैंने अपनी नोटबुक साथ में ली और इटली की झीलों के शान्त वातावरण में इसके मसौदे पर काम करने का निश्चय किया। सबसे पहले मैं कार से बेलाजिओ गया पर वहाँ शोरगुल मचाते सैलानी भरे पड़े थे। संयोग से मुझे इटली और स्विट्ज़रलैंड की सीमा पर पहाड़ों में कुछ और ऊपर लागो इलिओ नामक एक अपेक्षाकृत छोटी झील का पता लगा। इसमें केवल एक बोर्डिंग हाउस था जिसमें दो कमरे थे। मैं इलिओ आ गया और कसरत की खातिर एक महीने के लिए एक नाव किराए पर ले ली (वहाँ आसपास टहलने लायक रास्ते ज्यादा नहीं थे)। नाव खेना और तैरना मेरी कसरत थी। दिन का ज्यादातर वक्त मैं अपने उपन्यास पर काम करते हुए बिता देता। रात का खाना जल्दी खाकर मैं नाव खेकर झील के दूसरे किनारे पर ले जाता जहाँ कोई बस्ती नहीं थी। वहाँ मैं अपने कपड़े उतारकर झील में छलाँग लगा देता। गर्मी की शामें लम्बी और गुनगुनी होती थीं। रात 10.00 बजने के भी काफी बाद उतरती थी। अपनी खिड़की से मुझे स्विट्ज़रलैंड की तरफ के गाँवों की रोशनियाँ दिखाई देती थीं। कई दिन तक उस छोटे-से गाँव में उत्तेजना का एकमात्र बहाना था **तूर द फ्रांस** साइकिल दौड़। हर शाम मुट्ठी-भर देहाती वहाँ शराब पीने और रेडियो पर इस दौड़ का हाल सुनने आया करते थे। एक शाम मैंने देखा कि स्विट्ज़रलैंड की तरफ का पूरा उत्तरी आकाश आतिशबाजियों से जगमगा उठा है; एक स्विस प्रतियोगी ने साइकिल दौड़ जीत ली थी।

एक रात बहुत गर्मी थी और हवा मानो बन्द-सी हो गई थी। थोड़ी देर नाव चलाने के बाद मैंने ठंडक के लिए इलिओ के पानी में उतरने का इरादा किया। नाव को मैं झील के बीच में ले गया, सारे कपड़े उतार डाले (मेरे पास तैराकी का जाँघिया नहीं था) और झील में कूद पड़ा। नाव उत्तर की ओर बह चली, मैं उसके पीछे-पीछे तैरने लगा। अचानक मुझे अपनी तरफ आती एक मोटरबोट की घरघराहट सुनाई दी। उसकी तेज हेडलाइटों की रोशनी मुझ पर पड़ी। मैंने वापस नाव में चढ़ने की कोशिश की। पर जितना ही मैं उसमें चढ़ने की कोशिश कर रहा था उतना ही वह टेढ़ी हो-होकर मेरी पकड़ से फिसल रही थी। गश्ती नौका की हेडलाइट मेरे ऊपर पूरी तरह पड़ रही थी। लग रहा था कि मैं स्विट्ज़रलैंड की सीमा के ज्यादा ही नजदीक तैर आया हूँ और ये इटली के कस्टमवाले जानना चाहते थे कि मैं वहाँ क्या कर रहा हूँ। उन्हें अपनी नजरों पर विश्वास नहीं हो रहा था। उन्होंने देखा : एक साँवला आदमी जिसके लम्बे बाल उसके कन्धों पर फैले हुए थे और जिसकी दाढ़ी से पानी चू रहा था। इलिओ झील से यह कैसा भयानक जन्तु निकला था ? उनके चेहरों पर मुझे अविश्वास का भाव साफ दिखाई दे रहा था, 'या खुदा !' 'क्या

गजब ?' गनीमत हुई कि उनमें से एक ने अपनी नन्ही बेटी से मेरे बारे में सुन रखा था। वे मेरी नाव को खींचकर बोर्डिंग हाउस तक ले आए। मैं उसका पिछला हिस्सा पकड़े-पकड़े साथ आया। पानी से निकलकर मैंने सिर पर अपनी पगड़ी बाँधी और कपड़े पहने। अपनी टूटी-फूटी इटैलियन में मैंने उनका शुक्रिया अदा किया और 'गुडनाइट' कहकर उन्हें बिदा किया।

लागो इलिओ में बिताया एक महीना रचनाकर्म की दृष्टि से बहुत अच्छा रहा। फिर मैं बम्बई—और स्वदेश के लिए जहाज पकड़ने लन्दन आ गया। 1950 में मैं भारत आ गया था। यहाँ किसी पर भी इस बात का रुआब नहीं पड़ा था कि मेरी दो किताबें इंग्लैंड में छप चुकी हैं। मैं अपने साथ उनकी जो समीक्षाएँ लाया था उन्हें भी परिवार में कोई पढ़ना नहीं चाहता था। उन्हें सिर्फ यही जानने में दिलचस्पी थी कि रॉयल्टी में मैंने कितना कमाया है। यह रकम काफी कम थी। पीठ पीछे मेरे दोस्त और रिश्तेदार मेरा मजाक उड़ाते थे, 'इम्तहान तो पास कर नहीं सका, अब किताबें लिखने लगा है।' मुझे निखट्टू कहा जाता था। सर श्रीराम के यहाँ मैं अक्सर जाता था क्योंकि उनका बेटा भरत और उसकी पत्नी शीला स्कूल के जमाने से मेरी बीवी के दोस्त थे। एक दिन सर श्रीराम भी पूछ बैठे, 'कुछ काम-वाम भी करता है या बाप की कमाई का खाता है ?' बात मुझे चुभ गई, क्योंकि सच थी। मेरे बीवी-बच्चे मेरे माता-पिता के साथ ही रह रहे थे। मेरी एकमात्र आमदनी उन इक्के-दुक्के लेखों में होती थी जो मैं स्थानीय पत्रों के लिए लिखता था, या फिर ऑल इंडिया रेडियो पर प्रसारित होनेवाली वार्ताओं से। यह मुश्किल से कभी एक हजार रुपए महीने तक पहुँचती थी। मेरे बेटे की दून स्कूल की फीस मेरी पत्नी अपने पिता से मिले हुए रुपयों में से चुकाती थी। जरूरत पड़ने पर वह मेरे बजाय मंगतराय और भरतराम की सलाह लेती थी। मेरा हौसला बिलकुल पस्त था।

मैंने दिल्ली से निकल जाने का फैसला किया। भोपाल में मेरे पिता की एक आइसक्रीम फैक्टरी थी और उसके मैनेजर के लिए झील के किनारे एक मकान किराए पर लिया गया था। यह खाली ही पड़ा हुआ था। मैंने अपने लिए खाना पकाने को एक नौकर लिया और रेल से भोपाल चल पड़ा। रास्ते में मुझे एक और अपमानजनक अनुभव हुआ। मेरे डिब्बे में तीन सिन्धी सज्जन थे। मेरी तरफ ध्यान दिए बगैर वे आपस में ही व्यापार सम्बन्धी चर्चा में लगे थे। रास्ते के एक स्टेशन पर हम लोगों ने अपने लिए चाय का ऑर्डर दिया। उन तीनों में से एक ने बिस्कुट का एक बड़ा टिन खोलकर मेरे आगे बढ़ाया। मैंने उनका शुक्रिया अदा करते हुए सिर हिलाकर इंकार कर दिया। तब उनमें से एक ने मुझे घुड़कते हुए कहा, 'सेठ खुद तुमको अपने बनाए हुए बिस्कुट दे रहा है और तुम मना कर रहे हो। कैसे आदमी हो तुम ?'

तब मेरी समझ में आया, यह आदमी भारत का बिस्कुट सम्राट सेठ मंघाराम है। हम बातचीत करने लगे। उसने मुझे बताया कि वह कैसी गरीबी से ऊपर उठा है। वह पहले सक्खर (सिन्ध) में सड़कों पर फेरी लगाता था। फिर उसने धीरे-धीरे अपना बिस्कुट व्यवसाय खड़ा किया। वह बोला, 'भगवान की मुझ पर मेहरबानी रही है।' आज वह

करोड़पति था। मैंने उसके परिवार के बारे में पूछा। उसने अपने बेटों के बारे में बताया। उसे बड़ी तसल्ली थी कि उन लोगों ने मैट्रिकुलेशन पास कर लिया था और अब व्यवसाय में उसका हाथ बँटा रहे थे।

'आपने ऊँची पढ़ाई के लिए उन्हें बाहर क्यों नहीं भेजा ?' मैंने पूछा।

'किसलिए ?' उसने पलटकर पूछा, 'बिस्कुट बनाना उनको आता है। और क्या सीखने बाहर जाना है ?'

मैं उसके पीछे लगा रहा। अपनी संतति के लिए उसे नए क्षितिज खोलने चाहिए। आखिर वह चिढ़कर मुझ पर ही झपटा, 'तुम्हारी पढ़ाई बाहर हुई है ?' मैंने हामी भरी।

'विलायत में कितने दिन रहे तुम ?'

'लगभग पाँच साल,' मैंने जवाब दिया।

'तनखा कितनी मिलती है तुम्हें ?' उसने पूछा। मैंने अपनी आखिरी तनख्वाह की रकम बता दी। सेठ मंघाराम ने जल्दी-जल्दी कुछ हिसाब लगाया और भभककर बोला, 'तुम्हारे बाप का तो सूद भी नहीं निकला।'

आशियाना--वह मकान दुमंजिला था। उसमें थोड़ा-बहुत मामूली-सा ही फर्नीचर और सामान था। मैं ऊपर की मंजिल के एक कमरे में ठहर गया। बालकनी से ताल का सुन्दर नजारा दिखाई देता था और किनारे से छिछले पानी में विहार करते सारसों का भी। अपने उपन्यास पर काम करते-करते बीच-बीच में मैं अपनी दूरबीन से उनके प्रणय-नृत्य भी देखा करता था। इसके अलावा मनोरंजन का एकमात्र साधन था--कुछ दिन चढ़ जाने पर नवाब के महल से नौकरानियों का नहाने आना। वे गिनती में अमूमन पाँच या छह होतीं और सिर से पैर तक बुर्के में दबी-ढकी आती थीं। वहाँ आसपास कोई मकान नहीं था और जहाँ वे कपड़े उतारती थीं, वहाँ से महल का रास्ता भी कुछ दूर था। वैसे तो आशियाना से भी इंसानी निगाह वहाँ तक नहीं पहुँच सकती थी, लेकिन मेरी ताकतवर दूरबीन उन्हें मुझसे एक हाथ की दूरी पर लाकर खड़ा कर देती थी। क्या नजारा था ! कपड़ों से आजाद होकर वे पानी में छपाक-छपाक कूदतीं, एक-दूसरी पर पानी उछालतीं, साबुन मलतीं, पानी के अन्दर गोते लगातीं और फिर धूप में अपना बदन सुखातीं।

शाम को मैं जंगल में लम्बी दूरी तक टहलने चला जाता था। रेलवे स्टेशन जाकर यह जानकारी हासिल करने की कोशिश करता कि रेलों को किस तरह अलग-अलग प्लेटफार्मों की ओर भेजा जाता है और रेल-कर्मचारियों की ड्यूटी क्या होती है। रेलवे स्टेशन मेरे उपन्यास का केन्द्र था।

जिन दिनों मैं भोपाल में था तभी लन्दन के पत्र *ऑब्जर्वर* का रॉल नॉक्स और उसकी पत्नी हेलन मेरे साथ एक सप्ताहांत बिताने आए। नवाब ने उसे एक इंटरव्यू देना मंजूर किया था। इंटरव्यू की सामग्री उसके पत्र को भेजकर मैं उन्हें साँची के बौद्ध स्तूप दिखलाने ले गया। एक रात हम शेर देख पाने की उम्मीद में शिकारियों के एक दल में भी गए। हम एक तलैया के पास शिकारियों के लिए बनी एक पुरानी मीनार में बैठे, पौ फटने तक पीते-पिलाते रहे। शेर तो खैर दिखा हीं नहीं, ऊपर से शिकारी भी हमसे नाराज हो गए

क्योंकि हमारी लगातार चकर-चकर की वजह से जानवर तालाब के पास भी नहीं फटके थे। उन्होंने अपनी खीझ दो साँभरों पर निकाली जो उनकी कार की तेज हेडलाइट से चौंधिया गए थे।

महीना बीतते-बीतते मैंने अपने उपन्यास का मसौदा पूरा कर लिया था। इसका नाम मैंने उस गाँव के नाम पर *मनो-माजरा* रखा जो इसका घटनास्थल था। दिल्ली में ब्रिटिश हाई कमीशन के वाल्टर बेल की अमरीकन पत्नी टैटी बेल ने मेरे लिए इसे टाइप कर देने का प्रस्ताव रखा। काम पूरा होने पर उसने मुझसे बिना लाग-लपेट के कह दिया, 'बेकार है यह। कोई इसे नहीं छापेगा।' मैं बहुत पस्त हो गया और उसे फाड़ देना चाहता था। मुझे खुशी है कि मैंने ऐसा किया नहीं। बल्कि भारतीय कथा-साहित्य के सर्वश्रेष्ठ नमूने की प्रविष्टि के तौर पर इसे ग्रोव प्रेस भेज दिया। इसे मैंने अपने मित्र आई.एम. वर्मा के नाम से भेजा था, क्योंकि निर्णायकों में कृष्ण मेनन भी शामिल थे। इसे एक हजार डॉलर का प्रथम पुरस्कार मिला और साथ ही छापने का अनुबन्ध भी। यह उपन्यास इंग्लैंड में *ट्रेन टु पाकिस्तान* के नाम से छपा। यह खबर जिसे मैंने सबसे पहले दी, वह थी टैटी बेल। उसने मुझे पुरस्कार में एक चुम्बन दिया और एक कॉकटेल पार्टी। वह बड़ी चुम्बनीय और उदार मेजबान थी।

मुझे लगा कि मुझे कोई नौकरी कर लेनी चाहिए। ऑल इंडिया रेडियो के विदेश सेवा विभाग में कार्यक्रम-निर्माताओं के पदों के लिए विज्ञापन निकले थे। मैंने अंग्रेजीवाले पद के लिए आवेदन कर दिया। फ्रेंच के लिए आवदेन किया प्रकाश शास्त्री ने जिन्हें मैं लाहौर के दिनों से एलियांस फ्रांसे के संस्थापक के रूप में जानता था और जिनकी एक खूबसूरत-सी फ्रेंच बीवी थी। हम दोनों चुन लिए गए। मेरे ठीक ऊपर के अधिकारी थे प्रोफेसर दारूवाला जिन्होंने मुझे गवर्नमेंट कॉलेज में अंग्रेजी पढ़ाई थी। विभाग की प्रमुख कुमारी मेहरा मसानी थीं। इनसे बढ़कर सुरूप और कार्यकुशल महिलाएँ शायद ही देखने में आएँ। हमारे एक सहकर्मी थे नीरदचन्द्र चौधुरी। कुछ ही दिनों में मुझे पता लग गया कि मेरे करने को काम बहुत ही कम है। मेरा कार्यक्रम आधी रात के बाद प्रसारित होता था। इसमें होती थीं खबरें (जो समाचार-वाचक पढ़ता था), शास्त्रीय संगीत के कंसर्ट (जिनका चुनाव संगीत विशेषज्ञ करता था), और अधिक-से-अधिक दस मिनट तक के छोटे-छोटे फीचर, जिन्हें अमूमन कोई बाहरवाला ही लिखता और रिकॉर्ड करता था। मेरे जिम्मे जो भी काम था वह मैं पन्द्रह मिनट में खत्म कर लेता था। बाकी दिन दफ्तर में दोनों के साथ गप्पें मारने में काटता था। ये लोग थे—नीरद बाबू, जो अपना लिखना पूरा करने के बाद खाली हो जाते थे, और कृशन शुंगलू, जिसके पास काम तो मेरे जितना ही था—जरा-सा—मगर जो काम के अम्बार तले दबे होने का दिखावा करता रहता था। इसके अलावा वहाँ कई सुन्दर-सुन्दर लड़कियाँ भी थीं—कान्ता गुप्ता, फ्रेंच डिवीजन की एक मुसलमान स्टेनो टाइपिस्ट और इसी तरह कुछ और लड़कियाँ। मैं समय काटने के लिए उन्हें अपने केबिन में आमन्त्रित कर लेता था। और भी हताशाजनक बात यह थी कि हमारे प्रसारण बहुत ही कमजोर थे। बहुत कम लोग उन्हें पकड़ पाते थे। इसका पता हमें उस

रात चला जब प्रकाश शास्त्री, जो प्रोड्यूसर भी था और समाचार-वाचक भी, अपने कार्यक्रम का प्रसारण शुरू होने के आधे घंटे बाद तक भी नजर नहीं आया। प्रसारण का प्रभारी इंजीनियर समझ नहीं पा रहा था क्या किया जाए। हर तरफ से लाचार होकर उसने ट्रांसमीटर चालू किया और घोषणा की, 'यह ऑल इंडिया रेडियो की फ्रेंच सेवा है। मुझे खेद है कि हमारा प्रोड्यूसर अभी पहुँचा नहीं है और मुझे फ्रेंच बोलनी नहीं आती। इसलिए आप यह संगीत सुनिए'। हमारे फ्रेंच श्रोताओं की तरफ से कोई शिकायत नहीं आई। शास्त्री को नौकरी से बर्खास्त कर दिया गया।

ऑल इंडिया रेडियो में दो साल बिताने के बाद भी यहाँ उपलब्धि के नाम पर मेरे पास कुछ खास नहीं था। मैं कुछ अधिक सार्थक काम करने के लिए बुरी तरह छटपटाने लगा था। यूनेस्को के महानिदेशक डॉ. लूथर एवंस की भारत-यात्रा पर मुझे इसका मौका मिल गया। मुझे अन्तर्देशीय सेवा के लिए उनका साक्षात्कार लेने को कहा गया था। साक्षात्कार अच्छा रहा और वे प्रभावित हुए। मैंने उन्हें अपने घर पर रात्रि-भोजन के लिए दावत दी। मेरे पिता की मेहमाननवाजी और रहन-सहन की शैली से वे और भी ज्यादा प्रभावित हुए (इसमें काफी कुछ हाथ पिताजी की नाइट की उपाधि का भी था)। मेरा मित्र प्रेम किरपाल उस समय यूनेस्को के सांस्कृतिक मामला विभाग में उपनिदेशक था। मैंने उसे पत्र लिखकर आग्रह किया कि मेरे भी वहाँ आ जुड़ने की सम्भावनाओं को लेकर सचेष्ट रहे। एक महीने बाद मेरे पास वहाँ से प्रेस, फिल्म और रेडियो से सम्बद्ध कार्य के लिए जन-संचार विभाग में काम करने का प्रस्ताव आया। मैंने इसे बड़ी तत्परता से स्वीकार कर लिया। ऑल इंडिया रेडियो से इस्तीफे का नोटिस देते हुए मैंने लिखा कि यहाँ मेरे पास काम बहुत ही कम था। मैंने सुझाव दिया कि यह पद समाप्त कर दिया जाए। मेरा मित्र कृशन शुंगलू बहुत खीझा क्योंकि उसे मेरे बाद यह पद मिलने की उम्मीद थी। पर वह पद समाप्त ही कर दिया गया।

अध्याय-आठ

पेरिस में बीता अन्तराल

पेरिस मेरे लिए अनजान नगर नहीं था और मुझे इस बात की भी कुछ जानकारी थी कि यूनेस्को में क्या काम होता है। लन्दन में पढ़ाई करते समय मैं कई बार पेरिस आया था और लक्सेम्बर्ग गार्डन्स के नजदीक इंस्टीट्यूट दु पाँथियों से मैंने बोलचाल की फ्रेंच का तीन महीने का कोर्स भी किया था। जब मैं लन्दन में जनसम्पर्क अधिकारी था तब डॉ. राधाकृष्णन के नेतृत्व में आनेवाले प्रतिनिधिमंडल का सचिव प्रेम किरपाल था। उसने किसी तरह फ्लोरेंस में होनेवाली यूनेस्को की एक कॉन्फ्रेंस के लिए प्रेस अधिकारी के रूप में मेरा नाम शामिल करवा दिया था। मैं अपनी पत्नी को साथ ले गया। हम कार से पूरा फ्रांस और आल्प्स पार करके टस्कैनी पहुँचे। सच पूछें तो मेरे पास कोई काम था ही नहीं, सिवाय 'संस्कृति की सीमाएँ नहीं होतीं' और 'मानव-मन में शान्ति के बीज होने की आवश्यकता' जैसे विषयों पर लम्बे-लम्बे भाषण सुनने के। डॉ. राधाकृष्णन से मिलने का भी मुझे बहुत मौका मिला। उनका उद्घाटन भाषण तो वक्तृत्व कला का चमत्कार था और उसका जोरदार अभिनन्दन हुआ। कई प्रतिनिधि उनसे मिलने को उत्सुक थे। वे उनसे अपने बिस्तर पर लेटे-लेटे ही मिलते। ज्यादातर समय वे वहीं पर पढ़ते और लिखते हुए बिताते थे। उनसे मिलनेवालों में प्रतिनिधियों के अलावा और लोग भी थे जिनमें एक थी फिल्म अभिनेत्री मर्ना लुईज़। वे बिस्तर पर तकिए के सहारे उठँगे हुए थे। जब उन्होंने उसी स्थिति में मिर्ना को अपने पास बैठने के लिए कहा तो वह झिझकी। फिर उन्होंने अपने व्यवहार से उसे सहज कर लिया। उसका हाथ अपने हाथ में लेकर उन्होंने पूछा कि अब तक वह कितने पति कर चुकी है। यह जानी-मानी बात थी कि उसका इरादा अमरीकी प्रतिनिधिमंडल के नेता डॉ. सार्जेंट से विवाह करने का था। जिन और लोगों से मेरी दोस्ती हुई उनमें अमरीकी प्रतिनिधिमंडल की कैरोल लेस भी थी। बाद में उसकी भारत में नियुक्ति हुई। उसने राजदूत बंकर से विवाह किया और वह खुद भी नेपाल में राजदूत नियुक्त हुई।

फ्लोरेंस में बिताए इन तीन हफ्तों में मुझे कई चीजें देखने का मौका मिला—कला दीर्घाएँ, पिसा की मीनार, सिएना में पालिओ, और इटली की कुछ झीलें। गार्डा की यात्रा तो अब तक मेरे सपनों में लौट-लौटकर आती है। पूरे तीसरे पहर हम तेज उमसभरी गर्मी में ऐसा होटल ढूँढ़ते फिरे थे जहाँ हम खा सकें और रात को सो सकें। हम गार्डा आ

पहुँचे—कड़कती गर्म धूप में झिलमिलाता मीलों-मील पानी का विस्तार। हम झील के आर-पार फैले एक सँकरे पुल के नजदीक पहुँचे। साइनबोर्ड पर लिखा था साँ सिमियोन। हमने वहीं जगह ढूँढ़ने का फैसला किया। यह एक चट्टानी द्वीप पर बसा मछुआरों का गाँव था। कुछ छोटे-मोटे होटल भी थे यहाँ। हम एक में जाकर ठहर गए। हाथ-मुँह धोने के बाद मैंने द्वीप की सैर करने को ठानी। मैं एक धूलभरे रास्ते पर बढ़ा जो एक कब्रिस्तान को जाता था। उस कब्रिस्तान में ढेर सारे चीड़ के वृक्ष थे। मैं चीड़ की सुईनुमा पत्तियों के बिछौने पर लेटकर नीले आसमान को धीरे-धीरे अँधियारा होते देखता रहा। घर लौटते हुए मछुआरों के गाने की आवाजें पानी के पार से मुझ तक तैरती हुई आ रही थीं। मुझे झपकी आ गई। पता नहीं कितनी देर मैं मुर्दों के बीच सोया रहा। फिर अचानक अपने सिर के ऊपर की किसी टहनी से बुलबुल के मुक्तकंठ से गाने की आवाज से मेरी नींद उचट गई। पूरा चाँद निकल आया था—झील के पानी पर पारे की लम्बी-लम्बी धारियाँ छोड़ता। चाँदनी रात में बुलबुल के गीत से मन्त्रमुग्ध मैं लेटा रहा—कीट्स को भी कुछ ऐसा ही अनुभव हुआ होगा कि वह चरम आनन्द की स्थिति में पहुँच गया था। इस जादू को मैं तोड़ना नहीं चाहता था, इसलिए मैं वहीं लेटा रहा। मैं रात के निर्मल आकाश में चाँद को ऊँचा, और ऊँचा चढ़ते देखता रहा। बुलबुल को मेरी उपस्थिति का भान हो गया और वह उड़ गई। जादू टूट गया।

दो साल बाद किरपाल ने फिर पेरिस में होनेवाली एक कॉन्फ्रेंस के लिए मौलाना आजाद के नेतृत्व में जानेवाले भारतीय प्रतिनिधिमंडल में मेरा नाम शामिल करने की जुगत भिड़ा ली। मौलाना मानकर ही चल रहे थे कि मैं सिर्फ मौज-मस्ती करने के लिए ही पेरिस आया हूँ, इसलिए उन्होंने मुझे कोई काम नहीं सौंपा। जब भी मैं उनसे पूछता कि मेरे लिए क्या काम है तो वे जवाब देते, 'सरदार साहब, मजा करिए।' सिर्फ एक बार प्रतिनिधिमंडल के किसी वरिष्ठ सदस्य ने मुझसे किसी विशेष प्रस्ताव के लिए उनकी सहमति ले आने को कहा। मुझे शाम को उनके होटल में जाकर उन्हें परेशान करना पड़ा। वे बड़ी रुखाई से पेश आए। उनकी शामें बिलकुल उनकी अपनी होती थीं जिनमें वे अकेले बैठकर स्कॉच का लुत्फ उठाते थे। पीने की बात को वे जाहिर करना नहीं चाहते थे ताकि उनकी इमाम-उल-हिन्द—मुस्लिम भारत का विचार-कोष—की छवि बनी रहे। उसी प्रतिनिधिमंडल में प्रोफेसर हबीब भी थे—बड़े सौजन्यशील विद्वान, जो साम्यवादी चीन को सम्मिलित करने के बारे में भारत के रुख को लेकर कुछ उलझन में थे। जब मतदान का समय आया तो उन्होंने भारत का मत भारत के ही प्रस्ताव के विरोध में डाल दिया। उसे फिर ठीक कराना पड़ा।

यूनेस्को को कोई कितनी गम्भीरता से ले सकता था ? मैं हमेशा संस्कृति का ढोल पीटनेवाले लोगों से बिदकता रहा था। 'कुछ नई बातें निकालो,' किरपाल ने मुझसे कहा। पर उसने यह कभी स्पष्ट नहीं किया कि ये नई बातें किस तरह की हों। बहरहाल, कुछ दिन रहने के लिहाज से पेरिस बड़ा प्यारा शहर है। मेरे मन में इसकी मधुर यादें थीं और यह अफसोस कि मैं कभी भी किसी फ्रांसीसी पुरुष या महिला से दोस्ती नहीं कर सका।

मेरे दोस्ती के बढ़े हुए हाथ को थामने के लिए जो भी इच्छुक थे वे सिर्फ आप्रवासी थे—वहाँ आकर बसे गोरे रूसी या अमरीकी, या फिर यहूदी जो वहाँ व्याप्त और अक्सर मुखर होनेवाले यहूदी-विरोधी वातावरण में अपने को असुरक्षित महसूस करते थे। संस्कृति और कविता की ऊँची-ऊँची बातों के बावजूद फ्रांसीसियों-जैसे धनलोभी लोग मुझे और कहीं नहीं मिले। कोई कहीं भी जाता—रेस्तराँ, सिनेमा या नाव किराए पर लेने के लिए—तयशुदा राशि देने के बाद, बिना किसी अपवाद के, एक हाथ टिप माँगने के लिए जरूर बढ़ जाता था। और तमाम आदाबो-अलक़ाब, कर-चुम्बन और दरबारी भाषा के बावजूद वे अविश्सनीय रूप से अभद्र हो सकते थे। फ्रांस कितना अच्छा होता अगर इसमें फ्रांसीसी न होते।

बहरहाल, 1954 की गर्मियों में मैं फिर पेरिस में था और मेरी जेब में था पाँच साल का एक अनुबंध। स्टेशन पर राजदूत के सचिव हमें लेने आए थे। राजदूत और कोई नहीं, मेरी पत्नी के चाचा एच.एस. मलिक थे जिनका तबादला कनाडा से फ्रांस हो गया था। मेरे निवास का अस्थायी प्रबन्ध यूनेस्को के नजदीक ही हो गया था। यूनेस्को का दफ्तर उस समय भूतपूर्व होटल मैजिस्टिक में था जो द्वितीय विश्वयुद्ध के दौरान जर्मन खुफिया पुलिस (गेस्टापो) का मुख्यालय रह चुका था। पहली शाम का खाना हम लोगों ने मलिक परिवार के साथ खाया। न उनकी तरफ से हमारे प्रति कोई गर्मजोशी थी, न हमारी तरफ से उनके प्रति। मैंने तय कर लिया कि फ्रांस में रहने के दौरान उनसे यथासम्भव कम-से-कम सम्पर्क रखूँगा।

अगली सुबह मैंने यूनेस्को में हाजिरी दी और अपने से ठीक ऊपर के अधिकारी—श्नाइडर नाम के एक अमरीकी और उनके नम्बर दो अधिकारी से मिला। यह व्यक्ति एक फ्रेंच यहूदी था जिसने फ्रांस के भूमिगत आन्दोलन से जुड़ते समय अपना नाम फिलिप वूल्फ से बदलकर फिलिप देस्जार्दें रख लिया था। दोनों ही धाराप्रवाह अंग्रेजी और फ्रेंच बोल सकते थे। मुझे एहसास हो गया कि लूथर एवंस से श्नाइडर के सम्बन्ध अच्छे नहीं थे और एवंस इसकी जगह किसी और व्यक्ति की तलाश में था। श्नाइडर को मेरी नियुक्ति पर भी कुछ एतराज था। देस्जार्दें विभाग में उपनिदेशक बनने को उतावला था और उसे लगता था कि एवंस ने दूसरा उपनिदेशक बनाने के लिए ही मुझे संगठन में लिया है। उसने बड़ी लगन से मुझसे दोस्ती बढ़ाई और छह महीने की अवधि के लिए अस्थायी आवास ढूँढ़ने में भी मेरी मदद की। एक शयनकक्षवाला यह सुन्दर, सुखद एकान्त फ्लैट सीते नेग्रिए में स्थित था। यह आइफेल टॉवर के नजदीक की एक व्यस्त सड़क से निकलनेवाली बन्द गली थी। इसकी मालकिन एक फ्रेंच राजनयिक की चीनी पत्नी थी।

हम वहाँ जम गए और मैंने अपने बेटे को अमेरिकन इंटरनेशनल स्कूल में भर्ती करा दिया। इसके दो सप्ताह बाद एवंस ने मुझे ब्रितानी अखबारों के सम्पादकों के साथ लन्दन में अपनी एक मीटिंग तय करने को कहा। मैं लन्दन चला गया और यूनेस्को के इंग्लिश कमीशन के रिचर्ड पॉवेल की मदद से अपने कुछ सम्पादक-मित्रों को दोपहर के भोजन पर आकर एवंस की यूनेस्को सम्बन्धी योजनाएँ सुनने को राजी कर लिया। अंग्रेजों को यूनेस्को की उपयोगिता में सन्देह था और इंग्लैंड इसमें जो राशि देता था उसे वे पैसे की बरबादी

समझते थे। पर हमारे मेहमानों ने सौजन्य के नाते एवंस की बातों में दिलचस्पी दिखलाई। दुर्भाग्यवश, कई अन्य अमरीकियों की ही तरह एवंस की आवाज भी बड़ी बुलन्द और गूँजती हुई-सी थी। भोजन का समय होने के कारण वह बड़ा सारा हॉल लोगों से भरा हुआ था और उसकी आवाज इस भीड़भरे हॉल के कोने-कोने में पहुँच रही थी। यूनेस्को के भावी स्वरूप के बारे में एवंस अपनी कल्पना को बुलन्द आवाज में बखान रहा था कि एक अमरीकी महिला ने पीछे से आकर उसके कन्धे पर उँगलियों से थपकी थी। भाषण देते-देते रुककर एवंस पीछे घूमा। वह महिला बड़ी रुखाई से बोली, 'मैं आपको बताना चाहती हूँ कि आपकी आवाज बहुत ऊँची है। हॉल के बिलकुल दूसरे सिरे पर भी मुझे आपका एक-एक शब्द सुनाई दे रहा था और मुझे आपकी इन बातों में रत्तीभर भी दिलचस्पी नहीं है।' एवंस का मुँह उतर गया।

पेरिस लौटकर एवंस ने मुझे बताया कि उरुग्वे के शहर मॉण्टेविडियो में होनेवाली कॉन्फ्रेंस में भाग लेनेवाले दल में मैं भी शामिल रहूँगा। मुझे जनसंचार विभाग के बजट-प्रस्तावों को समझ लेना चाहिए ताकि प्रतिनिधियों द्वारा इस सिलसिले में पूछे जानेवाले प्रश्नों के उत्तर दे सकूँ। यह बिलकुल स्पष्ट था कि वह मुझे अपनी क्षमता को प्रमाणित करने का मौका देना चाहता था और यह देखना चाहता था कि मैं विभाग के उपनिदेशक का काम सँभाल सकूँगा या नहीं। मुझे बजट बनाने आदि के बारे में कोई जानकारी नहीं थी और हिसाब-किताब से जुड़ी हर चीज से मुझे इतनी अरुचि थी कि उन पुस्तकों को समझना मेरे लिए बड़ा मुश्किल था। बहरहाल, एक चार्टर्ड उड़ान से अटलांटिक महासागर पार करके मैं ब्राजील में रेसीफ़े पहुँचा। प्रॉपेलर विमान से इस यात्रा में पूरी रात लग गई। रिओडिजेनीरो में ईंधन भरने के लिए कुछ देर रुकने के बाद हम गर्मी की एक सुहानी शाम मॉण्टेविडियो पहुँच गए।

वहाँ के लोगों ने इसके पहले कभी भी किसी सिख को नहीं देखा था। वे हैरत से मुझे घूरते रह गए। हमारे मेजबानों ने हमारे लिए उरुग्वे की दो सबसे बढ़िया टीमों के बीच होनेवाले फुटबॉल मैच को देखने की व्यवस्था कर रखी थी। जब मैं वहाँ पहुँचा, सभी पलटकर मुझे ही ताकने लगे। खेल को कुछ देर के लिए रोक दिया गया जब तक कि उन्हें तसल्ली नहीं हो गई कि मैं भी एक इंसान ही हूँ। अगली सुबह के अखबारों के मुखपृष्ठ पर मेरी बड़ी-बड़ी तस्वीरें छपी थीं। बहरहाल, अगर उरुग्वेवासियों को भारत के बारे में कुछ मालूम नहीं था तो कई महत्त्वपूर्ण भारतीय भी थे जिन्हें उरुग्वे नाम की किसी जगह के अस्तित्व की जानकारी ही नहीं थी। इसका एक प्रमाण तो वह पत्र था जो मुझे तत्कालीन रक्षा उपमन्त्री सुरजीत सिंह मजीठिया से मिला था। मैंने उन्हें शिक्षा मन्त्रालय के सचिव डॉ. हुमायूँ कबीर से अपने प्रस्ताव के बारे में बात करने के लिए पत्र लिखा था। मेरा प्रस्ताव था कि मन्त्रालय विभिन्न राष्ट्रों के साहित्य के प्रचार का जो कार्यक्रम चला रहा है, उसमें सिखों के पवित्र भजनों के अनुवादों को भी शामिल कर लिया जाए। मजीठिया का उत्तर जिस लिफाफे में आया, उस पर मेरा पता था, 'यूनेस्को, पलासियो नास्योनाल, मॉण्टेविडियो, उरुग्वे, फ्रांस।' मेरी स्पेनी सेक्रेटरी यह

देखकर बहुत परेशान हुई। 'आपके यहाँ लोग यह भी नहीं जानते कि उरुग्वे नाम का भी एक देश है ?' उसने पूछा। मैंने उसे तसल्ली दी, 'तुम्हें चिन्ता नहीं करनी चाहिए। यह पत्र हमारे रक्षा मन्त्रालय से आया है। अगर उन्हें तुम्हारे अस्तित्व की जानकारी नहीं है तो वे तुम्हारे खिलाफ युद्ध भी नहीं छेड़ सकते।'

शहर में तीसरे दिन मुझे बड़ा दिलचस्प अनुभव हुआ। मैं होटल की लॉबी में खड़ा था कि एक नाटा, सूखा-सा बूढ़ा आदमी, जिसके सिर्फ एक आँख थी, मेरे पास आया और उसने मेरा अभिवादन किया, 'सत श्री अकाल, सिन्योर।' मैंने अभिवादन का जवाब देते हुए पंजाबी में पूछा कि क्या वह सिख था ? उसने स्पेनी में जवाब दिया, 'सी सिन्योर' (हाँ श्रीमान)। प्रमाण के लिए उसने एक फटा-पुराना ब्रिटिश पासपोर्ट निकाला और उसके फोटो की तरफ इशारा किया : यह बीस से तीस के बीच की उमर के एक जवान काने सिख की तस्वीर थी। उसने अपनी ओर इशारा किया और देहाती लहजे की पंजाबी में बोला, नाँव (नाम) चंचल स्योंह (सिंह), पे (प्यो—बाप) सोहन स्यों, माऊ (माँ) गुरदीप कौर, पिंड (गाँव) लाहौर जिले में कहीं—नाम न जाने क्या। फिर उसने दस तक गिनती शुरू की—इक्क, दो, तिन्न, चार...। इन शब्दों के अलावा वह पंजाबी या अंग्रेजी में न तो और कुछ बोल सकता था, न मेरी कही हुई बात समझ सकता था। मैंने अपनी स्पेनिश सेक्रेटरी की मदद माँगी। उसकी कहानी अद्भुत थी। चंचल सिंह किशोरावस्था में ही पंजाब छोड़कर कनाडा में बसने के इरादे से निकला था। उस समय वह पंजाबी के सिवाय और कोई भाषा नहीं बोल सकता था। कनाडियन अधिकारियों ने उसे रुकने की अनुमति देने से इंकार कर दिया। वह भागकर अमरीका पहुँच गया। वहाँ भी यही हुआ और उसे कुछ दिनों के भीतर देश छोड़ देने का आदेश मिला। उसने एक स्पेनी मजदूर की बेटी से शादी कर ली और ढेर सारे बच्चे पैदा किए। उन बच्चों को मिले-जुले सिख-स्पेनी नाम दिए गए : दिलबाग डॉन पेड्रो सिंह, शान्ति कार्मेलिता सिंह आदि। चंचल सिंह, जो बीस साल की उम्र तक सिर्फ पंजाबी जानता था, अब इस भाषा का एक शब्द भी नहीं समझ पाता था—पचास सालों ने इस भाषा को उसकी स्मृति से बिलकुल पोंछ डाला था।

मैंने देखा है कि अगर आपको कोई भाषा बोलने या पढ़ने का अवसर नहीं मिलता है तो पचास वर्ष से भी बहुत कम समय इसे आपकी स्मृति से मेटने को काफी है। एक पंजाबी मुसलमान व्यापारी ने (जहाँ तक मुझे ध्यान है, उसका नाम अनवर था) मुझे अपने घर खाने पर बुलाया। वह और उसकी स्पेनी बीवी, दोनों ही धड़ल्ले से अंग्रेजी बोल लेते थे। जब पत्नी रसोईघर में कुछ काम कर रही थी तो मैंने मेजबान से पंजाबी में कुछ कहा। उसे मेरी बात मुश्किल से ही समझ में आई। इसकी सफाई देते हुए उसने कहा, 'शब्द तो जाने-पहचाने लगते हैं मगर उनके अर्थ याद नहीं आते। मैं बारह साल से उरुग्वे में हूँ, और मेरा पूरा काम स्पेनी या अंग्रेजी में ही होता है। इन तमाम सालों में मैंने किसी से भी हिन्दुस्तानी या पंजाबी में बात नहीं की है, न ही किताबों या पत्रिकाओं के माध्यम से इन भाषाओं से कोई सम्पर्क रहा है। अब मैं न तो ये भाषाएँ बोल सकता हूँ, न आपकी

बात का एक भी शब्द मेरी समझ में आ रहा है।' बारह साल में उसकी मातृभाषा उसके दिमाग के पट से धुल-पुँछकर साफ हो गई थी।

मॉण्टेविडियो कॉन्फ्रेंस को अन्तर्राष्ट्रीय प्रेस में बहुत कम प्रचार मिला। दुनिया में उरुग्वे की कोई खास हैसियत नहीं थी और यूनेस्को में लोगों की कोई दिलचस्पी नहीं थी। पाकिस्तानी प्रतिनिधिमंडल के सचिव एम. शरीफ़ की तरफ मेरा ध्यान खासतौर पर गया था क्योंकि उन्होंने यूनेस्को में मेरे प्रवेश का विरोध नहीं किया था। बदले में वे चाहते थे कि मैं उनके साथ सोने के लिए औरतों का इन्तजाम करूँ और जब मैं यह काम नहीं कर सका तो उन्हें बड़ी निराशा हुई। फिर उन्होंने मुझसे अपने लिए एक प्रेस कॉन्फ्रेंस आयोजित करने के लिए कहा। मैंने स्थानीय अखबारों में इसकी घोषणा करवा दी और सारे प्रतिनिधियों के बीच भी यह सूचना घुमाने का इन्तजाम कर दिया। पर कोई भी नहीं आया। शरीफ़ ने मेरे ही सामने अपना भाषण दे दिया। इसकी रपट मैंने पाकिस्तान भिजवा दी जहाँ यह तमाम अखबारों में छप गई।

पाकिस्तानी प्रतिनिधिमंडल के नेता थे वहाँ के शिक्षा मन्त्री इश्तियाक़ हुसैन कुरैशी जो दिल्ली के सेंट स्टीफंस कॉलेज में उन्हीं दो वर्षों के दौरान पढ़ा रहे थे जब मैं वहाँ था। एक औपचारिक लंच में कई प्रतिनिधिमंडलों के नेता उपस्थित थे। वहाँ एक बड़ी जोरदार घटना हुई। मि. कुरैशी मेरे बराबर बैठे थे। हमारे सामने की तरफ आस्ट्रेलियाई प्रतिनिधिमंडल के नेता बैठे थे। कुरैशी कुछ गुमसुम-से नजर आ रहे थे क्योंकि उसी सुबह उन्हें अपने बर्खास्त होने की खबर मिली थी। (मुझे शरीफ़ ने यह बात बता दी थी)। आस्ट्रेलियन सज्जन ने कुरैशी का कार्ड उठाकर देखा और अपना परिचय दिया, 'मन्त्री महोदय, मेरा नाम यह है : मैं आस्ट्रेलिया के शिक्षा मन्त्रालय में हूँ।' दोनों ने हाथ मिलाए। गपशप का क्रम जारी रखने के लिए उन्होंने मजाक में कहा, 'मन्त्री महोदय, आपमें और हम-जैसे नौकरशाहों में एक फर्क है। मुझे पता है कि जब मैं कैनबरा लौटूँगा, तो मेरी नौकरी सही-सलामत मेरे इन्तजार में होगी। मन्त्रियों को कभी भरोसा नहीं हो सकता कि वे कब तक टिकेंगे।' मुझे उस आस्ट्रेलियन को आगे बोलने से रोकने के लिए मेज के नीचे से उसके पैरों में ठोकर मारनी पड़ी। पर वह मेरी तरफ पलटकर गुस्से से बोलने लगा, 'मुझे ठोकर क्यों मार रहे हो ?' मुझे हारकर अपनी जानकारी को जाहिर करना पड़ा, 'क्योंकि आप ऐसे मन्त्री से बात कर रहे हैं जिसकी नौकरी आज सुबह ही छूटी है।'

मैं लूथर एवंस की उम्मीदों पर खरा नहीं उतरा और मैंने बजट समिति के आगे हाजिर होने से इंकार कर दिया। अब वह मुझे विभाग का उपनिदेशक नहीं बना सकता था। उसने मालकम आदिशेषैया की द्वितीय सहायक महानिदेशक के तौर पर पदोन्नति की घोषणा कर दी। आदिशेषैया तमिल था और कभी ईसाई पादरी रह चुका था। अब वह फ्रांसीसी रेने माइयू की बराबरी पर आ गया था जिसे एवंस कुछ खास पसन्द नहीं करता था। मॉण्टेविडियो में मेरी एकमात्र उपलब्धि यह थी कि संग्रहों में सिख धर्मशास्त्रों के अंशों का अनुवाद शामिल करने के मेरे प्रस्ताव को स्वीकृति मिल गई।

उरुग्वे में मुझे कुछ खास देखने का मौका नहीं मिला। मेरी स्पेनी सेक्रेटरी मुझे अपने

पिता के मवेशी फार्म पर ले गई जहाँ मैंने गाउचो* लोगों को घोड़े की नंगी पीठ पर बैठ रस्सों का फन्दा डालकर एक कलोर गाय को पकड़ते देखा। उन्होंने उसका गला चीर डाला और फिर पेट चीरकर उसकी आँतें निकाल लीं। फिर सिर और चमड़ी उतारे बिना उसे इस्पात की छड़ों की बनी हुई तिपाई-जैसी एक चीज पर फैला दिया जिसके नीचे आग सुलग रही थी। इस गाय के भुन जाने तक लड़के-लड़कियाँ नाचते-गाते रहे। फिर अपने खास छुरों से उन्होंने उसके शरीर से बड़े-बड़े टुकड़े काट लिए और कागज की प्लेटों पर रखकर उन्हें खाने लगे। फिर घर की बनी मदिरा 'विनो रोसो' सुराहियों से उनके गिलासों में उँड़ेली गई। गोश्त का तमाम रस उसके अन्दर ज्यों-का-त्यों था और वह खाने में बहुत ही स्वादिष्ट था। मदिरा भी बड़ी सुस्वादु थी। मैंने बस में रियो नेग्रो को भी पार किया और मॉण्टेविडियो में पक्षी भी देखे। दक्षिण अमरीका की दो चिड़ियों की आज भी मुझे याद आती है। एक तो है ऑर्नेरी जो बहुत-कुछ हमारी बया-जैसा ही घोंसला बनाती हैं, पर दो खंडों वाला; और दूसरी तिजेराता या कैंची चिड़िया जिसकी दो लम्बी-लम्बी दुमें कैंची की तरह आड़ी-तिरछी चलती रहती हैं।

एक महीने बाद मैं वापस पेरिस में था, और मॉण्टेविडियो में असफल रहने के कारण बड़ा हताश। श्नाइडर रिटायर हो चुका था और उसकी जगह एवंस ने संयुक्त राष्ट्र के जनसम्पर्क से तोर जेसदाल नाम के एक नार्वेजियन को ले लिया था। जेसदाल अपने सहकारियों को न्यूयार्क से ही अपने साथ लाया था। मेरे पास एक तरह से अपने नीचे काम कराने के लिए कोई कर्मचारी ही नहीं रह गया था सिवाय मेरी वफादार सेक्रेटरी इवान ल रूज़तेल के। जेसदाल मुझे खास पसन्द नहीं करता था और जब भी स्टाफ की मीटिंग बुलाई जाती, वह गहरी साँस खींचकर कहता, 'मि. सिंह, मैं सचमुच नहीं समझ पा रहा हूँ कि आपका क्या करूँ। आप यूनेस्को पर एक किताब लिखें तो कैसा रहे ?' कभी-कभी तो मुझे अपनी हताशा को शराब में डुबाना पड़ता था। शाम को मैं अपने साथ लाए हुए हिन्दुस्तानी रिकॉर्ड लगा लेता था। लता मंगेश्कर के गाए हुए 'जोगी मत जा, पाँव पड़ूँ मैं तेरे' पर तो मेरा बाँध टूट जाता और मैं बगीचे में जाकर आँसू बहाने लगता। यह उदासी तब कुछ टूटी जब मुझे ग्रोव प्रेस के बार्नी रोजेट का तार मिला कि मेरे *मनो-माजरा* को (जो *ट्रेन टु पाकिस्तान* नाम से ज्यादा प्रसिद्ध है) कथा-साहित्य की सर्वश्रेष्ठ रचना माना गया है। मैंने प्रेम किरपाल के पीछे पड़-पड़कर एक पार्टी आयोजित करवा ली। उन दिनों रामास्वामी मुदालियर पेरिस आए हुए थे। मैंने उनके सामने उसी पार्टी में लूथर एवंस द्वारा अपने को चेक भेंट किए जाने की भी व्यवस्था करवा ली। इस पुरस्कार से मुझे इतना रुपया मिल गया कि मैं एक मर्सिडीज़ बेंज़ खरीद सकूँ।

सिख धर्मग्रन्थों के अंशों के अनुवाद की यूनेस्को परियोजना को मैंने लगभग अकेले हाथों राष्ट्रीय आयोग और यूनेस्को से पार करवाया था। उन अंशों के चुनाव और अनुवादक मंडल के नामों को तय करने के लिए मुझे दिल्ली भेजा गया। इससे मुझे इस

---

* मवेशियों को घेरनेवाले घुड़सवार।

बात का तजुर्बा हुआ कि सिख विद्वानों की असलियत क्या हो सकती है। मैं लोकसभा के अध्यक्ष हुकुम सिंह से मिलने गया। उन्होंने सुझाव दिया कि मैं लुधियाना के किन्हीं डॉ. तरलोचन सिंह को संयोजक और समन्वयक बना लूँ। मुझे लगता है कि डॉ. हुकुम सिंह को भी इस आदमी के बारे में कुछ विशेष जानकारी नहीं थी सिवाय इसके कि वह धर्मविज्ञान में (न जाने कहाँ से) डॉक्टर होने का दावा करता था और बड़ी तंगी में था। हुकुम सिंह ने तरलोचन सिंह को फोन किया जो अगले ही दिन दिल्ली आ गया। वह लम्बी दाढ़ीवाला ग्रन्थीनुमा आदमी था जो इस क्षेत्र के अन्य लोगों से, खासकर डॉ. गोपाल सिंह दर्दी से, बहुत चिढ़ता था। हमने मंडल के लिए चार अनुवादकों के नाम तय किए। दर्दी के नाम के ख़िलाफ वह बिलकुल अड़ गया। कुछ और विद्वानों के मंडल को ग्रन्थों से अंश चुनने का भार सौंपा गया। डॉ. राधाकृष्णन ने आमुख लिखने की अनुमति दे दी। जब दर्दी को पता चला कि मंडल में उसका नाम नहीं है तो उसने विरोध करते हुए मुझे पत्र लिखा और अनुरोध किया कि मैं यूनेस्को के नॉमिनी के तौर पर उसका नाम रख लूँ। मैंने उत्तर में लिखा कि चुनाव में मेरा कोई हाथ नहीं है पर मुझे लगा था कि एक समय दर्दी के अच्छे मित्र रहे तरलोचन सिंह और कपूर सिंह, दोनों को ही उसके नाम पर सख्त एतराज था। दर्दी दुष्टता पर उतर आया। वैसे ही उसे बड़े-बड़े लोगों से अपने सम्पर्कों का बखान करने की आदत थी। उसने धमकी दी कि वह इस मामले को प्रधानमन्त्री नेहरू तक ले जाएगा। मैंने भी उतनी ही अभद्रता से जवाब देते हुए लिख दिया कि उसकी जो मर्जी हो, कर ले। उसके जीवन के आखिरी साल तक हमारे बीच सम्बन्धों में खटास ही बनी रही।

कपूर सिंह भी एक टेढ़ा ही आदमी था। उसका दावा था कि उसने ऑक्सफोर्ड से फिलॉसफी में डॉक्टरेट ली है। सिख नॉमिनी होने की वजह से वह आई.सी.एस. में आ गया था। कुछ साल नौकरी के बाद वह भ्रष्टाचार के आरोप में निकाल दिया गया। इस अपमान के लिए उसने भारत सरकार को कभी माफ नहीं किया। वह अकाली दल में शामिल हो गया, लोकसभा के लिए चुना गया। आनन्दपुर साहब के प्रस्ताव का मुख्य रचयिता वही था। इस प्रस्ताव में सिखों को भारत से अलग राष्ट्र के रूप में मानते हुए उनके लिये 'आत्मनिर्णय की हैसियत' की माँग की गई थी। अपनी विद्वत्ता के बारे में उसकी राय काफी ऊँची थी और दूसरे अकालियों को वह मूर्ख-गँवार समझता था। उसका गुस्सा भी बड़ा तेज था।

चुने हुए अंश अनूदित करके मेरे पास भेजे गए। अनुवाद बिलकुल बेकार हुआ था। अनुवादकों को काफी मोटी रकम दी गई मगर अनुवाद उन्हें ही वापस भेजने के स्थान पर मैंने यूनेस्को को इस बात के लिए मना लिया कि उसे सुधारने-सँवारने में मैं अंग्रेजी के किसी कवि की सेवाएँ ले लूँ। मैंने इस काम के लिए एक छोटे-मोटे कवि गॉर्डन फ्रेजर की नियुक्ति की जिसकी सिफारिश मेरे दोस्त गाइ विंट ने की थी। मैंने फ्रेजर के साथ लन्दन में एक पखवाड़ा यह सुनिश्चित करने के लिए बिताया कि वह मूल से अधिक छेड़छाड़ न करे। डॉ. राधाकृष्णन की विद्धत्तापूर्ण भूमिका के साथ यह अनुवाद मेसर्स एलेन एंड अनविन द्वारा प्रकाशित किया गया। इसका शीर्षक था *सेलेक्टेड सेक्रेड राइटिंग्ज ऑफ द सिख्स*।

इस प्रकाशन का एक नतीजा यह हुआ कि तरलोचन सिंह मुझसे बहुत बुरी तरह बिगड़ गया। मेसर्स एलेन एंड अनविन ने पुस्तक के विज्ञापन में मेरा नाम अनुवादक मंडल में सबसे ऊपर रखा था क्योंकि मुझे वे पहले भी छाप चुके थे और इंग्लैंड में औरों की तुलना में मैं अधिक जाना जाता था। उन्होंने इस सिलसिले में किसी से सलाह-मशविरा भी नहीं किया था। तरलोचन सिंह साहित्य अकादेमी के सचिव कृष्णा कृपलानी के पास गया। डॉ. राधाकृष्णन को भी उसने पत्र लिखा जिसमें आरोप था कि मैंने चालाकी से अपना नाम सूची में सबसे ऊपर रखवा लिया है। मैंने निर्दोष होने की दुहाई दी, उन लोगों ने विश्वास नहीं किया। मैंने एलेन ऐंड अनवनि से आग्रह करके उन लोगों को पत्र लिखवाए कि मेरा इसमें कोई हाथ नहीं था और अब मेरे आग्रह पर उन्होंने मेरा नाम अनुवादकों की सूची के अन्त में रख दिया है। केवल कृपलानी ने मुझसे माफी माँगी। मैंने निश्चय कर लिया कि अब कभी राधाकृष्णन या तरलोचन सिंह से सम्पर्क नहीं रखूँगा।

जब सीते नेग्रिए वाले फ्लैट में मेरी लीज की अवधि समाप्त हो गई तो इवॉन ल रूज़तेल ने हमारे लिए एक उपनगर बूर ला रेन में पार्क द सो के नजदीक एक छोटा-सा सुन्दर बँगला ढूँढ़ दिया। हम अपने नए घर में आ गए। हमें खाना पकाने और घर के काम के लिए एक बहुत ही सुन्दर-सी अंग्रेज लड़की मेरी मिल गई। अपने बेटे को मुझे उसकी इच्छा के विरुद्ध अमेरिकन इंटरनेशनल स्कूल से निकालकर लिसे ला कानाल में भर्ती करवाना पड़ा और अपनी बेटी को मुझे एक फ्रेंच कॉन्वेंट में डे बोर्डर के रूप में दाखिल करना पड़ा। उस समय दोनों ही मुझसे बहुत नाराज थे। दोनों में से किसी को भी फ्रेंच नहीं आती थी और अपने अध्यापकों की बात समझने में उन्हें काफी परेशानी होती थी। माला को इस बात से चिढ़ होती थी कि उसका हुलिया नैग्र (काली) के रूप में बयान किया जाता था। हालाँकि मैं उसे तसल्ली देता था कि नैग्र अच्छे होते हैं, मगर उसका टूटा दिल जुड़ता नहीं था। जिन्दगी में आगे चलकर दोनों ने अनिच्छा से ही सही, मगर मंजूर किया कि मैं अगर उन्हें जबर्दस्ती फ्रेंच स्कूलों में भर्ती नहीं करवाता तो उन्हें यह भाषा कभी नहीं आती।

हमारा नया घर रू दु कर्नल कैंदेलो नामक सड़क पर था जो रेलवे लाइन के साथ-साथ चलती थी। सुबह पहली ट्रेन जब बूर ला रेन पर रुकने के लिए हाइड्रॉलिक ब्रेक लगाती थी तो उसकी सर्राहट की आवाज से मेरी नींद उड़ जाती थी। सुबह-सुबह की नींद में आमतौर पर मुझे झरने में डूबने के सपने आते थे। मैं नौ बजे की ट्रेन पकड़ता था जो मुझे एत्वाल पर उतार देती थी। सबसे पहले तो मैं कैफेटेरिया में जाकर मक्खन के साथ गर्म क्रोसाँ और एक प्याला गर्मागर्म कॉफी लेता था फिर अपने कमरे में जाकर यूनेस्को पर अपना मसौदा तैयार करता था। इवॉन को कुछ-एक पत्र बोलकर लिखवाता था और अपनी पत्नी का इन्तजार करता था जो दोपहर को मेरे ही साथ लंच करने आती थी। फिर हम दोनों और किरपाल ऐसे रेस्तराँ की तलाश में निकलते जहाँ ठीक-ठीक कीमत पर अच्छा खाना मिल सके। पेरिस में एक बात तो थी। वहाँ लगभग हर रेस्तराँ में स्वादिष्ट खाना मिलता था। मौसम अच्छा न होता तो हम यूनेस्को के कैफेटेरिया या रेस्तराँ में ही खाना

खा सकते थे। मदिरा तो जरूरी थी ही। अपने कमरे में लौटते-लौटते मेरा दिमाग नशे से धुँधला जाता था। एक बिलकुल अन्धी अंग्रेज स्टेनोग्राफर हमारी तीसरे पहर की चाय बनाती थी। तब दफ्तर से लौटनेवालों की भीड़भाड़ शुरू होने से पहले ही घर लौट चलने का समय हो जाता था। मेरी समझ में आने लगा था कि पेरिस में रहना हालाँकि बड़ा सुखद था पर मैं ऐसा कोई काम नहीं कर रहा था जो मेरे यहाँ होने को संगत ठहरा सके। मगर इससे मेरे जीवन की अन्य गतिविधियों में अन्तर नहीं आया। मैं अपने परिवार के साथ पार्क द सो में घूमने और हंसों को चुगाने जाया करता था। हम हर सप्ताहांत पर पेरिस से बाहर जरूर जाते थे। किरपाल हमेशा हमारे साथ होता था। मेरी पत्नी और बच्चों के साथ मुझसे ज्यादा वह दिखाई देता था। आस-पड़ोस में यूनेस्को में काम करनेवाले जो दूसरे लोग रहते थे, वे मुझसे पूछा करते थे कि क्या मैं सप्ताहांत किरपाल के परिवार के साथ बिताता हूँ ?

कभी-कभी हमारे यहाँ भारत से मेहमान भी आते थे। पहले-पहल मेरा सबसे छोटा भाई दलजीत आया। सुन्दर-सी मेरी को देखते ही उसने उसे पटाने का इरादा कर लिया। मेरी उसकी छेड़छाड़ से घबराकर मेरी पत्नी की शरण में आई। पत्नी तब तक मेरी के शयनकक्ष में बैठी रहती जब तक मेरा भाई उसे दबोच पाने का मौका ताकते-ताकते थककर सो नहीं जाता। भरतराम दम्पति भी हमारे मेहमान बने। शीला मॉस्को से आई; वहाँ वह भारतीय महिलाओं के एक प्रतिनिधिमंडल के साथ गई थी। उसे वहाँ प्रदर्शन के लिए अपने निजी आभूषण ले जाने की अनुमति मिली थी, जिनकी कीमत मेरे अंदाज से बारह लाख से ऊपर थी। उसके आभूषणों ने रूसी महिलाओं को भारतीय नृत्य या गायन से कहीं अधिक आकर्षित किया था। हमारे घर में जगह बहुत कम थी मगर शीला ने होटल में ठहरने से इंकार कर दिया। उसका पति इंग्लैंड में था और वह भी जल्दी ही पेरिस आकर उससे मिलनेवाला था। शीला भारत लौट गई और भरत कुछ और दिनों के लिए रुक गया। लौटने से पहले उसने मेरी पत्नी को लंच पर ले जाने के लिए मेरी अनुमति माँगी और खाने के लिए किसी अच्छे स्थान का नाम भी पूछा। कागज के एक पुर्जे पर मैंने तूर दार्जां का नाम लिख दिया जो पेरिस का सबसे महँगा रेस्तराँ है, और उसे भरोसा दिलाया कि हर टैक्सी-ड्राइवर उस जगह को जानता है। पत्नी से मैंने कहा, 'वहाँ खाने का यह तुम्हारा एकमात्र मौका है।' वे रेस्तराँ में गए। भरत ने एक नजर मेनू में दी गई कीमतों पर डाली और कहा, 'शाकाहारी के लिए यहाँ कुछ नहीं है।' उसने एक इससे सस्ती जगह ढूँढ़ निकाली जहाँ उसे उसका दाल-भात मिल जाए। करोड़पति बनने के लिए सिर्फ व्यावसायिक चतुराई ही काफी नहीं है। विरासत में मिली समृद्धि को बचाकर रखना भी आना चाहिए।

कमाई को बचाकर रखने की बात चली ही है तो बता दूँ, इसका सबसे बढ़िया जीता-जागता उदाहरण मुझे मिला बलदून धींगड़ा के रूप में। लाहौर में मेरी उससे जान-पहचान थी। वहाँ वह गवर्नमेंट कॉलेज में प्राध्यापक के रूप में आया था। वह एक चुस्त-दुरुस्त बन्दा

था—उत्साह और साहित्यिक महत्त्वाकांक्षाओं से भरपूर। लाहौर में उसने एक लेख छपवाया जो उसने किसी विश्वविद्यालयी प्रतियोगिता में भेजा था। छपे हुए संस्करण से कुछ ऐसा लगता था कि इस लेख को पुरस्कार मिला है। पुरस्कार दरअस्ल मिला नहीं था। बँटवारे के समय वह पेरिस आ गया और यहाँ उसने धाराप्रवाह फ्रेंच बोलना सीख लिया। उसने अपनी बीवी कमला के साथ डॉ. राधाकृष्णन पर घेरा डाल दिया और उनसे यूनेस्को के महानिदेशक को सिफारिश करवा ली कि उसे नौकरी दे दें। उसे जनसंचार विभाग में अस्थायी तौर पर कोई नीचे दर्जे की नौकरी दे दी गई। उसकी पत्नी यूरोप में जगह-जगह लेक्चर देकर उसकी आमदनी को सहारा देती थी। उनके पास छोटा-सा एक कमरे का फ्लैट था। जब उनकी दोनों बेटियाँ इंग्लैंड में अपने स्कूल की छुट्टियाँ होने पर यहाँ आतीं, तो वे नीचे सड़क पर अपने माता-पिता की कार में सोया करती थीं। उन लोगों ने मुफ्त खाना खाने की भी एक योजना बना ली थी। यूनेस्को हाउस में शाम को हमेशा एक-दो स्वागत समारोह होते ही रहते थे। कमला टहलती हुई आती और मेजबानों से पूछती कि उन्होंने उसके पति को कहीं देखा है ? उन्होंने देखा तो नहीं होता पर कमला से वे आग्रह करते कि तलाश आगे चलाने के पहले वह कुछ पीकर ही जाए। फिर बलदून अपनी बीवी को ढूँढ़ता हुआ आता और मेजबानों के आग्रह पर कुछ पीने के लिए रुक जाता। कमला उसके कानों में फुसफुसाती, 'घर पर मैंने कुछ भी नहीं पकाया है, जो खाना है, यहीं खा लो।' कॉकटेल के साथ परोसे गए नाश्ते से वे पेट भर लेते। अपनी बेटियों को भी उन्होंने अच्छी तरह सिखा-पढ़ा रखा था। दोपहर के भोजन के समय उनमें से कोई एक बलदून के सहकर्मियों से कुछ पूछने आ जाती और उनके आग्रह पर उन्हीं के साथ खाना खा लेती। इसे समझने में मुझे कुछ समय लगा कि मैं उन लड़कियों को हफ्ते में कम-से-कम एक बार खाना खिला रहा हूँ। बाकी दिनों यह जिम्मा किरपाल और दूसरे हिन्दुस्तानियों का रहता था। धींगड़ा परिवार की सबसे बड़ी उपलब्धि थी—बड़ी लड़की की शादी की व्यवस्था। उन्होंने पता लगाया कि डॉ. राधाकृष्णन कब पेरिस आ रहे हैं और तब उन्हें पत्र लिखा कि इस अवसर पर उनकी बच्ची को भी आशीर्वाद दे जाएँ। उनकी स्वीकृति का पत्र आने पर ये लोग उसे लेकर भारतीय राजदूत के पास गए जिनके साथ डॉ. राधाकृष्णन ठहरनेवाले थे और राजदूत से प्रार्थना की कि विवाह-समारोह अपने निवास पर होने दें क्योंकि कहीं और हवन की व्यवस्था नहीं हो सकी थी। वे तुरन्त मान गए और विवाह का स्वागत-समारोह आयोजित करने के लिए भी मान गए। कमला ने सिन्योर मॉण्टेसॉरी (मैडम मॉण्टेसॉरी के पुत्र) को अपना धरमभाई बना रखा था। उनसे उसने कहा कि भानजी की शादी में मामा के सोने की चूड़ियाँ देने का रिवाज है। उन्होंने लड़की के लिए सोने की चूड़ियाँ बनवा लीं। धींगड़ाओं ने बड़ी उदारता से निमन्त्रणपत्र बाँटे। पेरिस और लन्दन में वे जिनको भी जानते थे लगभग सभी को उन्होंने न्यौता दिया। कार्ड में लिखा था कि भारत के उपराष्ट्रपति इस अवसर पर शोभा बढ़ाएँगे और वर-वधू को आशीर्वाद देंगे। हर किसी ने निमन्त्रण स्वीकार किया। हर कोई कीमती उपहार ले-लेकर आया। धींगड़ा का कुल खर्च हुआ सिर्फ कार्डों की छपाई में और डाक टिकटों में। उनकी चतुराई से ही मुझे 'मि. कंजूस

द ग्रेट मिरैकल' शीर्षक कहानी लिखने की प्रेरणा मिली।

कमला अक्सर हम लोगों के साथ खाना खाने आया करती थी। मेरा परिवार भारत लौट गया तब उसने मुझे अपने घर खाना खाने का न्यौता दिया बशर्ते अपने खाने का सामान मैं खुद ले आऊँ। वह उसे पका देगी। मैंने कभी उसके यहाँ खाना नहीं खाया। बलदून धींगड़ा यूनेस्को में क्या करता था इसका ठीक-ठीक पता किसी को भी नहीं था। जब भी कोई उसके कमरे में जाता, वह सूनी-सूनी आँखों से खाली दीवार को घूरता नजर आता था। लोगों को उम्मीद थी कि किसी दिन वह कोई युगान्तरकारी विचार लेकर सामने आएगा। आखिर महानिदेशक का धीरज जवाब देने लगा। डॉ. राधाकृष्णन के दबाव के कारण उसका कार्यकाल दो बार छह-छह महीने के लिए बढ़ाया जा चुका था। फिर उसे बर्खास्त कर दिया गया। मैं पैरिस से जा रहा था तो कमला ने मुझे मनाने की बहुत कोशिश की कि उसने अपने दिल्लीवाले घर के लिए जो सामान खरीदा है उसमें से कुछ चीजें मैं अपने निजी सामान के तौर पर ले जाऊँ। उनमें एक था नहाने का टब और दूसरी, उसके गुसलखाने के लिए संगमरमर की टाइलें। मैंने इंकार कर दिया। बलदून पेरिस में ही रह गया, एक अंग्रेज औरत रख ली और उससे एक बेटा पैदा कर लिया। कमला के गुस्से का पार न था। दोनों की बचत से उसने दिल्ली में जमीन-जायदाद खड़ी कर ली थी। अब उस पर दावा करने एक हरामी आ गया था। कुछ महीने बाद बलदून पेरिस में खून की बेहद कमी से मर गया।

आदिशेषैया, किरपाल और मेरे अलावा और भी आधा दर्जन भारतीय यूनेस्को में थे। उनमें एक वैज्ञानिक डॉ. नायडू भी थे जिसकी पत्नी यूरोपियन थी और जिनके एक सुन्दर-सी बेटी थी—लीला। एक बार वह मुझसे मिलने मेरे दफ्तर में आई। वह स्कूल के यूनिफार्म में थी और उसके चेहरे पर स्याही के धब्बे थे। वह मुश्किल से पन्द्रह साल की थी। मुझे साफ दिखाई दे रहा था वह बेपनाह खूबसूरत निकलनेवाली है। ऐसा ही हुआ। भारत के शीर्ष होटल व्यवसायी के बेटे टिक्की ओबेराय की नजर उस पर पड़ी। उनकी शादी बड़ी दुर्भाग्यपूर्ण साबित हुई। लीला ने उसे जुड़वाँ बेटियाँ दीं और फिर उन्हें त्यागकर फिल्मों में काम करने बम्बई चली गई। बाद में उसने डॉम मोराएस से शादी कर ली।

एक नौजवान दक्षिण भारतीय जोड़ा भी वहाँ था। पति बजट-अधिकारी था और अपने काम में बड़ा कुशल। वे दोनों सन्तान के लिए बहुत व्याकुल थे पर पति की तमाम कोशिशों के बावजूद पत्नी गर्भ धारण न कर सकी। पति ने इधर-उधर चक्कर चलाना शुरू कर दिया। हर सप्ताहांत पर उसे जिनीवा में कुछ बहुत जरूरी काम निकल आता। वह शुक्रवार शाम को पेरिस से रवाना होकर सोमवार सुबह दफ्तर को रवाना होने के समय तक आ जाता था। एक सोमवार की सुबह उसके पास सिर्फ इतना समय बचा था कि चटपट दाढ़ी बनाए, कपड़े बदले और ऑफिस को लपके। उसकी पत्नी ने सोचा कि उसके सूट पर इस्तरी ही कर दे। इस्तरी करते-करते उसे भीतर की जेब में एक छोटा-सा पैकेट मिला। उस पैकेट में जो कुछ था वह क्या था, उसकी समझ में नहीं आया क्योंकि उन लोगों को ऐसी किसी चीज के इस्तेमाल की जरूरत ही नहीं पड़ी थी। पर उसे वह चीज सन्देहजनक

जरूर लगी। वह पड़ोस की एक अमरीकन महिला के पास पूछने गई कि वह क्या है। जब पता चला तो स्वाभाविक रूप से बहुत ही परेशान हुई और उसने पति की अच्छी तरह खबर लेने का इरादा किया। उसकी सहेली ने उसे ऐसा कुछ न करने की सलाह दी और आश्वासन दिया, 'उसे तो मैं ठीक करूँगी, देखना।' वह महिला एलरमैन के एंब्रोकेशन की एक बोतल खरीद लाई। घोड़ों के पुट्ठों को तो यह आराम देता है पर इसकी तेजी से इनसानी चमड़ी में तेज जलन होने लगती है। उसने जेब से निकली उन चीजों के अन्दर एंब्रोकेशन चुपड़कर उन्हें वापस अपने पति की जेब में रख दिया। अगले सप्ताहांत जिनीवा जाते समय उसने वही सूट पहना। यह उसकी आखिरी जिनीवा यात्रा साबित हुई।

यूनेस्को की और भी कई घटनाएँ मेरे दिमाग में रह गई हैं। एक थी चूहों की समस्या। होटल मैजेस्टिक के नीचे भूभर्ग सुरंगें थीं जो पूरे शहर की लम्बाई-चौड़ाई के नीचे फैली मल-जल की नहरों से जा मिलती थीं। उनमें विराटकाय नाली के चूहे ठुँसे पड़े थे। वे यूनेस्को के रेस्तराँ और कैफेटेरिया के सामग्री-भंडार तक पहुँच जाते थे और काफी नुकसान करते थे। यूनेस्को के रात के पहरेदारों को टॉर्च और उन चूहों को गोली मारने के लिए पिस्तौलें दी जाती थीं। वे इन पर काबू न पा सके बल्कि कई को तो चूहों ने काट भी लिया। समस्या लूथर एवंस के सामने रखी गई। उसकी सामान्य बुद्धि सजग थी। उसने सलाह दी कि यूनेस्को कुछ बिल्लियाँ खरीदकर उन्हें इस समस्या से जूझने के लिए छोड़ दे। बिल्लियों की तो मौज थी। वे चूहे मारतीं और खातीं। चूहे खत्म हुए तब तक बिल्लियों की संख्या बहुत बढ़ गई और वे बिलकुल जंगली शेर-सी बन गई थीं। चूहे नहीं रहे तो उन्होंने यूनेस्को के खाद्य-भंडारों पर धावा बोलना शुरू किया और पहले से भी ज्यादा नुकसान करने लगीं। फिर एक बार लूथर एवंस ने ही बचाया। बिल्ली पकड़नेवालों की सेवाएँ ली गईं। एक सप्ताहांत उन्होंने अस्सी से ऊपर बिल्लियाँ पकड़ीं। उन्हें बोरे में भरा और ट्रक में डाल दिया कि पेरिस से दूर कहीं जाकर इन्हें सेन नदी में डुबा दिया जाएगा। जब उस जगह पहुँच गए, बिल्ली पकड़नेवालों का जी कचोटने लगा—अस्सी निर्दोष बिल्लियों को डुबा मारा जाए ? इन्हें छोड़ ही क्यों न दिया जाए ? जैसा भी हो, खुद भुगत लेंगी। उन्होंने यही किया भी। वे लोग यूनेस्को हाउस लौट आए और अपनी फीस वसूल कर ली। अगले कुछ दिनों में एक-एक करके सभी बिल्यिाँ रास्ता ढूँढ़-ढूँढ़कर होटल मैजेस्टिक लौट आईं। यह प्रसंग ही मेरी कहानी 'रैट्स एंड कैट्स इन द हाउस ऑफ कल्चर' का विषय था।

जिस संगठन में स्टेनो-टाइपिस्ट और नौकर-चाकरों के अलावा किसी के पास कोई खास काम न हो और काम के मारे दम तक मारने की फुरसत न होने का दिखावा करने के लिए समय ही समय हो, वहाँ स्वाभाविक रूप से सिरफिरे लोगों की तादाद औसत से ज्यादा होगी। एक ही उदाहरण काफी होगा। वहाँ एक चेक युवती थी जिसका नाम मैं भूल रहा हूँ। उसे टेबल-टेनिस का बहुत शौक था और शाम को घर जाने के पहले एक घंटे या उससे भी अधिक समय तक वह जमकर टेबल-टेनिस खेलती थी। मेरा बेटा गाड़ी की सवारी के शौक में कभी-कभी शाम को अपनी माँ के साथ मुझे लेने आ जाता था। वह

भी अक्सर उसके साथ खेलता था। वह लजीली, चुप्पा-सी लड़की थी और सभी उसे पसन्द करते थे। वह अकेली रहती थी। उसका कोई पुरुष मित्र भी नहीं था। एक सुबह वह काम पर नहीं आई और न ही न आने के बारे में कोई सन्देश भेजा। उसे चूँकि दिल की बीमारी थी और कई बार वह जाँच कराने के लिए जाती रहती थी, इसलिए उसकी खैरियत जानने के लिए एक सहेली उसके फ्लैट पर गई। जब वह वहाँ पहुँची तो पाया कि दरवाजा खुला हुआ है और वह लड़की टेलीफोन के पास गुड़ी-मुड़ी हुई पड़ी है। उसे अस्पताल ले जाया गया जहाँ डॉक्टर ने उसे मृत घोषित किया। लेकिन उसकी यूनेस्कोवाली सहेलियों ने डॉक्टर की बात मानने से इंकार कर दिया। उनका पूरा विश्वास था उस पर कोई टोना हुआ है। जरूरत सिर्फ उस गूढ़ मन्त्र को जाननेवाले की थी जो इस टोने का असर उतार सके। और मन्त्र के बारे में उस साँवले व्यक्ति से बढ़कर कौन जान सकता था जिसके दाढ़ी भी थी, जो पगड़ी भी बाँधता था और उस लड़की का दोस्त भी था ?

तीन औरतों का प्रतिनिधिमंडल मुझसे मिलने आया। उन्होंने जानना चाहा कि क्या मैं सुन चुका हूँ कि उस चेक लड़की को क्या हुआ है ? मैंने हामी भरी और अफसोस प्रकट किया कि इतनी युवा और प्यारी लड़की इस छोटी-सी उमर में ही चल बसी। उन्होंने तुरन्त प्रतिवाद किया, 'लेकिन मि. सिंह, क्या आप भी मानते हैं कि वह मर गई है ? ऐसा कैसे हो सकता है ? उस पर तो कोई टोना हुआ है। हम तो यह जानने आई थीं कि क्या आपको वह टोना उतारने का मन्त्र आता है ?' मैं भौंचक्का रह गया। मैंने उनसे बहस करने की कोशिश की, 'डॉक्टर को तो पता होगा ना कि वह मर गई है या सिर्फ बेहोशी में है ?' उनकी जिद थी, 'डॉक्टरों को इन बातों के बारे में क्या पता ? अगर आपको मन्त्र आता हो तो हम आपको उसके पास ले चलें। तब आप खुद देख लेंगे कि वह मरी नहीं है, सिर्फ गहरी नींद में है।' मैंने अपना अज्ञान प्रकट करते हुए कहा कि पूरब से होने पर भी मुझे तन्त्र-मन्त्र का ज्ञान नहीं है। साथ ही सुझाव दिया, 'धींगड़ा या प्रेम किरपाल से पूछ देखो, या किसी और भारतीय या पाकिस्तानी से।' मुझे पता नहीं, वहाँ उन्हें कोई सफलता मिली या नहीं, अगले दिन कार्मिक विभाग के निपट रूखे-से अंग्रेज अध्यक्ष विलियम फ़ार ने मुझे अपने कमरे में बुला भेजा। उसके वेटिंग रूम में बहुत सारी औरतें बैठी हुई थीं। इनमें वे औरतें भी थीं जो पिछले दिन मेरे पास आई थीं। मैं अन्दर गया। दोनों हाथों से माथा थामकर बिल फ़ार मुझसे बोला, 'अगर तुम उस बेचारी चेक लड़की के लिए कुछ कर सको तो हम पर बहुत बड़ा एहसान होगा। देखो, उसे आज शाम को दफनाया जाना है। हम उसे जिन्दा तो नहीं दफनाना चाहते।' इस अंग्रेज के अनुरोध से मुझे और तकलीफ हुई, 'बिल, क्या तुम पागल हो गए हो ? इन सरफिरी औरतों की बातें सुनकर तुम मुझसे मुर्दों को जिन्दा कर देने की उम्मीद कर रहे हो ? कैसा पागलखाना है यह ?'

इससे उस आदमी को कुछ झटका-सा लगा, 'मुझे पता है, यह बात अजीब लगती है, मगर ये महिलाएँ कहती हैं कि तुमको इसका मन्त्र आता है। मैंने सोचा, तुमसे कहकर देखने में हर्ज ही क्या है।'

यूनेस्को पर किताब लिखने में मेरी दिलचस्पी नहीं थी। मुझे पता था, मैं यहाँ ज्यादा टिकनेवाला नहीं हूँ। मेरा अनुबन्ध पाँच साल का था। वे लोग बिलकुल निकम्मे ही होते थे जिनके अनुबन्ध का नवीकरण न होता हो। मैं अभी तक उस श्रेणी में नहीं आया था। पर पाँच साल तक सिवाय अच्छा खाने, अच्छी शराब पीने और ल्वार पर खड़ी भव्य इमारतों की सैर के कोई विशेष काम न किया जाए तो ये साल भी कुछ भारी हो जाते हैं। (मुझे लग रहा था कि) मुझे जल्दी ही यहाँ से निकलना होगा। मैंने सें ज्याँ ओ ब्वा नामक एक गाँव में एक छोटी-सी बढ़िया पब ढूँढ़ निकाली थी। यह गाँव कॉम्पान्य के नजदीक एक घने जंगल में बसा था। कॉम्पान्य वह जगह है जहाँ प्रथम विश्वयुद्ध को समाप्त करने के लिए फ्रांस और जर्मनी के बीच युद्धविराम सन्धि पर हस्ताक्षर हुए थे। बूर ला रेन से यह जगह कार में सिर्फ चालीस मील की दूरी पर थी पर यहाँ आकर लगता था मानो यह किसी भी बस्ती से करोड़ों मील दूर है। जंगल इतना घना और अँधियारा था कि दिन के प्रखर उजाले में भी वहाँ अकेले चलने में मुझे अजीब-सी सिहरन होने लगती थी। खाना साफ-सुथरा था और मदिरा पीने में मजेदार। शाम को कुछ लकड़हारे, किसान और हवेली की देखभाल करनेवाले लोग पब पर पीने-पिलाने आ जाते थे। हम आपस में दुआ-सलाम करते थे। उसके बाद वे मुझे नहीं छेड़ते थे। उन्होंने सुन रखा था कि मैं यहाँ किसलिए आया हूँ। फ्रांसीसियों में *एक्रिवें* (लेखक) के प्रति जरा ज्यादा ही सम्मान का भाव रहता है। अपने खयालों के साथ अकेला होने और उन्हें कागज पर उतारने के लिए यह जगह अच्छी थी। मैंने अपने दूसरे उपन्यास *आई शैल नॉट हियर द नाइटिंगेल* पर काम शुरू कर दिया।

यूनेस्को में मेरा कार्यकाल आमतौर पर नीरस था। इसमें एक सुखद व्यवधान तब आया जब मैं यूनेस्को के कार्यकारी बोर्ड की बैठक की कार्यवाही का विवरण तैयार करने के लिए मैड्रिड गया। स्पेन जाने की मेरी बड़ी इच्छा थी। जब वहाँ गृहयुद्ध भड़का था तो मैंने अन्तर्राष्ट्रीय दल के सदस्य के रूप में वहाँ जाने की कोशिश की थी। पर यह प्रयत्न लन्दन में फॉर्म पर अपना नाम भरने तक ही सीमित रहा था। उन तक सिर्फ सी.आई.ए. की ही पहुँच थी। मुझ पर कम्युनिस्टों के प्रति सहानुभूति रखनेवाले का ठप्पा लग गया और अमरीका का वीजा लेना मेरे लिए इतना मुश्किल हो गया कि बयान नहीं किया जा सकता। और 1970 तक मैं उनकी चेतावनीवाली सूची पर रहा। मैंने और किरपाल ने कार से जाना तय किया। मेरी सेक्रेटरी इवॉन ल रूज़वेल ने भी हमारे साथ सफर करके पैसा बचाने का निश्चय किया। सारे रास्ते कार मुझे ही चलानी थी क्योंकि किरपाल बहुत खराब ड्राइवर था। हम बड़े इत्मीनान से चले, एक दिन में सिर्फ दो सौ मील की रफ्तार से। रात को हम छोटे-मोटे होटलों में रुक जाते। मुझे स्पेन की सीमा पर कुछ परेशानी होने का अंदेशा था मगर हमारे पास राजनयिक पासपोर्ट होने के कारण हमें बिना किसी झंझट के जाने दिया गया। स्पेन में प्रवेश करते ही दोनों देशों के भूदृश्य और रहन-सहन के स्तर का अन्तर मेरे सामने आ गया। हम जिस भी स्पेनी शहर-कस्बे से गुजरते वह टूटा-बिखरा और भीड़-भड़क्के भरा नजर आता। उस भीड़ में ज्यादा संख्या बच्चों की ही होती थी।

रेस्तराँओं में खाने को गिनी-चुनी ही चीजें मिलतीं और शराबें (शेरी को छोड़कर) सब दूसरे दर्जे की होतीं। लेकिन मैड्रिड के होटल अवश्य यूरोप के दूसरे अच्छे होटलों-जैसे ही थे।

किरपाल को कार्यकारी बोर्ड से कुछ काम था, मुझे कोई काम नहीं था। मैंने अपने समय का सदुपयोग संग्रहालयों और दीर्घाओं की सैर में किया। मैंने किरपाल को अपने साथ प्रादो चलने के लिए पटाने की कोशिश की। वह तैयार नहीं हुआ, 'मैंने लूव्र देख रखा है। दुनिया के हर कलाकार की सर्वश्रेष्ठ कृतियाँ वहाँ हैं। मैं मैड्रिड में अपना समय बरबाद करना नहीं चाहता।' दुबारा प्रादो देख आने के बाद मैंने (झूठमूठ ही) किरपाल से कह दिया कि यहाँ का संग्रह लूव्र से बेहतर है और जब वह पेरिस लौटेगा तो उसके साथ काम करनेवाले लोग उससे जरूर पूछेंगे कि उसने इसे देखा या नहीं और अगर उसे महान कलाकारों के नाम तक की जानकारी न हो तो वह संस्कृति विभाग का कैसा अध्यक्ष साबित होगा। उसे यह बात समझ में आ गई। अगले दिन वह प्रादो के गलियारों में घूमा और विश्वप्रसिद्ध कला दीर्घा को देखने की रस्म पूरे पन्द्रह मिनट में निपटा दी। पेरिस में जब उसके सहकर्मियों ने इस बारे में पूछा तो उसने प्रादो के संग्रह की खूब प्रशंसा की और उसे शायद लूव्र से भी बढ़कर बताया। उसकी बात से वे सब हतप्रभ रह गए, 'डॉ. किरपाल, आप ऐसा कैसे कह सकते हैं ? लूव्र प्रादो से तीन गुना बड़ा है और जहाँ तक कला-संग्रह का सवाल है, यह तो दुनिया में सबसे समृद्ध है।' बाद में किरपाल ने मुझे घुड़का, 'के. सिंह, तुम हमेशा मुझे गलत सूचना देते हो।' मुझे स्वीकार करना पड़ा कि उसे वह कला दीर्घा देखने के लिए मजबूर करने का यही एक तरीका था।

एक शाम जब हम अपने होटल के भीड़भरे स्वागत हॉल में चाय पी रहे थे तो किरपाल ने एलिज़ाबेथ आदिशेषैया को फोन करके डिनर के लिए निमन्त्रित करने की सोची। होटल के आवासियों के लिए दीवार पर जो टेलीफोन लगा था वहाँ जाकर उसने नम्बर मिलाया। जब एलिज़ाबेथ फोन पर आई तो किरपाल गला फाड़कर चिल्लाया, 'लिज़बेथ, में किरपाल बोल रहा हूँ। तुम कैसी हो ?' हॉल में चुप्पी छा गई। सब लोग बातचीत बन्द करके उसी की तरफ देखने लगे। वह आगे बोलता रहा, 'लिज़बेथ, रात के खाने का क्या इन्तजाम कर रही हो ? अरे, हमारे होटल में आ जाओ, और हम लोगों के साथ ही डिनर लो। मालकम तो किसी औपचारिक भोज में जा रहा है।' बड़ी शान से वह वापस मेज पर आया और घोषणा की, 'एलिज़ाबेथ डिनर हमारे साथ लेगी।' मैंने कहा, 'मुझे मालूम है। और इस हॉल में बाकी सबको भी मालूम है। फोन पर इतना चीखने की क्या जरूरत थी ?' वह झेंप-सा गया, फिर बोला, 'उसका होटल यहाँ से पाँच मील दूर है।'

इससे मुझे विंस्टन चर्चिल की वह टिप्पणी याद आ गई जो उन्होंने मन्त्रिमंडल में अपने सहकर्मी मि. ब्राउन पर की थी। युद्ध के दौरान मि. ब्राउन का केबिन चर्चिल के केबिन की बगल में था। एक दिन वे फोन पर बहुत जोर-जोर से बात कर रहे थे। चर्चिल ने अपनी सेक्रेटरी से कहा कि जाकर मि. ब्राउन को इस तरह गला फाड़ने से रोके। सेक्रेटरी ने लौटकर चर्चिल को बताया, 'सर, मिनिस्टर साहब स्कॉटलैंड से बात कर रहे हैं।' चर्चिल ने बड़ी तुर्शी से कहा, 'हाँ, कर रहे होंगे। पर उनसे कहो कि इसके लिए फोन का

इस्तेमाल करें।'

बड़ी शर्म से मुझे स्वीकार करना पड़ रहा है कि स्पेन में मुझे जिन चीज़ों में सबसे ज्यादा मजा आया उनमें एक थी--बुलफाइट, मनुष्य और साँड़ की लड़ाई। जब मैं पहली बार साँड़-युद्ध देखने गया तो मेरे साथ एक बड़ी नाजुक-सी अंग्रेज महिला मिसेज़ पॉवेल और एक हट्टी-कट्टी, तगड़ी फ्रांसीसी महिला थीं जो यूनेस्को में ही काम करती थीं। साँड़-युद्ध में सबसे आकर्षक दृश्य है इसकी शुरुआत का जब चौड़े काले हैटों और लाल ट्यूनिक में तमाम बैंडेरिलेरो, मैटाडोर, पिकाडोर और टोरेडोर घोड़े पर बैठकर अखाड़े में प्रवेश करते हैं और निर्णायकों को सलाम करके युद्ध आरम्भ करने की अनुमति माँगते हैं। युद्ध की शुरुआत एक विराट काले साँड़ को अखाड़े में छोड़कर की जाती है। अपने अँधेरे पिंजरे से अचानक धूपभरे अखाड़े में आने और दर्शकों के गगनभेदी शोर से वह साँड़ एकदम चकरा जाता है और चारों ओर देखकर मामला समझने की कोशिश करता है। अखाड़े के दूसरे सिरे पर उसे घोड़े पर सवार एक आदमी दिखाई देता है। उसकी हैरानी क्रोधोन्माद में बदल जाती है और वह घोड़े और सवार व्यक्ति पर धावा कर देता है। घुड़सवार (बैंडेरिलेरो) आते हुए साँड़ की ओर तेजी से घोड़ा बढ़ाता है। ऐसा लगता है कि घोड़े और साँड़ में भयानक टक्कर होनेवाली है। पर ऐसी स्थिति आने के पल-भर पहले ही घोड़ा कुछ इंच का मोड़ काट जाता है और घुड़सवार दो नुकीली बरछियाँ साँड की गर्दन में धँसाता हुआ गुजर जाता है। यह एक अद्‌भुत नजारा होता है। बाद में जो कुछ होता है, उसे जंगली ही कहा जा सकता है। पिकाडोर लम्बे-लम्बे भाले लेकर उस लहूलुहान साँड़ को गोदते हैं; साँड घोड़ों पर धावा बोलता है और शायद उनकी पसलियाँ तोड़ डालता है। लड़ाई में उतरने के पहले ही घोड़ों की स्वरतन्त्रियाँ काट दी जाती हैं जिससे उनका दर्द से हिनहिनाना सुनाई नहीं देता। इस युद्ध के समापन में भी अद्‌भुत कौशल का प्रदर्शन होता है। एक मैटाडोर लाल लबादा और तिरछी कटार लेकर इस थके-हारे और लहूलुहान साँड की ओर बढ़ता है। जब भी साँड़ लाल लबादे की ओर लपकता है, मैटाडोर फुर्ती से एक ओर सरक जाता है। मौत का यह वीभत्स नृत्य तब तक चलता रहता है जब तक कि साँड़ थककर चूर-चूर नहीं हो जाता। तब उसका सिर एक ओर लटक जाता है और जीभ बाहर निकल जाती है। तब मैटाडोर साँड़ के सींगों से मुश्किल से फुट-भर की दूरी पर पंजों के बल खड़े होकर साँड़ के सिर और गर्दन के बीच की एक खास जगह पर कटारी का निशाना साधता है। भीड़ चिल्ला उठती है, ऑरा ('अब')। जिस तरह डार्टबोर्ड पर डार्ट का निशाना लगाया जाता है, उसी तरह वह निशाने पर कटार मारता है। निशाना सही हुआ तो वह कटार ऐसे अन्दर घुस जाती है जेसे मक्खन में छुरी। साँड़ जमीन पर ढुलक पड़ता है—मुर्दा।

पहली बार यह लड़ाई देखने पर इतना सारा खून-खराबा देखकर मेरी तबीयत मिचला गई और उबकाई उठकर गले तक आ गई। मजबूत दिखाई देनेवाली फ्रांसीसी महिला रो पड़ीं और यह कहते हुए बाहर निकल गईं कि इतनी क्रूरता उनसे और बर्दाश्त नहीं होगी। नाजुक-सी मिसेज़ पॉवेल बहुत खुश और उत्तेजित हो गई थीं और हर चरण पर शोर

मचा-मचाकर बढ़ावा दे रही थीं। प्रारम्भिक जुगुप्सा के बाद मुझे आगे की लड़ाइयों में मजा आने लगा और साथ ही अपराध-बोध भी होने लगा कि मैं इस क्रूरता का आनन्द ले रहा हूँ। कार्यक्रम का अन्त निर्णायकों द्वारा मैटाडोरों को पुरस्कार प्रदान करने के साथ हुआ। अच्छे प्रदर्शन का पुरस्कार था उसके द्वारा मारे गए साँड के कान। अगर प्रदर्शन अद्भुत रूप से अच्छा होता तो निर्णायक मैटाडोर को साँड की पूँछ भी दे देते, सदा के लिए। साँड-युद्ध की तकनीकी बारीकियाँ समझाने के लिए अंग्रेजी में जो विवरण-पुस्तिका थी, उसमें बड़ी संजीदगी से लिखा था कि यदि निर्णायक मैटाडोर के कौशल से बहुत ही प्रभावित हो जाएँ तो वे उसे पुरस्कार में साँड़ का पिछवाड़ा भी प्रदान कर सकते हैं। यह खेल जितना भी क्रूर और रक्तरंजित हो इसका एक अच्छा पक्ष भी है। मारे गए साँड़ का मांस स्टेडियम के बाहर बिक्री के लिए रख दिया जाता है। अगर मैं साँड़ होता तो निश्चय ही बूचड़खाने में काटे जाने की जगह इस तरह लड़ते हुए मरना ही पसन्द करता, भले ही यह लड़ाई कितनी ही इकतरफा क्यों न हो। फ्लैमेंको नृत्य बिलकुल दूसरी ही चीज थी। लन्दन में मैंने महान नर्तक अंतोनियो को मंच पर देखा था। रूसी बैले की अपेक्षा इसे समझना और इसका आनन्द लेना अधिक आसान था। इसका उद्गम मूरिश होने और कत्थक से इसकी समानता होने के कारण शायद मुझे यह अपना-सा लगा था। फ्लैमेंको नृत्य के साथ होनेवाला गायन भी मुझे परिचित-सा लग रहा था।

पेरिस लौटने पर मेरे ध्यान में यह बात थी कि यूनेस्को और पेरिस में मेरे दिन अब गिनती के ही हैं। इस सच्चाई के साक्षात्कार का क्षण तब आया जब तोर जेसदाल की सेक्रेटरी ने आकर जेसदाल की मेरे बारे में लिखी रिपोर्ट मुझे थमाई। नियम के अनुसार मुझे वह रिपोर्ट पढ़नी चाहिए थी और अगर चाहता तो उस पर टिप्पणी भी करनी चाहिए थी। पर सेक्रेटरी से मैंने कह दिया, 'अपने बारे में जेसदाल की राय में मुझे कोई दिलचस्पी नहीं है' और लिफाफा खोलने से भी इंकार कर दिया। सेक्रेटरी ने आग्रह किया कि मैं उसे पढ़कर उस पर दस्तखत कर दूँ। मैंने लिफाफा फाड़कर रद्दी की टोकरी में फेंक दिया। जब सेक्रेटरी ने खाली हाथ लौटकर जेसदाल को सारी बात बताई तो उसने मुझे बुलवा भेजा। साफ दिखाई दे रहा था कि वह दहल गया है। मुझसे उसने कहा, 'मैंने जो लिखा था तुम्हें कम-से-कम उसे पढ़ तो लेना चाहिए था, तुम्हें यह मान लेने का कोई हक नहीं था कि वह रिपोर्ट तुम्हारे खिलाफ ही थी।' मैंने सीधा उत्तर दिया, 'मि. जेसदाल, मुझे अपने बारे में आपकी राय जानने में कोई दिलचस्पी नहीं है। मैंने इस्तीफा देने का इरादा कर लिया है क्योंकि यहाँ मेरे करने को कुछ काम है ही नहीं।'

तीन महीने का नोटिस आवश्यक होता है। वह मैंने महानिदेशक तक अग्रसारित करने के लिए जेसदाल को भेज दिया। लूथर एवंस अब तक जेसदाल और उसके साथ न्यूयार्क से आए उसके यार-दोस्तों के प्रति अपने प्रशंसा-भाव से उबर चुके थे। उन्होंने जेसदाल को बुलाया और कहा कि मेरे काम छोड़ने के निश्चय के लिए वे उसे ही जिम्मेदार ठहराते

हैं। जेसदाल ने मुझसे सम्बन्ध सुधारने की कोशिश की। उसने जिनीवा में होनेवाली संयुक्त राष्ट्र एसोसिएशनों की बैठक में यूनेस्को की गतिविधियों के बारे में पूछे जानेवाले प्रश्नों के उत्तर देने के लिए मुझसे वहाँ जाने को कहा। वैसी निरर्थक मीटिंग में मैंने आज तक शिरकत नहीं की थी। प्रतिनिधियों में ज्यादातर अमरीकी और यूरोपियन प्रौढ़ विधवाएँ थीं, जिनके सिर पर चौड़े-चौड़े हैट थे और दिल में दुनिया की भलाई की भावना। पहले तीन दिन वे यूनिसेफ, विश्व स्वास्थ्य संगठन, अन्तर्राष्ट्रीय श्रम संगठन आदि जैसे दूसरे संगठनों पर ही विचार-विमर्श करती रहीं। यूनेस्को में किसी की दिलचस्पी ही नहीं दिखाई दी। मैंने सारा समय *द टाइम्स* की वर्ग-पहेली हल करते हुए ही बिताया। इसमें बाधा न पड़ने देने की गरज से मैंने अपने इअरफोन में स्पेनी भाषा का बटन दबा रखा था जो मेरी समझ में नहीं आती थी। एक रोज अपराह्न में मैं पूरी एकाग्रता से वर्ग-पहेली में डूबा हुआ था कि मेरे कानों में स्पेनी भाषा में यूनेस्को के लिए प्रचलित शब्द पड़ा। मैंने तुरन्त इयरफोन में अंग्रेजी भाषा का स्विच दबाया तो सुना, चेयरमैन कह रहे थे, 'हम लोगों के सौभाग्य से यूनेस्को के मि. सिंह यहाँ उपस्थित हैं और मैं उन्हें आमन्त्रित करता हूँ कि प्रतिनिधियों द्वारा इस संगठन के बारे में उठाए गए सारे प्रश्नों के उत्तर दें।' मैंने एक भी प्रश्न नहीं सुना था और तुरन्त मुझे यह ध्यान भी नहीं आया कि उन लोगों से प्रश्न दुहराने को कहूँ। मेरे माथे पर पसीने की धारें छूट चलीं। एक अन्तहीन मिनट की चुप्पी के दौरान प्रतिनिधि मेरी ओर देखते रहे और मैं उनकी ओर। चेयरमैन जरूर समझ रहे होंगे कि मैं भी अजब नमूना हूँ। उन्होंने घोषणा कर दी, 'मि. सिंह को कुछ नहीं कहना है इसलिए अब हम कार्यसूची की अगली मद पर आते हैं।'

मैं पेरिस लौटा और जेसदाल को रपट दी कि यूनेस्को पर किसी ने भी कोई प्रश्न नहीं पूछा था। कुछ दिन बाद उसे चेयरमैन से रिपोर्ट मिली कि यूनेस्को से सम्बद्ध प्रश्नों के उत्तर ही नहीं दिए गए थे।

मुझे खुश करने के लिए जेसदाल ने आखिरी प्रलोभन यह किया कि उसने यूनेस्को में दिलचस्पी रखनेवालों से मिलने के लिए मुझे डेनमार्क और स्वीडन भेजा। मैंने कोपेनहेगन में दो दिन बिताए, कुछ सम्पादकों से मिला और शामें तिवोली गार्डन्स में बिताईं जो अपने मदिरालयों और रूपाजीवाओं के लिए मशहूर है। यूनेस्को में किसी ने भी ज्यादा दिलचस्पी नहीं दिखाई। स्टाकहोम में भी यही हाल रहा। वहाँ अपने घर पर मेरा स्वागत करनेवाली उन्नत उरोज और उज्ज्वल केशी ललनाओं के एक परिवार के अलावा मैंने जीवन में पहली बार मीलों तक फैला समुद्रतट देखा जिस पर सबके-सब दिगम्बर घूम रहे थे—तन पर सूत के एक भी तार के बिना। यह दृश्य कोई अच्छा नहीं दिखाई दे रहा था। बूढ़े पुरुष, महिलाएँ और मोटे लोग वस्त्र धारण किए हुए ही अच्छे लगते हैं।

इसके बाद मैं विश्वविद्यालय के नगर माल्मो गया। वहाँ मैं रेल से बड़े तड़के पहुँचा। वह होटल भी मुझे मिल गया जहाँ मेरी बुकिंग हुई थी। प्लेट-ग्लास की खिड़की से मुझे दिखाई दे रहा था कि होटल का चौकीदार सोफे पर गहरी नींद में पड़ा है। मैंने बार-बार घंटी बजाई और दरवाजा भी थपथपाया पर उसकी नींद नहीं टूटी। हारकर अपना सूटकेस

मैंने दरवाजे पर ही पटक दिया और शहर देखने का इरादा करके चल पड़ा। घंटेभर से ऊपर मैं ठंडी, सूनी सड़कों पर घिसटता रहा, तब कहीं लोगों ने अपने घरों से निकलना आरम्भ किया। भूख से मेरा दम निकल रहा था और मैं किसी काफे की तलाश में था जहाँ गर्मागर्म कॉफी का प्याला और क्रोसाँ मिल जाए। मैं एक इमारत के पास पहुँचा जिसके तलघर में तेज रोशनी और एक कैफेटेरिया था। मैं उसके बाहर लगे 'क्यू' में शामिल हो गया। घूरे जाने से बचने और अपनी झेंप छिपाने के लिए मैंने चेहरे के आगे अखबार फैला लिया और खिसकता हुआ आगे बढ़ने लगा। काउंटर पर पहुँचकर जब मैंने अपने चारों ओर देखा तो पाया कि हॉल में मैं ही अकेला मर्द हूँ। यह लड़कियों का स्कूल था और मैं जिस क्यू में खड़ा हुआ था वह ब्रेकफास्ट के लिए लगा हुआ छात्राओं का क्यू था। मैं बड़ा बेवकूफ बन गया था पर चेहरे के भावों में मैंने कोई बदलाव न आने दिया। मैंने एक मग कॉफी और एक बन ली। वहाँ भुगतान का कोई काउंटर नहीं था जहाँ मैं इनकी कीमत चुका सकूँ। मैंने ये चीजें देनेवाली वेट्रेस के आगे स्वीडिश सिक्कों से भरी हथेली फैला दी। उसने मुस्कुराकर अंग्रेजी में कहा, 'स्कूल फ्री।' बन और कॉफी निगलकर मैं होटल को लपका। माल्मो में भी किसी को यूनेस्को में दिलचस्पी नहीं थी और मैं पेरिस लौट आया।

अपने परिवार को मैंने घर भेज दिया। मेरी तीने महीने की छुट्टी बाकी थी। उसका उपयोग मैंने अपने उपन्यास को आगे बढ़ाने के लिए करने का निश्चय किया। विदाई पार्टियाँ और धूमधाम से अलविदा कहना मुझे कभी भी नहीं जाँचता था। यूनेस्को में सिर्फ पॉलेत मैथ्यूज़ को पता था कि मैं छोड़कर जा रहा हूँ। साठ वर्ष की यह विधवा फ्रांसीसी अंग्रेज माता-पिता की सन्तान थी। पेरिस और वर्साई के बीच एक कस्बा है—हूदाँ। इसके नजदीक के गाँव फाविए में पॉलेत की एक कॉटेज थी जिसमें उसकी नब्बे वर्षीया माँ रहती थीं और उनकी देखभाल के लिए संगिनी के तौर पर एक जर्मन लड़की। उसने मुझे अनुमति दे रखी थी कि इस कॉटेज का मैं इस्तेमाल कर सकता हूँ। उस जर्मन लड़की के अलावा काम करने के लिए उसने एक घूमे हुए पाँववाले माली, ज़ाक को भी रख रखा था जो दिन के समय आकर उसके फूलों और फलदार वृक्षों की देखभाल कर जाता था। बगीचे में एक छोटी-सी कॉटेज थी जिसे हूदाँ में काम करनेवाले एक बैंक क्लर्क ने किराए पर ले रखा था। उसके साल-भर की एक बच्ची थी। कुछ ही महीनों में दूसरे बच्चे का भी जन्म होनेवाला था। इनके अलावा एक नन्हा-सा कुत्ता, युन्ता भी था। तो, एक शाम मैं होटल मैजेस्टिक से उसी तरह निकला जैसे पिछले दो वर्षों से निकलता आ रहा था, पर कार को बूर ला रेन ले जाने के स्थान पर मैं फाविए में पॉलेज मैथ्यूज की कॉटेज की ओर ले गया।

काम पर जमने में मुझे ज्यादा वक्त नहीं लगा। अपना सुबह का नाश्ता मैं खुद बना लेता था और फिर फलों से लदे एक विराट नाशपाती के पेड़ की छाया में बैठकर अपने उपन्यास पर काम करने लगता था। पॉलेत की बूढ़ी माँ देर से उठती थीं और उनकी देखभाल करनेवाली लड़की मारियेन कमरे में ही उनका बदन पोंछ-पाँछकर उन्हें नाश्ता कराती थी। मुझे वे मुश्किल से ही कभी दिखाई देती थीं। मारियेन सारे दिन व्यस्त रहती

थी। कभी वह फर्श साफ करती, कभी फर्नीचर से धूल पोंछती तो कभी माली की मदद करती। मैं साफ समझ रहा था कि माली उस जर्मन लड़की पर आशिक हो रहा था और घर में मेरी उपस्थिति उसे खल रही थी। बैंक क्लर्क सुबह जल्दी ही निकल जाता था और रात को बड़ी देर से घर लौटता था। उसकी पत्नी अपनी दूसरी गर्भावस्था की समस्याओं से परेशान थी और अपनी एक-वर्षीया बच्ची की देखभाल नहीं कर पाती थी। बच्ची मुझसे हिल गई। वह अपना ज्यादातर वक्त बगीचे में मेरे साथ ही गुजारती थी और जब थक जाती तो मेरी गोद में सो जाती थी। मैं बच्चागाड़ी में उसे फसल के खेतों के बीच घुमाने ले जाता था और युन्ता हमारे आगे-आगे दौड़ता चलता था। खेतों के बीच-बीच में पॉपी के पौधे छिटके होते और नीले आकाश में स्काइलार्क का मधुर संगीत गूँजता रहता था। पॉलेत शाम को देर से घर लौटती थी। तब तक ड्रिंक और फिर रात के खाने का समय हो जाता था। केवल सप्ताहांतों में वह सारे समय यहीं रहती थी। रविवार को मैं उसे और मारियेन को कार में गिरजे ले जाता और वापस लाता था—वे दोनों ही कैथलिक थीं। कभी-कभी सुबह-सुबह मैं और मारियेन मशरूम चुनने जाते थे। मैं उसे शर्त्र कैथेड्रल और वर्साई भी ले गया था।

इन महीनों में यूनेस्को में मेरा सम्पर्क सिर्फ प्रेम किरपाल से ही था। सप्ताह में एक बार मैं उसके एक-बेडरूमवाले फ्लैट में जाता था। हम उसकी तत्कालीन महिला मित्र रेमॉन्द सोकोलोव्स्की के साथ डिनर पर जाते। वह एक छोटे कद की फ्रांसीसी यहूदी लड़की थी जिसे अध्यात्म, ऊसपेन्स्की और गर्जियेफ़ में रुचि थी। किसी-किसी शाम वह हमें अपने फ्लैट पर निमन्त्रित करती, पियानो बजाकर सुनाती और डिनर खिलाती। प्रेम अक्सर उससे छेड़खानी करता। वह भी उत्तर देती। उसे उम्मीद थी कि प्रेम उससे विवाह का प्रस्ताव करेगा या फिर उसे बिस्तर पर ले जाएगा। छेड़खानी करना, और बिस्तर या शादी की सम्भावना उभरते ही पीछे हट जाना प्रेम की आदत थी। हताश होकर रेमॉन्द तसल्ली के लिए मेरी ओर मुड़ी।

फ़ाविए में दो-तीन महीनों का निवास बड़ा फलदायी रहा। मेरे दूसरे उपन्यास का पहला मसौदा पूरा हो गया और मुझे रेमॉन्द और मारियेन की दोस्ती का लाभ मिला। रेमॉन्द यूनेस्को की कॉन्फ्रेंस के दौरान दिल्ली आकर हमारे ही साथ रही। मारियेन ने चिट्ठी-पत्री के माध्यम से सम्पर्क बनाए रखा। मैं जब भी जर्मनी जाता, वुपरताल में उसके, उसके पति और बच्चियों के साथ ठहरा करता था। पति से उसका तलाक होने के बाद भी हमारी दोस्ती बनी रही। हमारे बीच का सम्पर्क बाद में तब जाकर टूटा जब किसी हिन्दू सम्प्रदाय में शामिल होकर उसने सिर मुँड़ा लिया और गेरुए वस्त्र पहनने शुरू कर दिए। बार-बार समझाकर उसे कैथलिक कट्टरता और गिरजे जाने की आदत से उबारने में तो मुझे कामयाबी मिली थी, पर हरिद्वार के नजदीक के किसी अनजान-से आश्रम के प्रति नए-नए उभरे उत्साह से उसे मैं विमुख नहीं कर सका। पहली बार दिल्ली आने पर वह हमारे ही साथ ठहरी थी। मैंने यह समझाने की बहुत कोशिश की कि गंगा में नहाने, अनजाने देवताओं की पूजा करने और बिना अर्थ समझे भजन गाने से उसे आखिर क्या हासिल

होता है। एक बार जब मैं पेरिस गया था तो पॉलेत के साथ बैंक मैनेजर की पत्नी, बेटी और बेटा मुझसे मिलने आए थे। वह सालभर की बच्ची अब स्कूल जानेवाली पन्द्रह साल की सुन्दर किशोरी बन गई थी। कुछ साल बाद उसने मुझे अपने विवाह के फोटोग्राफ भी भेजे।

मैंने अपनी मर्सिडीज़ बेंज (घाटे में) बेच दी और लन्दन के लिए रात की गाड़ी पकड़ने को पेरिस आ गया। मैंने अपने जाने की तारीख की खबर किसी को नहीं दी थी, पर स्टेशन पर मुझे विदा देने के लिए यूनेस्को की तीन महिलाएँ आई थीं जो मेरे साथ काम तो करती थीं मगर उनसे मेरा सम्पर्क बहुत ही कम था।

मैं वापस घर—दिल्ली लौट आया। एक बार फिर मैं बेकार था और मेरी जेब और बैंक-खाता भी लगभग खाली था। मेरी उपलब्धियाँ थीं—मेरा कहानी-संग्रह, जिसकी प्रशंसा तो हुई थी पर जिससे पैसे नहीं मिले थे; एक छोटी-सी और बहुत ही साधारण पुस्तक *शॉर्ट हिस्ट्री ऑफ द सिख्स* जिसकी रूढ़िवादी सिखों ने निन्दा ही की थी; एक उपन्यास जिससे रुपए मिले थे जो मैंने उड़ा दिए; और दूसरे उपन्यास की पांडुलिपि जिसे अभी भी प्रकाशन के लिए स्वीकृत होना था।

घर पर जिन सबने मेरा स्वागत किया उनमें एक महीने-भर का अलसेशियन पिल्ला भी था जो मेरे पिताजी के एक मित्र ने मेरी बेटी माला को उपहार में दिया था। शुरू में घुसपैठिया मानकर वह मुझ पर नाराज रहा क्योंकि उसके नन्हे-से इंसानी परिवार में केवल मेरी पत्नी और दो बच्चे ही थे। मेरे पिता के घर में ऊपर की मंजिल के उसी बेडरूम में वह भी सोता था (जिसमें वे सोते थे) और उनके पोर्च की छत को वह शौचालय के तौर पर इस्तेमाल करता था। तब तक उसका कोई नाम नहीं था। पेरिस में हम एक नारंगी बिल्ली छोड़ आए थे। उसी के नाम पर मैंने इसको भी 'सिम्बा' कहकर पुकारना तय किया। जैसाकि अलसेशियनों की खासियत होती है, सिम्बा भी एक ही स्वामी का भक्त था। वह मेरी बेटी का कुत्ता था, मेरी पत्नी उसे खिलाती-पिलाती और टीके के लिए या बीमार पड़ने पर डॉक्टर के पास ले जाती थी। पर उसने अपने मालिक के रूप में मुझे मान्यता दे दी थी। मैंने आज तक किसी कुत्ते में इतने इंसानी गुण नहीं देखे। वह हमारे दुख में भी शरीक होता था और सुख में भी। जब तक हम सुजान सिंह पार्क में खुद अपने तल मंजिल के फ्लैट में आए तब तक वह चुलबुले पिल्ले से पूरे डीलडौलवाले ताकतवर जर्मन शेफर्ड में बदल चुका था। अभी तक वह हमारे ही बेडरूम में सोता था जहाँ उसकी अपनी अलग खाट बिछी रहती थी। और अपने से कहीं ज्यादा उसकी खातिर हमने उस कमरे में एयर कंडीशनर लगवाया था। रात को अक्सर वह मेरा कान सूँघकर मुझसे अपने लिए जगह बनाने को कहता था। मैं खिसक जाता। कृतज्ञता के एक गहरे उच्छ्वास के साथ वह बिस्तर पर चढ़ आता और बाकी रात मेरा आधे से ज्यादा बिछौना घेरे रहता।

हम उससे बातें करते थे। अगर हम रोने का नाटक करते तो वह कान सूँघकर हमें

तसल्ली देता और हमारे साथ कलपने लगता : बू ऊ ऊ ऊ, ऊ ऊ ऊ ऊ। वह कोई शैतानी करता तो हम उसे कोने में बैठने की सजा देते। वह वहाँ पश्चात्ताप में सिर झुकाए बैठा रहता जब तक कि हम उसे वापस न बुलाते, 'ठीक है, अब आ सकते हो।'

माला की आया, पचहत्तर साल की माई के साथ सिम्बा का एक खास रिश्ता बन गया था। सुबह सिम्बा के बगीचे में छोड़ने के लिए दरवाजा खोलते हुए वह उसे पुकारती थी, 'वे शाम्बिया।' बगीचे में सिम्बा का काम निबटने तक वह राह देखती और तब नितनेम के लिए पड़ोस के गुरुद्वारे में जाती। वह जानता था कि उसे गुरुद्वारे के अन्दर जाने की अनुमति नहीं है इसलिए वह बाहर बैठकर उसकी चप्पलों की रखवाली करता था। सुबह की प्रार्थना खत्म होने को होती तो वह माई की एक चप्पल मुँह में दबाकर घर चला आता और उसे किसी बिस्तर के नीचे छिपा देता। माई उसके पीछे-पीछे उसकी खुशामद करती आती, 'वे शाम्बिया ! कहाँ छिपा दी रे मेरी चप्पल ?' वह दुम हिलाता हुआ कमरा-दर-कमरा उसके पीछे-पीछे घूमता जब तक कि उसे वह चप्पल मिल नहीं जाती।

शाम की सैर के लिए सिम्बा हमेशा बेताब रहता था। मेरी गोद में सिर रखकर वह याचनाभरी दृष्टि से मेरी ओर देखता। उसकी आँखें पूछतीं, 'समय हो नहीं गया ?' मैं जवाब देता, 'अभी नहीं।' तब वह अपना पट्ठा लाकर मेरे पाँवों पर रख देता, 'अब ?' मैं उससे कहता कि वह इतना बेसब्र न हो। तब वह मेरी छड़ी लाकर उस किताब पर पटक देता जिसे मैं पढ़ रहा होता, 'अब तो हो ही गया है !' तब बचाव का कोई रास्ता नहीं रहता था। हम रवाना होते तो वह आनन्द की उत्तेजना से काँपने और किलकिलाने लगता। जब वह कूदकर कार की पिछली सीट पर बैठता तो उसकी किलकिलाहट और तेज हो जाती। उसे खिड़की से सिर निकालकर रास्ते में मिलनेवाले हर कुत्ते, गाय या साँड़ को भौंक-भौंककर चुनौती देते चलने में मजा आता था। उसे लोदी गार्डन्स में प्रवेश के रास्ते पर ही कार से उतार देना पड़ता था। वह कार के साथ-साथ दौड़ लगाता, पेट खाली करने के लिए कुछ पल रुकता और फिर से दौड़ चालू करके कार के साथ पार्क करने की जगह तक आता। उस समय इस पार्क में कुछ खरगोश भी हुआ करते थे। वह उन्हें झाड़ियों में से सूँघ निकालता और फिर जी-जान से उनका पीछा करता हुआ, भौंक-भौंककर उनके नजदीक पहुँचने की कोशिश करता था। खरगोश तो उससे बहुत तेज दौड़ लेते थे और चकमा देने में भी माहिर थे लेकिन गिलहरियों का शिकार करने में वह बहुत दक्ष हो गया था। वह जान गया था कि वे सबसे नजदीक के पेड़ की ओर भागती हैं और पीछा करनेवालों को चकमा देने के लिए उसके तने का चक्कर काट जाती हैं। वह चुपके-चुपके पेड़ के पास तक चला जाता और फिर उन्हें पकड़ने की कोशिश करता। पर खुले मैदान में उनका उससे छुटकारा नहीं था। मैं उसे कितना ही समझाता, बल्कि पीटता भी मगर वह मासूम गिलहरियों को मारे बिना रह नहीं पाता था।

शनिवार की शाम को पिकनिक की टोकरी में सामान रखा जाते देखकर वह समझ जाता था कि अगला दिन उसके नाम होगा। पौ फटने के बहुत पहले ही वह उत्तेजना से कूकने लगता था और सबको जगा देता था। कार में उसे सँभाले रखना मुश्किल हो जाता

था। जब हम सूरजकुंड या तिलपट के पास खुले देहाती इलाकों में पहुँचते तो हमें उसे कार से उतार देना पड़ता था, वरना वह चलती कार से कूद पड़ने को तैयार रहता था। वह गायों के झुंड को दौड़ा-दौड़ाकर उन्हें मैदानों में तितर-बितर कर देता था। एक बार तो एक गाय की पिछली लात से उसका मुँह चकनाचूर होते-होते बचा। और एक बार उसने एक बकरी को लगभग मार ही डाला था।

खुले मैदान में तीन-चार घंटे खरगोशों, हिरनों और मोरों के पीछे दौड़-दौड़कर उसे बड़ी सुखद थकान चढ़ जाती थी। हम रविवार सुबह की अपनी पिकनिक से लौटते थे तो सिम्बा नींद के नशे में होता था। उस दिन वह अपनी शाम की सैर के लिए उतना बेसब्र नहीं होता था।

रात के खाने के बाद खान मार्केट की सैर के लिए भी वह बड़ा उतावला रहता था। वहाँ हम पान खाने जाते थे। आइसक्रीमवाले के पास रुककर वह उसे खरीदने के लिए चिरौरी करने लगता। आइसक्रीम उसे बहुत ही पसन्द थी। उसका बोध भी बड़ा प्रबल था। एक बार किसी ने बाजार में एक पेड़ के नीचे दो प्यारे-प्यारे पिल्ले बेचने के लिए रखे। हम उन्हें देखने लगे तो सिम्बा को बहुत बुरा लगा। जब भी हम उस पेड़ के पास रुकते, वह गुस्से से पागल होकर उसका तना भँभोड़ने लगता। सुजान सिंह पार्क में और उसके आसपास सभी सिम्बा को जानने लगे थे। वहाँ के बच्चों में हमारी पहचान सिम्बा के माँ-बाप के रूप में थी।

लोग सिम्बा से डरते भी थे। एक बार वह मेरी पत्नी और बेटी के साथ लोदी गार्डन्स गया था। वहाँ एक साइकिल-सवार मेरी बेटी की पीठ पर धौल मारकर सर्राटे से आगे बढ़ गया। मेरी पत्नी चीखी, 'सिम्बा, उसे पकड़ो !' सिम्बा ने उस आदमी का पीछा करके उसे साइकिल से गिरा दिया और दाँत निकालकर गुर्राता हुआ उसके सिर पर खड़ा हो गया। उस बेचारे को हाथ जोड़कर माफी माँगनी पड़ी। एक और बार मैं रात के खाने के बाद अपने फ्लैट से निकल ही रहा था कि मैंने एक लड़की को मदद के लिए पुकारते सुना। दो छोकरे उसे छेड़ रहे थे। मैं उस ओर दौड़ा और मेरे साथ ही सिम्बा भी। उन लड़कों ने भागने की कोशिश की। मैंने सिम्बा को उन्हें पकड़ने का हुक्म दिया। उसने लपककर उनमें से एक को जमीन पर गिरा लिया। वह लम्बा-चौड़ा और मुझसे कहीं अधिक ताकतवर था। पर सिम्बा मेरे साथ था तो मुझे कोई हिचक नहीं थी। मैंने उसे गुंडा और बदमाश कहकर गालियों की बौछार करते हुए उसके मुँह पर तड़ातड़ कई थप्पड़ जड़ दिए। उसने माफी माँगी और कसम खाई कि आगे से कभी औरतों को नहीं छेड़ेगा।

हम जब भी मशोबरा या कसौली जाते, सिम्बा को साथ ले जाते। पहाड़ों पर उसकी खुशी का ठिकाना नहीं रहता। मैं अक्सर पट्टा और जंजीर पहनाकर उसे आगे चलाता जिससे वह खड़ी चढ़ाइयों पर हमें खींचकर ले जाता था। उसे शिमला से कसौली ज्यादा पसन्द था क्योंकि यहाँ छोटी पूँछवाले बन्दरों और लंगूरों के झुंड-के-झुंड मिलते थे। इनके साथ उसका युद्ध निरन्तर चलता रहता और पहाड़ी कौवों के साथ भी, जो उसके दोपहर के भोजन के समय आसपास जुटकर उसे घेर लेते थे।

ज्यादातर कुत्तों में छठी सूझ होती है। हमारे सिम्बा में सातवीं और आठवीं सूझ भी थी। इसे प्रमाणित करने के लिए मैं सिर्फ एक घटना का जिक्र करूँगा। मुझे और मेरी पत्नी को दो महीने के लिए विदेश जाना था। हमारे बच्चे बोर्डिंग स्कूलों में थे। हमने तय किया कि नौकरों को छुट्टी देकर अपने फ्लैट पर ताला डाल देंगे, सिम्बा को हम प्रेम किरपाल के पास छोड़ रहे थे। दोनों में अच्छी दोस्ती थी क्योंकि रविवार को हम जब भी बाहर जाते थे, प्रेम किरपाल हमेशा हमारे साथ होता था और हमारे घर भी वह नियमित रूप से आया करता था। वह सिम्बा को रखने के लिए बड़ी खुशी से तैयार हो गया। वरिष्ठ सरकारी अधिकारी होने के नाते उसे कैनिंग लेन में बँगला मिला हुआ था जिसके चारों ओर बड़ा-सा बगीचा था। सिम्बा वहाँ कई बार जा चुका था और उसे आभास हो गया था कि हमारा इरादा उसे वहीं छोड़ने का है। ऐसा भी नहीं लगा कि उसे इस पर कोई खास एतराज हो।

मेरी पत्नी मुझसे कुछ दिन पहले दिल्ली लौट आई थी। सिम्बा को लाने के लिए वह कैनिंग लेन गई। वह खुशी से उमगकर मिला मगर उसकी कार में बैठने को तैयार नहीं हुआ। प्रेम बहुत खुश था कि उसने सिम्बा का प्यार इस हद तक पा लिया है। अनिच्छा से ही मेरी पत्नी को मानना पड़ा, 'ठीक है, अगर यह यहाँ खुश है तो यहीं रहे।' जाहिर है, मेरे लौटने की तारीख के बारे में दोनों में कुछ बात हुई होगी और लगता है, सिम्बा ने उसे सुन लिया। मुझे जिस दिन दिल्ली लौटना था उसकी पहली शाम सिम्बा कैनिंग लेन से सुजान सिंह पार्क की तमाम दूरी पैदल तय करके आ पहुँचा और पंजों से दरवाजा खरोंच कर अपने आने की सूचना देने लगा। वह जान गया था कि मैं अगली सुबह आ रहा हूँ। मैं उसकी प्रेमिका को चुरा लेता तब भी शायद प्रेम इतना दुखी नहीं होता जितना वह सिम्बा के चले आने पर हुआ।

उम्र का असर सिम्बा पर बड़े खूबसूरत कायदे से हुआ। उसके मुँह के आसपास के बाल सफेद हो गए। उसकी आँखों पर जाला आ गया और कभी-कभी उसे बुखार-सा होने लगा। ऐसे भी वक्त आते थे जब मेरी बीवी पूरी-पूरी रात उसका सिर अपनी गोद में रखकर सहलाते-सहलाते बिता देती थी। उस समय उसकी उम्र तेरह साल से ऊपर हो चुकी थी। जब मुझे तीन महीने के लिए स्वार्थमोर कॉलेज में पढ़ाने का भार मिला तो हमें उसे उसकी असली मालकिन माला के जिम्मे छोड़कर जाना पड़ा। उसे सिम्बा को लगभग हर रोज पशुओं के डॉक्टर के पास ले जाना पड़ता था। उसकी हालत सुधरी नहीं। उसकी टाँगें जवाब देने लगीं। माला ने हमें तार भेजा, 'तुरंत लौटो। सिम्बा बहुत बीमार।' अगले दिन हमें माला का एक और तार मिला, 'सिम्बा ने शान्ति से प्राण त्यागे।'

जरूर ही डॉक्टर ने माला को बताया होगा कि सिम्बा बड़े कष्ट में है। उसके पैरों को लकवा मार गया है और वैसे भी अब वह ज्यादा जिएगा नहीं। माला की अनुमति से उसने कोई घातक विष देकर सिम्बा को गहरी नींद में सुला दिया होगा। अगर मैं कभी अपने गहरे दोस्तों की बातें करूँ, तो सिम्बा उनकी सूची के सबसे ऊपरी हिस्से में होगा। हमने फिर कभी कोई कुत्ता नहीं पाला। किसी दोस्त का भी कभी कोई विकल्प होता है क्या ?

अध्याय-नौ

भारत की खोज

जब मैं यूनेस्को ही में था तभी योजना आयोग के तरोलक सिंह ने मुझसे सम्पर्क किया। वे लोग पंचवर्षीय योजनाओं के प्रचार के लिए *योजना* नामक पत्रिका निकालना चाहते थे। तरलोक सिंह जानना चाहते थे कि मैं इसका सम्पादक बनना चाहूँगा या नहीं। शुरू में तो यह अंग्रेजी और हिन्दी के साप्ताहिक के रूप में निकलनेवाली थी। फिर क्रमशः इसे अन्य भाषाओं में भी निकालने की योजना थी। इससे मुझे पूरे भारत में यात्रा करने का; सामुदायिक विकास योजनाओं का जायजा लेने का; बाँध, कारखाने, ग्रामीण दवाखाने आदि देखने का; छोटे-छोटे शहरों और गाँवों में रहने का मौका मिलनेवाला था। इसमें वेतन तो ज्यादा नहीं था पर अपने देश को देखने-जानने का प्रलोभन बहुत बड़ा था। मेरे पिताजी ने मुझे सुजान सिंह पार्क में तल मंजिल का एक फ्लैट और एक कार दे दी थी। फ्लैट की सजावजट उन कालीनों और फर्नीचर से हुई थी जो मेरी पत्नी अपने दहेज में लाई थी। मेरी अपनी कहने को वहाँ सिर्फ किताबें थीं और कुछ पुराने प्रिंट जो मैंने लन्दन में खरीदे थे। मुझे इससे ज्यादा कुछ चाहिए भी नहीं था और मैं फिर से निखट्टू नहीं कहलाना चाहता था। तो मैंने यह प्रस्ताव स्वीकार कर लेने का फैसला किया।

मेरे दो दफ्तर थे। एक तो मेटकाफ़ हाउस के पास पुराने सचिवालय के प्रकाशन विभाग में था—यमुना के पश्चिमी किनारे के नजदीक, और दूसरा नई दिल्ली में योजना आयोग के कार्यालय में। इससे मुझे एक बड़ी सुविधा थी। एक दफ्तर में न मिलूँ तो मैं दूसरे दफ्तर में होने का बहाना बना सकता था और इस तरह दोनों ही जगहों से गायब रह सकता था। मुझे कार से बाहरी रिंग रोड पर छह मील का रास्ता पार करना पड़ता था और इस रास्ते में कितनी ही महत्त्वपूर्ण इमारतें आती थीं—कोटला फ़ीरोजशाह और उसका अशोक स्तम्भ, गांधीजी की समाधि, मुग़लकालीन दिल्ली की प्राचीन फ़सीलें, जीनत मस्जिद, लाल किला और निगमबोध घाट। हर सुबह मैं मानो दिल्ली का इतिहास नए सिरे से फिर-फिर पढ़ता था। लौटते समय मैं अक्सर कुछ देर के लिए निगमबोध घाट पर रुक जाता था और मृत देहों को चिताओं पर रखे जाते और जलाए जाते देखता रहता था। इस अभ्यास से मुझे बहुत लाभ हुआ। मेरे अन्दर की बहुत-सी क्षुद्रताएँ धुल गईं। मुझे अधिक हलकापन महसूस होने लगा।

प्रकाशन विभाग के निदेशक, मैसूर की तरफ के एक सज्जन यू.एस. मोहन राव शुरू-शुरू में मेरे साथ सहज नहीं हो सके थे। कहने को वे मेरे अफसर थे पर वेतन मुझे उनसे ज्यादा मिलता था। वे ठेठ स्वदेशी आदमी थे। उनके आचार-व्यवहार, बोली-बानी, सभी पर उनके अपने कस्बे उडुपि का गहरा असर था (यह कस्बा दक्षिण भारतीय व्यंजनों के लिए बहुत प्रसिद्ध है)। उन्होंने मैसूर, बम्बई और दिल्ली के अलावा दुनिया देखी ही नहीं थी और उनकी समझ में नहीं आता था कि ऐसे व्यक्ति से कैसा व्यवहार किया जाए जो इंग्लैंड में पढ़ा है, जिसने कुछ किताबें भी लिखी हैं और जीवन का अच्छा-खासा हिस्सा विदेशों में बिताया है। वे मुझे मेरे दफ्तर में उस स्टाफ से मिलाने ले गए जिसे विशेष रूप से *योजना* निकालने के लिए ही चुना गया था। हिन्दी संस्करण के सम्पादक थे मन्मथनाथ गुप्त। वे बंगाली थे और आतंकवाद के आरोप में जेल काट चुके थे। शुरू से ही वे हिन्दी संस्करण को अंग्रेजी संस्करण से स्वतन्त्र रखना चाहते थे। मैंने उनकी ऐसी तमाम कोशिशों का प्रतिरोध किया। मेरे अपने स्टॉफ मैं मैसूर राज्य के दो व्यक्ति श्रीनिवासाचार और नौजवान छायाकार टी. नागराजन थे और एक लड़की शीला धर थी जिसका जन्म दिल्ली में ही हुआ था। पत्रिका के अंग्रेजी और हिन्दी संस्करणों के लिए और कर्मचारी भी थे, लेकिन उनके नाम अभी मुझे याद नहीं आ रहे हैं।

तरलोक सिंह की सलाह के अनुसार सबसे पहले तो मैं भारत-दर्शन को निकला। नागराजन को मैंने अपने साथ ले लिया। एक महीने में हमने लगभग पूरे देश की लम्बाई और चौड़ाई को नाप लिया। जो कुछ मैंने देखा और जिन लोगों से मैं मिला उन सब पर मैंने विस्तृत टिप्पणियाँ तैयार कीं। नागराजन ने फोटो खींच-खींचकर फिल्मों की सैकड़ों श्वेत-श्याम रीलें खपा दीं। *योजना* की शुरुआत करने के लिए ढेर सारी सामग्री लेकर हम दिल्ली लौटे।

मुझे पत्रिकाओं के संचालन का अनुभव बहुत ही कम था। लन्दन के इंडिया हाउस के लिए मैं *इंडिया न्यूज़* का सम्पादन अवश्य करता था पर उसकी सारी-की-सारी सामग्री विदेशी मामलों का मन्त्रालय दिल्ली से भेजता था। वहाँ ज्यादातर काम जमाल किदवई कर लेता था। मैं तो सिर्फ उसकी छपाई के लिए अनुमति देता था। *योजना* की स्थिति दूसरी थी। यहाँ ज्यादातर लेखन मुझे करना था या अपने लिए औरों से करवाना था। अपने प्रयोग के तौर पर (पत्रिका के) बहुत-से नमूने बनाए और लेटरपैड के लिए उपयुक्त सिरनामे का चुनाव किया। कितनी ही रातें मैंने दरियागंज के *द टाइम्स ऑफ इंडिया* के प्रेस में गैली प्रूफ पढ़ते और सुधारते हुए बिताईं। सही अर्थों में एक भारतीय पत्रिका के सम्पादन को लेकर मैं बहुत उत्साहित था।

योजना के आरम्भ के उपलक्ष्य में मैंने शैम्पेन की पार्टी दी। शराबबन्दी के लिए प्रतिबद्ध देश में तो यह अनहोनी थी। जो सम्पादक इसमें आए (भारतीय पत्रकार मुफ्त की शराब उड़ाने में उस्ताद हैं) उन्होंने इस समारोह और पत्रिका के पहले अंक, दोनों पर ही बड़ी तीखी टिप्पणियाँ कीं। उन टिप्पणियों से मुझे चोट पहुँची क्योंकि *योजना* को मैंने सन्तान की तरह पाला-पोसा था और मुझे उम्मीद थी कि लोग इसके रूप-रंग और

विषयवस्तु, दोनों की ही प्रशंसा करेंगे। अभी तो मेरे भाग्य में और भी निराशा लिखी थी। मैंने अखबारों की दुकानों के चक्कर लगाए। उनमें से अधिकतर ने *योजना* का नाम भी नहीं सुना था। प्रकाशन विभाग में भी पीठ-पीछे मेरी आलोचना चल रही थी कि लन्दन या पेरिस से ये जो नामी-गरामी एडिटर साहब लाए गए हैं, ये बिलकुल नाकारा साबित हुए हैं। पत्रिका के वितरण का जिम्मा एक पाजी छुटके-से पंजाबी का था जो सबसे कहता घूम रहा था कि गोदाम में बिना बिकी पत्रिकाओं के ढेर लगे हैं और उन्हें तो अब रद्दी में ही बेचना होगा। मुझे पता चला कि पहला अंक निकल चुकने के हफ्ते-भर बाद भी पत्रिका की वे हजारों प्रतियाँ जो डाक से देश के दूरदराज इलाकों में भेजी जानी थीं, अभी दफ्तर के गोदाम में ही पड़ी थीं। यह जान-बूझकर काम बिगाड़ने की साजिश थी। मैं दनदनाता हुआ मोहन राव के दफ्तर में घुस गया जो हमेशा उसके यार-दोस्तों और मुलाकातियों से भरा रहता था, और इस्तीफा देने की धमकी दी। लिखा हुआ इस्तीफा मेरे पास ही था जिसमें मैंने पत्रिका को बाजार में पहुँचाने में प्रकाशन विभाग की कोताही का भी जिक्र किया था। नौकरी शुरू करने के एक महीने बाद ही मेरे इस्तीफा देने का मोहन राव के कार्य-जीवन पर बुरा असर पड़ता। वह नासमझ था पर उसकी नीयत बुरी नहीं थी। उसने मुझे शान्त किया। '*योजना* की प्रतियाँ समय से नहीं भेजी गईं तो आकाश नहीं गिर जाएगा (उसका तकिया कलाम)। मैं अभी इस मामले को देखता हूँ,' उसने मुझे आश्वासन दिया। पर मैं झुकने को हर्गिज तैयार न था, 'या तो पत्रिका के वितरण के लिए जिम्मेदार उस पंजाबी बन्दे को जाना होगा, या फिर मैं जाता हूँ। कोई भी अगर योजना को रद्दी में बेचने की बात में मजा ले तो उसे यह पत्रिका छूने भी नहीं दी जाएगी,' मैंने उससे दृढ़ता से कहा।

मोहन राव उस आदमी से खुश नहीं था। उसको निकाल बाहर करने के लिए राव ने मेरी धमकी का सहारा लिया। उसे मुअत्तल कर दिया गया। अपना काम क्यों नहीं किया, इसकी सफाई देने के बदले उसने अच्छे हिन्दू की तरह गोदान के द्वारा देवताओं को तुष्ट करने की चेष्टा की। न तो गैया ही उसकी मदद को आई, न उसके देवता ही। उसे बर्खास्त कर दिया गया।

योजना चली ही नहीं। सभी सरकारी प्रकाशनों का यही हश्र होता है। लोगों को शक रहता है कि वे निरा प्रचार करते हैं और सरकार द्वारा दिए गए आँकड़े उन्हें आसानी से हजम नहीं होते। वैसे भी, पढ़ने में किसको दिलचस्पी होगी कि वन महोत्सव में कितने पेड़ लगाए गए, कंपोस्ट खाद के लिए कितने गड्ढे खोदे गए और कितने मेगावाट बिजली पैदा की गई। मुझे मन्त्रियों के नीरस भाषण भी छापने पड़ते थे। जो कॉलम मैं लिखता था वह सरकारी कूड़े-कबाड़ के नीचे दबकर घुट जाता था।

अधिकारी लोग आँकड़ों से कैसा खिलवाड़ करते हैं उसका एक मनोरंजक उदाहरण लीजिए। ग्रामवासियों को कंपोस्ट खाद के गड्ढे खोदने को प्रोत्साहित करने के लिए एक अखिल भारतीय प्रतियोगिता आयोजित की गई थी। हर गाँव, दस गाँवों के समूह, जिले और राज्य के स्तर पर नकद पुरस्कार घोषित किए गए थे। ग्राम-स्तर के अधिकारियों ने

कंपोस्ट गड्ढों के फर्जी आँकड़े गढ़ लिए, जिला-अधिकारियों ने उन्हें दुगुना कर दिया; राज्य-स्तर के अधिकारियों ने उस संख्या को भी दुगुना कर दिया। जब तमाम आँकड़ों को जोड़ा गया तो पता चला कि इस हिसाब से जितनी जमीन पर कंपोस्ट गड्ढे होने चाहिए थे उसका रकबा पूरे राज्य के क्षेत्रफल से भी ज्यादा था। वन महोत्सवों पर यदि सचमुच ही उतनी संख्या में पेड़ लगाए जाते जितनी संख्या में सरकारी प्रचार माध्यम दावा करते हैं, तो पूरा भारत अब तक एक विराट जंगल बन चुका होता।

योजना आयोग के अन्दर-अन्दर भी तनाव चल रहे थे। इसके शीर्ष अधिकारी (उपाध्यक्ष) थे सर टी.टी. कृष्णमाचारी, बड़े ही सज्जन और सुयोग्य। काम का अधिकतर बोझ तरलोक सिंह के कन्धों पर था जो दिन-रात काम में जुटे रहते थे और बड़ी पांडित्यपूर्ण रिपोर्टें लिखने के आदी थे। सामान्य रूप से कहा जाने लगा था कि तीन वैधानिक संस्थाएँ मिलकर भारत को चलाती हैं—लोकसभा, राज्यसभा और तरलोक सभा (योजना आयोग)। तीखी-तुर्श जबानवाले टी.टी. कृष्णमाचारी भारत के वित्तमन्त्री थे। उन्होंने तरलोक सिंह पर व्यंग्य करते हुए एक बार कहा था कि योजना आयोग जितना कागज बरबाद करता है, उसकी कीमत से तो भारत एक और जलयान तैयार करके तैरा करता है। मुझे नहीं पता था मगर शान्त-सौम्य दिखाई देनेवाले तरलोक सिंह भी कुछ लोगों को नापसन्द करते थे। उनमें से एक थे सामुदायिक विकास कार्यक्रमों के जनक एस.के. दे। वे स्वभाव से बहुत ही भावुक और बेचैन प्रकृति के थे। मैंने एक बार मसूरी में एक संगोष्ठी में इन्हें बड़े जोशो-खरोश से भाषण देते हुए सुना था। वे बड़े उत्साह से इस बात पर बल दे रहे थे कि भारतीयों को अपने खान-पान की आदतों में बदलाव लाना चाहिए। हिन्दुस्तान में लाखों भुखमरे मवेशी हैं और करोड़ों भुखमरे इंसान। इस स्थिति का हल यही हो सकता है कि हिन्दू लोग गोमांस खाना शुरू कर दें। उनकी इस साहसिकता पर मैं दंग रह गया और मैंने उनके भाषण को महत्त्वपूर्ण स्थान दिया। इस अंक के निकलने के अगले दिन ही तरलोक सिंह ने मुझे फोन करके अपनी जबर्दस्त नाराजगी जाहिर की कि ऐसे बेकार बकवादी पर पत्रिका का इतना स्थान बराबाद किया गया है।

मैं समझ गया कि *योजना* मेरी उन्नति में कहीं मददगार नहीं होगी क्योंकि यह खुद ही कहीं आगे नहीं बढ़ पा रही थी। सारे देश के सामुदायिक विकास कार्यालयों और सरकारी विभागों में डाक से इसकी प्रतियाँ भेजी जाती थीं। कहीं से भी पलटकर कोई प्रतिक्रिया नहीं मिलती थी क्योंकि गिने-चुने अधिकारी ही इसे पढ़ने का कष्ट उठाते थे। अखबार विक्रेता इसे लेने से इंकार कर देते थे। जो कुछ लोग लेते भी थे तो वह न बिकने पर लौटा देने की शर्त पर और आमतौर पर वे सारी प्रतियाँ लौटा ही देते थे। मुझे एकमात्र तसल्ली इस बात से मिलती थी कि मेरे सहकर्मी मेरे लिए बड़ी लगन से काम करते थे। शीला धर मेरी बड़ी अच्छी मित्र बन गई। भरे-पूरे बदनवाली शीला स्वभाव से बड़ी स्नेही तथा उदार थी। साथ ही उसमें शरारती हाजिरजवाबी भी थी। वह लोगों की बहुत बढ़िया नकल उतारती थी। औरतों के तौर-तरीकों और बोलचाल की नकल देखने-सुनने में मुझे बहुत ही मजा आता है। वह हिन्दुस्तानी शास्त्रीय संगीत की बहुत अच्छी गायिका थी और

ऊँचे दर्जे के गायक-कलाकारों में उसकी गिनती होने लगी थी। मुझे शास्त्रीय संगीत की परख नहीं है पर जब वह अपने गुरु प्राणनाथ के पास संगीत सीखने जाती थी तो कभी-कभी मैं भी उसके साथ चला जाता था। जमीन पर बैठना मेरे लिए हमेशा बेहद तकलीफदेह रहा है मगर शीला की मधुर गम्भीर आवाज में विभिन्न राग-रागिनियों की अदायगी सुनते हुए मैं घंटों बैठा रहता था। नागराजन मुझे अपने पिता की तरह मानता था और मेरे परिवार का सदस्य-जैसा ही हो गया था। मीनाक्षी से विवाह करके वह उसे हमसे मिलाने लाया तो उसने आज्ञाकारिणी कुलवधू की तरह ही कालीन पर घुटने और माथा टेककर मुझे प्रणाम किया था। मुझे पता नहीं था कि इस प्रकार के प्रणाम का उत्तर कैसे दिया जाता है। तो मैंने उठने में उसकी सहायता की और दोनों कपोलों का चुम्बन ले लिया। कोई भी तमिल श्वसुर अपनी पुत्रवधू के साथ इस तरह की छूट नहीं लेता।

कुछ समय बाद मुझे मोहन राव भी अच्छा लगने लगा। हालाँकि विभाग चलाने का उसका तरीका बिलकुल ही अव्यवस्थित था पर वह हमेशा सबको खुश रखने के लिए व्यग्र रहता था। वह जरा भी हेकड़ीबाज नहीं था और रुपए-पैसों के मामले में पूरी तरह ईमानदार था। ऑफिस के कई अन्य लोगों के बारे में ऐसी बात नहीं कही जा सकती। मैं अक्सर लंच के लिए उसके कमरे में चला जाता। हम अपने-अपने टिफिन का खाना बाँटकर खाते और खाने के बाद रिज पर टहलने के लिए निकल जाते थे। मुझे सबसे ज्यादा मजा उसके दक्षिण भारतीय उच्चारण में आता था। एक सुबह मैं उसके साथ कॉफी पी रहा था कि टेलीफोन की घंटी बजी। फोन उठाकर उसने जल्दी से अपना हाथ उसके माउथपीस पर रखा और मुझे बताने लगा कि फोन के दूसरी तरफ कौन है, 'यम.यम. यमीर, यंपी (एम. एम. अमीर, संसद-सदस्य) का फोन है। वे आपसे कुछ व्यक्तिगत विचार-विमर्श करना चाहते हैं।'

योजना के सम्पादन के साथ ही मैं समय-समय पर मिलनेवाले दूसरे काम भी करता रहता था। एक काम मुझे यूनिसेफ से मिला था। इस संस्था ने अफगानिस्तान में जो काम किया था, उस पर मुझे एक पुस्तिका लिखनी थी। वे लोग मेरे साथ छायाकार पी.एन. शर्मा को भी भेजना चाहते थे। मैंने खर्च कम रखने के लिए खुद ही तस्वीरें भी खींच लेने का प्रस्ताव रखा। भरतराम के पास मैंने, जीस आइकॉन कैमरे का नवीनतम मॉडल देखा था। इसके अन्दर ही एक्सपोजर मीटर और फोकस करने का यन्त्र लगा हुआ था। इसमें भूल-चूक की गुंजाइश ही नहीं थी, बस कैमरे से निशाना साधकर बटन दबा देना ही काफी था। मैंने भरत से इसे कुछ दिन के लिए उधार माँग लिया। यूनिसेफ के निदेशक भी मुझे आजमाने के लिए तैयार हो गए। शर्त यही थी कि पहले दिन मैं एक पूरी रील की तस्वीरें उतार लूँ और हवाई जहाज से उसे दिल्ली भेज दूँ। अगर तस्वीरें ठीक-ठाक आ गईं तो सारी तस्वीरें मैं ही खींच सकूँगा और उनके लिए मुझे पैसे भी दिए जाएँगे। मैं काबुल पहुँचा; खटाखट तस्वीरें खींचीं और दिल्ली जानेवाले हवाई जहाज से रील भिजवा दी। अगले ही दिन पी.एन. शर्मा काबुल पहुँचा। उसने बताया कि मेरी भेजी हुई पूरी रील बिलकुल खाली थी। मैं लैंस का ढक्कन हटाना ही भूल गया था। यानी ऐसा कैमरा होता ही नहीं, जिसमें

भूल-चूक की गुंजाइश न हो।

काश, मैं कुछ बेहतर फोटो खींच पाता। चूँकि मैं इस काम में बुरी तरह असफल हुआ था इसलिए काबुल होटल के एक ही कमरे में मुझे शर्मा के साथ रहना पड़ा। उस समय शहर में यही एक होटल था। शर्मा अच्छा छायाकार था और औरतों के मामले में अपने दमखम की बढ़-चढ़कर डींग भी मारता था। वह गंजा था और उसकी आँखें बेरियों-जैसी थीं लेकिन खूबसूरत लड़कियों को पटाने में उसे कोई दिक्कत नहीं होती थी और अगर उसका यकीन किया जाए तो उन्हें वह बारम्बार संभोगानन्द के शिखर पर पहुँचा सकता था। वह रूढ़िवादी ब्राह्मण था जो ऐसी कोई चीज नहीं खाता जिसमें दूर से भी गोश्त की गन्ध आती हो। उसके दुर्भाग्य और मेरे सौभाग्य से अफगानिस्तान में खाना पकाने के लिए भेड़ की चर्बी से बने हुए रौगन का इस्तेमाल होता था। इसलिए शर्मा तो चावल का पुलाव तक नहीं खा सकता था। वह सिर्फ ताजे फल खा सकता था—रसीले तरबूज, मीठे कंधारी अंगूर और अनार। तंदुरुस्ती के लिए ये बेशक बहुत अच्छे थे लेकिन खाली पेट में ये इतनी गैस कर देते कि खुदा की पनाह। हम लौटकर अपने-अपने बिस्तरों पर लेटे तब तक शर्मा बिलकुल जेट विमान बन चुका था। वह बेहद तेज धमाकेदार आवाज के साथ लगातार हवा खारिज करता जा रहा था। वैसी जबर्दस्त आवाज मैंने कभी नहीं सुनी थी। जब मैंने इस पर एतराज किया तो वह प्राचीन संस्कृत ग्रन्थों में वर्णित पाद के विभिन्न प्रकारों पर मुझे लम्बा भाषण देने लगा। फिर उसने मुझे विश्वास दिलाने की कोशिश की कि वह जो वायुमोचन करता है, वह उत्तम पदवी की श्रेणी में आती है—श्रेष्ठ और पूर्णतः निर्गंध।

अगले दिन हम यौनरोग सम्बन्धी उस दवाखाने पर गए जिसे यूनिसेफ चला रहा था। इसका संचालन बम्बई के एक भारतीय डॉक्टर परांजपे कर रहे थे। एक साल पहले यूनिसेफ ने अफगानिस्तान में इन बीमारियों की स्थिति का जायजा लेने के लिए एक यूरोपीय विशेषज्ञ को भेजा था। उसकी रपट के अनुसार यहाँ आतशक और सूजाक रोग बुरी तरह फैले हुए थे। साफ लगता था कि उसने न तो अपने होटल से बाहर कदम रखा था, न अफगान डॉक्टरों से सलाह-मशविरा ही किया था। अफगानिस्तान का इतिहास पढ़कर उसी के आधार पर उसने कुछ अनुमान लगा लिये थे : मध्य एशिया से भारत पर जो असंख्य आक्रमण होते रहते थे, अफगानिस्तान उनके रास्ते में पड़ता था और यह जाना-माना तथ्य है कि आक्रमणकारी सेनाएँ यौनरोग फैलाती रहती हैं। मगर हकीकत यह है कि अफगानिस्तान में ये बीमारियाँ बहुत ही कम थीं। वेश्यावृत्ति पर यहाँ रोक थी। हाँ, कुछ बुर्कापोश औरतें जरूर मस्जिदों के आसपास घूमती रहती थीं और मस्जिद से निकलते नमाजियों में से गाहक पटाने की कोशिश करती थीं। पर पता लगते ही उन्हें जेल में डाल दिया जाता था।

मेरे सामने दवाखाने में केवल दो रोगी आए—एक थी अधेड़ उम्र की एक औरत और दूसरा बीस से तीस की उम्र के बीच का नौजवान। औरत काबुल से पेशावर के बीच ट्रक चलानेवाले एक ड्राइवर की बीवी थी। उसके आधे दर्जन से ऊपर बच्चे हो चुके थे। उसके गुप्तांगों में खुजली की शिकायत रहने लगी। उसका यही खयाल था कि उसके शौहर की

बेहद ज्यादती की वजह से यह तकलीफ हो गई है। उस औरत को पुरुष डॉक्टर, अफगान नर्स और हम दोनों के सामने अपना बुर्का और सलवार उतारने में जरा भी झिझक नहीं हुई। डॉक्टर ने भी हम लोगों के सामने ही उसका मुआइना करके बताया कि उसे आतशक हो गया है और इसका इलाज तभी होगा जब वह अपने शौहर को भी दवाखाने में लेकर आएगी। डॉक्टर ने उसे यह भी बताया कि उसके शौहर को शायद पेशावर के किसी चकले में यह बीमारी लगी होगी और उसने आकर यह बीमारी बीवी को दे दी। औरत तो गुस्से से पागल हो गई। उसे अब अपनी खुजली के इलाज की उतनी चिन्ता नहीं थी जितना उसके हाथ अपने शौहर का मुँह नोचने को खुजला रहे थे। वह हमेशा उससे कहता रहता था कि दूर रहने पर उसे बीवी की याद किस कदर सताती है।

जब मैं दवाखाने में आया था, मैंने उस नौजवान अफगान को बाहर चक्कर काटते देखा था। वह देखभालकर निश्चित कर लेना चाहता था कि यहाँ आते हुए उसे कोई पहचान तो नहीं रहा है ? वह दौड़कर सीढ़ियाँ चढ़ा और डॉक्टर के सामने हाजिर हो गया। उसने अपनी रहस्यमय बीमारी के बारे में बताया तो डॉक्टर परांजपे ने उसे सलवार उतारने का आदेश दिया। वह हिचक गया, 'इतने लोगों के सामने ? और यहाँ एक औरत भी है।' उसने नर्स की तरफ इशारा किया। 'हाँ,' परांजपे ने कहा, 'ये सब डॉक्टर हैं।' बेचारे का चेहरा शर्म से लाल हो गया। आखिरकार उसने अपनी लम्बी कमीज को ऊपर उठाया और सलवार का नाड़ा खोलने के पहले अपना मुँह ढक लिया। परांजपे ने उसके शिथिल लिंग पर उभरे घावों का मुआयना किया जो खुद अपनी कहानी कह रहे थे। उन्होंने उस नौजवान से कहा, 'तुम्हें आतशक हो गया है। मैं तुम्हारा इलाज तभी करूँगा जब तुम उस औरत को भी दवाखाने में लेकर आओ जिसके साथ तुम सोए थे।' नौजवान बार-बार कसमें खाने लगा कि वह किसी औरत के, किसी वेश्या के भी, नजदीक तक नहीं फटका है। डॉक्टर ने इलाज करने से इंकार कर दिया। आखिरकार वह हकलाते हुए बोला, 'यह एक लौंडे से लगी होगी। कुछ दिन पहले मैंने उसके साथ आशिकी की थी।' बात बिलकुल झूठ थी। परांजपे ने उससे यही कहा और उसे दवाखाने से निकल जाने का हुक्म दिया। अफगानिस्तान के समाज में अजनबी औरतों के साथ यौन सम्बन्धों की अपेक्षा लौंडेबाजी को कम बुरा माना जाता है।

वहाँ यौन रोगों की अपेक्षा मलेरिया, टायफायड, टायफस और तपेदिक-जैसी बीमारियाँ ज्यादा फैली हुई थीं। हमें पूरे देश की यात्रा करते हुए कुंदूज़ और सोवियत रूस की सीमा के निकट ऑक्सस नदी पर बसे मज़हर-ए-शरीफ़ तक जाना था। स्वास्थ्य मन्त्री ने हमें ले जाने का जिम्मा स्वास्थ्य सेवा के डॉक्टर हमीमी को सौंपा (जो आगे चलकर स्वास्थ्य मन्त्री बने)। वे स्वभाव से बेहद चिड़चिड़े थे। हमारे साथ दो यूरोपियन डॉक्टर थे—एक स्वीडिश डॉक्टर और अनिश्चित उम्र की एक फिनिश महिला डॉक्टर जो पश्तो और फारसी बोल सकती थी। एक सुबह हम लोग एक नई नकोर स्टेशन वैगन में रवाना हो गए। बाहरी इलाकों में अद्‌भुत वैविध्यपूर्ण वैषम्य नजर आ रहा था : रूखे बंजर पहाड़ों के बीच अचानक ही हरी-भरी घाटियाँ मिल जातीं जिनमें धान और फलों की भरपूर उपज होती

थी। जगह-जगह स्फटिक-से निर्मल पानी के ढेरों चश्मे थे। रास्ते में जिन चायखानों पर हम खाने-पीने को रुकते थे, वे प्रायः कल-कल बहते सोतों के किनारे बने होते थे और उनके आँगन पर अंगूर की बेलें छाई रहती थीं। अफगानों का व्यवहार बड़ा दोस्ताना था। बस, एक बात जो मुझे अखरती थी वह यह कि मुझे वे लाला (व्यापारी या महाजन) कहकर बुलाते थे। क्योंकि ज्यादातर अफगान सिख वही होते थे।

रात को हम विश्रामगृहों में रुकना चाहते थे। वहाँ एक समस्या खड़ी हो जाती थी। वहाँ इतने कमरे नहीं होते थे कि सबको अलग-अलग कमरा मिल सके। फिनिश महिला डॉक्टर ने मुझसे पूछा कि वह मेरे कमरे में रह जाए तो मुझे एतराज तो नहीं होगा ? मैं तैयार हो गया क्योंकि तब मुझे शर्मा के गैस के धड़ाकों से राहत मिल जाती। पर इससे एक दूसरी समस्या खड़ी हो गई। मेरे सामने कभी साथ सोने लायक उम्रवाली महिला के साथ कमरा बाँटने का मौका नहीं आया था। क्या वह मुझसे अपने बिस्तर पर आने की उम्मीद करेगी ? इसी उधेड़-बुन में मुझे नींद भी नहीं आई। अगली सुबह शर्मा ने मुझे ताना मारा, 'लाले ! मेम दी फुद्दी लई के नहीं ?' जब मैंने इंकार किया तो उसने मुझे ही फुद्दू कहा। अगली दो रात भी यही हुआ और मज़हर-ए-शरीफ़ में भी लौटते समय हम बामियान की बौद्ध गुफाओं के अवशेष देखने रुके। ये गुफाएँ बहुत कुछ अजन्ता-जैसी ही हैं और यहाँ ठोस चट्टान में से तराशी हुई बुद्ध की दो विराट एकाश्म मूर्तियाँ हैं। गर्मी बहुत थी। लेडी डॉक्टर ने मुझसे पूछा कि क्या मैं उसके साथ घाटी में बहती चौड़ी धारा में नहाने चलूँगा ? मैं राजी हो गया। हमने एक एकान्त स्थल ढूँढ़ लिया। मैं अपना जाँघिया पहने रहा। उसने सारे कपड़े उतार डाले और धारा में किलोलें करने लगी। वह उम्र में मुझसे कुछ बड़ी थी मगर उसका शरीर बड़े सलीके से सहेजा हुआ था। अगर वह मुझे कोई संकेत देना चाहती थी तो वह मैंने पकड़ा नहीं। हम वापस विश्रामगृह लौटकर अपने साथियों से मिल गए। उस शाम वह मुझसे बोली, 'मि. सिंह, अगर आप बुरा न मानें तो इस बार मैं स्वीडिश डॉक्टर को अपने कमरे में रखूँगी।' अगली तीन रात भी वह उस डॉक्टर के साथ ही रही। शर्मा ने मुझे फुद्दू कहा, तो क्या गलत कहा था ?

उस देश में तीन सप्ताह की यात्रा के बाद मैंने पुस्तिका लिखी जिसका शीर्षक था, *फ्रॉम आर्याना टु अफगानिस्तान*। इसे यूनिसेफ ने प्रकाशित किया। मेरे श्रम के पुरस्कारस्वरूप अफगानिस्तान की सरकार ने मुझे मुट्ठीभर लैपिस लैज्युलाई (लाजवर्द) के पत्थर दिए। नियमानुसार यह उपहार स्वीकार करने के पहले मुझे अपनी सरकार की अनुमति लेनी चाहिए। थी। सम्बद्ध मन्त्रालय के सचिव के पास जाकर मैंने पूछा कि इसके लिए क्या करना होगा ? उसने उन पत्थरों को देखा, फिर मुझसे कहा, 'अगर तुम ये सरकार को सौंपोगे तो समझ लो फिर ये कभी नहीं मिलने के। मेरी सलाह मानो तो तुम इन्हें जेब में रख लो और सरकार को मारो गोली।' मैंने यही किया।

अगला काम मुझे भारत सरकार की ओर से मिला था। उस समय लाखों की संख्या में हिन्दू,

बौद्ध और ईसाई पूर्वी पाकिस्तान से भाग-भागकर पश्चिम बंगाल आ रहे थे। भारत सरकार इस विराट निर्गमन का समाचार अंग्रेजीदाँ विश्व में फैलाने को उत्सुक थी। एक सुबह वित्त मन्त्रालय के सचिव एच.एम. पटेल ने मुझे फोन करके वित्तमन्त्री टी.टी. कृष्णमाचारी से मिलने को कहा। अगले दिन मैं कायदे से एच.एम. पटेल के कमरे में हाजिर हो गया और उनसे पूछा कि मन्त्रीजी को मुझसे क्या काम है। 'वे खुद आपको बतलाएँगे,' कहते हुए पटेल मुझे मन्त्रीजी के लम्बे-चौड़े कमरे में ले आए। 'पूर्वी पाकिस्तान से आ रहे शरणार्थियों पर एक पुस्तिका तैयार करने के लिए मुझे कोई ऐसा लेखक चाहिए जो इंग्लैड और अमरीका में जाना जाता हो। यह काम तुरन्त करना है। हमारे दिमाग में तीन नाम आए, मिसेज़ झाबवाला, नीरद चौधुरी और तुम—इसी क्रम में।'

'सर, मिसेज़ झाबवाला गर्भावस्था के पिछले दौर में हैं और उन्हें बांग्ला नहीं आती। मुझे भी नहीं आती। इस काम के लिए सबसे अच्छे नीरद चौधुरी ही रहेंगे। वे पूर्वी बंगाल में ही पैदा हुए थे और अंग्रेजीदाँ दुनिया में वे मुझसे या रूथ से बेहतर पहचाने जाते हैं।'

'उनसे पूछ देखोगे ? वे जितना भी चाहें, हम दे देंगे। पैसे की कोई समस्या नहीं है।'

'सर, डॉ. केसकर (सूचना और प्रसारणमन्त्री) ने नीरद के किसी भी सरकारी संगठन के लिए लिखने पर प्रतिबन्ध लगा रखा है,' मैंने बताया।

'केसकर कौन होता है ?' वित्तमन्त्री ने हिकारत से कहा, 'तुम चौधुरी से कह दो, प्रतिबन्ध उठा लिया गया है। वह जितने रुपए चाहे, माँग ले।'

मैं बहुत खुश हुआ। नीरद बड़े बुरे वक्त से गुजर रहे थे। पत्नी और दो बेटों का भरण-पोषण उनके जिम्मे था। इसके अलावा एक गोद लिए हुए लड़के और एक जवान, भुक्खड़ अलसेशियन का पेट भरना भी उन्हीं की जिम्मेदारी थी। नीरद के घर पर टेलीफोन नहीं था। मैंने एक चपरासी को एक पुर्जा देकर उनके घर निकलसन रोड भेजा कि वे जल्दी-से-जल्दी मुझसे मिल लें। मेरे पास एक खुशखबरी है।

नीरद अगली सुबह मेरे दफ्तर में आए। मैंने उन्हें अपने और वित्तमन्त्री के बीच हुई बातचीत कह सुनाई और कहा, 'प्रतिबन्ध भी हट गया है और आपकी आर्थिक परेशानी भी दूर हो गई है।'

उन्होंने मेरी आँखों में आँखें डालकर पूछा, 'तो भारत सरकार ने मुझ पर से प्रतिबन्ध हटाने का फैसला कर लिया है ?'

'हाँ,' मैंने बड़े उत्साह से कहा।

'लेकिन नीरद चौधुरी ने तो भारत सरकार पर से अपना प्रतिबन्ध उठाने का फैसला नहीं किया है,' कहकर वे लम्बे-लम्बे डग भरते हुए बाहर निकल गए। मैं भौंचक्का रह गया। ऐसे आदमी थे वे। गरीबी उन्हें अपने स्वाभिमान से समझौता करने के लिए मजबूर नहीं कर सकती थी।

यह काम मुझे खुद ही हाथ में लेना पड़ा। एक दुभाषिए और एक फोटोग्राफर को साथ लेकर मैंने दर्जनों शरणार्थी शिविरों का दौरा किया। मैंने बीसियों ऐसे स्त्री-पुरुषों से बातें कीं जो पूर्वी पाकिस्तान में अपना घरबार और जगह-जमीन छोड़कर भारत में प्रति

परिवार प्रतिदिन एक रुपए की खैरात पर जीने के लिए यहाँ चले आए थे। शारीरिक हिंसा की घटनाएँ नहीं हुई थीं, मगर बहुत सारी हिन्दू लड़कियों को उठाकर, कलमा पढ़ाकर उनकी शादियाँ मुसलमानों के साथ कर दी गई थीं। मैंने बहुत सारे मर्द-औरतों से पूछा कि उन्होंने पाकिस्तान क्यों छोड़ा है। लगभग सभी ने एक शब्द में जवाब दिया—भॉय (भय)। अपनी स्थिति सुधाने को बंगाली किस प्रकार अनिच्छुक हैं, इसका भी कुछ परिचय मुझे मिला। मर्द एक-दूसरे के साथ गपशप करते दिन बिता देते थे या फिर इस आशा में पोखर के किनारे जल में बंसी लटकाए बैठे रहते थे कि मछली मिल जाए तो दाल-भात की रसद को सहारा लग जाएगा। वहीं मुझे तीस साल से भी कम उम्र का एक नौजवान मिला जो कॉलेज में पढ़ चुका था और अंग्रेजी जानता था। मैंने उसे एक स्टूल पर बैठे सूनी-सूनी नजरों से शून्य को ताकते पाया। तम्बू के भीतर उसकी भरे बदनवाली आकर्षक पत्नी चार-पाँच छोटे-छोटे बच्चों से घिरी बर्तन माँज रही थी। 'आपको अंग्रेजी आती है ?' मैंने उस नौजवान से पूछा। स्टूल से उठे बगैर उसने नजर उठाकर देखा और गर्दन हिलाकर हामी भरी। 'आप कब से इस कैम्प में हैं ?' मैंने पूछा। कुछ पल सोचकर उसने जवाब दिया, 'दो महीने ! तीन महीने !' खीझकर मैंने पूछा, 'आपने कलकत्ता में कोई काम ढूँढ़ने की कोशिश की ? आप तो पढ़े-लिखे हैं।'

उसने बड़ी लापरवाही से जवाब दिया, 'हाँ, की थी। मुझे अपने मिजाज के लायक कोई काम नहीं मिला।'

पंजाबी शरणार्थियों में और इनमें कितना फर्क था ! 1947 में पाकिस्तान से एक करोड़ हिन्दू और सिख शरणार्थी भारत आए थे। आपको नौजवान लड़कियाँ ताँगा चलाती नजर आ सकती थीं। जिन बूढ़ों ने कभी अच्छे दिन देखे थे, वे साइकिल-रिक्शा चलाने लगे थे। शायद ही कभी कोई पंजाबी भीख के लिए हाथ पसारता नजर आया हो।

मैंने जो पुस्तिका लिखी, उसका शीर्षक था—*नॉट वॉण्टेड इन पाकिस्तान।* यह एक निजी प्रकाशनगृह के नाम से निकाली गई ताकि ऐसा लगे कि यह किसी लेखक और प्रकाशक का स्वतन्त्र रूप से किया गया कार्य है। इसके निकलने के अगले दिन किसी ने मुझे फोन करके पूछा कि इसके लिखने का कार्य मुझे किसने सौंपा था। बिना यह दरयाफ्त किए कि पूछनेवाला कौन है, मैंने उसे बता दिया। वह व्यक्ति पाकिस्तानी उच्चायोग से था। अगले ही दिन मुझे पाकिस्तानी उच्चायुक्त अरशद हुसैन का बड़ा तीखा नोट मिला। शेक्सपीयर की भाषा-शैली में 'हा ! हंत !' कहते हुए उन्होंने मुझे इस बात पर लताड़ा कि पाकिस्तान का इतना अच्छा मित्र होने का दावा करते हुए भी मैंने उसकी सरकार पर इतने झूठे आरोप लगाए हैं। मेरे यह सफाई देने का कोई फायदा नहीं था कि मैंने अपनी आँखों से लाखों शरणार्थियों को उनके देश से भाग-भागकर आते देखा था क्योंकि वहाँ उन्हें खतरा महसूस हो रहा था।

मुझे *योजना* में एक साल से ऊपर हो गया था जब मुझे बेनेट कोलमैन के प्रबन्ध निदेशक जे.सी. जैन का प्रस्ताव मिला कि मैं *द इलस्ट्रेटेड वीकली ऑफ इंडिया* के सम्पादन का भार सँभाल लूँ। उसके आइरिश सम्पादक सी.आर. मैंडी सेवानिवृत्त हो रहे थे। मैं बम्बई

जाकर मैंडी से मिला और नौकरी की शर्तों पर बातचीत की। अपनी पत्नी और तरलोक सिंह से सलाह-मशविरा करने मैं दिल्ली लौटा। पत्नी बिलकुल अड़ गई। उसका कहना था कि बम्बई की आबोहवा तन्दुरुस्ती के लिए बेहद खराब है और वह अपने परिवार को ऐसी गर्म-नम जलवायु के खतरों में नहीं डालेगी जिसमें दुनिया-भर की बीमारियाँ पलती हैं। तरलोक सिंह ने *वीकली* के बारे में बड़ी हिकारत से कहा, 'कोई इसे गम्भीरता से लेता भी है ? यह तो सिर्फ तस्वीरोंवाली पत्रिका है जिसमें नव-विवाहित जोड़ों के चित्र और कार्टून पट्टियाँ छपती हैं। *योजना* के माध्यम से तुम देश के लिए कुछ कर रहे हो।' अपनी पत्नी का तर्क तो मुझे जँचा नहीं—लाखों लोग बम्बई में बड़े मजे से रह ही रहे थे। यही मैंने उससे कहा। तरलोक सिंह का देशभक्तिवाला उपदेश भी गले नहीं उतरा। यह काम मैं स्वीकार कर ही लेता लेकिन तभी मेरी मुलाकात रॉकफेलर फाउंडेशन के एक 'प्रोजेक्ट स्काउट' से हो गई। फाउंडेशन के अन्तर्गत कार्यान्वित करने के लिए किसी नई परियोजना की तलाश में वह दिल्ली आया हुआ था। वह मुझसे मिलने आया और बोला कि सिखों पर मेरी छोटी-सी किताब उसने पढ़ी है और उससे काफी प्रभावित भी हुआ है, 'वह किताब तो छोटी थी और दूसरी किताबों पर आधारित थी। तुम इस विषय पर कुछ और बड़ा और प्रामाणिक काम करना नहीं चाहोगे ?' इस खयाल से ही मैं उछल पड़ा। मैंने उससे कहा कि इसके लिए मुझे नौकरी छोड़नी होगी और काफी सफर भी करना होगा। 'उस सबका इन्तजाम तो हम कर देंगे,' उसने मुझे आश्वासन दिया। 'तुम पूरी परियोजना बनाओ और यह भी बताओ कि उस पर क्या खर्च आएगा। मैं उसे फाउंडेशन की मंजूरी दिलवाने का जिम्मा लेता हूँ।'

मैं परियोजना बनाने में जुट गया। मैंने अनुमान लगाया कि इसमें मुझे तीन साल लगेंगे। मुझे दिल्ली और लन्दन (इंडिया हाउस लाइब्रेरी) में शोध करनी होगी, कनाडा और अमरीका में गदर आन्दोलन से सम्बन्धित मूल कागजात देखने होंगे और इंडियन नेशनल आर्मी के बारे में सामग्री एकत्रित करने के लिए जापान, सिंगापुर और बर्मा जाकर लोगों से मिलना होगा। उस व्यक्ति ने स्वीकृति के लिए सिफारिश करते हुए यह प्रस्ताव न्यूयार्क भेज दिया। मैंने उसे रात के खाने पर बुलाया। उसे प्रभावित करने के लिए उससे मिलने को मैंने कैरोल लेस को भी बुला लिया जो उस समय अमरीकी दूतावास में फर्स्ट सेक्रेटरी थी। वह डिनर एक दुर्घटना ही रहा। कैरोल की आदत थी कि वह गर्मी के मौसम में बहुत ही कम कपड़े पहनती थी और पैर चौड़े फैलाकर बैठती थी जिससे उसकी जाँघें बिलकुल ऊपर तक उघड़ जाती थीं। रॉकफेलर फाउंडेशनवाला बन्दा यह देख विस्मय से हतवाक् रह गया। अगली सुबह वह इस बात पर अपनी सख्त नाराजगी जाहिर करने कैरोल के पास गया कि वह नेटिव लोगों के सामने अपने को इतनी बेशर्मी से उघाड़ देती है। कैरोल ने उसे कमरे से निकल जाने का हुक्म दिया और मुझे फोन करके सारी बात बताई। मैंने उस व्यक्ति से कह दिया कि मेरी घनिष्ठ मित्र से उस तरह बातें करने का उसे कोई अधिकार नहीं है। उसने भी मुझे अपने काम से काम रखने को कहा। मेरी परियोजना स्वीकृत हो गई मगर वह आदमी उसमें अपनी शक्ति-भर अडंगे लगाने की कोशिश करता

ही रहा।

अब मुझे किसी संस्था की जरूरत थी जो उस परियोजना को प्रायोजित कर सके। मुझे लगा कि दिल्ली विश्वविद्यालय इसके लिए सबसे अधिक सुविधाजनक रहेगा। मैं इसके कुलपति डॉ. वी.के.आर.वी. राव से जाकर मिला। बहुत-से अन्य दक्षिण भारतीय ब्राह्मणों की ही भाँति इनकी भी अपने बारे में बहुत ऊँची राय थी। उनकी प्रतिक्रिया से मैं भौंचक्का रह गया, 'मि. सिंह, मैं आपको आपकी सुविधा की खातिर अपने विश्वविद्यालय का इस्तेमाल करने की इजाजत नहीं दूँगा।'

उनकी अभद्रता से मैं हैरान रह गया। मेरा अगला विकल्प था, अलीगढ़ मुस्लिम यूनिवर्सिटी। मैंने सोचा कि अगर कोई मुस्लिम संस्था सिख धर्म और इतिहास से सम्बद्ध परियोजना का प्रयोजन करे तो यह सद्भावनापूर्ण कृत्य तो होगा ही, इसके माध्यम से मैं इस मिथ्या धारणा को नष्ट करने में भी सहयोग दे सकूँगा कि सिखों और मुसलमानों में परम्परा से वैर है। कुलपति कर्नल बी.एन. ज़ैदी ने इस सिलसिले में इतिहास विभाग के प्राध्यापकों से बातचीत करने के लिए मुझे अलीगढ़ आने का निमन्त्रण दिया। यहाँ मेरे सामने एक और बाधा आ खड़ी हुई—डॉ. नूरुल हसन के रूप में (बाद में ये कुलपति भी बने और पश्चिम बंगाल के राज्यपाल भी)। इतिहासकार के रूप में नूरुल हसल की ख्याति खोखला प्रचार-भर थी। वे खुद तो ऐतिहासिक शोध पर आधारित बहुत ही कम सामग्री प्रकाशित करा पाए थे और दूसरे जो लोग इस दिशा में कुछ कर दिखाते थे उन पर इनकी नाराजगी हो जाती थी। उन्होंने बड़ी दृढ़ता से कहा, 'इतने विशाल विषय पर आप तीन साल में सही-सही शोधकार्य नहीं कर सकते।' उनके सहकर्मी प्रो. राशिद ख़ाँ किसी समय सरगोधा के खालसा स्कूल में इतिहास पढ़ा चुके थे। उन्होंने इसका प्रतिवाद किया और आग्रह करते हुए बोले, 'पैसे तो अमरीकन दे रहे हैं। इन्हें लगता है कि ये रिसर्च और लिखने का काम कर लेंगे। हमें तो सिर्फ अलीगढ़ मुस्लिम यूनिवर्सिटी का नाम देना है इन्हें।' कुलपति ने नूरुल हसन की आपत्ति को दरकिनार कर दिया और परियोजना को अपने विश्वविद्यालय से प्रायोजित करने की अनुमति देते हुए रॉकफेलर फाउंडेशन को एक औपचारिक पत्र जारी कर दिया।

मैंने *द इलस्ट्रेटेड वीकली* के सम्पादन का प्रस्ताव अस्वीकार करते हुए जे.सी. जैन को पत्र लिख दिया और *योजना* के सम्पादक के पद से इस्तीफा दे दिया। *ग्रन्थ साहिब* को अच्छी तरह से समझाने के लिए मैंने एक ग्रन्थी को रख लिया। मौलवी शफ़ीउद्दीन नय्यर हमें मॉडर्न स्कूल के दिनों में उर्दू पढ़ाया करते थे और इस समय वे जामिया मिलिया इस्लामिया गें थे। उनसे मैंने फ़ारसी पढ़ाने का आग्रह किया ताकि मैं सिख दरबार के अभिलेख पढ़ सकूँ जो इसी भाषा में थे। इस तरह दो साल बीतते-बीतते मैं एक काम से मुक्त होकर दूसरे में लग गया था।

अध्याय-10

सिख धर्म और इतिहास

इस बात की चर्चा मैं पहले कर चुका हूँ कि जब मैंने लेखन को अपना पेशा बनाने का निर्णय लिया तो मेरी समझ में यह बात अच्छी तरह आ गई कि सर्जनात्मक लेखन के क्षेत्र में बहुत प्रतियोगिता है। मेरी तरफ लोगों का ध्यान आकर्षित हो, इसका एक ही तरीका है कि मैं एक विषय में विशेषज्ञता हासिल करूँ और लोगों पर यह प्रभाव डाल सकूँ कि उस विषय के बारे में मेरी जानकारी और सबसे बढ़कर है। इस उद्‍देश्य से मैंने अपनी बिरादरी को चुना। मेरी परवरिश पुराने ख़्यालात के सिख परिवार में हुई थी। मुझे दिन में पाँच वक्त की नियमित अरदास रटी हुई थी और खालसा परम्परा की जानकारी थी। गरचे, जब मैंने यह फैसला किया, तब तक मेरा सभी धर्मों से मोहभंग हो चुका था। इनमें मेरा अपना धर्म भी शामिल था। फिर भी सिख बिरादरी के साथ मेरा गहरा लगाव था और मैं भावना के स्तर पर इसके सुख-दुख से जुड़ा महसूस करता था। मैंने सिखों का पहला संक्षिप्त इतिहास लिखा जो स्पष्ट रूप से दोयम दर्जे की रचना थी। लेकिन जब मैंने प्रातःकालीन अरदास *जपजी* का अनुवाद किया तो मुझे बड़ा आत्मतोष हुआ, साथ ही यह आशा भी बँधी कि मैं और बेहतर लिख सकूँगा। इसी के बाद सिख धर्मग्रन्थों से चयन के अनुवाद की यूनेस्को परियोजना सामने आई। इस परियोजना के साथ अपने सम्बन्ध का हवाला मैं पहले दे चुका हूँ।

मुझे रॉकफेलर से जो अनुदान मिला उसमें एक शोध-सहायक और आशुलिपिक का प्रावधान था। इनमें से आशुलिपिक के बारे में मेरे मन में कोई असमंजस नहीं था। मैंने वोने ला रूते को पत्र लिखा। इस महिला के पास विशेष साधन नहीं थे, पर उसने पैसे की कभी परवाह नहीं की। मैंने जो थोड़ा-सा वेतन प्रस्तावित किया, उसे उसने सहर्ष स्वीकार कर लिया और अपने खर्चे पर वह दिल्ली आ गई। शोध-सहायक के बारे में मेरे मन में दुविधा थी। कलकत्ते से छपने वाले **सिख रिव्यू** के सम्पादक कैप्टन भार सिंह ने सुझाव दिया कि मुझे तरलोचन सिंह को एक मौका और देना चाहिए। धर्मग्रन्थों से चयन के मसले पर तरलोचन सिंह से पहले कहासुनी हो चुकी थी। इस समय आर्थिक दृष्टि से उसकी हालत बहुत तंग थी। कुछ वर्ष के लिए नियमित आमदनी का जरिया होने से उसका काम चल जाता। अनिच्छा के बावजूद मैंने उसे एक मौका और देना

मंजूर कर लिया और उसे मिलने के लिए दिल्ली बुलाया। मैंने अपना निर्णय ईमानदारी से पूरा किया।

तरलोचन सिंह को मैंने रात के खाने की दावत दी। इत्तफाक से उसी समय अमरीकी दूतावास की वरिष्ठ सलाहकार कैरल लैसी आ पहुँची। मुझे कुछ ही दिन बाद स्पाल्डिंग फाउण्डेशन के तत्त्वावधान में सिख धर्म पर कई भाषण देने के लिए ऑक्सफोर्ड जाना था। मैंने तरलोचन सिंह को बता दिया कि मैं उसे कितनी तनख्वाह दे सकता हूँ। साथ ही मैंने यह भी स्पष्ट कर दिया कि मुझे उसकी सहायता सिर्फ अपने द्वारा किए गए धर्मग्रन्थों के अनुवाद की जाँच के साथ-साथ लिप्यंतरण पर ध्वनि निर्देशक चिह्न लगाने के लिए चाहिए। मैंने उसे ऑक्सफोर्ड में भाषण देने के लिए प्राप्त निमन्त्रण के बारे में भी बताया। वह चुपचाप सुनता रहा और उसने मुझसे रॉकफेलर और स्पाल्डिंग फाउण्डेशन के पते ले लिए। कुछ दिनों बाद जब मैं ऑक्सफोर्ड में अपना पहला भाषण देने लगा (जिसमें श्रोता छह से ज्यादा नहीं थे) तो मैंने शुरुआत यह कहकर की कि सिख धर्म की मेरी व्याख्या बहुत से सिख विद्वानों को मान्य नहीं है। भाषण के अन्त में फाउण्डेशन के सचिव ने मुझसे कहा, 'आपने जिस तरह भाषण की शुरुआत की, वह अच्छा ही हुआ। जरा इस पर नजर डाल लीजिए।' उसने मुझे भारत से आया हुआ एक तार पकड़ा दिया। उस तार में ठीक वही लिखा था जो मैंने कहा था–कि सिख धर्म के बारे में मेरा दृष्टिकोण सिख विद्वानों को मान्य नहीं है, इसलिए मुझे इस विषय पर बोलने की इजाजत नहीं दी जानी चाहिए। तार पर तरलोचन सिंह के दस्तखत थे। मैंने तार की उपेक्षा कर दी और अगले दिन दूसरा भाषण देने पहुँच गया। कुछ समय बाद, रॉकफेलर फाउण्डेशन ने मुझे एक पत्र की फोटो-प्रति भेजी। उसमें लिखा था कि फाउण्डेशन ने मुझे अनुदान देने का जो निर्णय किया था उस पर पुनर्विचार किया जाना चाहिए क्योंकि यह निर्णय स्पष्ट रूप से अमरीकी दूतावास के एक वरिष्ठ अधिकारी के साथ मेरी घनिष्ठ मित्रता के आधार पर लिया गया था। इस अधिकारी का नाम कैरल लैसी (उसे जातिनाम भी ठीक-ठीक नहीं मालूम था) है। साथ ही यह भी कि हस्ताक्षरकर्ता ने सिख धर्म और इतिहास पर पहले से ही सामग्री इकट्ठी कर रखी है और उसे आगे शोध और प्रकाशन के लिए यह अनुदान मिलना चाहिए। पत्र पर तरलोचन सिंह के हस्ताक्षर थे।

स्पाल्डिंग फाउण्डेशन और रॉकफेलर में से किसी ने इस पत्र-व्यवहार पर ध्यान नहीं दिया। तरलोचन सिंह जैसे लोगों की भारत में कमी नहीं है। ऐसे लोगों की सफेद लम्बी दाढ़ियों और श्लोकों के धाराप्रवाह पाठ के छद्म के पीछे विद्वेष और ईर्ष्या छिपी रहती है। तरलोचन की मृत्यु 1993 में बेहद तंगहाली में हुई।

अपने जीवन में मुझे सबसे अधिक आत्मतोष सिख धर्म और इतिहास पर काम करके मिला। सिर्फ इसी एक मौके पर मैंने पैन्सिल से उन शब्दों पर निशान लगाते हुए, जो मेरी समझ में ही नहीं आए, *गुरु-ग्रन्थ साहिब* का पाठ किया। मैंने अपनी रुचि से उसमें से चयन किया और जैसा ठीक समझा वैसा अनुवाद किया। अनुवाद करते समय

मैंने मूल पाठ के संगीत को बनाए रखने का भरसक प्रयास किया। मैंने *बाइबिल* के 'ओल्ड टेस्टामेंट' की भाषा को अपना आदर्श बनाया। मैंने लन्दन स्थित इंडिया ऑफिस लाइब्रेरी में काम करते हुए कई महीने गुजारे। इस दौरान मैंने जिन ग्रन्थों को लिखने की योजना बनाई थी उसके लिए सामग्री इकट्ठी की। इसके अलावा मैंने महाराजा रणजीतसिंह की जीवनी की पूरी रूपरेखा तैयार की। बाद में इसका प्रकाशन ऐलेन एण्ड अनविन, ब्लैकीज एण्ड ओरिएंट लाँगमैन ने किया। इसके साथ ही मैंने एक पुस्तक और लिखी। उसका विषय था—महाराजा रणजीतसिंह की मृत्यु के दस साल बाद तक फैली अराजकता, अंग्रेजों और सिखों के बीच होनेवाले युद्ध और पंजाब पर कब्जा। इसे भी ओरिएंट लाँगमैन ने प्रकाशित किया।

लन्दन में रहने से मुझे और मेरी पत्नी को अपनी पुरानी दोस्तियों को ताजा करने का मौका मिला। इलीनर सिंक्लेअर और सूजन हिक्लिन ने अपर बर्कले स्ट्रीट पर हमारे लिए एक छोटा-सा फ्लैट ढूँढ़ दिया था। सोफे की बदहाली और पुलिस के लगातार टेलीफोन से ऐसा लगता था कि हमसे पहलेवाली किराएदार कोई वेश्या रही होगी। अपने दूसरे बेटे असगर का इलाज कराने के लिए मंजूर क़ादिर दम्पति भी उस समय लन्दन में ही थे। हम लोग ज्यादातर शाम एक साथ गुजारा करते थे। इसी दौरान एक दिन मैं और मंजूर एक घंटे के लिए समाचार-फिल्म देखने चले गए। (उन दिनों लन्दन में ऐसी कई-एक समाचार-फिल्में चल रही थीं)। उसमें एक दृश्य पेकिंग में डॉ. सुन यात सेन की वर्षगाँठ के मौके पर आयोजित परेड का था। मैंने उनकी महानता के बारे में कोई टिप्पणी की। मंजूर ने पूछा वह कौन था ? दरअसल मंजूर कानून की किताबों और उर्दू शायरी के अलावा कुछ नहीं पढ़ता था। मैंने उससे कहा, 'क्या तुम यह कहना चाहते हो कि तुमने डॉ. सुन यात सेन का नाम कभी नहीं सुना ?' वह झल्लाकर बोला, 'कोई होगा साला बंगाली डॉक्टर।' मैंने उसी शाम उसके घर पर खाना खाते समय उसकी बेटी को बाप की टिप्पणी के बारे में बताया। 'ओह डैडी। आपने एशिया के एक महानतम नेता के बारे में ऐसी बात कैसी कही ?' बेचारा मंजूर लाजवाब हो गया। 'खुदा के लिए इस कहानी का प्रचार मत करना,' उसने आजिजी से मुझसे कहा। जब पाकिस्तान में फील्ड मार्शल अयूब खाँ ने उसे विदेश-मन्त्री नियुक्त किया तो मैंने उसे तार भेजा, 'मशहूर बंगाली डॉक्टर सुन यात सेन की ओर से बधाई।'

इंडिया ऑफिस लाइब्रेरी में जिन लोगों से मेरी दोस्ती हुई, उनमें से एक थे प्रोफेसर राबर्ट क्रेन। उन्हें भी एक अमरीकी विश्वविद्यालय से भारतीय स्वाधीनता आन्दोलन पर शोध करने के लिए कोई अनुदान मिला था। वे तीन सहायकों के साथ लाइब्रेरी आते थे। वे बगल के कमरे में धुआँ उड़ाते हुए उन दस्तावेजों और किताबों की सूचियाँ बनाने में एक घंटा लगाते जिन्हें वे देखना चाहते थे। वे सूचियाँ लाइब्रेरियन को देकर क्रेन और उसके सहायक नीचे कैफेटीरिया में कॉफी पीने चले जाते थे। वे एक घंटे बाद लाइब्रेरी में यह देखने के लिए लौटते थे कि उन्हें जिन चीज़ों की जरूरत थी वे मिल गईं या नहीं। किताबें और दस्तावेज उनके हवाले कर दिए जाते जिन्हें वे कॉपी कराने के लिए फोटो कॉपी विभाग

को थमा देते। उसके बाद वे लंच के लिए चल देते, जहाँ अक्सर मैं उनके साथ हो लेता। मुझे क्रेन ने सलाह दी, 'डॉ. सिंह, आप मेरे कहने का बुरा न मानें। पर आप यहाँ इस पुरानी सामग्री को पढ़ने में बहुत वक्त बर्बाद कर रहे हैं। आपको सीधे इनकी फोटो कॉपी बनवाकर घर ले जाना चाहिए ताकि वहाँ आप इन्हें आराम से पढ़ सकें। उनका कहना सार्थक था, पर मैं ठहरा पुराने ढंग का बैल—मेरे लिए अपने तौर-तरीके बदलना मुमकिन नहीं था। मेरी मुलाकात कई वर्ष बाद क्रेन से फिर हुई। उस समय मैं प्रिन्सटन में था और वे ड्यूक में। हमने हवाई विश्वविद्यालय में ग्रीष्मावकाश में एक कोर्स भी पढ़ाया और उसका परिवार हमारे साथ कुछ दिन कसौली में रहा। शोध-कार्य में डॉ. क्रेन की आधुनिक पद्धति से कोई सफलता नहीं मिली।

जब मेरी पत्नी भारत लौट गई, तो गाई विन्ट जब भी लन्दन में होता तो रात बिताने के लिए मेरे फ्लैट में आ जाता था। वह मेरे बिस्तर में सोता था और मैं टूटे सोफे पर। एक दिन मैं उसका इंतजार कर रहा था और मैंने डिनर तैयार कर लिया था, पर वह नहीं आया। मुझे अगले दिन और दूसरे दिन भी उसकी कोई खबर नहीं मिली। तब ऑक्सफोर्ड से लन्दन आते हुए गाई को ट्रेन में दिल का दौरा पड़ा। उसे लगा कि उसके साथ कुछ गड़बड़ हो रही है। उसने एक सहयात्री को अपना विज़िटिंग कार्ड थमा दिया। उस आदमी ने तत्काल गार्ड को सूचित किया और गार्ड ने मेरीलाबोन स्टेशन पर सन्देश भेज दिया। स्टेशन पर एम्बुलेंस उसकी प्रतीक्षा कर रही थी। उसी बेहोशी की हालत में गाड़ी उसे अस्पताल ले गई। डॉक्टर ने फ्रेदा को खबर दी तो उसने मुझे फोन किया। गाई की जान तो बच गई, लेकिन उसके शरीर के कुछ हिस्से पर फालिज गिर गया। जब उसका स्वास्थ्य एकदम ठीक था तब भी वह बहुत बोलता नहीं था। पर अब ठीक होने के बाद, उसकी जबान लड़खड़ाने लगी थी और वह जरा लँगड़ाकर चलने लगा था।

इंग्लैंड में अपना काम पूरा करने के बाद मैं गदर पार्टी के बारे में सामग्री इकट्ठा करने के लिए कनाडा और अमरीका चला गया। मैंने दो सप्ताह वैन्कूवर में गुरुद्वारा के रिकॉर्ड देखने में लगाए। कुछ बूढ़े सिखों ने जो वहाँ कामगाटा मारू के कांड के समय मौजूद थे, मेरी बहुत मदद की। उन्होंने वे तमाम पर्चे और तस्वीरें मेरे हवाले कर दीं जिन्हें उन्होंने लगभग पचास वर्ष से अपने पास सुरक्षित रखा था। मुझे यह देखकर आश्चर्य हुआ कि उनमें से कुछ लोग ऐसे थे जिन्होंने अपने जीवन का बेहतरीन समय कनाडा में गुजारा था लेकिन उन्होंने अंग्रेजी सीखने की परवाह नहीं की थी। 'घास काटने, बाड़े की छटाई करने या जाड़े में घर के सामने से बर्फ हटाने जैसे फुटकर कामों के लिए हमें अंग्रेजी सीखने की कोई जरूरत नहीं है। **ऑड जॉब मैन, मैडम, श्योर, थैंक्स** और ओके जैसे पाँच-छह शब्द हमारे लिए काफी हैं'—उन्होंने मुझे आश्वस्त करते हुए कहा। मुझे *वैन्कूवर सन* की पुरानी फाइलों में उस मौके की दिन-प्रतिदिन होनेवाली घटनाओं का जखीरा मिला, जब बर्राड के प्रवेश-मार्ग पर कामागाटा मारू को रोका गया था। इसकी रवानगी के बाद सिखों की आपसी हिंसा और गुरुद्वारों में होनेवाली हत्याएँ, अदालत में पुलिस इंस्पेक्टर हॉपकिन्स का कत्ल और इस कत्ल के जुर्म में भाई सेवासिंह का मुकदमा और फाँसी।

वैन्कूवर से मैं सेन-फ्रान्सिसको गया। वहाँ मुझे उस पार्टी की शुरू की बैठकों के रिकॉर्ड खोजने थे जो आगे चलकर भारतीय कम्यूनिस्ट पार्टी कहलाई। मैं बर्कले विश्वविद्यालय के परिसर में ठहरा था। वहाँ भारत-अध्ययन विभाग की कमान दो महिला प्रोफेसरों के हाथ में थी। उनके नाम थे मिस फिशर और मार्गरेट बोन्दूयूरेंट। उन्होंने मुझे कुछ स्थानीय सम्पर्कों की जानकारी भी दी और कनाडा और अमरीका में प्रवासी भारतीयों (ज्यादातर सिखों) पर कुछ शोध-प्रबन्ध भी देखने को दिए। इन प्रबन्धों में प्रवासी भारतीयों के प्रति भेदभावपूर्ण व्यवहार और जर्मन वाणिज्य दूत फ्रेंज बॉप पर चले लम्बे मुकदमे पर कार्य किया गया था। बॉप पर यह मुकदमा ब्रिटिश शासन के विरुद्ध भारतीय प्रवासियों को भड़काने और आर्थिक सहायता देने के कारण चलाया गया था। मैंने तब तक वफादार सिख समुदाय के मन में ब्रिटिश-विरोधी भावनाओं की शुरुआत के बारे में बहुत-सी ऐसी सामग्री इकट्ठी की जिसका उपयोग इससे पहले नहीं किया गया था।

सेन फ्रांसिसको से मैं रासबिहारी बोस, 'जनरल' मोहन सिंह और बाद में सुभाषचन्द्र बोस द्वारा संगठित इंडियन नेशनल आर्मी के बारे में सामग्री खोजने के लिए टोकियो गया। मैं वहाँ नए साल की पूर्वरात्रि को पहुँचकर इंटरनेशनल सेंटर में ठहरा। वहाँ एकाग्रता से लिखना-पढ़ना सम्भव नहीं हो सका क्योंकि बराबर के कमरे में एक अधेड़ पर सेहतमन्द अमरीकी प्रोफेसर अपनी काफी कमउम्र प्रेमिका के साथ ठहरे हुए थे। बीच की दीवार बहुत पतली थी। मुझे उनकी आपसी बातचीत का हर शब्द साफ सुनाई दे रहा था। उनकी चूमने की आवाज के साथ ही प्रेमलीला के कारण पलंग के चरमराने की आवाजें भी। मुझे प्रोफेसर की जवाँमर्दी से ईर्ष्या हो रही थी। सेन्टर में मैं दस दिन ठहरा। हर दिन सुबह उठते ही, दोपहर को आराम के समय और रात को सोने से पहले मुझे उनके संभोग की आवाजें आतीं।

मैंने जापान के रक्षा-मन्त्रालय को अपनी खोज के बारे में लिख दिया था। मुझसे दफ्तर में पेश होने के लिए कहा गया। वहाँ मुझे विचित्र साक्षात्कार देना पड़ा। एक सैनिक मुझे एक ठंडे कमरे में ले गया। कमरे में फर्नीचर बहुत कम था। मेज पर वर्दी में तीन जापानी अफसर बैठे थे। तीनों बिलकुल एक जैसे लग रहे थे। उन्होंने उठकर झुककर मेरा अभिवादन किया। मैंने भी झुककर उन्हें प्रत्युत्तर दिया। उनमें से एक ने दुभाषिए के माध्यम से मेरे काम के बारे में पूछा। मैंने उन्हें विस्तार से बताया कि मैं रॉकफेलर-अनुदान प्राप्त कर अध्ययन कर रहा हूँ। इस सूचना के बाद जो प्रश्न पूछे गए, उससे मुझे अन्दाजा हो गया कि वे इस बारे में आश्वस्त होना चाहते हैं कि मैं सी.आई.ए. का एजेंट या भारतीय गुप्तचर तो नहीं हूँ। एक घंटे तक पूछताछ करने के बाद उन्होंने मुझे बताया कि उनके पास एक पुस्तिका के अलावा आई.एन.ए. के कोई रिकॉर्ड नहीं हैं। पुस्तिका उन्होंने मेरे सामने रख दी। वह जापानी में थी। मैंने जापानी पढ़ने में अपनी असमर्थता जताई। उन्होंने कोई प्रतिक्रिया व्यक्त नहीं की। मैंने उनसे पूछा कि क्या वे मुझे उन जापानी अफसरों से मिला सकते हैं, जिनका सम्पर्क मोहन सिंह, निरंजन सिंह गिल या सुभाषचन्द्र बोस से था। मैं सबसे अधिक मेजर फ्यूजिवारा से मिलना चाहता हूँ जो आई.एन.ए. के सम्पर्क

अधिकारी थे। जब मेरे अनुरोध का अनुवाद किया जा रहा था, मैं उस पुस्तिका के पन्ने पलटकर देख रहा था। उसमें कुछ चित्र थे जिनमें भारतीय अफसरों के बीच में मेजर फ्यूजिवारा बैठे थे। प्रश्नकर्त्ताओं में से एक के मुँह पर हल्की मुस्कुराहट आई और मैंने देखा कि मेरे सामने बैठा व्यक्ति स्वयं मेजर फ्यूजिवारा ही है। वे धाराप्रवाह अंग्रेजी बोलते थे और उन्हें थोड़ी-बहुत हिन्दुस्तानी भी आती थी। मेरे यह कभी समझ में नहीं आया कि उन्होंने मुझसे यह पहेली बुझव्वल क्यों की। मेजर से बातचीत करने का मेरा अनुरोध सहसा अंग्रेजी के दो शब्द कहकर नामंजूर कर दिया गया। वह निरर्थक मुलाकात समाप्त हो गई थी। मेरे हाथ सिर्फ जापानी में लिखी एक पुस्तिका आई थी।

किसी तरह, मैं रासबिहारी बोस के घर जाने में सफल हो गया। वहाँ उनकी जापानी विधवा अपनी बेटी और दामाद के साथ रहती थीं। वे भी मुझे बहुत-कुछ नहीं बता सके क्योंकि रासबिहारी बोस घर में बहुत कम रहते थे। उनकी बेटी ने जीवन के अन्तिम वर्ष से पहले उन्हें बहुत कम देखा था। मैंने उससे पूछा कि उसके पिता की मृत्यु कहाँ हुई थी। भावशून्य चेहरे से उसने अपने पैरों के पास लकड़ी के फर्श की तरफ इशारा करते हुए उत्तर दिया, 'यहाँ।'

टोकियो से निराश होकर मैं हांगकांग चल दिया। वहाँ समुद्र किनारे एक पहाड़ी पर एक बड़ा सुन्दर गुरुद्वारा था। इमारत एक पारसी ने दान की थी। सिन्धी और खालसा सिखों ने सौहार्दपूर्ण अरदास का समय आपस में बाँट लिया था। सुबह का कीर्तन बड़े मधुर स्वर में एक पति-पत्नी मिलकर करते थे। उन्होंने मुझे जो सरोपा भेंट किया उसके लिए धन्यवाद-भाषण देते समय मैंने गुरुद्वारे को इतने सद्भावपूर्ण ढंग से चलाने के लिए उनकी प्रशंसा की। बाद में कमेटी के प्रधान ने मुझे बताया कि स्थितियाँ जैसी ऊपर से शान्त दिखाई पड़ती हैं, वैसी भीतर से नहीं हैं। हर साल चुनाव के समय व्यवस्था बनाए रखने के लिए उन्हें पुलिस को बुलाना पड़ता है। उन्होंने मुझे सिख धर्म पर एक पुस्तिका भी दी। उसकी रचना एक स्थानीय सिख ने चीनियों में बाँटने के लिए चीनी और अंग्रेजी में की थी। होटल में पहुँचकर मैंने देखा कि उसकी अंग्रेजी की पूरी पाठ्य सामग्री *द सिख टुडे* शीर्षक से छपी मेरी पुस्तक से ले ली गई है। यह पुस्तक भी ओरिएन्ट लाँगमैन ने प्रकाशित की थी। मैंने अध्यक्ष से कहा कि यह साफ साहित्यिक चोरी है। उसने स्वीकार किया कि जब डाकखाने के एक मुलजिम ने उसे पांडुलिपि दी, तो उसे भी आश्चर्य हुआ था। उसने वायदा किया कि वह तथाकथित लेखक से इस बारे में सफाई माँगेगा। उसी दिन वह आदमी शाम को मुझसे मिलने आया और उसने खुलकर अपनी करतूत की सफाई पेश कर दी : 'मेरा खयाल था कि आपकी मृत्यु बहुत पहले हो चुकी है। मैं यह कैसे सोच सकता था कि आप एक दिन हांगकांग में प्रकट हो जाएँगे, और यह किताब देख लेंगे ? अब जब तक आप मेरे परिवार के साथ डिनर नहीं खाएँगे मैं आपको भारत लौटने नहीं दूँगा। मुझे तभी विश्वास होगा कि आपने मुझे माफ कर दिया है।' मैंने उसके परिवार के साथ बड़े प्रेमपूर्वक भोजन किया। कुल मिलाकर मेरी हांगकांग यात्रा उपयोगी रही। मुझे वहाँ कई भारतीय व्यापारी मिले जिन्होंने मोहन सिंह और सुभाषचन्द्र बोस की मदद की थी।

एक और सिख साथी से हांगकांग में हुई मुलाकात मेरे लिए यादगार बन गई। मैं कन्धे पर कैमरा लटकाए एक गली में पैदल जा रहा था। एक सफेद दाढ़ी वाला बन्दूकधारी सिख एक चीनी जवाहारात की दुकान की चौकीदारी कर रहा था। मुझे पास आते देखकर वह अपना सिर हिलाने लगा। सरदार जी, देस्सों आए हो ?' मैंने हामी भरी। उसने जोर से सिर हिलाया। 'नक्क वद्‌धा दित्ता चीनियाँ ताँ बुँद मरवा लई।' (यह 1962 के भारत-चीन युद्ध की तत्काल बाद की बात है।) मेरी चीनी बीवी मुझे हर वक्त ताना देती है, 'कुक्कड़ खान जोग हो। तुम लड़ नहीं सकते।' हमीं लोग शंघाई पुलिस में थे, तो एक साथ छः चीनियों को झोंटा पकड़कर थाने घसीट ले जाते थे। अब हम उनसे आँख नहीं मिला सकते' मेरे पास इस बात से सहमत होने के सिवा कोई चारा नहीं था कि चीनियों ने हमारा भुरकस बनाकर रख दिया है।

मैं सिंगापुर भी गया। मैंने वहाँ की जेल और उससे लगा हुआ अस्पताल देखा। अस्पताल के बाहर एक छोटी-सी समाधि थी जिसकी देखभाल एक तमिल करता था। उस पर संगमरमर की पट्टी पर गुरुमुखी में लिखा था : **समाधि कारनी वाला बाबा**। जो लोग अस्पताल में इलाज कराने आते थे वे इस समाधि पर सौभाग्य की कामना से भेंट चढ़ाते थे। उस तमिल रखवाले की गुजर-बसर इसी भेंट-सामग्री से होती थी क्योंकि उसने इस काम के लिए स्वयं अपनी नियुक्ति की थी। मैंने उससे बाबा के बारे में पूछा तो उसे कुछ नहीं मालूम था। उसे यह जगह विरासत में अपने पिता से मिली थी। उसके पिता ने उसे बताया था कि इस स्थान पर एक मशहूर सिख का दाह-संस्कार किया गया था जिसकी मौत जेल में सौ साल पहले हुई थी। मैंने जल्दी से हिसाब लगाकर यह निष्कर्ष निकाला कि शायद यह वही जगह थी जहाँ भाई महाराज सिंह का अन्तिम संस्कार किया गया था। 1849 में सिख राज्य पर कब्जा हो जाने के बाद भी वह व्यक्ति अंग्रेजों के खिलाफ लड़ता रहा। उसे कैद करके सिंगापुर भेज दिया गया था। मुझे उसके अलावा किसी और प्रसिद्ध सिख का ध्यान नहीं आया जिसकी मृत्यु वहाँ सौ साल पहले हुई हो। मैंने अपनी इस ऊटपटाँग कल्पना को मूर्खतावश एक सिख रिसाले में छपवा दिया। सिंगापुर का सिख समुदाय पहले ही बहुत-से गुटों में बँटा था (जाति और धर्म के अन्तर पर आधारित उनके नौ गुरुद्वारे थे)। उन्हें आपस में लड़ने का एक और बहाना मिल गया। उनमें जो परम्परावादी थे उन्होंने गुरु गोविन्द सिंह की रचनाओं को उद्‌धृत किया जिनमें मकबरों-समाधियों को पूजने की मनाही थी। औरों ने दावा किया कि उस पर लगी संगमरमर की पटिया के अनुसार वह निश्चित रूप से श्रद्धा-स्थल है। मेरे लेख से समाधि-पूजा करनेवालों का पलड़ा भारी हो गया। उन्होंने उसे घेरकर गुरुद्वारा खड़ा कर लिया। सतही खोज के ऐसे ही खतरे होते हैं। मुझ पर इसी तरह एक और गुरुद्वारे के बनने की जिम्मेदारी भी थी। एक बार पहले भी मैंने कुछ ऐसा ही किया था। आगरे के पास सिकन्दरा में अकबर की मजार के पास एक उपेक्षित-सा स्मारक था। मैंने कुछ कल्पना की कि हो सकता है वहाँ नवें गुरु तेगबहादुर दिल्ली आने से पहले ठहरे हों। दिल्ली में उन्हें 1675 ई. में फाँसी दी गई थी। आगरे के सिख समुदाय ने तुरन्त उस स्थान पर गुरुद्वारा बना दिया था।

मैं इसके बाद रंगून चल दिया। एक बार फिर मेरी मुलाकात कई भारतीय व्यापारियों से हुई जिन्होंने इंडियन नेशनल आर्मी के साथ सहयोग किया था। मैंने उनकी अपनी कारगुजारियों के, और लड़ाई में आई.एन.ए. के करतबों के विषय में उनकी राय के बारे में विस्तार से ब्यौरा तैयार किया। मैंने नतीजा निकाला कि गदर पार्टी की तरह आई.एन.ए. ने भी भारतीय राष्ट्रवादी प्रचार में बारूद का काम किया, लेकिन उसकी अपनी कोई विशेष ठोस उपलब्धि नहीं थी। लगभग एक साल तक भूमंडल का चक्कर लगाकर मैं दिल्ली लौटा। अपने तमाम अनुभवों को दर्ज करने का असली काम शुरू करना अभी बाकी था।

मुझे उन लोगों से ईर्ष्या होती है जो कहते हैं कि उन्हें लिखने में सुख मिलता है। ऐसा करने में मुझे हमेशा पेंदे में बहुत तकलीफ होती है। अगर मैं प्रेरणा का इन्तजार करता तो मैंने कभी कुछ न लिखा होता। मुझे अपने को भयंकर रूप से अनुशासित करना पड़ा। इन्हीं वर्षों के दौरान मैंने जल्दी उठने की आदत डाली—सुबह चार-पाँच बजे के बीच। अपने लिए एक मग जिन बनाकर मैं अपने नोट्स पर काम करने और सामग्री को व्यवस्थित करने में जुट जाता। मेरे पिताजी ने मुझे अपना सागौन का दिलेहदार अध्ययन-कक्ष दे दिया था जिसमें अँगीठी थी और एक विदेशी ईरानी कालीन बिछा था। पास की एनेक्सी के एक कमरे में आइवोन मेरे रिश्ते के भाई कुलबीर के साथ रहता था (अन्त तक आइवोन उसके नाम का उच्चारण कुलबुर करता रहा)। कुलबीर मेरे पिता का सेक्रेटरी था। मैंने कसम खाई थी कि अपनी कुर्सी से तब तक नहीं उठूँगा जब तक मेज पर रखे सारे कोरे कागज भर न लूँ। मेरा लिखा अक्सर बहुत खराब और अपठनीय होता था। मैं उसे टाइप कराता और दुबारा लिखता। कभी-कभी मैं हर पंक्ति को पाँच-छह बार लिखता—तब तक जब तक कि वह सहज रूप से पढ़ने लायक न हो जाती। मैं बीच में कॉफी के लिए उठता था। दिन चढ़े कॉफी पीना हमारे घर की रवायत बन गई थी। मेरी माँ इस मौके की सदारत करतीं। वे सबके लिए कॉफी क्रीम और चीनी ढालतीं। कई मिलनेवाले भी आकर हमारे साथ शामिल हो जाते थे।

इतवार और छुट्टी के मौके पर कृशन शंगलू और उनकी पत्नी सरोजनी (बिट्टू) कनाट प्लेस के किसी रेस्तराँ में मेरी पत्नी और मेरे साथ कॉफी पीते थे। मैं शंगलू दम्पति से मिलने के दिन का इन्तजार किया करता था। कृशन बहुत पढ़े-लिखे थे और लाहौर में उनकी कविताओं का एक संग्रह प्रकाशित हुआ था। वे बराबर एक उपन्यास लिखने की योजना बनाया करते थे। एक-दो बार उन्होंने उसे शुरू करने के लिए आकाशवाणी से दो महीने की छुट्टी ली थी। उस समय वे बेहद तनाव की स्थिति में रहते। वे अपने लिए नई नोटबुक और ढेर-सी पेन्सिलें खरीदते। लिखना शुरू करने से पहले उन्होंने उपन्यास के बारे में मुझसे चर्चा करने का आग्रह किया। हम चारों वोल्गा रेस्तराँ में मिले। एक के बाद एक सिगरेट सुलगाते हुए उनका चेहरा उत्तेजना से लाल हो गया। उन्होंने मुझसे पूछा, 'के. सिंह, उपन्यास के लिए इस शीर्षक के बारे में तुम्हारा क्या खयाल है : द वुमन विथ गोल्डन ब्रेस्ट्स।' मैंने स्वीकार किया कि शीर्षक बड़ा उत्तेजक लगता है और बहुत बिकाऊ

होगा। 'इसका मुझे अभी फैसला करना है। पहले शुरुआत से शुरू करना चाहिए। सबसे पहले लोग पुस्तक का शीर्षक पढ़ते हैं।' शंगलू बड़े-बड़े अक्षरों में किताब का शीर्षक और उसके नीचे अपना नाम लिखने के आगे कभी नहीं बढ़े। सुनहली छातियोंवाली औरत ने कभी लोगों की नजर के सामने परदा नहीं उठाया। मैंने शंगलू से यह सीखा कि जो लोग पुस्तक लिखना आरम्भ करने से पहले उनके शीर्षकों के बारे में सोचते हैं वे बहुत सफल नहीं हो पाते।

शंगलू से जब मेरी पहली मुलाकात लाहौर में हुई तभी से मैं उसे पसन्द करने लगा। वह तभी ऑक्सफोर्ड से लौटा था। उसका कद लम्बा था। वेशभूषा सुरुचिपूर्ण और आचरण बेदाग। वह किताबें पढ़ने और कविता लिखने के अलावा कोई विशेष काम करता दिखाई नहीं पड़ता था। वह संयुक्त परिवार में रहता था इसलिए जाहिर है उसे रोजी कमाने की जरूरत नहीं थी। विभाजन के बाद स्थितियाँ बदल गईं। परिवार की सम्पत्ति लाहौर में छूट गई थी। उसके लिए नौकरी ढूँढ़ना जरूरी हो गया और उसे आकाशवाणी में नौकरी मिल भी गई। उसने एक और कश्मीरी, सरोजनी (बिट्टू) से शादी कर ली। पत्नी ने एक नर्सरी स्कूल में पढ़ाने की नौकरी कर ली। वे कृशन के माता-पिता के साथ रहते रहे। हमने दिल्ली में अपनी दोस्ती दोबारा कायम की। हम दोनों और सबकी अपेक्षा एक-दूसरे के साथ कहीं ज्यादा मिलते। हम साथ खाते-पीते और गपशप करने के लिए अपना रात का खाना एक-दूसरे के घर ले जाते थे। वह बहुत आलसी था। जहाँ तक मुझे याद है, आकाशवाणी में अपने कार्यकाल के दौरान उसने एक ही प्रोग्राम लिखा और उसे प्रस्तुत किया। प्रोग्राम का नाम था 'ड्रम' जो भारतीय संगीत में बनाए जानेवाले ताल-वाद्यों पर आधारित था। वह बहुत दिनों तक इसको लेकर बहुत मगन रहा।

एक बार शंगलू ने मुझे कश्मीर पर एक प्रोग्राम की सहयोगी प्रस्तुति के लिए आमन्त्रित किया। हम दोनों ने ट्रेन और बस से एकसाथ यात्रा की। हमें सड़क के किनारे एक डाक-बँगले के एक ही कमरे में इकट्ठे रात बितानी पड़ी। वह जोर से खर्राटे ले रहा था, इसलिए मुझे ठीक से नींद नहीं आई। मैंने वैसे तरहदार खर्राटे पहले कभी नहीं सुने थे। नाक से छनकर जो आवाजें आ रही थीं उनमें 'ओह, नो-नो : ओह यस-यस। बाई ऑल मीन्स'' आदि अंग्रेजी के शब्द बीच-बीच में छितरे थे। एक सप्ताह की यात्रा के बाद हम दोनों ने तय किया कि हम लोग जो प्रोग्राम लिखेंगे और प्रस्तुत करेंगे उनमें बराबर की हिस्सेदारी होगी। इस योजना के अन्त तक, मुझे अकेले ही सारे प्रोग्राम लिखने पड़े। किसी तरह का गम्भीर कार्य करने में शंगलू की असमर्थता और काहिली की मुझे आदत पड़ गई थी।

एक अस्पष्ट-सा डर था कि मैं कभी समय से काम पूरा नहीं कर पाऊँगा। इसी डर ने मुझे लिखने के कार्यक्रम से बाँधे रखा। अकाल मृत्यु का भय अधिकांश लेखकों को डराता रहता है। मुझे इसके अलावा एक डर और था कि लिखना खत्म करने के बाद हो सकता है मुझे कोई प्रकाशक ही न मिले। पहले डर की अपेक्षा मेरा दूसरा डर जल्दी गायब हो गया। दिल्ली में हमारी मित्रता एक युवा अमरीकी दंपति से हो गई थी। जैक क्यूरन, एक

लम्बा खूबसूरत आदमी था जिसकी पढ़ाई-लिखाई प्रिंसटन में हुई थी। उसने राष्ट्रीय स्वयंसेवक संघ पर एक शोध-प्रबन्ध लिखा था और वह अमरीकी दूतावास में अवर सचिव था। उसकी पत्नी कैथी जो देखने में फिल्म स्टार लगती थी, प्राक्टर एण्ड गेम्बल परिवार की वारिस थी। जैक का सम्पर्क प्रिंसटन से बना हुआ था। जाहिर है उसने फैकल्टी के कुछ सदस्यों से मेरी शोध-परियोजना की चर्चा की होगी। मैं अपनी *हिस्ट्री ऑफ़ द सिख्स* के प्रथम खंड को अन्तिम रूप दे रहा था। तभी मुझे प्रिंसटन यूनिवर्सिटी प्रेस से पत्र मिला जिसमें मुझे सूचना दी गई थी कि वे मेरी पुस्तक पर विचार करने के लिए तैयार हैं। मैंने पहला खंड उन्हें भेज दिया। उन्होंने उसे छापना स्वीकार कर लिया। मुझे इससे बहुत नैतिक बल मिला और मैं अधिक आत्मविश्वास के साथ दूसरे खंड पर काम में जुट गया। समाप्त करने के लिए एक वर्ष का समय और चाहिए था। मैंने रॉकफेलर फाउण्डेशन से अनुदान की अवधि एक साल और बढ़ाने का अनुरोध किया। मेरा अनुरोध बिना विचार किए अस्वीकार कर दिया गया। ऐसा उसी व्यक्ति ने किया, जिसने अनुदान देने की पहल की थी और बाद में उससे मेरा झगड़ा हो गया था। मुझे दूसरा खंड पूरा करने के लिए एक साल तक आत्मनिर्भर रहना पड़ा। मेरे काम में वोने ला रूते की ओर से भी ऐसी रुकावट आई जिसकी मुझे उम्मीद न थी। वह सजिल्द पांडुलिपि को हाथ से नहीं छोड़ रही थी, उसने उसे इस तरह चिपटा रखा था मानो वह उसकी संतान हो। उसके कब्जे से पांडुलिपि को बरामद करने में उसके साथ बदमजगी हुई। पर मैं उसे प्रिंसटन भेजने में सफल रहा।

मैंने दोनों खंड अपने माता-पिता को समर्पित करके उनके प्रति अपना आभार व्यक्त किया। मैंने वोने ला रूते के प्रति भी कृतज्ञता-ज्ञापन किया। उसने दिल्ली में रहकर चार साल मेरे साथ ऐसे वेतन पर काम किया था जिसे किसी भी भारतीय टाइपिस्ट ने ठुकरा दिया होता। साथ ही अलीगढ़ मुस्लिम यूनिवर्सिटी का भी मैंने आभार माना क्योंकि यह कार्य उसी के तत्त्वावधान में किया गया था। दूसरे खंड के अंत में मैंने लातिनी भाषा में दो शब्द जोड़े—**ओपस्स एक्सेजी** अर्थात मेरे जीवन का लक्ष्य पूरा हो गया। ऐसा करके मैंने महसूस किया जैसे मैं उधार की जिन्दगी जी रहा हूँ, मुझे न अपने से शिकायत थी न जमाने से गिला। अगर मैं बाद में और कुछ न लिखता तो भी मुझे कोई परवाह न होती।

प्रिंसटन और ऑक्सफोर्ड जैसे दो प्रतिष्ठित प्रकाशन-संस्थानों ने मेरे दो ग्रन्थों को प्रकाशित किया, परिणामतः विद्वत्-जगत के द्वार मेरे लिए खुल गए। वह लड़का जो अपने स्कूल और कॉलेज की परीक्षाएँ पास नहीं कर सका था प्रोफेसर हो गया और डॉक्टरेट किए बिना डॉ. सिंह कहकर सम्बोधित किया जाने लगा। मुझे पहला निमन्त्रण रोचेस्टर विश्वविद्यालय से मिला। मैं वहाँ जाड़े में पहुँचा। उस समय सारा देहात बर्फ से ढका था। मैंने एक पखवाड़ा हॉलिडे इन में बिताया। मुझे जो अनुदान मिला था यह जगह उसके मुकाबले बहुत महँगी थी। मैंने कमरे में रखे डबलरोटी, मक्खन और कॉफी के सहारे गुजर की। फिर मुझे विद्यार्थियों के हॉस्टल के एक अपार्टमेंट में एक बड़ा कमरा मिला जो बाहर से आनेवाले प्राध्यापकों को दिया जाता था। मुझे पढ़ाने के लिए कोई कोर्स नहीं दिया गया, लेकिन अलग-अलग संस्थाओं में मेरे कुछ भाषणों का आयोजन किया गया था। मैंने

ज्यादातर समय उस औद्योगिक नगर को देखने में बिताया जो कोडक और जिरोक्स फैक्टरियों का केन्द्र था। वह लम्बी सीधी सड़कों, टूटे-फूटे घरों, गैस स्टेशनों और ट्रक-ड्राइवरों के लिए ढाबों से भरा भद्दा शहर था, जिसकी अपनी कोई पहचान नहीं थी। वहाँ सिर्फ दो रमणीय स्थल थे—एक था हाइलैंड पार्क जो अभी पूरी तरह से तैयार नहीं था और दूसरा वह विराट कब्रिस्तान जिसमें इस शहर के पुरखे सोए थे। उन्हीं के बीच सोया था कुख्यात डाकू बफलो बिल कोडी। खरीदारी और मनोरंजन के लिए एकमात्र सुखद स्थान था एक विराट शॉपिंग प्लाजा। उसके बीचोंबीच हॉल में एक घूमती हुई घंटनाद करती घड़ी थी जो दुनिया के अलग-अलग भागों का समय बताती थी। मैंने वहाँ दिल्ली का समय देखते हुए कई दोपहरें गुजारी थीं।

रोचेस्टर में मेरे लिए एक विशेष यादगार अनुभव तब हुआ जब पेरिस में मेरे विद्यार्थी जीवन की काली मित्र हेज़ल मेरी स्टोक्स एक इतवार को मुझसे मिलने आई। पेरिस में बिताए दिनों की उसकी याद एक पतली लम्बी बहुत सानुपात शरीरवाली महिला के रूप में मेरे मन में थी। उसके सिर पर कड़े घुँघराले बालों का गुच्छा था और उसके मोटे होंठ चूमने की इच्छा जगाते थे। हम लोगों के बीच पत्रों और क्रिस्मस कार्डों के द्वारा सम्पर्क का सिलसिला बना रहा था। वह स्कूल टीचर हो गई थी। उसने शादी की और दो पतियों को तलाक दिया पर सन्तान पैदा नहीं की। वह डेट्रोइट में अपनी अंधी माँ के साथ रहती थी। वह ग्रेहाउंड बस से रात-भर सफर करके रोचेस्टर पहुँची थी। मैं उसके स्वागत के लिए बस-अड्डे पर मौजूद था। मैं सोच रहा था कि तीस साल के बाद वह कैसी लगती होगी। बस से भूरे मांस का एक महाकाय स्तूप-सा बाहर निकला। उसने बड़ी गर्मजोशी से मुझे बाँहों में भरकर कहा, 'हनी, तुम बूढ़े और मोटे हो गए हो।'

मैंने उसे बधाई दी, 'मेरी, तुममें जरा भी फर्क नहीं आया। मुझे तुम्हें पहचानने में बिलकुल दिक्कत नहीं हुई।'

उसने ठहाका लगाया, 'झूठे ! मुझे ठीक मालूम है, मेरा वजन कुछ बढ़ गया है।'

हमने अपार्टमेंट जाने के लिए टैक्सी ली। वह बहुत कम सोई थी। वह थकी थी और उसे भूख लग रही थी। 'मैं जल्दी से नहाकर कपड़े बदल लेती हूँ। फिर तुम मुझे ब्रेकफास्ट के लिए ले जा सकते हो।' वह गुसलखाने में घुस गई पर मुझसे बात करने के लिए उसने दरवाजा खुला रखा। जब मेरी कोई बात उसे ठीक से समझ में नहीं आती तो वह साबुन मलते हुए बाहर आकर पूछती, 'हनी, तुमने क्या कहा है ?' मैं तय नहीं कर पा रहा था कि उसके मन में क्या था। नहाने के बाद बदन पोंछने के लिए वह नंगधड़ंग बाहर निकल आई और मुझे अपने पतियों, अपनी माँ और काम के बारे में बताती रही। मैं कुर्सी से उठा, उसे चूमा और उसे अपने पलंग की तरफ ले चला। 'हनी, तुम मेरे साथ सम्भोग तो नहीं करना चाहते,' उसने कहा। 'इसलिए हम पुराने दिनों की बात करें। ठीक है ?' मैंने राहत की साँस ली। मैं निश्चित रूप से उसके साथ सम्भोग नहीं करना चाहता था पर मुझे ऐसा लगा कि शायद वह ऐसी उम्मीद कर रही हो और अगर मैं कोशिश नहीं करूँ तो उसे निराशा होगी। उसने जामनरंग की ड्रेस पहन ली। चटकीले-भड़कीले कपड़ों के प्रति उसकी पसन्द बदली

नहीं थी। मैं उसे शॉपिंग प्लाज़ा ले गया। वह इतवार को खुला रहता था। उसने नाश्ते में अंडे, बेकन, वैफल्स कॉफी ली। उसने प्रसन्न मुद्रा में घोषणा की, 'महाकाय औरत को भरपूर नाश्ता चाहिए। अब मुझे कुछ नई पोशाकें देखनी हैं, मुझे खरीदारी से बहुत लगाव है।' हम दुकानों के चक्कर लगाने लगे। उसने नए जूते और कपड़े देखे। कोई चीज उसके ठीक नहीं बैठती थी। उसने पूछा कि क्या बड़े डील-डौलवाले स्त्री-पुरुषों के लिए विशेष दुकानें हैं। ऐसी दुकानें थीं। उसने बाकी सुबह अलग पोशाकों को पहनकर मेरी पसन्दगी जानने की प्रक्रिया में गुजारी, 'यह मुझ पर फबता है न, तुम्हारी क्या राय है ?' उसने नई पोशाकें, नए जूते, बनावटी जेवर और जो कुछ भी पसन्द आया, सब खरीद डाला। अपने सेक्सविहीन जीवन में जरूरत से ज्यादा खाना और फिजूलखर्ची करना जैसे उसके लिए जरूरी हो गया था। दोपहर के भोजन में उसने मक्खन की डली के साथ विराट स्टेक, छल्लेदार प्याज और खट्टी क्रीम के भरवाँ आलू खाए। उसके बाद उसने हॉट चॉकलेट, सॉस से युक्त आइसक्रीम खाई। लंच खत्म होते-होते उसके डेट्रोइट लौटने का समय हो गया था। मैं उसे बस अड्डे तक छोड़ने गया और उसे गर्मजोशी से चूमकर विदा किया। उसने मेरा दिन बहुत उल्लास और चहचहाट से भर दिया था। जब मैं वापस लौटा तो मेरा अपार्टमेंट वीरान लग रहा था। उसमें निराशा भरा सन्नाटा छाया था।

मुझे अगला निमन्त्रण प्रिंसटन विश्वविद्यालय से मिला। मुझे जनवरी से अप्रैल तक तीन महीने के लिए तुलनात्मक धर्मों पर एक कोर्स पढ़ाना था। मैंने फैसला किया कि इससे पहले कि अगले महीने मेरी पत्नी वहाँ पहुँचे, मैं वहाँ पहुँचकर मामला जमा लूँ। मैं न्यूयार्क के लिए रवाना हो गया। वहाँ पहुँचकर मैंने कुछ दिन प्रोफेसर हैजर्ड और उनकी पत्नी सूजन के साथ बिताए। उनके साथ मेरी मित्रता मेरी एक सप्ताह की वार्सा-यात्रा के समय हो गई थी। मैंने वहाँ उन्हें सोवियत विधि पर बोलते सुना था। वे कोलम्बिया विश्वविद्यालय में यही विषय पढ़ाते थे। मुझे यकीन नहीं आता था कि कोई सोवियत विधि जैसे नीरस विषय पर इतनी स्पष्टता और वाग्विदग्धता के साथ बोल सकता है। मेनहेट्टन में उनके निवास पर कैसे पहुँचना होगा और टैक्सी का किराया कितना होगा इस बारे में उन्होंने मुझे एकदम सही हिदायत दे दी थी। उस यात्रा ने मुझे सिखाया कि लोगों की रूढ़ धारणाएँ कभी-कभी कितनी मूर्खतापूर्ण हो सकती हैं। सामान्य रूप से यह विश्वास किया जाता है कि सारे संसार के टैक्सी ड्राइवर धूर्त होते हैं। मैंने कैनेडी हवाई अड्डे पर टैक्सी में बैठते ही मीटर पर नजर टिका दी। ड्राइवर इटेलियन और बेहद बातूनी था। उसने देखा कि मैं रास्ते में पड़नेवाली इमारतों को आँखें फाड़कर देख रहा हूँ। उसने मुझे पूछा, 'फोइस्त तोइम इन नू योक ?' (पहली बार न्यूयार्क आए हैं ?) 'तकरीबन पहली बार,' मैंने उत्तर दिया। 'कनाडा जाते हुए यहाँ मैंने आधा दिन गुजारा था।' 'ग्रेत सिती दिस नू योक।' (महान शहर है यह न्यूयार्क।) उसने बोलना जारी रखा और विभिन्न इमारतों को इशारे से दिखाने लगा। मुझे शक होने लगा कि वह मुझे बेवकूफ बना रहा है। मैंने चलते हुए मीटर पर बाज की-सी नजर गड़ाए रखी। 'मेरा घर रास्ते में ही पड़ता है। कुछ देर मेरे घर पर रुककर आप मेरी पत्नी से मिलें और एक कप चाय या सम्पेन (शैम्पेन) पीकर जाएँ।' मुझे लगा

वह बहुत चतुराई दिखा रहा है। मैं उसे सफल नहीं होने दूँगा। मैंने दृढ़ता से कहा, 'नहीं, शुक्रिया। मेरा मेजबान दरवाजे पर खड़ा मेरा इन्तजार कर रहा होगा। मैंने उसे हवाई अड्डे से फोन करके खबर दे दी थी कि मैं पहुँच रहा हूँ।' उसने मेरी झिड़की का बुरा नहीं माना और उसी तरह प्रसन्नचित मुद्रा में बोलता रहा, 'रहने के लिए यह दुनिया का सबसे अच्छा देश है।' उसने फिर कहा, 'देखो, मैं तो इतालवी हूँ, पर मुझे यहाँ बहुत अच्छा लगता है, अच्छा पैसा, अच्छे लोग।' जब हम प्रो. हैजर्ड के दरवाजे पर पहुँचे तो उसने मीटर को झटके से गिरा दिया। उस पर कई शून्य दिखाई पड़ रहे थे। मैंने राशि देख ली थी। वह ठीक उतनी ही थी जितनी मुझे हैजर्ड ने बताई थी। 'कितना हुआ ?' मैंने उससे पूछा, 'कुछ नहीं,' उसने जवाब दिया, 'मेरे देश में यह तुम्हारा पहला दिन है। तुम्हारी यात्रा सुखद हो'—कहकर वह चलता बना। मुझे अपने ऊपर बहुत शर्म आई।

रामकृष्ण मिशन के सामने, हैजर्ड दम्पति का विशाल तिमंजिला घर था। उसके एक तरफ हार्लेम और दूसरी तरफ सेंट्रल पार्क था। सबसे ऊपर की मंजिल में एक पोलिश विद्यार्थी रहता था। वह रहने के बदले घर के कामकाज में मदद कर देता था। वे बड़े समृद्ध लोग हैं, यह साफ जाहिर था। मुझसे कहा गया कि जब भी मैं न्यूयार्क में रहूँ उसे अपना ही घर समझूँ।

अगली शाम को मैंने प्रिंसटन के लिए गाड़ी पकड़ी। बेहद ठंड पड़ रही थी। मुझे रहने के लिए जो अपार्टमेंट दिया गया था वहाँ पहुँचने के लिए मैंने टैक्सी ली। टैक्सी ने मुझे मेरे दो सूटकेसों समेत एक सुनसान सड़क पर उतार दिया। खिड़कियों से तेज रोशनी बाहर दिखाई दे रही थी। सड़क से मेरे घर की सीढ़ियों तक तीन फीट बर्फ पड़ी थी। मैं अपने सूटकेस बर्फ के बीच से घसीटकर ले गया। दरवाजे पर पहुँचने तक मेरी जुराबें तरबतर हो गई थीं और उँगलियाँ ठंड से ऐंठ गई थीं। मैं चाबियों से जूझ रहा था : हर देश के अपने ढंग के ताले-चाबियाँ होते हैं और उनकी आदत पड़ने में कुछ समय लगता है। आखिर मैंने ताला खोल लिया। मैंने रोशनी के स्विच ढूँढ़ने के लिए दीवार टटोली। अलग-अलग देशों के स्विच भी अलग किस्म के होते हैं। भारत में उन्हें ऊपर से नीचे की तरफ दबाना होता है, अमेरिका में नीचे से ऊपर की तरफ। मैंने भी एक स्विच को ऊपर की ओर दबाने से पहले नीचे की ओर दबाया। मेरी आँखें रोशनी से चकाचौंध हो गईं। गैलरी में मेज पर एक तख्ती रखी थी। उस पर लिखा था : 'प्रिंसटन में आपका स्वागत है।' वाकई। मैंने अपने आपसे कहा। मैंने अपने सूटकेस जल्दी से घसीटे और भीगे हुए मोजे-जूते उतार डाले। उस दिन शनिवार था और स्टेशन से आते हुए मुझे कोई कैफे नजर नहीं आया था। मैं खाना कहाँ खाऊँगा ? मैंने बैठक में झाँका। डिनर के लिए मेज लगी थी। उस पर एक डबलरोटी की बगल में उसे काटने की छुरी रखी थी। साथ ही स्कॉच की एक बोतल भी थी। मैंने फ्रिज खोला। वह अंडे, दूध, वाइन, सोडे की बोतलों, शहद, जैम और चॉकलेट से भरा था। रैक पर सूप और सब्जियों के डिब्बे रखे थे। मैं सीढ़ियाँ चढ़कर सोने के कमरे में पहुँचा। सोने के लिए बिस्तर पहले से तैयार कर दिया गया था। गुसलखाने में टॉयलेट पेपर के रोल, साबुन की टिक्कियाँ और कोलोन की एक

बोतल थी। मुझे आज तक नहीं मालूम कि मेरे लिए यह प्रबन्ध किसने किया था। न ही मैं उस सामान का भुगतान कर सका।

मुझे दर्शन और धर्म विभाग से सम्बद्ध किया गया था। पहले वहाँ प्रोफेसर हिट्टी जैसे प्रसिद्ध विद्वान ने इस्लाम पढ़ाया था। दर्शन विभाग के अध्यक्ष वाल्टर ऑफमैन थे जिन्होंने अपनी पुस्तकों के अलावा जर्मनी की कई क्लासिक रचनाओं का अनुवाद किया था। अपनी फेथ *ऑफ ए नॉन बिलीविंग ज्यू*, जर्मन कविता के अनुवादों और दर्शन पर रची पुस्तकों से उन्होंने बहुत नाम कमाया था। डॉ. फिलिप एशबे धर्म विभाग के अध्यक्ष थे। उनके सहयोगियों में यहूदी धर्म के माने हुए विद्वान, प्रोफेसर डायमंस थे। वे छुट्टी पर थे। मुझे अपने तीन महीने के प्रिंसटन प्रवास के लिए उनका कमरा दे दिया गया। ये दोनों विभाग एक ही इमारत में थे लेकिन उस बैठक के सिवाय जिसमें सब लोग गर्म कॉफी और बिस्कुट के लिए जाते थे, दोनों के बीच कोई साझा नहीं था। दार्शनिक धर्म के अध्यापकों को पुजारी समझते और नीची नजर से देखते थे। उधर धर्म के अध्यापक भी दार्शनिकों की अवहेलना करते थे। उनकी समझ में वे ऐसे दम्भी लोग थे जिनके दम्भ का कोई आधार नहीं था। जबकि स्थिति यह थी कि दर्शन और धर्म दोनों के अध्यापकों को दूसरे संकायों के लोग नीची नजर से देखते थे। विशेषकर अर्थशास्त्री, जिनका विभाग सड़क के पार एक सफेद बहुमंजिली इमारत में था। इस इमारत का डिजाइन एक जापानी वास्तुशिल्पी ने बनाया था। सबसे प्रसिद्ध नाम जो प्रिंसटनवालों के मन में अब भी ताजा था, एलबर्ट आइंस्टीन का था। एडवांस्ड स्टडीज संस्थान में उनका घर पूजास्थल बन गया था। उस समय संकाय में मेरे अलावा सिर्फ दो हिन्दुस्तानी और थे। दोनों गणीतज्ञ थे—डॉ. हरीशचन्द्र और डॉ. भानुमूर्ति। विद्यार्थियों में कोई भारतीय नहीं था। प्रिंसटन पूरी तरह पुरुष संस्था थी। किसी तरह, मेरी सोलह विद्यार्थियों की कक्षा में दो महिलाओं को बैठने की इजाजत दे दी गई थी।

प्रिंसटन ने जो मर्दाना रूप बनाने की कोशिश की थी उसके कुछ अपने हल्के-फुल्के क्षण भी होते थे। विद्यार्थियों को हफ्ते के अन्त में अपने हॉस्टलों में महिलाओं को आमन्त्रित करने की इजाजत थी। वे खाते-पीते घरों के होते थे। इसलिए उनमें से अधिकांश के पास अपनी गाड़ियाँ भी थीं। इस कारण परिसर में भीड़ हो जाती थी। पुलिस चाहती थी कि विश्वविद्यालय, विद्यार्थियों के गाड़ी लेने पर रोक लगा दे। प्रेसिडेंट गोहीन (बाद में भारत में राजदूत) ने विद्यार्थियों को गाड़ियाँ रखने अथवा सप्ताह के अन्त में अपनी महिला-मित्रों के आमन्त्रित करने के बीच चुनाव करने का विकल्प दिया। स्वस्थ युवा छात्रों ने लड़कियों का चुनाव किया। नियम था कि महिलाएँ पुरुषों के हॉस्टलों से आधी रात होने से पहले चली जाएँ। बहरहाल, सर्दी की एक रात को एक हॉस्टल में रात में तीन बजे आग लग गई। फायर ब्रिगेड को ऊपर की मंजिल में रहनेवाले विद्यार्थियों को बचाने के लिए अपनी लम्बी सीढ़ियों का इस्तेमाल करना पड़ा। उन्होंने जिन लोगों की जानें बचाईं, उनमें कई ऐसी महिलाएँ थीं जिन्होंने पूरी तरह कपड़े भी नहीं पहने हुए थे।

किसी के मन में यह धारणा नहीं होनी चाहिए कि अमेरिकी विश्वविद्यालयों के कैम्पस

में जीवन मौज-मस्ती और खेलकूद ही है। कई बार जब मैं रात को न्यूयार्क से बस से लौटता था तो लाइब्रेरियों समेत पूरा कैम्पस आधी रात के काफी देर बाद तक रोशनी से जगमगाता रहता था। विद्यार्थी काम में जुटे होते थे। अध्यापन के मेरे तजुर्बे ने भी मुझे अध्यापन को गम्भीरता से लेना सिखाया था। मैं जिन किताबों को पढ़ने की सिफारिश करता था उनमें से हर किताब मेरे अगले भाषण से पहले पढ़ ली जाती थी। मैं विद्यार्थियों की रफ्तार के साथ संगति बैठाने में कठिनाई महसूस कर रहा था। वे जैसे खोजी सवाल पूछते थे अक्सर मुझसे उनका उत्तर भी देते नहीं बनता था। सत्र के अन्त में अपनी भलमनसाहत के कारण उन्होंने मेरा सम्मान किया, लेकिन मैं अन्दर-ही-अन्दर जानता था कि मैं उनकी अपेक्षाएँ पूरी नहीं कर सका था।

मुझे मित्र बनाने में देर नहीं लगती। हैफलफिंगर ने अपनी रिश्तेदार लूसिया बैलेंटाइन को लिखा था। लूसिया की शादी एक खूबसूरत प्रोफेसर से हुई थी, जो ट्रैटन में पढ़ाता था। उसे हैफलफिंगर की दौलत का कुछ हिस्सा विरासत में मिला था और वह एक बड़े तिमंजिले मकान में बड़े ठाठ से रहती थी। उसके पास एक बावर्ची था और एक महिला नौकरानी—दोनों संयुक्त राष्ट्र की दुर्लभ चीजें। वह दूसरों का भला करने में विश्वास करती थी। वह युवा कैदियों को, विशेष रूप से काले कैदियों को अपने यहाँ आमन्त्रित करती थी—उस समय जब सप्ताह के अन्त में उन्हें जेल से बाहर निकलने की इजाजत मिलती थी। वह जार्जीन हॉल नाम की एक परम सुन्दरी तलाकशुदा महिला को भी आमन्त्रित करती थी। उसके दो बच्चे थे—पन्द्रह साल की बेटी और बारह साल का बेटा। जार्जीन अक्सर टी.वी. पर दिखाई पड़ती थी। इसलिए वह जहाँ भी जाती उसे लोग फौरन पहचान लेते। हम लोगों के बीच तुरन्त दोस्ती हो गई। उसने मुझे लूसिया से अपनी तरफ खींच लिया और अक्सर मुझे अपने और अपने बच्चों के साथ डिनर खाने के लिए आमन्त्रित करने लगी। वह मुझे दूर देहात की तरफ लम्बी ड्राइव के लिए ले जाती थी। हमें अक्सर साथ देखकर लोगों को ताज्जुब होता था। तब तक मैं भी कुछ बेहतर जाना जाने लगा था क्योंकि *द न्यूयार्क टाइम्स* में मेरे कई लेख छप चुके थे। मेरी फैकल्टी के सदस्य भी मुझे मेरी अपेक्षा से अधिक गम्भीरता से लेने लगे थे। जार्जीन की नजर में मेरा दर्जा ऊँचा हो गया था—एक मशहूर व्यक्ति का। वह मुझ पर जितना ध्यान देती थी मुझे उससे बहुत खुशी होती थी। एक दिन शाम को उसका फोन आया। उसने मुझसे फौरन प्रिंसटन अस्पताल आने के लिए कहा। कार एक्सीडेंट में छोटी-मोटी चोटें खा जाने के कारण उसकी बेटी को वहाँ दाखिल किया गया था। लड़की को बहुत खून बह रहा था और वह दर्द के कारण चिल्ला रही थी। जार्जीन यह खबर देने के लिए उसके पिता से सम्पर्क करने की बेतरह कोशिश कर रही थी। लड़की उससे नहीं मिलना चाहती थी। उसने डॉक्टर से अनुरोध किया कि ऑपरेशन थिएटर में घावों की मरहम-पट्टी करने के समय मुझे उसके साथ रहने की इजाजत दे दी जाए। डॉक्टर की समझ में नहीं आ रहा था कि एक पगड़ीधारी दढ़ियल काले आदमी की इस व्यवस्था में क्या जगह हो सकती है। उसने मुझे उसके पास रहने दिया। जब नर्स ने कपड़े उतारकर उसे मेज पर लिटाया तो उसने मेरा हाथ कसकर पकड़

लिया। वह लड़की बहुत सुन्दर थी और उसकी त्वचा बड़ी मुलायम थी। मैं बराबर याद करता रहा कि मैं उसकी माँ का दोस्त हूँ और मुझे उसी नजर से देखना चाहिए, जैसे एक बाप अपनी बेटी को देखता है। लड़की को नींद की दवाई दी गई थी। वह कुछ ही देर में गहरी नींद में सो गई। जब मैं थिएटर से बाहर निकला तो लड़की के पिता से मेरी मुलाकात हुई। मैंने उन्हें और जार्जीन को आश्वस्त किया कि सब ठीक-ठाक है और वे सोने के लिए अपने-अपने घर जा सकते हैं।

जिन और लोगों ने मेरी तरफ दोस्ती का हाथ बढ़ाया, उनमें दार्शनिक वाल्टर कॉफमैन भी थे। वे अक्सर अपने घर पर सम्मानित लोगों की, विशेषकर यहूदियों की आवभगत करते थे और ऐसे अवसरों पर मुझे भी आमन्त्रित किया करते थे। जब मेरी पत्नी वहाँ पहुँच गई तब हमारे मित्रों की मंडली बहुत व्यापक हो गई। सर्दी बीत गई और बसन्त आया। बर्फ की जगह हरियाली ने ले ली और मैग्नोलिया के फूल फूट पड़े। जिन लोगों ने अमेरिका में मैग्नोलिया का फूटना नहीं देखा वे सुन्दरतम नजारे से महरूम हो गए। जब मैं दूसरे विद्यालयों में भाषण देने नहीं जाता था (उनसे मुझे अपने वेतन से ज्यादा आमदनी होती थी) तो हम किसी-न-किसी परिवार के साथ घूमने निकल जाते थे। हमारे एक अत्यन्त सम्मानित पड़ोसी थे लुई फिशर, जिन्होंने महात्मा गांधी की जीवनी लिखी थी। वे विश्वविद्यालय में पढ़ाते नहीं थे लेकिन दोपहर का खाना बराबर विश्वविद्यालय के कैफेटेरिया में खाते थे। हम अक्सर साथ-साथ पैदल लौटते थे। एक बार मैंने एक ड्रग स्टोर से आइसक्रीम का डिब्बा खरीदा। मुझे और मेरी पत्नी दोनों को आइसक्रीम की लत थी, पर हम हमेशा सबसे सस्तीवाली आइसक्रीम खरीदते थे। लुई फिशर को सबसे महँगी आइसक्रीम खरीदकर मेरी पत्नी के लिए देने की आदत पड़ गई।...बहाने के तौर पर वे मुझसे कहते, 'आपकी पत्नी का चेहरा बड़ा दिलचस्प है।...मुझे आइसक्रीम बहुत प्रिय है, लेकिन डाइबटीज के कारण मुझे आइसक्रीम खाना मना है। मुझे जिन लोगों को आइसक्रीम पसन्द है, उन्हें उसे भेंट करने में बहुत खुशी होती है।'

प्रिंसटन में एक ऐसी घटना हुई, जिसका परिणाम बड़ा मनोरंजक हुआ। गर्मियों के दिन थे। मैं अपने घर के पिछवाड़ेवाले बाग में लकड़ी की बेंच पर धूप ताप रहा था। लकड़ी की एक छोटी-सी फाँस मेरे अँगूठे में घुस गई। जब तक उसमें सेपटिक नहीं हो गया, मैंने उस पर ध्यान नहीं दिया। फिल ऐशवे ने मेरे हाथ की सूजन देखी और मुझे सोचने का मौका दिए बगैर वह मुझे यूनिवर्सिटी के क्लीनिक में ले गया। डॉक्टर ने सर्जरी के लिए मुझे अस्पताल भेजने का फैसला किया। मुझे यूनिवर्सिटी के दो काले पुलिसवालों की सुपुर्दगी में अस्पताल भेज दिया गया।

मैं अपनी बारी का इन्तजार कर रहा था, तभी मैंने सर्जन को पुलिसवालों से पूछते हुए सुना, 'तुम किसे अपने साथ लाए हो ? यह कोई सजायाफ्ता कैदी है या इस पर किसी अपराध का इल्जाम है ?' पुलिसवालों ने आवाज धीमी करके जवाब में जो कहा वह मुझे सुनाई नहीं पड़ा। वे मुझे सर्जरी में ले गए। डॉक्टर ने मुझसे पूछा कि आखिर हुआ क्या था, मैंने किया क्या ? अब उसका स्वर बदल गया था। वह मुझे डॉक्टर या प्रोफेसर कहकर

सम्बोधित करने लगा। 'यह मामूली फोड़ा है। मैं इसे निकाल दूँगा लेकिन आपको दो दिन अस्पताल में रहना पड़ेगा।' फोड़ा काटकर निकाल दिया गया। मेरे हाथ की पट्टी कर दी गई, और मुझे वापिस दोनों पुलिसवालों के सुपुर्द कर दिया गया। 'डॉ. सिंह, मैं आपसे और ज्यादा मिलना चाहूँगा। मेरी पत्नी आपसे मिलकर बहुत खुश होगी,' डॉक्टर ने कहा।

मुझे अस्पताल में दो दिन और दो रातें गुजारनी पड़ीं। मुझे नीम बेहोश करके रखा गया, गोकि इसकी कोई जरूरत नहीं थी क्योंकि मुझे दर्द नहीं था। तमाम लोग जिनमें प्रेसिडेंट की पत्नी श्रीमती गोहीन भी थीं, मेरे लिए फूल और चॉकलेट लाए। मैंने उनका स्वागत किया। अमेरिका में छोटी-छोटी बातों का बतंगड़ बहुत बनाया जाता है।

हर साल अप्रैल में किसी समय न्यूयार्क के एक होटल में लेक्चररों और प्रोफेसरों की भव्य नीलामी होती है। वे शिक्षक जो अपनी नौकरियों से प्रसन्न नहीं हैं या जो सोचते हैं कि वे बेहतर जगह के हकदार हैं, वहाँ बड़ी संख्या में आते हैं। विभिन्न विश्वविद्यालयों से डीन भी इसी तरह वहाँ इकट्ठे होते हैं। वे वहाँ लंच, डिनर या शराब के प्यालों पर मिलते हैं। वे डीन लोग जो अपने यहाँ के लिए स्थानापन्न ढूँढ़ना चाहते हैं, या फिर वे जो नए विभागों की स्थापना में लगे हैं इन लोगों के योग्यता सम्बन्धी ब्यौरों की जाँच करते हैं। नौकरी की शर्तों को लेकर खूब मोल-भाव होता है। वह सही अर्थ में गुलामों के बाजार की तरह लगता है, जहाँ अर्जी देनेवालों के रूप के नहीं, प्रकाशित पुस्तकों की संख्या या विद्वत्तापूर्ण लेखों के दाम लगाए जाते हैं। रॉबर्ट क्रेन ने सुझाव दिया कि मैं वहाँ आऊँ। नौकरी के लिए भले ही नहीं, दूसरे भारतवेत्ताओं और प्राच्यवेत्ताओं और दूसरे विषयों के विशेषज्ञों से मिलने के लिए।

अमरीका के विश्वविद्यालय की नौकरी में मेरी दिलचस्पी नहीं थी। गोकि वेतन अच्छा था पर मुझे उससे आत्मतोष नहीं होता था। जब मैं इस सभा में गया तो वहाँ हवाई विश्वविद्यालय के स्टडीज के डीन ने, जो नीसी जापानी सज्जन थे, मुझे छह सप्ताह का निमन्त्रण दिया। वे मुझसे गर्मी में भारतीय धर्मों और समकालीन भारतीय इतिहास की कक्षाएँ पढ़ाने के लिए कह रहे थे। इसका मतलब था हवाई जाने से पहले प्रिंसटन या किसी दूसरी जगह एक महीने तक ठहरना। डीन ने इसके मुआवजे के रूप में हवाई तक और फिर वहाँ से भारत तक मेरी और मेरी पत्नी की वायुयात्रा का खर्चा देने का आश्वासन दिया। मैंने यह प्रस्ताव स्वीकार करने का फैसला कर लिया। मैंने हिसाब लगाया। इससे मुझे अपनी बेटी माला की हवाई यात्रा का किराया देने के लिए काफी पैसा मिल जाएगा। माला उस समय न्यू हाल, कैम्ब्रिज (इंग्लैंड) में पढ़ रही थी। वह इस तरह अपनी गर्मी की छुट्टियाँ हमारे साथ हवाई में बिता लेगी। मुझे उसी समय एक अमीर सिन्धी व्यापारी की अमरीकी पत्नी एलेन वाटुमुल का पत्र मिला। उसने लिखा था कि समुद्र के किनारे स्थित अपना एक अपार्टमेंट मय फर्नीचर के, बहुत सस्ते किराए पर दे देगी। हम लोग न्यूयार्क, फिलेडेल्फिया, शिकागो, वाशिंगटन में अपने अमरीकी मित्रों के पास रहने के बाद कुछ दिन मेरी स्टोक्स और उसकी माँ के पास रहे। इसके साथ ही मैंने विस्कांसिन, ड्यूक और रोचेस्टर में भाषण देकर कुछ और डॉलर कमा लिए। इसके बाद हम लोग हवाई चले

गए। कुछ दिन बाद माला भी हमारे पास आ गई। उसका मूड बहुत खराब था। उसने अच्छी तरह पढ़ाई नहीं की थी और उसे कैम्ब्रिज से नफरत हो गई थी। उसने अपनी पढ़ाई में कमजोर होने का दोष मेरे सिर मढ़ दिया—यह कहकर कि मैं उसे अपने साथ घसीटता रहा—दिल्ली से लन्दन, वहाँ से ओटावा, वहाँ से पेरिस और फिर वापिस दिल्ली। इस तरह उसे कहीं टिककर नहीं रहने दिया। उसने कहा कि मैंने उसे कैम्ब्रिज सिर्फ इसलिए भेजा था ताकि मैं अपने दोस्तों पर रोब गालिब कर सकूँ कि मेरी बेटी वहाँ है। वह खुश नहीं थी, इसलिए मैं भी खुश नहीं था। मैं सारा दिन यूनिवर्सिटी में बिताकर खुश रहता था और परिवार के बीच शाम को ही लौटता था।

हवाई में मेरी कक्षाएँ बड़ी होती थीं। उनमें से अधिकांश विद्यार्थी पढ़ाई के बारे में गम्भीर नहीं थे। वे सिर्फ समुद्र, समुद्री लहरों और धूप तापने के साथ कुछ शैक्षिक जोड़ना चाहते थे। उनमें बहुत-सी युवतियाँ थीं जो डिपार्टमेंट स्टोर, कैफे और रेस्तराँ में काम करती थीं। भारतीय धर्मों पर मेरी कक्षा में, जिसमें माला मुफ्त में उपस्थित रहती थी, दो नन भी थीं।

यूनिवर्सिटी में मेरे पास एक छोटा प्यारा-सा कमरा था। वह शर्मा नाम के किसी भारतीय विद्वान का था जिसकी पत्नी का फोटो मेरे काम करने की मेज पर रखा था। वह काफी प्रभावशाली रही होगी। मैंने शर्मा की किताबें तो एक तरफ शेल्फ में रख दी थीं पर मैंने उसकी पत्नी का फोटो जहाँ रखा था वहीं रहने दिया। धर्म पर जो भाषण मैंने प्रिंसटन में दिए थे, हवाई में मुझे उन्हें और माँजने के लिए समय मिला। मैंने वहीं भारत की कम्युनिस्ट पार्टी के इतिहास के, और स्वाधीनता आन्दोलन और स्वाधीनता के बाद भारत की गतिविधि के बारे में भी पढ़ डाला। मेरे पास स्वाद लेकर अच्छे खाने खाने के लिए भी काफी समय रहता था। हफ्ते में एक बार, फैकल्टी के सदस्य चीनी रेस्तराँ में जाते थे जिनमें रॉबर्ट क्रेन भी शामिल रहते थे। जब हमारे चीनी भोजन के विशेषज्ञ खाने का ऑर्डर दे रहे होते थे, हमारी मेज पर बर्फ की डलियों की एक डोली के साथ राइ व्हिस्की रख दी जाती थी। खाना खत्म करते-करते हम लोग चॉप सुइ और अमरीकन व्हिस्की से अघा जाते थे। मेरे सहयोगी प्रोफेसर दोपहर के समय कैसा अध्यापन करते होंगे इसका कोई भी आसानी से अंदाज लगा सकता है। दो-तीन बार ऐसा लंच खाने के बाद मैंने हाथ खड़े कर दिए और मैं ईस्ट-वेस्ट सेंटर के कैफेटीरिया में पैदल जाकर खाना खाने लगा। कैफेटीरिया का वातावरण बहुत निस्तेज होता था। वहाँ आनेवाले अधिकतर विद्वानों की विशेष प्रतिष्ठा नहीं थी और खुद असुरक्षित महसूस करने के कारण वे मेहमान प्राध्यापकों को सन्देह और वैरभाव से देखते थे। उन्हें इस बात पर भरोसा ही नहीं होता था कि सेंटर में नौकरी पाने में मेरी दिलचस्पी नहीं है।

विद्यार्थियों के बारे में मेरी कुछ निजी परेशानियाँ थीं। उनमें से किसी को भारत के बारे में, उसके इतिहास या धर्म के बारे में कोई जांनकारी नहीं थी। मुझे अपने व्याख्यानों का स्तर बहुत नीचा करना पड़ता था। जितने किस्से मैं खोदकर निकाल पाता था, वे सब मुझे व्याख्यानों में भरने पड़ते थे। मुझे दो नीसी जापानी लड़कियों से विशेष परेशानी होती

थी। मैं जैसे ही बोलना शुरू करता वे ऊँघने लगती थीं। उनको जगाए रखना मेरे लिए एक चुनौती हो गया था। मैं इस काम में असफल हो गया। मैंने दोनों लड़कियों को सत्र के मध्य लिखे जानेवाले पर्चों में फेल करके उनसे बदला ले लिया। जब वे मेरे दफ्तर में मुझसे मिलने आईं तो मैंने बात को घुमा-फिराकर उनसे कहा, 'अगर तुम किसी से बात कर रही हो और वह व्यक्ति सो जाए तो तुम्हें कैसा लगेगा ?' यह बात उन्हें उखाड़ देने के लिए काफी थी। उन्होंने माफी माँगते हुए मुझे बताया कि वे दोनों सुबह के तीन बजे तक एक नाइट क्लब में काम करती हैं। मेरे भाषण में आने से पहले उन्हें सोने के लिए मुश्किल से तीन घंटे का समय मिलता है। उन्होंने कोर्स बीच में ही छोड़ दिया।

जब मैं सुबह के समय कैम्पस में रहता था, मेरी पत्नी और बेटी वह समय शॉपिंग प्लाज़ा में गुजारती थीं। अपने सुन्दर समुद्र तटों के अलावा भी होनोलूलू दृश्यप्रेमियों के लिए अद्भुत जगह है। सब लोग कम-से-कम कपड़े पहनते हैं और समुद्री हवाओं के लिए सारे दरवाजे और खिड़कियाँ चौपट खुले रखे जाते हैं। सभी कई-मंजिला इमारतों में आप अपनी दूरबीनों को नंगे स्त्री-पुरुषों की फसल पर साध सकते हैं। जब मेरी पत्नी और बेटी साथ नहीं होती थीं तो मैं घंटों उस दुनिया बनानेवाले का इतने खूबसूरत लोग बनाने के लिए शुक्रिया अदा करते हुए गुजारा करता था।

हवाई में और बहुत-से आकर्षण हैं। इन द्वीपों पर बेहिसाब मीठे, रसीले ताजा मधुरस जैसे खरबूजे, अनानास, अवाकाडो नाशपातियाँ और इनसे भी ज्यादा मैकेडेमिया नट्स पैदा होते हैं। इनके अलावा हमने दलदल में पैदा होनेवाला जंगली चावल भी देखा जिसकी पैदावार और संग्रह रेड-इंडियंस करते हैं। वह अच्छे-से-अच्छे बासमती चावल से ज्यादा रसीला होता है और बिना कुछ मिलाए खाने में सबसे स्वादिष्ट लगता है। यह चावल बहुत महँगा भी होता है।

हवाई का मुख्य टापू हिलो, होनोलूलू से छोटी-सी उड़ान-भर की दूरी पर है। उसमें एक दहकता हुआ ज्वालामुखी है। इसके चारों तरफ की वनस्पतियाँ और जीव-जन्तु किसी भी और जगह से साफ अलग किस्म के दिखाई पड़ते हैं। कुछ भारतीय महिला अध्यापिकाओं ने हमें भारतीय भोजन खिलाया। ये महिलाएँ भारत जानेवाले पीस कोर्प्स के विद्यार्थियों को तैयारी करा रही थीं। भोजन के अन्त में एक आश्चर्यचकित कर देनेवाली वस्तु सामने आई। उन्होंने अपने बगीचों में पान की बेलें लगा रखी थीं। हिलो के बियाबान में उन्होंने हमें मघई पान के बीड़े पेश किए।

अपने अध्यापनकाल की समाप्ति पर मैंने खुद अपनी खातिर करने का फैसला किया। मैंने तय किया कि मैं ऐसे नाइट क्लब में डिनर खाऊँगा जहाँ खाना नंगे वक्षोंवाली महिलाएँ परोसती हैं। 'अपनी उम्र का लिहाज करो पापा,' मेरी बेटी ने मुझसे कहा। पत्नी बोली, 'तुम जरूर सठिया गए हो।' मैं अपने निश्चय पर अटल रहा। आखिर उन्होंने मेरे साथ चलने का फैसला किया। हमारा नाइट क्लब जाना पूरी तरह निरर्थक साबित हुआ। जैसे ही हम वहाँ घुसे, एक नंगे वक्षवाली वेट्रेस ने बरसाती उतारने में मेरी मदद करते हुए बड़े अर्थपूर्ण लहजे में मुस्कुराते हुए कहा, 'आपको यहाँ देखकर बहुत खुशी हुई प्रोफेसर।' यह

मेरी विद्यार्थी थी।

एक जगह जहाँ मेरी पत्नी और बेटी मेरे साथ नहीं जाती थीं वह हैल्थ क्लब था। मैं वहाँ अक्सर सोना बाथ के लिए जाता था। वहाँ मालिश करनेवालों में एक युवा आकर्षक, कसरती काली लड़की थी। जब भी मैं वहाँ जाता था वह शरारती आँखों से मुझे कहती थी, 'हनी, क्या तुम मुझसे अच्छी तरह मालिश करवाना चाहोगे ?' 'नहीं, मैं ऐसा नहीं चाहूँगा,' मैं जवाब देता तो वह बड़ी ढिठाई से पूछती, 'क्यों ? मुझमें कुछ खराबी है क्या ?' 'नहीं, ठीक उल्टे तुममें सबकुछ जरूरत से ज्यादा ठीक है। इसलिए मुझे अपने पर इतना भरोसा नहीं कि मैं तुम्हें अपने बदन से खिलवाड़ करने दूँ।' यह सुनकर वह खिलखिलाकर हँस पड़ती थी।

हवाई के मूल निवासी बहुत काम नहीं करना चाहते। वे सारे दिन अपनी ड्योढ़ियों में लकड़ी की सीढ़ियों पर बैठकर बियर गटकते हुए बैन्जो बजाकर गाते दिखाई देते हैं। सेक्स के मामले में भी उनके मन में कोई संकोच नहीं रहता। एक दिन जब मैं हैल्थ क्लब से बाहर निकला तो मेरी पत्नी और बेटी समुद्र तट पर टहलने के लिए साथ हो लीं। वे आगे-आगे चल रही थीं। एक अमरीकी महिला अपने कुत्ते को हवा खिलाने लाई थी। मैं उसकी ओर आकर्षित हुआ। उस पिल्ले ने जैसे ही अपने को हल्का किया, महिला ने अपने बैग से टॉयलेट पेपर निकाला और उसका पेंदा साफ कर दिया। मैं यह तमाशा देख ही रहा था कि एक हवाई लड़की ने पास आकर कहा, 'हलो,' उसने साफ बियर का नशा कर रखा था। वह मेरे साथ-साथ चलने लगी। चलते-चलते उसने पूछा कि मैं हवाई में क्या कर रहा हूँ। मैंने जवाब दिया, 'मजे उड़ा रहा हूँ।' 'तुम यहाँ बस क्यों नहीं जाते ?' उसने पूछा, 'तुम मुझसे शादी कर सकते हो। फिर हम एक अच्छा-सा घर बसाएँगे।' उसने इतने साफ शब्दों में यह प्रस्ताव किया कि मैं सुनकर हक्का-बक्का रह गया। वह वेश्या-जैसी नहीं लग रही थी। 'मैं तुमसे शादी कैसे कर सकता हूँ। मेरे साथ मेरी बेटी और मेरी पत्नी है। और एक बेटा घर पर है। देखो, वे आगे सड़क के आखिरी सिरे पर जा रही हैं।' उसने उन दोनों की तरफ देखा और जवाब दिया, 'पर वे आगे निकल गई हैं, तुम उन्हें छोड़कर मेरे साथ चल सकते हो।' मैंने इस उदारतापूर्ण प्रस्ताव के लिए उसे धन्यवाद दिया, यह कहकर माफी माँगी कि मैं उसके लिए बहुत बूढ़ा हूँ और अपने कदम बढ़ा लिये।

हम लोग हांगकांग में थे। तभी रुपए के अवमूल्यन का समाचार मिला। डॉलर में मैंने जो बचत की थी वह रुपयों में दुगुनी हो गई। भारतीय कस्टम से जितने ज्यादा तादाद में निकालकर लाए जा सकते थे, हमने उतने पैन, घड़ियाँ और मोती की मालाएँ खरीद लीं।

एकाध साल के बाद मुझे फिर से प्रिंसटन जाना था। लेकिन इस बार अमरीकी विद्यार्थियों की एक टोली सारी दुनिया का चक्कर लगाने जा रही थी। उनके साथ तीन प्रोफेसरों को जाना था। उनमें से एक मैं था। बाकी दोनों में से एक प्रोफेसर फेलिक्स मूज था। वह समाजशास्त्री था जो पहले नाजी था और बाद में चरम राष्ट्रवादी अमरीकी हो गया था और अब सी.आई.ए. में नौकरी कर रहा था। उसके साथ उसकी जापानी पत्नी फूजा और दस-वर्षीय बेटी थी। दूसरा जॉर्ज स्टोनी, न्यूयार्क का फिल्म प्रोड्यूसर था, जिसे

दो बार तलाक दिया जा चुका था और अब उसके साथ एक रखैल थी। तीसरा मैं था। हमें जर्मनी, भारत और जापान तीनों देशों में दो-दो महीने रहना था। मुझे उस युवा मंडली को जर्मन, भारतीय और जापानी के साहित्यों से परिचित कराना था और सर्जनात्मक लेखन के लिए प्रेरित करना था। स्टोनी को उन्हें फिल्म बनाने की कला का परिचय देना था। मूज कुल मिलाकर हमारा इंचार्ज था और उसे जापान में हमारे ठहरने का इंतजाम करना था। उसने अपने कार्य में बहुत कम दिलचस्पी ली और जर्मनी में हमारे प्रवास के दौरान उसने इस जत्थे को अपने भरोसे छोड़ दिया था। मुझे याद नहीं आ रहा है कि स्टोनी ने क्या किया था। लेकिन मुझे ब्रॉकली, मनु, इतेस से ब्रेख्त और गुंटर ग्रास तक आधुनिक जर्मन क्लासिक रचनाओं को अंग्रेजी अनुवादों के माध्यम से पढ़ने का दुर्लभ अवसर मिला। भारत में हमारे प्रवास का समय दिल्ली और हैदराबाद के बीच बराबर-बराबर बँटा था। विद्यार्थी नई दिल्ली में परिवारों के साथ ठहरे थे। मूज पर जापान में हमारे ठहरने और खाने-पीने का इंतजाम करने की जिम्मेदारी थी, पर उसने हमें खुद अपना प्रबन्ध करने के लिए छोड़ दिया। स्टोनी और मैं मूज से तंग आ गए थे और जब तक हमारा काम समाप्त हुआ हमारे और उसके बीच बोलचाल तक बन्द हो गई।

मुझे अमरीका में पढ़ाने का एक और काम मिला। यह स्वार्थमोर कॉलेज में था। यह कॉलेज एक क्वेकर संस्था थी जो फिलेडेल्फिया के पश्चिम में लगभग चालीस मील की दूरी पर थी। कॉलेज छोटा-सा था, लेकिन इसकी मान्यता प्रतिष्ठित आइवी लीग के सदस्य के रूप में थी। विद्यार्थियों की योग्यता वैसी ही थी जैसी मेरे देखने में प्रिंसटन में आई थी। मुझे पढ़ाने के लिए दो कक्षाएँ मिली थीं—भारतीय धर्म और समकालीन राजनीति। मुझे अपने काम में भाषण बहुत कम देने पड़ते थे। अधिकतर समय सेमिनारों में उन्हीं के द्वारा चुने हुए विषयों पर विद्यार्थियों से लिखवाने में, और मेरे घर पर चर्चाएँ करने में गुजरता था। इससे बहुत लाभ हुआ। मेरी एक छात्रा ने चितपावन ब्राह्मणों का अध्ययन चुना। उसके निबन्ध पर उसे पूना जाने के लिए छात्रवृत्ति मिल गई। मैंने उससे इस समुदाय पर लेख लिखवाया। *इलस्ट्रेटेड वीकली* में यह इस शृंखला में छपनेवाला पहला लेख था। इसी से इसके प्रसार में गति आई। भाषणों और चर्चाओं के बाद मैं जो कहता-सुनता था उस सबको लिख लेता था। मुझे एक छोटी पुस्तिका *इन्ट्रोडक्शन टु इंडिया* (विज़न बुक्स) के लिए जिस सामग्री की आवश्यकता थी, वह इस तरह मिल गई। इस पुस्तक के कई संस्करण हुए।

स्वार्थमोर के अपने तीन महीने के प्रवास में हमने सिर्फ एक डच-ऑस्ट्रियन दम्पति, वान ऊम्स से मित्रता की। उनके दो छोटे बच्चे थे। हम लोगों ने ऐसी व्यवस्था की जो हम दोनों के लिए सुविधाजनक थी। सप्ताह में एक-दो बार हम उनके साथ डिनर खाते थे और वे मेरी पत्नी को अपने साथ पिक्चर ले जाते थे। मैं बच्चों की देखभाल के लिए घर में रहता था। मैं उनके बच्चों को सुलाता और उनको कहानियाँ सुनाता। यहाँ तक कि मैं लोरी गाने के लिए मजबूर हो जाता तब तक जब तक कि वे इस बात पर राजी नहीं हो जाते कि मेरी लोरी सुनने से सो जाना बेहतर होगा। फिर मुझे अपने भाषण के लिए नोट्स बनाने का समय मिल जाता था।

अध्याय-ग्यारह

बम्बई और *द इलस्ट्रेटड वीकली ऑफ इंडिया* (1967-79) और उसके बाद की घटनाएँ

कहा जाता है कि भारत में नगर एक ही है—बम्बई, शब्द के उस अर्थ में, इसका जो अर्थ पश्चिम में समझा जाता है। भारत के अन्य महानगर—कलकत्ता, मद्रास और दिल्ली बहुत बड़े गाँव जैसे हैं। यह सच है कि बम्बई में किसी भी अन्य भारतीय नगर की अपेक्षा ऊँची इमारतें कहीं अधिक हैं। जब आप समुद्र की तरफ से बम्बई पहुँचते हैं तो वह न्यूयार्क शहर का लघु रूप लगता है। नगर के रूप में उसकी हैसियत को साबित करनेवाली कुछ और बातें भी हैं। उसमें भीड़ है, उसमें दिन में हर समय ट्रैफिक जैम होता है, उसमें भयंकर प्रदूषण है और उसके तमाम हिस्सों से दुर्गंध आती है। ऑर्थर कोइसलर जब सान्ता क्रूज़ हवाई अड्डे पहुँचे तो उन्होंने ऐसा महसूस किया कि जैसे किसी बच्चे का गन्दा पोतड़ा किसी ने उनके मुँह पर दे मारा हो। बम्बई शहर अपनी एक करोड़ की आबादी के मल का समुद्र में तट के इतने निकट विसर्जन करता है कि उसका काफी हिस्सा लौटती लहरों के साथ वापिस आ जाता है। उथली जगहों में इस्तेमाल किए हुए कन्डोम बिखरे रहते हैं। समुद्र तट के कुछ हिस्सों में मनुष्यों की विष्ठा की दुर्गंध भरी रहती है। शहर में सार्वजनिक शौचालय बहुत कम हैं, इसलिए उसके बाजार पुराने पेशाब की दुर्गंध से गंधाते हैं। साल में दो बार—बसन्त और पतझड़ के आरम्भ में समुद्र के किनारे-किनारे लाखों मछलियाँ मर जाती हैं। सड़ती हुई मछलियों की तेजाबी दुर्गंध असह्य हो जाती है। बम्बई में उल्लेखनीय बाग-बगीचे भी नहीं हैं। सिर्फ छोटे पार्कनुमा स्थल हैं जहाँ लोग सँकरी पगडंडियों पर पिंजरे में कैद जानवरों की तरह गोल-गोल घूमते रहते हैं। एक ही जगह जहाँ व्यक्ति लम्बी सैर कर सकता है मैरिन ड्राइव है जो चौपाटी के रेतीले तट से नरीमान पाइंट तक जाती है। इसके दुहरे राजमार्ग में से एक तरफ दौड़ती हुई कारों की भारी भीड़ रहती है, दूसरी तरफ समुद्र के किनारे-किनारे सिमेंट-कंक्रीट की विशाल तिपाइयाँ बनी हैं ताकि समुद्र अपने तट का अतिक्रमण न कर सके। ये तिपाइयाँ ऐसे सुविधाजनक कोणों पर स्थित हैं जिससे नागरिकों को पैर टिकाकर अपनी पतलून ढीली कर या धोतियाँ उठाकर मलत्याग की सुविधा हो। फिर भी बम्बईवाले हजारों की संख्या में सुबह-शाम मैरिन ड्राइव पर इकट्ठे

होते हैं और मानवता की उस रेलपेल के बीच धक्कमधक्का करते हुए अपना रास्ता बनाते हैं। बूढ़े लोग रास्ते के किनारे लगी बेंचों पर समुद्री हवा खाने और गप लगाने के लिए आ बैठते हैं। मैरिन ड्राइव बम्बई की शान भी है और सुख का स्रोत भी। सूर्यास्त के बाद जब सड़क की रोशनियाँ जलाई जाती हैं, तो वे आश्चर्य से टकटकी बाँधकर उसे देखते हैं और उसे किसी रानी का हीरक हार कहते हैं।

गोकि कुछ बातें बम्बई के पक्ष में भी कही जा सकती हैं। बम्बई में विविध जातियों, धर्मों और भाषिक समुदायों की मिली-जुली आबादी है। वे अपने कामों में मगन रहते हैं और उन्हें अपने पड़ोसियों की कोई चिन्ता नहीं होती। इस बात से वे बेमतलब सरोकार नहीं रखते कि उनका वैवाहिक जीवन सुखी है, वे तलाकशुदा हैं, उनके प्रेम-सम्बन्ध हैं या वे पाप में डूबे हैं। अलग-अलग जातियों और धार्मिक पृष्ठभूमियों के लोग काफी मिलजुलकर साथ रहते हैं। 1982 तक बम्बई में साम्प्रदायिक दंगे नहीं हुए। पर इससे यह निष्कर्ष निकालना गलत होगा कि विभिन्न समुदायों में आपसी प्रेम है। हर समुदाय अपने को दूसरों से बेहतर समझता है और पीठ पीछे दूसरों की निंदा करता है। पारसी अपने-आपको और सबसे एक दर्जा ऊँचा समझते हैं। वे वास्तव में बहुत समृद्ध हैं और बम्बई को उनका योगदान दूसरे समुदायों से कहीं ज्यादा है। वे अपनी उच्चता को लेकर बहुत सजग रहते हैं और बाकी सबको अपने से नीचा—घाटी समझते हैं। दूसरे लोग पारसियों को अशक्त बूढ़े बाबाजी मानते हैं। इनमें से अधिकांश पागलपन की हद तक पहुँचे हुए और बेहद सनकी होते हैं। क्योंकि ये लोग बड़े बकवादी होते हैं इसलिए इन्हें कागा-खाऊ भी कहा जाता है। इनके अलावा गुजराती समाज है। वे ज्यादातर वाणिज्य-व्यापार और उद्योग में लगे रहते हैं। उनकी भाषा गुजराती, मराठी की तुलना में ज्यादा व्यापक रूप से बोली जाती है गोकि महाराष्ट्रियों की संख्या बहुत है। गुजराती सामान्य रूप से शान्तिप्रिय, कानून का पालन करनेवाले, शाकाहारी होते हैं। उनकी पीठ पीछे उन्हें गुज्जु कहा जाता है। बम्बई में विविध वर्गों के मुसलमान भी हैं। इनका आपस में लेना-देना बहुत कम होता है पर मुसलमान-विरोधी दंगे होने पर ये एकजुट हो जाते हैं। दो मुख्य वर्गों—सुन्नी और शिया के अलावा इस्माइल हैं (दो तरह के), बोहरा हैं (दो तरह के) और मेमन हैं (कछी और हलाई)। उन्हें इकट्ठे मिलाकर मियाँ भाई कहा जाता है। कैथलिक और प्रोटेस्टेंट, दोनों मतों के ईसाइयों की संख्या भी काफी बड़ी है। बाकी लोग इन्हें **माकापाओ**—रोटी खानेवाले (रोटी के लिए पुर्तगाली शब्द पाओ से) कहते हैं। सबसे बाद में आकर बसनेवालों में सिन्धी और पंजाबी हैं। उन्होंने शहर के व्यापार और जायदाद के बहुत बड़े हिस्से पर धीरे-धीरे पर मजबूती से कब्जा कर लिया है। नतीजतन लोग उन्हें सन्देह की नजर से देखते हैं और हथियाऊ समझते हैं। बाहर से आनेवालों की संख्या उन भीतरी लोगों से कहीं अधिक है जो अपने-आपको धरती की सन्तान समझते हैं और बम्बई को उसके मूल नाम **मुम्बई** से पुकारना चाहते हैं—वह नाम जो इस नगर की अधिष्ठात्री देवी महाअम्बा के नाम पर रखा गया था। कोई शिक्षित भारतीय इस शहर को बम्बई के अलावा कुछ और नहीं कहता।

बम्बई भारत का सबसे सम्पन्न शहर है। भारत का आधे से अधिक आयकर इस

एक शहर से उगाहा जाता है। भारत का सबसे भ्रष्ट शहर भी बम्बई है। संसार में जो काला धन है उसमें आधे से अधिक का उत्पादन बम्बई में होता है। भारत के बाकी तीनों महानगरों में मिलाकर जितने करोड़पति हैं उनसे अधिक अकेले बम्बई में हैं। अपना भविष्य बनाने की उम्मीद लिए बाहर से आनेवाले लोगों का अजस्र प्रवाह बम्बई की ओर बना रहता है। यहाँ विश्व के किसी भी शहर की अपेक्षा वेश्याओं और कॉल गर्ल्स की संख्या सम्भवतः अधिक है। बम्बई का रईस तबका बड़े ऐशो-आराम से रहता है। समुद्र के किनारे उनके विशाल वातानुकूलित फ्लैटों की छतों पर बगीचे होते हैं और नहाने के लिए ताल। एक सिन्धी अरबपति के बार-युक्त बैठने के कमरे के ऊपर शीशे के तल वाला ताल है। जब उसके यहाँ कोई पार्टी होती है तो वह उस ताल में नंगी नहाने के लिए लड़कियाँ किराए पर मँगा लेता है ताकि उसके मेहमान स्काच पीते हुए नीचे से उन्हें देखते रहें। बम्बई में भारत के बेहतरीन खाने मिलते हैं—मुगलई, यूरोपीय, चीनी और शाकाहारी। यहाँ भारत के किसी दूसरे शहर से ज्यादा और सस्ते रेस्तराँ हैं। कुल मिलाकर अगर रहने की जगह मिल जाए तो बम्बई भारत का सबसे मजेदार शहर है।

जब मुझे *द इलस्ट्रेटेड वीकली ऑफ इंडिया* के सम्पादन के लिए पहली बार आमन्त्रित किया गया तब मैं बम्बई के बारे में ये सारी बातें जानता था। उस समय सिखों का इतिहास लिखने के लिए रॉकफेलर अनुदान लेकर मैंने इस प्रस्ताव को ठुकरा दिया। 1969 के बसन्त में जब मैं स्वार्थमोर में था, मुझे *द टाइम्स ऑफ इंडिया* के प्रकाशक बेनेट कोलमैन के जनरल मैनेजर जे.सी. जैन का एक पत्र और मिला। मुझसे फिर पूछा गया था कि क्या अब मेरी दिलचस्पी *द इलस्ट्रेटेड वीकली* को सँभालने में होगी। मैंने काम में अपनी दिलचस्पी प्रकट करते हुए जैन को पत्र लिखा। पर मैं जानना चाहता था कि वर्तमान सम्पादन रमन का क्या हुआ। उसने मुझे उत्तर में लिखा कि मैं इस प्रस्ताव को स्वीकार करूँ या नहीं, हर हालत में रमन की छुट्टी होनेवाली है। जब तक मैं दिल्ली लौटा, खुद जैन की छुट्टी की जा चुकी थी, लेकिन मेरे लिए प्रस्ताव बरकरार था।

दिल्ली में कुछ समय अपने माता-पिता के साथ बिताकर मैं ट्रेन से बम्बई रवाना हो गया। मेरी पत्नी ने दिल्ली में रहना तय किया। मेरे बेटे राहुल ने मेरा काम आसान कर दिया। वह *द टाइम्स ऑफ इंडिया* में उप-सम्पादक था। उसने तय किया कि वह अपने पिता के साथ एक ही संस्था में काम नहीं करेगा। इसकी जगह पर वह *द रीडर्स डाइजेस्ट* के भारतीय संस्करण का पहला सम्पादक हो गया। अपने रहने-खाने का इन्तजाम उसने एक युवा पारसी दम्पति फिरदौस और एमी जहाँगीर के साथ कर रखा था। वह भी उसने मेरे लिए छोड़ दिया। उसी दिन दोपहर के बाद मैं चर्चगेट के पास जहाँगीर के तीसरी मंजिल के अपार्टमेंट में पहुँच गया और उनके एक साल के बेटे और छह महीने के बॉक्सर पिल्ले बैला से दोस्ती कर ली।

अगली सुबह मैं *द टाइम्स ऑफ इंडिया* के दफ्तर पहुँचा। मैंने दरबानों और लिफ्टमैन को अपना परिचय दिया। मुझे तीसरी मंजिल पर अपने कमरे तक पहुँचा दिया गया। मैं दफ्तर के समय से आधा घंटा पहले पहुँच गया था। स्टाफ के लोगों में से एक ही व्यक्ति

मौजूद था—उप-सम्पादक सुब्रतो बैनर्जी—जिसने रमन की बर्खास्तगी के बाद यह भार सँभाल रखा था। मैंने उससे रमन के छोड़ने का कारण पूछा। 'उसने खुद नहीं छोड़ा।' उसने उत्तर दिया, 'उसे निकाल दिया गया। सम्पादक होकर उसका दिमाग चढ़ गया था। उसकी लंच की छुट्टी देर दोपहर तक चलती रहती थी। वह अक्सर नशे में लौटता और उल्टी कर देता। एक बार वह नशे में सो रहा था तभी टेलीफोन की घंटी बजी। उसने उसे जमीन पर फेंककर चकनाचूर कर दिया। उसे ऐरेल्डाइट से जोड़ना पड़ा।' उसने मुझे टेलीफोन की चटकनें दिखाईं। 'इसके बाद उसने विदेश जाने के लिए कोई निमन्त्रण स्वीकार कर लिया और व्यवस्थापकों की इजाजत लिए बगैर चला गया। जब वह वापिस लौटा तो उसे नौकरी से बर्खास्तगी का नोटिस थमा दिया गया।'

मैंने अपने होनेवाले सहयोगियों के नाम और काम के बारे में जानकारी माँगी। मैंने बैनर्जी से कहा कि मैं पत्रिका के कुछ पिछले अंक देखने के बाद उन लोगों को बारी-बारी से बुलाउँगा। पिछले एक साल के अंक मेरी मेज पर रख दिए गए। *द वीकली* की 80,000 के करीब की सामान्य बिक्री थी—सिर्फ इसलिए कि उसका कोई प्रतिद्वन्द्वी नहीं था। चित्रकार, कवि, कथाकार, नर्तक सभी उसके पृष्ठों में जगह पाने के लिए आतुर रहते थे। जब मैंने उसके पिछले अंकों की बारीकी से परीक्षा की तो मुझे उसमें ऐसी सामग्री बहुत कम दिखाई पड़ी जो पठनीय हो। इसके अलावा उसकी विषय-सामग्री में जड़ एकरसता थी।

रमन से पहले *वीकली* के अत्यन्त सम्मानित सम्पादक मॉडी ने अपना साप्ताहिक कॉलम 'गॉलीमाफरी' लिखना खुशी से कबूल कर लिया। उसके सिवाय किसी को इस शब्द का अर्थ नहीं मालूम था। इसका अर्थ होता है खाद्य पदार्थों का घालमेल यानी खिचड़ी। *द वीकली* ठीक यही थी—किसी केन्द्रीय विषय के अभाव में लेखों का घालमेल। उसमें लेडी निंबू-पानी जैसी अनोखी नामधारी पारसी विधवाओं की कॉकटेल पार्टियों में होनेवाली चकर-पकर की चर्चा रहती। इससे मॉडी बम्बई के उस सामाजिक वर्ग का शहजादा हो गया जिस पर पारसियों का प्रभुत्व रहता था। कुछ पृष्ठ 'दे वर मैरिड' (इनकी शादी हुई) शीर्षक को समर्पित थे। इसमें भारत के विचित्र भागों के नवविवाहित जोड़ों के चित्र छपते थे। वे सब एकदम चुप, उदास और अप्रसन्न दिखाई देते थे। 'फैमिली मैगजीन' (पारिवारिक पत्रिका) होने के कारण उसमें कुछ पृष्ठ बच्चों के लिए रहते थे। इसमें एक कॉलम 'आंटी वैंडीज कॉलम' नाम से छपता था जिसमें आंटी वैंडी का कोई वारिस अपने भतीजे-भतीजियों, भांजे-भांजियों के नाम प्यार भरे उपदेश देता था। बाकी में अमरीका से खरीदे हुए कुछ सिंडिकेटेड कार्यक्रम और स्ट्रिप कार्टून रहते थे। ('सुपरमैन' सबसे ज्यादा पसन्द किया जाता था)। अक्सर जिस एकमात्र पन्ने को अधिकांश पाठक सबसे पहले उलटते थे वह था 'व्हाट द स्टार्स फोरटैल' (सितारे क्या भविष्यवाणी करते हैं)। यह आनेवाली घटनाओं के बारे में साप्ताहिक भविष्यवाणी होती थी। यह भी एक विदेशी सिंडिकेट से खरीदी जाती थी।

रमन का प्रमुख योगदान था—पत्रिका का भारतीयकरण। उसने भारतीय कला और गायकों और नर्तकों के चित्रों के साथ क्लासिकी भारतीय संगीत की समीक्षाओं की भारी

खुराक दे-देकर यह काम किया था। उसे धर्म से भी गहरा लगाव था—वह ज्यादातर अपने में लीन रहता था। उसने सत्य साईं बाबा पर एक अंक निकाला। वह उन्हें साक्षात ईश्वर का अवतार मानकर पूजता था। उसने इस अंक में अपनी पत्नी और बेटे के साथ उनके प्रति श्रद्धा अर्पित करते हुए अपने आठ चित्र छापे। रमन के आने के साथ *द वीकली* के वितरण में थोड़ा-सा अन्तर जरूर आया। लेकिन वह पहले की तरह ही जड़ और नीरस बनी रही। उसकी प्रतियाँ प्रायः डॉक्टरों, हेयर ड्रेसर्स और दाँत के डॉक्टरों के प्रतीक्षा-कक्षों में ही दिखाई पड़ती थीं। यह साफ था कि अगर मैं उसे और चमका नहीं सकूँगा तो कम-से-कम उसे और उबाऊ भी नहीं बनाऊँगा। मेरे दिमाग में तीन उद्‌देश्य थे। सूचना, मनोरंजन और चिढ़। मैंने निश्चय किया था कि मैं इन तीनों का उपयोग भारतवासियों को उनके अपने देश के बारे में बताने के लिए करूँगा। मैं विवादास्पद लेखों का प्रकाशन करके उन्हें उनके मानसिक आलस्य से झकझोरकर बाहर निकालने की कोशिश करूँगा और उन्हें सोचने के लिए प्रेरित करूँगा। साथ ही कुछ-कुछ जोकर की-सी मुद्रा अख्तियार करके मैं उनका मनोरंजन करने की कोशिश करूँगा। मुझे लगता था कि इस तिहरे फार्मूले के साथ मैं असफल नहीं हो सकता।

सुब्रतो बैनर्जी ने स्पेस (अन्तरिक्ष) सम्बन्धी शोध पर नासा के साथ और एक भारतीय लेखक के साथ गांधीजी की 'स्ट्रिप कार्टून' जीवनी पर दो दीर्घावधि अनुबन्ध कर रखे थे। मुझे उन पर विवाद उठाना पड़ा। उन दोनों पर अलग-अलग छह पृष्ठ लगते थे और आगे आनेवाले छह महीनों तक उनका छपना पहले से तय था। मैंने कवर के लिए भी नया डिजाइन बनवाया जिसमें पहले डिजाइन से काफी कुछ समानता तो थी पर यह उसका संशोधित रूप था। मैंने 'दे वर मैरिड' को बिलकुल हटा दिया और आंटी वैन्डी को नोटिस दे दिया कि मैं बच्चों के लिए तय किए गए पृष्ठ खत्म कर रहा हूँ। मैं स्टॉफ के फोटोग्राफरों से मिला और बम्बई के बाहर के फोटोग्राफरों से भी मैंने लिखकर कहा कि वे सामयिक रुचि के विषयों पर मुझे अधिक साफ और सजीव चित्र भेजें।

मैंने अपने स्टॉफ के सदस्यों से बारी-बारी से मिलने के लिए कहा। सुब्रतो बैनर्जी बड़ा सुदर्शन था लेकिन अच्छे बंगाली की तरह, काम जैसे-तैसे चल रहा हो, उसी तरह उसे चलने देकर वह सन्तुष्ट रहता था। उसे बेहतर क्यों नहीं बनाया जा सकता इसके युक्तियुक्त कारण उसके पास बराबर रहते थे। जहाँ तक बाकी लोगों का सवाल है, मुझे उनके बीच अन्तर करने में कुछ वक्त लगा और उससे भी ज्यादा वक्त लगा उन्हें समझने में।

स्वामी नाम का एक तमिल सेक्रेटरी था—सिर्फ मेरे लिए। स्वामी अपने काम में जितना कुशल था, उतना ही भद्र था। लेकिन वह झेंपू था। एक बार न्यूयार्क से एक मित्र ने मेरे पास *स्क्रू* नाम की एक पत्रिका की प्रतियाँ भेजीं। यह पत्रिका निपट पोर्नोग्राफी से सम्बद्ध थी। आदत के अनुसार स्वामी ने उस पत्रिका को मेरी मेज पर रखने के लिए खोला। वह बीच के पृष्ठों को देखकर स्तब्ध रह गया। उसमें नारी जनेन्द्रिय के आठ चित्र थे। शीर्षक था 'कौन कहता है सभी भगें एक जैसी होती हैं ?' इस घटना का बड़ा मनोरंजक उपसंहार हुआ। मेरी मुठभेड़ बम्बई कस्टम के मुख्याधिकारी से हो गई और मैंने उन्हें बता दिया कि

मेरी *प्लेबॉय* की प्रतियाँ लगातार अश्लीलता के कारण जब्त की जाती रही हैं जबकि *स्क्रू* नाम की एक वास्तव में अश्लील पत्रिका उनकी नजर से बच निकली। उन्होंने पूछताछ की तो पता लगा कि सम्बद्ध अफसर ने मान लिया था कि वह पत्रिका इंजीनियरिंग की है।

मैंने स्टाफ के जिन लोगों से बातचीत की उनमें आखिरी थीं 'आंटी वैन्डी'। हुआ यूँ कि वे उस समय महाराष्ट्र के एक वरिष्ठ मन्त्री रफीक़ ज़कारिया की पत्नी फ़ातिमा निकलीं। उन्हें *वीकली* से नियमित वेतन नहीं मिलता था लेकिन वे सप्ताह में एक बार अपनी सामग्री लाती थीं और उसका प्रूफ भी पढ़ती थीं। उन्हें बता दिया गया था कि मेरा इरादा 'आंटी वैन्डी' को बन्द करने का है, इसलिए वे पत्र से लैस होकर आई थीं जिसमें लिखा था कि वे भविष्य में पत्रिका के लिए नहीं लिखेंगी। मैंने पत्र को पढ़कर फाड़ दिया और उनसे कहा, 'मैं 'आंटी वैन्डी' को बर्खास्त कर रहा हूँ, आपको नहीं। अगर आप द *वीकली* से अपना रिश्ता कायम रखना चाहती हैं तो हम आपके करने के लिए कुछ दूसरी बातों पर विचार कर सकते हैं।' उन्होंने सिर हिलाकर हामी भरी और मुझे अपने पति और बच्चों से मिलाने के लिए घर पर डिनर का निमन्त्रण दिया।

ज़कारिया परिवार ने मेरे होश उड़ा दिए। वह परिवार बड़ा तूफानी था जहाँ सब एक-दूसरे पर जोर-जोर से चिल्लाते रहते थे। फिर कुछ देर के लिए थोड़ी शान्ति हो जाती थी। ज़कारिया साहब का अपने गुस्से पर कोई वश नहीं था। कोई नहीं कह सकता था कि वे कब भड़क उठेंगे। उनकी पत्नी अपेक्षाकृत संयत थीं। पर वे जो तय कर लेती थीं उसे लगातार पीछे पड़कर, पाकर छोड़ती थीं। वे बहुत खातिर करते थे पर आमन्त्रित उन्हीं लोगों को करते थे जिनसे कोई फायदा उठाया जा सकता हो। उन्हें राजनीति में मोरारजी देसाई उस समय लाए थे जब वे एक बार महाराष्ट्र के मुख्यमन्त्री थे। वर्षों तक ज़कारिया परिवार के बैठने के कमरे में मोरारजी देसाई का चित्र बड़े सम्मानपूर्वक टँगा रहा। जब वे सत्ता में नहीं रहे तो उनका चित्र हटाकर उसके स्थान पर महाराष्ट्र के तत्कालीन मुख्यमन्त्री यशवन्तराव चह्वाण का चित्र लगा दिया गया। ज़कारिया की राजनीतिक महत्त्वाकांक्षाओं को पूरा करने में उनकी पत्नी उनकी मदद करती थीं। वही उनके मिलने-जुलने के कार्यक्रम तय करतीं, रोज सुबह उनकी पुष्टि करतीं और उनकी फाइलों को व्यवस्थित करतीं। ज़कारिया अपने सहयोगियों से अपने को विशिष्ट यानी कुछ पढ़ा-लिखा व्यक्ति दिखाना चाहते थे। इस दिशा में भी उनकी पत्नी उनकी मदद करती थीं। वे उनके लिए सामग्री इकट्ठी करती थीं और वे जो लिखते थे उसका सम्पादन करती थीं। भारतीय इस्लाम पर एक पुस्तक लिखने के बाद, उन्होंने और उनकी पत्नी ने रज़िया सुलतान की काल्पनिक जीवनी लिखी। मैंने उसकी समीक्षा की जो अनुकूल नहीं थी। पर वे समझे कि मैंने उसकी प्रशंसा की है। ज़कारिया को शक था कि मुसलमानों के खिलाफ मेरे मन में पूर्वग्रह है। इस शक का क्या कारण था यह तो वही जानते होंगे। मैंने जब 'आंटी वैन्डी' का छुटकारा किया तो उन्होंने समझा कि वह एक मुसलमान को अंशकालिक सेवाओं से मुक्त करने का तरीका था। उनके बेटों का पालन-पोषण सिखों के बारे में घिसी-पिटी धारणाओं के साथ हुआ था कि सिख मुसलमानों से नफरत करते हैं और दोपहर

को उनका दिमाग चल जाता है। फ़ातिमा की माँ उन्हीं के साथ रहती थीं। वे स्थूलकाय महिला थीं। उन्होंने बेटों को सिख ड्राइवरों की टैक्सी लेने के खिलाफ सावधान कर दिया था। मैं उस घर में क्या करने आता हूँ, यह बात उनके ठीक-ठीक समझ में नहीं आई। अपने आखिरी समय तक वो मुझे छापेवाला कहती रहीं। उनकी गृहस्थी में जो और लोग थे उनमें एक गोवावासी था जिसका नाम था पास्कल लोबो, एक दुबली-पतली महाराष्ट्री नौकरानी, जिसके दाँत बाहर निकले थे जिसका नाम बसन्ती था और एक रसोइया था जिसने मुझसे कभी कोई बात नहीं की। मैं उसे 'हत्यारा' कहता था क्योंकि देखने में वह ऐसा लगता था मानो वह मेरे खाने में जहर मिला सकता है। वे एक विशाल सरकारी बँगले में रहते थे, जिस पर सशस्त्र पहरा रहता था और साथ ही एक आवारा कुत्ता जो वहाँ बस गया था। रसोइये और कुत्ते के अलावा मेरी बाकी सबसे अच्छी जान-पहचान हो गई थी। रसोइये ने मुझसे कभी बात नहीं की और जब भी मैं वहाँ आता-जाता था कुत्ता मुझ पर अपने दाँत निकालता था।

ज़कारिया परिवार के साथ जब मैंने पहली शाम गुजारी तो हम एक-दूसरे की थाह लेते रहे। उन्होंने मुझे स्कॉच पेश की। ज़कारिया ने बहाना किया कि कांग्रेस पार्टी का सदस्य होने के कारण वह शराब को हाथ नहीं लगाते। मुझसे कहा गया कि मैं किसी से इस बात का जिक्र न करूँ कि मुझे उनके घर में व्हिस्की पेश की गई थी। तीनों लड़के मंसूर (ज़कारिया की पहली बीवी से), अरशाद और फ़रीद अविश्वास से मुझे आँखें फाड़े घूरते रहे। ज़कारिया ने अपने दबाव डालनेवाले हथकंडे दिखाने शुरू किए। मैंने उनकी पत्नी को स्टाफ में स्थायी नौकरी क्यों नहीं दी ? वह कम्पनी के चेयरमैन, रिटायर्ड न्यायमूर्ति के. टी. देसाई और जनरल मैनेजर तरनेजा से बात कर लेंगे, लेकिन पहल मेरी तरफ से होनी चाहिए। मुझे अंदाजा नहीं था कि फ़ातिमा काम में कितनी अच्छी या बुरी साबित होगी, पर मैं अपने ऊपर पड़नेवाले दबाव का विरोध नहीं कर सका। मेरा खयाल था कि मैं उसे शुरू में उप-सम्पादक की जगह देकर देखूँ कि वह कैसा काम करती है लेकिन ज़कारिया ने उस प्रस्ताव को खुद लिखवाया जो मेरी तरफ से प्रबन्धकों को जाना था। उसके अनुसार फ़ातिमा ज़कारिया को तीन सहायक सम्पादकों में से एक जगह दी जानी थी। ज़कारिया ने देसाई और तरनेजा से बात की। प्रस्ताव फौरन मंजूर हो गया। कुछ ही दिनों में फ़ातिमा सहायक सम्पादक होकर आ गई और उसने धीरे-धीरे मेरे वरिष्ठतम सहायक के अधिकार हाथ में ले लिए। उसके पास से गुजरे बगैर कोई मुझसे मिल नहीं सकता था। मेरे लिए आनेवाले टेलीफोन पहले वह उठाती थी। यहाँ तक कि मेरा सामाजिक जीवन भी वही नियमित करने लगी। सप्ताह में कम-से-कम दो बार मैं उनके साथ डिनर खाता था। बाकी बचे दिनों में अगर मुझे बाहर खाने का निमन्त्रण नहीं होता, तो खाना मेरे अपार्टमेंट में भेज दिया जाता था। वह बेहद एकाधिकार जमानेवाली महिला साबित हुई। वह जिन औरतों और मर्दों को पसन्द नहीं करती थी उनके साथ मेरा दोस्ती करना उसे बिलकुल बर्दाश्त नहीं होता था। पर उसके चरित्र का एक बहुत धनात्मक पक्ष भी था। गोकि वह न लिखती थी न ही लिख सकती थी, पर वह लेखों को उपलब्ध करने और प्रकाशित करने की

व्यवस्था कर लेती थी। वह बहुत अच्छी सहायक थी और *द वीकली* की तरक्की के लिए उसने अपनी कोशिशों में कोई कसर नहीं उठा रखी थी। वह अपने काम और मेरे प्रति पूरी तरह समर्पित थी। उसके बगैर मेरे लिए पत्रिका को चलाना मुमकिन नहीं था।

कुछ ही दिनों में मेरी जिन्दगी एक ढर्रे पर चलने लगी। और सबसे एक घंटे पहले दफ्तर पहुँचना मैंने अपना नियम बना लिया। जब तक दूसरे लोगों का आना शुरू होता मैं अपनी डाक देख डालता और नए संस्करण के लिए लेखों का सम्पादन कर लेता था। मुझसे मिलने आनेवालों की कोई कमी नहीं थी। कार्टूनकार आर.के. लक्ष्मण आराम से आते, कॉफी का ऑर्डर देते और गपशप में सुबह का काफी समय बर्बाद कर देते। फ़ातिमा उनके साथ हमेशा अन्दर आती थी। इसके अलावा और भी जब कभी उसकी मर्जी होती। लक्ष्मण जिसे दूसरों का समय बर्बाद करने में कोई संकोच नहीं होता था, जब खुद काम में लगा होता तो किसी को अपने केबिन में आने की इजाजत नहीं देता था। मुझे उसका बुरा नहीं लगता था क्योंकि वह अच्छा गपबाज था और निश्चित रूप से प्रतिभाशाली था। मेरी राय में वह अपने समय का सबसे अच्छा कार्टूनकार था। दूसरा कार्टूनकार मारिओ मिरांडा अपेक्षाकृत अधिक लिहाज करता था। वह मेरे लिए अपनी क्षमता से अधिक काम करता था। उसने ही वह बल्ब लोगो डिजाइन किया था जिसमें मैं आज तक कैद हूँ।

सामान्य हालचाल पूछनेवालों और देश के बारे में सरोकार रखनेवाले लोगों का हिस्सा इसके अलावा अपनी जगह था। निरपवाद रूप से वे बातचीत इस सवाल से शुरू करते, 'यह देश कहाँ जा रहा है ?' मैं अक्सर दूसरे सम्पादकों के साथ लंच रूम में खाने के लिए पहुँच जाता था। मैंने खाने की सूची में हाथीचक्र और अवाकाडो पिअर्स जैसी नई चीजें जुड़वाईं। फिल्मी दुनिया, राजनीति और सामाजिक जीवन की कुछ मशहूर हस्तियों को अक्सर साथ खाने के लिए मैं आमन्त्रित कर लेता था। दोपहर का ज्यादातर समय प्रूफ पढ़ते गुजरता था। शुरू-शुरू में *द वीकली* के लिए फोटोग्राफ चुनने और उन पर शीर्षक लगाने का काम मैंने अपने हाथ में लिया था। बच्ची कांगा बहुत जल्दी यह काम सीख गई और मैंने इसकी जिम्मेदारी उस पर छोड़ दी। शुरू के कुछ महीनों तक मैं ऑफिस से सबसे आखिर में उठता था। मैं भीड़ भरी गलियों से होकर पारसी कुएँ के सामने से होता हुआ पैदल चर्चगेट जाता था। मैंने उन बिहारी भैया लोगों से दोस्ती कर ली थी जो पटरी पर अखबार और पत्रिकाएँ बेचते थे। मैं उनसे पूछता रहता कि *द इलस्ट्रेटेड वीकली* की बिक्री कैसी चल रही है। जहाँगीर के फ्लैट में लौटने पर बैला मेरा स्वागत करती—घरघराते, लार टपकाते और ठूँठ जैसी पूँछ की कमी पूरी करने के लिए अपना पिछड़ा हिलाते हुए। मैं उसके साथ खेलता रहता। तभी अचानक उसके कान खड़े हो जाते। वह इधर-उधर सिर हिलाकर यह तय करने की कोशिश करने लगती कि उसने सही सुना है। नीचे सड़क पर दौड़ती सैकड़ों गाड़ियों में से वह अपने मालिक की गाड़ी के इंजन को ठीक पहचान लेती। वह खुशी से तब तक भौंकती रहती और सिर उठाए दरवाजे पर खड़ी रहती जब तक एलिवेटर रुकता, और दरवाजा उसके मालिक के बाहर आने के लिए खुल नहीं जाता। उसके बाद उसे मेरी परवाह नहीं रहती।

धीरे-धीरे उन सभी लोगों से मेरी दुआ-सलाम होने लगी जो मुझे रास्ते में मिलते थे या उस कैफे में मिलते थे जहाँ मैं अक्सर जाया करता था। इसके अलावा डाभ बेचनेवालों से, पानवालों से, कुत्तों से, भिखारियों से और वेश्याओं से भी। मैंने ताजा डाभ पीने की आदत डाल ली। मुँह का जायका ताजा करने और ब्लैडर के विकारों को दूर करने में दुनिया की कोई चीज इसका मुकाबला नहीं कर सकती। मुझे पान खाने की भयंकर लत पड़ गई। हर खाने के बाद मुझसे पान खाए बगैर नहीं रह जाता था और अपने काम में ध्यान लगाने के लिए मुँह में किसी चीज को चबाते रहना मुझे जरूरी लगता था। दाँत के डॉक्टरों ने मुझे सावधान किया कि मैं अपने दाँतों का नाश कर रहा हूँ और मुँह और गले के कैंसर की जोखिम उठा रहा हूँ। मैंने उनकी चेतावनी की परवाह नहीं की।

चर्चगेट उच्च मध्यवर्गीय लोगों का इलाका था, इसलिए वहाँ बहुत रंडियाँ नहीं थीं। अगर रही भी होंगी तो मुझे उन्हें पहचानने में समय लगा। एक दिन डिनर के बाद जब मैं घर लौट रहा था तो सड़क बत्ती के नीचे खड़ी एक महिला ने मुझसे समय पूछा। गंगाबाई घंटाघर हमारे ठीम सामने था, लेकिन मैंने अपनी घड़ी देखकर उसे ठीक समय बता दिया। उसने परिष्कृत उर्दू में कहा, 'बहुत शुक्रिया, सरदार साहब।' मैं जब लिफ्ट के ऊपर जा रहा था तो मुझे खयाल आया कि वह महिला मुझे प्रस्तावित करना चाहती थी। एक और लड़की ने भी मेरा ध्यान आकर्षित किया था। वह एक गैस स्टेशन के पास पटरी पर खड़ी थी। दो-एक पानवाले और एक भेलपूरीवाले भी उस रास्ते पर बैठे रहते थे जो पम्प की तरफ जाता था। वह भिखारिन थी। उसकी उम्र पन्द्रह-सोलह होगी। भेलपूरीवाले से उसकी मित्रता थी। वह अपना बचा-खुचा खोमचा उसे दे देता था। मैंने उसे न कभी किसी को आमन्त्रित करते देखा और न ही अजनबियों की तरफ ताकते। उसका दिमागी सन्तुलन ठीक नहीं था और लगता था कि उसके पति ने उसे घर से निकाल दिया है। मैंने पानवाले और भेलपूरीवाले के साथ बात करते हुए उसे भी बातचीत में शामिल करने की बहुत कोशिश की, पर उसने मेरी उपेक्षा कर दी। जून के दूसरे हफ्ते में बम्बई में बारिश के बाद उसकी जो हालत हुई उसे देखने का मौका मिला। वर्षा के आरम्भ का समय वहाँ देखने लायक होता है। वर्षा आरम्भ होने से हफ्तों पहले चर्चगेट के आसपास की पटरियों पर लोग छतरियाँ और गमबूट बेचने लगते हैं। बारिश धुआँधार होती है और सड़कों पर घुटनों तक पानी भर जाता है। मेरे मन में जिज्ञासा थी कि आखिर यह भिखारिन इस तूफानी मौसम का मुकाबला कैसे करेगी। ऐसे दिनों में भेलपूरीवाले के पास भी बहुत ग्राहक नहीं आते होंगे। मैंने सोचा कि मैं उस लड़की के लिए शाम का खाना खरीद दूँगा। जब मैं अपने लिए पान लेने गया तो भेलपूरीवाला वहाँ नहीं था। लड़की एक दुकान की सीढ़ियों पर गठरी बनी पड़ी थी। ये सीढ़ियाँ भँवर खाते बारिश के पानी से मुश्किल से एक इंच ऊपर थीं। उसके पास रहन-सहन का कोई सामान नहीं था, बदलने के लिए एक जोड़ी कपड़े तक नहीं। वह रात-भर मेरे दिमाग में छाई रही।

अगले दिन सुबह जब मैं सोकर उठा तो गंगाबाई घंटाघर में पाँच बजे थे। सारी रात वर्षा हुई थी और मैदान में इतनी बाढ़ आ गई थी कि वह तालाब की तरह लग रहा था।

उस समय फुहार-सी पड़ रही थी लेकिन आसमान पर बादल घिरे थे। भोर के धुँधलके में, मैंने गन्दी सफेद धोती में लिपटी एक नारी मूर्ति को मैदान के बीच देखा। घुटनों के बल बैठी वह एक टीन के डिब्बे से अपनी जाँघों के बीच पानी के छपाके मार रही थी। जाहिर था कि कहीं झोंपड़ियों के पीछे निबटने के बाद वह अपनी सफाई कर रही थी। मैंने अपनी दूरबीन निकालकर उस पर फोकस किया। अपनी धुलाई करने के बाद उसने चारों तरफ इस नजर से देखा कि कोई उसे देख तो नहीं रहा। उसके बाद उसने धोती उतारकर बारिश के गँदले पानी को अपने ऊपर उँडेलना शुरू किया। ऐसा करते हुए उसने अपनी छातियों और शरीर के बीच की जगह पर खास ध्यान दिया। यह वही भिखारिन थी। मैं उसे बराबर देखता रहा तब तक, जब तक उसने वही गन्दी धोती अपने गीले शरीर पर लपेट ली और कीचड़ में से रास्ता बनाते हुए चर्चगेट स्टेशन पर अपने ठिकाने पर लौट आई। ऐसा क्योंकर हुआ कि पाप में डूबे इस शहर में किसी का ध्यान इस भिखारिन की तरफ नहीं गया ? मुझे कुछ दिनों के बाद इसका जवाब मिल गया। जिस पटरी पर उसका आवास था मैं उसके पास से रोज गुज़रता था लेकिन वह दिखाई नहीं पड़ रही थी। क्या उसका पति उसे वापस ले गया ? मैं अपनी जिज्ञासा को जब्त नहीं कर सका। मैंने भेल खरीदने का बहाना बनाया गोकि उसे खाने का मेरा कोई इरादा नहीं था। मैंने बड़ी सहजता से भेलवाले से इसके बारे में पूछा। जवाब देते हुए उसका गला भर आया, 'कुछ न पूछो सरदारजी, भडुए फुसला के ले गए।' बिचारी का अन्त शायद कमतीपुरा के किसी कोठे पर हुआ।

वर्षा के कुछ और अनुभव भी हुए। मुझे ऑफिस अक्सर एक फालतू कमीज लेकर, हाथ में चप्पल उठाए गँदले पानी को पार करके जाना पड़ता था। जब मूसलाधार वर्षा होती थी तो छतरी मेरी तरबतर होती पगड़ी की नाममात्र की हिफाजत ही कर पाती थी। कुछ और आकस्मिक संकट भी आ पड़ते थे। एक दिन सुबह के वक्त जब मैं फ्लोरा फाउंटेन के पास पहुँचा तो मैंने देखा कि एक बड़ा **सीवर रैट*** मेरी तरफ आ रहा है। ऊपर से चील-कौवे झपट्टा मारकर पकड़ने के लिए उसका पीछा कर रहे थे। मैंने सोचा सड़क पार कर लेना सुरक्षित रहेगा। चूहे ने भी यही सोचा। मैं सड़क के बीच में था कि वह हड़बड़ाकर मेरी तरफ दौड़ा। अपने हमलावरों से बचाव की कोई दूसरी जगह न मिलने के कारण वह मेरी टाँगों के बीच में दुबक गया। वह पंजों के सहारे मेरी पतलून पर चढ़ने की कोशिश करने लगा। मैं पागलों की तरह चूहे को अपनी टाँग से झटकने के लिए उछल-कूद कर रहा था और उधर सिर पर मँडराते हुए चील-कौवों को भगाने के लिए अपनी छतरी को भाँज रहा था। इस तमाशे को देखने के लिए पटरी पर भीड़ जमा हो गई। मैंने जैसे-तैसे चूहे से पिंड छुड़ाया और सुरक्षा के लिए दौड़ा। देखनेवालों से सहानुभूति मिलना तो दूर, उनमें से एक ने व्यंग्य किया, **'अरे सरदारजी, चूहा से डर गया।'** मैंने विरोध करना चाहा कि वह चूहा (माउस) नहीं था, बड़ा सीवर रैट था पर तभी मुझे खयाल आया

---

* बड़े आकार का चूहा जिसे अंग्रेजी में 'नार्वे रैट' भी कहते हैं।

कि हिन्दी में **माउस** और **रैट** के बीच फर्क करनेवाला कोई शब्द नहीं है। बाद में यह भी याद आया कि किसी भारतीय भाषा में छोटे-से चूहे और बिल्ली के माप के मुच्छड़ चूहे के लिए अलग-अलग शब्द नहीं हैं। इस जाति के जीव में ये लोग दो ही प्रकारों को जानते हैं—चूहे और घूँस। हमारी भाषाओं में **स्नो** और **आइस** के बीच में कोई अन्तर नहीं किया जाता। दोनों बर्फ हैं। इसी तरह **सीगल** के लिए भी हमारे यहाँ कोई शब्द नहीं है—वह महज जलकौआ है। यद्यपि हमारे समुद्रतटों पर सीगलों की दर्जन से अधिक किस्में हैं।

मेरे दफ्तर में भी कुछ मनोरंजक घटनाएँ घटीं। एक दोपहर मूर्तिकार फ्रीदा ब्रिलिएंट और उसके पति हर्बर्ट मार्शल मुझसे मिलने आए। वे कृष्ण मेनन के घनिष्ठ मित्र थे। उसने कृष्ण मेनन का एक बहुत अच्छा काँसे का सिर बनाया था। मार्शल रूसी साहित्य के विद्वान थे और मायकोव्स्की की कविताओं का अंग्रेजी अनुवाद प्रकाशित कराया था। कुछ ज्यादा उत्साही होने के कारण वे मुझे पसन्द नहीं थे। इसलिए मैंने उनसे दूरी बनाए रखी। जाहिर है उन्हें इस बात का अंदाजा नहीं था। वह बाँहें फैलाए बड़ा लाड़-प्यार उँडेलती हुई आई, 'डार्लिंग, डार्लिंग खुशी ! तुम कैसे हो ?' मैंने बड़ी विनम्रता से पूछा कि वे भारत में क्या कर रहे हैं, और उनके लिए चाय का ऑर्डर दे दिया। वह नेशनल आर्ट गैलरी के साथ अपने बनाए नेहरू और मेनन के सिरों का सौदा तय कर रही थी और कोशिश कर रही थी कि उसे कुछ और काम मिल जाएँ। वे भारतीय हथकरघा प्रदर्शनी से होकर आए थे और भड़कीले रंगों की एक कमीज वहाँ से खरीद लाए थे। उस कमीज में छोटे गोल शीशे भरे थे। उसने वह कमीज मुझे दिखाकर कहा, 'यह कमीज मुझ पर अच्छी लगेगी न।' मैंने उसे विश्वास दिलाया कि वह उस पर अच्छी लगेगी। 'मैं इसे पहनकर तुम्हें दिखाती हूँ।' उसने कहा, 'तुम दोनों अपना मुँह दीवार की तरफ घुमा लो ताकि मैं अपनी कमीज बदल लूँ।' मैंने और उसके पति ने उसके आदेश का पालन करते हुए दीवार की तरफ अपने मुँह घुमा लिए। अचानक फ्रीदा चिल्लाई, 'बाहर निकलो।' उसके चिल्लाने के साथ चीनी के बर्तन टूटने की आवाज आई। हम देखने के लिए घूमे कि हुआ क्या। देखा की फ्रीदा अपने नंगे वक्ष को अपने हाथों से ढकने की कोशिश कर रही है। जो बैरा अन्दर आया था उसने मेमसाहब को अधनंगा देखकर घबराहट के मारे हाथ से ट्रे गिरा दी थी। यह कहानी कई दिनों तक दफ्तर में घूमती रही।

इसी तरह की एक घटना और हुई। पैगी होलरोयड मेरे साथ एक दोपहर बिताने के लिए आई। वह दिल्ली से ट्रेन से आई थी और उसे रात की उड़ान से अपने घर आस्ट्रेलिया लौटना था। मैंने उसे बम्बई सेंट्रल से साथ लिया और अपने अपार्टमेंट पर छोड़ दिया (उस समय मैं सेंटिनल हाऊस, कोलाबा में रहता था) और दफ्तर लौट आया। कुछ देर आराम करके पैगी नहाने के लिए गुसलखाने में गई। तभी दरवाजे की घंटी बजी। उसने तौलिया उठाकर बदन पोंछते हुए दरवाजा खोल दिया। दरवाजे पर फ़ातिमा ज़कारिया का नौकर पास्कल लोबो मेरे शाम के खाने का टिफिन लिए खड़ा था। पास्कल सकपका गया। पैगी पर कोई असर नहीं था। जितनी देर में पास्कल रसोईघर में मेरा टिफिन रखकर तेजी से लौटा, वह अपना बदन पोंछती रही। मुझे ज़कारिया परिवार में इस घटना की दूर तक

जवाबदेही करनी पड़ी। मेरे आने के समय मिसेज़ होलरोयड ने बिना कपड़े पहने दरवाजा कैसे खोल दिया ? मैं उन्हें कितनी अच्छी तरह जानता हूँ ? आदि, आदि। मेरे यह कहने का कोई मतलब नहीं रह गया था कि पैगी उस तरह की लड़की है या फिर वह उस तरह की लड़की नहीं है।

इसके बाद का किस्सा एक प्यारी-सी इतालवी लड़की—मार्सिया ग्राजियानो का था। वह आचार्य रजनीश की शिष्या थी। वह युवा थी। उसका कद छोटा था। उसके बाल मटियाले-से सुनहरे थे और आँखें सलेटी थीं। वह अपने सिर पर गेरुआ पट्टा बाँधे रहती थी और एक कमीज और तहमद पहनती थी। वह साध्वी के वेश में बेहद आकर्षक लगती थी। वह बहुत गम्भीर थी और कम मुस्कुराती थी। वह चाहती थी कि मैं उसके गुरु से मिलूँ, उनके प्रकाशित उपदेश पढ़ूँ और उनका चेला हो जाऊँ। वह मेरे पास ढेर-सी पुस्तिकाएँ छोड़ गई थी। जब वह दूसरी या तीसरी बार मेरे पास आई तो मैंने उसे इशारा करने की कोशिश की, 'मार्सिया, तुम मुझे अपने सम्प्रदाय में दीक्षित करना चाहती हो ? मैं बिलकुल तैयार हूँ। इसके लिए मुझे तुम्हारे गुरु से मिलने की जरूरत नहीं है, न ही वे सब किताबें पढ़ने की जो तुम मेरे पास लाती हो। मेरी कीमत कुछ और है।' वह ऐसी बन गई जैसे उसने मेरी बात समझी ही न हो। जब उसके बाद वह फिर मेरे पास आई तो मैंने अपने प्रस्ताव को दोहराया। उसने अपनी सलेटी आँखें मुझ पर टिकाकर पूछा, 'तुम मेरे साथ सोना चाहते हो ? यही बात है न ? अगर तुम्हें मेरा शरीर पसन्द है तो तुम इसे ले सकते हो। शरीर कुछ नहीं है, वास्तविक महत्त्व मन और आत्मा का है।' सीधे-सीधे इस तरह ठंडेपन से सम्भोग के प्रस्ताव ने मेरे उत्साह पर पानी फेर दिया। मुझे इस बात में सन्देह नहीं था कि अगर मैं उसे बिस्तर पर ले जाता तो वह अपनी ओर से वायदा निभाती। पर वह मुझे यह साबित करके दिखा देती कि आत्मा के अभाव में शारीरिक सम्बन्ध का कोई विशेष अर्थ नहीं होता। मार्सिया मेरी मित्र हो गई। जब वह इटली लौट गई तब हमारे बीच पत्र-व्यवहार चलता रहा। जब मैं बेलागिओ जा रहा था तो उसने रोम में मुझे और मेरी पत्नी को शानदार इटालियन डिनर खिलाया। अगली बार मैं उससे लॉस एंजेलेस में मिला तो उसने एक टी.वी. फिल्म प्रोड्यूसर से शादी कर ली थी और उसका वैवाहिक जीवन सुखी लग रहा था।

बम्बई में मेरे जीवन में दो ऐसे चरित्र आए जो उपन्यास के बहुत अच्छे विषय हो सकते हैं। ये थे अनीस जंग और ए.जी. नूरानी। अनीस से मेरी मुलाकात पहले भी हुई थी—उस समय जब मैं अमरीकी विद्यार्थियों की टोली को दुनिया घुमा रहा था। उसने मुझसे अपना परिचय यह कहकर कराया कि वह साहित्य की डिग्री लेकर हाल ही में अमरीका से लौटी है। हमारे बेटे राहुल से उसकी मुलाकात बम्बई में हुई थी और राहुल ने उससे कहा था कि वह हमसे सम्पर्क करे। अनीस लोगों से मेलजोल करने का यही तरीका अपनाती थी। मेरी पत्नी की नजर में राहुल का कोई भी मित्र परिवार का मित्र होता था अतः उसे लंच का निमन्त्रण दिया गया। वह बातचीत करने में बहुत माहिर थी। वह अंग्रेजी ऐसी बोलती थी कि जिसके उच्चारण में रत्तीभर अमरीकी प्रभाव नहीं था और उर्दू अनोखी

हैदराबादी शैली में जो मुझे बहुत प्रिय लगी।

अनीस लोगों के नाम लेकर रौब डालने के मामले में लाइलाज थी। यूँ वह जिन लोगों के नाम लेती थी उन्हें जानती भी थी। वह कल्पना की दुनिया में जीती थी। वह मुझे हैदराबाद के कुलीन घरानों के बारे में बताया करती, जिनमें जाह, दौलाह और जंग, और उसके अपने पिता नवाब होशियार जंग शामिल थे। उसका कहना था कि वे निजाम सरकार में मन्त्री थे। वास्तव में वे सिर्फ एक मुसाहिब थे जिसकी बातचीत का ढंग निजाम को पसन्द था। मुझे यकीन है कि यह प्रवृत्ति अनीस ने अपने पिता से विरासत में पाई थी क्योंकि बातचीत में वह उन तमाम महिलाओं से ज्यादा आकर्षक थी, जिन्हें मैं जानता था। वह मुझसे उनके महलनुमा घरों के बारे में बताती थी जिनमें वे रहा करते थे, और उन अंग्रेज गवर्नेसों के बारे में भी जिन्हें वे नौकर रखते थे। खानदान की वह दौलत कहाँ गायब हो गई, इसके बारे में मुझे कभी कुछ नहीं बताया गया।

अनीस मेरी जिन्दगी में दुबारा तब प्रकट हुई जब मैं *द इलस्ट्रेटड वीकली* का सम्पादन कर रहा था। उसने *यूथ टाइम्स* के सम्पादक पद के लिए आवेदन दिया था। *द टाइम्स ऑफ इंडिया* ग्रुप इस नई मासिक पत्रिका को दिल्ली से आरम्भ करने की योजना बना रहा था। इंटरव्यू बोर्ड के सदस्य चेयरमैन न्यायमूर्ति देसाई, रजनी पटेल, राम तरनेजा और मैं थे। उसने पटेल और तरनेजा को पहले ही पटा लिया था पर वह देसाई से नहीं मिल सकी थी। पटेल और तरनेजा ने सुझाव दिया कि पूरा पैनल एक दर्जन से अधिक आवेदकों का साक्षात्कार करे, इसके बजाय इस निर्णय को मुझ पर छोड़ दिया जाए। उस समय प्रबन्धकों के बीच मेरा भाव बहुत ऊँचा था। मैंने अनीस का चुनाव कर लिया। अनीस ने अपना दफ्तर दिल्ली की *द टाइम्स ऑफ इंडिया* बिल्डिंग में बनाया। कुछ ही हफ्तों में वह राम तरनेजा की बड़ी चहेती हो गई, उस तरनेजा की जिसका उस समय सबसे ज्यादा दबदबा था। बहुत जल्दी वे जनरल मैनेजर उसके करीब आते चले गए! शुरू-शुरू में वह उन्हें तरनेजा कहती थी, फिर राम कहने लगी और अन्ततः उसने उन्हें तनु कहना शुरू कर दिया। वह जब चाहती तब बम्बई आती-जाती रहती। उसने मुझसे सम्बन्ध बनाए रखा पर वह फ़ातिमा ज़कारिया को बर्दाश्त नहीं कर पाती थी। फ़ातिमा भी उसे बर्दाश्त नहीं कर पाती थी। जब भी वह बम्बई में होती थी तो हर शाम को वह जानबूझकर ड्योढ़ी में पार्क की हुई तरनेजा की गाड़ी में बैठ जाती, ताकि दफ्तर से घर जानेवाले लोग उसे जनरल मैनेजर की गाड़ी में देख लें और सही संकेत ग्रहण कर लें। उसका प्रभाव था। अनीस बड़े लोगों के नाम लेकर रौब जमाए बगैर रह नहीं सकती थी। वह आदतन शेरों की तलाश करती, सिर्फ ऊँचे ओहदोंवाले लोगों के साथ रहती। अधिकांश औरतों की बुराई करती, जिनमें मेरी पत्नी भी शामिल थी और मुझे पहले ऊँचे और शक्तिशाली लोगों को फतह करने की अनन्त कहानियाँ सुनाती रहती और फिर उनसे एकदम मुकर जाती। इसके बावजूद यह अजीब बात है कि मैंने न सिर्फ उससे दोस्ती कायम रखी, बल्कि बाद के सालों में मुझे तमाम दूसरी औरतों के मुकाबले उसके साथ रहने की इच्छा रहने लगी।

ए.जी. नूरानी बिलकुल अलग किस्म का व्यक्ति था। वह वकील और पत्रकार था।

साथ ही मेरे मिलनेवालों में बेहद झगड़ालू, लड़ाका और तुनकमिजाज था। कानून की जानकारी के बावजूद उसकी प्रैक्टिस बहुत नहीं चलती थी क्योंकि वह अपने मुवक्किलों, साथियों और जजों से झगड़े मोल लेता रहता था। लेकिन उसने एक पत्रकार के रूप में राजनीति, संविधान और ऊँचे स्थानों पर भ्रष्टाचार के बारे में लिखकर कमाना शुरू कर दिया था। वह अपने तथ्यों की बड़ी सतर्कता से जाँच-पड़ताल करके उन्हें बड़ी स्पष्टता से प्रस्तुत करता था। हमारी दोस्ती हो गई। उसका कहना था कि जीवन में उसकी दो बातों में ही दिलचस्पी है—वकालत और सियासत। इसके साथ उसकी दिलचस्पी एक बात में और थी।

हमारी दोस्ती एक-दो साल चली। हम दोनों लगभग रोज शाम को मेरिन ड्राइव पर टहलने के लिए निकलते। मेरे फ्लैट में लौटकर वह संतरे का रस सुड़कता रहता (वह शराब बिलकुल नहीं पीता था) और मैं अपनी स्कॉच की खुराक पूरी करता। फिर हम दोनों खाना खाने निकलते। हम बारी-बारी से पड़ोस के विभिन्न रेस्तराँ आजमाते। शुरू-शुरू में वह बहुत सलीके से और गम्भीर रहता था। वह यूरोपीय वेशभूषा पहनता। गर्म से गर्म दिन में भी टाई, मोजे और जूते पहन लेता। वह अपने रूप-रंग के बारे में बहुत सजग रहता था। वह बार-बार अपने तेल लगे बालों को हाथ से सँवारता और शीशे के सामने खड़े होकर बाहर निकलने से पहले अपने ऊपर आखिरी नजर डालता। वह अपने को कल्पना में आनेवाले समय के मोहम्मद अली जिन्ना के रूप में देखता—उसके व्यवहार में वैसा ही संयम और वैचारिक स्पष्टता थी। मेरी अश्लीलता के प्रभाव में जल्दी ही वह भी ढीला पड़ गया। उसके पास अश्लील शेरों और भद्‌दे मजाकों का जो जखीरा था, उसे देखकर मुझे सुखद आश्चर्य हुआ। यह उसके व्यक्तित्व का ऐसा पक्ष था जिसे वह किसी और के सामने प्रकट नहीं करता था, न ही गोरी औरतों के लिए अपने झुकाव को वह जाहिर होने देता था। वह चाहता तो बहुत भोला-भाला बन सकता था। एक बार दो कनाडियन लड़कियाँ किसी से परिचयपत्र लेकर मुझसे मिलने आईं। वे दोनों फिल्म प्रोड्यूसर थीं। हम उन्हें डिनर के लिए बाहर ले गए। खाने के बाद हम लोग उनके साथ उनके होटल तक पैदल चले गए। मैं और स्यू डेक्सटर, जो छह फुट लम्बी थी, आगे-आगे चल रहे थे। हमसे कुछ पीछे छोटी और कुछ कमउम्र लड़की नूरानी के साथ आ रही थी। जब हमने उनसे बिदा ली तो मैंने देखा कि नूरानी बहुत उत्तेजित है। 'प्यार तुझे मालूम है उस लड़कीं ने मुझसे क्या कहा जब मैंने उससे पूछा कि क्या वह शादीशुदा है ? तो उसने जवाब दिया—हाँ मैं शादीशुदा हूँ लेकिन मैं अवैध सम्बन्ध रखती हूँ—अब तुम्हीं बताओ इसका क्या मतलब है, सिवाय इसके कि यह साथ सोने के लिए खुला निमन्त्रण है ?'

इसके बाद कुछ दिन तक नूरानी उस लड़की को घेरने की कोशिश करता रहा। उसने अपने अकेले के अपार्टमेंट में उसे फोन करके निमन्त्रित किया। लड़की उसके पीछे पड़ने से तंग आ गई और आखिर उसने मुझसे फोन करके नूरानी से उसका पीछा छुड़ाने के लिए कहा। मैंने उससे पूछा, 'क्या तुमने उससे कहा था कि तुम अवैध सम्बन्ध रखती हो ?'

'हाँ ! पर इसका मतलब यह तो नहीं था कि मैं उसके साथ ऐसा करने को तैयार हूँ।'

इस असफलता का नूरानी पर कोई असर नहीं हुआ और वह एक तलाकशुदा बेलजियन पर चालू हो गया। उसका परिचय भी नूरानी से मैंने ही कराया था। उसके पास एक बड़ी गाड़ी थी और वह नूरानी को उसमें जुहू समुद्रतट पर लम्बे ड्राइव के लिए ले जाती थी। लेकिन हर बार लौटते समय उसकी गाड़ी में पेट्रोल खत्म हो जाता और वह कहती कि वह अपना पर्स लाना भूल गई है। नूरानी ने कई बार पेट्रोल के पैसे दिए पर उस महिला ने उसे पास फटकने नहीं दिया। ठीक ऐसा ही वाणिज्य दूतावास में एक बहुत सुन्दर जर्मन सेक्रेटरी के साथ हुआ। वह उसका तब तक पीछा करता रहा जब तक वह उससे तंग नहीं आ गई। कुछ समय के लिए उसने मेरे अपार्टमेंट के पीछे एक बोर्डिंग हाउस में एक कमरा ले लिया। मैंने नूरानी को यह कहकर खूब यातना दी कि मैंने अक्सर उसे बिना कपड़े पहने गुसलखाने के भीतर बाहर जाते-आते देखा है। अन्ततः एक धनी गुजराती व्यापारी ने उस लड़की को पटा लिया और नूरानी ठंडे पड़ गए।

मैंने सोचा कि अनीस जंग और नूरानी की जोड़ी अच्छी रहेगी। उन्होंने एक-दूसरे के बारे में सुना था। एक-दूसरे के लेख भी पढ़े थे पर उनकी कभी मुलाकात नहीं हुई थी। किसी कृपालु ने विवाह की बात को ध्यान में रखते हुए दिल्ली में उनके मिलने की व्यवस्था कर दी।

वे ओबराय में सुबह की कॉफी पीते हुए इस पर बात करने के लिए राजी हो गए। नूरानी समय का बहुत पाबन्द था। अनीस इस बारे में उतनी सावधान नहीं थी। ओबराय में कई रेस्तराँ हैं और यह तय नहीं किया था कि नियति से उनकी भेंट कहाँ होनी है। नूरानी बेताबी से एक रेस्तराँ में एक मंजिल पर इंतजार करता रहा। अनीस शान्ति से दूसरे में बैठी उस व्यक्ति को पहचानने की कोशिश करती रही, जो नूरानी हो। आधे घंटे के बाद नूरानी ने निर्णय लिया कि जो महिला उसे इतनी देर इंतजार करा सकती है, वह परिचय के लायक नहीं है। उसी समय अनीस ने तय किया कि वह काफी इंतजार कर चुकी है। दोनों एक ही एलीवेटर में इकट्ठे हो गए। नूरानी गुस्से में था। उसने उसे नीचा दिखाने का मौका नहीं छोड़ा, 'शायद आप मिस जूँग हैं ?' उसने जानबूझकर उसके नाम का गलत उच्चारण जूँग करते हुए पूछा।

'हाँ, मैं अनीस जंग हूँ,' अनीस ने जवाब दिया।

नूरानी ने अपनी कलाई की घड़ी में समय की तरफ इशारा करते हुए कहा, 'आपको मुझे ग्यारह बजे मिलना था। अब वक्त साढ़े ग्यारह से भी ज्यादा हो गया है।' अनीस ने सफाई देने की कोशिश की कि वह दूसरे रेस्तराँ में इंतजार कर रही थी। पर नूरानी का मिजाज ठंडा नहीं हुआ। दोनों ने लड़ना शुरू कर दिया। जो मुलाकात दो प्रेमियों के बीच कराने की योजना बनाई गई थी उसका अन्त गुस्सैली भाषा के आदान-प्रदान में और बिना कॉफी की रूखी बिदाई में हुआ।

अब *द वीकली* की चर्चा की जाए।

मैंने सोचा कि सबसे अच्छा तरीका यह होगा कि मैं खुद कुछ लिखूँ ताकि मेरे सहयोगियों को इस बात का स्पष्ट अंदाजा हो जाए कि मेरे मन में क्या है। पत्रिका के

लिए जो विवरण आते थे मुझे उनका बेरहमी से सम्पादन करना पड़ता था और कभी-कभी उन्हें लगभग दुबारा लिखना पड़ता था। उन्हें भेजनेवाले अपना नाम छपा देखकर और दूसरी पत्रिकाओं की तुलना में ज्यादा पारिश्रमिक पाकर खुश रहते थे। सम्पादक की हैसियत से जो पहला वृत्तान्त मैंने खुद लिखा वह रामन राघव के मुकदमे पर था। इस आदमी ने झुग्गी-झोपड़ी में रहनेवाले तीस-चालीस के बीच आदमी-औरतों और बच्चों के सिर एक लोहे के डंडे से फाड़ दिए थे। उसका मुकदमा बम्बई के एक सेशन जज की अदालत में चलनेवाला था। मैंने सरकारी वकील से बात करके उसकी फाइलें देखने के लिए ले ली थीं। मैंने पुलिस से इसकी इजाजत भी ले ली थी कि जब राघव को कोर्ट में लाया जाए उस समय उसकी फोटो ले लूँ। फोटोग्राफर जितेन्द्र आर्य मेरे साथ था।

जब हथकड़ी-बेड़ी में राघव को काली मारिया से बाहर निकाला गया मैंने आर्य से कैमरे के साथ तैयार रहने के लिए कहा। राघव काले रंग का, हट्टा-कट्टा, मजबूत कद-काठी का आदमी था। उसकी उम्र पैंतालीस के आसपास रही होगी। जैसे ही उसने फोटोग्राफर को देखा वह चिल्लाने और सबको गन्दी-गन्दी गालियाँ देते हुए उछलने-कूदने लगा। मैंने आर्य से चिल्लाकर कहा, 'उसकी तस्वीर अभी खींच लो।' 'उसे शान्त हो जाने दो,' आर्य ने जवाब दिया। मैं समझ गया कि आर्य कभी गुनहगारों की फोटो नहीं ले सकता। उसे मशहूर लोगों और नग्न वक्षवाली लड़कियों के फोटो ही लेते रहने चाहिए। आखिर उसने जो फोटो खींची वह एकदम सामान्य थी। मैं मुकदमे के दौरान तीनों दिन सेशन कोर्ट में बैठा रहा। राघव अपने गुनाहों को स्वीकार करने के लिए पूरी तरह तैयार था। उसने पुलिस से और उस मजिस्ट्रेट से जिसने उसे सेशन सुपुर्द किया था, जो कुछ कबूल किया था वह भी दोहरा दिया। उसे वह भारी लोहे की छड़ दिखाई गई जिसे उसने हथियार की तरह इस्तेमाल किया था। उसने बड़े प्यार से उसे हाथ में ऐसे लिया जैसे वह उसका जिगरी दोस्त हो। एक क्षण के लिए कचहरी में मौजूद हर आदमी घबरा गया। 'डरिए नहीं,' उसने हमें यकीन दिलाया। 'मैं आपमें से किसी की जान नहीं लूँगा।' जज के प्रति उसके रवैये में काफी लापरवाही थी। जब उसके सामने उन लोगों के नाम पढ़े गए और उससे पूछा गया कि क्या उसने उन लोगों को कत्ल किया है, तो उसने जवाब दिया, 'हाँ, किया है। मैंने उन सबका कत्ल किया है और आप मुझे फाँसी दे सकते हैं। मुझे मौत से डर नहीं लगता।' यह बात साफ थी कि वह मनोरोगी है और सफाई के वकील को पागलपन की बिना पर बहस करनी चाहिए थी। जब सेशन जज ने उसे फाँसी की सजा सुनाई तो रामन राघव पर कोई भावात्मक प्रतिक्रिया नहीं हुई। हाईकोर्ट से फाँसी की सजा की पुष्टि होनी थी। कोर्ट ने उसकी डॉक्टरी जाँच कराई और उसे पागल करार दे दिया। मरने से पहले उसने कई साल पागलखाने में जंजीरों से बँधे हुए गुजारे।

किसी और अखबार या पत्रिका ने रामन राघव के मुकदमे का विवरण इतने विस्तार से नहीं छापा जितना *द वीकली* ने। हमारी बिक्री बढ़ने लगी। मैंने अगली बार ग़ज़ल गायिका शकीला बानो भोपाली को विषय बनाया। मैंने उसे दिल्ली में गाते सुना था। वह गोरी, गोल चेहरेवाली, बीस-तीस के बीच की उम्र की महिला थी। उसमें ऊँचे वर्ग की वेश्या

का-सा चटपटापन था। उसकी आवाज में कोई खास बात नहीं थी। लेकिन वह इस कमी को अपने गानों के बीच में जोशीले हँसी-ठट्ठे और अश्लील मजाकों के सहारे पूरा कर लेती थी। उसमें खास किस्म का घटियापन था। पर वह उन तमाम लोगों को अत्यधिक प्रिय थी जो अपने को उर्दू शायदी के कद्रदान समझते थे। अपने बारे में अंग्रेजी की पत्रिका में लिखे जाने के खयाल से वह बहुत खुश थी। आर्य ने उसके प्रोग्राम करते समय के कई फोटोग्राफ लिए थे। मैंने कवर पर उसकी तस्वीर छापी और उस पर एक लम्बा लेख लिखा। इस लेख में मैंने उसकी पृष्ठभूमि देते हुए अपनी माँ जमीला बानो से उसने जो प्रशिक्षण हासिल किया था उसका ब्यौरा दिया। शकीला बहुत प्रसन्न हुई। ग़ज़ल गानेवालों में उसका भाव बढ़ गया और उसने अपनी फीस दुगुनी कर दी। बहुत-से पाठकों ने एतराज किया कि इस प्रतिष्ठित पत्रिका को क्या हो गया है कि इसमें हत्यारों और गानेवालियों पर प्रमुख लेख छपने लगे हैं।

मैंने इस सिलसिले को फूहड़ कैबरों पर एक फीचर लिखकर जारी रखा। मैंने एक फोटोग्राफ छापा जिसमें एक जोड़ा नाममात्र के कपड़े पहने हुए टेंगो नाच रहा था। वे दोनों आपस में इतने सटे हुए थे कि ऐसा लगता था मानो वे मैथुन कर रहे हों। कार्यकारी जनरल मैनेजर मानकेकर ने अपनी नाराजगी प्रकट करने के लिए मुझे अपने कमरे में बुला भेजा। मैंने उससे आपे में रहने के लिए कहा। मैं *द वीकली* को वैसे ही चलाता रहा जैसा मैं ठीक समझता था। हर अंक में कम-से-कम एक चित्र खुले वक्षवाली जनजाति कन्या का होता था या फिर गोवा के समुद्रतट पर समुद्र से बाहर निकलते हुए किसी गोरे हिप्पी का। पर मैंने पूरे सावधानी से इन चित्रों के शीर्षकों को मैं जितना बना सकता था उतना नीरस और सूचनापरक बनाए रखा। इनमें जनजाति की लड़कियों की छातियों के माप, उनके चूतड़ों या उनके बीच के हिस्से का कभी कोई जिक्र नहीं होता था। इसके बजाय उनकी जाति, उनकी जनसंख्या, उनके आवास आदि की सूचना रहती थी। हिप्पियों पर लगे शीर्षकों में नशीली दवाओं के खतरों के, और इनके प्रति किशोरों के प्रलोभन को लेकर नैतिकतावादी लोगों की नाराजगी के संकेत रहते थे। *ब्लिट्ज* और *करेंट* जैसी प्रतिस्पर्धी साप्ताहिक पत्रिकाओं में भी ऐसे ही चित्र छपते थे। पर उनमें शायद ही कभी लड़कियों के अत्यावश्यक आँकड़ों, ऐसे वाक्यांशों (और 'यह उसका टेलीफोन नम्बर नहीं है') या फिर शीर्षक के बतौर कोई मूखर्तापूर्ण बेहूदी कविता के अलावा कुछ और रहता हो। मुझ पर कभी अश्लीलता का आरोप नहीं लगा।

हमने एक ऐसी लेखमाला प्रकाशित की जिससे *द वीकली* को बहुत बढ़ावा मिला। यह लेखमाला चितपावन, अयंगार, लिंगायत, वोकलिग्गस, मेमन, बोहरा, माहेश्वरी, कायस्थ, जाट, अग्रवाल आदि जैसे हर धार्मिक जन-जातीय, जातीय, उपजातीय समुदाय के बारे में थी जिसके बारे में मैंने कुछ सुन रखा था। इन लेखों से सम्बद्ध समुदायों की उत्पत्ति और उनके आवास के बारे में जानकारी तो दी ही जाती थी, साथ ही उनके महान बेटे-बेटियों की कामयाबियों के बारे में भी सामग्री रहती थी। समुदाय के सदस्य पत्रिका के हर अंक को खरीद लेते थे। हमारी बिक्री बहुत बढ़ गई। हम पहले बैनेट कॉलमेन के प्रकाशनों की

सूची में सबसे नीचे थे। हमने एक-एक करके बाकी सबको बहुत बड़े अन्तर से पीछे छोड़ दिया। मैं पाजीपन पर उतर आता और हर ऐसी सफलता की खुशी मनाने के लिए मिठाई की टोकरियाँ मँगाकर दफ्तर के सब लोगों को बँटवाता था। उस बोर्ड-रूम में जहाँ कभी-कभी डाइरेक्टरों से मुलाकात के लिए सम्पादकों को बुलाया जाता था, हमारी पत्रिकाओं की बिक्री-संख्या के चार्ट लगे रहते थे। दूसरे प्रकाशनों में उतार-चढ़ाव आते थे या वे एक ही स्थान पर कायम रहते थे, लेकिन द वीकली का ग्राफ अश्लील कोण से उठते हुए किसी के विजयी लिंग की तरह लगातार ऊपर उठता जा रहा था। मैं पत्रिका की बिक्री संख्या पर फूला नहीं समा रहा था। इस घटना से मेरे साथी सम्पादकों को खुशी नहीं हुई। जिस पत्रिका को हमने आखिर में पीछे छोड़ा वह हिन्दी की पत्रिका धर्मयुग थी। उसके सम्पादक, साहित्यकार डॉ. धर्मवीर भारती थे। जब मेरे स्टाफ का एक आदमी हमारी कामयाबी के उपलक्ष्य में उनके केबिन में उन्हें लड्डू खिलाने गया तो वह बहुत परेशान हुए।

हमारी बिक्री-संख्या में अगली बार तेजी तब आई जब बांग्लादेश मुक्ति के प्रसंग में भारत-पाक युद्ध हुआ। *द न्यूयार्क टाइम्स* ने मुझे इस युद्ध को 'कवर' करने के लिए नियुक्त किया था। मैंने उसी लेख का उपयोग कुछ अतिरिक्त चित्रों के साथ *द इलस्ट्रेटेड वीकली* के लिए कर लिया। यह मेरी खुशकिस्मती थी कि मैंने युद्ध के आरम्भ और उसके परिणाम की भविष्यवाणी पहले ही कर दी थी। बहरहाल, मैं यह स्वीकार करता हूँ कि अपराधियों, वेश्याओं, कैबरे डान्सरों, समुदायों, फिल्म-स्टारों और राजनीति पर लिखे मेरे फीचरों को भी इतना ऊँचा दर्जा नहीं मिला था जितना क्रिकेट पर तैयार किए फीचर को, जो लगभग पूरी तरह राजू भारतन ने लिखा था और जिसके चित्र उसने अपने निजी संग्रह से दिए थे। हमने 4,10,000 प्रतियों के सर्वोच्च बिक्री-मान को सिद्ध कर लिया। हम लोग इतनी ही प्रतियाँ और बेच सकते थे लेकिन हमें इसका सरकुलेशन नियन्त्रित करना पड़ा क्योंकि विज्ञापन-सम्पादन के अनुपात से अधिक बिक्री का मतलब लाभ नहीं हानि होता है। मेरे फूले नहीं समाने का पर्याप्त कारण था। पाँच साल के अन्दर द *वीकली* का सरकुलेशन चार गुने से भी अधिक हो गया था।

बांग्लादेश का युद्ध समाप्त होने के बाद मैं दो बार पाकिस्तान गया। मैं देखना चाहता था कि अब जुल्फिकार अली भुट्टो की स्थिति कैसी है और पराजित पाकिस्तान अपनी सेना की हार को कैसे झेल रहा है। पहली बार भुट्टो से मेरी मुलाकात कराची में और दुबारा इस्लामाबाद में हुई। दूसरी बार की यात्रा ज्यादा फायदेमन्द साबित हुई, क्योंकि कराची में मेरी मुलाकात बेगम पारा और उसके बच्चों से हुई, और भुट्टो और जनरल टिक्का खाँ से इस्लामाबाद में। भुट्टों से अपनी मुलाकात के बारे में *द वीकली* में जो लिख चुका हूँ, उससे ज्यादा मुझे कुछ नहीं कहना है सिवाय इसके कि मैं श्रीमती गांधी के लिए उनका एक व्यक्तिगत सन्देश लाया था। उन्होंने तिरस्कार की मुद्रा में उपेक्षा करते हुए कहा : 'वह एकदम झूठा है।' बेगम पारा और टिक्का खाँ के साथ मेरी मुलाकातें यादगार बन गईं।

भारतीय चित्रपट की एक समय की अत्यन्त मोहिनी तारिका बेगम पारा नसीर खाँ (सुपरस्टार यूसुफ़ उर्फ दिलीप कुमार के भाई) से शादी करने के बाद बहुत मोटी हो गई

थी। उसके नसीर खाँ से दो बहुत सुन्दर बच्चे थे। एक बेटा और एक बेटी। उसके पति की मौत हो गई। बांद्रा में एक फ्लैट और दो-एक फिल्मों के अलावा उन्होंने बेगम पारा के लिए विशेष कुछ नहीं छोड़ा था। उसे लगा कि उसके जेठ जो लाखों कमा रहे हैं, उस पर उसका भी कुछ हक़ बनता है। पाकिस्तान में भी उसकी बड़ी विरासत थी जो उसका इन्तजार कर रही थी। उससे मेरी मुलाकात उसकी भांजी रुख़साना के माध्यम से हुई थी। बम्बई में बेगम पारा और उसके बच्चों से मेरा बहुत मेलजोल था। इतवार की सुबह अक्सर परिवार मुझे जिमखाना क्लब के तरणताल में मिलता था। हम लोग तैरने के बाद एकसाथ नाश्ता करते थे। बेगम पारा अक्सर पैसे का सवाल उठाती थी कि अगर कोई उसे चालीस-पचास हजार रुपए उधार दे दे, तो वह अपनी पुरानी फिल्मों का दुबारा प्रदर्शन कराके बहुत रुपया पा सकती है। मैंने इशारा नहीं समझा। पूरी तरह निराश होकर वह अपनी विरासत का दावा करने के लिए पाकिस्तान चली गई। उसके दो भाई बड़े ऊँचे पदों पर थे। इनमें से एक भुट्टो सरकार में मन्त्री था। उसे यह पता लगाने में बहुत समय नहीं लगा कि उसके रिश्तेदारों में से कोई कुछ छोड़ने को तैयार नहीं है। भारत का चुनाव करने के कारण उसका पक्ष पहले ही कमजोर था। वह अपने साथ जो फिल्में लाई थी, कुछ पैसा उसने उन्हें पीट-पीटकर कमाया और कुछ टी.वी. के कार्यक्रमों से। उसके बच्चे खुश नहीं थे। बम्बई के स्वच्छन्द वातावरण में रहने के बाद उस लड़की को जो बड़ी तेजी से एक सुन्दर युवती के रूप में बड़ी हो रही थी, पाकिस्तान का प्यूरिटनवादी माहौल बहुत दमघोंटू लगा। बेगम पारा ने भारत लौटने के लिए मेरी मदद माँगते हुए मुझे कई पत्र लिखे। मैंने जवाब दिया कि मैं जल्दी कराची आनेवाला हूँ और हम वहीं इस मसले पर बात कर लेंगे।

मैं कराची शाम के समय जल्दी पहुँच गया। बेगम पारा और उसके बच्चे मुझे लेने के लिए हवाई अड्डे आए थे। प्रोटोकोल के चीफ भी मुझे लेने को आए थे क्योंकि मैं सरकार का मेहमान था। हमें वी.आई.पी. लाउंज में ले जाया गया। बच्चों ने भरपेट केक और बिस्कुट खाए। फिर उन्हें घर भेज दिया गया। बेगम पारा ने मेरा निमन्त्रण स्वीकार कर लिया। वह उस होटल में मेरे साथ खाना खाने आ गई जहाँ अगले दिन सुबह इस्लामाबाद की उड़ान पकड़ने के लिए मुझे ठहरना थ। प्रोटोकोल के चीफ ने हम लोगों को होटल में उतार दिया। बेगम पारा मेरे साथ मेरे कमरे में आई। मैंने सोडे और बर्फ का ऑर्डर दिया और स्कॉच की वह बोतल निकाली जो मैं अपने साथ लाया था। उस समय पाकिस्तान में नशाबन्दी नहीं थी। मैंने पीने को लेकर बेगम पारा के साथ होनेवाली समस्याओं के किस्से सुने थे। उसे शराब पीना इसलिए कम करना पड़ा था क्योंकि पाकिस्तान में स्कॉच की बोतल के दाम भारत से दुगुने थे। 'क्या तुम एक पैग पिओगी ?' मैंने उससे पूछा, क्योंकि मुझे ठीक पता नहीं था कि वह अब भी पियक्कड़ औरत है या नहीं। 'मैं थोड़ी-सी लूँगी,' उसने उत्तर दिया। 'मैंने मुद्दतों से असली स्कॉच नहीं देखी है।'

मैंने व्हिस्की के दो बड़े पैग बनाए और एक उसे पकड़ा दिया। फिर हम लोग पंजाबी में बात करने लगे। मेरा गिलास आधा भी खत्म नहीं हुआ कि मैंने देखा उसका गिलास

खाली हो गया है। मैंने उसके लिए एक पैग और डाला। उसने उसे भी गटक लिया और अपने गिलास से पीना शुरू करने से पहले मुझे उसका गिलास फिर भरना पड़ा। जब तक मैंने अपनी व्हिस्की की खुराक तीन पैग खत्म किए बेगम पारा नौ पैग पी चुकी थी। बोतल लगभग खाली हो गई थी। मैंने उससे कहा कि हमें जल्दी खाना खा लेना होगा क्योंकि मुझे सुबह की उड़ान पकड़नी है। वह अनिच्छा से मेरे साथ खाने के कमरे में जाने के लिए उठी।

खाने का कमरा पहली मंजिल पर था। हमें वहाँ पहुँचने के लिए घुमावदार संगमरमर की सीढ़ियाँ चढ़कर जाना था। वहाँ भीड़ बहुत थी। पाकिस्तान में जैसा अक्सर होता है, कमरे में महिलाएँ बहुत कम थीं। टी.वी. कार्यक्रमों में हिस्सा लेने की वजह से बेगम पारा को लोगों ने पहचान लिया। उसे एक सिख के साथ देखकर उन्हें कुतूहल हुआ।

हमें दो व्यक्ति के लिए लगी मेज दे दी गई। हमने खाने का ऑर्डर दिया। 'खाने का इन्तजार करते हुए क्या आप कुछ पीना चाहेंगे ?' वेटर ने पूछा। 'मेरे लिए कुछ नहीं,' जवाब देते हुए मैंने बेगम पारा की तरफ देखा। 'मैं एक स्कॉच और सोडा लूँगी,' उसने कहा। सूप आने से पहले उसने दो पैग और लिए। उसकी जबान लड़खड़ाने लगी और आँखें पथरा गईं। उसने खाने के साथ एक पैग की और फरमाइश की। इस बार मैंने सख्ती से मना कर दिया।

जैसे-तैसे खाना खत्म हुआ। मैं बेगम पारा को कुर्सी से सहारा देकर उठाने के लिए खड़ा हुआ। वह खड़ी हुई, थोड़ी-सी झूली और कालीन पर धड़ाम से गिर पड़ी। वेटर लोग उसे सहारा देकर खड़ा करने की गरज से दौड़े। मैंने उसे सीढ़ी तक जाने के लिए बाँह का सहारा दिया। कमरे में मौजूद सब लोग घूमकर हमारी तरफ देखने लगे। मैं सीढ़ियों से उतरते वक्त और भी सावधान था। मैंने उसकी थुलथुली बाँह को कसकर पकड़ा और हुक्म दिया, 'एक-एक सीढ़ी करके।' हम लोग सही-सलामत बरामदे तक पहुँच गए। मैंने उसके लिए टैक्सी मँगाई और धैर्यपूर्वक इस अग्निपरीक्षा के खत्म होने का इंतजार करने लगा। टैक्सी पोर्टिको में आ लगी। मैंने ड्राइवर को सौ रुपए का नोट देकर उससे इस भद्र महिला को घर ले जाने के लिए कह दिया। वह बेगम पारा को पहचान गया था। उसे उसका पता मालूम था। मैंने टैक्सी का पीछे का दरवाजा खोला और बेगम पारा को सहारा देने के लिए पीछे की तरफ गया। वह जैसे ही आगे बढ़ी, उसका पैर फिर चूक गया और वह एक बार फिर जमीन पर गिर पड़ी—इस बार ऊँची आवाज में पादते हुए। उसके टखने में मोच आ गई और वह दर्द से चिल्लाने लगी, **'हाय रब्ब मैं मर गई।'** भीड़ इकट्ठी हो गई। मुस्लिम देश होने के कारण कोई पुरुष जिसकी उस महिला से रिश्तेदारी न हो, उसे छू नहीं सकता था। मैंने उसे उसके पैरों पर खड़ा करने की भरसक कोशिश की। पर वह मेरे लिए बहुत भारी पड़ी। मैंने कार के ड्राइवर से मदद करने के लिए अनुरोध किया। मेरी एडवांस बख्शीश इस समय काम आई। हम दोनों ने मिलकर उसे खड़ा किया और गाड़ी की सीट पर धकेल दिया। मैंने दरवाजा जोर से बन्द करके उससे जल्दी से बिदा ली। भीड़ में से रास्ता बनाता हुआ मैं लपककर अपने कमरे में पहुँच गया।

कुछ मिनटों के बाद किसी ने मेरा दरवाजा खटखटाया। मैंने दरवाजा खोला तो सामने

पुलिस का एक सब-इंस्पेक्टर खड़ा था। उसके नीचे के होंठ पर सिगरेट झूल रही थी। वह धकियाता हुआ-सा अन्दर आकर कुर्सी पर बैठ गया। उसने स्कॉच की लगभग खाली और सोडावाटर की मलबे के ढेर-सी बोतलों पर नजर डाली। 'पासपोर्ट !' उसने गुस्ताखी से पूछा।

मैंने पासपोर्ट निकालकर उसे पकड़ा दिया। उसने उसके पन्ने पलटे। 'क्या आपने यहाँ पहुँचने की खबर किसी पुलिस थाने में दर्ज कराई थी ?' उसने बड़े अक्खड़पन से पूछा।

'मुझे ऐसा करने से छूट मिली हुई है,' मैंने जवाब दिया। उसने दुबारा वीसा पर नजर डाली पर उसे उसमें कुछ भी आपत्तिजनक नहीं मिला।

'कराची में आप किस काम से आए हैं ?'

'मुझे यहाँ कोई काम नहीं है। मैं इस्लामाबाद जाते हुए यहाँ रुका हूँ।' वह मेरे पासपोर्ट के पन्ने पलटता और सिगरेट पीता रहा।

'आप क्या काम करते हैं ? क्या आप मेवा के धन्धे में हैं।'

'नहीं, मैं पत्रकार हूँ।' उस दम्भी सब-इंस्पेक्टर के साथ मेरा धैर्य जवाब दे चला था।

आप इस्लामाबाद में कहाँ ठहरेंगे ?'

'आपके प्रधानमन्त्री, भुट्टो साहब के साथ। मैं उनका मेहमान हूँ।'

यह बात पूरी तरह सही नहीं थी लेकिन इसने बिजली का-सा असर किया। पुलिसमैन ने जल्दी से अपनी सिगरेट बुझाई और खड़ा हो गया।

'क्या आप कोई मिनिस्टर-शिनिस्टर हैं ?'

'नहीं' मैंने जवाब दिया। 'मैं मिस्टर भुट्टो को व्यक्तिगत रूप से जानता हूँ।' उसने मुझे तेजी से सैल्यूट मारा और बाहर निकल गया।

मैं जनरल टिक्का खाँ का साक्षात्कार करनेवाला पहला भारतीय पत्रकार होने के लिए उतना ही बेताब था, जितना कि जनरल का यह पक्का संकल्प था कि उसका किसी भारतीय से कोई सरोकार नहीं होगा। वह इस बात से बहुत नाराज था कि भारतीय प्रेस ने उसे 'बांग्लादेश का कसाई' खिताब दिया था। इसके साथ ही भारत के हाथों पाकिस्तान की जो लज्जाजनक पराजय हुई थी वह उसे साल रही थी। मैंने इंटरव्यू लेने के लिए उसे पत्र लिखा था, उसने उत्तर नहीं दिया। मेरे मित्र मंजूर क़ादिर ने मेरी तरफ से उससे निवेदन किया और उसे इस बात के लिए तैयार किया कि वह मुझसे बतौर 'पाकिस्तान के एक मित्र' के, बातचीत करे।

जनरल टिक्का खाँ ने मुझे अपने बँगले पर बड़ी शिष्टता से बुलाया। उसका कद छोटा, बदन गठा हुआ और चेहरा सख्त था। वह सिपाही से ज्यादा बैंक का क्लर्क लगता था। उसके साथ उसका अर्दली था। उस लम्बे-चौड़े आदमी की पठान शैली की टोपी पर सख्त कलफ लगी पगड़ी बँधी थी। मैंने चारों तरफ नजर डाली तो मुझे सेना के ऊँचे स्तर

के अफसरों के घर में अमूमन दिखाई देनेवाला साज-समान नजर आया—रेजीमेंटों के प्रतीक, ट्राफियाँ और चाँदी के फ्रेम में जड़े चित्र। अँगीठी की कानस और दीवारों पर कुरान के उद्धरण थे। उनमें एक ऐसा भी उद्धरण था जिसका अर्थ मैं समझ सकता था। मैंने यह बात जाहिर नहीं होने दी क्योंकि मुझे लगा कि जनरल से बातचीत के दौरान मुझे इससे मदद मिल सकती है।

उसकी बातों में कड़वाहट थी। उसका दावा था कि भारतीय और विदेशी अखबारों में पाकिस्तानियों द्वारा की जानेवाली सामूहिक हत्याओं और बलात्कार की जो खबरें छपी हैं वे झूठ हैं। 'हम खुदा से डरनेवाले लोग हैं, मेरे सैनिक अनुशासित टुकड़ी के लोग हैं। वे मासूम बंगालियों को गोली मारते और उनकी औरतों के साथ छेड़खानी करते नहीं घूम रहे थे। ये अफवाहें तुम हिन्दुस्तानी उड़ाते हो और ब्रिटिश अखबार हमारे खिलाफ इन झूठे आरोपों को छापते हैं,' उसने सीधे मेरी आँख से आँख मिलाकर कहा।

मैंने हल्के से उसकी बात का विरोध किया। मैंने उसे बताया कि लड़ाई के तुरन्त बाद मैं बांग्लादेश गया था। पाकिस्तानी फौजों और अफसरों ने वहाँ जो अत्याचार किए थे उनकी कहानियाँ मैंने खुद बांग्लादेशी मुसलमानों के मुँह से सुनी थीं। 'वे सबकी-सब तो झूठ नहीं हो सकतीं ?' मैंने कहा। 'और मैंने पाकिस्तानियों के खिलाफ भयंकर गुस्सा देखा। अगर हिन्दुस्तानी फौजों ने उनकी हिफाजत नहीं की होती तो पाकिस्तान के युद्धबन्दियों को बांग्लादेशी जनता ने बेकायदा मार डाला होता।'

उसने स्वीकार किया कि 'कुछ थोड़ी-बहुत घटनाएँ ऐसी हो सकती हैं। हर झुंड में कुछ काली भेंड़ें होती हैं और आप जानते हैं कि बंगाली हर बात का कितना बतंगड़ बनाते हैं।' उसने इस बात पर उर्दू का एक शेर सुनाया :

शौक-ए-तूल-ओ-पेच इस जुल्मतकदे में है अगर,
बंगाली की बात सुन और बंगालन के बाल देख।

मुझे यह शेर मनोरंजक लगा और मैंने उसे नोट कर लिया। अपने बंगाली दोस्तों को चिढ़ाने के लिए मुझे मसाला मिल गया। मैंने जनरल से पूछा कि पाकिस्तानियों ने मैदाने जंग में ऐसी मुँह की क्यों खाई। 'यह ईमानदारी की लड़ाई नहीं थी,' उसने जवाब दिया। पहले तुमने पूर्वी और पश्चिमी पाकिस्तान के बीच हवाई रिश्ता खत्म कर दिया। फिर तुम्हारी फौजें पूर्वी पाकिस्तान में गहरे घुसपैठ कर गईं। जब हमने युद्ध की घोषणा की, यह काम उससे बहुत पहले हो चुका था। मुक्तिवाहिनी के बारे में ये तमाम किस्से-कहानियाँ सिर्फ प्रोपेगंडा थीं। मुक्तिवाहिनी दरअसल हिन्दुस्तानी सिपाही थे जिन्हें छापामार युद्ध की ट्रेनिंग दी गई थी। शुरू में उसमें बहुत कम बंगाली थे। तुमने उन्हें हथियार दिए, तुम्हारे अफसरों ने उनकी अगुआई की और उन्हें निर्देश दिए। हमारी फौजों को आगे और पीछे दोनों तरफ दुश्मन का सामना करना पड़ा।'

अर्दली ने बिना पूछे अपनी राय जाहिर की, 'आवाम हमारे खिलाफ हो गया था।'

जनरल को अर्दली का इस तरह राय जाहिर करना पसन्द नहीं आया और उसने अपने हाथ के इशारे से उसे चुप कर दिया। मैंने इस मौके का फायदा उठाते हुए कहा, 'मैं भी बिल्कुल यही कह रहा हूँ। अगर किसी देश की पूरी जनता उसके खिलाफ हो जाए तो कोई फौज क्या कर सकती है ?'

'यह हिन्दुस्तानी प्रोपेगंडा था,' जनरल ने फिर कहा। मुझे उससे इससे ज्यादा और कुछ नहीं पूछना था। मैंने मासूम बनते हुए कानस पर कुरान की आयत की तरफ इशारा करके पूछा : 'इसका क्या मतलब है ?'

जनरल ने बुलन्द आवाज में उसे पढ़ा : 'नस्र मी अल्लाह फ़तेह-अनक़रीब। इसका मतलब है कि अल्लाह उन्हें फतेह बख़्शता है जिनके उद्देश्य न्यायसंगत होते हैं।'

'जनरल साहब ! अल्लाह ने अपनी समझदारी से हमें फतेह इसलिए बख़्शी क्योंकि हमारे उद्देश्य न्यायसंगत थे।'

पूरे इंटरव्यू के दौरान पहली बार जनरल मुस्कुराया। 'सरदार साहब, मुझे शक है कि आपको इस आयत के मायने मालूम थे।' मैंने हामी भरी और उससे बिदा ली।

द वीकली से मुझे कुछ और फायदे हुए। सम्पादक के पन्ने को बहुत लोग पढ़ते थे। बाद में मैंने स्वतन्त्र स्तम्भलेखक का जो पेशा अपनाया उसका रास्ता यहीं से तैयार हुआ। इसने मेरे लिए और भी बहुत-से दरवाजे खोले। राज्यों के मुख्यमन्त्री और केन्द्रीय मन्त्रिमंडल के सदस्य सब मेरे कद्रदान हो गए। (रेलमन्त्री कमलापति त्रिपाठी ने मुझे पूरे भारत में हर जगह यात्रा करने के लिए मुफ्त का पास दे दिया।) जब भी मैंने फरमाइश की श्रीमती गांधी मुझे साक्षात्कार देने के लिए बड़ी तत्परता से तैयार हो गईं। पत्रकारिता और साहित्य के क्षेत्र में मेरे तथाकथित योगदान के लिए मुझे पद्मभूषण प्रदान किया जाए—यह प्रस्ताव फ़ातिमा और रफ़ीक़ ज़कारिया ने रजनी पटेल से किया। उस समय पटेल श्रीमती गांधी के विशेष कृपापात्र थे। मुझे यह अवार्ड 1957 में राष्ट्रपति वी.वी.गिरि के हाथों मिला।

कामयाबी से मेरा दिमाग चढ़ गया। मैं बड़े लोगों के नाम लेकर रौब गालिब करने लगा। मेरी पत्नी और बेटी ने कुछ हद तक मेरा नशा उतारने की कोशिश की पर मेरे अहंकार को चढ़ानेवाले और बहुत-से लोग थे। मैं *द इलेस्ट्रेटड वीकली* को अपनी सन्तान समझने लगा था। मेरा खयाल था कि जिस दिन मैं उसे छोड़ दूँगा उसका पतन शुरू हो जाएगा। ऐसी हेकड़ी मारक हो सकती है। मेरे हिसाब का दिन भी बहुत दूर नहीं था।

सम्पादक के रूप में मेरे कार्यकाल के कुछ राहत देनेवाले पहलू भी थे। कुछ विषयों पर मेरे विचार सकारात्मक थे और मैं उन्हें पूरी स्वतन्त्रता से व्यक्त करता रहता था। उनमें से एक विषय था भारतीय मुसलमानों की दशा। मुझे लगता था कि उनके साथ भेदभावपूर्ण बर्ताव किया जाता है और पाकिस्तान के प्रति उनकी तथाकथित सहानुभूति के लिए उन पर सन्देह किया जाता है। हर बार पाकिस्तान से तनाव की स्थिति में उनकी वफादारी पर

सन्देह और बढ़ जाता था। उन्हें सरकारी नौकरियाँ मिलने में तो कठिनाई होती ही थी, गैरसरकारी उद्योगों और व्यापार-समूहों में उनके लिए नौकरी पाना लगभग असम्भव था क्योंकि उनकी बागडोर ज्यादातर हिन्दुओं के हाथ में थी। उनके पास उर्दू अखबारों के सिवाय ऐसा कोई माध्यम नहीं था जिसके जरिए वे अपनी शिकायतों को जनता के सामने रख सकते। लेकिन इन अखबारों के सर्कुलेशन का दायरा बहुत कम, सिर्फ अपने समुदाय के लोगों तक ही सीमित था। मैंने *द इलस्ट्रेटेड वीकली* को हिन्दुस्तानी मुसलमानों के विचारों का मंच बनाया। जब भी हिन्दू-मुसलमान दंगा होता था, चूँकि जान-माल का नुकसान ज्यादातर मुसलमानों का होता था, इसलिए मैं स्पष्ट रूप से मुसलमानों का पक्ष लेता था। मुझे यह भी लगता था कि पाकिस्तान के साथ दोस्ताना सम्बन्ध कायम होना जरूरी है, तभी भारतीय मुसलमानों में सुरक्षा का भाव पैदा होगा। जिन मुद्दों पर भारतीय और पाकिस्तानी दृष्टिकोण में अन्तर होता, उन पर मैं पाकिस्तानी नजरिए को प्रस्तुत करने की भरसक कोशिश करता था। जिन्ना पाकिस्तान के जन्मदाता थे और इसलिए हिन्दुस्तान में उनके नाम से नफरत की जाती थी। उनकी 100वीं वर्षगाँठ पर मैंने उन्हें श्रंदाजलि देते हुए एक विशेषांक निकाला जिसके मुखपृष्ठ पर उनका चित्र छपा था। इस अंक के लिए पाकिस्तान से 10,000 प्रतियों का ऑर्डर आया। जब अंक सामने आया तो यह ऑर्डर रद्द कर दिया गया, सिर्फ इसलिए कि इसमें जिन्ना के मित्र जे.एन. साहनी ने उनका रेखाचित्र लिखा था। इसमें उन्होंने जिन्ना और उनकी पारसी पत्नी के साथ बम्बई हाईकोर्ट में दोपहर का खाना खाने की याद ताजा की थी। इस मौके पर जिन्ना ने हैम सैंडविच के साथ एक गिलास शैरी पी थी। सच होने पर भी यह बात पाकिस्तान में स्वीकार्य नहीं थी गोकि 1971 में बांग्लादेश की लड़ाई के मौके पर मैंने जनरल याह्या खाँ के सैनिक शासन की और जनरल टिक्का खाँ द्वारा बंगालियों के जातिसंहार की निन्दा की थी, पर *द इलस्ट्रेटेड वीकली* अकेली पत्रिका थी जिसने लड़ाई खत्म होने के बाद, सरकार पर पाकिस्तान के 93,000 युद्धबन्दियों की रिहाई के लिए बराबर दबाव बनाए रखा। मैं युद्धबन्दियों की रिहाई के काम में मदद देने की गरज से श्रीमती गांधी के पास चार लोगों का एक शिष्टमंडल लेकर गया। इसमें गगनभाई मेहता (एक बार अमरीका में भारत के राजदूत) और लेखकों में ख़्वाजा अहमद अब्बास और कृश्न चन्दर शामिल थे। श्रीमती गांधी ने गगनभाई को यह कहकर झिड़क दिया कि वे अमरीकियों के चमचे हैं और अब्बास और कृश्न चन्दर को भी चुप कर दिया। उसके बाद उन्होंने मेरी तरफ मुखातिब होकर कहा कि मेरे लेखन से उनके लिए किस तरह परेशानी पैदा हो रही है। मैंने जवाब दिया कि मैं यह काम उन्हें परेशानी में डालने के लिए ही कर रहा हूँ और मुझे इस बात की खुशी है कि मैं अपने लक्ष्य में कामयाब हो रहा हूँ। उन्होंने मेरी तरफ तिरस्कार से देखा और बोली : 'मिस्टर सिंह, आप अपने को एक महान सम्पादक समझते होंगे, लेकिन मैं आपको यह बता दूँ कि आप राजनीति का क ख ग भी नहीं जानते। मैंने स्वीकार किया कि मुझे राजनीति की जानकारी बहुत कम है और कहा,' श्रीमती गांधी, मैं इस बात में यकीन रखता हूँ कि जो बात नैतिक दृष्टि से गलत होती है वह राजनीतिक दृष्टि से कभी सही नहीं हो

सकती। लड़ाई खत्म होने के बाद युद्धबन्दियों को पकड़े रखना अनैतिक है।' श्रीमती गांधी ने फिर अपनी बड़ी-बड़ी काली आँखें मेरी तरफ घुमाईं और मुझे झिड़क दिया : 'मुझे नैतिकता पर भाषण देने के लिए शुक्रिया।' यह कहकर उन्होंने हमें बिदा कर दिया। मुझे लगा कि अब वे कभी मुझसे बात नहीं करेंगी। लेकिन कुछ ही दिनों बाद जब वह बम्बई में गवर्नर अली यावरजंग और उनकी पत्नी बेगम ज़ेहरा के साथ ठहरी हुई थीं, उन्होंने मुझे विशाल भीड़-भरे स्वागत कक्ष में देख लिया और बड़े दोस्ताना तरीके से बातचीत करती रहीं। मैं समझ गया कि मैंने अपनी बात उनके गले उतार दी है।

द वीकली में इस्लाम, इस्लाम के इतिहास और स्वाधीनता आन्दोलन में भारत के मुसलमानों की भूमिका पर बड़ी संख्या में लेख छपे थे। मैंने अपने स्टाफ में भी दो मुसलमानों को रख लिया। उनमें से एक थीं प्रसिद्ध उपन्यासकार कुर्रतुल ऐन हैदर (जिन्हें बाद में ज्ञानपीठ पुरस्कार मिला) और दूसरे थे एम.जे.अकबर, जिन्होंने इस पेशे में बहुत तरक्की की। वे *द टेलीग्राफ* के सम्पादक बने और फिर संसद-सदस्य। साल में पड़नेवाली तीनों ईदों के मौके पर हम पत्रिका के मुखपृष्ठ पर बॉक्स में, अपने मुसलमान भाइयों के लिए शुभकामनाएँ छापते थे। एक बार, राखी के अवसर पर मैंने लता मंगेशकर को दिलीप कुमार (यूसुफ ख़ान) की कलाई पर राखी बाँधने के लिए राजी कर लिया। हमने वह तस्वीर पत्रिका के मुखपृष्ठ पर छापी। मैं समझता हूँ कि मैं हिन्दुस्तान के मुसलमानों को अपना दोस्त बनाने में सफल हो गया। जब राज्यसभा के सदस्य के रूप में मेरा नामांकन हुआ तो उनमें से बहुतों ने कहा, 'अब संसद में एक मुसलमान और पहुँच गया।' जो लोग मेरे विचारों को नापसन्द करते थे वे मुझे पाकिस्तान का अवैतनिक एजेन्ट कहने लगे। मैंने दोनों दृष्टियों को सिर-माथे पर ग्रहण किया।

मेरे इम्तिहान का वक्त मई 1975 में तब आया जब श्रीमती गांधी ने देश पर इमरजेन्सी लगा दी और तमाम दूसरे लोगों के साथ जयप्रकाश नारायण को भी गिरफ्तार कर लिया। मैं जयप्रकाश नारायण का प्रशंसक था। मैंने बिहार के 1967 के अकाल के समय उनके और उनकी पत्नी के साथ कुछ दिन गुजारे थे। फिर भी मुझे लगा कि सम्पूर्ण क्रान्ति के लिए उनका आह्वान लोकतन्त्र के मूलभूत नियम का उल्लंघन है। उसमें विधानसभाओं का घेराव भी शामिल था ताकि जनता के चुने हुए प्रतिनिधियों को अपने कर्त्तव्य का पालन करने से रोका जा सके। मैंने उन्हें अपनी राय जाहिर करते हुए पत्र लिखा। उन्होंने मुझे अपने दृष्टिकोण का समर्थन करते हुए लम्बा जवाब दिया। मैंने उनका पूरा पत्र छाप दिया। देश में पूरी अराजकता फैल गई। हर रोज किसी-न-किसी तरह का बन्द रहता। देश के जिस भाग पर उसका प्रभाव पड़ता वहाँ हफ्तों के लिए स्कूल-कॉलेज बन्द हो जाते। सड़कों पर बड़े-बड़े जुलूस निकाले जाते। ये जुलूस रास्ते की दुकानों के शीशों को चकनाचूर करते और सड़क पर पार्क की हुई गाड़ियों को तोड़ते-फोड़ते हुए आगे बढ़ते। श्रीमती गांधी पूरी तरह निराश हो गईं। उनकी स्थिति तब और भी नाजुक हो गई जब इलाहाबाद हाईकोर्ट के न्यायाधीश वर्मा ने उन्हें चुनाव में अनाचार का दोषी ठहराया और उन्हें संसद की सदस्यता के अयोग्य करार दे दिया। उनके बेटे संजय और सिद्धार्थशंकर

राय जैसे सलाहकारों ने उन्हें इस बात के लिए प्रेरित किया कि वे संविधान को भंग कर दें, विरोधी दलों के सदस्यों को गिरफ्तार कर लें और प्रेस की आवाज पर रोक लगा दें।

मैं उस समय मेक्सिको में था और इमर्जेन्सी के एलान की अगली सुबह बम्बई लौटा। मुझे बहुत घबराहट हुई। मैं टाइम्स ऑफ इंडिया के सदस्यों के उस गुट के साथ था जिन्होंने यह फैसला किया कि वे सेंसरशिप के आगे समर्पण नहीं करेंगे। जिन लोगों ने विरोध से इंकार किया उनमें थे द टाइम्स ऑफ इंडिया के सम्पादक श्यामलाल। जो लोग किसी के पक्ष या विपक्ष में खड़े नहीं होना चाहते थे, उनमें थे इन्दर मल्होत्रा। उसी दिन शाम को मेरे मित्र रजनी पटेल ने जो द टाइम्स ऑफ इंडिया के बोर्ड ऑफ डायरेक्टर्स के सदस्य और श्रीमती गांधी के विश्वासपात्र थे, मुझे फोन करके कहा 'मेरे दोस्त, अगर तुम जेल जाकर शहीद कहलाना चाहते हो, तो हम खुशी से तुम पर यह मेहरबानी कर सकते हैं।' बोर्ड के अध्यक्ष न्यायाधीश के.टी. देसाई ने धीरज रखने की सलाह दी, 'तुम आराम से सोच लो। लेकिन अगर तुमने प्रकाशन से इंकार किया तो हमें दूसरा सम्पादक देखना होगा।'

इमर्जेन्सी के बारे में मेरा रुख साफ नहीं था। मैं कानून तोड़नेवालों (जयप्रकाश नारायण सहित) को पकड़ने का समर्थन कर रहा था, पर मुझे लगता था कि प्रेस को सेंसर करने का असर उल्टा होगा क्योंकि ऐसा करने से श्रीमती गांधी के समर्थक, मेरे जैसे सम्पादकों की विश्वसनीयता खत्म हो जाएगी। तीन सप्ताह तक मैंने *द वीकली* का प्रकाशन नहीं किया। जब मुझे दुबारा प्रकाशन करने के लिए मजबूर किया गया तो मैंने हिदायत दे दी कि श्रीमती गांधी और उनके किसी मन्त्री के चित्रों का कोई उपयोग न किया जाए। मुझसे नरमाई से बर्ताव किया गया क्योंकि श्रीमती गांधी और संजय मुझे मित्र समझते थे। मुझे श्रीमती गांधी से मिलने के लिए दिल्ली से बुलावा आया। मैंने अपने-जैसे लोगों पर सेंसरशिप लगाने का विरोध किया। मैंने अपने मन की बात उनसे कह डाली। चलने से पहले मैंने श्रीमती गांधी से कहा, 'मेरे परिवार को यकीन है कि अगर मैंने अपने मन की बात कह दी, तो आप मुझ जेल में ठुकवा देंगी। उन्होंने मुस्कुराकर मुझे बिदा कर दिया। *द वीकली* के साथ उसे विशिष्ट मानकर व्यवहार किया जाता था। मैं इमर्जेन्सी के आलोचकों के लेख छापता था और राजनीतिक बन्दियों को रिहा करने की वकालत किया करता था।

श्रीमती गांधी के साथ मेरी मुलाकात को गुप्त रखा गया था। मैं बम्बई पहुँचा तो मेरी मेज पर एक पत्र रखा था, जिसमें लिखा था : 'मैडम डिक्टेटर से आपकी मुलाकात कैसी रही ?' यह पत्र जॉर्ज फर्नांडीस का था जो उस समय भूमिगत थे। कुछ दिनों के बाद राष्ट्रीय स्वयं सेवक संघ के चार ऐसे वरिष्ठ सदस्य, जिनके खिलाफ गिरफ्तारी के वारन्ट जारी हो चुके थे, मेरे दफ्तर में आराम से आए, मेरे साथ कॉफी पी और उन्होंने मुझसे पूछा कि प्रधानमन्त्री के साथ मेरी मुलाकात के समय क्या घटित हुआ। मुझे ऐसा लगा कि राष्ट्रीय सेवक संघ इमर्जेन्सी के खिलाफ नहीं है और अगर उनके नेताओं को मुक्त कर दिया जाए तो वे सरकार से सहयोग करने के लिए तैयार हैं।

कुछ हफ्तों तक *द वीकली* में छपनेवाला हर लेख सेंसर से अनुमोदित होकर आता था। उन्हें सिर्फ राजनीति की चिन्ता रहती थी और मेरी पत्रिका में उसके लिए विशेष स्थान नहीं था। *प्लेबॉय* के भारतीय रूपान्तर *डिबोनेअर* के सम्पादक ने मुझे बताया कि वह जब भी अपनी सामग्री को अनुमोदन के लिए ले जाता था, तो सेन्सर वाले कहानियों और स्त्री-चित्रों को यह कहते हुए छोड़ते जाते थे, 'पोर्न ठीक है, राजनीति नहीं।'

इमर्जेन्सी ने सत्ताधारी लोगों में कितना गैर-जिम्मेदाराना अहंकार पैदा कर दिया था इसका उदाहरण मेरे दिल्ली से लौटने के कुछ दिन बाद सामने आया। राष्ट्रपति फखरुद्दीन अली अहमद के सम्मान में गवर्नर यावर अली जंग ने राजभवन में दोपहर के भोजन का आयोजन किया था। राष्ट्रपति ने इमर्जेन्सी के बारे में कोई आलोचनापरक लेख पढ़ा था। उन्होंने यह मानकर (गलती से) कि वह *द इलेस्ट्रेटेड वीकली* में था, मुझसे दिल्लगी के लहजे में पूछा, 'क्या इरादा है तुम्हारा ? क्या तुम्हें किसी ने इमर्जेन्सी के बारे में नहीं बताया ?' मेरी समझ में नहीं आया कि आखिर वे कह क्या रहे हैं ? और मैंने अपनी अनभिज्ञता प्रकट की। महाराष्ट्र के मुख्यमन्त्री, एस.बी.चह्वाण, जो राष्ट्रपति की बगल में बैठे थे, उनकी भी यही स्थिति थी। फिर भी, बिना तथ्यों की जाँच किए उन्होंने *द वीकली* के खिलाफ कार्रवाई का आदेश दे दिया। मैं जब दफ्तर लौटा तो मुझे एक आदेश पकड़ा दिया गया, जिसके अनुसार प्रकाशन से काफी पहले हर लेख और चित्र को सेंसर को भेजा जाना जरूरी था। मैंने श्रीमती गांधी को फोन मिलाया और उनके प्रेस सलाहकार शारदाप्रसाद से बात की। श्रीमती गांधी उसी शाम मास्को जानेवाली थीं। शारदाप्रसाद ने वह नाराज करनेवाला लेख ढूँढ़ लिया था। वह *फेमिना* में छपा था। राष्ट्रपति ने स्वीकार कर लिया कि उन्होंने विवेकहीनता का परिचय दिया था। एस.बी.चह्वाण से *द इलेस्ट्रेटेड वीकली* के खिलाफ अपने आदेश को वापिस लेने के लिए कहा गया, और उन्हें उसे जारी करने के दो घंटे के भीतर ही लौटाना पड़ा।

ऐसे बहुत-से लोग थे जिन्हें गांधी परिवार के विद्वेष के कारण जेल जाना पड़ा था। इनमें से एक थी प्रेमिला (किन्ना) लीविस। वह हमारे घनिष्ठ मित्र विल्बर्न और ऊषा लाल की बेटी थी। उसकी शादी चार्ल्स लीविस नाम के एक अंग्रेज से हुई थी। वह ऑक्सफोर्ड यूनिवर्सिटी प्रेस में काम करता था। उनका एक छोटा-सा बेटा था। किन्ना ने दिल्ली के आसपास के गाँवों के फार्म मजदूरों को संगठित किया था। छतरपुर गाँव के पास के एक गाँव में श्रीमती गांधी का एक फार्म हाउस था। किन्ना अपने परिवार से बिछुड़कर जेल में रहते-रहते तंग आ गई थी। उसकी बहन और माँ ने मुझसे अनुरोध किया कि मैं उसे छुड़ाने के लिए श्रीमती गांधी पर अपने प्रभाव का उपयोग करूँ। किन्ना लिखित माफीनामा देने के लिए तैयार थी। मैं लेफ्टिनेंट गवर्नर कृश्नचन्दर से मिलने दिल्ली गया। वे लन्दन में किंग्ज़ कॉलेज के दिनों में मेरे सहपाठी थे। उन्होंने वायदा किया कि वे इस मामले को देखेंगे और किन्ना को रिहा करा सकेंगे। बिचारी लड़की ने इमर्जेन्सी का डेढ़ साल जेल में बिताया। बाद में उसने अपने अनुभवों के बारे में एक किताब लिखी। इसमें उसने अपना चित्रण एक वीरांगना के रूप में किया। उसने यह नहीं लिखा कि उसकी संकल्प शक्ति

डगमगा गई थी और वह माफी माँगने के लिए तैयार थी। मुझे यकीन है कि यही स्थिति जयपुर की राजमाता गायत्री देवी और बहुत-से और लोगों की भी रही होगी। ऐसे लोगों में, जो एकदम बेकसूर होने पर भी पकड़े गए थे, पंजाब के भूतपूर्व मुख्यमन्त्री भीमसेन सच्चर भी थे। उस समय उनकी उम्र अस्सी के आसपास थी। श्रीमती गांधी ने करुणा नाम की अनुभूति को कभी नहीं जाना। इमर्जेन्सी से प्राप्त सत्ता ने बहुत-से सरकारी नौकरों का दिमाग खराब कर दिया था : वे बदतमीज और निरंकुश हो गए थे। कुछ दूसरे लोग भी थे, जो अप्रसन्न रहकर भी, प्राप्त आदेशों का पालन बिना विरोध किए करते रहे। मेरे मित्र कृश्नचन्दर उनमें से एक थे। जब इमर्जेन्सी को वापिस ले लिया गया, और सत्ता के दुरुपयोग के बारे में जाँच आरम्भ की गई, तो कृश्नचन्दर इस बोझ को बर्दाश्त नहीं कर सके। उन्होंने उर्दू में एक संक्षिप्त नोट लिखा **जिल्लत से मौत अच्छी है** और कुएँ में छलाँग लगा दी।

एक लोकप्रिय साप्ताहिक का सम्पादक होने के कारण, फिल्म-उद्योग में मेरी बड़ी पूछ थी। मुझे फिल्म देखने जाने का खास शौक न पहले था, न अब है। मैंने जो थोड़ी-बहुत हिन्दी की फिल्में देखी हैं उनसे अभिनेताओं, निर्देशकों, प्रोड्यूसरों, संगीतकारों या प्लेबैक सिंगरों के बारे में मेरे मन में कोई सम्मान-भावना पैदा नहीं हुई। मेरे कुछ लाहौर के मित्रों ने बड़ी सफलता हासिल की थी। बलराज साहनी, उमा कश्यप (कामिनी कौशल) और देवानन्द बड़े ऊँचे दर्जे के अभिनेता थे। चेतन आनन्द को कई फिल्मों के फ्लाप होने का श्रेय प्राप्त था। बड़ी संख्या में नए अभिनेता, निर्देशक और गायक सामने आ गए थे। मैंने उनके चित्र *फिल्मफेअर* और *स्टारडस्ट* जैसी फिल्मी पत्रिकाओं में देखे थे।

फिल्म-जगत के लोगों में मेरी दिलचस्पी में तेजी से बढ़ोत्तरी देवयानी चौबल की वजह से हुई। उसकी बड़ी बहन नलिनी ने मेरे साथ लन्दन में थोड़े-से समय तक काम किया था। मैंने फिल्म-स्टारों की व्यक्तिगत जिन्दगी पर देवयानी के पाजीपन से लिखे हुए लेख पढ़े थे। वह इन्हें एक खास तरह की हिन्दुस्तानी इंग्लिश (हिंग्लिश) में लिखती थी जिसे पढ़ने में मुझे मजा आता था। हमारी पहली मुलाकात एक लंच पार्टी में हुई और हमें लगा कि हमें एक-दूसरे के लिए बनाया गया है। वह बड़ी कद-काठी की औरत थी। मुझसे एकाध इंच लम्बी और काफी भारी-भरकम। इसके बावजूद वह आकर्षक थी। उसकी काली पलकें शमशीरों की तरह ऊपर घूमी हुई थीं। उसकी आवाज भारी और मर्दाना थी और वह अद्भुत नकल उतारती थी। वह फिल्म स्टारों के बारे में जो कुछ लिखती थी उसे लेकर अक्सर मुसीबत खड़ी होती थी।

एक बार देवयानी ने धर्मेन्द्र का एक खाका खींचा। उस समय वह फिल्मी दुनिया में चोटी पर था। उसने उसका चित्रण एक ऐसे विजेता घोड़े के रूप में किया जो हर रोज तीन-चार औरतों को कृतार्थ कर सकता था। धर्मेन्द्र की एक पत्नी और बच्चे थे। साथ ही एक रखैल थी—हेमामालिनी जो बाद में उसकी दूसरी बीवी और दो बच्चों की माँ बनी। देवयानी ने कहा कि इन दोनों के अलावा, यदि उसके साथ काम करनेवाली कोई अभिनेत्री सेक्स-सम्बन्ध की इच्छा प्रकट करती थी तो धर्मेन्द्र उसे खुशी-खुशी अनुगृहीत कर देता

था। धर्मेन्द्र आगबबूला हो गया। उसने रेसकोर्स के आसपास कहीं देवयानी का रास्ता रोका। देवयानी ने भागने की कोशिश की पर साड़ी और मुटापे के कारण वह बहुत दूर नहीं पहुँच पाई। मुझे ठीक से पता नहीं है कि धर्मेन्द्र ने उसकी पिटाई की या नहीं, पर उसने धर्मेन्द्र के खिलाफ हमले और मारपीट की रपट दर्ज कराई। अगले दिन इस घटना की रिपोर्ट अखबारों ने अपने मुखपृष्ठ पर छापी। देवयानी के लिए अपने स्नेह के बावजूद, मैंने अपने कॉलम में लिखा कि अगर मैं धर्मेन्द्र की जगह होता तो मैंने भी उसके साथ ठीक वैसा ही किया होता जैसा धर्मेन्द्र ने किया। पुलिस ने देवयानी की रपट पर ध्यान नहीं दिया। धर्मेन्द्र मेरे पास उसे पुलिस केस से बचाने के लिए धन्यवाद देने आया।

कुछ महीनों के बाद देवयानी एक और लफड़े में फँसी। इस बार मामला ऐसे अभिनेता का था जिसका भाव तेजी से गिर रहा था। देवयानी ने उसके सेक्स-सम्बन्धों के किस्सों के अलावा, उसके अभिनय-कौशल की भी निन्दा की। इत्तफाक से वह जूहू के सन-एंड-सैंड्स होटल में फिल्म-जगत की एक पार्टी में मौजूद थी। मेहमानों के साथ गपशप करने के बाद, वह समुद्र तट की तरफ निकली एक मुँडेर पर बैठी हुई समुद्र की तरफ टकटकी लगाए थी। उस अभिनेता के दो बेटों की नजर उस पर गई। वे दोनों नशे में धुत थे। उनके आने का उसे पता भी नहीं चला। 'यू ब्लडीबिच, हमारे पिता के खिलाफ इतनी बेहूदी बातें लिखने की तुमने हिम्मत कैसे की ?'—वे चिल्लाए, 'अब यह ले, उनमें से एक ने बोतल की बियर उसके सिर पर उँडेलते हुए कहा। वह मदद के लिए चिल्लाई, 'बचाओ !' किसी मेहमान ने उसे बचाने की शराफत दिखाने की जरूरत नहीं समझी। उन्हें उसे परेशान देखकर आनन्द आ रहा था। उन लड़कों ने उसके सिर पर एक बियर की बोतल और खाली कर दी और दो-टूक शब्दों में उसे समझा दिया कि अगर उसने दुबारा उस किस्म की कोई बात लिखी तो वे उसकी क्या दुर्गत बनाएँगे। बड़ी मुश्किल से देवयानी ने वहाँ से छुटकारा पाया और पुलिस स्टेशन जाकर रपट दर्ज करा दी। अगले दिन सुबह वह इस भयावह अनुभव को सुनाने मेरे दफ्तर आई। उसके गालों पर आँसू बह रहे थे। पर मुझे समझ में नहीं आ रहा था कि उसे जिस तरह की धमकियाँ दी गई हैं, उनसे वह सचमुच परेशान है या वह उनके पूरा होने की आस लगाए बैठी है। 'तुम्हें मालूम है उन लोगों ने क्या कहा ? उन्होंने कहा कि हम तब तक तुम्हारी चुदाई करेंगे जब तक तुम्हारे नील न पड़ जाएँ, हम तब तक तुम्हारे साथ लौंडेबाजी करेंगे जब तक तुम्हारा थुलथुला पिछाड़ा जख्मी न हो जाए।' वह आँसू बहा-बहाकर उनके शब्दों को दोहरा रही थी और साथ में वे भद्दे इशारे भी कर रही थी जो उन लड़कों ने किए थे, जैसे वह उस अनुभव का मजा ले रही हो।

देवयानी मुझे सत्यं, शिवं, सुन्दरम् के आरम्भिक दृश्य दिखाने के लिए राजकपूर के प्राइवेट सिनेमा में ले गई। मैंने अपने साथ उस सिंधी परिवार को भी ले लिया, जो मेरे ऊपर की मंजिल में रहता था। शीला, उसकी बेटी ज्योति और उनकी नौकरानी फातिमा, सब उस महान अभिनेता से मिलने के लिए बहुत लालायित थे। ज़ीनत अमान भी मौजूद थी। मैं राजकपूर और ज़ीनत के बीच में बैठा था। देवयानी मेरे मेहमानों के साथ हमारे

पीछेवाली लाइन में बैठी थी। हमने ज़ीनत को गाँव के तालाब से बाहर निकलते हुए देखा। उसकी भीगी हुई साड़ी उसके बदन से चिपक गई थी और उसके बड़े सुडौल वक्ष साफ दिखाई दे रहे थे। राज ने बड़े उत्साह से मुझसे कहा, 'मैं तो वक्षस्थल का प्रेमी आदमी हूँ। क्या तुम नहीं हो।' मैंने सहमति जाहिर की कि सुडौल वक्षस्थल की अपनी खूबियाँ होती हैं। 'तुम्हारी **लाल परी** के कैसे हैं ?' उसने पूछा। संकेत शीला की तरफ था जो लाल साड़ी पहने थी। उसने सोचा कि वह मेरी रखैल है।

'मुझे कोई अन्दाज नहीं है,' मैंने जवाब दिया।

'जाने भी दो तुम...!' उसने आग्रह किया। 'मुझे देखने में तो वह ठीक-ठाक लगती है। पर कोई यह ठीक-ठीक नहीं बता सकता कि ब्लाउज के अन्दर क्या है, भला बता सकता है कोई ?'

एक बार रफ़ीक़ ज़कारिया मुझे एक संगीत-सभा में ले गया। हम लोग कुछ देर से पहुँचे। उसने पहली पंक्ति की सीट जो उसके लिए रखी गई थी, मुझे देते हुए कहा, 'तुम उनसे बात करो।' वह महिला जो मेरे बराबर की सीट पर बैठी थी, मेरी तरफ देखकर मुस्कुराई। वह निश्चित रूप से असाधारण सुन्दरी थी, पर मैं उसे ठीक-ठीक पहचान नहीं सका। जब रोशनी हुई तो मैंने उससे कहा कि हम लोगों का परिचय नहीं कराया गया। 'मैं मीनाकुमारी हूँ,' उसने जवाब दिया। इस नाम से मुझे कुछ थोड़ा-थोड़ा याद-सा आया पर बात पूरी तरह साफ नहीं हुई। 'आपका पेशा क्या है ?' मैंने उससे पूछा। उसने जवाब देने की मेहरबानी नहीं की—सिर्फ अपना सिगरेट सुलगाया और दूसरी तरफ बैठे व्यक्ति से बात करने के लिए उधर घूम गई। मीनाकुमारी उस समय हिन्दी-स्क्रीन की सबसे ऊँची अभिनेत्री थी।

नरगिस से मेरा परिचय *फेमिना* के सम्पादक गुलशन इविंग के माध्यम से हुआ। मैंने उसे *मदर इंडिया* में नायिका की भूमिका में देखा था। गुलशन ने मुझसे कहा कि नरगिस मुझसे मिलना चाहती है। मुझे बहुत अच्छा लगा। दत्त दम्पति की स्थिति उस समय बहुत अच्छी नहीं थी। नरगिस फिल्मों से रिटायर हो चुकी थी, और सुनील दत्त को स्वतन्त्र रूप से अभी अपनी जगह बनानी थी। उनके दो बच्चे सनावर स्कूल में थे, जो मेरे कसौलीवाले कॉटेज से दूर नहीं था। नरगिस जब *द टाइम्स ऑफ इंडिया* बिल्डिंग पहुँची, तो सबने उसे पहचान लिया। मेरा भाव और बढ़ गया। बड़े संकोच से उसने मुझसे पूछा कि क्या वह अक्तूबर में सनावर फाउंडर्स वीक के मौके पर मेरी कॉटेज में रह सकती है। 'सिर्फ एक शर्त पर,' मैंने उससे कहा। वह कुछ आशंकित दिखाई पड़ी। 'मेरी शर्त यह है कि उसके बाद आप मुझे सबसे यह कहने की इजाजत देंगी कि नरसिग मेरे बिस्तर में सोई थी।' वह हँस-हँसकर दोहरी हुई जा रही थी। 'शर्त मंजूर है !' उसने अपना हाथ मेरी तरफ बढ़ाते हुए कहा। राज्यसभा में हम दोनों का नामांकन एक साथ हुआ और हमें अगल-बगल सीटें दी गईं। जब भी कोई हमारा परिचय कराने की कोशिश करता तो वह कहती, 'आपको हमारा परिचय कराने की जरूरत नहीं है, मैं इनके बिस्तर में सो चुकी हूँ।'

परवीन बाबी से मेरी मुलाकात देवानन्द की एक पार्टी में हुई। सामान्यतः कॉकटेल

पार्टियों में मैं चुपचाप एक कोने में दो-एक पैग पीकर, सबकी नजर बचाकर खिसक जाता था। उस शाम परवीन आकर मेरी कुर्सी के पास कालीन पर बैठ गई। उसके बाल कितने खूबसूरत और लम्बे थे ! कैसी सम्मोहक आँखें थीं उसकी ! मैंने उसकी भरसक चापलूसी की। मैं पार्टी में आधी रात के बाद तक टिका रहा। अगर मुझे अगले दिन सुबह-सुबह दिल्ली के लिए फ्लाइट नहीं पकड़नी होती तो मैं और देर तक रुकता। मुझे सोने के लिए बहुत कम वक्त मिला और मैं नियमानुसार उड़ान के एक घंटे पहले सांता क्रूज हवाई अड्डे पर पहुँच गया। मैं कुछ पत्रिकाएँ खरीदने के इरादे से किताबों की दुकान पर पहुँचा। एक युवती जो कुछ-कुछ परिचित-सी लग रही थी, मेरी तरफ देखकर मुस्कुराई। मैंने उसके पास जाकर कहा, 'हम लोग निश्चित रूप से पहले मिले हैं,' 'अब आप यह तो न कहिए कि आप मुझे नहीं पहचानते ! अभी कुछ ही घंटे पहले आप मुझसे कह रहे थे कि आपने मेरे-जैसी खूबसूरती पहले कभी नहीं देखी ! मैं परवीन बाबी हूँ।' उसने मुझे माफ कर दिया और दिल्ली में आकर हमारे साथ डिनर खाने की इज्जत भी बख्शी।

फिल्मों के साथ मेरा सबसे नजदीक का रिश्ता तब बना जब आइवरी-मर्चेंट वाली जोड़ी ने मेरे उपन्यास *ट्रेन टु पाकिस्तान* पर फिल्म बनाने का प्रस्ताव किया। उन्होंने ज़फ़र हई से उसका निर्देशन करने के लिए कहा। एक बड़े प्रसिद्ध उर्दू-लेखक को संवाद लिखने के लिए बुलाया गया। उसने पंजाबी शब्दों को सही-सही पकड़ने में मेरी मदद चाही, और हफ्तों तक शाम-दर-शाम मेरी स्कॉच पीकर संवाद लिखने का काम पूरा किया। शशि कपूर फिल्म में पैसा लगाने और उसके मुख्य पुरुष पात्र की भूमिका निभाने के लिए तैयार हो गए। मेरी मुलाकात शबाना आज़मी से भी हुई। उसे मैं हिन्दी-स्क्रीन की सबसे अच्छी अभिनेत्री मानता हूँ और उसी को इस फिल्म में नायिका की भूमिका अदा करनी थी। छह महीने के बाद यह योजना रद्द कर दी गई। मेरा समय और कई गैलन स्कॉच बर्बाद हुई। पर किसी ने खेद प्रकट करने के लिए एक शब्द भी नहीं कहा।

जिन तमाम फिल्मी व्यक्तित्वों से मेरी मुलाकात हुई, उनमें सबसे रंगीन व्यक्तित्व अभिनेता आई.एस. जौहर का था। अभिनेता के रूप में उसके बारे में मेरी राय कोई बहुत अच्छी नहीं थी। प्रचार के लिए वह जैसे फूहड़ प्रयास करता था मैं शुरू में उनसे उखड़ गया। जैसे-जैसे अभिनेता के रूप में उसकी लोकप्रियता में गिरावट आती गई, वैसे-वैसे अपने को खबरों के केन्द्र में रखने का उसका अभियान बढ़ता गया। मैंने *द इलस्ट्रेटेड वीकली* में उसके कुछ लेख छापे। उसने प्रोतिमा बेदी से अपनी सगाई की घोषणा सिर्फ इसलिए की क्योंकि मीडिया को बेचने के लिए उसके पास इससे ज्यादा दिलचस्प और कोई बात नहीं थी। दोनों शादीशुदा थे और उनके बड़े-बड़े बच्चे थे। प्रोतिमा ने कबीर बेदी को तलाक दे दिया था और जूहू समुद्र की रेत में तेजी से कपड़े उतारते हुए अपने फोटो खिंचवाकर हिन्दुस्तान की अधिकांश पत्रिकाओं में रास्ता बना लिया था। उसका आकार सुन्दर था। जौहर ने रमा से शादी की थी। उससे एक बेटा और एक बेटी थी। रमा ने उसे छोड़ दिया और उससे बिना तलाक लिए, दिल्ली में उसके रिश्ते के भाई हरबंस से शादी कर ली। इस तरह उसका नाम रमा बंस पड़ा। वह जौहर के पास बम्बई लौटी। वह

मेरी जान-पहचान में अकेली ऐसी औरत थी जिसके दो जीवित पति थे और वह इन एकाधिक पतियों की पत्नी के रूप में खुश थी। वह जौहर के साथ रहती नहीं थी, पर अक्सर उसके साथ डिनर खाने जाती थी। हफ्ते में एक बार वह मुझे भी अपने साथ ले जाती थी। जौहर ब्रिज खेलने का बड़ा लोभी था। लोटस कोर्ट में उसके अपार्टमेंट से, रमा उसे क्रिकेट क्लब ऑफ इंडिया फोन करके हमारे पहुँचने की खबर देती, और उसे क्लब से 'चाइनीज' खाने का ऑर्डर देने के लिए कह देती। हम उसके लौटने का इन्तजार करते और इस बीच मैं उसके बड़े प्यारे से चपटी नाकवाले कुत्ते फीनू के साथ खेलता रहता। रमा उसके गद्दे के पासवाली दराज को खाली करके (वह जमीन पर सोता था) मुझे उन लगभग नग्न युवतियों के फोटो दिखाती जो जौहर से, फिल्मों में जगह दिलाने के लिए, सहायता चाहती थीं। लौटकर वह अपनी बेहतरीन स्कॉच निकालता था। वह बहुत कम पीता था और रमा शराब नहीं पीती थी।

जौहर बहुत आला दरजे का किस्सागो था। जो कहानियाँ वह सुनाता था उनमें उसके सेक्स-जीवन के किस्से भी शामिल रहते थे। मैं कभी यकीनन नहीं कह सकता था कि वह मुझे अपनी गुजरी हुई जिन्दगी के बारे में जो कुछ सुनाता था उसमें से कितना सच होता था और कितना इसलिए गढ़ा हुआ होता था ताकि मेरी दिलचस्पी उसमें बनी रहे। बम्बई छोड़ने के बाद मेरा जौहर से किसी तरह का संपर्क नहीं रहा। मैंने उसे अभिनेता या फिल्म प्रोड्यूसर—किसी भी रूप में गम्भीरता से नहीं लिया। मुझे उसके द्वारा लिखे गए नाटक भुट्टो को देखकर सुखद आश्चर्य हुआ। यह नाटक दिल्ली में खेला गया था। उसकी कल्पना बहुत अच्छी तरह की गई थी। उसकी विदग्धता ऑस्कर वाइल्ड के टक्कर की थी। सुहेल सेठ ने *भुट्टो* की भूमिका में गजब किया था। काश, जौहर ने उसे देखा होता। लेकिन तब तक उसकी मृत्यु हो चुकी थी।

जब दिल्ली में मेरे पिताजी की मृत्यु हुई, उस समय मैं बम्बई में था। अपने माता-पिता से मेरे सम्बन्ध वैसे ही थे जैसे परम्परावादी भारतीय परिवारों में होते हैं। शिष्टाचार के नियमों का पालन कड़ाई से किया जाता था, लेकिन आपसी भरोसे की बात नहीं की जाती थी। उनके चारों बेटों में से कोई उनको बाकी की अपेक्षा अधिक प्रिय नहीं था। मैं औरों की तुलना में शायद उनके तकरीबन सबसे करीब था, लेकिन मैंने भी उन्हें निराश कर दिया। मैं परम्परागत अर्थ में वैसी सफलता हासिल न कर सका जैसी की उन्होंने उम्मीद की थी। आमतौर पर जैसा दूसरे पिता-लोग भी करते हैं, उनके मन में अपनी इकलौती बेटी के लिए बहुत कमजोरी शी। उन्होंने उसे उपहारों से लादे रखा और अपने बेटों को जायदाद के जितने बड़े हिस्से दिए उससे बड़ा हिस्सा उन्होंने उसके लिए छोड़ा। यह हिस्सा पूरी तरह भारमुक्त था। मेरा सबसे छोटा भाई दलजीत स्पष्ट रूप से मेरी माँ को सबसे प्रिय था। मेरे सबसे बड़े और सबसे छोटे भाई के बीच बड़ी कटु लड़ाई हुई। मेरी माँ को सबसे बड़े भाई की पत्नी हमेशा नापसंद थी। उन्होंने खुलकर दलजीत का पक्ष लिया। संपत्ति के बँटवारे को

लेकर अपने भाइयों के बीच होनेवाले इस झगड़े की मुझे कोई खबर नहीं थी। ना ही मुझे यह मालूम था कि वे एक-दूसरे को कोर्ट में घसीट ले गए हैं। तभी मेरे पिता ने मुझे पत्र लिखकर बुलाया। वे जिन छोटी-छोटी बातों पर झगड़ रहे थे उनके बारे में जानकर मुझे बहुत तकलीफ हुई। मेरे चाचा उज्जल सिंह ने दोनों के बीच मध्यस्थता करने की कोशिश की, और असफल रहे। मैंने इस अप्रिय काम को अपने हाथ में लिया। ऊपर से लगा कि दलजीत समझाने से मानने के लिए ज्यादा तैयार है। लेकिन उसने एक संयुक्त सोसायटी को हथियाकर जो वादा मुझसे लिखकर किया था उससे वादाखिलाफी की और वह भी अपने सबसे बड़े भाई की गैरमौजूदगी में। मैंने अपने माता-पिता के सामने उससे इस बारे में पूछा और गुस्से में लताड़ते हुए उसे दगाबाज कहा। वह रोने लगा। उसने माँ की कसम खाकर कहा कि वह दुबारा ऐसा नहीं करेगा। वह हमेशा माँ की ही कसम खाता था। मैंने उस बैठक की कार्यवाही का पुर्जा फाड़ दिया जिसमें उसने काम का संचालन अपने हाथ में ले लिया था। मैं उनके बीच ऐसा बँटवारा कराने में कामयाब हो गया जो दोनों को मंजूर था।

समय गुजरते-गुजरते मेरे माता-पिता के बीच सम्बन्धों में भी बहुत बड़ा अन्तर आ गया। वर्षों से मेरे पिता बड़ी सख्ती से घर पर हुकूमत करते थे। जैसे-जैसे उनकी उम्र बढ़ती गई और उन्हें कम सुनाई देने लगा, पत्नी पर उनकी निर्भरता बढ़ गई। वह लोगों से **हैं ? की क्याह** ? कहकर हर बात दोहराने के लिए कहते तो माँ उन्हें फटकारतीं। वे खाते हुए अपनी टाई और कोट पर खाना गिरा लेते। गुस्सा खाने के बजाय वे अब जैसा उनसे करने के लिए कहा जाता उसे विनम्रता से स्वीकार कर लेते। जब भी मैं उनसे मिलने जाता, वे मुझसे अखबार पढ़कर सुनाने के लिए कहते, और महत्त्वपूर्ण घटनाओं के बारे में मेरी राय लेते। व्यायाम करना उनके बस का नहीं था। अपने को ठीक रखने की गरज से वे बस अपने लॉन के चक्कर लगा लेते थे। वे सुबह के नाश्ते में भरपेट कॉर्न फ्लेक्स, अंडे, सॉसेज, टोस्ट, शहद और चाय लेते। दोपहर के खाने से पहले वे एक-दो पैग जिन पीते; दोपहर के बाद की चाय के साथ वे केक के स्लाइस, बिस्कुट या भारतीय मिठाइयाँ खाते। डिनर से पहले वे दो-तीन पैग स्कॉच और बाद में अक्सर ब्रांडी पीते थे। डिनर में कम-से-कम चार या पाँच दौर होते : सूप, मछली, मांस, सब्जी और पुडिंग। यात्रा के दौरान वे जो कुछ भी रेलवे प्लेटफार्म पर मिलता था वही खा लेते थे। कार से मशोबरा जाते हुए वे कालका से चार मील ऊपर एक ढाबे में अचार के नमूने चखते थे और जाबली में **पेड़े** खाते थे। उनका वजन कभी नहीं बढ़ा और वे अपने अंतिम समय तक दुबले बने रहे। वे अपनी भूख बढ़ाने के लिए, और जो खाते थे उसे पचाने के लिए गोलियाँ खूब खाते थे। उनके कई ऑपरेशन हुए—गुर्दे की पथरी, मोतियाबिंद, बवासीर और आँत उतरने के। वे अपनी नींद में कमी कभी नहीं करते थे। जैसे ही वे तकिए पर सिर रखते, उन्हें दीन-दुनिया की खबर नहीं रहती थी। किसी और बात की बनिस्बत उन्होंने अपनी पक्की नींद के कारण नब्बे वर्ष की आयु पाई।

उन्हें बुढ़ाते और कमजोर होते देखकर दुःख होता था। मैं नियम बनाकर हर पंद्रह दिन में एक बार दिल्ली जरूर आता था। मैं उनके साथ सुबह का एक घंटा जरूर बिताता

था और या तो अपनी शाम की स्कॉच उनके साथ पीता था या उन्हें डिनर के लिए अपने साथ ले आता था। मैंने उन्हें जब आखिरी बार जीवित देखा, तो वह हमेशा से बहुत दुबले नजर आ रहे थे। उन्हें यह साफ लग रहा था कि अब उनके दिन गिने हुए हैं। मैं उनसे बिदा लेने लगा तो उन्होंने पूछा कि मैं अगली बार दिल्ली कब आऊँगा। 'पन्द्रह दिन?' उन्होंने पूछा और आगे कुछ नहीं कहा।

एक हफ्ते बाद मेरी पत्नी ने मुझे फोन पर खबर दी कि उनकी तबीयत ठीक नहीं है और वह उन्हें देखने जा रही है। एक घंटे बाद उसने फिर फोन किया और सूचना दी कि अब वे बहुत बेहतर हैं और उसने उनके साथ एक ड्रिंक लिया है। मेरी माँ और बहन उनके पास थीं। कुछ ही मिनट बाद, उसका तीसरा फोन यह बताने के लिए आया कि वे नहीं रहे। उस समय रात के साढ़े आठ बजे थे और तारीख 18 अप्रैल, 1978 थी।

मैं सुन्न पड़ गया। काफी देर तक मैं जड़ होकर बैठा रहा। मेरी समझ में नहीं आ रहा था कि मैं क्या करूँ। फिर मैंने ज़कारिया दंपति को फोन किया और फ़ातिमा से कहा कि वह राहुल को खबर दे दे और हमारी दिल्ली यात्रा का प्रबंध सुबह-सुबह की उड़ान से कर दे। वह मुसीबत के समय हमेशा मेरे काम आती थी। कुछ ही मिनट बाद ज़कारिया दंपति मुझसे मिलने आए। आधे घंटे के बाद मैंने उनसे जाने के लिए कहा ताकि मैं कुछ देर सो लूँ।

उस रात मुझे नींद नहीं आई। मैं अपने पिता की जिंदगी में घटित घटनाओं को याद करता रहा। एक ऐसा आदमी जो बिना किसी की मदद के अपने पैरों पर खड़ा हुआ। एक दरियादिल बाप, जिसमें मैंने मानव-सुलभ कमजोरियाँ शायद ही कभी जानी हों। मैं अच्छी तरह जानता था कि अगर मुझे लगातार उनका सहारा नहीं मिलता, तो मैं एक किताब भी नहीं लिख सकता था।

वे किसी समय नई दिल्ली के सबसे बड़े निर्माता थे। उनकी मृत्यु की खबर सारे दैनिक अखबारों में मुखपृष्ठ पर छपी। विद्युत शवदाहगृह में उनकी अन्त्येष्टि के मौके पर बहुत भीड़ थी। उससे भी ज्यादा भीड़ उनकी क्रिया के समय थी। सुजान सिंह पार्क का पूरा लॉन आनेवालों से भरा था। मेरे भाइयों ने अंतिम वक्तव्य देने के लिए मुझसे कहा। सौभाग्य से मैंने अपनी बात बिना धीरज खोए कह ली :

निशान-ए-मर्द-ए-मोमिन बा तू गोयम?
चूँ मर्ग आयद, तबस्सुम बार लब-ए-ओस्त?

(तुम मुझसे धर्मात्मा इंसान का लक्षण पूछते हो? जब मौत उसके अनकरीब होती है, तो उसके होंठों पर मुस्कान आ जाती है।)

मेरे पिता ने मुस्कुराहट के साथ मौत का सामना करने से बेहतर काम किया। जब वे अपनी मृत्यु-शैया पर लेटे, उससे कुछ ही मिनट पहले उनके हाथ में स्कॉच का जाम था।

जब मैं बम्बई में था, मुझे खुद से यह सवाल करना जरूरी लगा कि मैं कितनी दूर तक

सिख हूँ? मैंने धार्मिक विश्वासों और कर्मकांड को त्याग दिया था। मैंने खालसा पंथ के बाहरी प्रतीकों को अपनाए रखा, यानी मैंने दाढ़ी और सिर के बाल नहीं कटवाए। लेकिन मैंने बाकी चार ककार की कभी परवाह नहीं की—यानी लोहे का कड़ा, कंघा, कच्छा और किरपान की। न ही मुझे लगा कि खाने और पीने का कोई असर किसी व्यक्ति की धार्मिक आस्थाओं पर पड़ता है। खालसा परम्परा के विरुद्ध मैं गोमांस और हलाल गोश्त भी खाता रहा। मैंने स्कॉच की अपनी लत को भी कभी छिपाने की कोशिश नहीं की। परम्परा से वर्जित और बातों की भी मैंने आजमाइश की। जैसे मैंने सिगरेट पी (मैंने गाँजे का भी दम लगाकर देखा) और तम्बाखू का पान भी खाया। मैंने इन चीजों को जब छोड़ा तो इसलिए नहीं कि मेरे मन में कोई धार्मिक जोश पैदा हुआ, बल्कि इसलिए कि जो काम मैं खुलेआम नहीं कर सकता उसे करने का कोई फायदा नहीं है।

सिख धर्म और इतिहास पर मेरी पुस्तकों के प्रकाशन के कारण सिख समुदाय ने मुझे स्वीकार कर लिया। मेरे इस विरोध को कि मैं अज्ञेयवादी हूँ, उन्होंने गम्भीरता से नहीं लिया। मैं जहाँ भी जाता था, मुझे गुरुद्वारे की सभाओं को संबोधित करने का निमंत्रण दिया जाता था और **सरोपा** भेंट किया जाता था। मैं इस कदरदानी के लिए उनका शुक्रगुजार था। मैंने यह नतीजा निकाला था कि जब तक मैं खालसा होने के दिखावे को बनाए रखूँगा, वे लोग मुझे अपना जैसा समझेंगे और मुझे वह वाहवाही मिलती रहेगी जिस पर वे लोग मेरा हक समझते हैं। अगर मैंने उसे त्याग दिया तो वे लोग मुझे त्याग देंगे। इस बात ने मेरे मन में सिख समुदाय के प्रति अपनेपन का एहसास पैदा कर दिया। मुझे इस बात का तजुर्बा था कि जो सिख अपने केश और दाढ़ी मुँड़वा देते हैं उन्हें कुजात समझा जाता है। वे चाहे गुरुद्वारे में कितनी अरदास करें, कितना भारी लोहे का कड़ा पहनें और कितने भी जोरशोर से अपने को सिख कहें, सिख उन्हें अपनी बिरादरी का नहीं समझते थे।

मैं अपनेपन के इस एहसास का जितनी अच्छी तरह पोषण कर सकता था मैंने किया। गु़ गोविंदसिंह की तीसरी जन्म शताब्दी के अवसर पर विदेशों में सिख मत पर भाषण देने के लिए तीन विद्वानों को चुना गया। चूँकि कपूर सिंह और गोपाल सिंह दरदी, दोनों का दायरा मुझसे ज्यादा बड़ा था उन्होंने अमरीका, कनाडा और यूरोप का चुनाव कर लिया, मेरे लिए जर्मनी, फ्रांस और इंग्लैंड बच रहे। हम सबको खर्च के लिए पैसा दे दिया गया था। जर्मनी और फ्रांस में मेरी सभाओं में बहुत कम लोग आए। मैं जो कुछ कहता था उसका अनुवाद जर्मन, फ्रेंच में किया जाता था और उसका प्रभाव बहुत कम हो जाता था। इंग्लैंड में बात कुछ और थी। लन्दन के अल्बर्ट हॉल में एक विराट सभा का आयोजन किया गया था। मीटिंग के एक दिन पहले मैं अल्बर्ट हॉल तक पैदल यह देखने गया कि उसका विज्ञापन किया गया है या नहीं। मैं यह देखकर बहुत पुलकित हुआ कि वहाँ एक विशाल पट्टा लगा है जिस पर मुख्य वक्ता के रूप में मेरा नाम है। मेरे अलावा जिन छः और वक्ताओं के नाम थे, उनमें कैन्टरवरी के महाधर्माध्यक्ष, और भारत के कार्यकारी हाई कमिश्नर पी.एन. हक्सर भी शामिल थे। मुझे आशंका थी कि हाल आधे से ज्यादा नहीं भरेगा। मैं अगले दिन जब नियत स्थान पर पहुँचा तो मैंने देखा कि पार्किंग की जगह सैकड़ों

शाराबैंक गाड़ियाँ* लगी हैं। पूरे इंग्लैंड के सिख, सभा में शामिल होने के लिए आए थे। मैंने मंच पर अपना स्थान ग्रहण किया। मेज पर वक्ताओं के लिए पानी के गिलास रखे थे। मैंने एकाध घूँट भरा और फिर चुपचाप अपना स्कॉच से भरा फ्लास्क उसमें खाली कर दिया। मैं घबराहट की स्थिति में अक्सर ऐसा करता था। स्कॉच से मेरी वाणी प्रवाहित हो चली। जब मेरी बारी आई तो मैंने पंजाब के ग्रामांचल में फूली हुई सरसों की, आटे की चक्की में बजती सीटी की, जवास के जलने की गंध की चर्चा की। मैंने उनसे कहा कि मैं इसे अपना सौभाग्य समझता हूँ कि मैं हिंदुस्तान में उनके सिख भाइयों की शुभकामनाएँ इंग्लैंड में बसे सिखों के लिए लाने को चुना गया। मेरे बहुत-से श्रोता, जिन्हें घर की बेतरह याद आ रही थी, रो पड़े। मैं गरमाते-गरमाते अपने विषय गुरु गोविन्दसिंह की *धर्मयुद्ध* की अवधारणा पर पहुँच गया। मैंने अपनी बात यह कहते हुए खत्म की कि चूँकि उन्होंने इंग्लैंड में रहने का चुनाव किया है, इसलिए उन्होंने जिस भूमि को अपनाया है उन्हें उसके साथ अब पूरी तरह तादात्म्य स्थापित करना चाहिए और गर्व से कहना चाहिए कि 'मैं सिख हूँ, मैं ब्रिटिश हूँ।' मेरे भाषण के बाद 'बोले सो निहाल, सतसिरी अकाल' की गरजती हुई पुकारों से उसका अभिनंदन हुआ। मुझे अपनी प्रस्तुति पर बहुत गर्व हुआ। मुझे केवल अपने सिख होने पर ही नहीं बल्कि इस बात पर भी गर्व हुआ कि सिखों को मुझ पर गर्व है।

मेरे भाषण के उद्धरणों को हिन्दुस्तानी और ब्रिटिश प्रेस में व्यापक रूप से रिपोर्ट किया गया। जब मैं वापिस भारत लौटा तो उस पैसे में से जो मुझे दिया गया था, मेरे पास एक-दो सौ पाउंड बच गए थे, लेकिन किसी ने मुझसे हिसाब नहीं माँगा। मुझे लगा कि इस पैसे पर मेरा नहीं, सिख पंथ का अधिकार है। मेरे पास जो कुछ बचा था उसे मैंने वापिस कर दिया। कपूर सिंह और दरदी में से किसी ने न तो हिसाब देने की चिन्ता की और न ही कुछ वापिस किया। जब उन्होंने मेरी करनी का समाचार सुना तो मुझे बेवकूफ कहा।

बम्बई में केहर सिंह ने मुझे सिख समुदाय का सदस्य स्वीकार किया। उन्होंने गुरु नानक के जन्म-समारोह पर मुझे उगांडा भेजने के लिए पैसा इकट्ठा किया। मैं कीनिया और उगांडा में सिख मत पर भाषण देने से ज्यादा वहाँ के वन्यजीवन को देखने के लिए उत्सुक था। मैं बम्बई से नैरोबी होता हुआ कम्पाला गया। मेरे मेजबान चन्दन सिंह मुझे गाड़ी से धने जंगलात और पहाड़ों के रास्ते नील नदी के तट पर बसे जिंजा तक ले गए। चन्दन सिंह भारत के बाहर मामूली बढ़ई की हैसियत से आए थे, पर उन्होंने निर्माण के काम में अच्छी सफलता पाई। वे बहुत बड़े बँगले में रहते थे और उनके पास कई गाड़ियाँ थीं। मैं गुरु नानक के जन्मदिन के जुलूस में शामिल हो गया। इस जुलूस का नेतृत्व इस्माइलिया गर्ल्स स्कूल की एक टोली (सब मुसलमान थीं) कर रही थी। जिंजा की सड़कों से होता हुआ यह जुलूस उनके गुरुद्वारे पहुँचा। मैंने पंजाबी में भाषण दिया। स्थानीय भारतीयों के लिए जो दूसरी सभाएँ आयोजित की गई थीं, उनमें मैं अंग्रेजी में बोला। चन्दन

* एक विशेष लम्बी गाड़ी जिसे लोग प्रायः घूमने के काम में लाते हैं।

सिंह को अंग्रेजी का एक शब्द नहीं आता था, पर वे हमेशा मौजूद रहते थे। जब हम शाम के समय आराम से स्कॉच पीते, तो वे बड़े भोलेपन से मुझसे कहते, *'खुशवंत सिंह जी, समझ ते कुछ नहीं आया, पर आनन्द बहुत आया।'* मेरे श्रोताओं में सरदार इन्दर सिंह भी थे। वे अरबपति थे और उनका व्यापार कई अफ्रीकी देशों में फैला था। उनका विशाल भवन उस स्थान पर ऊँचाई पर बना था जहाँ विक्टोरिया झील से नील अपनी हजार मील की यात्रा पर निकलती थी, और उगांडा, सूडान और मिस्र होती हुई लाल सागर पहुँचती थी। उन्होंने मुझे उस हिप्पोपोटामी के बारे में बताया जो अक्सर उनके बगीचे पर हमला किया करता था, और उन मगरमच्छों के बारे में भी, जो उनकी चहारदीवारी के बाहर धूप सेंकते थे। उन्होंने वन्यजीवन में मेरी दिलचस्पी को भाँप लिया था। 'तुम्हें मार्चीसन फॉल ज़रूर जाना चाहिए,' उन्होंने मुझसे कहा। 'दुनिया में उसके मुकाबले की कोई चीज़ नहीं है।' 'मार्चीसन फॉल जिंजा से कई सौ मील की दूरी पर उगांडा और सूडान की सीमा पर स्थित थे। वहाँ जाने के लिए मेरे पास न समय था और न पैसा। सरदार इन्दर सिंह ने दोनों बातों का बन्दोबस्त कर दिया। उनका अपना जहाज था और एक इस्माइली युवक उसका चालक था। वे जहाँ जाना चाहते थे यह पाइलट उन्हें उड़ा ले जाता था। हम लोग मार्चीसन फॉल गए। मैंने इतनी छोटी-सी जगह में वन्यजीवों की इतनी भीड़ कभी नहीं देखी : सैकड़ों की तादाद में हिप्पोपोटामी, जिराफ, मगरमच्छ, हिरण और जेबरा और तरह-तरह के रूप, आकार और रंगों की चिड़ियों की तमाम अनोखी किस्में। हम लोग शाम तक कम्पाला लौट आए। मैंने जिंजा के गुरुद्वारे में जब आखिरी सभा को सम्बोधित किया, तो वहाँ एकत्र जन-समूह ने मुझे पाँच पाउंड के नोटों का हार पहनाया। मुझे पता नहीं कि उसमें कितने नोट थे लेकिन मेरा मोटा अन्दाज है कि वे सौ से ऊपर रहे होंगे, कुल मिलाकर कम-से कम पाँच सौ पांउड। मुझे इस उपहार को स्वीकार करने का बुरी तरह लालच आया। पर एक बार फिर मुझे लगा कि इस पैसे पर मेरा नहीं, पंथ का अधिकार है। मैंने अपने गले के नोटों का वह हार उतारकर ग्रन्थ साहिब के सामने रख दिया।

केहर सिंह ने बम्बई विश्वविद्यालय को सिख मत पर कुछ सिलसिलेवार भाषण कराने के लिए राजी कर लिया। उप-कुलपति ने मुझे ये भाषण देने के लिए आमन्त्रित किया। मुझे इन पर बहुत मेहनत नहीं करनी पड़ी क्योंकि मैंने इसी तरह के भाषण उस समय मद्रास विश्वविद्यालय में दिए थे, जब मेरे चाचा सरदार उज्जल सिंह वहाँ के गवर्नर थे। जैसा हर जगह होता था, मद्रास में भी श्रोताओं में ज्यादातर सिख थे। इन्हीं भाषणों के दौरान मुझे अपने बेटे राहुल का पत्र मिला कि उसने अपने लम्बे बाल कटवा दिए हैं। राहुल उस समय *रीडर्स डाइजेस्ट* के किसी काम से इंग्लैंड में था। उसने अपने फैसले के लिए मुझे जिम्मेदार ठहराया था, उसका पालन-पोषण अज्ञेयवादी वातावरण में हुआ था। उसे कभी अरदास करना नहीं सिखाया गया और अखंड पाठों पर *गुरु ग्रन्थ साहिब* का जो पाठ होता था वह उसे समझ में नहीं आता था और उबाऊ लगता था। लम्बे बालों और दाढ़ी का नैतिकता या धर्म से क्या सम्बन्ध है यह बात उसकी समझ के बाहर थी। और चूँकि उसके ज्यादातर दोस्त अंग्रेज, हिन्दू या मुसलमान थे, इसलिए उसे सिख समुदाय के साथ कोई खास

अपनापन महसूस नहीं होता था। मैंने महसूस किया कि वह ठीक कह रहा है—पर आश्चर्य की बात है कि मुझे उसकी बात से गहरी चोट पहुँची और मैंने अपने भाषणों को रद्द करना चाहा। मुझे मालूम था इस बात से मेरी पत्नी को दुख होगा (गोकि उसने अरदास करनी छोड़ दी थी) और मेरे माता-पिता तो और भी ज्यादा दुखी होंगे। मैंने बिना कोई टिप्पणी किए वह पत्र अपनी पत्नी को भेज दिया। उसने लिखा कि अगर हमने उसका पालन-पोषण परम्परानिष्ठ सिख की तरह नहीं किया तो हमें जवान बेटे पर हुक्म चलाने का हक नहीं पहुँचता। और उससे सम्बन्ध तोड़कर वह अपने आपको ही तकलीफ देगी। मुझे अपने पिता की प्रतिक्रिया पर और भी ज्यादा ताज्जुब हुआ। मेरी बहन ने लड़कों के केश कटा दिए थे और इस बात को भले ही अनिच्छापूर्वक, स्वीकार कर लिया गया था। राहुल उनका सबसे प्यारा पोता था। उसने पढ़ाई अच्छी तरह की थी और अपने लम्बे बालों का जूड़ा बाँधे कैम्ब्रिज विश्वविद्यालय के लिए टेनिस खेली थी। अपनी वसीयत के पहले मसौदे में मेरे पिताजी ने अपना जनपथ वाला विशाल घर, जिसमें तीन एकड़ लॉन और लगा हुआ एक छोटा-सा घर था, मेरे बेटे के नाम लिखा था। उन्होंने कहा कुछ नहीं, पर वे अप्रसन्न दिखाई दिए। राहुल पगड़ी के साथ बड़ा आकर्षक सिख लगता था; पगड़ी के बगैर और दाढ़ी-मूँछों को छोटा कराके वह अज्ञातकुल मौलवी दिखाई देने लगा। हमें उसके इस नए रूप के अभ्यस्त होने में कुछ साल लगे।

बैनेट कॉलमेन के साथ मेरा इकरारनामा दो बार बढ़ाया गया था और मुझे उम्मीद थी कि तीसरी बार फिर वैसा ही होगा। लेकिन, कम्पनी के हालात और देश में बदलाव आ चुका था। कई साल सरकार के नियन्त्रण में रहने के बाद कम्पनी उसके मालिकों—जैन परिवार को लौटा दी गई थी। श्रीमती गांधी चुनाव हार गई थीं और उनकी जगह मोरारजी देसाई ने ले ली थी। मेरा कोई समझौता न कम्पनी के नए चेयरमैन अशोक जैन के साथ और न ही नए प्रधानमंत्री मोरारजी देसाई के साथ हो सका। मैं श्रीमती गांधी और उनके बेटे संजय का समर्थन करता रहा। एक अंक में हमने देश के सबसे लोकप्रिय आदमी के बारे में पाठकों की राय के लिए उनका मतसंग्रह कराया। पाठकों ने बड़ी संख्या में संजय गांधी के पक्ष में मत प्रकट किए, जिससे नई सरकार उसकी माँ से भी ज्यादा नफरत करती थी। मोरारजी देसाई *द इलस्ट्रेटेड वीकली* से बहुत परेशान हुए क्योंकि वह तब भी देश में सबसे व्यापक रूप से पढ़ी जानेवाली पत्रिका थी। मैंने पत्र लिखा कि जब वे बम्बई आएँगे तो मुझे साक्षात्कार का मौका दें। मुझे तीन लाइन का जवाब मिला जिसमें यह कहा गया था कि उनसे सांता क्रूज हवाई अड्डे पर यह पता लगाने के लिए मिलूँ कि उनके पास मुझसे मिलने का समय होगा या नहीं। मैं हवाई अड्डे गया। उनके प्रशंसकों की भीड़ से धक्कामुक्की करते हुए मैंने अपने लिए रास्ता बनाया। उनके पास पहुँचकर मैंने उन्हें नमस्कार किया। उन्होंने गुस्से से मेरी तरफ देखा और बुड़बुड़ाए, 'तो तुम्हारा ख़याल है कि संजय देश का नायक है।' मैंने विरोध किया कि यह मेरी नहीं पाठकों की राय है।

‘कैसे पाठक ?’ उन्होंने बात काटी, ‘वह सब तिकड़म थी।’ वह गाड़ी में बैठने वाले थे, कि मैंने उनसे कहा, ‘मोरारजी भाई, मैं मान लेता हूँ कि आप मुझसे मिलना नहीं चाहते।’ जवाब देने से पहले वे जरा रुके। ‘नहीं, मैं तुमसे मिलूँगा। तुम पाँच बजे शाम को मेरे बेटे के अपार्टमेंट पर आ जाना।’

जब मैं कान्ति देसाई के घर पहुँचा तो उनके बरामदे में और पिताजी के शयनकक्ष में लोगों की एक और भीड़ थी। मोरारजी पलंग पर बैठे उन लोगों से बात कर रहे थे। उन्होंने मुझे देखा और अपने उन मिलनेवालों से चले जाने के लिए कहा। ‘मैंने इन्हें वक्त दिया है, मैं इनसे अकेले में बात करना चाहता हूँ,’ उन्होंने आदेश दिया। भीड़ चली गई। मोरारजी ने मुझसे अपने पास पलंग पर बैठने के लिए कहा। मैं जिस आदमी से सुबह हवाई अड्डे पर मिला था, यह व्यक्ति उससे एकदम भिन्न था। उन्होंने मेरा यह बयान तो स्वीकार कर लिया कि पाठकों का बहुमत संजय के पक्ष में था, पर वे इस बात पर अड़े रहे कि यह सब तिकड़म से किया गया (वे सही कह रहे थे, क्योंकि बाद में मुझे संजय की पत्नी मेनका ने बताया कि उसने ‘पाठकों’ के सैकड़ों वोट अपने पति के पक्ष में भेजे थे)। मैंने अपना टेप-रिकॉर्डर चालू कर दिया और उनसे इमर्जेन्सी, जेल में उनकी नजरबंदी और भारत के बारे में उनकी योजनाओं के विषय में तमाम तरह के सवाल पूछे। मैंने उनसे खासकर नशाबंदी के बारे में सवाल किया कि जहाँ-जहाँ नशाबंदी लागू की गई वहीं वह बुरी तरह असफल रही। इसके बावजूद क्या उनका इरादा उसे फिर लागू करने का है ? वे अपनी बात पर अटल रहे : नशाबंदी संविधान की आदेशात्मक धारा है, वह देश के कई भागों में सफल रही है, विशेष रूप से उनकी जन्मभूमि गुजरात में और उनका इरादा उसे पूरे देश में लागू करने का है। जब मेरे सवाल खत्म हो गए तो उन्होंने मुझसे टेप-रिकॉर्डर बन्द करने के लिए कहा। वे मुझसे ऐसे बात करना चाहते थे जैसे एक आदमी दूसरे आदमी से करता है या फिर दोस्ताना ढंग से। ‘तुम मेरे नशाबंदी पर जोर देने का या मूत्र-चिकित्सा की वकालत करने का मजाक उड़ाते हो। अगर मैं तुम्हें समझाऊँ कि शराब पीना तुम्हारे लिए बुरा है, तो क्या तुम उसे छोड़ दोगे ?’

‘मोरारजी भाई, मैं पिछले पचास साल से शराब पी रहा हूँ और जिन्दगी में एक बार भी मैंने नशे में होश-हवास नहीं खोए। अगर मैं आपको समझाऊँ कि शराब पीना आपके लिए बुरा नहीं है, तो क्या आप एक बार शराब पी लेंगे ?’ मैंने जवाब देते हुए सवाल किया।

उन्होंने मेरे सुझाव पर कुछ देर सोचा और जवाब दिया, ‘यह प्रस्ताव उचित है, अगर तुम मुझे कायल कर दो कि शराब पीना स्वास्थ्य के लिए बुरा नहीं है, तो उसे आजमाने का वायदा करता हूँ।’

वह उसके बाद मूत्र-चिकित्सा के फायदों का गुणगान करने लगे। उन्होंने ऐसे अनगिनत रोगों का हवाला दिया जिन्हें डॉक्टरों ने लाइलाज घोषित कर दिया था और वे ताजे मूत्र से ठीक हो गए। ‘मेरे पास कैंसर के इलाज का भी एक नुस्खा है। हर तरह का खाना छोड़ दो। ताजा अंगूर खाते और गरम पानी पीते रहो। इससे कैंसर तुम्हारे तन्त्र में से निकल जाएगा।’ उनके दोस्ताना रवैये से प्रेरित होकर मैंने उनकी एक और सनक के

बारे में सवाल किया, 'मोरारजी भाई, मैंने आपकी सेक्स से परहेज रखने की प्रतिज्ञा के बारे में भी लिखा है।' मैं बात को आगे बढ़ाता इससे पहले ही उन्होंने बात काटते हुए कहा, 'मैं इस विषय पर तुमसे बात नहीं करना चाहता।' एक घंटे से भी ऊपर चला यह साक्षात्कार इसके साथ ही खत्म हो गया।

अपनी सनकों के बावजूद मोरारजी सीधे और ईमानदार आदमी थे जो शायद ही कभी झूठ बोलते हों। यह बात उनके बेटे कान्ति के बारे में सही नहीं है जिस पर वे जान छिड़कते थे। जहाँ तक मोरारजी का सवाल था, वे समझते थे कि कान्ति कोई गलती कर ही नहीं सकता था। कुछ दिनों के बाद जब अशोक जैन ने मुझे सुबह का नाश्ता साथ करने के लिए अपने घर आमन्त्रित किया तो मैंने अपने अनुबंध का जिक्र छेड़ा। बड़ी नरमी से लेकिन दृढ़ता के साथ उन्होंने मुझे बताया कि कान्ति देसाई को मेरे सम्पादक बने रहने पर भारी संकोच है इसलिए मेरे अनुबंध को फिर से जारी रखना सम्भव नहीं होगा। कई हफ्ते बाद जब यह बात फैल गई कि मालिकों पर देसाई परिवार के दबाव की वजह से, सम्पादक की हैसियत से मेरा कार्यकाल कुछ ही महीनों में खत्म होनेवाला है, तो मोरारजी ने मुझे दिल्ली से फोन किया, 'क्या तुम मेरा विश्वास करोगे कि मैंने अशोक जैन से तुम्हारे खिलाफ एक शब्द भी नहीं कहा ?' मैंने जवाब दिया, 'अगर आप ऐसा कहते हैं तो मैं यकीन कर लेता हूँ क्योंकि मैं जानता हूँ कि आप झूठ नहीं बोलते।' यह बात अशोक जैन या कान्ति देसाई पर लागू नहीं होती थी। अशोक जैन ने इस बात से साफ इंकार कर दिया कि उन्होंने मुझे यह बताया था कि देसाई लोगों ने मेरे बारे में उनसे कुछ कहा। मोरारजी की सरकार ने अपने खिलाफ लोगों से बदला लेने के आक्षेप की जाँच करने के लिए अविनाशलिंगम कमीशन बैठाया। जब कान्ति देसाई से मेरे मामले के बारे में पूछा गया तो उन्होंने कहा कि वे यह भी नहीं जानते कि मैं कौन हूँ। यह बात रिकॉर्ड पर है।

मैं अपने मामलों की व्यवस्था के लिए बम्बई लौटा। अपने उत्तराधिकारी को कार्यभार सौंपने के लिए मेरे पास तीन महीने का समय था। मैंने दूसरी नौकरी तलाश करने या अपने उपन्यास *दिल्ली* पर काम करने के लिए तीन महीने की छुट्टी ले ली। मैंने अपनी तरफ से अपने उत्तराधिकारी पद के लिए आर.जी.के. के नाम की सिफारिश की। उसे तुरन्त अस्वीकार कर दिया गया। मेरी रवानगी की तारीख तय थी। मैंने सम्पादकीय पृष्ठ पर अन्तिम बिदाई लेख भावुकता से यह कहते हुए लिखा कि *द वीकली* में मेरा बल्ब का प्रतीक चिह्न अब आगे नहीं निकलेगा। किसी खुराफाती ने प्रबंधकों से शिकायत कर दी कि मैंने बैनेट कॉलमेन के खिलाफ बेहूदा लेख लिखा है। अपना पद छोड़ने के एक सप्ताह पहले, मैं दफ्तर में हमेशा की तरह सबसे एक घंटा पहले पहुँच गया था। दस बजे एक वरिष्ठ क्लर्क जनरल मैनेजर राम तरनेजा का एक पत्र लेकर मेरे पास आया। उसने कहा : 'सर, मैं इसे आपको कल देने की कोशिश कर रहा था, पर आप घर चले गए थे। मुझे अफसोस है कि इसके वाहक का काम मैं कर रहा हूँ। मुझे उम्मीद है आप मुझे इसके लिए क्षमा कर देंगे।' उस पत्र में सिर्फ एक पैराग्राफ था जिसमें कहा गया था कि मुझे नौकरी से फौरन बर्खास्त किया जाता है और मुझे कार्यभार तुरन्त एम.वी. कामथ को सौंप देना है। संक्षेप

में, मेरी छुट्टी निर्धारित समय से एक हफ्ते पहले कर दी गई।

मैंने फ़ातिमा ज़क़ारिया को बुलवाया, पत्र उसे थमा दिया, और कहा कि वह मेरे जाने के बाद स्टाफ को यह सूचना दे। मैंने अपनी छतरी उठाई और *द टाइम्स ऑफ इंडिया बिल्डिंग* से बाहर निकल आया। अपने सम्पादकों के प्रति बेमतलब अशिष्ट व्यवहार करना जैसे जैन परिवार का प्रतीक चिह्न बन गया था। उन्होंने अपने सबसे विशिष्ट सम्पादक फ्रैंक मोराज़ के साथ भी इसी तरह का अशिष्ट व्यवहार किया था। इन्दर मल्होत्रा और प्रेमशंकर झा दोनों अपने-अपने क्षेत्र के जाने-माने व्यक्ति थे। उनका भी अपमान करके उन्हें छोड़ने के लिए मजबूर किया गया। गिरीलाल जैन ने अपना जीवन उनकी सेवा में बिताया। उन्होंने *द टाइम्स ऑफ इंडिया* का अत्यन्त उत्कृष्ट ढंग से नौ वर्ष से अधिक समय तक सम्पादन किया। उन्हें मुझसे भी अधिक अपमानजनक ढंग से रास्ता दिखा दिया गया।

मैं *दिल्ली* की अपनी पांडुलिपि के अगले अध्याय पर काम करने लगा। इस काम में अल्लामा इक़बाल की इन पंक्तियों ने मुझे प्रेरणा दी :

जहाँ में अहले-ईमान सूरत-ए-खुर्शीद जीते हैं,
इधर डूबे, उधर निकले, उधर डूबे, इधर निकले।

(इस दुनिया में आस्थावान और आत्मविश्वासी मनुष्य सूर्य की तरह होते हैं। वे एक तरफ डूबते हैं, दूसरी तरफ उगते हैं।)

मैंने बाकी के तीन महीने अपने उपन्यास पर काम करते हुए गुजारे। मेरे सामने नौकरी के कई प्रस्ताव आए जिनमें *फ्री प्रेस जर्नल* का सम्पादक पद भी शामिल था। कुछ समय की ऊहापोह के बाद, मैंने उन्हें अस्वीकार कर दिया। बम्बई से अब मेरा मन भर गया था और मैं अपने परिवार में और दिल्ली लौटना चाहता था। मुझे स्टेशन पर बिदा करने के लिए ज़क़ारिया परिवार, केहर सिंह गिल, हरजीत कोहली और कुछ दूसरे सिख आए। बम्बई से चलने के बाद एक घंटा बीतते-बीतते *द इलेस्ट्रेटेड वीकली* के साथ गुजरे नौ साल मैंने अपने मन से निकाल दिए। अगले दिन सुबह जब मैं निज़ामुद्दीन रेलवे स्टेशन पर उतरा तो मेरी पत्नी और बेटी माला मुझे लेने के लिए वहाँ मौजूद थीं। मुझे उन्हें वहाँ देखकर जैसे फिर से भरोसा हुआ कि उनसे अपने-आपको इतनी निष्ठुरता से दूर करने के लिए उन्होंने मुझे माफ कर दिया है।

बम्बई के दृश्य कई महीनों तक मेरी यादों में आते रहे। अजीब बात है कि मुझे वहाँ के लोग याद नहीं आए। याद आई वहाँ की बरसात, मेरीन ड्राइव के किनारे गुड़ी पड़वा के लिए अभ्यास करते हुए नर्तकों के घुँघरुओं की आवाज़, मूसलाधार वर्षा जो जालीदार पर्दे की तरह बरसती थी, वे कुत्ते जो ऑफिस के रास्ते में जब मैं उनके पास से गुजरता था तो वे अपनी दुम हिलाते थे। दिल्ली लौट आने के कुछ महीने बाद तक मैं जितनी बार हो सकता था उतनी बार बम्बई जाता था ताकि ज़क़ारिया परिवार और दूसरे दोस्तों से निकट सम्पर्क बना रहे। मैंने बड़ी जल्दी पहचान लिया कि एक बीती याद के सिवा फ़ातिमा

के लिए मेरा कोई अर्थ नहीं है। उसने अपनी निष्ठा और स्नेह बड़ी तेजी से अपने नए मालिक गिरीलाल जैन के प्रति घुमा दिया था। वह उनके दफ्तर में उतना ही समय बिताती थी जितना कभी मेरे दफ्तर में बिताया करती थी। वह उनकी मुलाकातों का उसी तरह हिसाब रखती, उन्हें निमन्त्रण देती और उनके लिए खाना भेजती थी। सच्चाई यह है कि मुझे इस बात से बेहद तकलीफ हुई। इस कष्ट से अपने-आपको समझाकर उबरने में मुझे लम्बा समय लगा। मैंने नतीजा निकाला कि एक बीमारी है, जिसे हम बॉसोफीलिया (बॉस के प्रति प्रेम) कह सकते हैं। इस बीमारी का शिकार कामकाजी महिलाएँ होती हैं। यह एक ऐसी व्यावसायिक बाधा है कि जिसका सामना कामकाजी महिलाओं को करना पड़ता है, और उनमें से अधिकांश इसका शिकार हो जाती हैं। कामकाजी पुरुष अक्सर बॉसोफ़ोबिया (बॉस के भय) से ग्रस्त रहते हैं और अपने बॉस को ऐसे जोकर के रूप में देखते हैं जो नफरत का पात्र होता है, जो न किसी को समझता है और न उसके मन में किसी के प्रति सहानुभूति होती है। कामकाजी महिला में एलेक्ट्रा ग्रन्थि विकसित हो जाती है और उसे अपना बॉस अपने पिता, प्रेमी या नवविवाहित पति का भद्र मिश्रण लगता है। फ़ातिमा बॉसोफ़ीलिया का चरम उदाहरण थी। वह जैसे ही एक पूजनीय बॉस रिटायर होता था, उसका खाली स्थान तुरन्त समान रूप से पूजा-योग्य दूसरे बॉस से भर लेती थी। इस अनुभव ने मेरे मन में बम्बई के खिलाफ कड़वाहट भर दी। मेरी बम्बई यात्राएँ कम हो गईं और मैंने उस दिल्ली से समझौता कर लिया जिसका मैं रहनेवाला था और जिसे मैं सबसे ज्यादा प्यार करता था।

दिल्ली में कुछ महीने बाद मुझे *द नेशनल हेरल्ड* के सम्पादक पद का प्रस्ताव मिला। मैंने *द नेशनल हेरल्ड* में जो दस महीने बिताए, उससे मुझे बड़ी कुंठा हुई। मुझसे बात यशपाल कपूर ने की। वे श्रीमती गांधी के अंतरंग मित्र थे और उन्होंने चुनाव में खर्च करने के लिए जो पैसा इकट्ठा किया था, वह भी उनके पास रहता था। उन्होंने उसी तनख्वाह का प्रस्ताव किया जो मैं *द इलस्ट्रेटेड वीकली* के सम्पादक के रूप में पाता था। मुझे मालूम था कि *द नेशनल हेरल्ड* घोर संकट में था। वह पी.टी.आई. और यू.एन.आई. का शुल्क नहीं दे पाया और उसका सरकुलेशन दो-एक हज़ार से ज्यादा नहीं था। मैंने यह प्रस्ताव उस समय स्वीकार किया जब लम्बी हड़तालों के कारण अखबार की छपाई रोक दी गई थी। मैंने पहला काम यह किया कि मजदूरों और सम्पादकों को सम्बोधित किया और जैसे-तैसे उन्हें काम पर लौटने के लिए राजी कर लिया। मैंने उनसे कहा कि जब तक उनमें से एक-एक को भुगतान नहीं होगा मैं अपनी तनख्वाह नहीं लूँगा। उन्हें उनकी तनख्वाहें मिल गईं। मुझे कुछ नहीं मिला।

लेकिन मुझे परोक्ष रूप में इसका मुआवजा मिल गया। मैं लगभग हर दूसरे दिन श्रीमती गांधी से मिलता था। मेरी मुलाकात उनके प्रणव मुकर्जी जैसे सलाहकारों से भी होती थी और रोज उनके चारों तरफ मँडराने वाले सीताराम केसरी और कल्पनाथ राय जैसे लोगों से भी। जिसे भारतीय लहजे में काम करने का तरीका कहा जाता है, मुझे उनका वह तरीका भी देखने को मिला और कुछ-कुछ उनका पारिवारिक जीवन भी। मुझे आभास हुआ कि वे

यशपाल कपूर को अपने से दूर करना चाहती हैं, पर वैसा कर नहीं पा रही हैं। मेरे शिकायत करने के बावजूद कि यशपाल कपूर दफ्तर बहुत कम आते हैं (उन्हें इस बात का डर था कि जिन लोगों को वेतन नहीं मिला है वे उन्हें पकड़कर पीटेंगे) श्रीमती गांधी उन्हें फटकार नहीं सकीं। हर दूसरे महीने या उसके आसपास जब कर्मचारी फिर से हड़ताल करने की धमकी देते थे, तो रहस्यात्मक ढंग से नोटों से भरे हुए सूटकेस दफ्तर में प्रकट हो जाते थे : कर्मचारियों का बकाया हिसाब साफ कर दिया जाता था, हम लोग पी.टी.आई. और यू.एन.आई. का देय शुल्क चुका देते थे और नयूज़प्रिन्ट की सप्लाई हो जाती थी।

मुझे शक था कि यह सब कैम्पाकोला वाले चरणजीत सिंह की उदारता से सम्भव हो रहा है। पुलिस यह पता लगाने के लिए उत्सुक थी कि अखबार चल कैसे रहा है। मेरे कार्यकाल में उन्होंने दो बार दफ्तर पर छापा मारा। मुझे इस छापे के बारे में तब तक कोई जानकारी नहीं थी जब तक यशपाल कपूर से, अगर वे मौजूद होते तो, और एकाउंटेंट से पूछताछ नहीं की गई। पुलिस मेरे कमरे में कभी नहीं आई। दफ्तर के समय मेरे दो साथी होते थे। एक तो उपसम्पादक थरयान और दूसरी एक आकर्षक फ्रीलांसर सुनीता बुद्धिराजा। चौबीस घंटे पुलिस की निगरानी के कारण बहुत कम लोग *हेरल्ड* के दफ्तर आने की हिम्मत जुटा पाते थे। एक घटना को छोड़कर *द नेशनल हेरल्ड* में मेरे सम्पादनकाल में कोई उत्तेजनापूर्ण घटना नहीं घटी। इस घटना में बाबू जगजीवन राम के बेटे तथा उसकी कॉलेज की विद्यार्थी रखैल के कुछ अश्लील फोटोग्राफ बरामद हुए थे।

मैं अपने दफ्तर का समय जंगली कबूतरों के उस जोड़े के साथ मित्रता करने में जाया किया करता था जिसने मेरी खिड़की की कानस पर अपना घोंसला बना लिया था। मैंने सफाई करनेवाले और चपरासी को हिदायत दे दी थी कि उन्हें न छेड़ा जाए। मैंने अपनी डायरी में उनके अंडे देने और उन्हें सेने की तारीखें नोट कर ली थीं। मैं उनके गंजे, भद्दे बच्चों के पंखों को उगते हुए देखता रहा। वे चोंच को पूरा खोलकर खाने के लिए याचना करते, और पंख फड़फड़ाने का अभ्यास करते-करते एक दिन उड़ गए। *द हेरल्ड* में मेरे छह महीने बेकार नहीं गए।

मुझे बिना पैसे के काम करना बुरा नहीं लगा, लेकिन पाठकों का अभाव मानसिक परेशानी पैदा करता था। आनन्द बाज़ार समुदाय के अवीक सरकार ने उन्हीं दिनों मुझसे सम्पर्क किया। वे चाहते थे कि मैं *नई दिल्ली* नाम की उस पाक्षिक पत्रिका का सम्पादन करूँ जो वे राजधानी से निकालने की योजना बना रहे थे। संजय से सलाह करके मैंने उनका प्रस्ताव मंजूर कर लिया। मेरे लिए एक छोटा-सा पर सुरुचिपूर्ण दफ्तर जिसमें लकड़ी के पेनल लगे थे, पार्लियामेंट स्ट्रीट में पी.टी.आई. भवन में तैयार कराया गया। मेरी सहायता के लिए जावेद लाइक, चैतन्य कालबाग, विवेक सेन गुप्ता, मधु जैन और फोटोग्राफर रघुराय की नियुक्ति की गई। मैंने नन्दिनी मेहता को भी अपने साथ काम करने के लिए राजी कर लिया। कुछ ही अंकों को निकालकर हमने *नई दिल्ली* की ख्याति देश की सर्वोतम लिखित पत्रिका के रूप में कर ली। फिर भी उसका सरकुलेशन 35,000 के आसपास टिका रहा। पत्रिका की छपाई कलकत्ता में होती थी। छापनेवाले कर्मचारी अक्सर हड़ताल पर

रहते थे। नतीजा यह कि पाक्षिक पत्रिका के अंक एक महीने से भी कुछ ऊपर हो जाने के बाद निकलने लगे। मैंने पत्रिका के लिए कुछ बड़े लम्बे लेख लिखे। इनमें से एक तान्त्रिक साध्वी श्रद्धा माता पर था। एम.ओ. मथाई के अनुसार प्रधानमंत्री नेहरू से उनके एक अवैध सन्तान हुई थी। मैंने उन्हें निगमबोध घाट की श्मशान भूमि में देखा था। उनकी उम्र साठ से ऊपर थी पर उन्होंने अपनी देखभाल ठीक तरह की थी। मेरे साथ उनकी काफी मित्रता हो गई। जब भी मैं जयपुर जाता, उनसे मिलने हथरोई के किले जरूर जाता था। वे वहाँ अकेली अपने कुत्तों से घिरी रहती थीं।

इस्लामाबाद जेल में जब जुल्फ़िकार अली भुट्टो को फाँसी दी गई तो मैं वहाँ भारतीय प्रेस से मौजूद अकेला आदमी था। मेरे मित्र एम.ए. रहमान, सरकारी वकीलों की टोली में से एक थे और जनरल ज़िया-उल-हक़ के आत्मीय थे। उन्हें फाँसी के वक्त का कुछ अन्दाजा था। उन्होंने मुझे एक 'ऐतिहासिक घटना' के मौके पर मौजूद रहने के लिए राजी कर लिया। जनरल ज़िया-उल-हक़ के साथ उन्होंने मेरे लिए इन्टरव्यू का समय भी तय करा दिया। मैं पहला हिन्दुस्तानी था जिसे जनरल ने यह मौका दिया था। मुझे उन कसूर के नवाब के परिवार से भी मिलने का मौका मिला, जिनकी हत्या भुट्टो के खरीदे हुए आदमियों ने की थी। मैंने भुट्टो के आखिरी दिनों का विवरण और तारा मसीह नाम के एक ईसाई के हाथों उनकी फाँसी का ब्यौरा भी उपलब्ध किया। इसी व्यक्ति ने फाँसी के बाद उनकी सोने की घड़ी चुराई थी। *नई दिल्ली* एकमात्र भारतीय पत्रिका थी जिसमें पाकिस्तानी जनता के नेता को फाँसी देने के बाद उस जनता की प्रतिक्रिया का आँखों देखा हाल छपा था। इन लेखों से बाकी अखबारों ने व्यापक रूप से उद्धरण दिए। आखिर में, छपाई की दुर्व्यवस्था के कारण *नई दिल्ली* के बारे में मेरा जोश ठंडा पड़ गया। एक बार फिर, मेरे पास समय की इफरात हो गई।

मैंने अल्लामा इकबाल के *शिकवा* और *जवाब-ए-शिकवा* का अनुवाद करना शुरू कर दिया। मैं सुबह उठकर सबसे पहले छन्द से जूझता था। मैंने मुजतबा हुसैन और शायर अली सरदार जाफरी जैसे दोस्तों को शब्दों के सही-सही अर्थ जानने के लिए बहुत परेशान किया। और कई शामें मैंने पाकिस्तान के मुजाहिद हुसैन और उनकी असाधारण सुन्दरी बेगम को अपने कमरे की अँगीठी के पास बैठकर उस अनुवाद को देखने की दावत दी। अनुवाद को ऑक्सफोर्ड यूनिवर्सिटी प्रेस ने स्वीकार करके छापा। उसका लोकार्पण पाकिस्तान के राजदूत अब्दल सत्तार ने किया। इस मौके पर मूल रचना के अंशों का पाठ यासमीन (मुनीर) शेख ने किया, और उनका अनुवाद मैंने पढ़ा। प्रकाशित पुस्तक तो पाकिस्तान में साहित्य के आदान-प्रदान पर रोक लगानेवाले बेहूदे कानून के कारण नहीं बिक सकी। लेकिन मेरे अनुवाद के अंशों को पाकिस्तानी रिसालों ने बहुतायत से उद्धृत किया और पुस्तक के कई संस्करण भारत में तेजी से बिक गए।

अध्याय-बारह

गांधी और आनन्द परिवार के साथ

इतिहास में ऐसे उदाहरण बहुत कम मिलेंगे जब किसी महिला और उसकी पुत्रवधू के बीच विषैले सम्बन्धों के कारण किसी राष्ट्र का घटना-चक्र प्रभावित हुआ हो। मध्ययुग में यह हो सकता था कि माँ के प्रति विशेष लगाव रखनेवाले शासकों को अपनी पत्नियों से मुँह मोड़ लेने के लिए विवश होना पड़ता, या बीवी के गुलाम राजाओं को अपनी माताओं को त्यागना पड़ता। लेकिन भारत ने आधुनिक लोकतन्त्र की एक बड़ी अजीब मिसाल पेश की है। यह भारत, जिसे यहाँ के रहनेवाले औरों को यह याद दिलाते नहीं थकते कि यह दुनिया का सबसे बड़ा लोकतन्त्र है, इसी भारत में एक महिला को उसकी विधवा पुत्रवधू ने इस कदर नाराज कर दिया कि इस नाराजी से उसके फैसले प्रभावित होने लगे और सत्ताधारी भद्र समाज दो खेमों में बँट गया। एक वे जो उसके साथ थे और दूसरे वे जो उसकी पुत्रवधू का साथ दे रहे थे। यह कहानी किसी भी सास-बहू के झगड़े की सामान्य घिसी-पिटी कहानी है जिसके ब्यौरे इतने क्षुद्र हैं कि ध्यान देने लायक भी नहीं हैं। लेकिन ध्यान देने की बात यह है कि झगड़ा जिन दो पक्षों के बीच हुआ उनमें से एक तरफ भारत की प्रधानमंत्री थीं, और दूसरी तरफ उनके प्यारे बेटे की विधवा। बेटा भी ऐसा जिसके बारे में वे (प्रधानमंत्री) और तमाम दूसरे लोग, जिनमें मैं भी शामिल था, यह उम्मीद करते थे कि वह उनके बाद भारत के शासन की बागडोर सँभालेगा। इसी कारण दो महिलाओं के बीच होनेवाली यह मूर्खतापूर्ण तकरार टीका-टिप्पणी का विषय बनी। सारे ओछेपन के बावजूद वे दोनों हर ऐसे भारतीय परिवार की गहरी दिलचस्पी का विषय बन गईं जहाँ ऐसे झगड़े उनकी जातीय विशेषता होते हैं।

मैं जो वर्णन कर रहा हूँ उसका आधार दोनों संबद्ध पक्षों से, थोड़-से समय की मेरी व्यक्तिगत जान-पहचान है और जो कुछ उन्होंने कहा उस पर सन्देहयुक्त अविश्वास है। गोकि मेनका गांधी और उसकी माँ मुझे मित्र समझती थीं, लेकिन मैं कभी उनका विश्वासपात्र नहीं रहा। मुझे हमेशा शक रहता था कि वे मुझे कुछ किस्से इस उम्मीद से सुनाती हैं कि मैं उनका और व्यापक प्रचार करूँगा। यद्यपि श्रीमती गांधी मुझे मेनका के गुट का आदमी समझती थीं और यह भी मानती थीं कि मैं ही उसका मुख्य सलाहकार हूँ और इसलिए 'दुश्मन' हूँ (उन्होंने एक सिख प्रतिनिधिमंडल के सामने मेरे लिए इस शब्द

का इस्तेमाल किया था)। मैंने यथासम्भव निष्पक्ष रहने की कोशिश की है।

मैं इस नाटक के पात्रों से शुरुआत करता हूँ। पहले श्रीमती गांधी और उनके दल की बारी है। श्रीमती गांधी की उम्र उस समय साठ और सत्तर के बीच रही होगी। अपनी उम्र के लिहाज से वे बहुत सुन्दर और ठीक रख-रखाव वाली महिला थीं। वे 1965-77 तक भारत की प्रधानमंत्री रही थीं, ढाई साल वे सत्ता से बाहर रहीं और 1980 के बाद से फिर सत्ता में आ गईं। बड़े लम्बे समय तक तमाम राष्ट्रीय मसलों का संचालन करने के कारण उनमें निरंकुश अहंकार और आलोचना के प्रति असहिष्णुता आ गई थी। यह नहीं भूलना चाहिए कि श्रीमती गांधी का अपना वैवाहिक जीवन भी बहुत सफल नहीं रहा था। उनके पति, फ़ीरोज़ गांधी इलाहाबाद के एक पारसी शराब विक्रेता के बेटे थे। उनसे दो बेटों—राजीव और संजय के होने के बाद उन्होंने फ़ीरोज गांधी को छोड़ दिया और अपने पिता के पास उनके घर की व्यवस्था और मेहमानदारी करने के लिए आ गईं। वर्षों पंडित नेहरू के निजी सविच रहनेवाले एम.ओ. मथाई के अनुसार बाप और बेटी दोनों में सेक्स के बारे में कोई अवरोध नहीं था। यह बात इसलिए महत्त्वपूर्ण है कि बाद में श्रीमती गांधी का दावा था कि मेनका गांधी उनके परिवार में इसलिए ठीक नहीं बैठ रही हैं, क्योंकि उसका वर्ग नेहरू-गांधी परिवारों वाला नहीं है और अपने पति की मृत्यु के बाद उसका व्यवहार भी भारतीय महिला की गरिमा के अनुकूल नहीं है।

श्रीमती गांधी को यदि अपने काबिल और ईमानदार सलाहकारों के विचार हजम नहीं होते थे, तो वे उनसे छुट्टी पा लेती थीं। सिर्फ एक मुट्ठी भर लोग उनके विश्वासपात्र रह गए थे। वे वही कहते थे जो वे सुनना चाहती थीं। घरेलू मामलों के बारे में इन लोगों में थे मुहम्मद यूनुस। उनकी सबसे बड़ी खूबी यह थी कि जिन लोगों का नेहरू या गांधी परिवारों से झगड़ा हो जाता था उनके साथ गाली-गलौज करते थे। उनका नामांकन विदेशी नौकरी के लिए हो गया और वे राजदूत बना दिए गए। नौकरी से रिटायर होने के बाद उन्हें महत्त्वपूर्ण जिम्मेदारियाँ सौंपी गईं—जैसे ट्रेड फेयर अथॉरिटी ऑफ इंडिया की अध्यक्षता। फिर उनका नामांकन राज्यसभा में हो गया। यूनुस इस बात की शेखी बघारने के लिए मशहूर थे कि वे केन्द्रीय मन्त्रिमंडल के सदस्यों को अपने दफ्तर के बाहर इंतजार कराते हैं, उनकी वे छुट्टी कर देते हैं। उनका बेटा आदिल शहरियार श्रीमती गांधी के छोटे बेटे संजय का बचपन का दोस्त था। दोनों तरह-तरह की 'शरारतों' में इकट्ठे शामिल होते थे जिनमें एक कारों की चोरी थी। आदिल अमरीका चला गया जहाँ कानून तोड़ने के जुर्म में उसे जेल हो गई। प्रधानमंत्री के रूप में राजीव गांधी ने उसको माफ कराया। कुछ साल बाद दिल्ली में आदिल की मौत हो गई।

घरेलू मामलों में धीरेन्द्र ब्रह्मचारी भी उनके सलाहकार और विश्वासपात्र थे। वे बिहार के रहनेवाले एक सुन्दर, अर्धशिक्षित, योग-शिक्षक थे। उनका श्रीमती गांधी के घरेलू जीवन पर बहुत प्रभाव था और उन्होंने अपने लिए काफी धन-दौलत इकट्ठी कर ली थी। उनका निजी हवाई जहाज, विदेशी गाड़ियाँ, झुंड-की-झुंड जर्सी गाएँ, बन्दूकों की फैक्टरी, फिल्म स्टूडियो और इन सबके अलावा भी जमीन-जायदाद थी। कहा जाता है कि वे तलाक के

एक मुकदमे में सह-प्रतिवादी थे। ब्रह्मचारी को स्वामीजी कहा जाता था। आर.के. धवन पंडित नेहरू के स्टेनोग्राफर थे। उनकी मृत्यु के बाद वे इन्दिरा गांधी के निजी स्टाफ में शामिल हो गए। वे चापलूस आदमी थे जिनमें सन्देहास्पद व्यवहार-कुशलता थी। ऊषा भगत के मातहत काम करके उन्होंने धीरे-धीरे श्रीमती गांधी के मुख्य विश्वासपात्र की जगह हथिया ली।

श्रीमती गांधी के बड़े बेटे राजीव का विकास लम्बे और बेहद सुन्दर युवक के रूप में हुआ। कैम्ब्रिज विश्वविद्यालय की डिग्री हासिल करने में असफल होने पर वे इंडियन एयरलाइंस में पायलट हो गए। उन्होंने एक सुन्दर इटैलियन लड़की से शादी कर ली। वह तूरिन के निकट एक छोटे-से शहर के एक भवन-निर्माता की बेटी थी। उनके दो बच्चे हुए—राहुल और प्रियंका। राजीव और संजय में कभी नहीं बनी। जब संजय ने अपनी मारुति गाड़ी परियोजना का घोटाला किया और अपनी माँ पर इस आक्षेप का मौका दिया कि वे उसके लिए पैसा इकट्ठा करने की तिकड़म कर रही थीं, तो राजीव ने उसे परिवार की बदनामी के लिए जिम्मेदार ठहराया। जब संजय का अधिकार-क्षेत्र बढ़ गया तो राजीव खीझकर एक तरफ हो गया और संजय से कम-से-कम मतलब रखने लगा। जब वे परिवार के खाने के कमरे में इकट्ठे होते थे तो औपचारिकताओं के सिवा दोनों के बीच कोई संवाद नहीं होता था। राजीव की बुद्धि के बारे में श्रीमती गांधी की राय अच्छी नहीं थी। पर संजय की मृत्यु के बाद उन्होंने सफलता से उसे अपने उत्तराधिकारी के रूप में तैयार कर लिया। राजीव ने संजय के आदमियों को हटाकर उसकी जगह अपने आदमी नियुक्त किए। उसके चुने हुए कई सलाहकार वे लोग थे जो एक महँगे स्कूल के सीमित वातावरण में उसके साथी थे।

उधर सास और बहू के बीच जो नाटक चल रहा था उसके दूसरे सिरे पर आनन्द परिवार था। उनमें सबसे महत्त्वपूर्ण थी अमतेश्वर। वह सर दातार सिंह की सबसे छोटी बेटी थी। वे मोंटगुमरी (अब पाकिस्तान में सनिवाल) के जमींदार और पशुपालक थे। उनकी सबसे बड़ी बेटी की शादी असफल हो गई थी और वह माँ आनन्दमयी के आश्रम में चली गई थी। उनके दो बेटे भी थे—एक ने कुछ साल रैली ब्रदर्स के साथ काम किया। अपने पिता की मृत्यु के बाद उसने पारिवारिक सम्पत्ति की देख-रेख करने के लिए नौकरी छोड़ दी। उसने विरासत में मिला अमतेश्वर का हिस्सा हथिया लिया। वे दोनों, जो कभी एक-दूसरे के करीब थे, अब दुखद मुकदमेबाजी में लगे थे। दूसरा बेटा चन्नी, रुग्ण था और उसे मुसीबतों से बचाए रखने के लिए भोपाल में रखना पड़ता था।

अमतेश्वर को बहुत ऊँची शिक्षा नहीं मिली थी। उसे उच्च शिक्षा के लिए विदेश भेजा गया था। लेकिन कोर्स पूरा करने से पहले ही उसे वापस घर बुला लिया गया और उसकी शादी सेना के एक खूबसूरत अफसर तेजिन्दर सिंह आनन्द से कर दी गई। शादी सफल नहीं हुई। बहरहाल, उनके तीन बच्चे हुए : मेनका, वीरेन और अम्बिका।

श्रीमती गांधी और अमतेश्वर आनन्द—ये दो महिलाएँ कब और कैसे इकट्ठी हुईं ? मेरे पास इस बारे में मेनका की दी हुई जानकारी है जिसकी पुष्टि उसकी माँ ने भी की

है। मेनका की संजय से पहली मुलाकात एक कॉकटेल पार्टी में हुई। यह पार्टी मेनका के फूफा मेजर-जनरल कपूर ने दी थी। (वे मेनका की बुआ के पति थे जो अपने समय की विख्यात सुन्दरी थी।) यह पार्टी उनके बेटे वीनू कपूर की होनेवाली शादी की खुशी में दी गई थी। वीनू के स्कूल का दोस्त होने के नाते संजय वहाँ मौजूद था। उस दिन इत्तफाक से संजय का जन्मदिन भी था। वह बड़ी तरंग में था (शराब की नहीं, उसने कभी शराब छुई भी नहीं।) भारत के कुँवारे लड़कों में उसकी बहुत माँग थी। वह सुन्दर था, प्रधानमन्त्री का बेटा था, जवाहरलाल नेहरू का नाती और मोतीलाल नेहरू का पड़नाती था। वह अपने को कार-निर्माता बनाने की कोशिश में लगा था। उसके बारे में मशहूर था कि वह सुन्दर लड़कियों को पसन्द करता था लेकिन बड़ी सावधानी से वह उन लड़कियों से उलझने से बचता था जिनके बारे में उसे शक हो जाता था कि वे उस पर इसलिए 'बिछी' जा रही है क्योंकि उनकी योजना भारत के सबसे महत्त्वपूर्ण परिवार का सदस्य बन जाने की है। मेनका उस समय सत्रह साल की थी। लम्बू, चकत्तेदार लड़की जो इतनी आकर्षक थी कि उसने एक कॉलेज की सौन्दर्य-प्रतियोगिता जीती थी और तौलिए बनानेवाली एक फर्म के लिए मॉडलिंग की थी। वह तब भी बेहद चित्रोपम (फोटोजेनिक) थी और अब भी है।

ऐसा लगता है कि इस पहली मुलाकात में ही संजय मेनका की तरफ आकर्षित हुआ था। उसने शाम उसके साथ बातचीत करते बिताई। दोनों ने अगले दिन मिलना तय किया। शायद लगतार मिलना भी। अमतेश्वर ने अपनी बेटी के प्रति संजय के आकर्षण को तेजी से भाँप लिया। गोकि उसने स्पष्ट कहा कि संजय को अपना दामाद बनाने की सम्भावना से उसे खतरे का एहसास हुआ था। मुझे लगभग यकीन है कि उसे इस सम्बन्ध के माध्यम से कुछ बनकर दिखाने की अपनी महत्त्वाकांक्षा की आंशिक पूर्ति दिखाई दे रही थी।

इसके बाद संजय और मेनका रोज मिलने लगे। संजय रेस्तराँ और पिक्चर जानेवाला नौजवान नहीं था। जहाँ उसे पहचान लिया जाए ऐसे सार्वजनिक स्थानों पर दिखाई पड़ने में उसे झिझक लगती थी। वह मेनका से या उसके घर मिलना पसन्द करता था या फिर उसे अपने घर ले आता था। 1974 के शुरू में उसने एक दिन मेनका को खाने पर आमन्त्रित किया। मेनका स्वभावतः प्रधानमंत्री से मिलने से घबरा रही थी, और जब वह उनसे मिली, तो उसकी समझ में नहीं आ रहा था कि क्या कहे। अन्ततः श्रीमती गांधी ने पहल की। उन्होंने कहा, 'चूँकि संजय ने हमारा परिचय नहीं कराया है, बेहतर होगा कि तुम्हीं मुझे अपना नाम बता दो और यह भी कि तुम करती क्या हो।'

श्रीमती गांधी की नजर में मेनका को कोशिश करके अतिरिक्त महत्त्व देने का कोई कारण नहीं था। संजय समय-समय पर घर में अलग-अलग लड़कियाँ लाता रहता था। उन्होंने अपनी तरफ से संजय का परिचय कभी किसी लड़की से यह सोचकर नहीं कराया कि वह अच्छी पुत्रवधू बनेगी। जहाँ तक बड़े बेटे का ताल्लुक था, पत्नी का चुनाव उन्होंने उसी पर छोड़ दिया था।

अमतेश्वर का कहना है कि उसने हरचन्द कोशिश की कि अपनी बेटी को इस सम्बन्ध से रोके, क्योंकि उसे यह ठीक नहीं लग रहा था। उसने इसी वजह से मेनका को कुछ

समय के लिए उसकी नानी लेडी दातार सिंह के पास भोपाल भेज दिया था। 1974 की जुलाई में मेनका भोपाल से लौट आई। उसी महीने की 29 तारीख को प्रधानमंत्री के सफदरजंग रोड वाले घर में सगाई की रस्म अदा की गई। उसके बाद दोपहर का खाना हुआ जिसमें दोनों परिवारों के सदस्य शरीक हुए। श्रीमती गांधी ने अपनी होनेवाली बहू को सोने-फ़ीरोजे का एक सेट और एक तंचोई की साड़ी दी। एक महीने बाद मेनका के जन्मदिन (26 अगस्त 1974) पर उन्होंने उसे एक इटैलियन सिल्क की साड़ी दी।

कुछ ही दिनों बाद संजय को हरनिया का आपरेशन कराना पड़ा। सुबह कॉलेज जाने के बाद, मेनका दोपहर और शाम का समय अपने होनेवाले पति के पास ऑल इंडिया इंस्टिट्यूट ऑफ मेडिकल सांइसेज में गुजारती थी। अस्पताल से छुट्टी मिलने और स्वस्थ होने के कुछ हफ्ते बाद (23 सितम्बर 1974 को) मुहम्मद यूनुस के घर संजय और मेनका की सिविल मैरिज हो गई। श्रीमती गांधी ने अपनी नई बहू को बड़े खुले दिल से उपहार दिए : इक्कीस कीमती साड़ियाँ, दो सोने के सेट, एक लहँगा और सबसे ज्यादा कीमती चीज—एक खादी की साड़ी जिसका सूत उनके पिता जवाहरलाल नेहरू ने जेल में काता था। श्रीमती गांधी ने अपनी नई बहू का स्वागत एक परम्परागत भारतीय सास की तरह किया था। उन्होंने खुद सोने का कमरा सजाया, शृंगार मेज का सामान लगाया और शादी की अगली रात मेनका के पहनने के लिए खुद चूड़ियों का चुनाव किया।

अगले तीन सालों में दोनों परिवारों ने बहुत उतार-चढ़ाव के दिन गुजारे। जब संजय और मेनका की शादी हुई थी उस समय, दोनों परिवार आसमान पर थे। जब श्रीमती गांधी और संजय पर मारुति योजना की असफलता के कारण तरह-तरह के आरोप लगे तो उनकी भाग्य-रेखा नीचे खिसकने लगी। इमर्जेन्सी लागू होने के साथ दोनों फिर ऊँचाई पर पहुँच गए। जब श्रीमती गांधी और संजय दोनों चुनाव में हारे और उन पर मुकदमा चला (इसके लिए सताना शब्द ज्यादा सही होगा) तो एक बार फिर उनका पतन हुआ। यह दुःस्वप्न की-सी स्थिति दो साल से ऊपर चलती रही। इसके बाद माँ-बेटे एक बार फिर सत्ता की सीढ़ियाँ चढ़ने में कामयाब हो गए। विमान-दुर्घटना में संजय के जीवन का अन्त हो गया। मेनका और उसकी माँ को श्रीमती गांधी की गृहस्थी से बाहर खड़ा कर दिया गया। श्रीमती गांधी की जीवन-लीला भी 31 अक्तूबर 1984 को उनकी हत्या के साथ समाप्त हो गई। मेनका ने अपने वैवाहिक जीवन का थोड़ा बहुत कर्जा थोड़े-से समय के लिए संसद-सदस्य और फिर मन्त्री बनकर वसूल कर लिया। उसकी माँ अमतेश्वर गुमनामी के अँधेरे में खो गई। इससे पहले कि मैं उनके ऐश्वर्य के उतार-चढ़ाव की दास्तान सुनाऊँ बेहतर होगा कि इन परिवारों के मामले में मैं अपनी दखलअन्दाजी का स्पष्टीकरण कर दूँ। जब मैं *द इलेस्ट्रेटेड वीकली* का सम्पादन कर रहा था और बंबई में रहता था, उस समय संजय मारुति को तैयार करके बाहर लाने के लिए संघर्ष कर रहा था। इस प्रयास में उसे विशेष सफलता नहीं मिल पा रही थी। नतीजतन उसे और उसकी माँ को संसद और प्रेस में बड़ी मुश्किल का सामना करना पड़ रहा था। आरोप यह था कि गुड़गाँव के पास और पालम हवाई अड्डे की रनवे के आखिरी सिरे के पास की एकड़ों जमीन हरियाणा के मुख्यमन्त्री बंसीलाल

ने मिट्टी के मोल, इस कार परियोजना के लिए उपलब्ध करा दी है। उसके पास इसका अकाट्य ग्रामीण तर्क था : 'बछड़ा पकड़ लो तो गाय अपने आप चली आएगी।' संजय की जमीन की जरूरत पूरी करके बंसीलाल ने संजय और उसकी माँ दोनों को अपने शिकंजे में जकड़ लिया था।

मैंने मारुति की परियोजना के बारे में तीन दिन तक दिल्ली में जाँच-पड़ताल की। मैंने मारुति फैक्टरी के आसपास की जमीन की कीमत अपने रिश्ते के भाई अजीत सिंह से मालूम की। उसने हाल ही में एक फैक्टरी और उसके पास घर बनाया था। उसने वही दाम दिया था जो संजय ने दिया। मैं मारुति का प्लांट देखने गया। मुझे उम्मीद थी कि वहाँ जनरल मोटर्स या फोर्ड की जैसी मशीन-व्यवस्था दिखाई पड़ेगी। लेकिन संजय ने दो साल में वहाँ सिर्फ टीन की चादरों के दो-एक शेड और ढलाईघर बनाया था। उसने मेरे आजमाने के लिए हूबहू मारुति जैसी एक गाड़ी तैयार कर रखी थी। उसमें कुछ शोर-सा होता था लेकिन उसका पिकअप अच्छा था और सड़क पर उसकी पकड़ अच्छी थी। संजय मुझे बराबर तेज चलाने के लिए उत्तेजित करता रहा। उसके बाद उसने खुद चक्का सँभाला और जुते हुए खेतों और कच्ची पंगडंडियों के ऊपर सचमुच उड़ान भरने लगा। बम्बई लौटकर मैंने *द इलेस्ट्रेटेड वीकली* का एक विशेषांक निकाला। उसके मुखपृष्ठ पर संजय का चित्र था। उसका शीर्षक था, 'संजय, वह आदमी जो काम करवाना जानता है।' मैंने इन आरोपों का खंडन किया कि जमीन उसे सस्ती दी गई है और वह सैनिक दृष्टि से नाजुक जगह के करीब है। संजय और उसकी माँ के पास मेरे प्रति आभारी होने की वजह थी। मुझे उन लोगों का चमचा कहा जाने लगा।

संजय के जीवनकाल में मारुति तैयार होकर बाहर नहीं आ सकी। उस परियोजना के मेरे द्वारा समर्थन के तुरन्त बाद श्रीमती गांधी भीषण राजनीतिक संकट में फँस गईं। एक बार उन्होंने इस्तीफा देने के बारे में सोचा। उस समय के राजनीतिक परिदृश्य पर नजर रखने वाले बहुत से लोगों की राय में, जिनमें मैं भी शामिल था वह संजय ही था (शायद इस बात के डर से कि उसकी निन्दा करनेवाले उसकी क्या गत बनाएँगे) जिसने उन्हें मुँहतोड़ जवाब देने के लिए—इमर्जेन्सी की घोषणा करके, विरोध पक्ष के नेताओं को गिरफ्तार करने, लोकतान्त्रिक अधिकारों को खत्म करने और प्रेस का मुँह बन्द करने के लिए, राजी कर लिया। और फिर ऐसा ही हुआ : एक ही रात में देशभर में छापे मारकर हजारों राजनीतिक नेताओं को गिरफ्तार कर लिया गया। इनमें जयप्रकाश नारायण और मोरारजी देसाई भी शामिल थे। प्रेस पर सेन्सर लगा दिया गया। श्रीमती गांधी ने तानाशाही सत्ता अख्तियार कर ली। संजय उनका प्रमुख सलाहकार हो गया।

कुछ दिनों बाद 1975 में एक दिन इतवार की दोपहर में मेरे दरवाजे की घंटी बजी। मैं वह समय तेल मालिश करवाके गरम पानी से नहाने के लिए सुरक्षित रखता था। उसी समय मैं अपने लम्बे बाल धोता था और अपनी दाढ़ी रँगता था। मैं किसी के आने की उम्मीद नहीं कर रहा था। मैंने दरवाजे पर एक बोर्ड लटका रखा था जिस पर लिखा था, 'अगर मुझे आपका इंतजार नहीं है, तो कृपा करके घंटी न बजाएँ।' मैं अप्रत्याशित

मुलाकातियों को बड़ी फुर्ती से बिदा कर देता था। मैंने इस बात के लिए तैयार होकर दरवाजा खोला कि मैं अपने एकान्त में दखल देनेवाले को तुरन्त टाल दूँगा। सामने दो बीच की उम्र की महिलाएँ खड़ी थीं। उन्होंने कीमती साड़ियाँ और जेवर पहन रखे थे और उनसे कीमती फ्रेंच इत्र की गन्ध आ रही थी। सरसरी-सी माफी माँग कर, 'बिना सावधान किए हम इस तरह आपके यहाँ आ धमकने के लिए माफी चाहते हैं,' उन्होंने अपना परिचय दिया, 'मैं अमतेश्वर आनन्द हूँ और ये मेरी मित्र इन्दिरा ढोडी हैं।' मैंने कुछ उलझन महसूस की : मेरे गीले टपकते हुए बाल कन्धों पर पड़े थे और दाढ़ी एक पट्टे से बँधी थी। 'सरदार का इतवार उसके केश और दाढ़ी के नाम लिखा रहता है।' मैंने सफाई दी। अमतेश्वर ने मुस्कुराकर जवाब दिया, 'फिक्र न कीजिए। मैं सरदार की बेटी हूँ और सरदार को ही ब्याही गई हूँ।' मैं उसे सर दातार सिंह की बेटी और मेनका की माँ के रूप में ही जानता था। 'मैं आपके माता-पिता को जानता था और आपके एक भाई चन्नी को। पर जहाँ तक मेरा खयाल है, हम लोगों की मुलाकात पहले नहीं हुई है,' मैंने कहा।

'हम पहले मिले हैं,' उसने जवाब दिया। जब आप यूनेस्को में थे, मैं आपसे पेरिस में मिली थी। मुझे वजीफा मिला था और मैं अमरीका जा रही थी। हम लोगों में दूर का रिश्ता भी है, आपकी चाची सरदारनी उज्जल सिंह के माध्यम से।' उसने मुझे अपनी मित्र के बारे में बताया, 'इन्दिरा और मैं कपड़ों के निर्यात के व्यपार में साझीदार हैं।'

अगले दिन मैंने जनरल मैनजर के पास एक नोट भेजा जिसमें *सूर्या* की मदद करने की इजाजत माँगी गई थी। वे इमर्जेन्सी के दिन थे और लोग अच्छी तरह से जानते थे कि कौन क्या है। जनरल मैनेजर ने मुझे इजाजत देते हुए साथ में यह और जोड़ दिया कि मेनका गांधी की पत्रिका की सफलता के लिए मुझसे जो बन पड़े मैं वह सब करूँ।

मैं दिल्ली आया और मैंने मेनका, संजय और अमतेश के साथ मिलकर इस योजना के बारे में बातचीत की। मुझे महसूस हुआ कि मेनका संजय से तरह-तरह की अपेक्षाएँ कर रही है, इसलिए वह उसे किसी ऐसी गतिविधि में उलझाना चाहता है ताकि खुद उस पर दबाव कम हो जाए। मुझे *सूर्या* का सलाहकार सम्पादक बना दिया गया। पत्रिका के शुरू के आधे दर्जन अंक या तो मैंने लगभग पूरी तरह लिखे या उनका पुनर्लेखन और सम्पादन किया। मैंने इस काम के लिए कोई मुआवजा स्वीकार नहीं किया। इसमें शक नहीं है कि मैं श्रीमती गांधी, संजय, मेनका और उसकी माँ के निकट होने में बड़ी प्रसन्नता का अनुभव करता था।

सूर्या के सफल न होने का सवाल ही पैदा नहीं होता था। विज्ञापन बिना माँगे बरसे पड़ रहे थे। कुछ ही अंकों के बाद सरकुलेशन 50,000 प्रतियों तक पहुँच गया। मैं पन्द्रह दिन में कम-से-कम एक बार दिल्ली जाता था। मेरी शामें आनन्द परिवार के साथ गुजरती थीं और मैं संजय और मेनका से मिलने प्रधानमंत्री आवास पर भी जाया करता था। एक बार मैं वहाँ ऐसे मौके पर पहुँच गया जब राजीव और सोनिया अपने किसी बच्चे का जन्मदिन मना रहे थे। मैंने देखा कि दोनों भाई और उनकी पत्नियाँ घर के दो अलग-अलग कोनों में रहते हैं और उनका आपस में बहुत कम लेना-देना है। एक और मौके पर मैं

संजय के कमरे में था। उसने मुझे एक हवा भरी **सैटी** बैठने के लिए दी जो मेरे बैठते ही फर्श में धँस गई। उसने मेरे हाथ में चाय का प्याला पकड़ाया और किसी से मिलने चला गया। उसी समय दो विराट गधे के आकार के कुत्ते, जिनमें एक आइरिश वुल्फ हाउंड था और दूसरा शायद ग्रेट डान, लम्बे डग भरते और मेरे चाय के प्याले में लार टपकाते हुए सामने आ खड़े हुए। जैसे ही मैं हिलने की कोशिश करता वे अपने दाँत दिखाकर गुर्राते। सौभाग्य से संजय को ढूँढ़ती हुई श्रीमती गांधी वहाँ आ पहुँचीं। उन्होंने मेरी दुर्गत देखी और कुत्ते को कमरे से बाहर निकलने का आदेश दिया।

संजय ने इमर्जेन्सी के दौरान जो कुछ किया उससे उसका बिम्ब एक राक्षस का-सा बन गया। जब उसने दिल्ली की गन्दी बस्तियों को साफ कराया तो कहा गया कि उसने निरीह लोगों के घरों पर बुलडोजर चलवा दिए। जब उसने परिवार नियोजन कार्यक्रम शुरू किया तो बेबुनियाद कहानियाँ फैलीं कि लोगों को सिनेमा हॉलों और बस की लाइनों से निकाल-निकालकर उनकी जबरदस्ती नसबंदी कर दी गई। बहुत जल्दी इमर्जेन्सी को भारत के इतिहास का अन्धकार-युग घोषित किया जाने लगा। इस बात से इंकार नहीं किया जा सकता कि हजारों निर्दोष लोगों को मनमाने ढंग से गिरफ्तार करके जेल में डाल दिया गया। यह काम उन लोगों के द्वारा किए गए आदेशों के आधार पर हुआ जिनकी नियुक्ति खास जगहों पर की गई थी। ऐसे बहुत-से उदाहरण मिलते हैं जब उन्होंने श्रीमती गांधी या उनके बेटे की गैरजानकारी में अपनी मनमानी की।

व्यक्तित्वों में सबसे नाटकीय परिवर्तन आनन्द परिवार में हुए। कर्नल के चारों तरफ राजनीतिक गिरोहबन्दी होने लगी। सबसे ज्यादा नाटकीय परिवर्तन अमतेश्वर आनन्द के रवैये में हुआ। एक नामालूम हस्ती से बढ़कर वह अब भारत की सम्राज्ञी इन्दिरा गांधी की प्रमुख सहयोगिनी हो गई। वह इतनी बदमिजाज हो गई कि यकीन नहीं होता था। बहरहाल, मुझे कुछ-कुछ आशंका हो गई थी कि बेलगाम सत्ता के साथ यह प्रणय-काल हमेशा नहीं चल सकता। मैं जब भी उसे घोर अन्याय की घटनाएँ बताता था तो वह ये सूचना संजय और श्रीमती गांधी तक पहुँचा देती थी।

गांधी-आनन्द परिवारों में जो कुछ हुआ वह इस बात का ठेठ उदाहरण है कि हेकड़ी का सही अन्जाम हो गया। श्रीमती गांधी के कान ऐसी कहानियाँ सुना-सुनाकर भर दिए गए थे कि इमर्जेन्सी से उनकी लोकप्रियता पराकाष्ठा पर पहुँच गई है और आम चुनाव कराके उस पर वैधता की मुहर लगाना बाकी है। संजय कुछ ज्यादा चतुर था। उसने माँ को सलाह दी कि वे यह खतरा न उठाएँ। श्रीमती गांधी ने उसकी नहीं सुनी। उन्होंने इमर्जेन्सी हटा दी, सारे राजनीतिक बन्दियों को रिहा कर दिया और मार्च 1977 में आम चुनाव की घोषणा कर दी।

जनता ने उनसे इतने बड़े पैमाने पर प्रतिशोध लिया जिसकी सपने में भी कल्पना न उन्होंने की थी न उनके समर्थकों ने। सारे विरोधी नेताओं ने इकट्ठा होकर एक सामान्य जन की **जनता पार्टी** बनाई और श्रीमती गांधी की कांग्रेस को बुहारकर कूड़ेदान में पहुँचा दिया। श्रीमती गांधी को राजनारायण जैसे विदूषक ने पछाड़ दिया और संजय को एक

स्थानीय बन्दूकधारी जमींदार और पहलवान ने। संजय के तीनों प्रिय पात्र—नवीन चावला, अम्बिका सोनी और रुख़्साना सुल्तान जिनसे लोग भय खाते थे, अब उपहास के विषय हो गए। सबसे बड़ा आघात आनन्द परिवार के लिए सुरक्षित था—उसमें भी सबसे कड़ी चोट अमतेश्वर और उनके पति ने खाई। मेनका के पास तब भी संजय और गांधी परिवार का नाम बचा हुआ था। अमतेश्वर की सारी सत्ता छीन ली गई। उसके आसपास जो अनगिनत मौसमी दोस्त इकट्ठे हो गए थे वे दिल्ली की भीनी हवा में काफूर हो गए।

जनता सरकार ने श्रीमती गांधी और इमर्जेन्सी के दौरान उनकी ज्यादतियों के खिलाफ जो अभियोग लगाए उनके बारे में बहुत विस्तार से लिखा जा चुका है। शाह कमीशन ने जो रिपोर्ट इकट्ठी की उसमें उनके 'दुष्कर्मों' का ब्यौरा दर्ज है। श्रीमती गांधी के परिवार में भी फूट बढ़ने लगी। अपने हमेशा से निकम्मे भाई के आकस्मिक उत्थान को लेकर राजीव के मन में जो ईर्ष्या का भाव था वह अब नफरत में बदल गया। परिवार की प्रतिष्ठा में अनर्थकारी पतन के लिए उसने संजय को जिम्मेदार ठहराया, जो शायद सही था। वह परिवार जो सबसे अधिक आदर का पात्र हुआ करता था अब सामाजिक और राजनीतिक, दोनों दृष्टियों से बहिष्कृत हो गया था। उसने और उसकी इटैलियन पत्नी सोनिया ने श्रीमती गांधी के बिखरे हुए नैतिक बल को ऊपर उठाने के लिए कुछ नहीं किया, बल्कि उन्होंने खुद को अपने एकल परिवार के खोल में समेट लिया। संजय के पास उलटकर संघर्ष करने के अलावा कोई विकल्प नहीं था। मुसीबत की इस घड़ी में सिर्फ मेनका ऐसी थी जिसने आश्चर्यजनक रूप से शक्ति और साहस का परिचय दिया। अमतेश्वर की समझ में भी यह बात आ गई थी कि उसे थोड़े-से समय के लिए जो गौरव मिला था उसकी वापसी का एक ही रास्ता है—उसके दामाद और उसकी माँ के लिए सत्ता की वापसी।

मैंने गांधी परिवार के दुर्दिन में उनका साथ दिया। मेरे परिवार के सदस्य और मेरे सभी मित्र इस बात के लिए मेरी बेहद लानत-मलामत करते रहे। बीच-बीच में हलके क्षण भी आते थे। मैं दिल्ली यात्रा के साथ *सूर्या* के काम और गांधी और आनन्द परिवारों के साथ मुलाकातों को मिला लिया करता था। कभी-कभी मेरे लिए उलझन के क्षण आते थे। एक दिन सुबह मेनका संजय को मेरे अपार्टमेंट में लाई। मैं जब उनसे बात कर रहा था, तो मेरी तीन साल की नातिन नैना मेरी पत्नी का हाथ पकड़े कमरे में दाखिल हुई। मेनका ने 'ही नैना' कहकर उसका स्वागत किया। बच्ची ने जोर से मुस्कुराकर उसको स्वीकार किया। मेनका ने उससे कहा, 'संजय को नमस्कार करो।' नैना संजय के पास गई और संजय को कुछ इंच की दूरी से ध्यान से देखकर बोली, 'नहीं, संजय बहुत बुरा आदमी है। इसकी माँ भी बहुत बुरी औरत है, लोगों को जेल में डालती है।' मेरी समझ में नहीं आ रहा था कि किधर देखूँ। संजय का चेहरा फक हो गया। मेनका का चेहरा गुस्से से तमतमाने लगा। 'ये लोग छोटे बच्चों के दिमाग में उल्टी-सीधी बातें भर रहे हैं,' उसने गुस्से से कहा। मेरी पत्नी ने स्थिति सँभाली, 'बेटा, ऐसे नहीं बोलते। कोई कहे तेरी माँ बुरी औरत है तो तुझे कैसा लगेगा ?' नैना की दिलचस्पी संजय में खत्म हो गई और वह अपनी नानी की तरफ घूमकर पूछने लगी कि जेल क्या होती है और क्या यह सही है कि उसमें

दरवाजे-खिड़कियाँ नहीं होतीं।

मुझे लगा कि यकीनन अब संजय मेरे घर कभी नहीं आएगा। वह उसी दिन दोपहर बाद फिर आया। जाड़े का मौसम था और मैं अपार्टमेंट के पीछेवाले लॉन के टुकड़े में बैठा धूप सेंक रहा था। हम लोग जब बात कर रहे थे, तो मैंने देखा कि बाड़े के दूसरी तरफ कुछ छोकरे इकट्ठे हो गए हैं और आपस में फुसफुसा रहे हैं। मुझे एक और संजय विरोधी-प्रदर्शन की आशंका हुई, पर मुझे राहत तब मिली जब हम लोगों के खड़े होने पर लड़के चिल्लाए, 'संजय गांधी जिन्दाबाद !'

विपत्ति के कारण दोनों परिवारों के चरित्रों की कुछ और विशेषताएँ सामने आईं। मोरारजी देसाई की सरकार ने जैसे ही उन्हें, संजय को और उन दूसरे अफसरों को जिन्होंने इमर्जेन्सी के दौरान सक्रिय भूमिका निभाई थी, सताने के लिए अभियान छेड़ा, श्रीमती गांधी ने तुरन्त अपनी निराशा की मनःस्थिति पर काबू पर लिया। इसके बाद उन्हें उस स्थिति से अवकाश ग्रहण करने का मौका नहीं दिया गया। संजय को भी नहीं। उन्हें उलटकर लड़ने को मजबूर कर दिया गया।

चूँकि मोरारजी के शासन का मुख्य निशाना संजय था, इसलिए श्रीमती गांधी की सारी मातृ-सुलभ वृत्तियाँ हर तरह की चोट से उसके बचाव पर केन्द्रित हो गईं। संजय और वी.सी. शुक्ला, (जो इमर्जेन्सी के समय सूचना-प्रसारण मन्त्री थे) पर मुख्य आरोप यह था कि उन्होंने *किस्सा कुर्सी का* नामक एक फिल्म के नेगेटिव नष्ट कर दिए। इस फिल्म में श्रीमती गांधी के सत्ता लोभ का बड़ा ही निन्दापरक चित्रण किया गया था। मुकदमा मुलजिमों के खिलाफ जा रहा था और उन दोनों को भय था कि उन्हें सजा हो जाएगी। संजय को लगता था कि अगर उसकी सफाई के लिए नानी पालकीवाला तैयार हो जाएँ तो वह आधी से ज्यादा लड़ाई जीत लेगा। उसे पता था कि नानी मेरे दोस्त हैं। उसने उनसे बात करने के लिए मुझसे कहा। नानी ने श्रीमती गांधी का चुनाव सम्बन्धी केस लड़ा था, पर जब उन्होंने इमर्जेन्सी की घोषणा की तो उन्होंने अपने आपको उस केस से अलग कर लिया। वे संजय के अत्याचार का शिकार हुए थे। फिर भी, मैंने नानी को संजय और मेनका से मुलाकात के लिए राजी कर लिया। नानी ने उन लोगों को सुबह के नाश्ते पर निमन्त्रित करने की शालीनता दिखाई।

संजय-मेनका की बम्बई-यात्रा अपने आपमें एक अनुभव था। मेरे दिल्ली से बबई के लिए रवाना होने से पहले श्रीमती गांधी ने मुझे बुलाया और कहा कि उन्हें डर है कि उनके बेटे को कोई शारीरिक नुकसान न पहुँचाए। मैंने उन्हें विश्वास दिलाया कि मैं उसकी देख-रेख करूँगा और उसे अपने साथ ठहराऊँगा। जिस दिन सुबह वे दोनों आनेवाले थे, मेरे अपार्टमेंट के नीचे भीड़ इकट्ठी होनी शुरू हो गई। मैंने संजय को फोन करके उससे अपनी यात्रा स्थगित करने के लिए कहा। उसने निश्चय कर लिया था कि वह जरूर आएगा। मैं दम्पति की अगवानी के लिए सांताक्रूज हवाई अड्डे गया। वहाँ और भी बड़ी भीड़ संजय-विरोधी नारे लगा रही थी। हमारी गाड़ी उस चीखती-चिल्लाती भीड़ के बीच से रास्ता बनाते हुए निकली। हमारी गाड़ी के कुछ ही इंच पीछे सुरक्षा दल की भरी हुई

गाड़ी चल रही थी। आर्थर बन्दर रोड, जहाँ मैं रहता था, ट्रैफिक के लिए बन्द कर दिया गया था। संजय और मेनका एक मित्र के यहाँ चले गए। मैंने अपने दफ्तर जाकर उन्हें फोन किया कि दोपहर में जब सड़क साफ हो जाए, वे लोग मेरे घर चले आएँ। मुझे बाद में पता लगा कि नानी पालकीवाला की सहमति से मेरे फ्लैट के चारों तरफ घेराबंदी मेरे मित्र सोली सोराबजी ने कराई थी। उन्होंने दृढ़ निश्चय कर लिया था कि वे संजय और मेनका को मेरे साथ नहीं ठहरने देंगे ताकि वे भीड़ के आक्रोश का शिकार न हों। मैं शाम को जाकर संजय और मेनका को अपने अपार्टमेंट में ले आया। भीड़ फिर इकट्ठी होने लगी। संजय जैसे ही बालकनी पर निकला, लोग उसे गालियाँ देने लगे। संजय उनकी तरफ पथराई आँखों से देखता रहा। वह एक शब्द भी नहीं बोला। मेनका उन पर चिल्लाई। मैं उन्हें भीतर ले आया और उन लोगों को फोन किया जिन्हें मैंने उन दोनों से मिलने के लिए आमन्त्रित किया था, कि वे न आएँ। फिर भी, शोभा डे, यह कहते हुए कि उसे मेरा सन्देश नहीं मिला, चली आई। वह हमारे साथ ताज गई जहाँ मैं अपने मेहमानों को डिनर के लिए ले गया था। एक पुलिस की गाड़ी हमारे पीछे लगी रही। डिनर के दौरान, शोभा माफी माँगकर उठी। मैंने समझा कि वह टॉयलेट जाने के लिए उठी है। कुछ मिनट के बाद वहाँ फोटोग्राफर पहुँच गए। मैंने संजय और मेनका से माफी माँगी। उन्होंने मेरी बात पर यकीन कर लिया कि इस बात से मेरा कोई सरोकार नहीं है। उन्होंने रात अपने मित्रों के साथ बिताई। अगले दिन सुबह मैं उन्हें वहाँ से उठाकर नानी पालकीवाला के पास ले गया। नाश्ता करते हुए संजय ने चर्चा चलाई कि नानी उनका केस ले लें। नानी ने बड़ी शिष्टता लेकिन दृढ़ता से उत्तर दिया, 'मुझे खेद है, मैं तुम्हारी पैरवी नहीं कर सकूँगा।' बात इतने पर खत्म हो गई।

उस दिन दोपहर को मैं उन्हे लंच के जिए जिमखाना क्लब ले गया। एक बार फिर खबर फैल गई और जब हम चलने के लिए तैयार हुए, दरवाजे पर हमारे इंतजार में फोटोग्राफरों की भीड़ जमा हो गई। हवाई अड्डे वापस जाते हुए भी ऐसा ही हुआ। संजय के साथ शिष्टाचारपूर्ण व्यवहार सिर्फ एअरलाइंस के एक अफसर ने किया। उसने संजय के टिकट उससे लेकर, बोर्डिंग पास थमा दिया और उसे भीड़ के बीच से निकालकर पहले वी.आई.पी. कक्ष में ले गया—और फिर हवाई जहाज में। संजय को सही-सलामत लौटते देखकर मुझे बहुत राहत मिली। मैंने श्रीमती गांधी को फोन पर सूचना दे दी कि उनका बेटा वापस आ रहा है।

जब संजय और मेनका ने शाह कमीशन का सामना किया, उस समय मैं उनके साथ था। संजय को दंगे का पूर्वाभास था इसलिए वह अपने पहलवानों को साथ ले गया था। कमरा संजय-विरोधी गुंडों से भरा था। जैसे ही वह वहाँ दाखिल हुआ लोगों पर पागलपन सवार हो गया। चारों तरफ मारा-मारी मच गई। लोग हवा में डंडे और कुर्सियाँ उछालने लगे। संजय की कमीज फट गई। वह खाली घूसों से जवाबी हमला करता रहा। वह ताकतवर

आदमी था। उसने जिस तरह अपनी रक्षा की, उसे देखकर मैं बहुत प्रभावित हुआ। मेनका को भी कुछ धक्के खाने पड़े। मैं पुलिस की किरन बेदी के पीछे शरण लेकर उस दृश्य को देखता रहा। दोनों के मन में शाह कमीशन के लिए कितना कम आदर था, इसका प्रमाण मेनका ने दिया। वह रेलिंग को फलाँग गई। पेन होल्डर में से न्यायमूर्ति शाह के दोनों पेन निकालकर मुझे पकड़ा दिए कि मैं उन्हें यादगार की तरह रख लूँ।

इन्हीं दिनों, *द इलेस्ट्रेटेड वीकली ऑफ इंडिया* के सहायक पद से मुझे तत्काल बर्खास्त कर दिया गया था और मैं दिल्ली लौट आया था। मैंने *द नेशनल हेरल्ड* का सम्पादन सँभाल लिया था। उसका स्वामित्व गांधी परिवार के हाथ में था। एक दिन दोपहर को मुझे अपनी मेज पर एक पैकेट मिला। उसमें बाबू जगजीवन राम के बेटे सुरेश कुमार के एक दर्जन फोटोग्राफ थे, जिसमें वह अट्ठारह साल की एक कॉलेज की लड़की के साथ संभोग कर रहा था। फोटोग्राफों में उन्हें अलग-अलग आसनों में दिखाया गया था। मेनका को भी एक ऐसा ही पैकेट *सूर्या* के दफ्तर में मिला। उसी शाम को एक आदमी मुझसे मिलने आया। उसका कहना था कि वह जगजीवन राम का दूत है। उसने कहा कि अगर उनके बेटे की तस्वीरें *द नेशनल हेरल्ड* और *सूर्या* में नहीं छापी जाएँ तो बाबूजी, प्रधानमंत्री मोरारजी देसाई को छोड़कर श्रीमती गांधी के पक्ष में आने को तैयार हैं। मैं पैकेट साथ लेकर श्रीमती गांधी के घर पहुँचा। मैंने जैसे ही इस विषय की चर्चा चलाई उन्होंने मुझे बाहर बाग में आने के लिए कहा—उन्हें शक था कि उनके घर में रिकॉर्ड-मशीन लगी है। मैंने उनसे पूछा कि क्या उन्होंने उसकी मित्र के साथ सुरेश कुमार की वे अत्यन्त अश्लील तस्वीरें देखी हैं। उन्होंने हामी भरी और बताया कि मेनका ने वे तस्वीरें उन्हें दिखाई थीं। मैंने, जैसा मुझसे कहा गया था, ठीक उसी तरह वह प्रस्ताव उन तक पहुँचा दिया। 'मैं उस आदमी पर भरोसा नहीं करती,' उन्होंने जवाब दिया। 'जगजीवन राम ने मुझे और मेरे परिवार को जितना नुकसान पहुँचाया है उतना और किसी ने नहीं। तुम यह बात उस तक पहुँचा दो कि इससे पहले कि मैं मेनका को वह तस्वीरें इस्तेमाल करने से रोकूँ, उसे हमारी तरफ आना होगा।'

बात इसके बाद आगे नहीं बढ़ी। *सूर्या* और *द नेशनल हेरेल्ड* दोनों ने उन तस्वीरों का पूरा सेट छाप दिया। बस अश्लीलता के अभियोग से बचने के लिए दोनों प्रेमियों की जननेन्द्रियों पर काली पट्टियाँ लगा दीं।

कुछ महीनों के बाद कर्नल आनन्द का शव दिल्ली के पास उनके फार्म के पास एक कच्चे रास्ते पर पड़ा मिला। उनके पास एक भरी हुई पिस्तौल पड़ी थी। अमतेश और मेनका ने उसे हत्या का मामला बनाने की कोशिश की, लेकिन फैसला आत्महत्या के पक्ष में ही हुआ।

कर्नल ने अपनी पूरी जिन्दगी प्रेम के अभाव में काटी थी और एक दिन उन्होंने उसे खत्म करने का फैसला कर लिया। उनमें आत्महत्या की प्रवृत्ति भी थी। यह प्रवृत्ति उनके परिवार में थी। एक-दो साल के बाद उनके भाई ने पत्नी से झगड़े के बाद जहर खा लिया। उनका शव चण्डीगढ़ में सुखना ताल के एक उथले किनारे पर पड़ा मिला। कर्नल आनन्द के निधन पर कोई शोक नहीं मनाया गया। रिवाज के मुताबिक भोग की रस्म अदा की

गई जिस पर श्रीमती गांधी भी मौजूद थीं। उसके बाद मैंने किसी के मुँह से उनका जिक्र नहीं सुना।

जनता शासन के ढाई साल के दौरान श्रीमती गांधी को दो बार जेल जाना पड़ा (एक बार एक रात के लिए, दूसरी बार छह दिन के लिए)। इस बीच उनका मनोबल बढ़ानेवाले मुख्य रूप से संजय और मेनका ही थे (अमतेश्वर उनके पीछे लगी रहती थी)। मेनका के लिए यह इम्तहान का समय था। वह कॉलेज में क्लास में जाती, सूर्या को चलाती, अपने पति से मिलने या तो जेल में जाती या उसके साथ शाह कमीशन जाती, जनता के द्वारा प्रदर्शनों का आयोजन करती और विरोधी भीड़ों का सामना करती। परिवार के मित्रों की संख्या घटकर बहुत कम रह गई थी। उन गिने-चुने लोगों में एक मैं था।

गांधी और आनन्द परिवारों का दुःस्वप्न 1980 की जनवरी में खत्म हुआ जब श्रीमती गांधी ने चुनाव में भारी बहुमत से जनता पार्टी पर विजय हासिल करके प्रधानमंत्री का पद वापस पा लिया। संजय (और उसके साथ मेनका) एक बार फिर आसमान की ऊँचाई पर पहुँच गए। और उनके कन्धों पर सवार होकर अमतेश्वर आनन्द भी। उसके अहंकार का गुब्बारा, जो हाल ही में एक से ज्यादा बार पिचक चुका था, अपने महत्त्व के एहसास से फिर फटने-फटने को हो चला।

उपलब्धियों का यह दौर बहुत छोटा था। 23 जून, 1980 की सुबह संजय का दो सीट वाला विमान दिल्ली की दक्षिणी पर्वत-श्रेणी पर गिरकर चकनाचूर हो गया और उसमें संजय और उसके साथी पायलट कैप्टेन सक्सेना की मृत्यु हो गई। उस समय अमतेश्वर और उसकी बेटी अम्बिका इंग्लैंड में छुट्टियाँ मना रहे थे। उन्हें यह खबर स्वराज पॉल ने दी। पॉल एक व्यवसायी था जिसने अपने को गांधी-आनन्द परिवार का कृपापात्र बना लिया था। अमतेश्वर और अम्बिका को विशेष रूप से किराए पर लिए गए एअर इंडिया के विमान से वापस दिल्ली भेजा गया। विमान रोम में राजीव और सोनिया को लेने के लिए उतरा। वे वहाँ सोनिया के माता-पिता के पास ठहरे हुए थे। विमान पर दूसरे यात्री थे : एक जहाज-कम्पनी के मालिक सुमति मोरारजी और वी.सी. शुक्ल। वे प्रथम श्रेणी के निचले तल पर थे, बाकी लोग ऊपरी तल के प्रथम श्रेणी लाउंज में थे। बीच-बीच में सुमति , वी.सी.शुक्ल और स्वराज पॉल आनन्द परिवार का साथ देने के लिए उतरकर आ जाते थे। वे तीनों अमतेश को समझा रहे थे कि उसे दोनों परिवारों के बीच सम्बन्ध बनाए रखने की हरचन्द कोशिश करनी चाहिए। और अब चूँकि संजय नहीं रहा, उन्हें राजीव से बनाकर रखना चाहिए।

संजय की मौत से सबको बहुत आघात पहुँचा। मैं स्तब्ध रह गया। मैंने एक अत्यन्त भावभीनी श्रद्धांजलि लिखी जो *इवनिंग न्यूज* में प्रकाशित हुई और दुबारा अगली सुबह *द हिन्दुस्तान टाइम्स* में। मैंने इसमें सुझाव दिया कि संजय की जिम्मेदारी स्वभावतः उसकी युवा बेवा के कन्धों पर आ जानी चाहिए जिसने उसके साथ खड़े होकर भारत के बारे में उसके स्वप्न में हिस्सेदारी की थी। राजनीति में राजीव की रुचि कभी नहीं थी और उसकी पत्नी उसके प्रति नफरत ही व्यक्त करती रही थी। अपने इस भावकुतापूर्ण विस्फोट

की मुझे महँगी कीमत चुकानी पड़ी। मैंने मेनका को ऊँचा उठाने के लिए जो वाक्य लिख दिया था वह मेरे गले में मरी मुर्गाबी की तरह लटक गया। मैंने लिखा था कि जैसा कुछ लोग सोचते हैं वह कोई ऐसी-वैसी हस्ती नहीं है। 'यदि वह क्रुद्ध हो तो सिंहवाहिनी दुर्गा हो जाती है।' इसका अर्थ यह लगाया गया कि मैं मेनका को देवी बना रहा हूँ। जिन लोगों ने सोचा कि मैं राजीव गांधी के खिलाफ मेनका को खड़ा करने की शरारत कर रहा हूँ, उनमें इन्दिरा गांधी भी थीं।

अगर श्रीमती गांधी ने अपने मन में मेनका के खिलाफ कोई नाराजगी पाल रखी थी, तो उन्होंने इसके बारे में तब तक कुछ न कहा, न किया, जब तक संजय जीवित था। इस विश्वास में कुछ सच्चाई हो सकती है कि वह अपने दूसरे बेटे से प्यार भी करती थीं और उससे डरती भी थीं। संजय अपनी माँ के घर की अपेक्षा आनन्द परिवार के घर में ज्यादा सहज रहता था। आनन्द परिवार में नौकरों सहित सभी उसकी बहुत आवभगत करते थे। माँ के घर में उसके बड़े भाई के रूप में एक प्रतिद्वन्द्वी मौजूद था। श्रीमती गांधी इस बात को नापसन्द करती थीं कि संजय उनके घर की अपेक्षा आनन्द परिवार के घर को तरजीह देता है। संजय की दुःखद मृत्यु के बाद गांधी परिवार ने मेनका को यह जताने में बहुत समय नहीं लगाया कि वह प्रधानमंत्री के घर से मेल नहीं खाती। संजय की मृत्यु के एक सप्ताह बाद श्रीमती गांधी ने खुद मेनका से कहा कि वह उनकी सेक्रेटरी का काम करे। कुछ दिनों के बाद धीरेन्द्र ब्रह्मचारी मेनका के कमरे में आए। उन्होंने उसे सूचना दी कि श्रीमती गांधी को खुद उसे यह बताने में संकोच हो रहा है, लेकिन सोनिया इस प्रस्ताव के विरोध में अड़ी है और उसने यह धमकी दी है कि अगर मेनका को दिया प्रस्ताव वापस नहीं लिया गया तो वह अपने परिवार के साथ इटली लौट जाएगी। इस बात के बारे में मुझे बहुत शक नहीं था कि सोनिया उनकी ज्यादा प्रिय बहू है, वैसे ही जैसे संजय उनका ज्यादा प्रिय बेटा है। अब जब संजय ही नहीं रहा, तो श्रीमती गांधी के पास अपनी एकमात्र बची हुई सन्तान राजीव का सहारा लेने के सिवा कोई चारा नहीं बचा था। उनके मन में मेनका के लिए कोई खास स्नेह नहीं था और अमतेश्वर का रौब जमाना उन्हें अखरता था। इस तरह की भावना के प्रकट विद्वेष में बदल जाने में बहुत देर नहीं लगती।

श्रीमती गांधी को मेनका की उपस्थिति से धीरे-धीरे चिढ़ बढ़ने लगी और वे उसके हर काम में नुक्स निकालने लगीं। उन्होंने मुझे बताया कि जो लोग उनके साथ संवेदना प्रकट करने आते हैं, मेनका उनसे बदतमीजी से पेश आती है। श्रीमती मार्गरेट थैचर के सम्मान में जो औपचारिक दावत दी गई, उसमें राजीव और सोनिया, मुख्य अतिथि के साथ प्रमुख मेज पर बैठे और मेनका को धवन और ऊषा जगत के साथ स्टाफ के लिए लगाई गई मेज पर बैठाया गया। उससे कहा गया कि वह औरों का ध्यान बँटाती है और उसे मेज पर बैठने की तमीज नहीं है। एक दिन श्रीमती गांधी ने मुझे बुलवाया और मुझसे कहा कि मेनका को समझाऊँ कि वह बेहतर व्यवहार करे। जब मैंने मेनका से बात की तो उसने शिकायत की कि उसके साथ पैर की धूल की तरह बर्ताव किया जाता है और उसने श्रीमती गांधी को 'एक फटीचर बोरी' (वन ओल्ड बैग) कहा।

मैंने उसे *द हिन्दुस्तान टाइम्स* के स्टाफ में लेने का प्रस्ताव रखा और इस बारे में के.के. बिड़ला से बात की। वे सहमत हो गए बशर्ते श्रीमती गांधी उन्हें इस सम्बन्ध में एक नोट भेज दें या उनसे बात कर लें। उन्होंने ऐसा कुछ नहीं किया। मेनका से *सूर्या* से भी सम्बन्ध तोड़ने के लिए कह दिया गया था क्योंकि वह 'एक चिथड़ा' था (गोकि उसे हमेशा श्रीमती गांधी का समर्थन मिलता रहा था)। मेनका को पशुओं से बेहद प्यार था और उसे पशुओं की रक्षा के लिए बनी सोसाइटी का अध्यक्ष चुना गया था। उससे इस पद से त्यागपत्र देने के लिए कहा गया। उसने अपने पति की वैयक्तिक जीवनी लिखी। श्रीमती गांधी ने पहले उसका अनुमोदन कर दिया पर जब उसके प्रकाशन में एक-दो दिन रह गए तो उन्हें उसमें गम्भीर गलतियाँ नजर आने लगीं। सारी छपी हुई प्रतियाँ वापस मँगवाई गईं और उसका नया पाठ जारी किया गया जिसमें मुश्किल से दो-चार वाक्य बदले गए थे। श्रीमती गांधी ने अमतेश्वर के प्रति अपने विद्वेष को मेनका पर प्रकट कर दिया था। अमतेश्वर ने 1, सफदरजंग रोड जाना बन्द कर दिया।

दोनों परिवार बेहद अन्धविश्वासी थे। संजय की मृत्यु के कुछ दिन बाद मैं जोरबाग में अमतेश्वर के घर गया। मैंने देखा कि एक पंडितजी धोती और खड़ाऊँ पहने संस्कृत श्लोक गुनगुनाते हुए बाहर निकल रहे हैं। उनके पीछे अपने सिर पर पानी से भरा घड़ा रखे एक आदमी चल रहा था और उस आदमी के पीछे अमतेश्वर आनन्द थीं। 'यह सब क्या है ?' मैंने उससे पूछा। मुझे बताते हुए वह अपनी मुस्कुराहट छिपा नहीं सकी। 'वो जो मिसेज़ सक्सेना हैं, संजय के साथ मृत सह-पायलट की विधवा, उन्होंने मुझे फोन करके कहा कि दोनों लड़कों को उन्होंने सपने में देखा। वे शिकायत कर रहे थे कि वे बहुत प्यासे हैं, क्योंकि वे जहाँ हैं वहाँ बहुत गर्मी है। मैंने इन पंडितजी से राय ली और इन्होंने सलाह दी कि हम लोग श्रीमती गांधी के घर के बाहर एक प्याऊ लगवा दें। मैं वही करने जा रही हूँ।' कमला नेहरू की बहन ने मेनका को एक नेकलेस दिया। उसमें आधा चाँद और सितारा बना हुआ था। विजयराजे सिन्धिया ने उससे कहा कि यह लोगों को बीमार करने के लिए एक तान्त्रिक प्रतीक है। मेनका पहले से बीमार चल रही थी। उसने उस नेकलेस को उतार दिया और वह सहसा बेहतर महसूस करने लगी।

दोनों महिलाओं के बीच सम्बन्ध बड़ी तेजी से बिगड़ते चले गए। मेनका अपने मित्रों को यह विश्वास दिलाना चाहती थी कि वह ऐसा कुछ नहीं करती जिससे श्रीमती गांधी उत्तेजित हों और सारा दोष श्रीमती गांधी का है। हर बार जब वह श्रीमती गांधी से मिलती है, उससे कहा जाता है, 'सब लोग तुमसे नफरत करते हैं—तुमने अपने पिता की हत्या की है, तुम्हारी माँ कुतिया है।'

अमतेश्वर ने राष्ट्रीय स्वयं सेवक संघ के पुराने सदय जे.के.जैन की मार्फत *सूर्या* को बेचने का सौदा श्रीमती गांधी की कट्टर दुश्मन विजयराजे सिन्धिया से किया। ऐसा लगता था कि यह हरकत उसने श्रीमती गांधी से हिसाब चुकता करने के लिए की थी। उसके पास ऐसा करने का कारण भी था। जब श्रीमती गांधी को यह अनुकूल लगता था तब उन्होंने पत्रिका को विरोधियों पर कीचड़ उछालने की अनुमति दी थी। दरअसल अमतेश

और उनकी बेटी के पास श्रीमती गांधी ने दो ही विकल्प छोड़े थे—वे या तो उसे बन्द कर दें या फिर बेच दें। मोदी जैसे उद्योगपतियों से, जिन्होंने उसकी मदद की थी, राजीव ने कह दिया कि श्रीमती गांधी उनका पत्रिका को विज्ञापन देना पसन्द नहीं करतीं। कैम्पाकोला वाले चरणजीत सिंह जैसे लोगों ने उन पर निकलता बकाया पैसा देने से इंकार कर दिया। यह काम बहुत गुपचुप और सहज ढंग से अंजाम दे दिया गया। यहाँ तक कि खुद मुझे इस सौदे के बारे में कुछ पता नहीं चला, गोकि मुझे संजय ने पत्रिका को लेने के लिए राजी करने की कोशिश की थी (मुझे आज तक यह पता नहीं लगा कि इसके लिए किस रूप में और कितना पैसा दिया गया)। जिस दिन यह सौदा तय हुआ उसी दिन इस घटना की समाचारपत्रों में घोषणा कराने के लिए अमतेश्वर डॉ. जैन को लेकर मेरे अपार्टमेंट में आई (फरवरी 1982)। सब लोग यह साफ जान गए थे कि 1, सफदरजंग रोड में मेनका के दिन अब गिने हुए हैं। अब अन्दाजा लगाने को सिर्फ यह रह गया था कि वह कब और कैसे वहाँ से निकलेगी। श्रीमती गांधी हर बात में निर्णय का अधिकार अपने सिवाय किसी दूसरे को नहीं देती थीं। पर इस बार एक अप्रिय आश्चर्यजनक घटना को झेलने की बारी उनकी थी। एक बार अपनी सास से अलग होने का फैसला करने के बाद मेनका ने निर्णय कर लिया था कि इस बार अपने रुख्सत होने के समय और शर्तों को वह खुद तय करेगी। उसने कई सप्ताह पहले मुझे वह निश्चित दिन बता दिया जब उसे 'निकाल फेंका' जाएगा।

मेनका ने बड़ी सावधानी से समय का चुनाव किया था। श्रीमती गांधी भारत उत्सव के लिए लन्दन गई थीं और सोनिया को अपने साथ ले गई थीं। राजीव अपनी स्थिति बनाने में बहुत व्यस्त था, और वह घर में रहने से कतराता था ताकि खाने के समय उसकी मुलाकात मेनका से न हो। मेनका और अकबर अहमद ने संजय विचार मंच की शुरुआत करने का फैसला किया। श्रीमती गांधी को समझ में नहीं आ रहा था कि जो संगठन उनके बेटे के आदर्शों को प्रचार करने का दावा कर रहा है, उसके बारे में अपनी गैररजामंदी कैसे व्यक्त करें। उद्घाटन समारोह (जिसकी मंजूरी मेनका के अनुसार श्रीमती गांधी ने दे दी थी) के अवसर पर मेनका के भाषण के 'पाठ' को राजीव गांधी ने तार से लन्दन भेजा। श्रीमती गांधी ने तय किया कि अपनी उपद्रवी बहू से छुटकारा पाने का वह मौका, जिसका उन्हें कई महीनों से इंतजार था, उनके हाथ आ गया है।

श्रीमती गांधी 28 मार्च 1982 की सुबह लन्दन से लौटीं। वे इस बार निशाना लगाने का निर्णय करके आई थीं। जब मेनका उन्हें नमस्कार करने आई, तो उन्होंने सख्ती से यह कहकर उसे दफा किया, 'मैं तुमसे बाद में बात करूँगी।' उससे कहला दिया गया कि वह परिवार के साथ दोपहर के खाने के लिए न आए और उसका खाना कमरे में भेज दिया जाएगा। लगभग एक बजे उसे एक सन्देश और भेजा गया कि प्रधानमंत्री उससे मिलना चाहती हैं। मेनका इस स्थिति के लिए तैयार थी। वह बैठक में थी जब श्रीमती गांधी नंगे पैर वहाँ आईं। उन्होंने धवन और धीरेन्द्र ब्रह्मचारी को वहाँ आने का आदेश पहले दे दिया था ताकि वे मेनका से जो कुछ कहें, वे लोग उसके साक्षी रहें। मेनका के

अनुसार वे गुस्से से उबल रही थीं और उनकी बात मुश्किल से समझ में आ रही थी। अपनी उँगली मेनका की तरफ दिखाते हुए वे चिल्लाईं, 'तुम वाहियात टिन्नी-सी झूठी ! तुम धोखेबाज, तुम...! तुम इस घर से एकदम बाहर हो जाओ।' मेनका ने मासूम बनते हुए पूछा, 'क्यों ? मैंने किया क्या है ?' श्रीमती गांधी वापस चिल्लाईं, 'तुमने जो भाषण दिया है, मुझे उसका एक-एक शब्द मालूम है।' 'वह तो आपने देख लिया था,' मेनका ने जवाब दिया। इस जवाब से एक बार फिर विस्फोट हुआ। श्रीमती गांधी ने उस पर अभियोग लगाया कि जब वे लन्दन में थीं तो वह उनकी अनुपस्थिति में उनके शत्रुओं को घर में लाती रही। उन्होंने सकारण जोड़ा, 'तुमने हरेक शब्द में जहर उगला था। इसी वक्त निकल जाओ। निकलो।' उन्होंने चीखकर कहा, 'तुम्हें तुम्हारी माँ के घर ले जाने के लिए गाड़ी खड़ी है।' मेनका अड़ी रही कि वह अपनी माँ के घर नहीं जाना चाहती और उसे सामान बाँधने के लिए वक्त चाहिए। 'तुम वहीं जाओगी जहाँ तुमसे कहा जाएगा। तुम्हारी चीजें तुम्हारे पास बाद में भेज दी जाएँगी।' श्रीमती गांधी ने कहा और फिर अमतेश्वर के लिए अपशब्दों का प्रयोग किया। मेनका ने सिसकना शुरू कर दिया और कमरे से यह चिल्लाती हुई निकली कि वह अपनी माँ का अपमान नहीं होने देगी। श्रीमती गांधी नंगे पैर उसके पीछे-पीछे बजरी की सड़क पर कहती जा रही थीं, 'गेट आउट ! गेट आउट ! यह संतरियों और स्टाफ के लोगों ने सुना। इसी बीच फ़ीरोज़ वरुण को श्रीमती गांधी के कमरे में पहुँचा दिया गया। मेनका के मित्र इस घटना का समाचार प्रेस को देने में व्यस्त हो गए। प्रधानमंत्री के घर जाने से पहले अम्बिका ने मुझे बताया कि उसकी बहन के साथ क्या हो रहा है और कहा कि मैं इस सूचना को आगे फैला दूँ। रात को नौ बजे तक दरवाजे के बाहर फोटोग्राफरों और रिपोर्टरों की भीड़ जमा होने लगी। उनमें विदेशी संवाददाता भी थे। श्रीमती गांधी हमेशा विदेशी प्रेस से डरती और नफरत करती थीं। पुलिस, उनके घर की तरफ जानेवाले रास्तों पर जगह-जगह खड़ी कर दी गई थी। पर उन्हें पूरी तरह यह नहीं समझाया गया था कि उन्हें किसे रोकना और किसे जाने देना है।

दस मिनट के बाद अम्बिका और उसका भाई उनके घर पहुँच गए। आठ साल में पहली बार उन्हें रोका गया। उनके पहुँचने की खबर श्रीमती गांधी को पहुँचा दी गई। साथ ही उनसे यह भी कह दिया गया कि अम्बिका प्रेस के लोगों से बात कर रही है। उनकी गाड़ी को अन्दर आने की इजाजत मिल गई और वे दोनों मेनका के कमरे में चले गए। उन्होंने देखा मेनका रो रही है और जो कुछ भर सकती है वह अपने ट्रन्कों में भर रही है। श्रीमती गांधी अचानक कमरे में दाखिल हुईं और उन्होंने मेनका को बिना कुछ लिए चले जाने का हुक्म दिया। इस बार अम्बिका बोली, 'वह नहीं जाएगी, यह उसका घर है।' श्रीमती गांधी अम्बिका को पसन्द नहीं करती थीं जिसका एक हद तक कारण उस लड़की की तेज जबान का डर भी था। 'यह उसका घर नहीं है,' श्रीमती गांधी चिल्लाईं, 'यह भारत की प्रधानमंत्री का घर है। वह यहाँ मेरी इजाजत के बगैर लोगों को नहीं ला सकती। जो हो, अम्बिका आनन्द, मैं तुमसे बात नहीं करना चाहती।' अम्बिका रौब में आनेवाली नहीं थी, 'श्रीमती गांधी, मेरी बहन से इस तरह बोलने का आपको अधिकार नहीं है। यह संजय

का घर है और वह संजय की बीवी है। उसे यहाँ से कोई बाहर नहीं निकाल सकता।' श्रीमती गांधी हकलाने और रोने लगीं। उन्होंने पहले कहा, 'मैंने उससे जाने के लिए नहीं कहा, वह अपने आप जा रही है।' 'मैंने अपनी जिन्दगी में कभी झूठ नहीं बोला,' उन्होंने दुबारा प्रतिवाद किया। 'आपने अपनी जिन्दगी में कभी सच नहीं बोला,' दोनों बहनों ने उलटकर जवाब दिया। एक-दूसरे की मौजूदगी से उनकी हिम्मत बढ़ गई थी। लड़ाई श्रीमती गांधी के हाथ से बाहर हो गई; वे पागलों की तरह रोने लगीं और धीरेन्द्र ब्रह्मचारी को उन्हें कमरे से बाहर ले जाना पड़ा। उसके बाद सन्देश बिचारे धवन के मार्फत भेजे गए। इस क्रम में उसे दोनों बहनों की बदजबानी का शिकार तो होना ही पड़ा, उसे इस काम का यह इनाम और मिला कि मेनका के आइरिश वुल्फ हाउंड कुत्ते शेबा ने, जो उत्तेजना के कारण परेशान हो गया था, उसे काट लिया।

बहनें जब अकेली रह गईं तो उन्होंने अपने जाने का समय और नीति तय की। उन्होंने लंच का ऑर्डर दिया और अपने वीडियो कैसेट पर अमिताभ बच्चन की फिल्म पूरे जोरशोर से लगा ली ताकि बराबर के कमरे में श्रीमती गांधी को यह पता चल जाए कि वे उनकी परवाह नहीं करतीं। हर बार जब धवन उनसे अनुरोध करने आता कि वे चली जाएँ, तो वे एक नई माँग पेश कर देतीं। कुत्तों को खाना खिलाना था सो खिलाया गया। जब धवन उन्हें सामान ले जाने से रोकने में नाकामयाब हो गया तो श्रीमती गांधी ब्रह्मचारी के साथ अन्दर आईं और उन्होंने जो सामान बाँधा था उसकी तलाशी का आदेश दिया। मेनका ने आग्रह किया कि अगर उसके सामान की तलाशी ली जानी है तो वह सड़क पर ली जाएगी ताकि पूरा प्रेस इस दृश्य को देखे। कमरे के बाहर रखे ट्रंक जान-बूझकर खोल दिए गए ताकि प्रेसवाले उन्हें देखें और गेट के बाहर टेलिस्कोपिक लेंस लगे कैमरों से उनकी तस्वीरें खींच लें। दोनों ओर से गाली-गुफ्ता का एक दौर और चला।

अब स्थिति श्रीमती गांधी के काबू के बाहर हो गई थी। राजीव और अरुण नेहरू ने उनकी जगह ली। उन्होंने सुरक्षा अफसर एन.के. सिंह को बुलवाया और उसे दोनों बहनों को बाहर निकालने का आदेश दिया। एन.के. सिंह चतुर आदमी था। उसने ऑर्डर को लिखित रूप में माँगा। न राजीव और न ही अरुण नेहरू कागज पर यह जिम्मेदारी लेने को तैयार हुए। एन.के. सिंह के मौखिक अनुरोध पर लड़कियों ने अमल करने से इंकार कर दिया। उन्होंने अपने सामान, कुत्ते और अब फ़ीरोज़ वरुण को भी, जिसे बुखार था, अपने आगे भेजने की माँग की। श्रीमती गांधी को यह मालूम था कि वे हार चुकी हैं और उन्होंने हथियार डाल दिए।

उन लड़कियों और उनके भाई ने पेट भरके आराम से खाना खाया। सामान और कुत्तों को टैक्सी से आगे भेज दिया गया। ग्यारह बजे रात में नींद से भरे हुए फ़ीरोज़ वरुण को भी उनके हवाले कर दिया गया। टैक्सी के बजाय, प्रधानमंत्री की गाड़ी को यह आदेश दिया गया कि वह मेनका और उसके बेटे को जहाँ वह चाहे वहाँ ले जाए। अपनी आदत के मुताबिक श्रीमती गांधी ने आखिरी काम यह किया कि उन्होंने मेनका के नाम एक खत लिखवाया जिसमें उसके उन सारे दुष्कर्मों का कच्चा चिट्ठा खोला गया था, जिनके कारण

उसका घर से निकाला जाना जरूरी था। मेनका ने बैठकर अपना जवाब लिखा और उसे प्रेस में दे दिया। कुछ ही मिनट बाद, आँखों में ढेर सारे आँसू भरे, धुँधलाई नजर के साथ मेनका और भौचक्का फ़ीरोज़ वरुण कमरे से बाहर आए जहाँ उन्हें प्रेसवालों के कैमरों के फ्लैश बल्बों की चकाचौंध का सामना करना था। मेनका ने भारत की प्रधानमंत्री के खिलाफ यह पारी उन्हें पछाड़कर जीत ली थी।

अमतेश और मेनका से मेरा घनिष्ठ सम्बन्ध कुछ महीनों के बाद अचानक खत्म हो गया। मेनका पर लगाए गए आरोपों के बारे में एक पत्रकार ने मुझसे बातचीत की थी। मैंने जो टिप्पणी की, ज़ाहिर है उससे मेनका नाराज़ हो गई, क्योंकि दो-एक दिन बाद वह मेरे अपार्टमेंट में तूफानी गति से आई और मेरे मुँह पर रिसाले की एक प्रति फेंककर तेजी से बाहर निकल गई। एक घंटे बाद मुझे अमतेश का एक रजिस्टर्ड खत मिला जिसमें मुझ पर उसके परिवार के बारे में झूठी बातें कहने का आरोप लगाया गया था। गांधी और आनन्द परिवारों से मेरे सम्बन्ध इसके साथ खत्म हो गए। मैंने राहत की साँस ली। मेरे जीवन का एक अध्याय और समाप्त हो गया था।

अध्याय-तेरह

1980-1986 : संसद और द *हिन्दुस्तान टाइम्स*

कुछ समय पीछे लौटें : दिसम्बर 1988 के आम चुनाव में श्रीमती गांधी भारी जनादेश से फिर सत्ता में आ गईं। मैंने उनकी जीत की भविष्यवाणी एक 'क्विकी' में जिसका शीर्षक था *इन्दिरा गांधी रिटर्न्स,* चुनाव से कुछ महीने पहले की थी। मैंने उनके और उनके परिवार के लिए अपना फर्ज पूरा किया था। मैं अकेला पत्रकार था जिसने संजय गांधी की मारुति कार परियोजना के बारे में फैलाई गई निराधार अफवाहों का खंडन किया था। मैंने मेनका और उसकी माँ की, उनकी मासिक पत्रिका *सूर्या* का सम्पादन करने और उसके लिए विज्ञापन जुटाने में उस समय मदद की थी जब इस पत्रिका की शुरुआत ही हुई थी। छः महीने तक मैंने बिना वेतन, *द नेशनल हेरल्ड* का सम्पादन किया। जब शाह कमीशन के सामने संजय की पेशी हुई तो मैं उसके साथ था। जब उसे जेल में डाला गया तब मैंने उससे बराबर सम्पर्क बनाए रखा। मैंने बड़े उत्साह से उसके परिवार-नियोजन और गन्दी बस्तियों की सफाई के कार्यक्रम का समर्थन किया। वृक्षारोपण में उसकी दिलचस्पी के लिए भी मुख्य रूप से मैं ही जिम्मेदार था। मैं मानता हूँ कि मैंने उनके लिए जो कुछ किया था उसके बदले में किसी सम्मान या इनाम की मैं उम्मीद करता था।

यद्यपि दुबारा से प्रधानमन्त्री श्रीमती गांधी बनी थीं, पर देश का असली शासक संजय था। चूँकि मुसीबत के दिनों में मैं उससे और मेनका से काफी मिलता रहा था इसलिए हम लोगों में आपस में स्नेह हो गया था। वह कम बोलता था लेकिन काम कराना खूब जानता था। संजय उन तमाम राजनीतिज्ञों से अलग था जो अपने समर्थकों को खुश करने के लिए ऐसे वायदे करते थे जिन्हें पूरा करनें का उनका कोई इरादा नहीं होता था। संजय जब कोई वायदा करता था तो आप इस बात का यकीन कर सकते थे कि वह उसे पूरा करेगा। अगर उसे लगता कि कोई अनुरोध बेजा है तो उसमें इंकार करने की हिम्मत रहती थी।

जैसाकि मैं पहले कह चुका हूँ, मुझे गांधी परिवार से इनाम मिलने की उम्मीद थी। संजय ने मुझसे पूछा कि क्या मेरी दिलचस्पी किसी राजनयिक काम में होगी। उसके मन में लन्दन में हाई कमिश्नर का पद था। मैंने बिना संकोच के इस प्रस्ताव से इंकार

कर दिया क्योंकि मैं भारत नहीं छोड़ना चाहता था। तब उसने कहा कि वह मुझे राज्यसभा में नामजद कराने की व्यवस्था करेगा और साथ ही मेरे सामने *द हिन्दुस्तान टाइम्स* का सम्पादक पद स्वीकार करने का प्रस्ताव किया। मैंने यह विकल्प स्वीकार कर लिया। मैं *नई दिल्ली* के दफ्तर में था। तभी एक दिन दोपहर को मुझे ज्ञानी जैल सिंह ने फोन किया। वे उस समय गृहमन्त्री थे। उन्होंने मुझे बताया कि वे राज्यसभा के लिए नामजद लोगों की सूची लेकर राष्ट्रपति से मिलने जा रहे हैं। उन लोगों में मेरा नाम भी था। मैंने एक ऐसे बच्चे की तरह व्यवहार किया जिसे जन्मदिन पर बहुत बड़ा तोहफा मिल गया हो। मैंने *नई दिल्ली* में अपने सहयोगियों से चिल्लाकर कहा, 'हुर्रे ! मैं संसद का सदस्य हो गया।' फिर मैं पी.टी.आई. भवन के गलियारे में दौड़ा और हर ऐसे आदमी को जिसका चेहरा मेरा परिचित था, यह खबर चिल्लाकर सुनाता गया। मैं गाड़ी उठाकर अपनी माँ के घर पहुँचा और वहाँ यह खबर अपनी माँ और बहन को सुनाई। मैं संजय के पास उसका शुक्रिया अदा करने गया और खुशी मनाने के लिए घर लौटा। अगले दिन सुबह-सुबह मैं कसौली के लिए रवाना हो गया। मैं फूलमालाएँ लेकर आनेवालों से और बधाई के पत्रों और तारों की उस बाढ़ से बचना चाहता था जिनका इस खबर के बाद आना तय था।

मैंने एक सप्ताह कसौली में बिताया। मैं अपने इस भाग्य-परिवर्तन पर फूला नहीं समा रहा था। जब से मैं *द इलस्ट्रेटेड वीकली* से निकाला गया था तब से मेरे सितारे कुछ मन्द थे। राज्यसभा में मेरे नामांकन के कुछ हफ्ते बाद मुझे के.के. बिड़ला ने मिलने के लिए बुलाया। उन्होंने मुझे *द हिन्दुस्तान टाइम्स* के सम्पादक का पद पेश किया। मुझे यह मालूम था कि वे ऐसा करनेवाले हैं, पर मुझे यह ठीक से नहीं पता था कि वे हिरण्यमय कारलेकर का क्या करेंगे जो उस समय अखबार का सम्पादन कर रहे थे। मेरे लिए यह धर्मसंकट की स्थिति थी। मैंने कारलेकर के ससुर अशोक चन्दा के मातहत काम किया था और मैं उनका उस समय मित्र भी था जब वे लन्दन में डिप्टी हाई कमिश्नर थे। मैं चन्दा की सबसे बड़ी बेटी अन्जू का, उसके स्कूल के अन्तिम वर्ष और ऑक्सफोर्ड में पहले वर्ष के दौरान स्थानीय अभिभावक था। उस परिवार के साथ मेरी करीबी दोस्ती को देखते हुए, मेरे पिता ने अपने को कठिनाई में डालकर चन्दा परिवार को सुजान सिंह पार्क में एक फ्लैट दिया था। जिस दिन शाम को बिड़ला ने मुझसे नौकरी का प्रस्ताव किया, उसी दिन मोनिका चन्दा गपशप करने के लिए आ निकली। जैसा कि वह अक्सर किया करती थी, उसने मुझसे चर्चा की कि बिड़ला उसके दामाद का कितना भरोसा करते हैं और वह *द हिन्दुस्तान टाइम्स* के सम्पादक के रूप में कितना अच्छा काम कर रहा है। मुझे लगा कि अब समय आ गया है कि उसे यह कटु सत्य बता दिया जाए। 'मोनिका, मैं नहीं जानता तुम्हें यह सब कहानियाँ कौन सुना जाता है ! बिड़ला रोनू से खुश नहीं हैं और उनका इरादा उसको बर्खास्त करने का है।'

'तुम ऐसी बात कैसे कह सकते हो !' उसने हैरत से कहा। 'तुम्हें कैसे पता ?'

'मुझे इसलिए पता है कि आज दोपहर को ही इस पद को स्वीकार करने का प्रस्ताव

मेरे सामने रखा गया है और मैं अगले सप्ताह यह कार्यभार सँभालने वाला हूँ।' बहुत हताश होकर मोनिका अपने अपार्टमेंट लौटने के लिए मेरे यहाँ से उठ गई।

मैंने *द हिन्दुस्तान टाइम्स* के सम्पादक का पद 1980 में सँभाल लिया। हिरण्यमय कारलेकर ने अपने निजी स्टाफ के उन सदस्यों की पदोन्नति के लिए एक सिफारिशी रुक्का छोड़ा था जिन्हें मेरे साथ काम करना था। मैंने उनकी सिफारिश को मान्यता देने का फैसला किया। मुझे संजय गांधी से भी एक नोट मिला जिसमें उन सहायक और उप-सम्पादकों की लम्बी-सी सूची थी जो उसकी जानकारी के मुताबिक कम्युनिस्ट थे। मुझे जितनी जल्दी हो सके, उनसे पिंड छुड़ाने के लिए कहा गया था। मैंने उस नोट को अपनी जेब में यह जाँच करने के लिए रख लिया कि उसकी 'अन्दरूनी खबर' कितनी विश्वसनीय है। राजनीतिक दृष्टिकोण के कारण मेरा इरादा किसी को शिकार बनाने का नहीं था। मुझे पता लगा कि संजय की सूचना ठीक है। उसकी सूची के तीन व्यक्ति अपनी इच्छा से रिटायर हो गए, बाकी लोग अपना काम करते रहे। एक आदमी जिसने कम्युनिस्ट पार्टी का कार्ड होल्डर होने की बात को नहीं छिपाया, चाँद जोशी था। वह अपना अधिकतर समय यूनियन की गतिविधियों में लगाया करता था। वह कसकर पीता था और मुश्किल से तीन-चार महीने में एक लेख लिखता था। उसका नाम संजय की सूची में नहीं था। न ही कभी बिड़ला व्यवस्थापकों ने उसे निकालने या दिल्ली से बाहर उसका तबादला करने की कोशिश की। मुझे अक्सर यह ताज्जुब होता था कि जिस चाँद जोशी को मैं अच्छी तरह जानने लगा था और जिसकी दूसरी पत्नी मानिनी चैटर्जी मुझे बहुत अच्छी लगती थी, वह अपनी दोपहरें पाँच सितारा होटलों में शराब पीते हुए गुजारने के लिए पैसा कहाँ से लाता है। उसका वेतन तो उसके दोनों परिवारों के गुजारे भर के लिए काफी था। मुझे *हिन्दुस्तान टाइम्स* को छोड़े हुए कुछ वर्ष गुजर गए थे जब चाँद जोशी को डॉक्टरी सलाह से शराब छोड़ने के लिए मजबूर होना पड़ा। किसी समय का मार्क्सवादी नास्तिक अब देवी दुर्गा का अन्धभक्त हो गया था।

द हिन्दुस्तान टाइम्स का आरम्भ प्रथम विश्वयुद्ध के दौरान क्रान्तिकारी सिखों के एक गुट ने किया था। ये लोग कनाडा और अमरीका में गदर पाटी के सदस्य थे और राष्ट्रीय विचारों का प्रचार करना चाहते थे। इसके पहले सम्पादक सरदार मंगल सिंह थे। अखबार का अपना खर्चा निकालने के लायक सरकुलेशन नहीं हो पाया था और ब्रिटिश-विरोधी होने के कारण अक्सर बन्द होने का खतरा भी बना ही रहता था। इसके मालिक इसे जे.एन. साहनी के हाथ बेचने के लिए मजबूर हो गए। पर उन्होंने अपने साले कोहली के साथ मिलकर इसे दिल्ली के प्रमुख दैनिक समाचारपत्र के रूप में प्रतिष्ठित कर लिया। उन्हें भी इसे चलाने में मुश्किलें आने लगीं और वे अक्सर सरकार की नाराजगी का शिकार होने लगे। अखबार उस समय साँसत में पड़ा जब पंडित मदनमोहन मालवीय ने उद्योगपति जी.डी. बिड़ला को इस बात के लिए राजी किया कि वे इसे खरीदकर

व्यापारिक ढंग से चलाएँ। इंडियन नेशनल कांग्रेस राजधानी में एक ऐसे दैनिक समाचारपत्र के लिए उत्सुक थी जिसमें वह अपने विचारों को प्रकट कर सके। जी.डी. बिड़ला ने इसे एक व्यापारिक धन्धे के लिए उतना नहीं, जितना कांग्रेस की सहायता के लिए खरीदा। महात्मा गांधी के बेटे देवदास गांधी इसके सम्पादक नियुक्त हुए। सम्पादकीय दफ्तर और छापाखाना कनॉट सर्कस के बाहरी घेरे के कुछ कमरों में बना दिए गए। कुछ ही सालों में अखबार की अच्छी बिक्री होने लगी और धीरे-धीरे उसे पढ़ना दिल्लीवालों की आदत हो गई। वे पाखाने जाते तो उनकी आँतों में तब तक हरकत नहीं होती थी जब तक अखबार उनके सामने न फैला हो। विवाह योग्य सन्तान के बारे में विज्ञापन देने और अपने प्रियजनों के स्वर्गवास की घोषणा करने के लिए ये ही अखबार था। यद्यपि इस अखबार की बिक्री राजधानी और उसके पड़ोसी इलाकों तक सीमित थी, तो भी अखबार की विज्ञापनों से होनेवाली आमदनी उन दैनिक अखबारों से कहीं ज्यादा थी जो दूसरे शहरों में छपते थे और जिनका सरकुलेशन बहुत ज्यादा था।

जब बिड़ला की सम्पत्ति का बँटवारा उनके बेटों में हुआ तो *द हिन्दुस्तान टाइम्स* उनके सबसे बड़े बेटे के.के. बिड़ला के हिस्से में आया। उनकी विरासत का यह सबसे कम महत्त्वपूर्ण हिस्सा था। लेकिन चूँकि उनकी राजनीतिक महत्त्वाकांक्षाएँ थीं, इसलिए उन्होंने उसको आधुनिक बनाना और उसका विस्तार करना शुरू कर दिया। उन्होंने कर्जन रोड (बाद में, कस्तूरबा गांधी मार्ग) पर जमीन ली और उस पर संगमरमर और प्लेट शीशे की कई मंजिली इमारत खड़ी की। उसकी पहली तीन मंजिलें *द हिन्दुस्तान टाइम्स* के प्रेस, विज्ञापन विभाग, सम्पादकीय और व्यवस्था कार्यालय के लिए अलग कर दी गईं और बाकी किराए पर उठा दी गईं। जब से अखबार को के.के. बिड़ला ने अपने हाथ में लिया, तभी से उन्होंने इसका इस्तेमाल सरकार को अपने पक्ष में रखने और अपने राजनीतिक और व्यावसायिक हितों का विस्तार करने के लिए किया। उनकी नीयत इसको स्वायत्त अखबार बनाने की कभी नहीं रही। उन्होंने मन्त्रियों के बेटे-बेटियों को नौकरियाँ देकर उन पर एहसान किया। यदि वे किसी खास जगह अपना तबादला चाहते थे तो बिड़ला राजी से ऐसा कर देते थे। वे विरोधी दल को छोड़कर किसी को नाराज नहीं कर सकते थे। और विरोधियों को भी वे कम-से-कम नाराज करना चाहते थे क्योंकि हो सकता था कि किसी दिन सरकार उन्हीं की हो। परिणाम यह होता था कि अखबार का दो-तिहाई भाग जो सिद्धान्ततः सम्पादकीय सामग्री के लिए आरक्षित होता था, वास्तव में तार से मिलनेवाले सन्देशों से भरा जाता था। बाकी बचा एक-तिहाई भाग; उसमें राज्यों के संवाददाताओं से प्राप्त सामग्री छपती थी। यह सामग्री प्रायः हमेशा ही राज्य सरकारों के पक्ष में होती थी। उनमें उन खबरों को छोड़कर जो तार-सेवाओं से प्राप्त होती थीं, विदेशों की खबरें बहुत कम होती थीं। उसके सिर्फ दो विदेश संवाददाता थे, एक लन्दन में और दूसरा वाशिंगटन में। इन तमाम खामियों के बावजूद, राजधानी में *द हिन्दुस्तान टाइम्स* के लगभग एकाधिकार सरकुलेशन को कोई हिला नहीं सका। उसके इतवारी संस्करण में पाँच पृष्ठ के विवाह सम्बन्धी विज्ञापन छपते थे। उसके दैनिक संस्करण

में लगभग आधा पृष्ठ निधन-सूचनाओं और स्मृति-सन्देशों को समर्पित हो जाता था। यह शायद पहला और अकेला अखबार था जिसमें स्वर्गवासी लोगों के लिए उठाला, अन्तिम अरदास, भोग की रस्मों और कीर्तन आदि की घोषणाएँ छपती थीं। यह बात सामान्य रूप से स्वीकार की जाती थी कि *द हिन्दुस्तान टाइम्स* राजधानी का सबसे खराब और सबसे ज्यादा बिकनेवाला अखबार है। इससे कहीं अधिक पठनीय अखबार *स्टेट्समैन* की बिक्री कम थी। *द हि.टा.* को एकमात्र चुनौती *द टाइम्स ऑफ इंडिया* से मिली जो भारत के किसी भी अखबार की तरह एक पूरा अखबार था। लेकिन *द हिन्दुस्तान टाइम्स* को पीछे छोड़ जाने के उसके सारे प्रयास एकदम विफल हो गए।

द हिन्दुस्तान टाइम्स के कुछ बड़े जाने-माने सम्पादक हुए। विशेषकर श्री मुलगाँवकर और बी.जी. वर्गीस। श्री मुलगाँवकर का के.के. बिड़ला बड़ा आदर करते थे, लेकिन वे बी.डी. गोयनका के अखबार *द इंडियन एक्सप्रेस* के लिए लिखना ज्यादा पसन्द करते थे। वी.जी. वर्गीस बिड़ला के लिए कुछ ज्यादा स्पष्ट और न झुकनेवाले आदमी साबित हुए और उनको हटा दिया गया। बहुत युवा और अनुभवी हिरण्यमय कारलेकर को, जो तब *द स्टेट्समैन* में सहायक सम्पादक थे, उस समय बंगाल के मुख्यमन्त्री सिद्धार्थ शंकर ने के.के. बिड़ला पर थोप दिया। वे तब तक अखबार के सम्पादक रहे जब तक सरकार के साथ सिद्धार्थ शंकर की साख खत्म नहीं हुई। उनकी तुलना में जब मुझ जैसा व्यक्ति सामने आया जिसे श्रीमती गांधी और उनका बेटा संजय समझते थे कि वह उनके ज्यादा काम आएगा, तो मेरे पक्ष में उन्हें नौकरी से अलहदा कर दिया गया।

सम्पादक के रूप में मुझे कितनी स्वतन्त्रता मिलेगी—इस बारे में मेरे मन में कोई भ्रम नहीं था। जिस दिन मैंने अपना पद सँभाला उसी दिन के.के. बिड़ला ने गत्ते पर चढ़ा हुआ एक दस्तावेज मुझे थमा दिया। इस कागज में अखबार की सम्पादकीय नीति का खुलासा था। वह पढ़ने में ऐसा लगा जैसे भारतीय संविधान की भूमिका वाला हिस्सा हो जिसमें उसके लक्ष्यों को बयान किया गया है। उसकी व्याख्या अपनी मर्जी के मुताबिक की जा सकती थी। मैंने उस पर निगाह डाली और सिर हिला दिया। बिड़ला के बैठने के कमरे में, जिस सोफे पर वे बैठते थे उसके बगल में रखी एक छोटी-सी मेज पर मेरी नजर पड़ी। उस पर तीन चीजें थीं, जिनका उनके लिए सबसे अधिक महत्त्व था : उनका निजी टेलीफोन जिस पर वे हिदायतें देते थे और खबरें लेते थे, एक जेबी कैलकुलेटर जिससे वे नफे-नुकसान का हिसाब लगाते थे, और एक छोटे-से चाँदी के फ्रेम में जड़ी सम्पत्ति की देवी लक्ष्मी की मूर्ति। मैंने उन्हें जो थोड़ा-बहुत जाना, उससे वे मुझे अच्छे लगने लगे। वे दुबले-पतले थे। हमेशा गहरे रंग का सूट और टाई पहनते थे और बिड़ला घराने के और लोगों की तरह, बातचीत और व्यवहार में बेहद शिष्ट थे। वे हर आनेवाले को अपने हाथ से चाय और बिस्कुट पेश करते थे और विदा देते समय उसे दरवाजे तक छोड़कर आते थे।

मैंने पहला दिन सहायक और उप सम्पादकों की सूची का अध्ययन करने में लगाया। मैंने उन सम्पादकीय और दूसरे लेखों पर नजर डाली जो सम्पादकीय पृष्ठ पर जाने थे। मैं इस अखबार को किस तरह बेहतर बना सकता हूँ ? मुझे पत्रिका सम्बन्धी पत्रकारिता की कुछ जानकारी थी, लेकिन *द नेशनल हेरल्ड* में संक्षिप्त-सा और निरर्थक समय बिताने के अलावा मुझे इतने बड़े अखबार को चलाने का कोई तजुर्बा नहीं था जिसमें लगभग डेढ़ हजार आदमी और औरतें काम करते हों। मेरी समझ में नहीं आ रहा था कि कहाँ से शुरू करूँ।

मैंने फैसला किया कि मैं पूरा जोर लगाकर जो कर सकता हूँ करूँगा। यही मेरी आदत थी। मैं सुबह जल्दी उठता, बी.बी.सी, रेडियो पाकिस्तान और भारत की आकाशवाणी की खबरें सुनकर, जो कुछ उनमें कहा जाता था उनके बारे में अपने नोट्स तैयार करता था। मैं और सबसे एक घंटा पहले दफ्तर पहुँचकर जो चिट्ठी-पत्री बिना जवाब दिए पड़ी होती, उसे निबटा देता था। मैं अपने सहायक सम्पादकों के साथ मीटिंग करके इस बारे में जवाबदेही करता कि जो खबरें और लोगों ने छाप दीं वे हमसे कैसे छूट गईं। इसके बाद मैं उनके दिन के लिए तीन सम्पादकीय लेख बाँटकर उन्हें पूर्वाह्न तक वापस मेरी मेज पर पहुँचाने का आदेश दे देता था। मैं दफ्तर के चक्कर लगाकर देखा करता था कि सब लोग अपनी जगह पर काम कर रहे हैं या नहीं। मिलने के लिए आनेवालों की संख्या बहुत ज्यादा होती थी। उनमें से अधिकांश समय बर्बाद करनेवाले रहते थे। संसद के अधिवेशनों के दौरान मैं कुछ घंटे राज्यसभा में बिताता था। दोपहर के खाने के बाद घर में थोड़ी देर आराम करके मैं वापस दफ्तर लौट आता था। मैं बीच के पन्ने के लिए सम्पादकीयों और लेखों को देखता और अक्सर उस सामग्री को दोबारा लिखता। इसके बाद एक बार फिर मैं दफ्तर का चक्कर लगाता। अँधेरा होने से पहले घर लौटना बहुत कम होता था। मैं डिनर के बाद अद्यतन खबरें लेने और पहले पन्ने की सामग्री देखने के लिए फिर दफ्तर आता था। कभी-कभी तो आधी रात के बाद ही घर लौटना होता था। मैंने किसी दूसरी नौकरी में इतने घंटे या इतने मामूली उद्देश्य के लिए काम नहीं किया। मुझे बहुत जल्दी पता लग गया कि किसी अखबार को बेहतर बनाने की दिशा में कोई सम्पादक तब तक कुछ नहीं कर सकता जब तक अपने कार्यकर्ताओं का चुनाव उसने खुद न किया हो। उससे इतनी ही उम्मीद की जाती है कि वह ऐसे सन्तुलित सम्पादकीय लिखता रहे जिनमें चमक न हो। वैसे भी, सम्पादकीय पढ़ने की तकलीफ कम ही लोग उठाते हैं। मैं यह काम ज्यादातर अपने सहायकों पर छोड़ देता था। ध्यान सिर्फ इस बात का रखता था कि बिड़ला ने नीति सम्बन्धी जो आदेश मुझे दिए हैं, उनका उल्लघंन न हो। *द हिन्दुस्तान टाइम्स* को मेरा वास्तविक योगदान मेरा शनिवारीय स्तम्भ था जिसका शीर्षक था *विथ मैलिस टुवर्ड्स वन एंड ऑल* । मेरे साथी संपादक भले ही मेरी अपने ढंग की पत्रकारिता का उपहास उड़ाते रहे हों लेकिन तब से आज तक यह देश में सबसे व्यापक रूप से पढ़ा जानेवाला स्तम्भ है। विभिन्न राज्यों की राजधानियों से प्रकाशित होनेवाले एक दर्जन से अधिक अंग्रेजी अखबार इसकी

प्रतिलिपियाँ छापते रहे और सारे देश की स्थानीय भाषाओं में छपनेवाले अखबारों में इसके अनुवाद छपते रहे। बहुत-से लोग *द हिन्दुस्तान टाइम्स* को सिर्फ शनिवार को **मैलेस कॉलम** पढ़ने के लिए खरीदते थे। इन्हीं लोगों में के.के. बिड़ला भी थे जो इस बारे में बहुत सावधान रहते थे कि जब तक यह उनके *हिन्दुस्तान टाइम्स* में न छप जाए, कोई दूसरा अखबार इसे न छापे।

मुझे स्टाफ में होनेवाले षड्यन्त्र और भ्रष्टाचार को भाँपने में बहुत देर नहीं लगी। *द हिन्दुस्तान टाइम्स* की सबसे बड़ी परेशानी यह थी कि बिड़ला ने राजनीतिज्ञों को प्रसन्न करने के लिए जिन लोगों को नौकरी दे दी थी, उनकी संख्या अखबार की जरूरत से कहीं ज्यादा हो गई थी। नौकरी देना आसान था, निकालना लगभग असम्भव। राज्य के संवाददाता मुख्यमन्त्रियों के पक्ष में खबरें भेजते थे और बदले में उनकी कृपा प्राप्त करते थे। कभी-कभी आधी रात के बाद जब मैं घर लौट जाता तो अखबार में खबरें घुसा दी जातीं। मैं जवाबदेही करने के अलावा किसी का कुछ नहीं बिगाड़ सकता था। कुछ मामलों में बिड़ला को राजी करने में सफल हो गया कि गलती करनेवाले संवाददाताओं का तबादला असुविधाजनक इलाकों में कर दिया जाए। वे मुख्यमन्त्रियों और केन्द्रिय मन्त्रियों के पास बिड़ला से बात करने के लिए पहुँच गए। बिड़ला ने अपना निर्णय बदलकर मुझसे उन्हें एक मौका और देने के लिए कहा। मेरे ऊपर प्रशासनिक जिम्मेदारियों का बहुत बोझ था और ऐसा कोई उप-सम्पादक भी नहीं था जो मेरी अनुपस्थिति में काम सँभाले या जिसे मेरे रिटायर होने के बाद इस जिम्मेदारी को उठाने के लिए तैयार किया जा सके। बहुत हताश होकर मैंने बिड़ला से कहा कि वे मुझे वाशिंगटन में हमारे संवाददाता एन.सी.मेनन को वापस बुलाने दें ताकि वे लौटकर मेरे डिप्टी के रूप में काम कर सकें। वे यह काम पहले कर चुके थे और मिनटों में अपने टाइपराइटर में सपांदकीयों को ठोक-बजाकर प्रस्तुत कर देने के लिए जाने जाते थे। बिड़ला राजी हो गए। मुझे अपने निर्णय पर पछताना पड़ा, ऐसा ही बिड़ला ने बिना कहे महसूस किया। मैंने दिल से कृष्ण मेनन से नफरत की थी। उससे भी ज्यादा हृदय से मैंने एन.सी. मेनन से नफरत करना सीख लिया।

जैसे ही मैंने सम्पादक का पद सँभाला, चारों तरफ यह प्रवाद फैला कि मैं उस जगह को सिखों से भर दूँगा। हुआ यह कि मैंने ऊँची जगहों पर सिर्फ चार पुरुषों और एक महिला को नियुक्त किया। उनमें एक भी सिख नहीं था। दफ्तर में जो कुछ हो रहा था उसके बारे में मैं सिर्फ एक आदमी पर भरोसा करता था। वह था मेरा निजी सचिव, लछमन दास। वह कार्यकुशलता, ईमानदारी, वफादारी और बुद्धिमानी का दुर्लभ संयोग साबित हुआ। मेरे साथ उसका सम्बन्ध, अखबार से मेरे रिटायर होने के बाद भी लम्बे समय तक बना रहा।

मैं फिर कुछ साल पीछे लौटना चाहता हूँ ताकि *द हिन्दुस्तान टाइम्स* में अपने आखिरी

दिनों के बारे में कुछ कह सकूँ। मेरा अनुबंध तीन साल का था। मुझे उम्मीद थी कि जब वक्त आएगा तो उसे बढ़ा दिया जाएगा। के.के. बिड़ला से मेरे सम्बन्ध बड़े सौहार्दपूर्ण थे। मेरे पास यह विश्वास करने का पर्याप्त कारण था कि वे मेरे बारे में अच्छा सोचते हैं। एक बार उन्होंने मुझसे पूछा, 'सरदार साहब, आपका रिटायर होने का कोई आइडिया नहीं है ?' मैंने जवाब दिया, 'बिड़लाजी, रिटायर तो मैं निगमबोध घाट में होऊँगा।' वे मुस्कुराए। मेरे मानसिक और शारीरिक स्वास्थ्य के बारे में और मैं दफ्तर में जितना समय देता हूँ उसके बारे में उन्होंने कुछ प्रशंसापरक बातें कहीं।

मेरे अनुबंध के खत्म होने में जब तीन महीने रह गए, तो मैंने उनसे पूछा कि क्या वे मेरा कार्यकाल बढ़ाना चाहेंगे। उन्हें आश्चर्य हुआ, 'मुझे ध्यान नहीं रहा कि आपके पास सिर्फ तीन महीने बाकी रह गए हैं। मैं जरा इस बारे में विचार कर लूँ। मैं जल्दी ही आपको बुलाऊँगा।'

मैं अपने डिप्टी के बारे में जो सोचता था वह पहले ही बिड़लाजी को बता चुका था। वह जिस तरह लोगों का शोषण करता था, जिनमें मैं भी शामिल था, वह मुझे पसन्द नहीं था। लेकिन मुझे उसकी जिस आदत से बेहद परेशानी होती थी वह यह थी कि वह मन्त्रियों के घरों में जाता था। इनमें प्रधानमन्त्री का घर भी शामिल था। और, उन्हें यह बताता था कि *द हिन्दुस्तान टाइम्स* में, उसके अनुसार, क्या हो रहा है। मुझसे यह बात घर और स्टाफ के कुछ और लोगों ने भी बताई थी। लेकिन जब तक मुझे खुद इस बात का सबूत नहीं मिल गया, मैंने उनकी बात पर यकीन नहीं किया। उसने एक सम्पादकीय लिखा जिसमें उसने मेनका गांधी और उसकी माँ को फटकारा था। मैंने वे पंक्तियाँ काट दीं और हाशिए पर जोड़ दिया कि वे टिप्पणियाँ अनुचित हैं। उसने यह सूचना प्रधानमन्त्री के दफ्तर में पहुँचा दी। तब तक स्थिति यह हो चुकी थी कि कोई भी व्यक्ति जो मेनका का मित्र माना जाता था, श्रीमती गांधी का दुश्मन समझ लिया जाता था। दिल्ली मेट्रोपोलिटन काउंसिल के चुनाव कुछ ही महीनों में होनेवाले थे। कांग्रेस पार्टी के लिए यह सम्भव नहीं था कि वह एक ऐसे आदमी को जो उसकी आलोचना करता हो, दिल्ली के सबसे महत्त्वपूर्ण अखबार का सम्पादक बना रहने दे।

जब मैं अगली बार बिड़ला से मिलने गया तो वे कुछ उदास-से लग रहे थे। उन्होंने मुझे बताया कि उन्होंने *द हिन्दुस्तान टाइम्स* में फेर-बदल करने का फैसला कर लिया है और वे मेरे उत्तराधिकारी के रूप में एन.सी.मेनन के नाम पर विचार कर रहे हैं। 'मेरे पास रुपए-पैसे के मामले में और उसके नैतिक चरित्र के खिलाफ बहुत-सी रिपोर्टें हैं, लेकिन मैं उसे एक मौका देना चाहता हूँ। पर मुझे उम्मीद है कि तुम अपना 'मैलिस' स्तम्भ लिखते रहोगे। तुम जो चाहो माँग सकते हो। और मुझे आशा है हम लोग मित्र बने रहेंगे।'

मुझे निराशा हुई। मुझे इसमें शक नहीं था कि उन्होंने श्रीमती गांधी के दबाव के सामने हथियार डाल दिए। कुछ समय बाद *प्रोब* पत्रिका ने मेरा साक्षात्कार लिया। मैंने *द हिन्दुस्तान टाइम्स* के बारे में अपना दृष्टिकोण निर्ममता से व्यक्त कर दिया कि वह दिल्ली में सबसे

ज्यादा बिकनेवाला सबसे घटिया अखबार है। साथ ही यह भी कह दिया कि उसमें जरूरत से ज्यादा अनपढ़ पत्रकार भरे हैं क्योंकि बिड़ला किसी सत्ताधारी को इंकार नहीं कर सकते। इस साक्षात्कार से भारतीय मीडिया में हलचल मच गई। मेनन ने एक सम्पादकीय लिखा जिसमें मुझे खुलकर बुरा-भला कहा गया था। उसका कहना था कि मैं एक निकम्मा सम्पादक हूँ। मैं ऐसा छुट्टा बैल हूँ जिसे अपने उत्तराधिकारियों की निन्दा करने की आदत है, और मुझे सही अंग्रेजी भी लिखनी नहीं आती। उसका पूरे जोर-शोर से प्रमिला कल्हन ने साथ दिया। यह वही प्रमिला कल्हन थी जिसे मैंने मेनन को उधार पैसा देने से बचाया था और जो पहले मेरी बेहद खुशामद किया करती थी। मैंने *द हिन्दुस्तान टाइम्स* को नोटिस भेज दिया कि मैं उनके लिए 'मैलिस' अब नहीं लिखूँगा।

जब यह स्तम्भ निकलना बन्द हो गया उसके एक महीने बाद के.के. बिड़ला की ओर से एक प्रतिनिधि मेरे घर पर मुझसे मिलकर यह अनुरोध करने आया कि मैं *द हिन्दुस्तान टाइम्स* में वह कॉलम फिर लिखना शुरू कर दूँ। मैंने रजामंदी इस शर्त पर दे दी कि अखबार के मुखपृष्ठ पर घोषणा की जाए कि मेनन को उसके साथ छेड़छाड़ करने का अधिकार नहीं होगा और साथ ही मुझे दी जानेवाली राशि बढ़ा दी जाए। मेरी सब शर्तें मंजूर कर ली गईं और फिर मैं दुबारा उस अखबार में छपने लगा जिसका सम्पादक, कहीं मेरा नाम लेना भी पसन्द नहीं करता था।

मैंने जब *द हिन्दुस्तान टाइम्स* के सम्पादक का पद सँभाला उसी समय (1980) मैंने राज्यसभा का सदस्य होने की शपथ ली थी। नास्तिक होने के कारण मैंने यह शपथ ईश्वर के नाम पर नहीं ली बल्कि अपने अन्तःकरण के हवाले से ली। मुझे सिने तारिका नरगिस दत्त के बराबरवाली सीट दी गई। सदस्यों में हम दोनों की बड़ी माँग थी। उसकी अपनी सुन्दरता और सम्मोहन के कारण और मेरी इस कारण कि मैं एक ऐसे अखबार का सम्पादक था जिसका शहर में बहुत महत्त्व था। मैं अपना पहला वक्तव्य देने की प्रतीक्षा में था। मुझे विश्वास था कि मैं सबको बड़ा प्रभावित करूँगा। लेकिन ऐसा कहाँ होना था।

जब मैं दूसरे दिन संसद पहुँचा तो श्रीमती गांधी ने मुझे अपने दफ्तर में बुलवा भेजा। उन्होंने मुझसे कहा कि पहले दिन सदन में मेरे जाने के बाद, कम्युनिस्ट पार्टी के नेता भूपेश गुप्ता ने मेरे नामांकन के बारे में बड़ी अप्रिय बातें कहीं और मेरी व्याख्या श्रीमती गांधी का चमचा कहकर की। उन्होंने मुझे नियमावली पकड़ाई जिसमें एक धारा पर निशान लगा हुआ था। इस धारा के अनुसार, यदि किसी सदस्य पर कोई दूसरा सदस्य वैयक्तिक आक्षेप लगाए तो उसे बोलने का अधिकार होता है। उन्होंने मुझसे कहा, 'इस धारा को उद्धृत करते हुए, अध्यक्ष से लिखित रूप में अनुरोध कीजिए। वे आपको अपनी बात कहने की अनुमति देंगे। हमें इस तरह के संकेतों को बिना विरोध किए नहीं जाने देना चाहिए।' जैसा मुझसे कहा गया था, मैंने उस दिन अध्यक्ष हिदायतुल्ला को लिखित रूप में प्रार्थनापत्र दे दिया। मुझे सूचना दी गई कि अगले दिन प्रश्नकाल

के बाद मुझे बोलने का मौका दिया जाएगा।

मैंने दोपहर में अपनी सफाई के सूत्रों की तैयारी करते हुए बिताई। मेरे लिये यह सम्भव नहीं था कि मैं आत्मप्रशंसा में डूबकर उन पुस्तकों की चर्चा करूँ जो मैंने लिखी थीं या उन अखबारों की जिनका मैंने सम्पादन किया या जिनके लिए मैंने लिखा। मुझे लगा कि मेरे लिए सबसे अच्छा यह होगा कि मैं इस बात पर बल दूँ, कि गोकि मैंने इमर्जेन्सी लगने पर शुरू में उसका समर्थन किया था, लेकिन वास्तव में मैं अकेला पत्रकार था जिसने उसे हटाने की सिफारिश की, जिसने विरोधी नेताओं की रिहाई और प्रेस पर से सेन्सरशिप हटाने की माँग की। एल.के. आडवाणी ने अपनी पुस्तक में इस दिशा में मेरे द्वारा किए गए प्रयासों की अनुकूल चर्चा की है। मुझे उम्मीद थी कि मेरी बात सुनने के बाद भूपेश गुप्ता भलमनसाहत का परिचय देते हुए अपने अपमानजनक संकेत वापस ले लेंगे।

अगले दिन सुबह प्रश्नकाल समाप्त होने के बाद हिदायतुल्ला ने मुझसे अपना वक्तव्य देने के लिए कहा। मैंने धीरे-धीरे तौल-तौल कर जितनी शालीनता से कह सकता था अपनी बात कहने के बाद भूपेश गुप्ता से अपील की कि चूँकि अपमानजनक बातें उन्होंने मेरी अनुपस्थिति में कहीं थीं, इसलिए एक मँजे हुए सांसद और भले आदमी होने के नाते उन्हें उनको वापस ले लेना चाहिए। सत्तापक्ष की ओर से तालियों की गड़गड़ाहट से मेरी बात का स्वागत किया गया। हिदायतुल्ला ने भूपेश गुप्ता से पूछा कि उन्हें कुछ कहना है ? उन्होंने खड़े होकर कहा, 'मैं उस हर शब्द पर कायम हूँ जो मैंने कहा था। मुझे कुछ वापस नहीं लेना।' मुझे क्रोध आ गया और मैं चिल्लाया, 'तुम बिल्कुल भले आदमी नहीं हो : तुम हरामी हो।'

'हरामी असांसदीय है' हिदायतुल्ला ने टोका, 'इस शब्द को रिकॉर्ड से हटा दिया जाएगा, 'भलामानस नहीं हो' बना रह सकता है।'

अगले दिन सुबह के अखबारों में 'चमचाकांड' उनके मुखपृष्ठ पर छापा गया। मैं राज्यसभा के सदस्य के रूप में अपने कार्यकाल की शुरुआत इस तरह नहीं करना चाहता था। मेरे पिताजी उसी भवन में मुझसे कई साल पहले बैठे थे। वे यहाँ सफेद पगड़ी, काला कोट, धारीदार पतलून और चमकदार पालिश किए हुए जूतों पर स्पैट्स पहनकर आया करते थे; उन्होंने अपनी सदस्यता के दौरान दो बार से अधिक भाषण नहीं दिया, पर उन्हें सावधानी से लिखकर वहाँ पढ़ दिया गया था। मुझे महसूस हुआ कि मैंने अपने असंयत विस्फोट और असांसदीय भाषा के प्रयोग से उनका मान घटाया है।

राज्यसभा में मेरी सदस्यता का समय वही था जब पंजाब में अकाली आन्दोलन आरम्भ हुआ और परवान चढ़ा। सेना ने स्वर्ण मन्दिर पर धावा बोला (जिसका संकेत-नाम 'आपरेशन ब्लूस्टार' था) जिससे पवित्र अहाते में बड़ी तबाही हुई, हजारों निरीह जानें गईं और उनके साथ ही जो उतने निरीह नहीं थे—जरनेल सिंह भिंडराँवाले जैसे, वे भी

मारे गए। छः महीने के बाद श्रीमती गांधी की हत्या हुई और उसके भयंकर परिणाम हुए। पूरे उत्तर भारत के शहरों में 5000 से अधिक सिखों की हत्या छुरा मारकर या जीवित जलाकर कर दी गई। पंजाब की स्थिति का प्रसंग संसद के दोनों सदनों में जुगुप्सा पैदा करने की हद तक नियमित रूप से उठता रहा। शुरू में राज्यसभा में तीन अकाली सदस्य थे—श्री गुरुद्वारा प्रबंधक समिति के अध्यक्ष गुरचरन सिंह तोहड़ा, जगदेव सिंह तलवंडी और मास्टर तारा सिंह की बेटी बीबी राजिन्दर कौर; दो सिख एच.एस. हंसपाल और अमरजीत कांग्रेस के सदस्यों के साथ बैठते थे। तोहड़ा और तलवंडी सदन में बहुत कम आते थे। एक-दो बार जब तोहड़ा पंजाबी में भाषण देने के लिए खड़े हुए, तो अनुवाद करने पर भी उसका कोई मतलब नहीं निकला। राजिन्दर कौर ने कभी समस्याओं या तर्कसम्मत बहसों के बारे में परवाह नहीं की। वह सिर्फ चिल्ला सकती थी और सरकार पर सिख-विरोधी पूर्वग्रह का आरोप लगा सकती थी।

स्थितियों ने मुझे मजबूर कर दिया कि मैं सिख और पंजाबी दृष्टिकोण का प्रवक्ता बनूँ। पहले तो मैं अमरजीत कौर के भाषणों से संघर्ष करता रहा जो वह अटक-अटक कर कान्वेंट के उच्चारण के सहारे पढ़कर सुनाती थी, या फिर हंसपाल की निर्जीव-सी बड़ी मुश्किल से सुनाई देनेवाली हिनहिनाहट से। फिर कांग्रेस के पक्ष को जिन लोगों से ताकत मिली उनमें एक थे पंजाब के भूतपूर्व मुख्यमन्त्री दरबारा सिंह और दूसरे थे विशाल आकार के युवक जिनका नाम जिराफ की गर्दन की तरह लम्बा था—विश्वजीत पृथ्वीजीत सिंह। वे मोने सिख थे और कपूरथला परिवार से उनकी रिश्तेदारी थी। वे भाषण देने में राज्यसभा में किसी का भी मुकाबला कर सकते थे। वे अपनी तैयारी भी अच्छी तरह करके आते थे। सरकार को यह बात पसन्द आई या नहीं, पर मैंने देखा कि जिस सरकार ने मुझे अकालियों का प्रवक्ता बनने के लिए मजबूर कर दिया है, मेरी उससे सहमति नहीं है।

अकाली दल संकीर्ण बुद्धिवाले ऐसे धर्मांध लोगों का पुंज था जिन्हें सिर्फ पंजाब में सत्ता हथियाने की चिन्ता थी। मैंने पंजाबी बोलनेवालों के लिए अलग राज्य की उनकी माँग का समर्थन इसलिए किया था क्योंकि मैं महसूस करता था कि जो दूसरी प्रादेशिक भाषाओं को दिया गया है उससे पंजाबी को वंचित करना नैतिक दृष्टि से गलत है और इसके परिणाम भयंकर हो सकते हैं। एक बार पंजाबी सूबे की माँग पूरी कर दी गई थी (1966 में) जिसमें आबादी का साठ प्रतिशत सिख थे। मैं महसूस करता था कि छोटे-मोटे सीमा सम्बन्धी समझौते, नदियों के पानी के न्यायसंगत बँटवारे और अधिक स्वायत्तता से ज्यादा कोई और माँग करने का अधिकार सिखों को नहीं है। मैं आनन्दपुर साहिब में पारित प्रस्ताव के खिलाफ था। उसमें दूसरे भारतीयों से सिखों को अलग राष्ट्र कहा गया था और उसी से सिखों के लिए एक अलग राज्य खालिस्तान की माँग का बीज फूटा था। मैं बड़ी तीव्रता से यह महसूस करता था कि खालिस्तान सिखों और भारत, दोनों के हितों के लिए घातक होगा।

सिर्फ एक अकाली नेता जिसे मैं अच्छी तरह जानता था, मास्टर तारा सिंह थे।

उन्होंने मेरे *सिखों का संक्षिप्त इतिहास* की सार्वजनिक रूप से, बिना पढ़े निन्दा की थी। ऐसा करने के बाद, मैंने जो भविष्यवाणी की थी वे उसे मानन लग थे। मैंने कहा था कि अगर युवा सिख समुदाय खालसा परम्पराओं को वर्तमान दर से त्यागता रहा, तो शताब्दी के अन्त तक सिखों की अलग पहचान खत्म हो जाएगी और वे लोग सिख मत में विश्वास करनेवाले हिन्दू होकर रह जाएँगे।

मास्टरजी जब भी दिल्ली आते, मुझे बुलवा भेजते थे। मैं गुरुद्वारा रकाबगंज धूलभरे अहाते में उनके छोटे-से कमरे में उनके साथ घंटों गुजारा करता था। मैंने बहुत जल्दी पहचान लिया था कि उनके अकाली साथी किस किस्म के लोग हैं। एक गुप्त बैठक में मेरे और मास्टर तारासिंह के अलावा तीन लोग और थे। उनमें से एक थे कपूर सिंह, भूतपूर्व संसद सदस्य और आई.सी.एस. अफसर जिन्हें ये लोग अपना राजनीतिक सलाहकार मानते थे। हम लोगों ने पंजाबी सूबे की माँग के प्रस्ताव की रूपरेखा बनाई। जब मैं घर लौटा तो पुलिस ने मेरी गाड़ी का नम्बर नोट कर लिया। ये रोजमर्रा की बात थी जिससे मुझे कोई फिक्र नहीं होती थी। उसी शाम को मेरे चाचा उज्जल सिंह, जो उस समय पंजाब के गवर्नर थे, मेरे पिताजी के साथ खाना खाने आए। चंडीगढ़ से रवाना होने से पहले उन्हें खुफिया विभाग से एक लम्बा तार मिला था। इसमें मास्टर तारासिंह के कमरे में जो बातचीत हुई थी उसका विस्तृत ब्यौरा था और यह भी कि बाकी चार लोगों में से हरेक ने क्या कहा था। यह गुप्त सूचना थी लेकिन इसे मेरे चाचा ने अकालियों से मिलने के परिणामों के बारे में मुझे खबरदार करने के लिए बता दिया। अगले दिन जब मैंने यह बात मास्टरजी को बताई, तो उन्होंने हाथ मलकर कहा, 'कोई ऐसा नहीं है जिसका मैं भरोसा कर सकूँ; इन सबको पुलिस से पगार मिलती है।'

पंजाब की राजनीति की और बेहतर जानकारी हासिल करने के लिए मैंने उस दिन अमृतसर जाने का फैसला किया जिस दिन अकालियों ने अपना धर्मयुद्ध मोर्चा छेड़ा। मेरे मन में जबर्दस्त शंका थी। सुबह मैं कांग्रेस और भारतीय जनता पार्टी के नेताओं से मिल चुका था। दोपहर में मैं स्वर्ण मन्दिर से लगे हुए गुरुद्वारे मंजी साहिब में पैदल चलकर गया ताकि अकाली नेतओं को सुनूँ और दृश्य का जायजा ले सकूँ। जमीन पर बैठे हुए सिखों की संख्या 20,000 जरूर रही होगी और इसके अलावा पाँच-दस हजार चारों तरफ खड़े थे। मंच पर *ग्रन्थ साहिब* के पास अकाली पार्टी के चुनिन्दा लोग बैठे थे : सन्त हरचरण सिंह लोंगोवाल, जत्थेदार तोहड़ा, भूतपूर्व मुख्यमन्त्री प्रकाश सिंह बादल, भूतपूर्व वित्त मन्त्री बलवन्त सिंह, भूतपूर्व संसद सदस्य बलवन्त सिंह रामूवालिया और निर्लेप कौर, साथ ही वर्तमान संसद सदस्य राजिन्दर कौर। मंडली का सबसे चमकता सितारा जरनेल सिंह भिंडराँवाला। तोहड़ा ने मुझे भीड़ में खड़े देख लिया। उन्होंने मुझे बुलाने के लिए दो आदमी भेजे। बड़ी अनिच्छा से मैं अपने को घसीटता हुआ वहाँ पहुँचा। उन लोगों ने मुझे पहली पंक्ति में *ग्रन्थ साहिब* और माइक्रोफोन के बीच बैठा दिया। इसके बाद जितने भाषण दिए गए उनका लक्ष्य मैं था। भिंडराँवाला ने मुझे पहले कभी नहीं देखा था। मैंने सुना कि वह घूमकर अपने एक अंतरंग से पूछ रहा है, 'वह कौन

है ?' जवाब में मैंने अपना नाम सुना। उसे मेरे बारे में जानकारी थी और मैंने उसके खिलाफ जो कुछ लिखा था उसके बारे में भी। मैंने हिदायत दे रखी थी कि जिस अखबार का सम्पादक मैं हूँ, उसमें उसका कोई भी जिक्र करते समय नाम के पहले सन्त का प्रयोग नहीं किया जाए। एक आस्ट्रेलियन पत्रकार ने उसे यह भी बता दिया था कि मेरा विचार है कि भिंडराँवाला का लक्ष्य सिखों का ग्यारहवाँ गुरु बनना है। भिंडराँवाला ने जवाब दिया, 'अगर उस शख्स ने ऐसा कहा है, तो मैं उसका और उसके कुनबे का नामोनिशान मिटा दूँगा।' हमारी जिन्दगियाँ बचाने की खातिर वह आस्ट्रेलियन अपनी बात से फौरन मुकर गया।

मुझे जमीन पर बैठने में बहुत तकलीफ होती है। इसलिए मुझे अपने टीसते हुए घुटनों और तले को राहत देने के लिए बार-बार आसन बदलना पड़ रहा था। एक के बाद एक जोशीले भाषण हो रहे थे। भीड़ बेचैन होती जा रही थी और भिंडराँवाला के. सिंह लिए हो-हल्ला कर रही थी। आखिर 'बोले सो निहाल—सत सिरी अकाल' की गरजती आवाजों के बीच वह माइक्रोफोन पर आया। वह दुबला-पतला, लम्बे कद का आदमी था। उसकी नाक टेढ़ी, आँखें खूँखार और लम्बी लहराती हुई दाढ़ी थी। उसके बाएँ हाथ में एक चाँदी का तीर था, वैसा ही जैसा गुरु गोविन्दसिंह और महाराज रणजीतजी सिंह की तस्वीरों में दिखाई पड़ता है। उसके सीने पर गोलियों से भरी कारतूस पेटी लटकी थी। उसकी खोल में एक पिस्तौल थी और उसके सीधे हाथ में एक चार फुट लम्बी किरपान थी। उसने भी अपना भाषण मुझे सम्बोधित किया। 'मैं इन सरदार साहब को नहीं जानता जो मेरे पैरों के करीब बैठे हैं'—उसने शुरुआत की। 'मुझे बताया गया कि ये *द हिन्दुस्तान टाइम्स* नाम के किसी अंग्रेजी अखबार के सम्पादक है। मैं अंग्रेजी नहीं बोल सकता। मुझे बताया गया है कि ये लिखते हैं कि मैं हिन्दुओं और सिखों के बीच नफरत पैदा करता हूँ। यह झूठ है। मैं तो प्रचारक हूँ। मैं तो गाँव-गाँव सिखों से यह कहता घूमता हूँ कि दसवें गुरु के बताए रास्ते पर लौट आएँ। मैं उनसे कहता हूँ कि वे अपनी दाढ़ी को कतरना बन्द कर दें, अफीम का नशा करने और तम्बाकू पीने से बचें, मैं उन्हें खालसा पन्थ की दीक्षा देता हूँ।' उसकी बात का अनुमोदन '*सत सिरी अकाल*' के जोरदार नारों से हुआ। उसने अपनी बात में और उत्तेजना भरी, 'अगर मेरी चले, तो आप जानते हैं कि मैं उन तमाम सरदारों के साथ क्या करूँ जो रोज शाम को व्हिस्की-शिस्की पीते हैं ? मैं उन्हें करासीन तेल में डुबोकर आग लगा दूँ।' इस घोषणा का स्वागत देर तक 'बोले सो निहाल—सत सिरी अकाल' के नारों से किया गया। विडम्बना यह थी कि श्रोताओं के बीच भारी संख्या में जो लोग तालियाँ बजा रहे थे वे जाट सिख थे जो शराब की लत के लिए कुख्यात हैं। मैंने बादल और बलवन्त सिंह की तरफ मुड़कर देखा। उन दोनों ने मेरे घर में स्कॉच पीते हुए कहा था, 'मुख्यमन्त्री दरबारा सिंह जो अपनी सारी पुलिस को साथ लेकर नहीं कर सके, वह काम यह आदमी दियासलाई की एक तीली से कर दिखाएगा।' और वे ठी-ठी करके हँसे थे।

मैंने रिटायर्ड जनरल शाहबेग सिंह से भी खयालात का तबादला किया था। वे एक

और लम्बे, दुबले, पतले, आदमी थे जिनकी लम्बी सफेद दाढ़ी थी। बांग्लादेश के मुक्तिसंग्राम में जब उन्होंने मुक्तिवाहिनी को ट्रेनिंग दी और उनका नेतृत्व किया उस समय उन्होंने दाढ़ी मुँड़वा दी थी। उन्हें भ्रष्टाचार के आरोप में बर्खास्त कर दिया गया था और वे सरकार से बहुत नाराज थे। मुझे पता लगा कि सेना के वे तमाम अफसर और दूसरे लोग जो अकालियों के साथ हो गए हैं, निरपवाद रूप से ऐसे लोग हैं जो या तो नौकरी से निकाले गए हैं या उनके ऊपर औरों की नियुक्ति की गई है। उनके साथ जो व्यवहार किया गया उसे लेकर सभी के मन में कोई-न-कोई व्यक्तिगत शिकायत है। एक समय ऐसा था जब अकालियों के साथ दस हजार से ऊपर की तादाद में लोग थे।

अमृतसर की तंग गलियों से गुजरता हुआ अकाली जुलूस पुलिस स्टेशन पहुँचा। मैं उसके पीछे-पीछे चल रहा था। वहाँ एक कतार में बसें उन लोगों को पंजाब की अलग-अलग जेलों में ले जाने के लिए खड़ी थीं जो गिरफ्तारी के लिए प्रस्तुत थे। इन लोगों में तोहड़ा, बादल और जनरल शाहबेग सिंह थे। पूरा प्रबन्ध बहुत अच्छी तरह किया गया था। वे लोग पुलिस स्टेशन के अहाते में बैठ गए। वहाँ उन्हें गुरुद्वारे से लाया हुआ भोजन पेट भरकर खिलाया गया। फिर अपनी मर्जी से वे लोग आराम से बसों में सवार हुए और बसें उन्हें लेकर चली गईं। यह बलिदान 1920 के उन मोर्चों के सामने पहेली-जैसा था जब अकाली स्वयंसेवकों को लोहे के मुँहवाले डंडों से पीटा जाता था और उन्हें हथकड़ी-बेड़ी पहनाने के लिए उनके लम्बे बालों को पकड़कर घसीटते हुए ले जाया जाता था।

मैं शाम को देर से अपने होटल पहुँचा। मुझ पर उदासी हावी हो गई। अपनी जाति के लोगों से मेरा भावनात्मक लगाव था। इसलिए मैं इस आन्दोलन को जो सिर्फ राज्य में कांग्रेस सरकार को सत्ता से हटाकर उसकी जगह बादल, बलवन्त और उनके साथियों को स्थापित करने के लिए किया जा रहा था, **धर्मयुद्ध** नहीं स्वीकार कर पा रहा था। यह सत्ता के लिए अकालियों का अपना स्वार्थ था जिसके लिए राज्य सरकार के खिलाफ सामान्य सिख समुदाय की भावनाओं का शोषण किया जा रहा था। उदासी पर काबू पाने का मुझे एक ही रास्ता मालूम है : स्कॉच के दो-एक तगड़े पैग।

भिंडराँवाला अकेला नहीं था जिसको मैंने रुष्ट किया। मुझे एस.एल. खुराना से भी दो-दो हाथ करने पड़े। खुराना पहले *द हिन्दुस्तान टाइम्स* के जनरल मैनेजर थे। उसके बाद वे दिल्ली के उपराज्यपाल नियुक्त हुए। उनके साथ मेरी बड़ी मित्रता थी। जब भी मेरे पास कोई खूबसूरत मुलाकाती आता था तो मैं उन्हें फोन करके उसे देखने के लिए बुला लिया करता था। जब दिल्ली के उपराज्यपाल के रूप में उनका नाम तय हो गया तो मेरी एक बेहद विश्वसनीय संवाददाता प्रभा दत्त ने मुझसे आकर कहा, 'मेरे पास एक बहुत अनूठी खबर है, पर मैं उसे तुम्हें उसी हालत में दूँगी, जब तुम वायदा करो कि उसे दबाओगे नहीं।' मैंने उससे वायदा किया। उसकी खबर खुराना के बारे में थी। खुराना ने अपने बेटे को मेडिकल कॉलेज में दाखिला दिलाने के लिए एक सीट का गोलमाल किया था। यह सीट विदेशी छात्र के लिए आरक्षित थी। खुराना ने इस सीट को किसी

दूसरे विश्वविद्यालय में स्थानान्तरित करके, उसकी जगह अपने बेटे को दाखिल करने के लिए प्रिन्सिपल पर दबाव डाला था। मुझे इसमें सन्देह नहीं था कि यह खबर सही है। उसी दिन शाम को खुराना ने मुझे फोन करके कहा कि वे चन्द मिनट के लिए आना चाहते हैं। उन्हें किसी उच्चाधिकारी के स्वागत के लिए हवाई अड्डे जाना था। रास्ते में वे मेरी तरफ होते हुए निकले। उन्होंने मुझसे अनुरोध किया कि मैं उनके बेटे के दाखिले के बारे में मिली खबर का इस्तेमाल न करूँ। मैंने वायदा किया कि मुझसे जो कुछ बन पड़ेगा, मैं करूँगा। जब मैं रात के खाने के बाद दफ्तर गया, तो मैंने उस कहानी को दबवा दिया। वह दिल्ली के एक दूसरे अखबार ने छाप दी। अगले दिन मुझे बहुत क्रुद्ध और रुआँसी प्रभा दत्त का सामना करना पड़ा। उसने मुझ पर वादाखिलाफी करने और दबाव में आ जाने का आरोप लगाया। उसकी भावना को ठेस पहुँची थी। मैंने उसे शान्त करने का भरसक प्रयत्न किया। खबर चूँकि छप ही चुकी थी इसलिए मैंने अगले दिन के *द हिन्दुस्तान टाइम्स* में प्रभा के द्वारा दिए गए विस्तृत ब्यौरों के साथ उस खबर को छपने दिया। खुराना मुझसे बहुत खफा हुए। एक तो *द हिन्दुस्तान टाइम्स* की बिक्री कहीं ज्यादा होती थी, दूसरे किसी समय वे इसके कार्यकारी अध्यक्ष रह चुके थे। उस दृष्टि से उन्हें यह अपना अपमान लगा। मुझसे नाराज होने के अलावा वे के.के. बिड़ला से बदला लेने लगे। उन्होंने असामान्य ढंग से बिड़ला की कोई व्यावसायिक परियोजना नामंजूर कर दी जिसे उनके पूर्ववर्ती ने मंजूरी दे दी थी। उसके बाद खुराना का स्थानान्तरण तमिलनाडु के गवर्नर के रूप में हो गया। मैंने अपने 'मैलिस' स्तम्भ में लिखा कि दिल्ली को लाभ और तमिलनाडु की हानि हो गई। मैंने अपने कथन के उदाहरण के रूप में इस बात की चर्चा की कि उन्होंने उपराज्यपाल के प्रभाव का दुरुपयोग मेडिकल कॉलेज में अपने बेटे को दाखिला दिलाने के लिए किया। और इस तरह उन्होंने एक अधिक योग्य छात्र को उस अवसर से वंचित किया जिस पर उसका अधिकार था। मैंने वहीं इस बात की चर्चा भी की कि उन्होंने अपने पहले के मालिक के प्रति कैसा प्रतिशोधपूर्ण रवैया अख्तियार किया। खुराना तत्काल यह मामला प्रेस काउंसिल में ले गए। उन्होंने राज्य के एटॉर्नी जनरल के अलावा मद्रास के वरिष्ठ वकीलों की कतार-की-कतार अपने केस की पैरवी के लिए खड़ी कर दी और यह सब सरकार के खर्चे पर किया गया। मेरी तरफ से सिद्धार्थ शंकर रे उपस्थित हुए। वे बिड़ला परिवार के स्थायी वकील थे। मुकदमा कई महीने तक घिसटता रहा। आखिर में, जैसा कि प्रेस काउंसिल के सामने आनेवाले ज्यादातर मामलों में होता है, एक समझौता हो गया : *द हिन्दुस्तान टाइम्स* ने इस आशय की कुछ पंक्तियाँ प्रकाशित कर दीं कि उसकी नीयत गवर्नर खुराना की भावनाओं को ठेस पहुँचाने की नहीं थी।

मेरे खिलाफ गोपाल सिंह दर्दी का मामला भी, गोवा के उपराज्यपाल के रूप में उसकी नियुक्ति पर मेरी टिप्पणी के कारण खड़ा हुआ। दर्दी जिस तरह का आदमी था उससे मेरा समझौता मुमकिन नहीं था। मैंने सबसे पहले उसका जिक्र *लिबरेटर* नाम के एक साप्ताहिक के सम्पादक के रूप में सुना था। यह पत्रिका सिखों की शिकायतों की

अभिव्यक्ति का माध्यम थी। उसके बाद उसका और उसके करीबी दोस्त, यानी कपूर सिंह का जिक्र तलाक के एक मुकदमें में संवाददाताओं के रूप में किया जाता था। यह मुकदमा गाड़ियों की पत्रिका के एक काने अंग्रेज सम्पादक ने दायर किया था। दर्दी ने अपनी पहली बीवी को तलाक देकर उस अंग्रेज की सिख बीवी से शादी कर ली थी और उसकी बेटी को गोद ले लिया था। मैंने दास कमीशन के सामने पेश होने से इंकार कर दिया। दास कमीशन सिखों की शिकायतों की जाँच करने के लिए संघटित किया गया था (मास्टर तारा सिंह ने सिखों से कमीशन का बायकॉट करने के लिए कहा था) तभी दर्दी इस बात की गवाही देने के लिए तैयार हो गया कि सिखों के साथ कोई भेदभाव नहीं किया गया था। पंजाब के मुख्यमन्त्री प्रतापसिंह कैरों ने इनाम के बतौर राज्यसभा में उसका नामांकन करा दिया। उसने राज्यसभा की कार्यवाही में कोई योगदान नहीं दिया। इसके बजाय उसने *ग्रन्थ साहिब* का अनुवाद किया, उसे चार खंडों में प्रकाशित कराया और राजकीय पुस्तकालयों और विश्वविद्यालयों में उसकी बिक्री की। मुझसे आकाशवाणी ने उसके काम की समीक्षा करने के लिए कहा। मैंने यह स्वीकार करते हुए कि लगभग 6,000 स्तोत्रों के अनुवाद में बहुत श्रम किया गया होगा, वार्ता का अन्त यह कहकर किया कि अब समय आ गया है कि कोई व्यक्ति इनका अंग्रेजी में अनुवाद करने की जिम्मेदारी ले। वार्ता-प्रभारी ने इस अन्तिम निन्दात्मक वाक्य पर ध्यान नहीं दिया और वार्ता प्रसारित हो गई। दर्दी आगबबूला हो गया। पर इस प्रतिकूल आलोचना को नजरअन्दाज कर उसने इस अनुवाद को नोबेल पुरस्कार समिति और स्वीडन के राजा को भेज दिया। महामहिम ने शिष्टतावश पुस्तकों की प्राप्ति की सूचना दी। दर्दी के लिए इतना काफी था। उसने आकाशवाणी और *पी.टी.आई.* को सूचना दे दी कि उसे साहित्य का नोबेल पुरस्कार मिला है। मैंने यह घोषणा रात को नौ बजे के समाचार में सुनी। कुछ ही मिनट बाद किसी ने आकाशवाणी से फोन करके मुझसे पूछा कि क्या मैं दर्दी की प्रशंसा में कुछ कहना चाहूँगा। मैंने उसे बताया कि यह खबर झूठी है क्योंकि नोबल पुरस्कार कभी अनुवाद के लिए नहीं दिया जाता। *पी.टी.आई.* के प्रकाशन को किसी अखबार ने गम्भीरता से नहीं लिया, लेकिन उसे 'विश्वस्त सूत्रों से ज्ञात हुआ है' आगे लगाकर छाप दिया। बहरहाल, साहित्यकार के रूप में दर्दी की प्रतिष्ठा को इससे बहुत बढ़ावा मिला। इस खबर को चारों तरफ फैलाया गया कि दर्दी ने नोबेल पुरस्कार लगभग जीत लिया है।

राज्यसभा में अपनी छः साल की अवधि के अन्त में दर्दी ने एक पूर्व यूरोपियन देश में राजदूत के रूप में नियुक्ति की व्यवस्था कर ली। इस कार्य के दौरान उसने पोप से मिलकर उसे जीसस क्राइस्ट पर लिखी अपनी एक कविता भेंट की। उसने पोप के साथ तस्वीरें खिंचवाकर उनका खूब प्रचार किया। मैं अकेला व्यक्ति था जिसने दर्दी को गम्भीरता से नहीं लिया। लेकिन मैं उसके बारे में जो कुछ कहता था लोग उसे यह कहकर टाल देते थे कि यह एक ऐसे आदमी के बारे में मेरी ईर्ष्या बोल रही है जिसने जीवन में मेरे से अधिक सफलता पाई है। विदेश में अपनी नियुक्ति से रिटायर होने

के बाद दर्दी ने चंडीगढ़ में बहुत जमीन-जायदाद खरीदी। वहीं उसने एक प्रेस लगाया और दिल्ली में बहुत बड़ा मकान बनाया। उसने अपने लिए खूब सुख-सुविधा जुटाईं। उसने विभाजन से ठीक पहले मिस्टर जिन्ना, कांग्रेस के नेताओं और अकालियों के बीच बातचीत में अपनी महत्त्वपूर्ण भूमिका के बारे में एक लेखमाला लिखी। यह उसकी कल्पना से उपजी कहानी-भर थी क्योंकि विभाजन की बातचीत के रिकॉर्ड में उसका नामोनिशान नहीं है। उसने ज्ञानी जैल सिंह और श्रीमती गांधी से अनुरोध किया कि उसे गवर्नर नियुक्त कर दें। ज्ञानी को उसके खिलाफ बहुत संकोच था। श्रीमती गांधी ने रजामंदी दे दी। श्रीमती गांधी ने ज्ञानीजी से कहा कि गोकि उनके पास दर्दी के बारे में इस बात की बड़ी खराब रिपोर्ट है कि वह अपनी राजनयिक नियुक्ति में पैसा बनाता रहा है (वे नाजायज ढंग से पैसा कमाने को किसी के चरित्र का लक्षण नहीं मानती थीं) फिर भी दर्दी को इसलिए गवर्नर बनाया जा सकता है क्योंकि गवर्नरों में कोई सिख नहीं है। नतीजा यह कि दर्दी गोवा के समुद्र-तट पर स्थित राजभवन में पहुँच गए। मैंने अपने 'मैलेस' स्तम्भ में दर्दी के समूचे कार्यकाल का इतिहास बताते हुए यह जोड़ दिया कि भारत जैसे रोगी समाज में ही कोई झूठों का झूठा इस तरह महत्त्वपूर्ण पद पर पहुँच सकता है। मैंने शेख सादी की स्मरणीय पंक्तियाँ उद्धृत कीं :

साना-ए-खुद बखुद गुफ़तान
ना जेहाद मर्द-ए-दाना रा
चूँ ज़ान पिस्तान-ए-खुद मालद
कुजा लज़्ज़त शबद बाक़ी ?

(किसी दानिशमंद आदमी को अपनी जबान से अपनी तारीफ़ करना उसी तरह अच्छा नहीं लगता जैसे अपनी छातियों को अपने ही हाथों से मसलने से किसी स्त्री को आनन्द नहीं मिलता।)

दर्दी ने बिड़ला को फोन किया। बिड़ला विदेश में थे। दर्दी ने मुझे कानूनी नोटिस दिया जिसमें उसके चरित्र पर कीचड़ उछालने के लिए डेढ़ करोड़ रुपए का मानहानि का दावा किया गया था और अदालत में घसीटने की धमकी दी गई थी। अदालत के बजाय वह मुझे प्रेस-काउंसिल में ले गया। वह जानता था कि नोबेल पुरस्कार पाने की जिस खबर की ईजाद उसने खुद की थी, उससे बचाव मुश्किल था। जैसा खुराना के केस में हुआ था वैसा ही दर्दी के साथ हुआ। कई पेशियों के बाद, काउंसिल के अध्यक्ष न्यायमूर्ति ग्रोवर ने एक समझौते का प्रारूप बनाया और मुकदमा वापस ले लिया गया।

मेरा खयाल था कि दर्दी मेरी मौत की कामना करता होगा। मैं उस आदमी को कभी समझ नहीं सका। ओरिएन्ट एंड लाँगमैन के बोर्ड ऑफ डाइरेक्टर्स की बैठक के सिलसिले में मेरा गोवा जाना हुआ। दो साथी संचालकों को आदत थी कि वे जहाँ भी जाते थे वहाँ के स्थानीय बड़े आदमियों से जरूर मुलाकात करने जाते थे। वे लोग दर्दी के पास भी गए और उन्हें रात्रि के भोजन का निमन्त्रण मिला। उन्हीं से उसे पता लगा

कि मैं भी गोवा में हूँ। अगली सुबह जब मैं होटल की लॉबी में हवाई अड्डे जाने के लिए सवारी का इंतजार कर रहा था, मेरे राजभवन से टेलीफोन आया। मैंने रिसेप्शनिस्ट से यह कहने के लिए कहा कि मैं जा चुका हूँ। जब मैं हवाई अड्डे पहुँचा तो वहाँ के मैनेजर ने मेरे लिए वी.आई.पी. कक्ष खुलवा दिया और मुझसे कहा कि मैं गवर्नर को फोन कर लूँ। मैंने कहा कि मैं जनता के लाउंज में बैठकर ज्यादा खुश हूँ और जितनी जल्दी हो सकेगा, मैं फोन कर लूँगा। कुछ ही मिनट बाद गवर्नर का ए.डी.सी. हवाई अड्डे आ पहुँचा और उसने मेरी मिन्नत की कि मैं वी.आई.पी. कक्ष में बैठ जाऊँ और गवर्नर से बात कर लूँ, 'वरना मेरी नौकरी चली जाएगी।' मैंने दर्दी से बात की। उसने पूछा कि मैं होटल में क्यों ठहरा जबकि राजभवन मेरे अपने घर की तरह है–वगैरह, वगैरह। मेरी समझ में नहीं आ रहा था कि ऐसे आदमी को क्या जवाब दूँ जो एक ऐसे आदमी के प्रति इतनी मधुरता से पेश आ रहा है जिसने कभी बड़ी निर्ममता से उसकी आलोचना की थी।

जब उसका तबादला नागालैंड के राज्यपाल के रूप में हुआ, तब भी ऐसा ही हुआ। मुझे और मेरी पत्नी को मुख्यमन्त्री ने कोहिमा में उनके साथ क्रिसमिस बिताने के लिए आमन्त्रित किया था। उन्होंने हमारे सम्मान में क्रिसमिस से पहली शाम को दावत थी। मुझे उम्मीद थी कि दर्दी वहाँ नहीं होगा। वह और उसकी पत्नी वहाँ सबसे पहले पहुँचने वाले मेहमान थे। दोनों ने हमें गले लगाकर भेंटा। श्रीमती दर्दी मेरे करीब बैठीं। उन्होंने मुझे बताया कि वे कैसे मुझसे मिलने की आस लगाए बैठी थीं। उन्होंने आग्रह किया कि दिल्ली के रास्ते में दीमापुर से रुख्सत होने से पहले हम उनके साथ कॉफी जरूर पिएँ। हमने ऐसा ही किया। वे बड़े शिष्टाचार से पेश आए। उन्होंने हमारी दीमापुर तक की यात्रा का प्रबन्ध रास्ते के ऐसे हिस्से से किया जो टूटा-फूटा नहीं था। यह सामान्य रूप से सिर्फ सेना के लिए काम में लाया जाता था। दीमापुर में हमारे ठहरने की व्यवस्था भी दर्दी ने कराई। दर्दी से मेरी आखिरी मुलाकात एक समारोह में हुई। इस समारोह का आयोजन *'फाउंडेशन फॉर फ्रीडम ऑफ इन्फॉरमेशन'* ने किया था। इसमें प्रधानमन्त्री ने मीडिया के पाँच लोगों को 25 हजार रुपए के चैक भेंट किए थे। इन लोगों में मैं भी था। दर्दी मुझसे कहने आया कि वह वहाँ सिर्फ मुझे यह इनाम लेते हुए देखने आया था। कुछ हफ्ते बाद मैंने अकस्मात दिल के दौरे से दर्दी की मौत का समाचार पढ़ा। मेरी समझ ने जवाब दे दिया कि मैं अपने स्तम्भ 'दिस अबव ऑल' में क्या लिखूँ जो हर हफ्ते *द ट्रिब्यून* चंडीगढ़ में छपता है। मैंने डॉ. गोपाल सिंह दर्दी के बारे में एक लम्बा मृत्यु-लेख लिखा। वह उस जाति के लोगों में से था जो हमेशा विजेता होते हैं।

वह लेख जिसने *द हिन्दुस्तान टाइम्स* के सम्पादक के रूप में मुझे सचमुच सामने ला खड़ा किया, मैंने नहीं, मेरे सहयोगी बी.एम. सिन्हा ने लिखा था। वह न्यायतन्त्र में भ्रष्टाचार पर लिखा गया था। उस लेख में प्रमाणों के साथ यह विवरण दिया गया था कि विभिन्न हाईकोर्ट के कितने जज कुछ वकीलों को प्रोत्साहित करते हैं, दूसरों के साथ भेदभाव करते हैं, वकालत के पेशे में लगे अपने रिश्तेदारों की अपनी वकालत बढ़ाने

में मदद करते हैं और सामान्य योग्यता वाले अपने बेटों को न्यायपीठ तक उठाने का जुगाड़ करते हैं। इसमें सन्देह नहीं कि यह लेख हमारे न्यायतन्त्र के व्यवहार के प्रति बड़े तिरस्कार से लिखा गया था। मुझे तमाम लोगों ने आश्वस्त किया कि लेख में जिस रूप में बयान किया गया है, वास्तव में स्थिति उससे कहीं ज्यादा खराब है। यकीन दिलानेवालों में नानी पालकीवाला और सोली सोराबजी जैसे मशहूर वकील और रिटायर्ड मुख्य न्यायाधीश आर.एस. नरूला भी शामिल थे। उन्होंने यह भी कहा कि अब समय आ गया है कि कोई इन बातों पर से पर्दा उठाए। मुझे पंजाब और हरियाणा हाईकोर्ट में पेश होने का नोटिस मिला। दर्जनों वकील मुझे अपनी सेवाएँ मुफ्त में अर्पित करने के लिए तैयार हो गए। मुख्य न्यायाधीश ने मुझसे सवाल किया कि क्या मैं यह जानता हूँ कि कोर्ट के अपमान के अभियोग में सच्चाई से बचाव नहीं किया जा सकता। मैंने कहा कि मैं यह जानता हूँ लेकिन मैं सार्वजनिक हित को ध्यान में रखकर इस लेख को छापने पर मजबूर हुआ हूँ। मैंने माफी माँगकर अपमान के इस अभियोग से अपना बचाव करने से इंकार कर दिया और कोर्ट से दरख्वास्त की कि पेशी के लिए आगे की तारीख तय कर दी जाए ताकि मेरी तरफ से पैरवी के लिए नानी पालकीवाला प्रस्तुत हो सकें। दूसरी तिथि तय कर दी गई। नानी का नाम सुनकर न्यायाधीश मुझे दोषी ठहराने के बारे में पुनर्विचार करने लगे। उन्होंने कोई तकनीकी आधार बनाकर मेरे खिलाफ मुकदमा वापस लेने का फैसला कर लिया।

इसके बाद इलाहाबाद हाईकोर्ट ने बी.एम. सिन्हा और *द हिन्दुस्तान टाइम्स* के कार्यकारी जनरल मैनेजर डॉ. राजहंस (बाद में लोकसभा सदस्य) के साथ, हाजिर होने के लिए समन जारी कर दिए। हमारे पक्ष के वकील सिद्धार्थशंकर रे थे। कोर्ट का कमरा वकीलों से खचाखच भरा था। पीठ में न्यायमूर्ति काटजू (बी.एम.सिन्हा के लेख में उनकी तरफ इशारा था) और एक हाल ही में नियुक्त जज थे। काटजू ने रे से बड़े साफ शब्दों में कह दिया कि अगर हमने बिना शर्त माफीनामा नहीं दिया तो वे हमें जेल भेज देंगे। जो वकील मेरे पीछे खड़े थे उन्होंने मुझसे आग्रह किया कि मैं इस बात से इंकार कर दूँ। रे ने कोर्ट से इस प्रस्ताव पर विचार करने के लिए समय माँगा। अगले दिन सुबह पेश होने को कहा गया : हमें या तो बिना शर्त माफीनामा देना था या फिर जब तक सुप्रीम कोर्ट से रे हमारी जमानत की व्यवस्था करते तब तक कुछ दिन नैनी जेल में बिताने थे। उस समय गर्मी का मौसम था और मच्छरों और चूहों से भरी कोठरी में समय बिताने का खयाल मुझे पसन्द नहीं आ रहा था। बी.एम. सिन्हा अपनी बात पर अड़ा था। उसने साफ कह दिया कि वह माफी माँगने के बजाय जेल जाना पसन्द करेगा। रे ने हमसे कहा कि कोर्ट किसी अकेले आदमी का माफीनामा मंजूर नहीं करेगी और हम तीनों को फैसला एकसाथ करना है। राजहंस और मैंने सिन्हा को इस बात के लिए तैयार कर लिया कि वह अपने साथ हम दोनों की बलि नहीं चढ़ाए। अगले दिन हमने माफीनामा दाखिल कर दिया लेकिन इस दृढ़ विश्वास के साथ कि न्यायतन्त्र भ्रष्टाचार की दुर्गंध से गँधा रहा है और उसका पर्दाफाश करने की जरूरत है।

अब मैं फिर राज्यसभा की तरफ लौट रहा हूँ, क्योंकि उसका अधिकार उन तीन वर्षों पर (1980-83) तो रहा ही, जब मैं *द हिन्दुस्तान टाइम्स* का सम्पादक था, उसके बाद के तीन वर्षों पर भी रहा। इन छः वर्षों में पंजाब में बगावत बढ़ती चली गई और नामांकित सदस्यों से आमतौर पर जितना बोलने की उम्मीद की जाती है, मुझे उससे कहीं ज्यादा बोलना पड़ा।

मुझे यह देखकर बड़ी निराशा हुई कि ज्यादातर सदस्य अपनी जिम्मेदारी के बारे में कितने लापरवाह हैं। जब सुबह ग्यारह बजे प्रश्नकाल के साथ कार्यवाही शुरू होती थी तो सदन प्रायः पूरी तरह भरा होता था। कुछ उबाऊ ढंग के सवाल नियमित रूप से पूछे जाते थे। सॉफ्ट ड्रिंक्स के बारे में एक सवाल हर सत्र में जरूर पूछा जाता था। सदस्य अपने-अपने संरक्षकों की ओर से हथियार उठाते थे—रमेश चौहान के लिम्का बनाम चरणजीत सिंह के कैम्पा-कोला। इसके बारे में किसी के मन में कोई सन्देह नहीं था कि कौन-सा सदस्य किसका एहसानमन्द है। कुछ सदस्यों को पूरक सवाल उठाने की बीमारी थी। अगर उनको अनुमति नहीं दी जाती थी तो वे नियमापत्ति उठाते थे जो निश्चित रूप से नियमविरुद्ध ठहराई जाती थी। इसके अलावा पीलू मोदी जैसे स्थूलकाय सदस्य थे जो कार्यवाही पर रनिंग कमेंट्री करते रहते थे। लेकिन वह बड़ा हाजिरजवाब आदमी था और सबसे ज्यादा हँसाता रहता था। वह स्पष्ट रूप से रूढ़िवादी, और अपने विचारों में अमरीका का पक्षधर था। सत्ताधारी कांग्रेस पार्टी उस पर अक्सर 'वाशिंगटन भक्त' होने का आरोप लगाती थी। एक बार वह एक तख्ती लटकाए सदन में आया जिस पर लिखा था, 'मैं सी.आई.ए. का एजेंट हूँ।' अध्यक्ष ने उसे तख्ती को उतारने का आदेश दिया। उसने यह कहते हुए तख्ती उतार दी कि, 'मैं अब से सी.आई.ए.का एजेंट नहीं रहा।' एक बार जे.सी.जैन ने पीलू मोदी को तंग करने की जिम्मेदारी अपने ऊपर ली। वह कांग्रेस का बेहद बड़बोला सदस्य था। उस दिन वह उससे लगातार छेड़खानी किए जा रहा था। पीलू मोदी को गुस्सा आ गया। वह चिल्लाया, 'भौंकना बन्द करो।' जैन उठकर खड़ा हो गया, 'जनाब यह मुझे कुत्ता कह रहा है। यह असांसदीय भाषा है।' अध्यक्ष हिदायतुल्ला ने रजामंदी जाहिर करते हुए हुक्म दिया, 'यह रिकॉर्ड में नहीं जाएगा।' पीलू मोदी ने हार नहीं मानी। उसने प्रत्युत्तर दिया, 'ठीक है, फिर रेंकना बन्द करो।' जैन को नहीं मालूम था कि इस शब्द का निहितार्थ क्या था। वह रिकॉर्ड में आ गया। जब भारत ने अपना पहला उपग्रह ग्रह-पथ में छोड़ा, तो प्रधानमन्त्री इन्दिरा गांधी और वैज्ञानिकों को बधाई देने के लिए बारी-बारी से लोगों ने भाषण दिए। पीलू मोदी ने भी दोनों को भरपूर बधाई दी। उसके बाद उसने श्रीमती गांधी की तरफ घूमकर कहा, 'मैडम प्राइम मिनिस्टर, हमें मालूम है कि हमारे वैज्ञानिकों ने तकनीकी में बड़े मैदान मारे हैं। यदि आप इस बात पर प्रकाश डाल सकें कि हमारे टेलीफोन क्यों काम नहीं करते तो मैं बड़ा एहसान मानूँगा।'

पीछे की तरफ बैठनेवाले कई सदस्य समझते थे कि पूरा गला फाड़कर चिल्लाना और जंगलियों की तरह इशारे करना उनके सांसदीय दायित्वों का निर्वाह करने के लिए

जरूरी है। इनमें सबसे ज्यादा शोर महिला सदस्यों की तरफ से मचता था। उन्हें स्त्रीजाति के प्रति भेदभाव का अगर जरा भी एहसास होता था तो वे तुरन्त नाराजगी जाहिर करने लगती थीं। एक बार गुंडों की रखैल माया त्यागी के साथ सामूहिक बलात्कार करने के लिए दिल्ली पुलिस की खिंचाई की जा रही थी। कम्युनिस्ट पार्टी की एक महिला सदस्य जो नाटी और मोटी थीं, मोटे शीशों का चश्मा पहनती थीं, सरकार से जवाबदेही के लिए उठीं, 'हर रोज हम कभी यहाँ कभी वहाँ बलात्कार की खबर सुनते हैं। सारे समय बलात्कार ही बलात्कार होता रहता है। आखिर इसके बारे में सरकार क्या कर रही है ?'

मेरे पास बैठी हुई नरगिस दत्त अपनी जगह से उछलकर खड़ी हो गई और चिल्लाई, 'आपको किस बात की चिन्ता है ? आप पर कभी कोई बलात्कार नहीं करेगा।' यह एक असामान्य रूप से सीधी लगनेवाली महिला पर निर्मम टिप्पणी थी। किसी ने विरोध नहीं किया।

प्रश्नकाल हमेशा बहुत जीवन्त होता था और उसमें तरह-तरह के तमाम विषयों पर चर्चा होती थी गोकि ये विषय हमेशा राष्ट्रीय महत्त्व के नहीं होते थे। इसके बाद जो शून्यकाल आता था, वह भारतीय लोकतान्त्रिक परम्परा की निजी विलक्षण विशेषता है। यह सबके लिए 'जो चाहो सो करो' समय होता है। एक दर्जन सदस्य खड़े होकर उनके मन में जो आता है उसके बारे में शोर मचाते रहते हैं। इस हुल्लड़बाजी से निबटने का जिम्मा अपने उपाध्यक्षों पर डालकर अध्यक्ष अक्सर अपने कक्ष में चले जाते हैं। जब ये शोरगुल होता रहता है तो वे मन्त्रियों से सदन की मेज पर अपने कागजात रखने के लिए कहते हैं। इस प्रक्रिया के खत्म होने तक, सदस्यों को विशेष गौर करने के लिए समस्याएँ उठाने की अनुमति दी जाती है। इनकी बात सुनने के लिए बहुत कम सदस्य रुकते हैं। सदन तेजी से खाली हो जाता है, साथ ही प्रेस गैलरी भी। ऐसा हर आदमी जिसके नाम के खिलाफ दो दिन की कार्यवाही में कुछ नहीं होता, चाय-कॉफी के लिए केन्द्रीय कक्ष में चला जाता है। यहाँ राजनीतिक मतभेदों को किनारे रखकर लोग कहीं अधिक गम्भीर काम में लग जाते हैं। यह काम है गपशप और अफवाहें फैलाना। मन्त्रियों और सदन की महिला सदस्यों के वैयक्तिक जीवन का पर्दाफाश किया जाता है। श्रीमती गांधी खुद केन्द्रीय कक्ष में कभी नहीं आईं। पर उनके मुखबिर उन तक यह पहुँचा देते थे कि उनकी पीठ-पीछे, सदस्य उनके बारे में क्या कह रहे थे।

जब पंजाब में दरबारा सिंह की सरकार बर्खास्त करके राष्ट्रपति शासन लागू किया गया, तो पंजाब पर वाद-विवाद करना संसद का रोज का कार्यक्रम हो गया। आतंकवाद का प्रसार राज्य में और उसकी सीमा के परे भी होने लगा। भिंडराँवाला के भाषण ज्यादा कटु और हिन्दुओं के प्रति तिरस्कारपूर्ण होने लगे। वह श्रीमती गांधी का उल्लेख **पंडितान दी धी या बाह्मनी** कहकर करता था। हिन्दू **धोतियाँ, टोपियाँवाले** थे। अपने एक भाषण में उसने हर सिख को 32 हिन्दुओं की हत्या के लिए प्रेरित किया। ना 31 न 33—सिर्फ

32, उसने कहा (इस तरह हिन्दुओं की पूरी आबादी का हिसाब पूरा हो जाएगा)। मुझे नहीं मालूम कि दूसरे सिखों ने उसे नरघाती पागल कहकर उसकी भर्त्सना क्यों नहीं की। उन दिनों जब वह ये नफरत भरी बातें कह रहा था, मैं सन्त लोंगोवाल से श्री गुरुद्वारा प्रबन्धक समिति के दफ्तर में उनके कमरे में मिला। वे धर्मयुद्ध मोर्चा के नाममात्र के अध्यक्ष थे। लोंगोवाल के साथ इस मुलाकात से विशेष बात नहीं बनी। मैंने ये अन्दाज लगाया कि वे भिंडराँवाला से अप्रसन्न थे लेकिन उसके बारे में कुछ कर नहीं पा रहे थे। भिंडराँवाला अकाल तख्त में तैनात था। स्वर्ण मन्दिर परिसर का संचालन उसके हथियारबन्द अंगरक्षकों के हाथ में था। उनका नेता जिसे रास्ते से हटाना चाहता था, उसका काम तमाम करने के लिए वे जरूरत से ज्यादा उत्साहित रहते थे। मैंने लोंगोवाल से पूछा कि वे अकाल तख्त की पवित्र भूमि से भिंडराँवाला को हिन्दुओं के खिलाफ भला-बुरा कहने की इजाज़त क्यों देते हैं। लोंगोवाल ने उत्तर दिया, **'ओ तेय साडा डंडा है।'**

जैसे-जैसे पंजाब में तनाव बढ़ता गया और भिंडराँवाला के इशारे पर आतंकवादियों द्वारा निरपराध लोगों की हत्याएँ बढ़ने लगीं, सरकार की समझ में आ गया कि उसके पास विकल्प खत्म होते जा रहे हैं। किसी-न-किसी तरह उसे भिंडराँवाला को फिर पकड़ना होगा (उसे एक बार पहले भी हत्या के आरोप में गिरफ्तार किया गया था, पर बाद में उसी के चुने हुए समय और स्थान पर छोड़ना पड़ा था)। अब तक भिंडराँवाला और उसके फौजी सलाहकार जनरल शाहबेग सिंह ने अकाल तख्त की किलेबन्दी कर ली थी। उसमें गुरुद्वारा की रसोई के लिए राशन लानेवाले ट्रकों में तरह-तरह के हथियार चोरी से भीतर लाए जा चुके थे। सरकार ने बहुत देर कर दी थी। हिंसात्मक मुकाबला बड़ी तेजी से जरूरी होता जा रहा था। कई मौकों पर मैंने सरकार को स्वर्ण मन्दिर के भीतर सेना भेजने के खिलाफ सावधान किया था, क्योंकि इससे पूरी सिख जनता क्रुद्ध हो जाती; जिनमें अधिकांश लोग ऐसे थे जिनका भिंडराँवाला या अकालियों से कोई सरोकार नहीं था। मैंने एक बार शान्तिप्रिय जैन गृहमन्त्री पी.सी. सेठी से कहा था, 'आप सिखों को नहीं जानते। वे भिड़ के छत्ते की तरह होते हैं। आप उनके छत्ते में सिर डालिए। वे आपके मुँह पर डंक मारेंगे।' उन्होंने मुझे भरोसा दिलाया कि मन्दिर के भीतर सेना भेजने की सरकार की नीयत बिल्कुल नहीं है। यही बात श्रीमती गांधी ने भी एकाधिक बार कही थी।

इस बात की जानकारी किसी को नहीं है कि श्रीमती गांधी इस विचार से कब सहमत हो गईं कि उनके पास स्वर्ण मन्दिर में सेना भेजने का आदेश देने के अलावा कोई रास्ता नहीं बचा है, और उस समय उनके सलाहकार कौन थे। इस प्रसंग में राजीव गांधी, अरुण नेहरू, अरुण सिंह और दिग्विजय सिंह के नाम लिए गए। यह भी कि फौजी कार्रवाई शुरू करने की तारीख का चुनाव किसने किया। इसमें सन्देह नहीं है कि राष्ट्रपति जैल सिंह को इस फैसले की खबर बिल्कुल नहीं दी गई। जब श्रीमती गांधी ने उन्हें पंजाब पर सैनिक शासन लागू करने के लिए राजी किया, तब उन्हें यह नहीं बताया गया कि सेना को मन्दिर से भिंडराँवाला और उसके हथियारबन्द अनुयायियों का

सफाया करने का आदेश दे दिया गया है। जब पंजाब या सिखों का मामला होता था तो वे ज्ञानीजी पर भरोसा नहीं करती थीं। उनके सलाहकारों में से किसी को सिख परम्पराओं की दूर-दूर तक जानकारी नहीं थी। उन्होंने सैनिक कार्रवाई की शुरुआत के लिए 5 जून, 1984 का चुनाव किया। यह गुरु अर्जुन सिंह की बरसी का दिन था। वे हरि मन्दिर के संस्थापक थे। इस दिन दूर-दूर के इलाकों से हजारों-हजार सिख तीर्थयात्रा के लिए आनेवाले थे। भिंडराँवाला को पकड़ने के दूसरे रास्तों पर गम्भीरता से विचार भी नहीं किया गया था। सादे कपड़ों में कमांडो दस्ता उस पर काबू पा सकता था। मन्दिर परिसर की घेराबन्दी की जा सकती थी। जो लोग भीतर थे उन्हें राशन और पीने के पानी से वंचित किया जा सकता था ताकि वे बाहर आकर समर्पण करने के लिए मजबूर हो जाते या फिर वे छिपकर गोली चलानेवालों का निशाना बनाए जा सकते थे। इसमें कुछ दिन और लग सकते थे। पर इसमें खूनखराबा कम होता।

बहरहाल, सेना ने स्वर्णमन्दिर पर धावा बोल दिया। उसके साथ टैंक थे, सशस्त्र गाड़ियाँ थीं और गोताखोर थे। ऊपर निर्देश देते हुए हेलीकाप्टर मँडरा रहे थे। लड़ाई शुरू होने के बाद दो दिन और दो रात चलती रही। दोनों तरफ की गोलाबारी में लगभग 5,000 आदमी, औरतें और बच्चे मारे गए। टैंकों से छोड़े गए भारी गोलों से अकाल तख्त मलबे को ढेर हो गया। बीच के मन्दिर को दोनों ने **युद्ध-बाहर** घोषित किया था। उस पर भी 70 से अधिक गोलियों का आघात लगा। ड्योढ़ी का बहुत बड़ा हिस्सा उड़ गया। लेखागार जिसमें *ग्रन्थ साहिब* की सैकड़ों हस्तलिखित प्रतियाँ और गुरुओं के दस्तखतों से जारी किए गए **हुकुमनामे** थे, राख का ढेर हो गया। श्रीमती गांधी को आश्वासन दिया गया था कि इस पूरी कार्रवाई में दो घंटे से ज्यादा समय नहीं लगेगा। जिस हद तक पवित्र सम्पत्ति का नुकसान हुआ और जानें गईं उससे वे भी भयभीत हो गईं। यह स्वीकार करने की बजाय कि उन्होंने भयंकर भूल की है, उन्होंने पूरे प्रसंग को झूठ की आड़ में दबाने का फैसला किया।

धर्म के प्रति अपनी उदासीनता बल्कि विद्वेष के बावजूद, मेरे मन में इस बारे में कोई सन्देह नहीं था कि मुझे अपनी कौम के लोगों के साथ अपनी अस्मिता की फिर से पुष्टि करनी चाहिए। मैं भिंडराँवाला को दुष्ट इनसान समझता था जिसे अपनी करनी का फल मिल गया। लेकिन 'आपरेशन ब्लूस्टार' भिंडराँवाले की हत्या की सीमा से बहुत दूर आगे तक चला गया : वह पूरे समुदाय के मुँह पर भलीभाँति तय करके जानबूझकर मारा गया तमाचा था। मैंने बड़ी दृढ़ता से महसूस किया कि मुझे अपना विरोध दर्ज कराना चाहिए। मैंने किसी से मशवरा नहीं किया। मेरी पत्नी कसौली में थी, बेटी दफ्तर में और बेटा बम्बई में। मैंने राष्ट्रपति से मिलने का समय माँगा। उसने मुझसे फौरन चले आने के लिए कहा। मैं फ्रेम में जड़ा हुआ वह प्रशस्ति-पत्र साथ ले गया जो मुझे पद्मभूषण प्रदान करते समय राष्ट्रपति वी.वी गिरि के दस्तखतों से दिया गया था। तरलोचन सिंह ने पहले ही समझ लिया था कि मैं उसे सरकार को लौटाने आया हूँ। ज्ञानी जैल सिंह बेहद उदास थे। 'तुम्हें कैसा लग रहा है, मैं जानता हूँ,' उन्होंने मुझसे कहा, 'लेकिन

जल्दबाजी मत करो। इस बारे में कुछ दिन सोच-समझकर फैसला करो कि तुम्हें क्या करना है।' मैं अपनी बात पर अड़ा रहा, 'नहीं ज्ञानीजी, मैं खुद को अपना फैसला बदलने का वक्त नहीं देना चाहता। मैंने कसम खाई थी कि अगर सेना ने मन्दिर में पैर रखा तो मैं इस सरकार के द्वारा प्रदान किए गए सम्मान त्याग दूँगा।' उन्होंने तरलोचन सिंह से उस प्रशस्ति-पत्र को एक तरफ रख देने के लिए कहा और मुझसे बातचीत जारी रखी। वे बोले, 'मेरी कौम मुझे इस बात के लिए कभी माफ नहीं करेगी।' वे अपनी इस बात के विरोध में किसी प्रकार का आश्वासन तलाश रहे थे। 'नहीं ज्ञानीजी, मेरे खयाल से सिख आपको ब्लूस्टार के लिए कभी माफ नहीं करेंगे। वे हताशा में गहराई तक डूबे थे, 'तुम्हें क्या लगता है कि अगर मैं अभी त्यागपत्र दे दूँ तो उससे कुछ बात बनेगी ?' मैंने उनसे कहा कि अब बहुत देर हो चुकी है। वे त्यागपत्र दें या न दें। सिख अपने पवित्रतम तीर्थस्थल के अपवित्र किए जाने के लिए उन्हीं को जिम्मेदार ठहराएँगे।

मुझे मालूम था कि मेरी पद्मभूषण लौटाने की बात को वे अपने तक ही रखेंगे। मैंने उन्हें इसका मौका नहीं दिया। राष्ट्रपति भवन से मैं संसद मार्ग पर सीधे *पी.टी. आई.* के दफ्तर पहुँचा और अपने विरोधपत्र के सार के साथ सम्मान लौटाने का समाचार वहाँ दे दिया। उसमें लिखा था, 'एक चूहे को मारने के लिए पूरे घर को नहीं गिराया जाता।' खबर शाम के अखबारों में छप गई। सुबह के अखबारों ने उसे मुखपृष्ठ पर छापा।

इसके बाद जो कुछ हुआ वह मेरे लिए बड़ा दुखदायी अनुभव था। रात ही रात में मैं सिखों के लिए किसी लोककथा के नायक-जैसा हो गया। सरकार की खुल्लमखुल्ला भर्त्सना करनेवाला मैं पहला सिख था। साथ ही हिन्दुओं की नजर में मैं खलनायक बन गया था। उन्होंने कहा कि मैं जो हमेशा भिंडराँवाला की निन्दा और धर्मनिरपेक्ष आदर्शों का प्रचार करता रहा, अब अपने 'असली रंग' में सामने आया हूँ। मेरे पास पत्रों और तारों की बाढ़ आ गई—सिख इस बात के लिए मेरी प्रशंसा कर रहे थे कि मैंने दिखा दिया कि एक सिख को क्या करना चाहिए। हिन्दू देश के महाशत्रु के रूप में मेरी निन्दा कर रहे थे। गिरिलाल जैन जैसे आदमी तक ने मेरे खिलाफ एक सम्पादकीय लिखा जबकि उन्हें मैं सांप्रदायिक पूर्वग्रहों से ऊपर उठा हुआ व्यक्ति मानता था। हर पत्रकार ने जो मेरा साक्षात्कार लेने आया, मुझसे सवाल किया कि मैंने साथ-के-साथ राज्यसभा से इस्तीफा क्यों नहीं दिया। मैंने उनसे कहा कि मैं खुद को उस एक मंच से वंचित नहीं करूँगा जहाँ से मैं सरकार और जनता को यह बता सकता हूँ कि उसने सिखों और देश के साथ कितनी बड़ी नाइंसाफी की है।

कुछ दिन बाद मैं अमृतसर गया। स्वर्ण मन्दिर में प्रवेश पर पाबन्दी थी। लेकिन वे लोग मुझे रोक नहीं सकते थे। मुझे रेलवे स्टेशन पर एक सेना का अफसर मिला जिसने बताया कि उसे जनरल के.एस. बरार ने यह जिम्मेदारी सौंपी है कि मेरी सुरक्षा के लिए वह मेरे साथ रहे। ये वही जनरल बरार थे जिन्होंने ऑपरेशन ब्लूस्टार में मुख्य भूमिका निभाई थी। दरअसल उनकी नियुक्ति मेरी गतिविधियों पर नजर रखने के लिए

की गई थी।

मैंने **परिक्रमा** की और सेना ने जो तबाही की थी उसे देखा (कामगार जल्दी-जल्दी गोलियों से हुए सूराखों को भर रहे थे और संगमरमर के फर्श पर से खून के धब्बों को साफ कर रहे थे)। सेना अब भी भारी संख्या में मौजूद थी। मलबे के उस ढेर के पास जो किसी समय अकाल तख्त था, एक साइनबोर्ड खड़ा था। उस पर अंग्रेजी और हिन्दी, दोनों में लिखा था, 'इस भवन में सिगरेट और शराब पीना मना है।' हमारे जवान उस पर कब्जा करने के बाद यही कर रहे थे। जब मैंने अपने साथ लगे अफसर का ध्यान उधर दिलाया, तो उसने उस बोर्ड को हटाने का आदेश दे दिया। मैंने किसानों की भीड़-की-भीड़ को अकाल तख्त के खंडहरों की तरफ आँसू-भरी आँखों से ताकते देखा। दूरदर्शनवाले प्रधान-पुजारी किरपाल सिंह को घसीट लाए थे, वह बेहद भयभीत था। उन्होंने उससे जबर्दस्ती एक वक्तव्य पढ़वा लिया था कि इमारतों को बहुत कम नुकसान पहुँचा है। लोग पूछ रहे थे, **'ओ किरपाला अन्हा सी।'** मुख्य मन्दिर में मैंने गोली के ताजा निशान गिने। हर निशान के सामने किसान औरतें गुस्से से आँसू भरे खड़ी थीं और गालियाँ दे रही थीं, 'इन्हाँ दा बिज्ज नास होए ! कुत्तियाँ दी औलाद !' छज्जे के नीचे से गुरुवाणी के पाठ की आवाज आ रही थी। वह एकदम बेठिकाने मालूम होती थी।

कई दिनों तक सिख आदमी-औरतों के झुंड बिना बुलाए और बिना समय निश्चित किए, मेरे साथ सहानुभूति प्रकट करने आते रहे। इनमें ऐसी औरतें शामिल थीं जो अच्छे कपड़े पहने थीं और अंग्रेजी में बात कर रही थीं। एक दिन पहले, गृहमन्त्री बूटा सिंह के कहने पर, जत्थेदार रछपाल सिंह ने सरकार का पक्ष प्रस्तुत करने के लिए इम्पीरियल होटल में एक प्रेस कॉन्फ्रेंस बुलाई थी। पत्रकार भारी संख्या में आए। उनमें विदेशी पत्रकार भी थे। जत्थेदार ने एक वक्तव्य पढ़कर सुनाया, और प्रश्न पूछने का मौका देने से पहले, अपने मेहमानों से कॉन्फ्रेंस के बाद खाने के लिए रुकने को कहा। एक महिला भीड़ को लाँघती हुई प्लेटफार्म पर पहुँची और उसके मुँह पर थप्पड़ जड़ दिया। जत्थेदार की पगड़ी गिर पड़ी, 'तुम बेशर्म आदमी ! हमारा मन्दिर तबाह कर दिया गया और तुम लंच पार्टी करके इसकी खुशी मनाना चाहते हो ?' प्रेस कॉन्फ्रेंस को तेजी से खत्म कर दिया गया। यह महिला उन लोगों में थी जो मुझसे मिलने आए थे। वह एक स्कूल में पढ़ाती थी।

तुगलक रोड पुलिस स्टेशन के एस.एच.ओ. असद फ़ारुक़ी ने मुझे फोन करके पूछा कि क्या वे मुझसे मिलने आ सकते हैं। गुरुद्वारा बंगला साहिब इसी पुलिस स्टेशन के इलाके में पड़ता है। जब हम मिले तो उन्होंने मुझे बताया कि वे रोज दोपहर के वक्त गुरुद्वारे, वहाँ दिए जानेवाले भाषणों को सुनने जाते हैं। वहाँ प्रायः मेरा नाम लिया जाता है और अक्सर यह घोषणा की जाती है कि मैं सभा को सम्बोधित करने गुरुद्वारे आऊँगा। हम लोग काफी देर तक बात करते रहे और मैंने उनसे उन हत्याओं और तबाही का जिक्र किया जो अमृतसर में की गई थी। 'जरा-सी बात पे आप सरकार से इतने खफा

हो गए,' उन्होंने कहा।

'जरा सी बात ! आपको मालूम है कि इस अकेली कार्रवाई में 5,000 से ऊपर सिख मारे गए हैं ? आप इसे जरा-सी बात कहते हैं,' मैंने जवाब दिया।

वे अपनी बात पर टिके रहे, 'इतने मुसलमान ये हर साल मार डालते हैं !' मुझसे जब्त न हो सका। मैंने उलटकर कहा, 'आप मुसलमानों को मार खाने की आदत पड़ गई है; इंशाअल्लाह, सिखों को भी पड़ जाएगी।'

अपने लेखों और भाषणों में मैंने श्रीमती गांधी से अनुरोध किया कि वे स्वर्ण मन्दिर में एक तीर्थयात्री की तरह जाकर अपने किए की माफी माँगें। मैंने उन्हें आश्वासन दिया कि सिख भावुक कौम हैं और उनका यह सद्भावनापूर्ण कदम उनकी चोट खाई भावना को शान्त कर देगा। लेकिन उन्होंने अपने गृहमन्त्री बूटा सिंह की बात मानी। उन्होंने फैसला किया कि वे जल्दी-से-जल्दी अकाल तख्त को फिर से ठीक उसी तरह बनवा देंगे जैसा वह पहले था ताकि मन्दिर के परिसर को श्री गुरुद्वारा प्रबन्ध समिति को लौटाया जा सके। पैसे की कोई समस्या नहीं थी। सिख ठेकेदारों की एक कम्पनी, स्किपर एंड कम्पनी को इस काम के लिए खुली छुट दे दी गई—जिसमें गुम्बद बनाने के लिए सोने की खरीद भी शामिल थी। इस कम्पनी के मालिक तेजवन्त सिंह थे।

बूटा को कार-सेवा के द्वारा मन्दिर बनाने की पुरानी सिख परम्परा की जानकारी थी। कोई इज्जतदार आदमी जब इस काम के लिए तैयार नहीं हुआ तो उन्होंने इस काम के लिए एक मोटे-ताजे निहंग की सेवाएँ किराए पर लीं। वह अपने-आप को सुल्तान-उल-कौम कहता था। वह छः फुटे आकार का आदमी जिसे गाँजे की लत थी, अपने साथ रंग-बिरंगे अनुयायियों का समूह लेकर आया। वे निर्माण-स्थल तक ईंट-गारा ढोने का काम करते रहे और शाम-दर-शाम पूरी कर्त्तव्यनिष्ठा के साथ दूरदर्शन उन्हें ऐसा करते हुए दिखाता रहा। जब यह मामला राज्यसभा में उठा तो मुझे कांग्रेस के साथ बैठे हुए तीन सिख सदस्यों के क्रोध का सामना करना पड़ा। ये थे अमरजीत कौर, हंसपाल और नए सदस्य, भूतपूर्व मुख्यमन्त्री दरबारा सिंह। जब मैंने सन्ता सिंह को 'मोटा बूढ़ा भांड' कहा, तो वे उछलकर खड़े हो गए और यह कहकर विरोध करने लगे कि मेरी भाषा असांसदीय है और इस वाक्य को रिकॉर्ड से निकाल देना चाहिए। दरबारा सिंह ने उनकी इस बात के साथ यह और जोड़ दिया कि 'मिस्टर खुशवंत सिंह, बाबा सन्ता सिंह आपसे कहीं बेहतर सिख हैं।' मैंने स्वीकार किया कि उनका कहना सही है और जोड़ा, 'मैंने कभी अच्छा सिख होने का दावा नहीं किया, लेकिन मैं आज तुम तीनों को, जो बहुत धर्म-परायण सिख होने का दावा करते हो, यह बता देना चाहता हूँ कि आज जो कुछ मैं कहता हूँ, उसका सिखों के लिए मतलब होता है, तुम्हारे जैसे सिख उनके लिए अप्रासंगिक हो गए हैं।'

आपरेशन ब्लूस्टार पर मुख्य बहस को श्वेतपत्र के प्रकाशन का इंतजार करना था। मैं सदन में तब तक टिका रहा जब पुस्तक की पहली प्रतियाँ जारी की गईं और मैंने घंटों लगाकर उसे बार-बार देखा। मुझे मालूम था कि उसके खिलाफ बोलनेवाला मैं अकेला

सदस्य हूँगा, क्योंकि उस समय तक अकाली सदस्यों ने इस्तीफा दे दिया था। कांग्रेस पार्टी के सचेतक ने अपने पालतू लोगों को मुझे तंग करने के लिए और सरकार के पक्ष को प्रस्तुत करने के लिए तैनात कर रखा था। जब मुझे बोलने के लिए बुलाया गया तो सदन पूरी तरह भरा था। शुरू से ही कांग्रेस के अंतरंग मित्रों ने मेरे रास्ते में अड़ंगे लगाने की कोशिश की। जयललिता, जो हाल में चुनाव जीतकर सदन में आई थीं, मेरे बचाव के लिए उठीं और उन्होंने अध्यक्ष से कहा कि मुझे अपनी बात बिना बाधा दिए कहने दी जाए। भाषण कला पर जहाँ तक मेरा अधिकार था मैंने उसका खुलकर उपयोग किया और सरकार ने जो अपराध किया था उसकी भलीभाँति निन्दा की। सेना ने जिस निरंकुशता से यह काम अन्जाम दिया था उसके लिए मैंने उसकी खूब आलोचना की और उर्दू का एक शेर यह साबित करने के लिए उद्धृत किया कि निर्णय की गम्भीर गल्तियों के कैसे परिणाम हो सकते हैं :

वोह वक़्त भी देखा तारीख़ की घड़ियों ने
लम्हों ने ख़ता की थी सदियों ने सज़ा पाई।

(इतिहास की घड़ियों ने वह वक्त भी देखा है जब कुछ क्षणों में की गई गल्तियों की सजा सदियों ने भुगती है।)

सिर्फ विरोध-पक्ष के सदस्यों ने मेरे भाषण पर तालियाँ बजाईं। श्रीमती गांधी लोकसभा में बैठी थीं। मैं जो कह रहा था उसकी खबर उन्हें बराबर दी जा रही थी। उन्होंने मेरे भाषण को राष्ट्र-विरोधी कहा।

उन तमाम लोगों ने जो मेरे बाद बोले, मेरे भाषण पर कुछ-न-कुछ जरूर कहा। पी.सी. सेठी की जगह तब श्री नरसिंहराव गृहमन्त्री हो गए थे। उन्होंने मेरा इस बात के लिए मजाक उड़ाया कि मैं सेना कमान को उनके काम के बारे में सलाह देनेवाले सेना-विशेषज्ञ की मुद्रा अपना रहा था। प्रेस को सरकारी पर्चों के माध्यम से पाकिस्तान के खिलाफ एकांगी और असत्यापित प्रचार-सामग्री दी जा रही थी। मैंने जितना अधिक-से-अधिक मुझसे बन पड़ा उतना पाकिस्तान की सफाई पेश की। पाकिस्तान पर सिख आतंकवादियों के लिए ट्रेनिंग कैम्प स्थापित करने का आरोप हो, या हथियार सप्लाई करने का या फिर साम्प्रदायिक दंगे कराने का, यह बात मुझ अकेले पर छोड़ दी गई थी कि मैं सरकार के दावों पर प्रश्न उठाऊँ। प्रश्नकाल में एक समस्या बम्बई में जिन्ना हाउस के भविष्य के बारे में उठी। जब जिन्ना पाकिस्तान चले गए तो मालाबार हिल पर उनकी कोठी ब्रिटिश को उनके डिप्टी हाई कमिश्नर के निवास के लिए किराए पर दे दी गई। जब यह अवधि समाप्त होनेवाली थी तब हमारी सरकार उसे पाकिस्तान का दूतावास बनाने के लिए देने को राजी हो गई। यह आश्वासन विधिवत लिखकर भारत सरकार ने दिया था। पाकिस्तान के काउन्सल-जेनरल आ पहुँचे थे और वे एक होटल में ठहरे हुए उस दिन का इंतजार कर रहे थे जब वे उसमें प्रवेश करनेवाले थे।

अचानक, भारत सरकार ने अपना वायदा पूरा न करने का फैसला करके पट्टे को रद्द कर दिया। यह श्रीमती गांधी का वैयक्तिक निर्णय था जिसका आधार यह आशंका थी कि यह घर पाकिस्तानियों के लिए तीर्थस्थल बन जाएगा। उन्होंने यह बात पहले क्यों नहीं सोची ? या फिर अगर पाकिस्तानी उसे एक अर्ध-धार्मिक स्मारक मानते भी हैं तो इसमें क्या हर्ज है, यह बात मुझे समझ में नहीं आई। मुसलमान संसद-सदस्य ऐसी बात कहने में संकोच कर रहे थे, कि कहीं इससे यह प्रभाव न पड़े कि वे पाकिस्तान के प्रति सहानुभूति रखते हैं। मेरा सारा दिन लिखित वायदे को तोड़ने के लिए अपनी सरकार की स्पष्ट रूप से भर्त्सना करते बीता। जब गृहमन्त्री नरसिंहराव से जवाब देते नहीं बना तो वे तानेबाजी पर उतर आए। उन्होंने पूछा, 'पाकिस्तान के बारे में हर बात को लेकर आप इतने भावुक और उत्तेजित क्यों हो जाते हैं ?'

साहित्यकार किस्म का व्यक्ति होने के कारण मुझे राज्यसभा में पुस्तक-प्रकाशन और उन तीन सांस्कृतिक अकादमियों के बारे में अपनी बात कहने का मौका दिया जाता था जिन्हें सरकार आर्थिक सहायता देती है। एक बार उसकी समिति का सदस्य रहने के कारण, मुझे साहित्य अकादमी की कार्य-पद्धति के बारे में कुछ व्यक्तिगत जानकारी थी। उसकी वार्षिक पुरस्कार योजना महज तिकड़मबाजी हो गई थी। एक बार मैंने एक प्राफेसर की शिकायत की जिसने मुझसे पुरस्कार दिलाने के लिए पैरवी की थी। उस समय साहित्य अकादमी के अध्यक्ष डॉ. राधाकृष्णन थे। उन्होंने उसे अंगारों में घसीटा था। कुछ साल बाद, राष्ट्रपति के गृह-व्यवस्था के प्रभारी एक अफसर की पत्नी राष्ट्रपति भवन की गाड़ी में मेरे घर तक आई और मुझसे पुरस्कार के लिए अपना नाम प्रस्तावित करने के लिए कहा। उसने बताया कि राष्ट्रपति राधाकृष्णन ने उन्हें आश्वासन दिया है कि यदि यह प्रस्ताव मेरे पास से जाएगा तो वे इसे स्वीकृत करा लेंगे। मैंने उनसे कहा कि अपने पक्ष का प्रचार करना मना है। मैंने उन्हें पहलेवाली घटना भी बता दी। उन्होंने उलटकर जवाब दिया, **'एह ताँ गल्ला करन दियाँ ने** (यह सिर्फ कहने की बात है) हर किसी को कुछ पाने के लिए सिफारिश चाहिए।' मैं महिला की कविता को बहुत पसन्द करता था और महसूस करता था कि वह पुरस्कार पाने के काबिल है, पर मुझे यह भी लगा कि खुद अपनी सिफारिश कराने के लिए उसका नाम काली सूची में लिख दिया जाना चाहिए। मैंने इस बाबत अकादमी के सचिव कृष्ण कृपलानी को लिखा। उन्हीं राधाकृष्णन ने जिन्होंने बेचारे प्रोफेसर को नैतिकता का उपदेश दिया था, उस महिला को उस वर्ष का पुरस्कार दिलाने का प्रबन्ध किया और उसके पति को अगले साल का। मैंने अकादमी की समिति से त्यागपत्र दे दिया।

जब राज्यसभा में साहित्य अकादमी पर बहस होने लगी, तो मैंने उसकी कार्य-पद्धति पर खोसला कमेटी की रिपोर्ट को उद्धृत किया। उसमें बताया गया था कि पंजाबी के पुरस्कार देने में निकृष्टतम ढंग की तिकड़मबाजी की जाती है। उसकी कार्यकारिणी समिति के हर सदस्य को पुरस्कार मिल चुका था। एक बैठक में एक महिला सदस्य ने निर्णायक मत अपने ही पक्ष में डाल दिया था। सदन ठहाकों से गूँज उठा। मैंने सरकार से निवेदन

किया कि पुरस्कारों को खत्म करके साहित्य पर से राज्य का संरक्षण उठा ले। लेखकों और कवियों को पैसा देना वैसा ही है जैसा खर-पतवार पर उर्वरक छिड़कना। सर्जनात्मक लेखकों को अपना प्रबन्ध खुद करना चाहिए और जो लोग जीवित नहीं रह सकते उन्हें गुमनामी में मर जाने देना चाहिए। सरकारी खर्चे पर अपनी कृतियों का प्रकाशन करके, सरकारी नियन्त्रण में चलनेवाले पुस्तकालयों में रखने के लिए उन्हें खरीदने से सिर्फ दूसरे दर्जे की चीजों को बढ़ावा मिलता है। जो मैं कहता था वे सुनते थे। मैं जो उदाहरण प्रस्तुत करता था उनसे उनका मनोरंजन होता था। उसके बाद अकादमी के द्वारा माँगी गई अनुदान राशि को वे मंजूरी दे देते थे।

कुछ संसद-सदस्यों पर आरोप था कि उन्होंने ताइवान और दक्षिणी कोरिया के मुफ्त चक्कर लगाए हैं। ऐसा किसी रामस्वरूप नाम के व्यक्ति के निमन्त्रण पर हुआ था। यह व्यक्ति ताइवानियों और इजराइलियों का एजेन्ट था और इसके विचार स्पष्ट रूप से कम्युनिस्ट-विरोधी थे। इस आरोप के बारे में मेरी प्रतिक्रिया भी उतनी ही अगम्भीर थी। रामस्वरूप को जासूसी के आरोप में गिरफ्तार कर लिया गया। मैं उसे तब से जानता था जब मैंने *द इंडियन फ्रैंड्स ऑफ इजराइल* की स्थापना की थी। मुझे वह बड़ा गँवार और अश्लील-सा व्यक्ति लगा। उसने संगठन को दक्षिणपंथी हिन्दू संस्था बनाने की कोशिश की जिसका झुकाव स्पष्ट रूप से मुसलमान-विरोधी था। जब उसने मुझसे पूछा कि क्या मैं, बतौर सरकार के अतिथि के ताइवान जाना चाहूँगा। तब मैं उससे वर्षों से नहीं मिला था। उसने कहा था कि मेरी यात्रा और आतिथ्य की व्यवस्था कर दी जाएगी। मैं राजी हो गया और साथ में अपनी पत्नी को अपने खर्चे पर ले जाने का फैसला किया। हमने वहाँ खूब मौज की। हमने परेडें देखीं, दर्शनीय स्थान देखे, न्यूक्लीअर संस्थान देखे और एक दोपहर हमने भूमिगत तहखानों में एक ऐसे द्वीप पर गुजारी जो मुख्य-देश चीन के सामने था। संसद-सदस्यों के किसी ऐसी सरकार के आतिथ्य को स्वीकार करने का सवाल जिसे भारत सरकार मान्यता नहीं देती कम्युनिस्टों ने उठाया। इसलिए और भी क्योंकि इस निमन्त्रण का माध्यम सन्देहास्पद इतिहासवाला व्यक्ति था। जो दो मन्त्री ताइवान गए थे, उन्होंने इस्तीफा दे दिया। जिन और लोगों का नाम लिया गया था उन्हें वक्तव्य देने की इजाजत दी गई। उन लोगों ने बड़े रोषपूर्ण भाषण दिए, जिनमें ऐसे लोगों की निन्दा की गई थी जिन्होंने उनकी देशभक्ति पर छींटे उछाले थे। साथ ही उन्होंने रामस्वरूप की पृष्ठभूमि के बारे में गैरजानकारी व्यक्त की। जब मेरी बारी आई, तो मैंने स्वीकार किया कि मैं रामस्वरूप और दक्षिण कोरिया, ताइवान और इजरायल से उसके सम्बन्धों के बारे में जानता था। मैंने कहा कि मुझे ताइवान जाकर बहुत खुशी हुई। वह एक सुन्दर देश है जिसकी स्त्रियाँ बहुत सुन्दर हैं। इसके अलावा मैंने ताइवान की सरकार और सी.आई.ए. को वे गुप्त सूचनाएँ दीं जो उनकी पहुँच के बाहर थीं। उदाहरण के लिए कुतुबमीनार और लालकिले की, और दिल्ली की खूबसूरत मस्जिद और मकबरों की निश्चित भौगोलिक स्थिति। सदन ने इस प्रफुल्ल मन से की गई स्वीकृति का आनन्द लिया, और कम्युनिस्ट मूर्ख बनकर रह गए।

कहना न होगा कि मैं सरकार की नजर में काँटे की तरह खटकने लगा। उन सालों में जब मैंने संसद-सदस्य होने की सुविधाओं का लाभ उठाया (लम्बा-चौड़ा बँगला, मुफ्त का टेलीफोन, मुफ्त यात्रा और बहुत-सी और चीजें), मुझे यह भी महसूस हुआ कि संसद की उपलब्धि विशेष नहीं है क्योंकि उसके सदस्य अपनी जिम्मेदारी गम्भीरता से नहीं लेते। मैंने *द स्पेक्टेटर* में एक बड़ा मनोरंजक लेख पढ़ा। यह लेख उनके स्तम्भ लेखक औबर्न वॉग ने ब्रिटिश संसद-सदस्यों के बारे में लिखा था। उसने उन्हें अर्धशिक्षित और बेकार की *'डॉग बौडीज़'* कहा था। उसके साथ कुछ नहीं हुआ। अपने 'मैलिस' स्तम्भ में मैंने भी अपनी बन्दूक वॉग के कन्धे पर रखकर राज्यसभा के सदस्यों पर वैसा ही छर्रा दागने की कोशिश की। मैं हर अनुच्छेद के आखिर में जोड़ता जाता था, 'क्या मैं अपने संसद-सदस्यों के बारे में वैसी बात लिखने की हिम्मत कर सकता हूँ, जैसी वॉग ने अपने संसद-सदस्यों के बारे में लिखी हैं ?'

मेरी गैरजानकारी में कांग्रेस के सतपाल मित्तल ने, जिसने एक बार मेरे प्रति भ्रातृस्नेह का दावा किया था, 71 सदस्यों को इस बात के लिए इकट्ठा कर लिया कि मेरे खिलाफ संसद की अवमानना करने के लिए विशेष प्रस्ताव प्रस्तुत किया जाए। जब मुझे इसकी खबर लगी तो मुझे विशेष चिन्ता हुई। मैंने सोचा कि अगर यह मामला फिर संसद के सामने लाया जाता है, तो मुझे अपने साथी सांसदों के बारे में जो मैं सोचता हूँ, वह कहने का एक मौका और मिलेगा। वह अवसर आया नहीं। एक दिन सुबह, मैं प्रश्नकाल में संसद में बैठा था। मुझे सचिव ने एक पुर्जा भेजा जिसमें लिखा था कि अध्यक्ष चाहते हैं कि मैं रुका रहूँ क्योंकि उन्हें मेरे से सम्बद्ध एक महत्त्वपूर्ण घोषणा करनी है।

प्रश्नकाल के बाद, अध्यक्ष हिदायतुल्ला मेरे खिलाफ प्रस्तुत विशेष प्रस्ताव की तरफ ध्यान आकर्षित करने के लिए खड़े हुए। उन्होंने मेरा लेख पढ़ा और मित्तल और 71 अन्य लोगों के द्वारा लगाए गए अवमानना के आरोप को भी पढ़कर सुनाया। उन्होंने मेरे लैटिन भाषा के ज्ञान की आलोचना की (मैंने कुछ शब्द गढ़ लिए थे) और ब्रिटिश संसद की कुछ मिसालों का हवाला दिया। उसके बाद उन्होंने उस विशेष प्रस्ताव को खारिज कर दिया। जब वे उपराष्ट्रपति पद से और राज्यसभा के अध्यक्ष पद से रिटायर हो गए तो उन्होंने बम्बई में दिए गए एक भाषण में कहा था कि राज्यसभा के अध्यक्ष के रूप में उन्हें सबसे ज्यादा आनन्द मेरे खिलाफ विशेष प्रस्ताव से निबटने में आया।

अपने साथी संसद-सदस्यों के बारे में मेरे पास और भी बहुत-सी ऐसी सामग्री है जो मैं लिख और कह सकता था, पर जो उन्हें अच्छा नहीं लगता। उनमें बहुत-से ऐसे थे जो सदन में आए बगैर भी दस्तखत सिर्फ मासिक भत्ता पाने के लिए करते थे। बहुत-से लोग सिर्फ इसलिए आते थे कि तपती गर्मी में वह अन्दर बैठने की सबसे ठंडी जगह थी। प्रसिद्ध हिन्दी उपन्यासकार जो कुछ समय तक मेरे बराबर में बैठते थे, अपनी सीट पर बैठने के पाँच मिनट के भीतर गहरी नींद में सो जाते थे। जब भी मैं उनसे बोलनेवाले सदस्यों का नाम पूछता तो वे हमेशा बड़ी प्रसन्न मुद्रा में जवाब देते : *'नाम-वाम तो मैं किसी का नहीं जानता।'* उनकी मृत्यु के बाद उनकी जगह एक वयोवृद्ध मुसलमान

ने ले ली। उनका पेट हमेशा खराब रहता था। वे बैठे-बैठे बिना आवाज किए बदबू छोड़ते रहते। जब भी वे अपनी सीट पर आकर बैठते, मैं जब तक वे चले नहीं जाते थे तब तक दूसरी जगह जाकर बैठ जाता था। असम के एक स्थूलकाय सदस्य के साथ भी यही मामला था। जब उनके पेट में बहुत हवा भरी होती तो वे उसे ऐसी आवाज के साथ खारिज करते कि सारा हॉल गूँज उठता। मुझे अक्सर इन जोर-जोर से पादनेवालों के खिलाफ विशेष प्रस्ताव प्रस्तुत करने का लोभ होता था।

खर्राटे भरने और हवा खारिज करने से भी ज्यादा चिढ़ पैदा होती थी उस जुगुप्साकारक चापलूसी से, जिसका प्रदर्शन सदस्य लोग प्रधानमन्त्री और केन्द्रीय मन्त्रिमंडल के सदस्यों के प्रति करते थे। हर बृहस्पतिवार को जब श्रीमती गांधी राज्यसभा में आती थीं तो कांग्रेस की कुर्सियाँ भरी रहती थीं। जैसे ही वे जाने के लिए खड़ी होती थीं, कांग्रेस के आधे दर्जन सदस्य उनके पीछे गलियारे तक दौड़े जाते थे। यही स्थिति वरिष्ठ मन्त्रियों के साथ थी। स्थिति में परिवर्तन होते ही उनके व्यवहार में आकाश-पाताल का अन्तर आ गया। अश्लील ढंग से मोटे कल्पनाथ राय को अशिष्ट आचरण (खर्राटे भरना, अखबार पढ़ना, बहस के समय अपने अंतरंगों से बात करना) के लिए अक्सर डाँट पड़ती थी। जब वह मन्त्री बन गया तो उसे बहुत अहंकार हो गया। वह महिला सदस्यों को अपनी तर्जनी के इशारे से बुलाने लगा। जब मैं पहली बार संसद-सदस्य बना, तब सामान्य रूप से यह माना जाता था कि मैं श्रीमती गांधी के बहुत करीब हूँ (जो सच नहीं था) और उनके बेटे संजय के भी। मन्त्री और सांसद हमेशा मेरे पास बातचीत करने आते थे। जब यह बात फैल गई कि उनकी कृपा-दृष्टि मुझ पर नहीं रही, तो वे मुझसे दूर-दूर रहने लगे।

यह संयोग मात्र था, कि तीन सदस्य जो मेरे बराबर बैठते थे, एक के बाद एक करके जल्दी-जल्दी मर गए। सबसे पहले सुन्दरी नरगिस दत्त, उसके बाद हिन्दी उपन्यासकार, और अन्त में बुजुर्ग मुसलमान। मेरे आखिरी सत्र में उनकी जगह प्रसिद्ध पक्षिविज्ञानी, चिरयुवा सलीम अली ने ले ली। कुछ महीने के बाद उसकी भी मृत्यु हो गई। शायद उस सीट में नश्वरता के बीज थे; या फिर मेरे पास बैठने से उनकी बिदाई जल्दी हो जाती थी।

जब 31 अक्तूबर 1984 को श्रीमती गांधी की हत्या हुई, मैं उस समय भी संसद-सदस्य था। उनसे मतभेद के बावजूद, अपने ही सुरक्षा दल के आदमियों के हाथों, जो दोनों सिख थे, इस तरह कायरतापूर्ण ढंग से उनकी हत्या का समाचार सुनकर मुझे गहरा सदमा पहुँचा था। अगर परिस्थितियाँ अनुकूल होतीं, तो मैं निश्चित रूप से परिवार के प्रति अपनी संवेदना प्रकट करने जाता और जब उनका दाह-संस्कार किया गया उस समय उनके प्रति अपनी अन्तिम श्रद्धांजलि व्यक्त करता। प्रधानमन्त्री के रूप में मैं कभी उनका प्रशंसक नहीं रहा। मुझे यकीन है कि देश में जो कुछ गलत हुआ उसकी शुरुआत उन्हीं से हुई। वे बहुत क्षुद्र और प्रतिशोधी हो सकती थीं, जैसा अपनी विधवा पुत्रवधू मेनका के साथ उनके व्यवहार से जाहिर हुआ। वे वरिष्ठ अफसरों के साथ बेहद अशिष्ट हो

सकती थीं, जैसा कि उन्होंने केवल सिंह (अमरीका में भारत के सेवानिवृत्त राजदूत) और जगत मेहता (सेवानिवृत्त विदेश सचिव, जिस पर उन्हें अपने को धोखा देने का शक था) के साथ किया। जो लोग यह समझते थे कि वे उनकी मित्र हैं, उन्हें फटकारने में उन्हें विशेष आनन्द आता था। उनकी जीवनी लिखने के बाद उन्होंने डॉम मोराज को भला-बुरा कहा; अकबर अहमद (डम्पी) पर जो नियमित रूप से उनके घर आता था, उन्होंने अपनी हत्या के षड्यन्त्र का आरोप लगाया और आदेश दिया कि उसे घर में न आने दिया जाए। ऐसे कई मौके आए जब मैं उनसे मिल सकता था, जैसे मेनका के द्वारा लिखी संजय की जीवनी के लोकार्पण के अवसर पर उसके सम्पादन में मैंने मदद की थी, उन्हें उम्मीद थी कि मैं उपस्थित रहूँगा। मैंने भाँप लिया था कि वे मुझसे अशिष्टता से पेश आएँगी। मैं आयोजन में शामिल नहीं हुआ। उन्होंने मेनका को नहीं बख्शा। उनकी अपनी आत्मकथा के फ्रैंच से अंग्रेजी में अनुवाद के लोकार्पण के अवसर पर भी ऐसा ही हुआ। मैंने उसकी भूमिका लिखी थी। श्रीमती गांधी ने उसके प्रकाशक विज़न बुक्स को अपने घर में उसका लोकार्पण करने की रजामंदी दे दी थी। वह उम्मीद कर रही थीं कि मैं उस मौके पर उपस्थित रहूँगा। मुझे इस बात का आभास हो गया था कि वे मुझे भला-बुरा कहने के लिए मौका तलाश रही हैं। मैं उस मौके पर नहीं गया। उन्हें अपनी भड़ास प्रकाशक पर निकालनी पड़ी। उन्होंने वहाँ जमा हुए लोगों के सामने उससे कहा कि उनका उस किताब से किसी प्रकार का कोई सरोकार नहीं होगा। किताब के आवरण पर उनका नाम था।

मैं वैयक्तिक रूप में श्रीमती गांधी के प्रति श्रद्धांजलि अर्पित नहीं कर सका, क्योंकि उनकी अपनी पार्टी के नेताओं के उकसाने पर सारे शहर में सिख-विरोधी हिंसा फैल गई थी। उन्होंने झूठी कहानियाँ फैला दी थीं कि सिख श्रीमती गांधी की हत्या पर मिठाइयाँ बाँटकर और घरों पर दिए जलाकर खुशियाँ मना रहे हैं, कि उन्होंने दिल्ली की पानी की सप्लाई में जहर घोल दिया है, कि सिखों द्वारा कत्लेआम में मारे गए हिन्दुओं के शव ट्रकों में भर-भरकर दिल्ली लाए जा रहे हैं। भाड़े के दंगाइयों के गिरोहों को लोहे की छड़ों और तेल के कनस्तरों से लैस कर दिया गया कि गुरुद्वारों, सिखों के घरों, दुकानों और टैक्सियों में आग लगा दें और सिखों को जिन्दा जला दें। मैं उनका निशाना था। अगले दिन मुझे चेतावनी दी गई कि एक भीड़ मुझे पकड़ने के लिए आ रही है। बिल्कुल ठीक समय पर स्वीडन के दूतावास का रॉल्फ़ गॉफ़िन अपने दूतावास की गाड़ी में आकर मेरी पत्नी को और मुझे, दूतावास के अहाते में स्थित अपने घर ले गया। मैं उससे पहले कभी नहीं मिला था, लेकिन वह रमेश थापर का घनिष्ठ मित्र था। मैंने दूरदर्शन पर श्रीमती गांधी की शवयात्रा देखी। मुझे पूरी तरह विश्वास है कि अगर वे जिन्दा होतीं, तो अपने पिता की तरह वे भी शहर का चक्कर लगातीं और हजारों बेकसूर लोगों के इस हत्याकांड को रोकतीं। उनका बेटा राजीव गांधी अपनी माँ के शव के पास खड़ा-खड़ा महत्त्वपूर्ण लोगों से मिलता रहा। उसने यदि 'सिखों को पाठ पढ़ाने' का आदेश नहीं भी दिया गया था, तो उसने इसे रोकने के लिए भी कुछ नहीं किया।

संसद के अगले सत्र के शुरू होने से पहले मैं उपराष्ट्रपति वेंकटरामन (जो हिदायतुल्ला के उत्तराधिकारी हुए) से मिला। मैंने उनसे प्रार्थना की कि मुझे श्रीमती गांधी को श्रद्धांजलि अर्पित करने की अनुमति दी जाए। सत्र के पहले दिन सब पार्टियों के नेता उनके प्रति श्रद्धांजलि अर्पित करते रहे। मुझे आखिर के लोगों में बुलाया गया। मेरा ख़्याल है कि मैंने उस दिन अपना सर्वोत्तम भाषण दिया। अपने समय की सबसे महत्त्वपूर्ण महिला की मैंने निर्बाध प्रशंसा की। अखबारों में उसकी चर्चा बहुत कम की गई, क्योंकि जब तक मेरी बारी आई, प्रेस गैलरी खाली हो चुकी थी।

संसद-सदस्य के रूप में मैंने जो अन्तिम महत्त्वपूर्ण काम किया वह उस पैसे और गर्म कपड़ों के बारे में था जो प्रवासी सिख समुदाय के लोगों ने नवम्बर 1984 के हत्याकांड में मुसीबतजदा परिवारों की मदद के लिए भेजे थे। पैसा (लगभग आठ लाख) मैंने उस *'पीपुल्स रिलीफ कमिटी'* को दिया, जिसे जॉर्ज फ़र्नेन्डीस चलाते थे। अधिकांश उपहार-पार्सल मेरे नाम पर आए थे, इसलिए मुझे उन्हें कस्टम से छुड़ाना था। जया जेटली, जो फ़र्नेन्डीस के साथ काम कर रही थी, एक सरकारी दरवाजे से दूसरे तक दौड़ती रही लेकिन उसे दिल्ली प्रशासन से मंजूरी नहीं मिली। पूरी सर्दी बीत गई, कम्बल और स्वेटर कस्टम की छतों के नीचे पड़े रहे और निराश्रित सिख अपनी झोपड़ियों में ठिठुरते रहे। उधर मुझे 75,000 रुपए का नोटिस दे दिया गया। यह रकम समय से सामान न उठाने के कारण विलम्ब-शुल्क के रूप में माँगी गई थी। किसी ने उन पार्सलों की नियति के बारे में सवाल उठाया। मैंने पूरक प्रश्न पूछने के लिए हाथ उठाया। मैंने विलम्ब-शुल्क की माँगवाले कागज को हवा में फहराते हुए, सरकार की निर्दयता का विस्तार से बखान किया और उसे बहुत भला-बुरा कहा। सौभाग्य से, कई कांग्रेस सांसदों ने, जिनमें पृथ्वीजीत सिंह उल्लेखनीय है, 'शेम ! शेम !' की पुकारों से मेरा साथ दिया। और सौभाग्य से, बृहस्पतिवार होने के कारण, प्रधानमन्त्री राजीव गांधी और वित्तमन्त्री वी.पी.सिंह, दोनों सदन में मौजूद थे। मैंने वी.पी. सिंह को राजीव से घुसरपुसर करके सलाह करते देखा। उसके बाद उन्होंने अपने उपमन्त्री से बैठ जाने के लिए कहा और घोषणा की कि कपड़ों का पूरा स्टॉक चौबीस घंटे के भीतर छोड़ दिया जाएगा। सरकार ने जो लम्बा समय लगाया था उसके बारे में उन्होंने खेद प्रकट किया। कुछ दिनों के बाद मैं बम्बई कस्टम से चरणजीत सिंह की नई मशीनें छुड़ाने में भी सफल हो गया, ताकि दंगाइयों ने जो तोड़-फोड़ की थी उन्हें बदला जा सके।

नाउम्मीदी के बावजूद मुझे कहीं-न-कहीं हल्की-सी उम्मीद थी कि मुझे राज्यसभा में एक सत्र और मिल जाएगा। बहुत से नामांकित सदस्यों को एकाधिक सत्र मिले थे और मैं महसूस करता था कि जितनी मुझसे उम्मीद की जा सकती थी, मैं सदन में उससे कहीं अधिक बोलता रहा था। मैंने राजीव गांधी को अपने पुनः नामांकित किए जाने पर विचार करने के आशय का पत्र लिखा। जब नरसिंहराव राष्ट्रपति ज्ञानी जैल सिंह के पास नए नामांकित नामों की सूची लेकर गए, तो उन्होंने उसमें मेरा नाम शामिल करने के लिए कहकर सूची लौटा दी। प्रधानमन्त्री राजीव गांधी इसके लिए तैयार नहीं

हुए। जैल सिंह ने दुबारा मेरा नाम शामिल करने के लिए कहा। इस बार फिर उनका प्रस्ताव अस्वीकार कर दिया गया, लेकिन इस बार यह आश्वासन दिया गया कि मुझे कोई दूसरा सार्थक काम दे दिया जाएगा। एच.वाई. शारदाप्रसाद से मेरी मुलाकात एक प्राइवेट पार्टी में हुई। उन्होंने और सिद्धार्थशंकर रे ने भी मुझसे यही कहा। मेरे पास नेशनल बुक ट्रस्ट की अध्यक्षता स्वीकार करने का प्रस्ताव आया। मैंने बिल्कुल बिना सोचे उसे अस्वीकार कर दिया।

मुझे राज्यसभा में दुबारा नामांकित न होने से निराशा हुई। मैंने अपनी बिदाई के समय जो भाषण दिया वह चुटकुलों से चटपटा बनाया गया था। उसने लोगों को खूब हँसाया। मुझे तब भी उम्मीद थी कि पंजाब विधानसभा के सदस्य मुझे उस राज्य के सदस्य के रूप में चुन लेंगे। उस अनुभव के बारे में बाद में लिखूँगा।

मैं अपनी राजनीतिक महत्त्वाकांक्षा की इस दास्तान को कुछ देर के लिए यहाँ रोककर एक व्यक्तिगत दुखद घटना की ओर विषयान्तर करना चाहता हूँ। यह मेरी माँ की मृत्यु की घटना है।

अपने माता-पिता में से मैं अपने पिता की अपेक्षा माँ के साथ ज्यादा सहज रहता था। उनका कोई बच्चा उनसे इतना नहीं डरता था जितना हम लोग अपने पिता से डरते थे। जब हम लोग छोटे थे, वे अक्सर हमें चाँटा मारने की धमकी देती थीं, लेकिन यह धमकी हाथ उठाकर **'माराँ चाट ?'** कहकर धमकाने के आगे कभी नहीं बढ़ती थी। वे दुबली-पतली और ठिगनी थीं। उनमें आत्मविश्वास की कमी थी। अपने लड़कपन में उनमें जो थोड़ा-बहुत आत्मविश्वास रहा होगा उसे उनके दबंग पति ने खत्म कर दिया था। वे उन पर ठीक से गृहस्थी चलाने का भरोसा भी नहीं करते थे। वे अपनी डिनर पार्टियों की व्यंजन-सूची भी खुद ही तैयार करते थे। उनमें शायद ही कभी कोई विविधता रहती हो। वही टमाटर का शोरबा, मछली, मुर्गा, पुलाव और अन्त में पुडिंग। और वे धोबी का हिसाब छोड़कर बाकी सारे हिसाब भी खुद ही रखते थे। अपने पति की खुशी-खुशी जी हुजूरी करने के कुछ दूसरे कारण भी थे—हमारे नाना और दो मामा पिताजी की नौकरी में थे। माँ के तीन बहनोइयों में से भी दो मेरे पिता की कृपा पर निर्भर थे। वे कभी स्कूल नहीं गईं। उन्हें सिर्फ इतनी गुरुमुखी आती थी कि वे खत लिख लें और पंजाबी अखबारों के शीर्षक पढ़ सकें। वे किताबों पर कभी समय बर्बाद नहीं करती थीं। इसके बजाय उन्हें अपनी बहनों और नौकरानी भजनो से गपशप करने में ज्यादा दिलचस्पी थी। भजनो मुद्दत से उनकी बहुओं के खिलाफ किस्सों की वाहक थी। इसके बावजूद जब मैं विदेश में था तो उन दो टाइप किए हुए पृष्ठों के बनिस्बत जो मेरे पिता अपने सेक्रेटरी को बोलकर लिखवाते थे, मुझे अपनी माँ की गुरुमुखी में लिखी थोड़ी-सी पंक्तियों से ज्यादा समाचार मिलते थे। पिताजी सरकार, राजनीतिक विवादों और बजट के बारे में लिखते थे। माँ जन्मों, सम्बन्धों, शादियों और मृत्युओं के बारे में लिखती थीं। माँ को

अक्सर इस बात की शिकायत रहती थी कि उन्हें अंग्रेजी लिखना-पढ़ना नहीं आता। मेरे पिता ने उन्हें अंग्रेजी भाषा सिखाने के लिए शिक्षक नियुक्त किए इसके बावजूद उन्होंने हठ करके : 'येस, नो, गुड मार्निंग, गुड नाइट, गुड बाई और थैंक यू' के आगे बढ़ने से इंकार कर दिया।

जब उपन्यास *ट्रेन टु पाकिस्तान* का पंजाबी अनुवाद प्रकाशित हुआ तो पहली प्रति मैंने उन्हें दी। मैं उसे पढ़ने की उम्मीद उनसे नहीं करता था। मैं अगले दिन सुबह जब उनसे मिलने गया तो मेरे पिताजी ने मुझे बताया कि वे देर रात तक उपन्यास पढ़ती रहीं और अब भयानक सिरदर्द लिए पड़ी हैं। मैं उनके सोने के कमरे में गया। वे सिर से पैर तक शॉल ओढ़े पड़ी थीं। मैंने उन्हें कन्धे से हिलाकर पूछा कि उनकी तबियत कैसी है। उन्होंने शॉल के बाहर आँख निकालकर सिर्फ एक शब्द कहा : 'बेशरम।'

मेरी माँ को रोग का कुछ वहम रहता था। उनको तकलीफ देनेवाली एकमात्र बीमारी माइग्रेन सिरदर्द की थी। इस बीमारी का इतना सख्त आक्रमण होता था कि वे दो-एक दिन के लिए बिस्तर में पड़ जाती थीं, और उनकी तबीयत कई बार उल्टी करने के बाद ही बेहतर होती थीं लेकिन जब भी उन्हें सर्दी लग जाती थी तो उन्हें यकीन हो जाता कि उनका आखिरी समय आ गया है। अगर उनके शरीर के किसी हिस्से में कभी दर्द महसूस होता तो उन्हें यकीन हो जाता कि वह कैन्सर है। उन्होंने सुन रखा था कि कैन्सर का कोई इलाज नहीं, इसलिए उन्हें कैन्सर के अलावा दूसरा कुछ हो ही नहीं सकता था। जब 90 साल की उम्र में मेरे पिताजी की मृत्यु हुई तो उनका 80 का दशक शुरू ही हुआ था और उनकी सेहत भी अच्छी थी। सबको आशा थी कि उनकी मृत्यु से ये टूट जाएँगी, लेकिन इसके बजाय, वे अपनी परिवार की बड़ी दबंग मातृ-सत्ता के असली रूप में प्रकट हुईं। किसी की मजाल नहीं थी कि उन्हें लेडी सोभा सिंह के अलावा किसी और नाम से सम्बोधित करे। रानी विक्टोरिया की तरह वे रोज दरबार लगाती थीं। ग्यारह बजे सुबह के कॉफी सेशन की अध्यक्षता करती थीं, और शाम को पीने और खाने की। मैंने उन्हें शाम को थोड़ी-सी शराब लेने के लिए राजी किया। शुरू में वे चोरी-चोरी पीती थीं। जब पार्टियों में बैरा लोग, महिलाओं के लिए ट्रे भर-भरके मधुर पेय लाते थे तो वे उनसे कह देती थीं कि उनका बेटा उनके लिए सन्तरे का रस ला रहा है। मैं शुरू में उनके गिलास में थोड़ी-सी जिन डाल देता था, फिर मैंने उन्हें स्कॉच का स्वाद चखाया। उन्होंने फिर हल्के-से विरोध किया, 'लोग क्या कहेंगे ! बगैर पढ़ी-लिखी बूढ़ी गँवार औरत, व्हिस्की पी रही है !' उन्हें धीरे-धीरे अपनी सनडाउनर पसन्द आने लगी और उन्हें अच्छी स्कॉच और खराब देसी के बीच फर्क करने की तमीज आ गई।

जब वे नब्बेवें साल में चल रही थीं उन्हें इस बात का आभास होने लगा था कि अब उन्हें बहुत दिन नहीं जीना है। उन्होंने इस बात का जिक्र किसी से नहीं किया पर चीजें बाँटनी शुरू कर दीं। मेरे पिताजी का स्वेटर, उनकी चाँदी की मूठवाली आबनूसी छड़ी, और उनके सोने की घड़ी मेरे हिस्से में आई। जेवर और एक सोने की घड़ी मेरी बहन के पास गई; जेवर, घड़ियाँ, सोने के कलम, सोने के बटन और अशर्फियाँ बेटी,

बहुओं और उनके बच्चों में बँट गए। मैं उनसे अक्सर सवेरे के समय मिलने जाता था। शायद ही कभी ऐसा हुआ हो कि उस समय उन्होंने मुझे, मेरे पिताजी की कमीज, मोजे या जूते न दिए हों। हमें मालूम था कि वे ये चीजें अपने हाथों से देना चाहती हैं।

उन्हें कोई विशेष बीमारी नहीं हुई थी। वे बस सूखती चली गईं। डॉ. आई.पी.एस. कालरा की शादी मेरी एक रिश्ते की बहन से हुई थी। वे पेशे से डॉक्टर थे। वे दिन में दो बार उनके ब्लड प्रेशर और बुखार की जाँच करने आते थे। वे ज्यादातर बिस्तर में रहती थीं। मेरी बहन उन्हीं के कमरे में सोती थी ताकि उन्हें गुसलखाने ले जा सके। फिर रात के लिए नौकरानी का इंतजाम किया गया जो उन्हें साफ करके स्पंज करती और उनके कपड़े बदलती थी। कॉफी सेशन पर उनका बैठना धीरे-धीरे कम होता चला गया। लेकिन नीमबेहोशी की हालत में भी वे अपने नौकर हरिया को बुलवाकर बुड़बुड़ाकर कहती थीं, 'कॉफी।' वह उन्हें आश्वस्त करता कि आनेवालों को कॉफी पिलाई जा रही है। कई बार मेरे टेलीफोन पर खबर आती कि उनकी हालत बिगड़ रही है। हम जल्दी से वहाँ पहुँचते। डॉ. कालरा उन्हें जिस-तिस दवाई का इंजेक्शन देते हुए मिलते थे। उनकी हालत सुधर जाती थी और हम लोग अपने-अपने घर लौट आते थे। एक दिन शाम को उनके अपने रुब बच्चे, उनके बच्चों के बच्चे और उनके भी कई बच्चे वहाँ जमा थे। वे बेहोश हो गईं और फिर उस बेहोशी से नहीं उबरीं।

हम कई दिन तक कई-कई घंटे उनके निष्क्रिय शरीर के पास बैठे रहे। उनकी चादर के उठने और गिरने की गति से उनके जीवित होने का यकीन होता रहा। एकाधिक बार हमने कालरा से कहा कि वे उन्हें जिन्दा रखनेवाली दवाइयों के इंजेक्शन और न दें और उन्हें शान्ति से चला जाने दें। पर उन्होंने हमारी बात नहीं मानी और जवाब दिया कि जब तक वे जिन्दा रह सकती हैं उस घड़ी तक उन्हें जिन्दा रखनेवाली का उन्होंने संकल्प किया है। मैं अपने फ्लैट पर लौटता तो मुझे बराबर टेलीफोन की घंटी के बजने से भय लगता रहता। आखिर वह घंटी 9 मार्च 1985 की दोपहर में बज गई। मेरी बहन व्यथित स्वर में रोती हुई बोली, 'वे चली गईं।'

हम जब वहाँ पहुँचे तो लगा वे शान्ति से सो रही हैं। उनके तकिए के पास से अगरबत्तियों का लहरदार धुआँ छत की तरफ उठ रहा था। मेरे बड़े भाई एक छोटी-सी किताब से पढ़कर उनके पास बैठे प्रार्थना कर रहे थे। बाकी लोग बगीचे में एक-दूसरे से गले मिलकर बैठते जा रहे थे। हर बार जब और लोग शोक प्रकट करने आते, तो उनकी रुलाई फूट पड़ती। परिवार में जैसा और मौकों पर होता आया था, मेरे छोटे भाई ब्रिगेडियर गुरबख्श सिंह ने स्थिति की जिम्मेदारी सँभाली। उसने मुझ से शोक-सूचना की रूपरेखा बनवाई, उसमें संशोधन किया और दिल्ली के सब अखबारों को भेज दी। उसी ने उनके दाह-संस्कार का समय निश्चित किया और अखंड पाठ के शुरू होने और भोग और **कीर्तन** के साथ उसके समाप्त होने का दिन और समय भी तय किया। उसने हम सबको रात में अपने-अपने घर लौटने का आदेश दिया। उसे खुद को, उसकी पत्नी को और मेरी बहन को उनके शव के पास रहना था। मेरे बड़े भाई उनके पास बैठे

रातभर जाप करते रहे। उन्होंने वर्षों पहले ऐसा ही मेरे पिता की मृत्यु के समय किया था।

अगले दिन सुबह हम अपनी माताजी के शव को उसी विद्युत शवदाह गृह ले गए जहाँ हम पहले अपने पिताजी और चाचाजी के शवों को ले गए थे। मेरा भाई उनके अवशेषों को गंगा में विसर्जित करने के लिए उसी तरह ले गया जैसे वह पिताजी और मेरी दादी के अवशेषों को ले गया था। इस प्रकार माँ वीरन बाई, लेडी सोभा सिंह का युग समाप्त हुआ।

दूसरे सत्र के लिए राज्यसभा में नामांकन करवाने में असफल होने के बाद मेरे मन में पंजाब से उसके लिए चुनाव लड़ने का विचार आने लगा। पंजाब के सिखों और हिन्दुओं से मेरे सम्बन्ध अच्छे थे। मुझे उम्मीद थी कि मुझे अकाली और भा.ज.पा. का समर्थन मिलेगा और साथ ही यह खयाल भी था कि मैं कांग्रेस के कुछ विधायकों के भी वोट चुपचाप मार लूँगा। लेकिन मुझे मुख्य रूप से अकालियों का समर्थन मिलना चाहिए था क्योंकि वे लोग लगातार छः वर्ष तक संसद और प्रेस में उनका दृष्टिकोण प्रस्तुत करते रहने के लिए मेरे प्रति आभारी थे। मैं उनकी पार्टी में शामिल नहीं होना चाहता था। जिन लोगों से मैं मिला था वे इस बात में मेरे साथ सहमत थे कि एक स्वतन्त्र सदस्य के रूप में मेरा प्रभाव ज्यादा होगा। दो अकाली, जिन्होंने मुझे पूरी सहायता देने का आश्वासन दिया था, पंजाब के वित्तमन्त्री बलवन्त सिंह और संसद-सदस्य बी.एस. रामूवालिया थे। मेरे मित्र चरणजीत सिंह ने बलवन्त सिंह को लंच के लिए ला मेरीडियन में निमन्त्रित किया और उनसे बिल्कुल साफ-साफ पूछ लिया कि वे मेरा समर्थन करेंगे या नहीं। अगर पैसे की जरूरत होगी तो वह उसका प्रबन्ध कर देगा। बलवन्त अकाली पार्टी का सबसे काइयाँ आदमी था। वह रिश्वतखोरी के लिए मशहूर था। वह ब्लाक डेवेलपमेन्ट आफिसर से उठते-उठते राज्य का सबसे अमीर आदमी हो गया था। बलवन्त सिंह ने जवाब दिया कि 'जहाँ तक मेरा सवाल है, मैं तुम्हें वचन देता हूँ कि मैं इन्हें अपनी पूरी सहायता दूँगा। लेकिन इन्हें चंडीगढ़ आकर दूसरे अकाली नेताओं से भी मिल लेना चाहिए।'

रामूवालिया ने और भी जोर से आश्वासन दिया। वह मेरे घर आया। जब चरणजीत ने उससे पूछा कि क्या हम उस पर भरोसा कर सकते हैं, तो उसने ऐसी छाती ठोकी जैसे पंजाबी कोई प्रण करते हुए ठोकते हैं, 'रामूवालिया अपना वचन देकर, कभी नहीं तोड़ता।'

मेरा बेटा उस समय चंडीगढ़ में था। मैंने उससे सम्पर्क करके कहा कि वह मेरा नाम चंडीगढ़ में मतदाताओं की सूची में डलवा दे। बलवन्त सिंह की सलाह के मुताबिक मैं चंडीगढ़ गया और उसके घर में आयोजित विशाल लंच में शामिल हुआ। मुझे लोगों ने बताया कि अकाली टिकट के लिए एक और उम्मीदवार है। वह कम पढ़ा-लिखा जत्थेदार है जिसका अजीब अविश्वसनीय-सा नाम है—तोता सिंह। मैं सोच ही नहीं सकता था

कि वह मेरा गम्भीर प्रतिद्वन्द्वी होगा। बलवन्त सिंह ने मुझे सावधान किया कि उसे यूँ ही खारिज नहीं किया जा सकता। उन लोगों का जनजातीय समाज है जिसमें पढ़ाई-लिखाई और काबलियत की अपेक्षा समुदाय के प्रति वफादारी का ज्यादा महत्त्व होता है। मैंने अकाली नेता से बात की। उसी ने मुझे आश्वासन दिया कि मुझे अपना उम्मीदवार बनाने में उन्हें गौरव की अनुभूति होगी।

नामांकन पत्र दाखिल करनेवाला मैं पहला आदमी था। बलवन्त सिंह ने कहा कि मेरे नाम का प्रस्ताव या समर्थन करना उनके लिए ठीक नहीं होगा। लेकिन उसने एंक बार फिर मुझे अपने समर्थन का आश्वासन दिया। मैंने पंजाब असेम्बली में भा.ज.पा. के नेता से मुलाकात की। उन्होंने भी मुझे आश्वासन दिया कि यदि एल.के. आडवाणी जैसे केन्द्रीय नेता चाहेंगे, तो वे विधानसभा में अपनी पार्टी के सदस्यों को मेरा समर्थन करने की हिदायत देंगे। आडवाणी मुझे पहले ही समर्थन का आश्वासन दे चुके थे। मैंने राज्य की कांग्रेस कमेटी के अध्यक्ष से भी बात की। उन्होंने मुझे बताया कि अगर उनके पास कांग्रेस के कुछ वोट फालतू हुए, तो वे उन्हें मेरे पक्ष में डलवा देंगी।

मुझे तपती गर्मी में तीन बार चंडीगढ़ अपने को इस बारे में आश्वस्त करने जाना पड़ा कि कहीं कोई गड़बड़ न हो। मैं गर्मी की दोपहरें क्रिस्टोफर फ्राई के नाटक पढ़ने और पपीहों की लम्बी पुकारें सुनने में बिताता था। उस इलाके में उनकी भरमार थी। मेरी समझ में आ गया कि अंग्रेज इस चिड़िया को क्यों नापसन्द करते हैं और इसकी पुकार की व्याख्या 'मस्तिष्क ज्वर' के रूप में करते हैं। मुझे अंदाजा हो गया था कि स्थिति गड़बड़ा रही है। रामूवालिया मेरे टेलीफोन का जवाब नहीं देता था। बलवन्त सिंह और भी ज्यादा बचता फिर रहा था। उम्मीदवारों के नाम वापस लेने का आखिरी दिन आ पहुँचा। मैं चंडीगढ़ पहुँच गया। तब तक मुझे इस बात का बहुत-कुछ यकीन हो गया था कि अगर अकालियों ने अपना हाथ खींच लिया, तो भी इस बात की काफी सम्भावना है, कि मुझे जीतने लायक वोट मिल जाएँ। बलवन्त सिंह की समझ में भी यह बात आ गई थी।

उस दिन सुबह अकाली नेताओं ने एक गुप्त सभा की। दोपहर में बलवन्त सिंह मुझसे मिलने मेरे होटल में आया। उसने खेद प्रकट करते हुए कहा कि वह मेरे लिए अकालियों का समर्थन नहीं जुटा पा रहा है और मुझे अपना नाम वापस ले लेना चाहिए। उसने मेरी खूब चापलूसी करते हुए कहा कि समुदाय के लोगों को मुझ पर कितना गर्व है और अकाली मुझे जिम्मेदारियाँ सौंपकर मेरा कितना सम्मान करना चाहते हैं। असल में वह यह चाहता था कि मैं इस दौड़ से बाहर हो जाऊँ ताकि उसका उम्मीदवार जीत जाए। मैंने अनुमान लगाया कि वह जत्थेदार तोता सिंह होगा। मैंने अपने कागज वापस लेने की मूर्खता कर डाली। जिस आदमी को उन लोगों ने चुना था उसका नाम सुनकर मुझे बेहद हैरानी हुई। वह व्यक्ति लेफ्टिनेंट जनरल जगजीत सिंह अरोड़ा थे। कुछ सालों के बाद एक अकाली नेता ने जो उस गुप्त सभा में मौजूद था, मुझे बताया कि बर्नाला और बादल जैसे ऊँचे नेताओं ने मेरा समर्थन किया था। जनरल अरोड़ा का नाम स्वीकृत

कराने का श्रेय बलवन्त सिंह को था। उसने उस बड़ी राशि का भी उल्लेख किया जो इस प्रसंग में बलवन्त सिंह की जेब में पहुँची थी।

मुझसे *संडे* के सम्पादक ने राज्यसभा में बिताए दिनों के बारे में लिखने को कहा। मैंने अकालियों के साथ हुए अनुभव का जिक्र कर दिया। कुछ दिन बाद बलवन्त सिंह ने मुझे लिखा कि मैंने उसके साथ न्याय नहीं किया, क्योंकि उसने मुझे बराबर यह बताया था कि एक उम्मीदवार और है। एक महीने बाद *स्टेट्स इंटेग्रेशन काउंसिल* की बैठक में भाग लेने के लिए मैं चंडीगढ़ गया। वहाँ उसने मेरा ध्यान आकर्षित करने की भरसक कोशिश की। मैं सावधानी से उससे आँख मिलाने से बचता रहा। दुर्भाग्य से चाय के समय मैंने देखा कि पेशाबघर में वह मेरे बराबर में खड़ा है। वह हमेशा कि तरह निर्लज्ज था और उसने मुझे ड्रिंक पर साथ देने के लिए आमन्त्रित किया। मैंने उसे बताया कि मैं गवर्नर के पास ठहरा हूँ और मुझे पता नहीं है कि शाम के लिए क्या तय किया गया है। मैंने गनर्वर की पत्नी माया रे को बता दिया कि मैं उस आदमी की सूरत तक देखना नहीं चाहता और अगर वह मेरा उस निमन्त्रण से छुटकारा करा दे तो मैं आभार मानूँगा। हम जब चलने लगे तो बलवन्त सिंह ने रे की गाड़ी के पास आकर अपना निमन्त्रण माया से दोहरा दिया। उसकी एक आँख में घबराहट के कारण खिंचाव था और वह बोलते हुए सुड़क रहा था। माया रे से बात करते हुए, उसे खाँसी का दौरा पड़ गया। गवर्नर की पत्नी ने टिप्पणी की, 'सरदार साहब, आप बहुत सिगरेट पीते रहे हैं।' इस बात को ऐसे कहा गया था कि हमारे चारों तरफ खड़े एक दर्जन लोगों ने सुन लिया। उसने जो बात कह दी थी वह कितनी असुविधाजनक थी इससे वह बेखबर थी। मुझे लगा कि उसने मेरी तरफ से मन्त्री के थप्पड़ रसीद कर दिया है। मैंने उस दिन बलवन्त सिंह को आखिरी बार देखा। कुछ महीनों के बाद, जब वह कहीं से घर लौट रहा था, उसे दिन दहाड़े गोली मार दी गई। जिस गुट ने इस गुनाह की जिम्मेदारी ली, उन्होंने प्रेस से कहा कि उनका इरादा समाज को सब भ्रष्ट नेताओं से मुक्त कराने का है। बलवन्त सिंह ऐसे लोगों में से था।

रामूवालिया का रुख भी ऐसे ही नाटकीय ढंग से बदला था। मुझे धोखा देने के बाद उसने भी मुझसे चापलूसी करके सुलह करनी चाही। उसने मुझसे कहा कि मैं उसके लिए हर हफ्ते थोड़ा-सा समय निकालूँ ताकि वह मुझसे कुछ प्रेरणा ले सके। संसद में जब उसका कार्यकाल खत्म हो गया तो उसने अल्पसंख्यकों के आयोग की सदस्यता का अपेक्षाकृत सुरक्षित कार्य गोलमाल करके हथिया लिया। उसने एक बार खुद आकर मुझसे अनुरोध किया कि मैं उसके घर आकर डिनर खाऊँ। साथ ही उसने चरनजीत और उसकी पत्नी को भी आने के लिए राजी कर लिया। हम सब उसके यहाँ गए।

तमाम लोगों की तरह मैं, राजनीतिज्ञों के वायदों पर बहुत यकीन नहीं करता। लेकिन अकालियों के बारे में मैंने भ्रम पाल रखा था कि वे औरों से अलग हैं क्योंकि बीते हुए दिनों में उन्होंने पंजाब में बलिदान दिए थे। लेकिन आधी शताब्दी से भी अधिक समय तक गुरुद्वारों और उनकी आमदनी पर नियन्त्रण रखने के कारण उनकी अन्तरात्मा

का क्षय हो गया। अपने समुदाय के प्रवक्ता के रूप में उन्हें मान्यता मिल जाए, इसके लिए बस इतना काफी रह गया था कि वे गहरे नीले रंग की पगड़ियाँ बाँधकर लम्बी दाढ़ियाँ रख लें। एक बार परजीवी हो जाने के बाद, वे इस आदत को छोड़ नहीं पाते थे। वे जिन मोर्चो की स्थापना करते थे, उनका उत्तराधिकार पाने का उद्‌देश्य गुरुद्वारों की तिजोरियों पर अपना कब्जा बनाए रखना और राजनीतिक सत्ता को हथियाना ही रहता था। इसमें न कोई तकलीफ होती थी, न बलिदान देना होता था। स्वयंसेवक जब जेल में होते थे तो उन्हें नियमित पगार मिलती थी। जेल जाने में कोई मुसीबत नहीं झेलनी पड़ती थी, और वे उससे ऐसे नायकों की तरह बाहर आते थे जिन्होंने किसी लक्ष्य के लिए संघर्ष किया हो। आखिर में हुआ यह कि भोली-भाली जनता को तो समझ नहीं आई लेकिन आतंकवादियों को यह लगा कि पंथ के साथ बहुत लम्बे समय तक बहुत लम्बी छूट ली गई है। उन्होंने तलवंडी और तोहड़ा की हत्या करनी चाही, पर वे उन्हें सिर्फ घायल ही कर पाए। वे बलवन्त सिंह की हत्या करने में सफल हो गए। कुछ बेकसूर आदमी और औरतें उनकी गोलियों के शिकार हो गए, जैसे श्रद्धेय सन्त लोंगोवाल और बीबी राजिन्दर कौर। पार्टी नाममात्र को रह गई थी। वास्तविक सत्ता लड़ाकुओं के हाथ में चली गई थी और उन्होंने अपनी नियति बदलनेवाले सिमरनजीत सिंह मान को सर्वोच्च पद पर बैठा दिया था। अकाली, जो भारत के स्वाधीनता संग्राम के इतिहास में दन्तकथाओं के नायक बन गए थे, उनका उत्तराधिकार दढ़ियल भाँडों के एक ऐसे गुट के हाथ में चला गया जो विचार-शक्ति और दूरदृष्टि दोनों से वंचित थे। यदि किसी को इसका प्रमाण देखना हो तो सिर्फ मान जो कुछ कहता था उसे सुनना और वह जिस तरह की गतिविधियों में गर्क रहता था उन्हें देखना काफी था। ज्ञानी जैल सिंह उनके नाम का दोहरा अर्थ बताते हुए कहते थे : 'अकाली अक्ल ते खाली।'

अध्याय-चौदह

पाकिस्तान

मैं उन गिने-चुने हिन्दुस्तानियों में से हूँ जिन्हें कई बार पाकिस्तान की यात्रा करने का सौभाग्य मिला है। अपने प्रति वैर भाव का एहसास मुझे सिर्फ एक बार हुआ। यह घटना भी बँटवारे के ठीक बाद की है जब भारतीयों, खासकर सिखों के विरुद्ध बड़ी उत्तेजना फैली थी।

लन्दन जाते हुए मैं कराची से होकर गुजर रहा था। मेरे पास कुछ घंटों का समय था। मैंने एक टैक्सी किराए पर ले ली ताकि उस शहर की सैर कर लूँ जिसे मैंने अब तक नहीं देखा था। मैंने ड्राइवर से जिन्ना साहब के मजार पर चलने को कहा। जैसे ही मैंने टैक्सी के बाहर कदम रखा, एक भीड़ जुटने लगी। मैंने किसी को चीखते हुए सुना, 'क्यों आते हैं पाकिस्तान ये लोग ?' टैक्सी-ड्राइवर ने चट मेरी बाँह पकड़कर मुझे अन्दर बैठाया और टैक्सी निकाल ले गया।

सिखों द्वारा मुसलमानों के कत्लेआम के किस्से खूब बढ़ा-चढ़ाकर दुनिया के तमाम मुस्लिम इलाकों में प्रचारित किए गए थे, और इन सब जगहों पर सिख-विरोधी भावनाएँ फैली हुई थीं। इसका आभास मुझे काहिरा में तब हुआ जब मैं जरा टहलने के लिए अपने होटल से निकला। मैंने लोगों को 'सिख' कहकर चिल्लाते सुना। मैं समझ गया कि उनकी नीयत दोस्ताना नहीं है और उल्टे पैरों वापस होटल लौट आया।

पाकिस्तान में फिर कभी भी मुझे सिखों के प्रति इस नफरत का अनुभव नहीं हुआ। बाद में जब भी वहाँ गया, मेरा खास तौर से स्वागत हुआ। ताँगेवाले और टैक्सी-ड्राइवर मुझसे किराया लेने से इंकार कर देते थे। दुकानदार चीजें तो मुफ्त में देते ही, चाय-शर्बत पिलाकर मेरा सत्कार भी करते थे। मुझे याद आता है जब मैं मंजूर क़ादिर के साथ मरी गया था। वे उस समय पाकिस्तान के विदेशमन्त्री थे। हम छड़ियों की एक दुकान के पास से गुजरे। मंजूर को अपने लिए एक छड़ी लेनी थी और मैंने सोचा मैं भी बतौर यादगार एक छड़ी ले लूँ। हमने अपनी पसन्द की छड़ियाँ चुन लीं तो मंजूर ने उनकी कीमत पूछी। कीमत सुनकर मैंने मंजूर से अंग्रेजी में कहा कि शिमला में ये ज्यादा सस्ती मिल जाती हैं। मंजूर ने मेरी बात का तर्जुमा करके दुकानदार को सुना दिया। 'आप दुरुस्त फरमाते हैं,' उसने कहा। 'ये वाली तो हमारे सिख मेहमान को मेरी तरफ से तोहफा

है। आप दूसरी वाली के लिए मुझे आधी रकम चुका दीजिए।' मैंने उससे पूछा कि 'क्या उसे पता है कि मेरा साथी कौन है ?' 'जी हाँ,' उसने जवाब दिया। 'इनकी तस्वीरें तो अखबारों में छपती हैं। ये हमारे वज़ीरे खारिजा (विदेशमन्त्री) हैं। इन्हें खरीदी हुई चीज की कीमत चुकानी होगी। आपको पाकिस्तान में किसी भी चीज की कीमत नहीं देनी है।'

जिन सिखों से पाकिस्तानी कभी नफरत करते थे अब उनके लिए उनमें आम सद्भाव था। पढ़े-लिखे पाकिस्तानी यह भी जानते थे कि उनके समर्थन में मैंने कितनी बार अपने लिए मुसीबत मोल ली है। जिन्ना के जन्म-शताब्दी जलसों में उन्होंने दो भारतीयों को पर्चे पढ़ने के लिए बुलाया था। दूसरे प्रतिनिधि पहुँचे नहीं। भारत-पाक मामलों में यूरोपीय और अमरीकी विद्वानों की मंडली के बीच मैं अकेला हिन्दुस्तानी था। जब मेरे बोलने की बारी आई तो मैंने उनके कायदे-आजम की अपने पिता से पिता की दोस्ती की चर्चा की और बताया कि मेरी शादी में वे खासुलखास मेहमान थे। मैंने पाकिस्तान के गवर्नर-जनरल के तौर पर जिन्ना के पहले भाषण को उद्धृत किया जिसमें उन्होंने हिन्दू तथा सिख अल्पसंख्यकों को समान व्यवहार का आश्वासन दिया था और उनका आह्वान किया था कि वे पाकिस्तान को अपना मादरे वतन समझें। उन्होंने मजहबी अल्पसंख्यकों की दुतरफा हिजरत कभी नहीं चाही। मैंने बिल्कुल साफ-साफ कहा कि पाकिस्तान के संप्रभुतासम्पन्न स्वतन्त्र राज्य होने के अधिकार को भारत स्वीकार करता है। मगर मुसलमानों को हिन्दुओं और सिखों से भिन्न एक राष्ट्र माननेवाले द्विराष्ट्रीय सिद्धान्त को हमने न कभी माना है, न कभी मानेंगे। मेरे भाषण पर तालियाँ बजीं लेकिन जल्दी ही पाकिस्तानी प्रतिनिधियों ने चिढ़ानेवाले सवाल पूछने शुरू कर दिए। उनका कहना था, 'आप अगर दो राष्ट्रों का सिद्धान्त नहीं मानते हो तो, आप पाकिस्तान को भी स्वीकार नहीं करते।' मैं अपनी बात पर डटा रहा। मैंने तर्क दिया कि हमने पाकिस्तान को इसलिए स्वीकारा है कि सम्बद्ध क्षेत्रों की जनता की बहुसंख्या अपना स्वतन्त्र राज्य चाहती थी, इसलिए नहीं कि वह मुसलमान थी। अगर हम दो राष्ट्रों का सिद्धान्त मानते तो उन नौ करोड़ मुसलमानों का क्या करते जो हिन्दुस्तान में रह गए थे ? मेरी बात पर फिर एक बार तालियाँ बजीं जो दर्शकों में बैठे कॉलेजों के छात्रों ने बजाई थीं। उन्होंने कुछ चुने हुए छात्रों के बीच भारत-पाक सम्बन्धों पर बोलने के लिए मुझे अपने परिसर में आमन्त्रित किया। 'आप पाकिस्तान के बारे में अच्छी-अच्छी बातें कहते रहे हैं। अब हमें सच्चाई बताइए। क्या आप सचमुच समझते हैं कि पाकिस्तान सही रास्ते पर चल रहा है ? क्या यह भारत-जैसी ही प्रगति कर रहा है ? उन्होंने मुझसे पूछा।

मैंने कहा, 'पाकिस्तान का स्टैंडर्ड टाइम भारत से तीस मिनट पीछे है और विकास में आप हमसे तीस साल पीछे हैं।' मैंने सड़कों पर तरह-तरह की फैंसी कारें देखी थीं। पर सबकी सब विदेशी—जापान, जर्मनी, इंग्लैंड या अमरीका से आयात की हुईं। उनमें से एक भी पाकिस्तान में बनी हुई नहीं थी। भारत में विदेशी कार कहीं-कहीं ही दिखाई देती है। 'हमारी' कारें चाहे कितनी भी रट-खटिया हों, वे बनी होती हैं भारत में।' मैंने 'रट-खटिया' बड़े गर्व से कहा। मेरे होटल के कमरे में रखी माचिस और टॉयलेट पेपर

तक चीन से आयात हुए थे। वे लोग रंगीन टी.वी. शुरू करने की बात कर रहे थे जबकि साइकिल-जैसी मामूली चीज तक वे अपने देश में नहीं बना सकते।

'ऐसा क्यों हैं ? आपका क्या खयाल है ?' उन्होंने पूछा।

'आप या तो नई मस्जिदें बना लीजिए या मोटरकारें,' मैंने जवाब दिया। 'दोनों काम एक ही वक्त में तो नहीं कर सकते।' मैंने उन्हें बताया कि इस्लामाबाद की हर नई बस्ती में मैंने दर्जनों आधुनिक मस्जिदों की तामीर होते हुए देखी थी। मैं बात को जरा बढ़ा-चढ़ाकर जरूर कह रहा था पर वे समझ रहे थे कि मैं अपनी बात को बल देकर समझाने के लिए ही ऐसा कर रहा हूँ। वे जानते थे कि मैं उनका दोस्त हूँ।

एक बार मैं कराची के इंटरनेशनल होटल में ठहरा था। रात का खाना बाहर खाकर मैं देर से लौटा था और सुबह बम्बई का हवाई जहाज पकड़ने के पहले जरा सो लेना चाहता था। लिफ्ट की तरफ जाते हुए मुझे एक लम्बे साँवले नौजवान ने टोका, 'सरदारजी कहाँ से टपके ?' बड़ी मस्ती से मेरी बाँह पर पंजा कसते हुए उसने कहा, 'मेरे साथ एक ड्रिंक लीजिए।' मैंने एतराज किया कि मैं पहले ही काफी ले चुका हूँ और अब आराम करना चाहता हूँ। 'जाने के पहले मेरे साथ तो एक पैग पीना ही होगा,' कहते हुए वह मुझे खींचकर 'बार' में ले गया। वह बड़ा ताकतवर था। मेरे लिए भागने का कोई रास्ता नहीं था। मैंने एक ड्राम्बुई का ऑर्डर दे दिया। 'तुम कोई व्यापारी-वापारी हो क्या ? कहाँ से आए हो, ईरान से या अफगानिस्तान से ?' उसने पूछा। मैंने समझकर कहा कि मैं बम्बई से आया हूँ और एक पत्र का सम्पादक हूँ। 'तब तो तुमको एक और पीना पड़ेगा,' उसने जिद की और एक और ड्राम्बुई का ऑर्डर दे दिया। मेरी समझ में नहीं आया कि उसके शिकंजे से कैसे जान छुड़ाऊँ ? जब भी मैं उठने की कोशिश करता, वह मुझे पकड़कर फिर से कुर्सी पर बैठा देता। फिर वह बड़ा आक्रामक हो गया। 'तुम एडीटर हो या चाहे कोई तोप हो, मैं तो तुम-जैसों का नाम अपने लौड़े पर लिखता हूँ।' मुझसे पूछे बिना नहीं रहा गया, 'क्या तुम बॉल पाइंट से लिखते हो ?' मेरे सवाल का व्यंग्य उसकी समझ से परे था। मेरे सौभाग्य से उसे बड़े जोर की हाजत हुई और गुसलखाने में जाना पड़ा। लड़खड़ाकर बाहर जाते हुए उसने मुझे चेतावनी दी, 'मैं पेशाब करने जा रहा हूँ। इस बीच तुम भाग गए तो देखना।' किया मैंने वही। लिफ्ट लेने की बदले तेजी से सीढ़ियाँ चढ़कर मैंने अपने कमरे में आकर ही दम लिया।

पिछले कई सालों के दौरान मैंने लगभग हर तीसरे साल पाकिस्तान की यात्रा की है–एक बार मैं खास तौर पर अपने दोस्त एम.ए. रहमान के बेटे की शादी में शिरकत के लिए गया था और दूसरी बार मंजूर क़ादिर स्मृति भाषण देने के लिए। मैं बड़ी आजादी से अकेला लाहौर की सड़कों पर घूमता-फिरता रहा। अपने मरहूम दोस्तों–मंजूर क़ादिर, उनके चाचा सलीम और मोहम्मद अनवर की कब्रों पर श्रद्धांजलि अर्पित करने के लिए मैं जरूर जाता था। मेरे रिश्ते केवल अतीत से ही नहीं जुड़े थे। जब भी मैं जाता, हर बार नए दोस्त बनाता, नए घरों में न्यौता जाता और वे लोग भी दिल्ली में मेरे घर आते हैं। मेरे सबसे नए परिचितों में से (कुछ) हैं नज़म सेठी और उनकी खूबसूरत चन्द्रमुखी

बीवी जो *फ्राइडे* का सम्पादन करती हैं। सेठी की रिश्ते की साली शायरा हिना फ़ैज़ल इमाम और उनके बहनोई एजाजुद्दीन। एजाजुद्दीन हकीम खानदान से हैं जिसके तीन सदस्य महाराज रणजीतसिंह के सबसे नजदीकी सलाहकारों में से थे।

कई बरस बाद मुझे इस्लामाबाद में भारत-पाक सम्बन्धों पर मीडिया द्वारा आयोजित सेमिनार में निमन्त्रित किया गया। मेरे अलावा और जिन-जिनको बुलाया गया था उनमें से थे *द ट्रिब्यून* के सम्पादक प्रेम भाटिया और कुलदीप नैयर। दोनों देशों के बीच फैले तनाव के बावजूद सेमिनार का माहौल बड़ा सौहार्दपूर्ण था। मुझे बिल्कुल भी अन्दाजा नहीं था कि मुझे भारतीय प्रतिनिधिमंडल का नेता माना जा रहा है। इस बात का पता तब चला जब उनके विदेश सचिव नवाबज़ादा याकूब ख़ाँ द्वारा दिए गए भोज में मुझे उनकी दाहिनी ओर बैठाया गया। भोज के बाद उन्होंने भारत-पाक तनाव का विश्लेषण करते हुए एक लम्बी सुबोध तकरीर की और भविष्य में अच्छे सम्बन्धों के नाम पर शुभकामना का जाम (सादे पानी का) पेश किया। इस भाषण में जवाब की उम्मीद मुझसे की जा रही थी। मैंने इसरार किया कि हममें सबसे वरिष्ठ होने के नाते प्रेम भाटिया जवाब दें। मेरा काम बस पानी का जाम उठाकर पाकिस्तान की समृद्धि की शुभकामनाएँ देना था। भाटिया ने एक संक्षिप्त रूखी-सी तकरीर की।

उस शाम हमारे होटल में ही हमारे लिए एक विदाई भोज का आयोजन था। मेजबान थे पाकिस्तान के सूचना और प्रसारण मन्त्री। पिछली शाम मैंने उन्हें टी.वी. पर एक सामूहिक बातचीत में देखा था जिसमें तीन मौलवीनुमा हजरात और सख्त चेहरे पर से नकाब पलटकर बैठी एक बुर्कापोश खातून उनकी धज्जियाँ उड़ा रहे थे। उनकी शिकायत थी कि पाकिस्तान के इलेक्ट्रॉनिक प्रसार माध्यम लोगों को इस्लाम की खूबियों और दो राष्ट्रों के सिद्धान्त की तर्कसंगति के बारे में जानकारी देने की पर्याप्त कोशिश नहीं कर रहे थे। मन्त्री महोदय उन्हें यह विश्वास दिलाने की कोशिश में दोहरे हुए जा रहे थे कि वे अपनी तरफ से यथासम्भव कोशिश कर रहे हैं। मैं भोज में पहुँचा तो तबीयत से स्कॉच चढ़ाकर। उस समय पाकिस्तान में सख्त शराबबन्दी थी। एक बार फिर मैंने अपने को मेजबान की दाहिनी तरफ बैठे पाया। भाटिया ने मुझसे कहा, 'बच्चू, इस बार तुम्हें अपना भाषण खुद ही देना होगा।' मन्त्री महोदय की तकरीर की एक छपी हुई प्रति हमें दी गई। इसका जवाब मुझे देना था, पर क्या ? और कैसे ? इसी चिन्ता में खाना मेरे लिए बेस्वाद हो गया और पी हुई व्हिस्की जैसे अन्दर ही अन्दर खट्टी पड़ गई। जब मैं बोलने को खड़ा हुआ तो मैंने पिछली शाम के टी.वी. कार्यक्रम में मन्त्री महोदय की दुर्गति का जिक्र किया। मैंने श्रोताओं से कहा कि शराबबन्दी के बावजूद मुझे अपनी जरूरत के मुताबिक स्कॉच मिल गई थी और अगर उन्हें इस सिलसिले में कोई कदम उठाना हो तो जल्दी ही उठाना होगा क्योंकि कुछ ही घंटों में मैं भारत के लिए उड़ जाऊँगा। फिर मैंने कहा कि पाकिस्तान छोड़ने के पहले मैं मिनिस्टर साहब की खिदमत में एक शेर पेश करना चाहूँगा। अगली बार इस्लाम के ठेकेदारों से उनका सामना हो, तो वे इस शेर का इस्तेमाल कर सकते हैं। शेर था :

मुल्ला, गर असर है दुआ में
तो मस्जिद हिला के दिखा !
गर नहीं, तो दो घूँट पी
और मस्जिद को हिलता देख।

श्रोताओं ने जोरदार ठहाके लगाए। मेजबान भी खुश हो गए और उन्होंने यह शेर नोट कर लिया। फिर उन्होंने मुझे बताया कि इस कट्टरता और धर्मांधता से वे किस कदर परेशान हैं, 'आपको पता है, हमने चीनी महिलाओं की टीम को टेबल-टेनिस खेलते दिखलाया तो उन लोगों को इस पर भी एतराज था क्योंकि खिलाड़ियों ने टी-शर्ट और काफी ऊँचे शॉर्ट्स पहन रखे थे। उनकी चले तो वे हमारी महिला हाकी टीम को भी बुर्का पहनकर खेलने पर मजबूर करें।'

मुझे मालूम नहीं कि पाकिस्तानी प्रेस ने मेरी तकरीर की रिपोर्ट कैसे की, क्योंकि मैं अगले दिन बड़े सवेरे ही लाहौर होते हुए दिल्ली के लिए रवाना हो गया था। पाकिस्तानियों की कीमत पर मैंने आखिरी मजाक किया—लाहौर हवाई अड्डे पर। कस्टम और इमीग्रेशन से गुजरकर मैं सुरक्षा-जाँच के लिए पहुँचा। जाँच अधिकारी ने अपना मेटल डिक्टेटर मेरी पगड़ी और शरीर पर घुमाया। शरीर के मध्यभाग पर से गुजरते ही उसमें से तेज आवाज निकली। अधिकारी रुका। वहाँ पर भला मैं क्या छिपाकर ले जा सकता हूँ ? उसने फिर यन्त्र घुमाया। फिर आवाज निकली। मैंने कहा, 'जनाब, फौलादी है।' दरअसल मेरी पतलून की जिप स्टील की थी। मगर मेरा आशय वह समझ गया और जाकर अपने साथी सुरक्षा अधिकारियों से मेरी बात दोहराई। वे लोग हँसते हुए मुझसे हाथ मिलाने के लिए आए।

अप्रैल 1994 में मुझे कश्मीर पर आयोजित सेमिनार में भाग लेने के लिए 'पाकिस्तान फोरम' का निमन्त्रण मिला। इस विषय पर कहने के लिए मेरे पास नया तो कुछ खास नहीं था पर मैंने निमन्त्रण तुरन्त स्वीकार कर लिया। मुझे लगा कि यह मेरे लिए पाकिस्तान जाने का और अपने रिश्तेदारों से भी ज्यादा अजीज पुराने दोस्तों से मिलने का शायद आखिरी मौका हो। इस्लामाबाद में मंजूर की विधवा असगरी क़ादिर थी। उसकी उम्र पचासी को छू रही थी और उसके दो बड़े आपरेशन हो चुके थे। वहीं उसके दो बेटे—बशारत और असग़र भी अपने परिवारों के साथ रह रहे थे। लाहौर में ही जमीला अनवर और उसकी हाल ही में ब्याही बेटी नाहीद थीं। इनके अलावा वहाँ नून दम्पति थे जिनसे मेरे सास-ससुर की गहरी दोस्ती थी।

इसलिए मैंने दिल्ली से लाहौर के लिए पाकिस्तान इंटरनेशनल एयरलाइंस (पी.आई.ए.) की उड़ान ली। लाहौर से इस्लामाबाद की उड़ान पकड़ने के लिए मेरे पास बीच में मुश्किल से एक घंटे का समय था। मैं स्वास्थ्य, कस्टम्स और इमीग्रेशन से निपटा ही था कि मेरी अगली उड़ान की घोषणा हो गई। रहमान और बाप्सी सिधवा से दुआ-सलाम करने के लिए मेरे पास कुछ सेकंड ही बचे थे। दोनों ने कुली को देने के लिए मेरे हाथों में करेंसी नोट ठूँस दिए। उनसे मिलना और बिछुड़ना एक ही साथ हो गया। आधे घंटे

बाद मैं इस्लामाबाद में था। मरी ब्रुअरीज़ के स्वामी और बाप्सी के भाई मीनू भंडारा, बशारत (मंजूर का बड़ा बेटा) और उसकी पत्नी बाम्बी मुझे लेने आए थे। मीनू ने डिनर दिया जो रात काफी देर से खत्म हुआ। डिनर के बाद मैं जाकर सो गया। अगला दिन मैंने क़ादिर परिवार के लिए रख छोड़ा था।

अगली सुबह मीनू का ड्राइवर मुझे इस्लामाबाद में असग़र क़ादिर के घर छोड़ आया। असग़र को तो मैं लाहौर में उसकी पैदाइश के वक्त से ही जानता था। आज वह पाकिस्तान का चोटी का भौतिकशास्त्री और गणितज्ञ है। यूनिवर्सिटी ऑफ ऑस्टिन (टेक्सास) में भौतिकशास्त्र के प्राध्यापक सुलदेश महाजन ने मुझसे कहा था कि उनके खयाल से डॉ. अब्दुस्सलाम के बाद नोबल पुरस्कार पानेवाला दूसरा पाकिस्तानी असग़र क़ादिर ही होगा। इस समय असग़र यूनिवर्सिटी ऑफ इस्लामाबाद में विभाग का अध्यक्ष है। पढ़ने-पढ़ाने के अलावा वह फूलों के पीछे दीवाना रहता है। उसके पास जो गुलाब थे उनसे बड़े और खुश्बूदार गुलाब मैंने दिल्ली में नहीं देखे। उसके बगीचे में कितनी ही प्रजातियों के संगमरमरी-सफेद, गुलाबी और लाल गुलाबों की बहार आई हुई थी और उसके कमरे सुगन्ध से महक रहे थे। प्रोफेसर और उसकी पत्नी काम पर जा चुके थे और बच्चे स्कूल गए हुए थे। असग़री के साथ अकेले में बिताने को मेरे पास तीन घंटे थे। हम बड़ी ही भावुकता से गले मिले। ऐसा लग रहा था जैसे उन लम्हों में हमारी आधी सदी से ऊपर की जान-पहचान सिमट आई हो। भावावेग से मेरा गला भर आया और कुछ पल तक तो मेरे मुँह से बोल ही नहीं फूटे। ऐसी स्थितियों में मैं अक्सर बेवकूफी की हद तक भावुक हो जाता हूँ।

चाय के समय तक बशारत आ गया था। हमारे साथ चाय पीने के बाद वह मुझे बाजार ले गया। संगे-सुलैमानी के अलावा पाकिस्तान में उपहार के लायक ऐसी कोई खास चीज नहीं मिलती जो भारत में न मिलती हो और वह भी बेहतर कारीगरी के साथ। मैंने कुछ तश्तरियाँ और प्याले खरीदे जिन पर *कुरान* की आयतें खुदी हुई थीं, हथकरघे के कुछ कपड़े जिन पर वनस्पति रंगों में छपाई हुई थी, और सुलैमानी पत्थर के दो प्याले। बशारत ने मुझे उनकी कीमत नहीं देने दी। वह मुझे शहर की सबसे मशहूर दो किताबों की दुकानों पर ले गया—लंडन बुक शॉप और मिस्टर बुक शॉप। दिल्ली, बम्बई या कलकत्ते की किसी भी दुकान से ये दोनों दुकानें ज्यादा बड़ी थीं और इनका संग्रह भी बेहतर था। पता नहीं, बशारत ने इन्हें पहले ही इशारा कर दिया था या उन्होंने अखबारों में मेरा नाम देखा था, लेकिन दोनों ही दुकानों में प्रवेश-द्वार के पास ही मेरी किताबें बिल्कुल सामने, खास तौर से प्रदर्शित की हुई थीं। वहाँ पाकिस्तान की अपेक्षा भारत के प्रकाशन कहीं ज्यादा थे। इस्लामाबाद के शॉपिंग सेन्टर में मैंने जो दो घंटे बिताए उनमें एक भी महिला को बुर्के में नहीं देखा।

पाकिस्तान की महिलाओं के बारे में एक और दिलचस्प बात पता चली। भारत की अपेक्षा उनके उच्च वर्ग में तलाक और पुनर्विवाह की दर कहीं ज्यादा है। किसी और की बीवी पर नजर डालना या उसके साथ सोना तो बुरा माना जाता है, मगर उसे

पति को छोड़कर अपने साथ शादी करने के लिए मना लेना अब कोई अनोखी बात नहीं रह गई है। ताज्जुब की एक बात यह भी है कि पाकिस्तान में इस्लामी गणतन्त्र होने के नाते शराब पीने पर कोड़ों की सजा मिलती है लेकिन शायर फ़ैज अहमद फ़ैज और चित्रकार सादक़ैन जैसे मेरे पुराने रचनाकार दोस्त जबर्दस्त पियक्कड़ थे। मेरे आज के दोस्त शायर अहमद फ़राज और क़तील शिज़ाई भी बहुत पीते हैं। जब उनकी शराब खत्म होने लगती है और नए स्टॉक का जुगाड़ मुश्किल होता है, तो वे कुछ दिन के लिए हिन्दुस्तान आ जाते हैं और लम्बी निर्जल रेगिस्तानी यात्रा पर निकलनेवाले ऊँट की तरह डटकर पीने में जुट जाते हैं। अपनी इंसानी टंकियों को वे इतना भर लेते हैं कि अपने देश में रिहाइश के दिनों के लिए काफी हो जाए।

कश्मीर पर पाकिस्तान फोरम द्वारा आयोजित सेमिनार में मेरा एकमात्र योगदान इतना ही था कि भारतीय सरकारी दृष्टिकोण को प्रस्तुत करने या पाकिस्तानियों की बात की काट करने के स्थान पर मैंने कश्मीरी मुसलमानों के दृष्टिकोण को सामने रखा क्योंकि उनका भविष्य ही भारत और पाकिस्तान के बीच झगड़े का असल मुद्‌दा है। पाकिस्तानी प्रेस ने मेरे भाषण को पूरा छापा और एक अखबार ने तो मेरा समर्थन करते हुए सम्पादकीय भी लिखा। पाकिस्तान टी.वी. ने समस्या के सौहार्दपूर्ण हल के लिए अपने प्रस्तावों को विस्तार से समझाने के लिए मुझे अपने कार्यक्रम में आधे घंटे का समय दिया। भारतीय प्रेस ने मेरी बातों पर एकदम परदा डाल दिया।

पाकिस्तान में अपने सबसे अजीज परिवार से बिदा लेकर मैं तीसरे पहर की उड़ान से लाहौर आ गया। यहाँ मुझे तीन दिन रहमान परिवार के साथ बिताने थे। कुछ महीने पहले ही रहमान को दिल का दौरा पड़ा था पर फिर भी वह मुझे लेने एयरपोर्ट आया था। जब हम घर पहुँचे तो रहमान मुझे उस कमरे में ले गया जो उसके बेटे ने मेरे लिए खाली किया था। पलंग पर चार नए सिले सूती अवामी सूट रखे थे और नीचे कालीन पर नई-नई पेशावरी चप्पलों का एक जोड़ा। रहमान बोला, 'तुम्हारा और मेरा नाम बराबर है। मुझे लगता है हमारे पैरों का नाप भी बराबर होगा। मैंने तुम्हारे लिए ये सूट सिलवाए हैं। चप्पल में पैर डालकर देखो और गुसलखाने में जो आवामी सूट लटक रहा है, वह भी पहन लो। रात का खाना मेरी बेटी समीना और उसके शौहर औरंगज़ेब के साथ है।' मुझे साँप सूँघ गया। मैं तो उन लोगों के लिए सिर्फ कुछ पैकेट काजू, एक पैकेट चाय और अपनी दो किताबें लाया था। मैं कुछ एतराज करता उसके पहले ही उसने विषय बदल दिया और मुझे परिवार में हाल में हुई घटनाओं के बारे में बताने लगा। मेरे आने के एक पखवाड़े पहले ही उसके घर में हथियारबन्द डकैती हुई थी। ये मियाँ-बीवी बाहर खाना खाकर रात के ग्यारह बजे लौट रहे थे। बीवी गाड़ी चला रही थी। कार गेट पर रुकी। बूढ़ा चौकीदार गेट खोल रहा था तो रहमान कार से बाहर निकल आया। तभी एक आदमी उसके पास आकर ड्राइवर की नौकरी माँगने लगा। रहमान ने जवाब दिया, 'मेरे पास ड्राइवर है। और ये कोई वक्त है लोगों के घर जाकर नौकरी माँगने का।' उस आदमी ने पिस्तौल निकालकर रहमान के सिर से

लगा दी। तीन और हथियारबन्द आदमियों ने उन्हें पीछे से घेर लिया और चेतावनी दी कि मदद के लिए चिल्लाने की कोशिश की तो उसे गोली मार दी जाएगी। 'घर में जो भी है, हमारे हवाले कर दो,' गिरोह का सरदार बोला। रहमान ने उसी सुबह दस हजार रुपए का चैक भुनाया था। उसने नोटों का बंडल उन्हें सौंप दिया। बीवी से भी उसने सोने की चूड़ियाँ और अँगूठियाँ उतारकर दे देने को कहा। बदमाशों को इतने से तसल्ली नहीं हुई और उन्होंने रहमान से घर का दरवाज़ा खोलने को कहा। उन्होंने खोल दिया। डाकुओं ने उनके दोनों बेटों और बहुओं को भी जगा दिया। उन्होंने भी अपनी सारी नकदी और जेवर दे दिए। रहमान का बांग्लादेशी नौकर आउट हाउस में रहता था। उसे घर के अन्दर किसी गड़बड़ी की भनक पड़ी। वह दौड़ा-दौड़ा पड़ोस के एक मकान पर गया जहाँ पुलिस का पहरा था। वहाँ से चार बन्दूकधारी रहमान के घर पर आ गए। डाकू समझ गए कि खेल खत्म हो गया है। उन्होंने भागने की कोशिश की। गिरोह का सरदार दूसरी तरफ जाने के लिए नहर में कूद पड़ा। तब तक नहर के दूसरी तरफ उसे पकड़ने के लिए कुछ लोग इकट्ठे हो गए थे। सरदार को पकड़ लिया गया और पुलिस को सौंपने के पहले उसकी जमकर धुनाई की गई। नकदी और गहने उसके पास से मिल गए। उसने अपने साथियों के नाम बता दिए। उनमें से तीन गुजराँवाला में पकड़े गए। चौथा अभी तक फरार था।

समीना और औरंगज़ेब के साथ डिनर के दौरान लाहौर में हिंसक अपराधों की बढ़ती घटनाओं पर ही बातें होती रहीं। हर रात औसतन छः या सात डकैतियाँ हो रही थीं। उन लोगों ने बताया कि कराची में हालत और भी खराब है। इसका नमूना मैंने अगली सुबह तब देखा जब मैं नून से मिलने गया।

अकबर हयात नूर सर फ़ीरोज़ ख़ा नून के छोटे भाई हैं। छः फुट से भी ज्यादा लम्बे और फिल्म स्टार जैसे खूबसूरत अकबर बँटवारे के पहले अखिल भारतीय स्तर के एथलीट थे। इंग्लैंड से इंजीनियरिंग की डिग्री लेकर वे सेन्ट्रल पब्लिक वर्क्स डिपार्टमेंट में काम करने लगे। उन्होंने असग़री की छोटी बहन अख़्तरी से शादी की (दोनों मियाँ सर फ़ज़्ल-इ-हुसैन की बेटियाँ थीं) और दिल्ली में बस गए। दोनों मेरे ससुर सर तेजा सिंह मलिक के बहुत अजीज हो गए। पंजाब में हमारे ही इलाके के होने के नाते मेरे माता-पिता उन्हें अक्सर खाने पर बुलाते रहते थे। अपने समय में अकबर और अख़्तरी का जोड़ा दिल्ली का सबसे खूबसूरत जोड़ा था।

बँटवारे के बाद नून परिवार पाकिस्तान चला गया। जब अकबर पी.डब्ल्यू.डी. से रिटायर हुए तो ये दम्पति कराची में बस गए। एक रात इनके घर में हथियारबन्द डाकू घुस आए। लूट का सारा माल इकट्ठा कर लेने के बाद उन्होंने अकबर को कार की चाभियाँ सौंपने का हुक्म दिया। उन्होंने दे दीं। उन लोगों से कार का दरवाज़ा नहीं खुला तो उन्हें शक हुआ कि अकबर ने जान-बूझकर उन्हें गलत चाभियाँ दी हैं। उन्होंने अकबर को ही कार खोलने का हुक्म दिया। उनके हाथ काँप रहे थे, चाभी ताले में लग नहीं पा रही थी। एक डाकू ने इनकी बाँह में गोली मार दी जिससे इनकी बाँह की हड्डी

चूर-चूर हो गई। उन डाकुओं को पता ही नहीं चला। कुछ महीने अस्पताल में रहने के बाद नून परिवार के साथ लाहौर चले आए। परिवार के सारे सदस्यों से दुआ-सलाम पूरी होते ही अख़्तरी मुझे एक ओर ले गई और अनुरोध किया कि उनके या रहमान के यहाँ की डकैती का जिक्र भी न करूँ। उसने बताया, 'इनके मन में दहशत बैठ गई है। अँधेरा होते ही इन्हें वहम होने लगता है कि चारों ओर डाकू घात लगाए घूम रहे हैं। सारी रात टी.वी. चलाकर ये टेनिस, क्रिकेट या हाकी देखते रहते हैं। हर समय इनके पास कोई बना रहना चाहिए।'

मेरे लौटने के पहले अख़्तरी ने मुझे अपने बेटे की बनाई हुई एक बड़ी-सी पेंटिंग दी। तभी अकबर के रिश्ते के भाई अता मोहम्मद नून आ पहुँचे। गवर्नमेंट कॉलेज में ये मेरी ही क्लास में थे। उन्होंने पुलिस के महकमे में नौकरी कर ली थी और अब सेवानिवृत्त होकर लाहौर में रह रहे थे। उनकी सेहत ठीक नहीं थी। उनके वैसे ही दुबले, पीले चेहरे पर अब एक छोटी-सी सफेद दाढ़ी थी। हम आज 61 साल बाद मिल रहे थे।

इस बार और मिलने-जुलने के लिए सुबह का ही समय रखा था। मैं जमीला अनवर और उनकी नवविवाहिता बेटी से मिला। जमीला के पति मोहम्मद अनवर बँटवारे के पहले मेरे दोस्त और हमप्याला थे। जब भी मैं मंजूर के साथ कुछ दिन बिताने के लिए लाहौर आता, वे शाम को हमारे पास आ जाते। बँटवारे के बाद ये पति-पत्नी और हम एक ही पोलिश जहाज बटेरी से लन्दन से कराची तक आए थे। हम हर वक्त साथ रहते थे। अनवर की जुल्फ़िकार अली भुट्टो से अनबन हो गई थी। भुट्टो ने उन्हें काफी सताया था पर ये अपनी जमीन पर डटे रहे। फिर अचानक ही इनकी मौत हो गई। ये तब अपने पचासे में ही थे। एक बार पहले जब मैं आया था, तो जमीला ने मुझे अपने साथ उनकी कब्र पर ले जाकर फ़ातिहा पढ़ा था। उनके अपनी कोई सन्तान नहीं हुई थी और उन्होंने अनवर की भतीजी को गोद में ले लिया था। उसने उम्र में अपने से काफी बड़े एक शादीशुदा आदमी से शादी के लिए रजामन्दी दे दी थी। वह वडेरो जमींदार खानदान से था और सिन्ध की राजनीति में पूरी तरह डूबा था। जमीला और उसकी बेटी बड़े प्यार से मुझसे गले मिलीं। कुछ देर बाद उसका दामाद गुसलखाने से निकलकर आया जहाँ वह इस डर से जा छिपा था कि मेरे साथ कहीं पुलिस न आई हो। अपहरण के किसी मामले में सिन्ध की पुलिस को उसकी तलाश थी और वह भागता फिर रहा था। फरमाबरदार दामाद क़ी तरह उसने मेरे पैर छूकर आशीर्वाद लिया। मैं लौटने को उठा तो जमीला ने मुझे हरे सुलैमानी पत्थर का बना एक भारी कलमदान दिया जिसमें दावात भी बनी हुई थी। वह बोली, 'अनवर ने सारी उम्र इसका इस्तेमाल किया था। मैं जानती हूँ, यह तुम्हारे पास रहेगा तो उसे खुशी होगी।' दरअसल जब मैं आखिरी बार अनवर से मिला था तो उसने मुझे बेहद कीमती सुलैमानी पत्थर का एक बड़ा-सा प्याला दिया था।

तीसरे पहर रहमान की बेटी सबीना मुझे खरीदारी के लिए ले गई। मैंने कई किताबें, संगीत के टेप और पुरानी चलन के कपड़े खरीदे। उसने मुझे इनकी कीमत देने ही नहीं

दी। शाम को मैं रहमान के साथ एक डिपार्टमेंट स्टोर में गया जहाँ से उसे डिनर का सामान खरीदना था। वह स्टोर हमारे बड़े शहरों के किसी भी स्टोर से बड़ा था और कई तरह के विदेशी पनीर (चीज़), बिस्कुट, सॉस, जैम, शृंगार-सामग्रियों और दवाओं से पटा पड़ा था। मैंने सोचा अपनी नातिन के लिए कुछ अंग्रेजी और स्विस चॉकलेट ले चलूँ। चॉकलेट चुनकर मैंने काउंटर पर रखे और बिल माँगा। तभी एक नौजवान तेजी से आया। सेल्समैन जिस कागज पर हिसाब जोड़ रहा था उसे लेकर उसने अपनी जेब में रख लिया और सेल्समैन को आदेश दिया, 'सरदार साहब के लिए इन्हें पैक कर दो।' वह स्टोर का मालिक था। मुझे वह जानता नहीं था पर यह साफ था कि मैं भारत से आया हुआ हूँ। इतना उसके लिए काफी था। मुझे पता चला कि वह चौधरी परिवार का था जो 1947 में अम्बाला से यहाँ आया था। इससे मुझे ग्लासगो में खेल के सामान की उस दुकान की याद आ गई जहाँ मैंने 35 पांउड की कीमत के स्नीकर जूते चुने थे। दुकानदार ने मुझसे उनकी कीमत ली ही नहीं। मैं बिल्कुल अजनबी था लेकिन, जाहिर है, भारतीय था। वह पाकिस्तानी पंजाबी था।

अपनी पूरी जिन्दगी में मैंने पंजाबी मुसलमानों-जैसा अन्धाधुंध ढंग से दरियादिली दिखानेवाला समुदाय नहीं देखा है। पंजाबी हिन्दू या सिखों में यह प्रवृत्ति नहीं मिलती। सीमाप्रान्त या सिन्ध के पाकिस्तानियों में यह इस हद तक नहीं दिखाई देती। यह तो सिन्ध और सतलुज नदी के दोआबे से लेकर पंजाब की पाँच नदियों के मेल के बीच के इलाके में रहनेवालों की अपनी खासियत है। इनकी कुछ और भी खासियतें हैं। ये लोग विनम्र या दीन नहीं होते। पंजाबियों में अपने प्रति जो गर्व का भाव होता है, वह इनमें भी है। मुसलमान होने के नाते इनकी ठसक कुछ और बढ़ जाती है। इनका तर्क बहुत सीधा-साधा है : पंजाबी दुनिया के सबसे चुनिन्दा लोग हैं, इस्लाम सब धर्मों से श्रेष्ठ है। जिसमें ये दोनों बातें मिल जाती हैं वे दुनिया में सबसे आला होंगे ही। जब वे कठमुल्लेपन पर उतरते हैं तो उनकी संकीर्णता और धर्मोन्माद असह्य हो जाता है। जिहाद की पुकार उनमें मर्दाना, लड़ाकू जोश उभार देती है। वे 'करो या मरो' पर उतारू हो जाते हैं। उस समय उनसे दूर रहने में ही खैरियत है। मेरा तो सीधा-सादा नियम है : उस पंजाबी पाकिस्तानी को दोस्त बनाने से बचो जो पाँचों वक्त की नमाज पढ़ता हो, रमजान में रोज़े रखता हो, और शराब न पीता हो।

रहमान पहले काफी पिया करता था मगर दिल की तकलीफ होने के बाद वह कभी-कभार औरों का साथ देने के लिए आधा पैग व्हिस्की ले लेता है। हम दोनों का दोस्त एजाज़ बटालवी कभी भी ज्यादा नहीं पीता था और सारी शाम स्कॉच के पहले गिलास को ही थामे घूमता रहता था। मजहब के प्रति भी दोनों के रुख अलग-अलग हैं। रहमान वैसे तो बड़ा उदार है लेकिन वह वहाबियों की कट्टर सादगी की परम्परा का पालन करता है। न तो उसे सूफी मत में कोई दिलचस्पी है, न पीरों के मजारों पर श्रद्धांजलि

अर्पित करने में। दूसरी ओर बटालवी का विश्वास है कि इस्लामी उदारता और सहिष्णुता का सच्चा रूप सूफी सन्तों की शिक्षाओं में ही मिलता है। लाहौर में मेरे आखिरी दिन दोपहर बाद का समय उसने मुझे हज़रत मियाँ मीर की दरगाह और शालीमार बाग के नजदीक बागबानपुरा में माधोलाल हुसैन के मजार पर ले जाने के लिए तय कर रखा था। अधिकतर सिखों का विश्वास है कि मियाँ मीन ने ही अमृतसर में उनके हरमन्दिर की नींव रखी थी। विद्यार्थी और फिर वकील के तौर पर मैंने लाहौर में इतने साल बिताए थे पर इन जगहों पर कभी नहीं गया था।

मियाँ मीर के मामूली से आकार के मकबरे में चारों ओर फैले विराट अहाते में एक अद्‌भुत लोकोत्तर-सी शान्ति छाई थी। जिस समय मैं वहाँ पहुँचा, वह जगह लगभग वीरान थी। चबूतरे के एक कोने पर औरतों और बच्चों का एक झुंड इकट्ठे बैठा था।

एक-दूसरे से कुछ दूरी पर बैठे हुए दो भिखमंगे कोई रटन-सी लगा रहे थे जो मेरी समझ में नहीं आई। एजाज़ ने पीर के मजार पर बिखेरने के लिए गुलाब की पंखुड़ियों का एक दोना खरीदा। कुछ बूढ़े लोग नमाज पढ़ रहे थे। एजाज़ फ़ातिहा पढ़कर बाहर आया और उसने भिखमंगों को पैसे दिए। बागबानपुरा के बाजारों से गुजरकर हमने माधोलाल हुसैन के मज़ार से काफी दूर पर गाड़ी पार्क की। गलियाँ सँकरी, घुमावदार और बदबू भरी थीं। मैंने एक बार फिर गौर किया कि शायद ही किसी औरत ने बुर्का पहन रखा था। हम मजार पर पहुँचे। एक आदमी हाथ-पाँव में घुँघरू बाँधे नाच-नाचकर गा रहा था। बच्चों का एक झुंड उसके पीछे-पीछे घूम-घूमकर नाच रहा था। उनकी माँएँ उन पर नजर रखे थीं। मकबरे में प्रभावित करने जैसी कोई बात नहीं थी : बस पास-पास दो कब्रें बनी थीं। एक तो मुसलमान हुसैन की थी और दूसरी हिन्दू माधोलाल की। ये दोनों कवि थे जिनका व्यक्तित्व मिलकर एक हो गया था—माधोलाल हुसैन। महाराजा रणजीतसिंह हर बसन्त पंचमी को पीले रेशमी कपड़े पहनकर इस मजार पर अकीदत पेश करने आते थे। उनके साथ कश्मीरी औरतों का अंगरक्षक दस्ता होता था और ये औरतें भी उसी तरह पीले रेशम के वस्त्र पहने रहती थीं। मेरी दिलचस्पी इस मकबरे से ज्यादा उस कब्रिस्तान में थी जो इसे चारों तरफ से घेरे हुए था। इसमें एक कब्र पंजाबी कवि चिराग़दीन की थी जो उस्ताद दामन के नाम से मशहूर था। उसे एक कविता सुनाने के जुर्म में फौजी कानून पर चलनेवाली सरकारी ने जेल में डाल दिया था :

पाकिस्तान दियाँ मौजाँ ई मौजाँ
चारे पासे फौजाँ ई फौजाँ

(पाकिस्तान की मौज ही मौज है, चारों तरफ फौज ही फौज है।)

एक बार दिल्ली आने पर उसने बँटवारे पर अफसोस ज़ाहिर करते हुए एक कविता सुनाई थी :

अँखियाँ दी लाली पैले दसदी
तुसी वी रोए हो रोए असीर वी हौं

(आँखों की लाली पहले ही बता देती है कि तुम भी रोए हो तो हम भी रोए हैं।)

दामन की मृत्यु कोई दस साल पहले हुई थी और उसने अपना समाधि-लेख खुद लिख रखा था। उसकी कब्र के सिरहाने लगे संगमरमर पर यह खुदा हुआ है (एजाज़ ने मेरे लिए उसे एक कागज पर उतार दिया) :

सरसरी नज़र मारी जहान अन्दर
जिन्दगी वर्ग उत्थल्या मैं,
दामन कोई न मिलिया रफ़ीक़ मैनूँ
मार कफ़न दी बुक्कल ते चल्लिया मैं।

(दुनिया पर सरसरी नज़र दौड़ाई, जिन्दगी की किताब के पन्ने उलटे। मुझ दामन को–कोई साथी नहीं मिला। मैंने कफन की बुक्कल मारी और चल दिया।)

अध्याय-पन्द्रह

कुछ अजीबोगरीब और सिरफिरे इंसान

किसी भी लोकप्रिय व्यक्ति की तरफ तरह-तरह के अजीब लोग अपने-आप खिंचे आते हैं। मेरे पास ऐसे लोग जरा ज्यादा ही आते रहे हैं क्योंकि मैं बड़े धैर्य से दूसरों की बात सुनता हूँ। मुझमें कुछ ऐसा है कि अजनबी भी मुझसे खुल जाते हैं और अपनी निजी जिन्दगी मेरे सामने खोलकर रख देते हैं। उन्हें पूरा भरोसा रहता है कि वे विश्वास करके जो कुछ मुझे बताते हैं उसे मैं अपने तक ही रखूँगा। हालाँकि मैं सलाह देने में बहुत माहिर हूँ लेकिन लोगों की बातें मैं कभी गुप्त नहीं रख सका हूँ। बल्कि मैं तो आमतौर पर उन लोगों द्वारा बड़े विश्वास से सौंपे गए रहस्यों को हर ऐसे व्यक्ति को बता देता हूँ जिसकी दिलचस्पी उन्हें सुनने में होती है। जो भरोसा करके मुझे अपनी बातें बताते हैं, मैं उनका मजाक उड़ाता हूँ और सामना होने पर मैं साफ मुकर जाता हूँ। नतीजा यह है कि मैंने बहुतों को चोट पहुँचाई है।

मेरी जिन्दगी में आनेवाले सिरफिरे तीन तरह के हैं : वे लोग, बोलना जिनकी मजबूरी है; ऐसी औरतें, जो अपने भीतरी रहस्यों को खोलना चाहती हैं; और ऐसे लोग, जो समझदारी और पागलपन की विभाजक रेखा पर खड़े रहते हैं।

जैसाकि मैं कह चुका हूँ, मैं बड़ा धैर्यवान श्रोता हूँ। इसलिए मुझे बहुत सारे बकवादी लोगों को झेलना पड़ता है। उनकी बातें सुनने में मुझे मजा नहीं आता और अक्सर मैं अपना ध्यान ज्यादा दिलचस्प बातों की तरफ भटकने देता हूँ। पर साथ ही एक कान उनकी बातों की तरफ भी लगाए रहता हूँ कि कहीं वे ऐसे प्रश्न न पूछ रहे हों जिनका मुझे जवाब देना हो। ज्यादातर तो मैं बहुत दिलचस्पी की मुद्रा बनाए बीच-बीच में 'हाँ' करता जाता हूँ या सिर्फ गर्दन ही हिला देता हूँ। लोग बातों को लम्बा खींचते जाते हैं। पर मैं उन्हें कभी भी टोक नहीं पाता। ज्यादा-से-ज्यादा मैं उनकी उपेक्षा ही कर सकता हूँ। कभी-कभी ऐसा करने के चक्कर में मैं बुरी तरह फँस भी गया हूँ। लाहौर में एक बार तेज गर्मी की शाम को मैं अपनी पहली मंजिल के फ्लैट में लौटा तो देखा कि मेरा एक रिश्ते का भाई मेरे यहाँ आने के लिए सड़क पार कर रहा है। मैं लपककर रसोई में गया और रसोइए को समझाया कि उससे कह दे कि मैं अभी क्लब से नहीं लौटा हूँ। फिर मैं शौचालय में बन्द होकर बैठ गया। मुझे उम्मीद थी कि वह वापस लौट जाएगा,

मगर मैंने सुना, वह रसोइए से कह रहा था कि मेरे लौटने तक इंतजार करेगा। सुबह का अखबार पढ़ने के लिए मेरे बैठकखाने में बैठ गया जबकि मैं लाचार कमोड पर बैठा था। मेरे पास न तो पढ़ने को कुछ था, न करने को कोई काम। अँधेरा हो गया पर मैं पकड़े जाने के डर से बत्ती भी नहीं जला सका। घंटे-भर से ऊपर मैं यह परेशानी झेलता रहा। आखिर मेरे रसोइए को जुगत सूझी और उसने भाई से कहा कि कई बार मुझे लौटने में बहुत देर हो जाती है।

अपने कम्युनिस्ट दोस्त दानियाल लतीफ़ी को मैं बहुत चाहता था और इसकी इज्जत भी करता था पर उसे भी बोलने की और बोलते चले जाने की बीमारी थी। उसकी आवाज में बिल्कुल उतार-चढ़ाव नहीं था और वह एक सुर में बोलता ही चला जाता—यहाँ तक कि नींद में मेरी आँखें झपकने लगतीं। उसमें विनोद-वृत्ति की भी कमी थी। एक बार मैंने उसे बताया कि बम्बई में चौपाटी पर टहलते हुए मेरी मुलाकात अचानक उसकी पत्नी सारम्मा से हो गई थी। समुद्रतट पर अखिल भारतीय गोरक्षक समाज की बैठक चल रही थी। मैंने सारम्मा से कुछ इस तरह की बात की कि बीसवीं सदी में ये बातें कितनी बेतुकी लगती हैं। उसने जवाब दिया कि अमरीका का मांस उद्योग भारत में गोरक्षा के लिए आर्थिक सहायता दे रहा है ताकि यहाँ डिब्बाबन्द गोमांस बेच सके। अपनी पत्नी के भोलेपन पर हँसने के बजाय दानियाल ने बड़ी संजीदगी से कहा, 'पता है, इसमें कुछ सच्चाई हो भी सकती है। अमरीका के ये धूर्त पूँजीवादी किसी भी हद तक जा सकते हैं।'

दानियाल और सारम्मा दिल्ली के सुजान सिंह पार्क के एक फ्लैट में कुछ दिन के लिए आ गए थे। अब दानियाल से जान छुड़ाना एक समस्या बन गई। जब मैं अपनी खिड़की से उसे अपने फ्लैट की तरफ आते देख लेता, तब तो कोई दिक्कत नहीं थी। मैं परदे खींच लेता और अपने रसोइए या बैरे से कह देता कि पिछले दरवाजे से जाकर साहब को कह दे कि मैं घर पर नहीं हूँ और कई घंटों तक लौटूँगा भी नहीं। पर जब घंटी सुनकर मैं खुद दरवाजा खोलने चला जाता और वहाँ दानियाल को खड़ा पाता तो बचाव का कोई रास्ता नहीं रहता था। मैंने एक बार उससे कहा कि मैं अनचाहे मुलाकातियों से परेशान हूँ और उनसे बचाव का कोई तरीका नजर नहीं आता तो उसने सलाह दी, 'तुम दरवाजे में पार देखनेवाला छोटा-सा काँच फिट क्यों नहीं करवा लेते ? बम्बई में तो सभी फ्लैटों में वे लगे रहते हैं। उनसे तुम तो आनेवाले को अन्दर से देख सकते हो, पर वह तुम्हें नहीं देख सकता।' ऐसा एक शीशा इस प्यारे दानियल ने ही मुझे बम्बई से ला दिया। हमने उसे अपने दरवाजे में लगवा लिया। इस शीशे का पहला शिकार खुद दानियाल बना। जब घंटी बजी तो मैं शीशे से झाँककर सामने दानियाल को खड़ा देखकर दबे पाँवों लौट आया और बैरे को कहा कि वह साहब से कह दे कि मैं घर पर नहीं हूँ। मेरा खयाल है, दानियाल साफ भाँप गया था कि मैं घर पर ही हूँ पर उससे मिलना नहीं चाहता। इसके बाद वह कभी भी पहले फ़ोन किए बगैर मेरे घर नहीं आया। पर इससे उसकी बोलने की आदत में कोई फर्क नहीं आया। वह अब भी पार्टियों में मुझे पकड़ लेता और इतना बोर करता कि मुझे रुलाई आने लगती। आखिरी बार मैंने

उसे फ्रेंच दूतावास के एक स्वागत समारोह में देखा था। वहाँ बुफे भोज का इन्तजाम था। अपनी प्लेट भरकर मैं कहीं बैठने की जगह तलाश रहा था ताकि इत्मीनान से बढ़िया भोजन और मदिरा का स्वाद ले सकूँ। तभी व्हिस्की का गिलास थामे दानियाल से टकरा गया। मैंने उसे पहले कभी भी पीते नहीं देखा था और बेवकूफी का मारा पूछ बैठा कि वह यह वर्जित चीज क्यों पी रहा है ? दानियाल ने *कुरान* और *हदीस* से सन्दर्भ सहित उद्धरण दे-देकर सिद्ध करना शुरू कर दिया कि शराब को बुरा तो माना जाता है पर हराम नहीं। वह पवित्र ग्रन्थों की व्याख्या करता चला जा रहा था और इसी बीच लोग आ रहे थे, मुझे अपना परिचय देकर हाथ मिला रहे थे और सवाल पूछ रहे थे। पर इन बाधाओं से बिल्कुल बेनियाज दानियाल शराब पीने को सही ठहराने के लिए ख़लीफ़ाओं के फ़तवों से, उलमा की राय से और काज़ियों के फैसलों से हवाले देता रहा।

बोलने की बीमारीवाले जितने लोगों से मेरा साबका पड़ा है उनमें सबसे लम्बी तान खींचने वाले थे डूँगरपुरवाले लेफ्टिनेंट-जनरल नाथू सिंह। वे अक्सर आकर मेरे माता-पिता के यहाँ ठहरते थे। वहाँ पर वैसे ही इतने मुलाकाती आते रहते थे कि उन्हें अपने एकालाप के लिए शिकार ढूँढ़ने में कोई दिक्कत नहीं होती। और अगर आसपास कोई नहीं मिलता तो वे दिल्ली में ही या दूर-दूर के शहरों में टेलीफोन पर बात करते रहते थे। जब वे आते थे तो टेलीफोन की लाइन हमेशा एंगेज्ड रहती थी। सिर्फ एक ही लाइन थी इसलिए दफ्तर के काम में बाधा पड़ती थी और ट्रंक कॉल का बिल बराबर बढ़ता जाता था। ऐसी कुछ-एक यात्राओं के बाद वे जब भी डूँगरपुर से पत्र लिखकर पूछते कि क्या वे आकर उनके यहाँ ठहर सकते हैं तो मेरे पिता को कुछ और काल्पनिक मेहमानों के उसी समय आने का बहाना बनाना पड़ता। मेरे माता-पिता के गुजरने के बाद नाथू सिंह ने मेरे बड़े भाई के घर को अपना ही घर मानकर इज्जत बख्शने का इरादा किया। मेरे भाई-भाभी को बहाने बनाकर घर से निकल जाना पड़ता। टेलीफोन जरूर नाथू सिंह की मेहरबानी पर छोड़ दिया जाता। वे मुझे फोन करके पूछते कि क्या वे मेरे यहाँ आ जाएँ ? रोबीली मूँछें और फौजी चालवाले इस बहादुर राजपूत योद्धा के लिए बाकी परिवार की ही तरह मेरे मन में भी बड़ा प्यार और आदर था। अस्सी पार कर चुकने पर भी इनकी काठी एकदम सीधी तनी हुई थी और चाल सिपाही-जैसी। मैं उस समय राज्यसभा का सदस्य था और सुबह के वक्त संसदीय कागज-पत्र देखा करता था। नाथू सिंह (मेरा) पूरा ध्यान केवल अपनी तरफ चाहते थे। उनके एकालाप की परिधि बड़ी विस्तृत होती थी—सैंडहर्स्ट में बिताए गए दिन, ब्रिटिश रेजिमेंटों में उनकी पोस्टिंग, कौन-कौन-सी लड़ाइयाँ उन्होंने लड़ी थीं, कौन-कौन-सी औरतों के साथ सोए थे, देश की दशा पर उनके विचार, राजनीति और राजनेताओं के प्रति उनकी हिकारत और अगर वे भारत के प्रधानमन्त्री बन जाएँ तो क्या करेंगे, आदि उनके इस लम्बे भाषण के बीच कहीं मेरे इतना कहने की भी गुंजाइश नहीं बनती थी कि मैंने और लोगों को भी मिलने का समय

दे रखा है। उनकी पहली बार के आगमन के बाद मैंने अपनी भाभी अमरजीत को फोन करके शिकायत की कि उनके मेहमान की बातें सुनने का शिष्टाचार निभाने में मेरे लगभग दो घंटे बरबाद हो गए हैं। 'हिस्सा तो बराबर बाँटना ही पड़ेगा,' वे चहकीं। 'वे आखिर परिवार के दोस्त हैं। उनका बोझ हमें मिलकर बराबर-बराबर उठाना चाहिए।' पर बाद में वे इतनी मेहरबानी करती रहीं कि मुझे चेतावनी दे देती थीं, 'जनरल नाथू सिंह आए हुए हैं, इसलिए होशियार !'

मेरे भाई ने भी जल्दी ही जनरल से न ठहरा पाने के लिए बहाने बनाने शुरू कर दिए। बुढ़ऊ को मजबूरन अपने बेटे (या शायद दामाद) के यहाँ ठहरने को बाध्य होना पड़ा। वे सुजान सिंह पार्क के नजदीक ही रहते थे। कहने को कुछ मिनट बिताने के लिए वे टहलते हुए मेरे यहाँ आ जाते थे। मिनट खिंचकर घंटों में तब्दील हो जाते। मैं उनके बार-बार आने से परेशान हो गया और यहाँ तक सोचने लगा कि उनके रिश्तेदारों को उन्हें घर पर ही रोके रखने के लिए लिख दूँ। एक दिन मैं संसद के लिए रवाना हो ही रहा था कि वे आ पहुँचे। उनसे छुटकारा पाने के लिए मुझे झूठ बोलना पड़ा कि आज मुझे संसद में एक प्रश्न पूछना है और वह चूँकि सूची में आ चुका है, इसलिए आज तो मुझे समय पर पहुँचना ही होगा। वे बोले, 'तुम मुझे एक दिन राज्यसभा क्यों नहीं ले चलते ? मैं भी तो देखूँ कि तुम लोग दिनभर क्या-कुछ बोलते रहते हो।' मैंने उन्हें अगले दिन का पास दिलाने का वादा किया और जाते वक्त खुद ही उनके घर से उन्हें लेते जाने की जिद की क्योंकि वे सुबह समय से पहले मेरे घर पहुँच जाएँ इस बात का खतरा उठाने को मैं तैयार न था। दर्शक दीर्घा में वे एक घंटे रहे। एक तो उन्हें आसपास के लोगों से बात करने की मनाही थी और ऊपर से उन्हें संसद-सदस्यों की सारी बातचीत झेलनी पड़ी। जब मैं तयशुदा समय पर उनसे लॉबी में मिला, वे बड़े पस्त नजर आ रहे थे। मुझसे वे बोले, 'तुम लोग किस कदर बक-बक करते हो। इतनी सारी बकवास के बदले तुम लोग कोई ढंग का काम क्यों नहीं करते ?'

मैंने अपने 'मैलिस' वाले कॉलम में बोलने की बीमारीवाले लोगों के बारे में कुछ बेहद कड़वी बातें लिखते हुए यह भी लिखा कि वे किस हद तक बोर करते हैं। जनरल नाथू सिंह इशारा समझ गए और मुझे उन्होंने फिर कभी तंग नहीं किया।

सर खिज्र हयात टिवाणा के बेटे नज़र हयात टिवाणा इस बीमारी से जनरल नाथू सिंह से कुछ ही कम ग्रस्त होंगे और मेरी निजी सूची में तो शायद वे सबसे ऊपर हैं। सर खिज्र हयात विभाजन-पूर्व के पंजाब के सबसे समृद्ध जमींदार थे और किसी समय पंजाब के मुख्यमन्त्री भी रह चुके थे। नज़र पिता से झगड़कर एक हिन्दू महिला से विवाह करके अमरीका चले गए थे। उन्हें शिकागो यूनिवर्सिटी में सहायक लाइब्रेरियन का काम मिल गया था और वे बहुत अच्छी पेंशन पर रिटायर हुए थे। उन्हें इस बात की धुन थी कि भारत और पाकिस्तान के बीच दोस्ती और भारत के विभिन्न धर्म-सम्प्रदायों के बीच

सद्भाव की स्थापना हो। दिल्ली में जब वे पहली बार मुझसे मिलने आए तो मैंने उनका और उनके परिवार का बड़ी गर्मजोशी से स्वागत किया। पर मैं तुरन्त ही समझ गया कि उन्हें बोलने की बीमारी है। अपने अन्तहीन एकालाप में उन्होंने न जाने कितनी बार कहा होगा, 'मेरी बीवी कहती है मैं जरूरत से ज्यादा बोलता हूँ।' वे लगातार बोले जा रहे थे। कभी एक वाक्य अधूरा छोड़कर वे दूसरे अधूरे वाक्य पर आ जाते और फिर बीच में ही भारत-पाक मैत्री संघ की स्थापना की जरूरत पर लौट आते थे। उनका मत था कि इससे भारत में साम्प्रदायिक सद्भाव भी बढ़ेगा। उन्हें लगता था कि इससे उनके पिता की रूह को सकून मिलेगा क्योंकि उन्होंने भारत के बँटवारे का विरोध किया था। सौभाग्य से दिल्ली या लाहौर (जहाँ वे मंजूर क़ादिर की स्मृति में मेरा व्याख्यान सुनने आए थे) में नज़र जिन-जिन से भी मिले, सभी समझ गए थे कि अपनी वाचालता पर उनका वश नहीं है, यहाँ तक कि जब 'बस वी कर' कहकर लोग उन्हें टोकते तो वे बुरा भी नहीं मानते थे।

जैसे ही आपको पता चले कि कोई व्यक्ति बोलने की इस बीमारी से ग्रस्त है, उससे तुरन्त निबट लेना ही बेहतर होता है। अगर आप उसको चरका नहीं दे सकते तो आपको हिम्मत से उसका सामना करना चाहिए। महिन्दर कपूर के साथ मैंने यही रुख अपनाया। वे कई साल तक मॉडर्न स्कूल के प्रिंसिपल रहे थे। मैंने अपने अमरीकी छात्रों को दिल्ली और हरिद्वार घुमाने तथा उनके लिए भाषणों की व्यवस्था करने के लिए उनकी सेवाएँ ली थीं। तब मुझे पता चला कि जो बात दो मिनट में कही जा सकती है, कपूर उसे कहने में बीस मिनट लगा देते हैं। जब वे मुझे फोन करते तो काफी देर इधर-उधर की असंगत बातों पर बहकते रहते। मैं सोचा करता था कि आखिर ये अपना स्कूल कैसे चलाते हैं : स्कूल चलाने में उनकी कार्यकुशलता की शोहरत तो बहुत थी। उनसे निबटना आसान था। वे जब भी फोन करते, मैं शुरू में ही कह देता था कि मेरे पास ठीक पाँच मिनट का समय है और वे कृपा करके अपनी बात जितना भी हो सके संक्षेप में कहें। वे मेरा आशय समझ जाते थे।

मुझे नहीं पता, बोलते जाने की यह विवशता दिमागी बीमारी है या जन्मजात, आनुवंशिक या उपार्जित बीमारी है। यह उम्र के साथ बढ़ती जाती है और इसका अन्त सठियाने में होता है। यह ऐसा रोग है जिसे बेरोकटोक बढ़ने दिया जाता है। इसे ज्यादा गम्भीरता से लिया जाना चाहिए।

अब उन औरतों पर आऊँ जो अपनी गुप्त बातें मुझे बता देती हैं। उनके बारे में मैं सिर्फ इतना कहूँगा—मुझे हैरत होती है कि वे ऐसा क्यों करती हैं जबकि उन्हें मुझसे अनुचित सम्बन्ध बनाने की कतई इच्छा नहीं होती। कुछ बिल्कुल अनजान लोग भी अपनी निजी समस्याओं पर चर्चा करने के लिए मुझे फोन करते रहते हैं। वे मुझे अपने मानसिक अवरोधों के बारे में, अपने प्रेम-प्रसंगों के बारे में, अपने विवाहेतर सम्बन्धों के बारे में

बताते हैं। इनमें जहाँ तक औरतों का सवाल है, मैं बड़ा धैर्यवान श्रोता हूँ और उनकी बातों में दिलचस्पी भी लेता हूँ क्योंकि मुझे इन बातों को सुनने में बड़ा मजा आता है कि किनके वैवाहिक जीवन में दरार पड़ रही है, कौन-से दम्पति कितनी बार सम्भोग करते हैं, वे कैसे और कहाँ मिले थे, आदि। उनके विवाहित प्रेमियों और प्रेमिकाओं की जानकारी के साथ मेरी रुचि यह जानने में भी होती है कि वे पकड़े न जाने के लिए या गर्भ न ठहरने के लिए कौन-सी सावधानियाँ अपनाते हैं। मैं उन्हें ज्यादा से ज्यादा बताने के लिए प्रोत्साहित करता हूँ। मुझे अविवाहित युवतियों ने विवाहित पुरुषों से अपने सम्बन्धों की बातें बताई हैं और यह भी बताया है कि पत्नियों के कहीं और जाने पर उन्होंने उन पुरुषों के साथ रातें बिताई हैं। एक बिल्कुल ही अनजान अविवाहित महिला एक रोज बोरिया-बिस्तर लेकर मेरे दरवाजे पर आ धमकी। मुझे एक चिट भेजकर उसने बताया कि अगले तीन दिन के अन्दर उसका शिशु पैदा होने वाला है और वह उसे मेरे अपार्टमेंट में जन्म देना चाहती है ताकि यह नया मेहमान मेरे 'भद्र व्यक्तित्व' की उपस्थिति में आँखें खोले।

पागल और नीमपागल लोग मुझे हमेशा आकर्षित करते हैं। जब भी मौका मिला है, मैंने लाहौर, राँची और पूना के मानसिक चिकित्सालय देखे हैं। मैं यह देखकर हैरान हुआ था कि मेरे कितने सारे पूर्वपरिचित लोगों का वहाँ इलाज चल रहा था। उनसे संवाद मुश्किल था। लेकिन नीमपागल लोग कुछ देर तक तो काफी समझदारी से बात कर लेते थे और फिर अचानक ऐसे बहक जाते थे कि मैं उनकी बातें समझ ही नहीं पाता था।

द इलस्ट्रेटेड वीकली के सम्पादक के तौर पर मैं कभी-कभी अनजाने ही ऐसे लेख छाप देता था जिनसे लोगों को चोट पहुँचती थी। मैंने एक बार पारसियों के बारे में कुछ छापा था। अमूमन वे लोग ऐसी बातों की परवाह नहीं करते, पर सब लोग एक-जैसे नहीं होते। एक दिन किसी पारसी ने मुझे विजिटिंग कार्ड भेजकर बेहद जरूरी काम की बिना पर मुझसे मिलना चाहा। विजिटिंग कार्ड पर नाम था—'एटम बम' और साथ ही उसका पद, पता और टेलीफोन नम्बर दिया हुआ था। मैंने उसे बुलवा भेजा। वह एक दुबला-पतला, बेहद गुस्सैल, अदना-सा आदमी था। वह गरजा, 'तुम्हारी हिम्मत कैसे हुई पारसियों का मजाक उड़ाने की ? जानते हो, मैं कौन हूँ ? मैं एटम बम हूँ। एक नजर से मैं तुम्हें भस्म कर सकता हूँ।' मैंने यही बेहतर समझा कि माफी माँगकर अपने-आपको अकाल मृत्यु से बचा लूँ।

रहेजा नाम के एक व्यक्ति से मेरी मुलाकात और भी मनोरंजक थी। उसकी चिट्ठियाँ बड़ी स्पष्ट और सुबोध होती थीं। पत्रों में उसने अपना परिचय एक सेवानिवृत्त फौजी अफसर के रूप में दिया था जिसका हरियाणा में कहीं पेट्रोल पम्प था। उसका दावा था कि उसने एक अन्दरुनी टी.वी. का आविष्कार किया है जिससे बीती हुई और आनेवाली घटनाओं को देखा जा सकता है। मुझे कौतूहल हुआ। आविष्कारों को मैं हमेशा प्रोत्साहन

देता हूँ इसलिए उसके पत्र के उत्तर में मैंने उसे मिलने को बुलाया और अपना आविष्कार भी साथ ही लाने के लिए लिख दिया।

रहेजा आया तो मैंने देखा कि वह एक निरीह-सा मामूली आदमी है। उसकी आवाज बड़ी नर्म और सकून देनेवाली थी। उसका अन्दरूनी टी.वी. मैं देख नहीं पाया क्योंकि वह सचमुच ही उसके अन्दर था। उसने बताया कि सेहत बिगड़ जाने के कारण उसने समय से पहले ही 'रिटायरमेंट' ले लिया था। अपने आविष्कार के बूते पर वह अपने लिए मान्यता चाहता था। 'मैं कोई ऐरा-गैरा काम मंजूर नहीं करूँगा,' उसने कहा। 'मेरी लियाकत के हिसाब से मुझे कम-से-कम हरियाणा के मुख्यमन्त्री पद या केन्द्रीय मन्त्रिमंडल में वरिष्ठ मन्त्री का पद मिलना चाहिए।'

'अगर आप हरियाणा विधानसभा या लोकसभा में चुने नहीं जाते तो इनमें से कोई भी पद आपको कैसे मिलेगा ?' मैंने पूछा।

उसने बड़ी करुणामय मुस्कान फेंककर जताया कि मैं नियति के रहस्यमय व्यापारों को नहीं समझता। फिर बोला, 'मैंने पंडित नेहरू से सलाह की थी। उन्होंने मुझसे आपसे मिलने को कहा क्योंकि सिर्फ आप ही मुझे मुख्यमन्त्री या केन्द्रीय मन्त्री बनवा सकते हैं।'

'पंडितजी ?' मैंने हैरानी से पूछा। 'लेकिन पंडितजी का स्वर्गवास हुए तो बीस साल से ऊपर हो चुके हैं।'

फिर वैसी ही करुणामय मुस्कान के साथ रहेजा ने कहा, 'तो क्या हुआ ?' अपने अन्दरूनी टी.वी. के जरिए मैं उनसे सम्पर्क करता हूँ।'

'आपने उनसे कब और कहाँ सम्पर्क किया ?' मैंने पूछा।

'इसी दोपहर को, ऑल इंडिया इंस्टीट्यूट ऑफ मेडिकल साइंसेज़ के मनोरोग वार्ड से निकलते समय।'

मैं समझ गया कि रहेजा के साथ मुझे नरमी और समझदारी से काम लेना होगा। मैंने उसे एक घंटे से ऊपर बोलने दिया। फिर मैंने वायदा किया कि मैं उसे हरियाणा के मुख्यमन्त्री या केन्द्र में सूचना और प्रसारण मन्त्री के रूप में नियुक्त करवाने की पूरी कोशिश करूँगा। फिर दरवाजे तक ले जाकर मैंने उसे बिदा दी और अपने सुरक्षा गार्ड से कहा कि वह व्यक्ति फिर कभी आए तो इससे यही कहा जाए कि मैं घर पर नहीं हूँ।

रहेजा के बारे में मैं सबकुछ भूल गया था। उसका नाम तक मेरी याददाश्त से मिट चुका था कि छः महीने बाद उसने फिर फोन किया और कहा कि उसके पास एक बहुत महत्त्वपूर्ण सूचना है जो पूरे देश को हिलाकर रख देगी।

जिस तरह आदमखोर शार्क इंसानी गोश्त की भूखी होती है, उसी तरह पत्रकार अनूठी खबर के। मैंने उससे तुरन्त चले आने को कहा। वह सामने आ कर बैठ गया तब कहीं मुझे खयाल आया कि यह तो वही अन्दरूनी टी.वी. वाला रहेजा है। इस बार मैंने उतने धीरज से काम नहीं लिया और पूछा कि वह मुझे क्या बतलाना चहता है ?

'आप संजय गांधी के गहरे दोस्त थे, है ना ?' उसने पूछा।

'मैं उनसे कई बार मिला हूँ, पर उन्हें गहरा दोस्त तो नहीं कह सकता,' मैंने कहा।

'छोड़िए इसे,' वह बोला, 'आज तक कोई नहीं जानता कि उनकी मौत कैसे हुई।'

'वे, और उनके साथ कैप्टन सक्सेना भी हवाई दुर्घटना में मारे गए थे।'

'यह तो सब जानते हैं। उनका जहाज रिज पर आ गिरा और दोनों मारे गए। मगर वह गिरा कैसे ?'

'पता नहीं। पायलट की गलती रही होगी, या फिर मशीन में किसी खराबी की वजह से।'

'ना, ना, ना, ना। उसे योजना बनाकर गिराया गया था।'

'किसने गिराया था ?'

'चर्चिल ने।'

'चर्चिल ने ? वे तो संजय के बहुत पहले ही सिधार चुके थे और वैसे भी, वे भला संजय को मारना क्यों चाहते ?'

'मैं बताता हूँ,' उसने मुस्कुराते हुए बड़े धैर्य से कहा, 'आपको पता है, संजय को औरतें अच्छी लगती थीं, खासकर गोरी औरतें। इस पर तो चर्चिल को कोई एतराज नहीं था, पर जब संजय ने अपनी नजर इंग्लैंड की रानी पर डाली तो चर्चिल बहुत परेशान हो गए। उन्होंने संजय से कहा, 'संजय, तुम चाहे जितनी अंग्रेज लड़कियों के साथ सोओ, मुझे फर्क नहीं पड़ता। मगर हमारी रानी से तुम दूर रहो। यह ठीक बात नहीं है।' पर संजय ने चर्चिल की एक न सुनी और वह रानी को फुसलाकर भ्रष्ट करने ही वाला था कि चर्चिल ने अपने जासूसों से उसके हवाई जहाज के कल-पुर्जे बिगड़वा दिए ताकि वह गिर जाए।'

रहेजा देर तक मेरी तरफ स्थिर दृष्टि से देखता रहा, शायद इस आशा में कि मैं उसकी भीतरी जानकारी से बहुत प्रभावित हो जाऊँगा। मैंने इस पर गम्भीरता से विचार करने का दिखावा किया और इस बारे में अपने कॉलम में लिखने का वादा किया। इस बार रहेजा का नाम मेरे दिमाग पर खुद गया। मैंने उसके पत्रों और टेलीफोनों के जवाब देना बन्द कर दिया। साल-भर बाद मैंने *द हिन्दुस्तान टाइम्स* में पढ़ा कि रहेजा, भारत में मृत्यु के लिए आमतौर पर प्रयुक्त मुहावरे के अनुसार, 'स्वर्ग सिधार' गया।

एक नौजवान सिख का मामला भी इतना ही दिलचस्प और चकरानेवाला था। उसने मुझे अंग्रेजी में काफी घना टाइप किया हुआ एक पत्र भेजा था जिसमें उसने किसी जर्मन बैंक में उसकी जमा विदेशी मुद्रा की निकासी का परवाना रिजर्व बैंक से निकलवाने में मेरी मदद माँगी थी। उसने लिखा था कि वह सिख था, ईरान में पैदा हुआ था और पश्चिमी जर्मनी में उसका काफी बड़ा आयात-निर्यात का व्यापार था। जब इराक-ईरान युद्ध शुरू हुआ तो वह अपने बीवी-बच्चों के साथ भारत चला आया था। उसने दुहराया

कि जर्मन बैंकों में उसकी कई लाख की जर्मन मुद्रा पड़ी हुई थी, पर उसे भारत में स्थानान्तरित कराने में परेशानी हो रही थी। यह बात मेरी कुछ समझ में नहीं आई क्योंकि भारत तो जर्मन मुद्रा के आगमन का स्वागत ही करता। मैंने सोचा कि शायद जर्मनी की तरफ से कुछ अटक हो। मैंने उसे मिलने के लिए बुला लिया।

वह आया—लम्बा-तगड़ा नौजवान जिसका अंग्रेजी पर अच्छा अधिकार था। जब मैंने पूछा कि उसकी अपनी रकम लाने से उसे कौन रोक रहा था तो वह बात टालकर अपनी घरेलू समस्याओं की चर्चा करने लगा। 'मेरी पत्नी ने जालन्धर के एक व्यापारी के यहाँ स्टेनोग्राफर की नौकरी कर ली है। बताइए, मेरी हैसियत के आदमी की बीवी को स्टेनो की नौकरी करना क्या शोभा देता है ?'

मैं भी सहमत था, 'नहीं। पर क्या तुम उसे जरूरत के हिसाब से पैसे देते हो ?'

'कैसे दूँ ? मेरा पैसा तो जर्मनी में अटका पड़ा है।'

'तो फिर खुद कुछ कमाए बिना उसका काम कैसे चले ?'

ऐसा लगा कि उसे अपनी पत्नी की दुविधा कुछ समझ में आई। 'वह कमाए, यहाँ तक तो ठीक है। पर वह तो अपने बॉस के साथ सोती भी है।'

मुझे एहसास हुआ कि उसकी कल्पना के अनुसार जर्मन बैंकों में बन्द लाखों की रकम की अपेक्षा पत्नी की बेवफाई उसे ज्यादा तकलीफ दे रही थी।

'आप ही बताइए, नेहरू खानदान की बहू के लिए निरी स्टेनो की नौकरी और मालिक के साथ सोना क्या बदनामी की बात नहीं है ?'

'नेहरू ? वह नेहरू कैसे हो गई ?'

'आपने मेरा खत ठीक से नहीं पढ़ा। शायद पत्र के आखिर में आपने मेरा नाम नहीं देखा।'

मैंने पत्र पर नजर दौड़ाई। उसने सचमुच ही दस्तखत...सिंह नेहरू के नाम से किए थे।

'क्या नेहरू खानदान से तुम्हारा रिश्ता है ? मुझे नहीं पता था कि सिख भी नेहरू होते हैं।'

'मैं पंडित जवाहरलाल नेहरू का बेटा हूँ,' उसने कहा।

'ओह ! मुझे पता नहीं था कि उनके बेटा भी था,' मैंने जवाब दिया, 'तुम्हारे पास क्या प्रमाण है कि वे तुम्हारे पिता थे ?'

'मैंने स्वर्ण मन्दिर के अभिलेखों में देखा है। वहाँ लिखकर रखा हुआ है कि मैं पंडितजी का बेटा हूँ।'

'क्या इन्दिरा गांधी को इस बात का पता है ? क्या तुम उनसे मिले हो ?'

'हाँ,' उसने विश्वासपूर्वक कहा, 'मैं उनसे मिलने गया था। उन्हें विश्वास है कि मैं उनका भाई हूँ। लेकिन उन्होंने सही वक्त न आने तक किसी को यह बताने को मना किया है।'

मैंने उस नौजवान को वचन दिया कि मैं जर्मन राजदूत से उसके जर्मनीवाले बैंक के बारे में बात करूँगा।

'हाँ, प्लीज जरूर कीजिएगा। मैं आज तीसरे पहर ज्ञानी जैल सिंह और चरणजीत सिंह से भी मिल रहा हूँ—उनकी मदद माँगने के लिए।'

पता नहीं ज्ञानीजी उस नौजवान से कैसे निबटे। चरणजीत सिंह शाम को ड्रिंक के लिए आए तो उनसे मैंने पूछा, 'वह तो पूरा पागल है। मैंने तो उसे दो मिनट में दफ्तर से बाहर निकलवा दिया। मेरे पास तुम्हारे जितना समय थोड़े ही है बरबाद करने के लिए।'

मैंने चरणजीत सिंह को सावधान किया कि कई बार ऊपर से मामूली तौर पर दिखाई देनेवाला व्यक्ति खंडित व्यक्तित्व (स्कीज़ोफ्रेनिया) का खतरनाक रोगी हो सकता है जो जरा-से उकसाने पर ही हिंसा पर उतर आता है। सनकी और सिरफिरों के साथ बड़ी नर्मी से पेश आना चाहिए।

अध्याय-सोलह

खुदा से जद्दोजहद

जब हम बच्चे थे, हमें धर्म के बारे में ज्यादा शंकाएँ नहीं उठाने दी जाती थीं। अन्तिम गुरु का आदेश था कि सिख शरीर के किसी भी हिस्से से बाल न काटें, हलाल गोश्त न खाएँ, किसी भी रूप में तम्बाकू न पिएँ, न खाएँ, बस बात खत्म। जो लोग दाढ़ी-मूँछें छाँट लेते थे उन्हें सीधे **पतित** करार देकर जाति-बाहर कर दिया जाता था। कर्मकांड, प्रार्थना, अरदास आदि रीतियों का पालन भी जरूरी था। जो नियम से दिन में पाँच बार की प्रार्थनाएँ (नितनेम) करता था वह अच्छा बच्चा, और जो नहीं करता था वह आवारा। मुझे चूँकि सुबह और शाम की प्रार्थनाएँ जबानी याद थीं और कभी-कभार मैं गुरुद्वारे में शबद भी गा लेता था, इसलिए मैं अपनी दादी का दुलारा पोता था।

पन्द्रह साल की उमर तक मुझे लम्बे केश रखना अच्छा लगता था। इसमें मुझे कोई जनानापन नजर नहीं आता था। हमारा खालसा पन्थ था ही मर्दाना और हमारे योद्धा गुरु का विधान था कि लम्बे केश पवित्र होते हैं। पर जब मेरे चेहरे और गुप्तांगों पर रोएँ आने लगे, तब उनकी पवित्रता में मुझे सन्देह होने लगा। जघन-केशों को दूर करने के लिए मैं बालसफा क्रीम का इस्तेमाल करने लगा। अश्लील पिक्चर पोस्टकार्डों में जाँघों के बीच रोमगुच्छवाली जो औरतें दिखाई जाती थीं उनकी अपेक्षा मुझे रोमहीन काँख तथा जाँघोंवाली औरतें ज्यादा लुभावनी लगती थीं, जैसी कि संगमरमर की मूर्तियों में दिखलाई जाती हैं। इस प्रकार पहले-पहल जिन धार्मिक रूढ़ियों पर मैंने सवाल उठाने शुरू किए वे सिखों के अलगाव को दर्शानेवाले बाह्य प्रतीकों से जुड़ी थीं। मुझे वे शरीर पर के फालतू बालों-जैसी ही फालतू लगने लगीं। उनमें कोई आध्यात्मिक तत्त्व नहीं था। खालसाओं के बाह्य चिह्नों को मैं धारण किए रहा–किसी विशिष्ट आस्था के कारण नहीं, बल्कि खालसा परिवार का अंग बने रहने की इच्छा से। इस जुड़ाव से मुझे एक तरह की सामाजिक सुरक्षा महसूस होती थी–आज भी होती है।

जैसाकि मैं पहले कह चुका हूँ, मुसलमान-विरोधी पूर्वग्रह भी हमारे धार्मिक प्रशिक्षण का एक हिस्सा था। भिन्न प्रकार के मांस खाने और खतने आदि से सम्बद्ध भिन्न मतों के अलावा हमें बराबर सिखों पर मुसलमानों के अत्याचार की कहानियाँ सुनाई जाती थीं। हमारे दो गुरुओं ने तो धर्म-परिवर्तन करके इस्लाम कबूल कर लेने के स्थान पर

जीवन त्याग देना ही बेहतर समझा था। हमारे अन्तिम गुरु के चार बेटों को मुसलमानों ने ही मारा था—दो ने युद्ध में वीरगति पाई थी और दो जिन्दा दीवार में चुनवा दिए गए थे। उनके पिता ने अपने अनुयायियों को मुसलमानों का कभी भी विश्वास न करने का उपदेश दिया था—तुर्क मीत तब कीजिए जब और जात मर जाए। नतीजा यह था कि हालाँकि हम अपने गाँव के बुजुर्ग मुस्लिम पुरुषों और महिलाओं को चाचा और चाची कहकर पुकारते थे, पर अपने भीतर गहरे पैठे पूर्वग्रह से हम मुक्त नहीं हुए थे। आनेवाले वर्षों में मेरे कई मुसलमान मित्र बने पर मुझमें मुसलमानों के प्रति विशेष प्रेम जगाने में सबसे बड़ा हाथ था मंजूर क़ादिर का। किसी भी और इंसान के प्रति मेरे मन में इतने सम्मान और प्रशंसा का भाव कहीं नहीं उपजा। बम्बई में ज़कारिया लोगों से दोस्ती होने तक मेरे मन में मुस्लिम-विरोधी पूर्वग्रह पूरी तरह से धुल-पुँछ चुके थे। बल्कि मैं बड़ी मासूमियत से यह विश्वास करने लगा था कि मुसलमान कभी कोई गलती कर ही नहीं सकते।

कर्मकांड और प्रार्थना-पूजा की आदत पूर्वग्रहों जितनी आसानी से नहीं छूटी। मैं बीच-बीच में इन्हें छोड़ देता था पर कभी शारीरिक कष्ट, भय, भावनात्मक तनाव के दौर में, या फिर मदद की जरूरत पड़ने पर फिर उन पर लौट आता था। एक बार जब पत्नी से मेरे सम्बन्ध टूटने की हद तक पहुँच गए और उसने साफ-साफ कह दिया कि उसने मुझे छोड़ने का इरादा कर लिया है, मैंने पूरी रात बँगला साहब के गुरुद्वारे में यह प्रार्थना करते हुए बिताई कि मुझमें इस संकट को झेलने की शक्ति रहे। टोकियो में कई बार जब मैं रात के तीन बजे उठकर गुरु नानक की वाणी का अनुवाद करने में जुटता था, मुझे अपने कन्धों पर गुरु का हाथ महसूस होता था। मुझे पता था यह झूठी कल्पना ही थी, पर इससे मुझे बड़ी राहत मिलती थी। आखिर मुझे कर्मकांड से विमुख किया अखंड पाठ ने। इसमें अलग-अलग दरों पर ठहराए हुए ग्रन्थी बारी-बारी से लगातार *ग्रन्थ साहब* का पाठ करते थे। यह पाठ रात-भर जारी रहता था जबकि पाठ का आयोजन करनेवाले परिवार के सदस्य लम्बी तानकर सोते रहते थे। मुझे इस बात से और भी परेशानी होती थी कि पवित्र ग्रन्थ के साथ लगभग देवमूर्ति की तरह व्यवहार किया जाता था। सुबह इसे जगाया जाता था (प्रकाश) और रात को इसे सुलाया जाता था (संतोख)। मेरे सास-ससुर अतार्किक ढंग से अन्धविश्वासी व आस्थावान थे और उनके पूजाघर में, जहाँ पवित्र ग्रन्थ रखा रहता था, गर्मी-भर एयर कंडीशनर चलता रहता था। एक नौरईस सिख तो उनसे भी बढ़कर था। उसने पूजाघर (बाबाजी दा कमरा) से सटाकर एक सफेद संगमरमर का शौचालय भी बनवाया था—वह पश्चिमी शैली का था या भारतीय शैली का, मुझे पता नहीं। कीर्तन मुझे अच्छे लगते थे, पर वे भी व्यापार बन गए थे। अपनी लोकप्रियता के आधार पर रागी प्रतिघंटे कुछ सौ से लेकर कुछ हजार रुपयों तक की माँग करने लगे थे। ग्रन्थी, रागी और जत्थेदार कर्मकांडों के ठेकेदार बन बैठे थे और इन्हें चलाते रहने में ही उनका स्वार्थ निहित था। ये हालात हिन्दुओं के मन्दिरों से बेहतर नहीं थे जहाँ देवताओं के दर्शन के लिए हैसियत के अनुसार फीस

बँधी होती है। हरिद्वार, वाराणसी, जगन्नाथपुरी, गुवाहाटी के कामाख्या मन्दिर, दक्षिण भारत में मदुरै तथा अन्य स्थानों पर हिन्दू तीर्थों में मैंने जो देखा और अनुभव किया, वह किसी को भी उनके खिलाफ कर देने को काफी था। पर अपने धर्म को व्यवसाय बनाते हुए सिख भी उसी रास्ते पर चल पड़े थे।

कर्मकांडों का अस्वीकार बहुत तकलीफदेह नहीं था मगर धर्म के बुनियादी सिद्धान्तों को अस्वीकार करना ज्यादा मुश्किल साबित हुआ। क्योंकि इसके लिए स्वयं अपने अन्दर झाँकने की जरूरत थी और उन विश्वासों पर सवाल उठाने की जरूरत थी तो मुझे घुट्टी में मिले थे। मैं अपने-आपसे पूछता, क्या भगवान सचमुच है ? क्या उनके पैगम्बर, मसीहा, दूत, अवतार आदि इस लायक हैं कि उन्हें भगवान की बराबरी का दर्जा देकर उन्हें पूजा जाए ? क्या धर्मग्रन्थ सचमुच दैवी प्रेरणा का परिणाम है ? पूजास्थलों को हम जितना पवित्र और पूज्य मानते हैं, क्या वे वास्तव में इस लायक हैं ? क्या प्रार्थना सचमुच मनुष्य को ऊँचा उठाती है ? अगर मैं धर्म के इन पाँच स्तम्भों को नकार दूँ तो उससे उपजे शून्य को मैं कैसे भरूँगा ? आखिर हम ब्रह्मांड को, पृथ्वी पर जीवन को, प्रकृति के नियमों को कैसे समझें ? जो बातें बचपन से मेरे दिमाग में डाली जाती रही थीं उनमें से बहुत-सी बातों को तो मैं तर्क और युक्ति के सहारे ध्वस्त कर चुका था, फिर भी बहुत-कुछ ऐसा बचता था जिसका सन्तोषजनक उत्तर मुझे नहीं मिल पा रहा था। यहीं से एक निजी धर्म की मेरी तलाश शुरू हुई। इक़बाल में मेरी ही बात गूँज रही थी :

ढूँढ़ता फिरता हूँ मैं ऐ इक़बाल अपने-आपको,
आप ही गोया मुसाफ़िर, आप ही मंज़िल हूँ मैं।

मंजूर क़ादिर के साथ लम्बी-लम्बी चर्चाओं से यह प्रक्रिया पूरी गम्भीरता से शुरू हुई। मेरी ही तरह वह भी मानता था कि हम नहीं जानते कि हम कहाँ से आए हैं, पृथ्वी पर हमारे होने का मकसद क्या है और मरने के बाद हमारा क्या होता है। ईश्वर के अस्तित्व को स्वीकार करने के लिए हमारे पास कोई विश्वसनीय कारण नहीं है। फिर भी, मंजूर ब्रह्मांड को शासित करनेवाली किसी दैवी सत्ता की सम्भावना से एकदम इंकार नहीं करता था। लाल गेंदवाली घटना इसी तरह की चर्चाओं के बीच हुई थी। मैंने उस पर एक कहानी लिखी थी–'द ॲगनॉस्टिक' (अज्ञेयवादी)। हम लाहौर के लॉरेंस गार्डन (जो अब बाग-ए-ज़िन्ना कहलाता है) में अपने बच्चों के साथ खेल रहे थे। मैंने एक पेड़ की तरफ एक लाल गेंद उछाली जो उसकी डालियों में जाकर अटक गई। हमने पत्थर और डंडियाँ फेंक-फेंककर उसे गिराना चाहा पर सब बेकार। हमने उसे पाने की आशा छोड़ दी और बच्चों को आइसक्रीम खिलाने क्लब ले गए। लौटते समय हमने देखा कि गेंद अभी भी वहीं अटकी थी। मैंने बिना सोच-समझे ही कह दिया, 'अगर वह गेंद नीचे आ जाती है तो मैं मान लूँगा कि भगवान है।' एक हल्की-सी हवा से डालें हिलीं और गेंद टप-से मेरे हाथों में आ गिरी। मंजूर ने कहा, 'इससे तुम्हें सबक

मिल जाना चाहिए। भगवान के अस्तित्व-जैसी बातों को इतने हल्के ढंग से नहीं लेना चाहिए।' इस घटना से मैं हिल जरूर गया था, पर मुझे इससे कोई सबक नहीं मिला। मेरे लिए यह महज एक इत्तफाक था।

भगवान को किसी ने नहीं देखा है। उस पर अनगिनत गुणों को आरोपित तो किया गया है मगर उसे आज तक कोई परिभाषित नहीं कर सका है। माना जाता है कि उसी ने दुनिया बनाई है, वही इसका पालन करता है और वही इसका नाश करता है। वह बड़ा परोपकारी और कृपालु है। वह माता भी है, पिता भी। वह क्रोधी भी है और न्यायी भी। उपनिषद भी नेति-नेति के सूत्र का सहारा लेकर उसके प्रत्यक्ष वर्णन को टाल जाते हैं। एक उर्दू शायर ने इस तरह अपनी हार स्वीकार की है :

तू दिल में तो आता है
समझ में नहीं आता
बस जान गया तेरी पहचान यही है।

वॉल्तेयर के इस तर्क का मुझ पर कुछ विशेष प्रभाव नहीं पड़ता कि अगर घड़ी है तो कोई घड़ीसाज भी होगा ही। कुछ एक घड़ीसाजों को तो मैं जानता हूँ, पर किसी दुनियासाज को नहीं जानता। अगर दुनिया ईश्वर ने बनाई है तो ईश्वर को किसने बनाया है ?—इस सीधे-से सवाल का कोई सीधा जवाब क्यों नहीं मिलता ? सृष्टि का प्रारम्भिक कारक जब तक अज्ञात है तब तक ईमानदारी से यह मान लेना बेहतर होगा कि हमें कुछ मालूम नहीं, बजाय इसके कि हम ऐसी परीकथाओं पर विश्वास करें कि ईश्वर ने सिर्फ छह दिन में सृष्टि की रचना की थी। यह सृष्टि, कल्पकथाओं का, या फिर यह मान लें कि जन्म-मरण-पुनर्जन्म के अनन्त स्वयंभू चक्र का सिलसिला है। शाद अज़ीमाबादी ने इस शेर में इसी दुविधा को शब्दबद्ध किया है :

सुनी हिकायते हस्ती तो दरमियाँ से सुनी,
न इब्तिदा की ख़बर है, न इंतिहा मालूम।

(जीवन की कहानी हमने बीच से सुनी। न हमें उसके आरम्भ के बारे
में कोई जानकारी है न अन्त के।)

धर्मशाला में मुझे परमपूज्य दलाईलामा से पुनर्जन्म के बारे में कुछ विस्तार से चर्चा करने का मौका मिला था। उन्होंने यह स्वीकार किया कि बौद्ध होने के नाते, ईश्वर के अस्तित्व के बारे में तो वे खुले दिमाग से विचार कर सकते हैं, पर मृत्यु के बाद पुर्नजन्म में उनका विश्वास है। जब मैंने उनसे इस विश्वास के पक्ष में प्रमाण देने को कहा तो उन्होंने उन बच्चों के उदाहरण दिए जिन्हें अपने पूर्वजन्म की घटनाएँ याद थीं। मैंने उन्हें टोका, 'बच्चों की कल्पना की इस बहक को निश्चय ही विश्वसनीय प्रमाण नहीं माना जा सकता। ऐसा क्यों है कि पुनर्जन्म की ऐसी कथाएँ सिर्फ हिन्दू, जैन, बौद्ध

और सिखों में ही प्रचलित हैं जो आरम्भ से ही इन्हीं धारणाओं के बीच पलते हैं। क्या आपने कभी किसी मुसलमान बच्चे के बारे में सुना है कि वह अपने पूर्वजन्म की बातें बता रहा था ? और हम लोगों में भी पूर्वजन्म के माता-पिता या जीवन-साथियों को पहचाननेवालों में अधिकतर बच्चे ही होते हैं, किशोर भी नहीं। और बड़े होने पर वे भी सबकुछ भूल जाते हैं।'

दलाई लामा ठठाकर हँस पड़े। आखिर वे **लाफिंग बुद्ध** के अवतार हैं। फिर उन्होंने एकदम साफ-साफ जवाब दिया, 'मैं अगर पुनर्जन्म में विश्वास न करूँ तो मेरी तो छुट्टी ही हो जाए।'

मैं ईश्वर के अस्तित्व के बारे में जो सवाल उठाता था उनका एक दिलचस्प उत्तर मुझे राजमोहन गांधी की बारह वर्षीय बेटी सुप्रिया से मिला। मैंने ईश्वर और धार्मिक विश्वासों पर अपना मत स्पष्ट करते हुए एक लेख लिखा था जो 13 दिसम्बर, 1987 के *इंडियन एक्सप्रेस* में छपा था। राजमोहन उस समय मद्रास में इस अखबार के स्थानीय सम्पादक थे। मैं तब वाशिंगटन में था। सुप्रिया ने मुझे लिखा, 'प्रिय अंकल, मैंने पिताजी के अखबार में आपका लेख पढ़ा। तो आपको भगवान में विश्वास नहीं है ? आप गलती पर हैं। मैं आपको बताती हूँ, भगवान है। वह रोज हमारे बगीचे में आता है। वह मेरी माँ और पिताजी से बात करता है। वह मुझसे और मेरे छोटे भाई से भी बात करता है। अब बताइए।' बच्ची की इस झिड़की पर मैं रीझ गया और मैंने उसे पत्र लिखा, 'प्रिय सुप्रिया, यह जानकर खुशी हुई कि भगवान रोज तुम्हारे घर आता है पर वह मुझसे बात नहीं करता। प्लीज, मुझे उसका टेलीफोन नम्बर भेज दो।' सुप्रिया ने इस पत्र का जवाब नहीं दिया। तीन साल बाद मैं दिल्ली में उसके माता-पिता से मिला। उन्होंने मुझे बड़े अफसोस से बताया, 'सुप्रिया को अब भगवान में विश्वास नहीं रहा।' मुझे बड़ी खुशी हुई कि मैं महात्मा गांधी और च. राजगोपालाचारी जैसे दो महान आस्तिकों की चौथी पीढ़ी की इस बच्ची का मत-परिवर्तन कर सका।

कई लोग ईश्वर के अस्तित्व के प्रमाण के रूप में तथाकथित 'अदृश्य हाथ' का हवाला देते हैं। ज्यादातर लोगों को ऐसी घटनाओं की जानकारी है जिनमें चमत्कारिक रूप से किसी की जान बच गई—जैसे, कोई हवाई जहाज छूट जाने से जो बाद में दुर्घटनाग्रस्त हो गया; या संयोग से ऐसे वक्त घर से बाहर होने से जब भूचाल से घर की छत गिर गई और घर के बाकी सारे लोग उसके नीचे दबकर मारे गए हों। ऐसे संयोग हमें उलझन में तो डाल देते हैं पर इन्हें इस बात का पक्का सबूत तो नहीं माना जा सकता कि रक्षा करनेवाला अदृश्य हाथ भगवान का ही हाथ था।

ईश्वर के बारे में पूरी बहस का यह कहकर अन्त किया जा सकता है कि उसके अस्तित्व में विश्वास करने से कोई व्यक्ति बेहतर इंसान नहीं हो जाता और उसमें विश्वास न करनेवाला धूर्त नहीं हो जाता। आँकड़ों से सिद्ध किया जा सकता है कि कालाबाजारियों, टैक्सचोरों, झूठों और बेईमानों का विशाल बहुमत आस्तिक होता है जबकि नास्तिकों में से बहुत-से लोग बड़े सन्त स्वभाव के होते हैं। वे न झूठ बोलते हैं, न धोखाधड़ी करते

हैं और वे औरों को तकलीफ पहुँचाने से भी बचते हैं।

कभी पोठोहार (अब पाकिस्तान में) में बसे एक व्यापारी सिख समुदाय के बारे में एक मजेदार कहावत चलती है। प्रसंगवश, इस समुदाय के लोग धार्मिक कर्मकांडों के कट्टर पालन के लिए जितने प्रसिद्ध हैं, उतने ही प्रसिद्ध व्यापार सम्बन्धी चतुराई के लिए भी। तो कहावत है :

झूठ भी असी बोलने आँ,
घट वी असी तोलने आँ;
पर सच्चे पादशाह
तेना नाँ वी असी लैने आँ।

(झूठ भी हम बोलते हैं, कम भी हम तौलते हैं, पर ऐ सच्चे बादशाह, तेरा नाम भी हम ही लेते हैं।)

मैं इस नतीजे पर पहुँचा कि ईश्वर की अवधारणा गैस के गुब्बारे-जैसी है जो सच्चाई की सुई के छूते ही फट जाता है। या शायद यह भिन्न-भिन्न रंगों के गुब्बारों का गुच्छा है जिन्हें अलग-अलग धर्मों ने अलग-अलग नाम देकर हवा में तैरा दिया है। एक बात, जो इन तमाम गुब्बारों में एक-जैसी है वह यह कि इनके अन्दर कोरी गर्म हवा है और कुछ नहीं। जिस धर्म का मैंने अपने लिए विकास किया है और जिसकी सिफारिश मैं अपने पाठकों से करता हूँ उसमें भगवान के लिए कोई जगह नहीं है।

कुरान शरीफ़ में ईश्वर के अस्तित्व पर सवाल उठानेवालों के लिए भयंकर परिणामों की चेतावनी दी गई है, 'सचमुच जो खुदा के अस्तित्व के संकेतों को अस्वीकार करते हैं, उनके लिए बड़े कठोर दंड का विधान है; और खुदा बदला लेने में बड़ा ही बलवान है (सूरा इमरान 2-7)। आमीन।'

जिन्हें ईश्वर में विश्वास है भी, उनके पास भी यह प्रतिपादित करने का कोई तर्क नहीं है कि वह सर्वशक्तिशाली या न्यायी है। हमारे पास जो कुछ सबूत हैं भी, वे भी इसके खिलाफ ही हैं। कुछ बच्चे जन्म से ही अन्धे, स्पास्टिक, या दिमागी तौर पर पिछड़े हुए पैदा होते हैं। ईश्वर से डरनेवाले और पूरे जीवन किसी का भी बुरा न करनेवाले माता-पिता को भी सजा मिलती है कि उनके मासूम बच्चे उसने छिन जाते हैं।

अब मैं भिन्न-भिन्न धर्मों के संस्थापकों की चर्चा करना चाहता हूँ। मैंने देखा है कि बहुत-से लोग ईश्वर के होने-न-होने के बारे में तो विचार करने को तैयार हो जाते हैं, मगर अपने धर्म के संस्थापक के दैवत्व के बारे में किसी तरह की शंका बर्दाश्त नहीं कर सकते। यह बात समझ में भी आती है, क्योंकि ईश्वर के बारे में जहाँ हम कुछ भी नहीं जानते, वहाँ भिन्न-भिन्न सम्प्रदायों के संस्थापकों के बारे में कुछ जानकारी का दावा तो हम कर ही सकते हैं। वे इंसान थे, औरतों के जने हुए। वे खाते थे; हवा खारिज करते और मल त्याग करते थे; बीमार पड़ते और मरते थे या फिर उनकी हत्या

या वध हो जाता था। बेशक, वे असाधारण लोग थे जिन्होंने अपनी साधारण शक्तियों से जनता को प्रभावित करके इतिहास की धारा ही बदल दी थी। गोकि यह बात उन्हें इतिहास में महत्त्वपूर्ण स्थान दिलाने के लिए काफी है, पर इससे उनमें किन्हीं ऐसी जादुई शक्ति की प्रतिष्ठा करने का कोई औचित्य नहीं बनता जिसका सम्बन्ध किसी अनजान ईश्वर से हो। हमसे यह यकीन करने की उम्मीद की जाती है कि धरती पर ईश्वर के ये प्रतिनिधि मुर्दों को जिला सकते थे, बीमारों को सिर्फ छूकर स्वस्थ कर सकते थे, पलक झपकते आसमान को छूकर वापस आ सकते थे, हाथ बढ़ाकर बर्फ के रेलों को रोक सकते थे और पानी पर चल सकते थे और हाँ, सबका तार सीधे अल्लाहताला से जुड़ा था। इनमें से ज्यादातर अनपढ़ या अधपढ़े थे लेकिन उन्हें वाणी का वरदान मिला था और अपने अनुयायियों की गहरी भावनाओं को उभार सकते थे। ताज्जुब की बात नहीं है, कि जब इन इंसानी भगवानों के ईश्वरत्व पर शंका की जाती है तो इनके श्रद्धालु धर्मात्मा लोग बड़े तिनक जाते हैं : 'बा खुदा दीवाना बाशो, बा मोहम्मद होशियार'—'अल्लाह के बारे में कुछ भी कह लो पर मोहम्मद के बारे में कुछ कहा तो खबरदार।' यह बात सभी धर्म-समुदायों पर लागू होती है। वक्त आ गया है कि हम अपने धर्म की स्थापना करनेवालों की भूमिका का ज्यादा समझदारी से आकलन करें : जनमत को ढालनेवालों के रूप में उन्हें इज्जत दें, लेकिन उन्हें पूजना न उनके साथ इंसाफ होगा, न हमारे साथ।

अब मैं धर्मग्रन्थों पर आता हूँ। उन्हें परखने के लिए हम वे ही पैमाने नहीं अपनाते जो गद्य या पद्य रचनाओं को परखने के लिए अपनाते हैं। हम उन्हें परम पवित्र मानकर उनमें जादुई शक्तियों की भी कल्पना कर लेते हैं। मजहबी फलसफे की रचनाओं के तौर पर भी उनका अध्ययन नहीं किया जाता। उनका सिर्फ पाठ किया जाता है। जितना कम हमें उनका अर्थ समझ में आता है उतनी ही अधिक शक्ति उनकी मानी जाती है। पाली, संस्कृत, ग्रीक, लैटिन, अरबी या सन्तभाषा-जैसी प्राचीन भाषाओं के ग्रन्थों का प्रभाव ज्यादा पड़ता है क्योंकि उनका अर्थ बहुत कम लोग समझते हैं। जब हमारी जानी-पहचानी भाषाओं में उनका अनुवाद होता है तब उनकी शक्ति भी जैसे कम हो जाती है। गायत्री मन्त्र हो, *बाइबिल* के स्तोत्र हों, *कुरान* की आयतुल कुर्सी या सूरा यासीन-जैसी आयतें हों या सिखों के सोहिले, इनमें लोगों को चंगा करने और भय भगाने की जिस शक्ति की महिमा बखानी जाती है, अनुवाद होते ही वह जैसे गायब हो जाती है। सभी धर्मग्रन्थों के पाठ में कुछ हिस्से अच्छे गद्य के उदाहरण होते हैं पर कुल मिलाकर उनमें वे ही घिसी-पिटी और अमूमन तर्कहीन बातें तथा कुल मिलाकर दोहराव ही रहता है। जहाँ तक मेरा सवाल है, मैं किसी भी धर्मग्रन्थ के बजाय महान लेखकों, कवियों और नाटककारों—कालिदास, शेक्सपीयर, गेटे, तोल्सतोय, टैगोर, इक़बाल, एलियट और फ़ैज़ की रचनाएँ पढ़ना ज्यादा पसन्द करूँगा। लौकिक गद्य और पद्य बड़े आनन्द से पढ़े जा सकते हैं और जानकारी भी देते हैं; धार्मिक गद्य और पद्य तो कुल मिलाकर आत्म-सम्मोहन के बहाने हैं।

इबादतगाहों के पक्ष में मुश्किल से ही कुछ कहा जा सकता है। वे निरपवाद रूप

से व्यापार के अड्डे बन गई हैं जिनसे पादरी, पंडे, पुजारी, मुल्ले, मुजाविर, ग्रन्थी, रागी आदि अपनी रोजी-रोटी हासिल करते हैं। उनके जिम्मे जो इबादतगाहें रहती हैं उनमें आए चढ़ावों के बदले वे क्या देते हैं ? मुट्ठी-भर प्रसाद, जिसकी कीमत भी पूजनेवाले ही चुकाते हैं। जब पूजा के स्थलों से लोगों के निहित स्वार्थ जुड़ जाते हैं तो वे झगड़े की जड़ बन जाते हैं। इन्हें लेकर मुकदमे शुरू हो जाते हैं और अक्सर कितनी बार तो इन्हें ताकत से हथियाने की कोशिश भी की जाती है। काबा बहुत सारी खूनी लड़ाइयों का गवाह रहा है, सिखों का स्वर्ण मन्दिर भी। हिन्दू मन्दिरों और आश्रमों के प्रबन्धक आए दिन अदालतों में हाजिर होते रहते हैं। इस बात का विरोध तो हो ही नहीं सकता कि पूजा और प्रार्थना के लिए अकेली सही जगह है व्यक्ति का घर। इस्लाम-जैसे कुछ मजहब अपने माननेवालों में भाईचारे की भावना पैदा करने के लिए मस्जिदों में सामूहिक नमाज का आदेश देते हैं, पर किसी भी धार्मिक समुदाय को सार्वजनिक स्थानों पर सभाएँ करके, जुलूस निकालकर और लाउडस्पीकरों पर अपनी मान्यताओं का प्रसारण करके अपनी उपस्थिति औरों पर थोपने का हक नहीं। एक दिनोदिन बढ़ती मुसीबत है–जगराते-जागरण, जो बीमारों और बूढ़ों के साथ बाकी मुहल्ले की नींद भी हराम कर देते हैं।

सबसे आखिर में मैं प्रार्थना और ध्यान की बात करूँगा जो हर धार्मिक विश्वास का जरूरी अंग है। इस बात में बहस की गुंजाइश नहीं है कि हम हिन्दुस्तानी–चाहे हिन्दू हों या मुसलमान, ईसाई, सिख, जैन या पारसी–प्रार्थना, तीर्थयात्रा या कर्मकांड में दुनिया में सबसे ज्यादा समय बिताते हैं। हिन्दी कहावत, **सात वार और आठ त्योहार** अतिशयोक्ति नहीं है। जरा धार्मिक छुट्टियों के दिन गिनिए और गिनिए कि कितने घंटे हम प्रार्थनाएँ बुदबुनाने में, तीर्थयात्रा में, सत्संग में या प्रवचन, कीर्तन, भजन, कव्वाली वगैरह सुनने में बिताते हैं। इनकी कुल संख्या आपको हैरत में डाल देगी। फिर अपने-आपसे पूछिए, क्या हमारे जैसी गरीब, जद्दोजहद से गुजरती कौम की हैसियत ऐसी है कि इन कामों में इतना समय लगा सके, जबकि इन कामों से कोई भौतिक लाभ भी नहीं होता ? अपने-आपसे यह भी पूछिए, बिला नागा भजन-पूजन करने से और माला फेरने से क्या कोई बेहतर इंसान बन जाता है ? ये सब कर्मकांड हमेशा किसी भले उद्देश्य के लिए ही नहीं किए जाते। डकैत, लुटेरे और ठग भी अपने जघन्य कामों पर निकलने के पहले पूजा-पाठ करते सुने जाते हैं। हालाँकि बाहरी तौर पर प्रार्थनाएँ भी भगवान, किसी देवता, पैगम्बर या गुरु को सम्बोधित होती हैं पर तत्त्वतः वे अपने को ही सम्बोधित होती हैं–आत्मविश्वास और इच्छाशक्ति बढ़ाने के लिए।

पढ़े-लिखे हिन्दुस्तानियों की ताजातरीन झक है–ध्यान। बड़े श्रेष्ठताबोध से वे आपसे कहेंगे, 'मैं मन्दिर-वन्दिर नहीं जाता, **मेडिटेशन** करता हूँ।' इसमें आदमी को पद्मासन लगाकर प्राणायाम करना होता है और दिमाग को खाली कर देना होता है ताकि यह एक विचार से दूसरे विचार पर 'बन्दर की तरह न फुदकता फिरे।' बड़े-बड़े दावे किए जाते हैं कि इससे कुंडलिनी मूलाधार से उठकर चक्र पर चक्र पार करके ब्रह्मतालु तक पहुँच जाती है और जब यह नागिन पूरी तरह जाग्रत हो जाती है तो साधक अपनी

मंजिल पर पहुँच जाता है। वह आत्मसाक्षात्कार कर लेता है। वे कहते हैं इससे उन्हें मन की शान्ति मिलती है। उनसे जरा पूछिए, 'और इस मन की शान्ति से क्या मिलता है ?' आपको कोई जवाब नहीं मिलेगा क्योंकि जवाब कोई है ही नहीं। मन की शान्ति एक बंजर अवधारणा है जिससे कुछ भी हासिल नहीं होता सिवाय मन की शान्ति के, जिसकी उपयोगिता सिर्फ ऊँचे रक्तचाप और दिमागी बेचैनी के इलाज के रूप में ही मानी जा सकती है। इस बात का कोई सबूत नहीं है कि इससे सर्जनात्मकता बढ़ती है। बल्कि इसके विपरीत यह साबित किया जा सकता है कि कला और साहित्य की सर्वश्रेष्ठ कृतियाँ, विज्ञान की तमाम बड़ी खोजें बेचैन दिमागों की ही उपज थीं। अल्लामा इक़बाल की दुआ थी :

खुदा तुझे किसी तूफ़ाँ से आशना कर दे,
कि तेरे बहूर की मौजों में इज़्तिराब नहीं।

(खुदा तेरी जिन्दगी में कोई तूफान ले आए क्योंकि तेरे जीवन-सागर की लहरों में कोई हलचल ही नहीं है।)

एक लफ्ज **तलातुम**—दिमागी बेचैनी—का वे अक्सर इस्तेमाल करते थे और इसे सर्जनात्मकता की अनिवार्य शर्त मानते थे।

मैं जबर्दस्त संकल्प-शक्ति का जोर लगाकर ही पूजा और नितनेम छोड़ सका। मैंने एक नारा गढ़ा, 'काम ही पूजा है, पर पूजा काम नहीं है।'

सारे स्वीकृत धर्मों के आधारों को ठुकराकर ही मुझे यह महसूस हुआ कि इससे उपजे खालीपन को भरना जरूरी है क्योंकि लोगों को किसी तरह के धर्म की जरूरत तो होती ही है। इसमें मैं सबसे समझदारी भरे इसी समझौते का सुझाव दे सकता हूँ कि नाम के लिए हम उसी धर्म से जुड़े रहें जिसके आधार पर हमें पाला गया है क्योंकि हमारी भावना में उसकी जड़ें गहरी पैठ चुकी होती हैं। पर उन धर्मों में जो कुछ भी ऐसा है जो तर्क से सतही है, उसे हम त्याग दें। हमसें से ज्यादातर ने अपने धर्म को सिर्फ खान-पान का विधि-निषेध बनाकर छोड़ दिया है। बहुत सारे हिन्दुओं के लिए शाकाहार एक धर्म-सिद्धान्त बन गया है। शाकाहार के भी अनगिनत रूप हैं जिनमें एक वैगनिज़्म भी है। इसके अन्तर्गत पशु-पक्षियों या कीट-पतंगों द्वारा पैदा की गई कोई भी चीज खाने का निषेध है—वह दूध या दूध से बनी कोई चीज हो, अंडे हों या शहद हो। कुछ लोग ऐसे हैं जो अनिषेचित अंडे तो खा लेते हैं मगर जमीन के नीचे पैदा हुई गाजर, मूली, आलू या लहसुन-जैसी सब्जियाँ नहीं खाते। यह बात उतनी ही बेतुकी है जितना चुनिन्दा मांसाहार। हिन्दू और सिखों को गोमांस खाना मना है पर सूअर का मांस वे मजे में खाते हैं। यहूदियों और मुसलमानों के लिए सूअर हराम है, पर गाय खाने में

कोई हर्ज नहीं। ज्यादातर धार्मिक नियम शराब और तम्बाकू की मनाही करते हैं। आप ही बताइए, खाने या पीने का धर्म से क्या वास्ता ? भोजन का ताल्लुक तन्दुरुस्ती से है, मजहब से नहीं।

भारत का नया धर्म, कर्म की नैतिकता पर आधारित होना चाहिए। इसमें फुरसत का इतना समय तो मिलना चाहिए कि आदमी नए काम के लिए अपनी कार्यशक्ति को फिर से बटोर सके, मगर गैर-सर्जनात्मक मनोरंजन को निरुत्साहित किया जाना चाहिए। हमें समय बर्बाद नहीं करना चाहिए। पैगम्बर मोहम्मद की एक हदीस में कहा गया है, 'ला तसब्बूदहरा हू वल्लाहू'–'वक्त बर्बाद मत करो; वक्त ही खुदा है।' ऐसे तमाम रीति-रिवाजों को छोड़ देना चाहिए जिनसे भौतिक समृद्धि पैदा नहीं होती। तपस्या, वानप्रस्थ और संन्यास को जो धार्मिक स्वीकृति मिली हुई है, उसे लौटा लेना चाहिए। जो लोग पुण्य कमाना चाहें, उन्हें एकान्त गुफाओं में या गंगा के किनारे साधना करने की जगह गरीबों और लाचारों के बीच काम करना होगा। सैकड़ों शंकराचार्यों, चिन्मयानन्दों और ऐसे ही तमाम महात्माओं को इकट्ठा कर लिया जाए तब भी मेरे लिए उनके बजाय मदर टेरेसा, भगत पूरन सिंह, एला भट्ट और पी. के. माधवन का महत्त्व कहीं ज्यादा रहेगा। ध्यान के तो एक ही तरीके की मैं सिफारिश कर सकता हूँ। हर रात सोने के पहले शीशे में अपना चेहरा देखिए–अपनी ही आँखों में झाँकना आसान काम नहीं है–और अपने-आपसे पूछिए, 'क्या आज मैंने किसी के साथ कोई बुराई की है ?'

जिस एकमात्र सिद्धान्त को मैं मानता हूँ, वह है–अहिंसा। यह सचमुच **परमोधर्मः** है। बाकी बातों का विशेष महत्त्व नहीं है।

धर्म का सहारा लेकर और भी बहुत से बेतुके विश्वास चलते हैं। इनमें मेरी सूची में सबसे ऊपर है–ज्योतिष, हस्तरेखा, अंकशास्त्र या फिर *भृगुसंहिता*-जैसे पुराने ग्रन्थों के आधार पर भविष्यवाणी। तमाम हिन्दू बच्चों की जन्म-पत्रियाँ बनती हैं। जन्म-पत्रियाँ मिलाकर ही शादियाँ तय होती हैं। सदियों का अनुभव यह बतलाता है कि सितारों की गति से दुनिया की घटनाओं का मेल बैठाने का कोई वैज्ञानिक आधार नहीं है। मगर फिर भी ज्योतिष में हमारा कट्टर विश्वास हिलता नहीं। पानीपत की तीसरी लड़ाई में मराठे अपने दुश्मन अफगानों से संख्या में दस गुने होने के बावजूद हार गए, क्योंकि उनके सेनापति ने सामान्य समझदारी का इस्तेमाल करने के बजाय राजज्योतिषी की बात मान ली। सन् 1962 के अष्टग्रह योग के समय हमारे ज्योतिषियों ने भविष्यवाणी की थी कि 3 फरवरी की शाम साढ़े-पाँच बजे दुनिया का अन्त हो जाएगा। तमाम रेलें, हवाई जहाज और बसें खाली चल रही थीं। लोग अपने परिवारों के साथ घर में घुसे बैठे थे। देवताओं को तुष्ट करने के लिए हवन में टनों घी जलाया गया। हुआ कुछ भी नहीं। बस हिन्दुस्तान दुनिया की नजरों में निहायत बेवकूफ और पिछड़ा हुआ देश साबित हो गया। एक भी ज्योतिषी ने इन्दिरा गांधी या उनके बेटे राजीव की हत्या की पेशीनगोई नहीं की थी। हालाँकि इन हत्याओं के बाद अपनी आदत के अनुसार बहुतों ने ऐसा करने का दावा किया था। मेरे दोस्त चरणजीत सिंह ने अपनी जितनी भी जन्म-पत्रियाँ

बनवाई थीं, उन सबमें उनकी उम्र सत्तर साल से ऊपर बताई गई थी। वे इक्यावन साल की उम्र में गुजर गए। एक मशहूर ज्योतिषी हैं जिनकी भविष्यवाणियाँ मैं *हिन्दुस्तान टाइम्स* में छापता था और प्रधानमन्त्री तथा मन्त्री भी उनसे सलाह लेते हैं। उनकी बेटी ने अपनी शादी होनेवाले पति की कुंडली से अपनी कुंडली के मिलान के बाद ही तय की थी, पर वह शादी एक महीने भी नहीं चली।

तन्त्र-मन्त्र में भी लोगों का विश्वास बना ही हुआ है। श्रीमती गांधी दुष्ट शक्तियों को हराने के लिए अपने घर में तान्त्रिक क्रियाएँ करवाती थीं। गृहमन्त्री बूटा सिंह और लोकसभा के अध्यक्ष बलराम जाखड़ ने राजीव गांधी को देवरहा बाबा का आशीर्वाद लेने के लिए राजी किया था। ये बाबा नंगे एक पेड़ पर बैठे रहते थे। इन्होंने उन लोगों के ललाट से अपने पैर का अँगूठा छुआया। कुछ हफ्तों बाद ही राजीव गांधी का प्रधानमन्त्री पद छिन गया और बूटा सिंह और जाखड़, दोनों ही संसद का चुनाव हार गए। बहुत-से मुख्यमन्त्री तन्त्र-साधना करते हैं। उड़ीसा के जानकीबल्लभ पटनायक और आन्ध्र प्रदेश के एन.टी. रामाराव ऐसे ही मुख्यमन्त्रियों में से हैं। तमिलनाडु की जयललिता हर रोज अपने ज्योतिषी से सलाह लेती हैं। ज्यादातर हिन्दुस्तानी राजनेता, जिनमें प्रधानमन्त्री नरसिंह राव भी शामिल हैं, राहु-काल—अशुभ समय—की धारणा में विश्वास करते हैं। ज्योतिष की पत्रिकाएँ बहुत बिकती हैं और बड़े-बड़े ज्योतिषी ढेरों पैसा पीटते हैं। आसानी से बेवकूफ बन जानेवाले लोगों के लालच से पैदा किए हुए रुपए से बढ़कर और हराम की कमाई क्या होगी ! मैं तो चाहता हूँ कि धार्मिक मंच से ज्योतिष की आलोचना हो।

हर धर्म अपने समय की माँग से पैदा हुआ है और अपने समय की सामाजिक और आर्थिक जरूरतों के हिसाब से पनपा है। धर्मों को हमेशा-हमेशा के लिए चिरन्तन सत्य घोषित करना विशुद्ध बकवास है। जब दुनिया की जनसंख्या बहुत कम थी और इसमें से भी बहुत बड़ा हिस्सा लड़ाइयों, अकाल और महामारियों की भेंट चढ़ जाता था, तब धर्मगुरुओं के इस आदेश में कुछ तर्क था कि लोग दुनिया में आकर फूलें-फलें—आबादी बढ़ाएँ। जब आदमियों के लड़ाइयों में मारे जाने के कारण औरतों की आबादी मर्दों से ज्यादा हो गई थी, तब बहुविवाह की इजाजत देने का कोई औचित्य था। आज दुनिया के बहुत-से हिस्सों में—सबसे बढ़कर तो हिन्दुस्तान में—आबादी बेइंतहा बढ़ गई है और मर्द-औरतों का अनुपात लगभग वही है। (ऐसे में) दो शादियों पर मजहबी एतराज होने चाहिए और किसी जोड़े के एक से ज्यादा बच्चे होने पर भी। एक-दूसरे के प्रति वफादार रहने की शपथ से भी ज्यादा जरूरी उन्हें यह कसम दिलाने की कोशिश करना है कि पहले बच्चे के जन्म पर वे दोनों अपनी मर्जी से अपने को नसबन्दी के लिए पेश कर देंगे। जो धार्मिक समुदाय जन्म-नियन्त्रण को अधर्म मानते हैं, उन्हें भी कोई छूट नहीं मिलनी चाहिए। हिन्दुस्तानी किसी भी मजहब के हों, देश के भविष्य की चिन्ता किए बगैर परिवार बढ़ाते जाते हैं। राष्ट्रपति गिरि के सोलह बच्चे थे, प्रधानमन्त्री नरसिंह राव के आठ हैं और बिहार के मुख्यमन्त्री लालूप्रसाद यादव तो अभी भी जवाँ मर्द बने हुए हैं। उनके नौ बच्चे हैं। इन लोगों में से कोई भी कैथोलिक या मुसलमान

नहीं है जिन पर अन्धाधुंध बच्चे पैदा करने का इल्ज़ाम लगा करता है।

सिर्फ एक बच्चे के आदर्श को मैं विवाह की प्रतिज्ञाओं का हिस्सा ही नहीं बनाऊँगा, बल्कि लड़की के माँ-बाप को बढ़ावा दूँगा कि दहेज में उसे शादी करवानेवाले पंडितजी से उस पर स्वस्तिवाचन करवाके कंडोम जरूर दें।

एक और परम्परा है जिसे धार्मिक स्वीकृति मिली है और जिसमें भारी बदलाव की जरूरत है। वह है–हिन्दुओं, सिखों, जैनों और बौद्धों में प्रचलित मृतक संस्कार। पुराने जमाने में इसके दो तरीके चलन में थे–चितादाह और जल-प्रवाह। अधजले शरीर को आज भी चोरी-छिपे नदी में बहा दिया जाता है। पर सबसे ज्यादा प्रचलित तरीका है, उन्हें चिता पर जलाना। गैस या बिजली के शवदाह यन्त्र गिने-चुने बड़े-बड़े शहरों में ही हैं। हमेशा इनका इस्तेमाल पढ़े-लिखे अमीर ही करते हैं या फिर उनमें भिखमंगों की लावारिस लाशें जलाई जाती हैं। एक चिता में एक लाश जलाने के लिए औसतन दो क्विंटल लकड़ी की जरूरत पड़ती है। दिल्ली में हर रोज सौ से ऊपर हिन्दू, सिख, जैन और बौद्ध मरते हैं। बम्बई और कलकत्ता-जैसे दूसरे बड़े शहरों में मौत की दर और भी ऊँची है। हिसाब लगाया गया है कि हर साल इंसानी मुर्दों को जलाने में दो करोड़ क्विंटल लकड़ी बर्बाद होती है। जिस देश में पहले ही जंगलों की कमी खतरे की हद तक पहुँच गई है, जिससे मिट्टी कटने लगी है और बाँधों में गाद भर गई है, वहाँ रोज जंगल-के-जंगल जलकर राख हो जाते हैं। इसका इलाज और ज्यादा गैस और बिजली के शवदाह यन्त्र बनाकर नहीं हो सकता क्योंकि हमारे पास इसके लिए साधन नहीं हैं, बल्कि हर गाँव, कस्बे और शहर के नजदीक हिन्दू, सिख, जैन, बौद्ध कब्रिस्तान बनवाकर हो सकता है। इनमें से किसी भी धर्म में लकड़ी की चिता पर ही शवदाह करने का कोई निर्देश नहीं है। दक्षिण भारत में बहुत-से हिन्दू समुदायों में मुर्दों को दफनाया जाता है। अन्नादुरै और सी. रामचन्द्रन को दफनाया गया था। संसद-सदस्य और *गीता* के महान व्याख्याता स्वामी चिन्मयानन्द को कुर्सी पर बैठी अवस्था में दफनाया गया था। कई जैन मुनियों को भी दफनाया ही गया है। इन कब्रिस्तानों में ईसाई और मुसलमान कब्रिस्तानों की तरह पक्की कब्रें न हों। जगह बचाने के लिए मुर्दों को सीधे खड़ी हालत में दफनाया जाए और ऊपर स्मारक-पट्ट भी न लगाए जाएँ। इसके बदले उस जगह पर निशानी के लिए एक पेड़ रोप दिया जाए या फिर हर पाँचवें साल हल चलाकर वह जमीन खेती में ले ली जाए। समुद्र के किनारे रहनेवाले लोग अपने मृतकों को किनारे से कुछ दूर समुद्र में विसर्जित कर सकते हैं।

मैंने अपने वसीयतनामे में लिख दिया है कि मुझे किसी भी धार्मिक क्रिया के बगैर बहाई कब्रिस्तान में दफनाया जाए। बहाइयों ने मेरा अनुरोध इस शर्त पर मंजूर कर लिया कि वे मेरी आत्मा के लिए प्रार्थना करेंगे। चूँकि आत्मा को मैं मानता ही नहीं इसलिए मुझे इस बात की परवाह भी नहीं है।

हमें पेड़ों की पूजा का रिवाज फिर से शुरू करना चाहिए–धार्मिकता के लिहाज से नहीं, बल्कि आनेवाली पीढ़ियों के लिए उन्हें महफूज रखे जाने की खातिर। चिपको

आन्दोलन को धर्म का सहारा मिलना चाहिए। इसके बदले सिन्थेटिक सामग्री का उपयोग हो सकता है जो अब बहुतायत से मिलने लगी है। हरियाणा और राजस्थान के बिश्नोइयों-जैसे भी समुदाय हैं जिनमें पेड़ काटने और जानवरों को मारने की मनाही है। उनके इस रिवाज को सभी पर लागू किया जाना चाहिए। जानवरों के शिकार पर धार्मिक प्रतिबन्ध लग जाना चाहिए। जानवर तो एक-दूसरे को खाकर ही जीते हैं, लेकिन इंसानों के पास तो खाना जुटाने के और भी साधन हैं। उन्हें अपने शरीर को जानवरों का कब्रिस्तान बनाने से विमुख किया जाना चाहिए।

पेड़ रोपना हमारी धार्मिक रीति और शिक्षा व्यवस्था का अनिवार्य हिस्सा बना दिया जाना चाहिए। हर मुंडन, जनेऊ या विवाह संस्कार में एक निश्चित संख्या में पेड़ लगाना जरूरी बना दिया जाना चाहिए। छात्र जब तक एक निश्चित संख्या में पेड़ लगाने और उन्हें पाल-पोसकर स्वस्थ बनाने का सबूत न दें, उन्हें डिग्री या डिप्लोमा नहीं दिए जाने चाहिए। लोग मरते समय दान के तौर पर जो रकम छोड़ जाते हैं, उससे मन्दिर, मस्जिद, स्कूल या अस्पताल बनाने के बजाय पेड़ लगाने को प्राथमिकता दी जानी चाहिए। वृक्षारोपण एक राष्ट्रव्यापी जन-आन्दोलन बन जाना चाहिए। तभी हम अपने देश को वैसा ही हरा-भरा स्वास्थ्यकर और तन्दुरुस्त बना सकेंगे जैसा यह हमारे पुरखों के समय में था। यह अकेले सरकार के किए नहीं होगा। अगर आज धर्म के कोई मानी हो सकते हैं तो वह तभी, जब वह ऐसे आन्दोलनों को अपना नैतिक आधार दे।

मैंने अब तक दर्जनों लेखों में जो लिखा है और सार्वजनिक भाषणों में जो कहा है, इस अध्याय का ज्यादातर हिस्सा उसी सबका सार है। मगर, मुझे लगा कि जब तक मैं अपने विचारों को ज्यादा विस्तार से सामने न रखूँ, मेरी जिन्दगी की कहानी पूरी नहीं होगी।

अध्याय-सत्रह

लेखन और लेखक

उन हालात का मैं पहले ही जिक्र कर चुका हूँ जिनके तहत मैं वकालत से जनसम्पर्क, अध्यापन और आखिर में पत्रकारिता और लेखन की ओर मुड़ा। मुझसे कहा गया है कि मैं इस सिलसिले में कुछ बातें करूँ—जैसे, किन लेखकों से मेरी जान-पहचान हुई, किनका मुझ पर असर पड़ा, लेखक बनने के लिए क्या-कुछ जरूरी है, लिखने में मजा आता है या नहीं और क्या इससे अच्छी-भली रोजी कमाई जा सकती है या नहीं।

हालाँकि स्कूल और कॉलेज की पढ़ाई में मैं कोई कमाल करके नहीं दिखला सका मगर मुझमें बहुत बचपन से ही लेखक बनने की महत्त्वाकांक्षा थी। जब मैंने उपन्यास लिखने के लिए एक नोटबुक ली थी तब मैं प्राइमरी स्कूल में ही था। पहले सफे पर ही मोटे-मोटे अक्षरों में मैंने लिखा था 'शील्ला', लेखक खशुवन्त सिंह। उस उमर में सिर्फ एक 'ल' वाले मामूली-से नाम 'शीला' की अपेक्षा मुझे 'शील्ला' बड़ा ही मॉडर्न और असरदार लगा था। तब मुझे खेल-कूद में हिस्सा लेनेवाली चुस्त-दुरुस्त लड़कियाँ बहुत लुभाती थीं जो बालों की चोटियाँ करके उनमें लाल रिबन बाँधती थीं, निकर पहनती थीं और लड़कों के साथ बड़ी हाजिरजवाबी से बातचीत करती थीं। मैं कई दिन तक वह नोटबुक साथ-साथ लिए घूमता रहा और शायद अपनी नायिका के बारे में कुछ-एक पंक्तियाँ लिखीं भी। पर 'शील्ला' कभी लिखा नहीं गया।

जो पाँच साल मैंने कॉलेज और लन्दन में 'इंस ऑफ कोर्ट' में गुजारे थे उनमें लेखन में अपना हाथ आजमाने की मेरी इच्छा ने कुछ और ठोस रूप लिया। कानून की किताबों से मैं उकता जाता था पर कथा-साहित्य और कविता पढ़ने में मुझे आनन्द आता था। खुशकिस्मती से मेरी याद्दाश्त काफी अच्छी थी, इसलिए हिन्दुस्तान में सीखी हुई कविताओं के जखीरे में मैं और इजाफा करता रहा। मुझे कुछ-कुछ यह भी धुँधला-सा एहसास हो रहा था कि कविता तो कवि के अन्तर से उमड़ पड़ती है पर गद्य लिखने के लिए ज्यादा बड़े शब्द-भंडार और विस्तृत अध्ययन की पृष्ठभूमि जरूरी होती है। मैंने अपने पास एक डिक्शनरी रखनी शुरू की और जो भी लफ्ज़ मेरी समझ में नहीं आता था, उस पर मैं निशान लगा लेता था। सेंट स्टीफंस कॉलेज में हमें *बाइबिल* का परिचय कराया गया था, अब मैंने उसे फिर से पढ़ना शुरू किया। मुझे 'न्यू टेस्टामेंट' कुछ

पंडिताऊ-सा लगा। 'ओल्ड टेस्टामेंट' ज्यादा काव्यात्मक था। सोलोमन का गीत, स्तुतियाँ, मुहावरे और जॉब वाला अध्याय मैंने बार-बार पढ़े और उनके कुछ हिस्से तो मैंने बिल्कुल हिब्ज़ कर लिए। उनमें से कुछ तो मुझे आज भी याद हैं। उन्हीं दिनों मैंने बहुत-सी ऊटपटाँग कविताएँ भी पढ़ीं—तुक्तक (लिमरिक्स), ढकोसले (क्लेरिह्यूज़), बाल-तुकबन्दियाँ (नर्सरी राइम्स), लुई कैरल की रचनाएँ और गिल्बर्ट तथा सलीवान के ऑपेरा। मैंने आपने-आपको पंजाब के अनगढ़ देहाती से मध्यवर्गीय अंग्रेज जेंटलमैन में बदलने की कोशिश की। मैंने तो *द टाइम्स* की वर्ग-पहेली से जूझने की आदत भी डाल ली। यह आदत ऐसी पड़ी कि मेरी जिन्दगी के कितने ही कीमती घंटे इस पर बर्बाद हो गए। जिन बहुत-से उपन्यासकारों को मैंने पढ़ा उनमें से दो ने मुझे सबसे ज्यादा प्रभावित किया। वे थे एल्डस हक्सले और सॉमरसेट मॉम। मेरा जी चाहता था कि मुझमें हक्सले-जैसी मुहावरेदानी और नटखट हाजिरजवाबी आ जाए और मॉम-जैसी पाठकों का ध्यान बाँधे रखने की लियाकत। पर ईमानदारी की बात तो यह है कि लिखने की प्रेरणा मुझे महान लेखकों से नहीं, बल्कि दूसरे दर्जे के लेखकों से मिली और उनमें भी खासकर हिन्दुस्तानी लेखकों से जो इंग्लैंड और अमरीका में छपे थे। मैंने मुल्कराज आनन्द, राजा राव और आर.के. नारायण को पढ़ा। मुझे लगा कि मैं उन-जैसा तो लिख ही सकता हूँ और अगर वे बाहर छप सकते हैं तो मैं भी छप सकता हूँ। अपना तखमीना मैंने गलत नहीं लगाया था।

इंग्लैंड में अपनी दूसरी नियुक्ति के दौरान मैंने लेखन को ही अपनी जीवन-वृत्ति बनाने के बारे में गम्भीरता से विचार किया। लेखक बनने के आकांक्षी कई और लोगों की ही तरह मैंने भी बड़े-बड़े लेखक-लेखिकाओं से दोस्ती करने की और अपने लिए उनकी किताबों पर उनके हस्ताक्षर करवाने की कोशिश की। फ्रांस्वा मॉरिया के दस्तखत किए हुए उनके उपन्यास और तस्वीर मेरे पास हैं। आन्द्रे जीद का अपनी सेक्रेटरी को हाथ से लिखकर भेजा हुआ एक पुर्जा मेरे पास है। स्टीफन स्पेंडर, मेरी मैकार्थी, नॉर्मन मेलर, कॉम्पटन मैकेंजी, सशेवेरल सिटवेल, डायलन टॉमस, रोजामंड लेहमान, सैमुएल बेकेट और कुछ औरों से भी मैंने हाथ मिलाया है। लेखकों की पूजा का यह बचकानापन कुछ साल चलता रहा तब जाकर मुझे होश आया कि लेखकों को जानने से ही कोई लेखक नहीं बन जाता। लिखना ही एकमात्र ऐसा पेशा है जिसमें खुद के सिवा कोई दूसरा आपकी मदद नहीं कर सकता। लेखन की दुनिया में गुरु-चेला जैसा कोई रिश्ता नहीं होता। लेखक को खुद ही अपना सलाहकार, मार्गदर्शक और आखिरी निर्णायक बनना पड़ता है।

लन्दन में दूसरी नियुक्ति के ही दौरान मेरी *शार्ट हिस्ट्री ऑफ द सिख्स* (सिखों का संक्षिप्त इतिहास) प्रकाशित हुई और गुरु नानक की भोर की प्रार्थनाओं का काव्यानुवाद भी। दिल्ली लौटने तक मेरे उपन्यास *मनो-माजरा (ट्रेन टु पाकिस्तान)* का आधे से ज्यादा लिखा जा चुका था। भोपाल में अकेले एक महीने रहकर मैंने इसे पूरा कर लिया। पहले एक अध्याय में मैं इसका जिक्र कर चुका हूँ।

नीरदचन्द्र चौधुरी, रूथ झाबवाला और मनोहर मुलगाँवकर से मेरी जान-पहचान अगले

दो वर्षों में ऑल इंडिया रेडियो की विदेश सेवा में काम करते हुए हुई। तीनों ही मेरे गहरे दोस्त बन गए। नीरद बाबू की *ऑटोबायोग्राफी ऑफ ऐन अननोन इंडियन* (एक अनजाने भारतीय की आत्मकथा) हाल ही में प्रकाशित हुई थी। भारत सरकार के हलकों में इसे लेकर काफी शोर-शराबा हो रहा था क्योंकि यह किताब ब्रिटिश साम्राज्य को समर्पित थी। नीरद बाबू की राय में हिन्दुस्तान में जो कुछ भी काम का हुआ है वह ब्रिटिश साम्राज्य के कारण ही। उनका अंग्रेजी भाषा पर जो अधिकार था, बंगाल के गाँवों का उन्होंने जैसा वर्णन किया था और देश की समस्याओं का उन्होंने आम धारणाओं के खिलाफ जाकर जैसा विश्लेषण किया था उस पर मैं मोहित हो गया। मैंने ऐसे समय उनसे आगे बढ़कर दोस्ती की जब समाज में उनका हुक्का-पानी बन्द हो गया था। उन्हें दोस्तों की जरूरत थी और मैंने दोस्ती का जो हाथ बढ़ाया वह उन्होंने थाम लिया।

नीरद बाबू की कद-काठी बहुत ही छोटी थी। वे सूट-टाई से लैस रहते थे और अपने नाप से बहुत बड़ी साइज की एक अजीब-सी खाकी सोला टोपी लगाते थे। वे अजब कार्टून-से दिखाई देते थे। जब वे अपने घर से निकलते, गली के छोकरे 'जॉनी वॉकर' 'जॉनी वॉकर' की रट लगाते हुए उनके पीछे हो लेते। उनका मिजाज भी बहुत गर्म था। एक बार दफ्तर में उनके ही कमरे में बैठनेवाले किसी आदमी ने उन्हें अंग्रेजों के जूते चाटनेवाला कहते हुए कुछ बुरा-भला कह दिया। नीरद बाबू गुस्से में भरकर चिल्लाए, 'कुत्ते कहीं के ! अपनी बात वापस लो, नहीं तो मैं तुम्हारी खोपड़ी फोड़ देगा !' उस आदमी ने इंकार कर दिया तो नीरद बाबू ने उसकी मेज पर जाकर शीशे के एक भारी पेपरवेट से उसे दनादन मारना शुरू कर दिया—यहाँ तक कि उसके खून निकल आया। फिर दोनों एक-दूसरे की शिकायत करने विभाग की अध्यक्ष मेहरा मसानी के पास गए। बेचारी मेहरा क्या करती ? उसने दोनों को बचपना करने के लिए डाँट दिया। नीरद चौधुरी के लिए उसके मन में स्नेह-भाव था और दूसरे खुले दिमागवाले हिन्दुस्तानियों की तरह वह भी उनकी हिम्मत और विद्वत्ता की प्रशंसक थी। लेकिन सूचना और प्रसारण मन्त्री केसकर उनके प्रशंसक नहीं थे। जब उनका ध्यान नीरद की किताब के समर्पणवाले पृष्ठ की ओर दिलाया गया तो उन्होंने यह धमकी भी दी कि नीरद के लेख छापनेवाले पत्र-पत्रिकाओं को ब्लैकलिस्ट कर दिया जाएगा। नीरद के पास गुजारे का और कोई साधन नहीं था और परिवार को पालने की जो जिम्मेदारी थी, वह अलग। वे भारी मुसीबत में पड़ गए। कुछ दोस्त ऐसे वक्त उनके काम आए जिनमें मैं, मेहरा मसानी और रूथ झाबवाला तथा उनके पति शामिल थे। हम हमेशा उन्हें पत्नी सहित अपने घर आने की दावत देते रहते थे। यहाँ उनकी मुलाकात कई विदेशी प्रशंसकों से होती थी। एक किताब ने ही उन्हें बहुत प्रसिद्ध कर दिया था। उनके प्रशंसकों में मेरे पिता सोभा सिंह भी शामिल थे जिन्होंने उनके बारे में मुझसे सुना-भर था, उन्हें पढ़ा नहीं था। जब भी नीरद हमारे घर आते, मेरे पिता दुर्लभ जातियों के अपने गुलाब दिखलाने के लिए उन्हें बगीचे में ले जाते थे। ब्रिटिश उपाधियों से नवाजे गए लोगों के लिए नीरद के दिल में जरूरत से ज्यादा सम्मान था और मेरे पिता को नाइट की पदवी मिली हुई थी। दूसरी

तरफ, मेरे पिता महसूस कर रहे थे कि उनके अंग्रेज दोस्तों में नीरद बाबू की बड़ी पूछ थी और पार्टी में वे आकर्षण का केन्द्र होते थे। दोनों में अच्छी पटती थी।

नीरद में लोगों को उकसाने की बहुत क्षमता थी। एक बार जब वे झाबवाला परिवार के साथ डिनर ले रहे थे तो उन्होंने झाब की माँ से कह दिया कि हिन्दुस्तानी लोग पारसियों को हिन्दुस्तानी नहीं मानते। माताजी के पति मेरठ षड्यन्त्र केस में जेल भुगत चुके थे। नीरद की बात सुनकर वे गुस्से से फट पड़ीं, 'तुम टोडी बच्चे ! हमारी देशभक्ति पर उँगली उठाने की तुम्हें हिम्मत कैसे हुई ?' पार्टी छोड़कर वे अपने कमरे में चली गईं ! नीरद पर कोई असर नहीं पड़ा। वे अपनी बात दोहराते रहे।

एक बड़ी परेशानी यह थी कि मेरी जान-पहचान के तमाम लोगों की तुलना में नीरद बाबू की जानकारी बेहद व्यापक थी। वे सर्वज्ञानसम्पन्न थे। इतिहास हो या साहित्य, विज्ञान, प्राकृतिक घटना या और कुछ, उन्हें सारी जानकारी रहती थी। एक बार, ब्रिटिश काउंसिल के अध्यक्ष हेनरी क्रूम जॉनसन के यहाँ पार्टी थी। मैंने हेनरी की पत्नी जेन को बताया कि सुबह मैंने किसी विटगेंस्टाइन और उसके हाइड्रो या कुछ ऐसे ही सिद्धान्त के बारे में बड़ा विद्वत्तापूर्ण भाषण सुना था। मुझे इस बात का भान नहीं था कि दर्शन के क्षेत्र में विटगेंस्टाइन का नाम एक किंवदन्ती बन चुका है। तो मैंने कहा, 'मेरी समझ में श्रोताओं में से शायद ही कभी किसी ने यह नाम सुना होगा। और, मैं शर्त लगाकर कह सकता हूँ कि इस कमरे में भी शायद एक चौधुरी के सिवाय और कोई भी उसके बारे में नहीं जानता होगा।' मैं जरा ज्यादा ही ढिठाई से बोल गया। मेरी शर्त मंजूर कर ली गई।

जेन ने मेहमानों के आगे इस बात की घोषणा कर दी। वे सभी विद्वान थे। किसी ने भी विटगेंस्टाइन के बारे में नहीं सुना था, मगर नीरद बाबू तो उसके सिद्धान्त पर अपना मत भी प्रकट करने लगे। और भी ज्यादा हैरत की बात मेरे घर में हुई। मैंने आइसलैंड के नोबल पुरस्कार विजेता सिलन्पी को अपने घर खाने पर बुलाया था और उनसे मिलने के लिए कुछ हिन्दुस्तानी लेखकों को भी। उस शाम नीरद बाबू ही सब पर हावी रहे और नोबल पुरस्कार विजेता को आइसलैंड के साहित्य पर भाषण देते रहे।

नीरद बाबू में अपनी कुछ खब्तें भी थीं। अपनी छत पर लगाए गए बगीचे में उन्होंने एक खास किस्म का कैक्टस लगा रखा था जो सूर्योदय के समय एक-दो घंटे के लिए खिलता था। दूरदराज मोरी गेट के अपने फ्लैट पर वे लोगों को इसके खिलने का नजारा दिखाने के लिए बुलाते थे। उस जादुई पल उनके यहाँ हाजिर होने के लिए कारों के काफिले शहर को पार करके आते थे। वे लोगों को खाने पर बहुत ही कम बुलाते थे क्योंकि खाना उनकी बीवी को पकाना पड़ता था। पर जब वे बुलाते थे तो वह अनुभव अविस्मरणीय होता था। घर पर वे हमेशा बंगाली धोती-कुर्ते में रहते थे और लिखने के लिए फर्श पर पालथी मारकर बैठते थे। हर डिनर पर उनके पास पुरानी शराबों का एक संग्रह होता था। पहले तो वे अपने मेहमानों को एक भाषण देकर यह समझाते थे कि कौन-सी शराब कौन-से क्षेत्र से आई है, वह कितनी पुरानी है और उसकी खास

खुशबू क्या है। फिर वे कटग्लास के अंगुश्ताने-जितने छोटे-छोटे गिलासों में वह शराब उँडेलते हुए यूरोप के कटग्लास उद्योग पर हमारी जानकारी बढ़ाते थे। इतनी शराब कभी होती ही नहीं थी कि गिलासों को दुबारा भरा जाए। खाना बंगाली होता था। चौधुरियों को गाय या सूअर के मांस से परहेज नहीं था लेकिन *माछेर झोल*—शोरबेदार मछली—उन्हें ज्यादा पसन्द थी।

नीरद बाबू के साथ मेरी दोस्ती एकतरफा थी। वे गुरु थे और मैं उनका विनम्र शिष्य। जब भी उनकी राय मुझसे न मिलती, से तपाक वे मुझे बेवकूफ कह देते। उनकी पत्नी अक्सर उन्हें टोक देतीं, 'अगर तुम ऐसा बर्ताव करोगे तो इस एक अकेले दोस्त को भी खो बैठोगे।' उन्हें खोने का मेरा कोई इरादा नहीं था और यह मानने का भी मेरे पास कारण है, कि वे भी मुझे खोना नहीं चाहते थे। उनकी कई किताबों में मेरा जिक्र है, मेरे अलावा किसी और हिन्दुस्तानी प्रशंसक का नहीं। मैं जानता था, उन्हें हिन्दुस्तान से प्यार था लेकिन हिन्दुस्तानियों को वे बर्दाश्त नहीं कर सकते थे। जब वे मैक्समूलर की जीवनी लिखने के लिए इंग्लैंड रवाना हुए तभी मुझे लगा था कि वे कभी वापस नहीं लौटेंगे। तभी से वे ऑक्सफोर्ड में हैं। नब्बे वे कबके पार कर चुके हैं।

रूथ प्रावर झाबवाला के साथ मेरी दोस्ती शुरू में बहुत धीरे-धीरे बढ़ी। वह पोलिश-यहूदी रक्त की शर्मीली, झेंपू-सी नवयुवती थी। जब दुल्हन बनकर वह भारत आई तो वह हर हिन्दुस्तानी चीज पर मोहित थी जिसमें उसका आर्किटेक्ट पति भी था। अफवाह थी कि उसकी माँ इस शादी के सख्त खिलाफ थी। इंग्लैंड में आर्किटेक्चर पढ़ रहे इस पारसी नौजवान के साथ उसने जब घूमना-फिरना शुरू किया था तो उसकी माँ घबड़ा गई थी। कहते हैं कि रूथ ने जब उससे शादी करने के अपने फैसले की घोषणा की थी तो उसकी माँ बोल पड़ी थी, 'पर वह तो गोय (गैर-यहूदी) तक नहीं है।' दोनों एक-दूसरे से बेहद प्यार करते थे। इसका एक सबूत तो यही था कि रूथ हर दूसरे साल उम्मीदवार हो जाती थी। उनके तीन प्यारी-प्यारी बेटियाँ थीं।

रूथ से मेरी पहचान तब हुई जब मैं ऑल इंडिया रेडियो के विदेश विभाग के अंग्रेजी सेक्शन का इंचार्ज था। मैंने उसे वार्ताएँ रिकॉर्ड करने के लिए बुलाया था। वह अच्छे आलेख लिखती थी और रिकॉर्ड होनेवाले अनुच्छेदों को उसे शायद ही कभी दुहराना पड़ता था। वह कुछ मिनट के लिए ही मेरे कमरे में आती थी—स्टूडियो में ले जाए जाने के लिए, या फिर एक प्याला कॉफी के लिए। उन कुछ मिनटों (की मुलाकातों) में ही उसे मुझ पर विश्वास होने लगा। वह बहुत ही चुप-चुप रहनेवाली थी। मुझे लगता है कि इजराइलियों के लिए मेरी प्रबल सद्भावना (मैंने भारत-इजराइल मैत्री संघ की स्थापना की थी) के कारण ही उसमें मेरे प्रति ऊष्मा आई थी। वह कट्टर सिओनवादी* थी।

जब पहली बार चौधुरी दम्पति और मेहरा मसानी के साथ वह और उसका पति

* सिओनवाद—यहूदियों के लिए देश और राष्ट्रीयता की सुविधाएँ हासिल करने के लिए चलाया गया आन्दोलन।

मेरे यहाँ रात के खाने पर आए तो ज्यादातर समय दोनों एक-दूसरे से ही चिपके रहे। वह कुछ बेचैन-सा आदमी था और सिर्फ अच्छी जान-पहचानवालों के साथ ही सहज महसूस कर पाता था। उसके बाद से हम जब भी उन्हें डिनर पर बुलाते, हमें इस बात का खास खयाल रखना पड़ता कि दूसरे मेहमान कौन हों। रूथ के पहले दो उपन्यासों से उसके बहुत-से विदेशी प्रशंसक पैदा हो गए थे। और, दिल्ली के दूतावासों के लोग उससे मिलना चाहते थे। मैंने देखा कि कोई जर्मन कितना ही नात्सी-विरोधी क्यों न हो, रूथ उससे ठीक से बात नहीं कर पाती थी। हमारी जिन पार्टियों में झाबवाला दम्पति उपस्थित रहते थे वे अक्सर नजदीकी दोस्तों की एक छोटी-सी मंडली तक सीमित हो जाती थीं : मेहरा मसानी, नीरद चौधुरी दम्पति और आगे चलकर, ब्रिटिश हाई कमिश्नर की पत्नी कैथरीन फ्रीमैन।

रूथ की आँखें काफी कमजोर थीं और कई बरस दिल्ली में रहने के बाद भी उसकी हिन्दुस्तानी बस कामचलाऊ-भर थी। उसके पाठकों को ताज्जुब होता था कि वह हिन्दुस्तानी किरदारों को इतनी बारीकी से कैसे आँक लेती थी और उनके संवाद इतने सही कैसे होते थे। वह निचले मध्यवर्ग के हिन्दुस्तानियों के बारे में लिखती थी पर ऐसे बहुत ही कम लोगों से उसकी निजी पहचान थी। उसका पति अच्छा किस्सागो था और लोगों की बहुत बढ़िया नकल उतारता था। रूथ हिन्दुस्तानियों को उसी की आँखों से देखती थी और उनकी बातें उसी के कानों से सुनती थी।

कई बार गर्मियों में ये मियाँ-बीवी कसौली आकर अलेसिया होटल में ठहरते थे जो हमारे बँगले राज विला के बहुत नजदीक था। हर दूसरे-तीसरे दिन ये हमारे घर आते-जाते रहते थे। एक बार मैं उनकी बड़ी-सी स्टेशन वैगन में दिल्ली तक उनके साथ भी आया था। इनकी एक बेटी रास्ते-भर उल्टी करती आई और कार में भी कुछ गड़बड़ होने लगी। झाब उसे दुरुस्त करवाने के लिए पानीपत बाजार में एक मिस्त्री की दुकान पर रुका। तुरन्त ही कुतूहली दर्शकों ने हमें घेर लिया। झाब खूबसूरत, बाँका नौजवान था। वह, उसकी मेम और तीन प्यारी-सी बच्चियों से मिलकर एक बढ़िया-सा पारिवारिक चित्र बनता था। मुझे शायद उनका ड्राइवर समझ लिया गया होगा। भीड़ के घेरे से झाब को झुंझलाहट होने लगी। उसने पहले तो नरमी से कहा, 'भाई, ये कोई तमाशा है ?' कुछ लोग खिसक गए पर उनकी जगह दूसरे लोग आ गए। झाब की आवाज में तेजी आने लगी। तभी किसी का फिकरा सुनाई दिया, 'कोई ऐक्टर मालूम होता है।' बस, झाब को बात लग गई और वह फट पड़ा, 'ऐक्टर तेरा बाप, ऐक्टर तेरी माँ, ऐक्टर तेरी भैन, ऐक्टर तेरी बेटी।' इस बात का असर हुआ। भीड़ बिखर गई।

रूथ झाबवाला के उपन्यासों को क्रम से पढ़ने पर पाठक को महसूस होगा कि किस तरह हिन्दुस्तान और हिन्दुस्तानियों से उसका धीरे-धीरे मोहभंग हो रहा था। उसके सर्वश्रेष्ठ उपन्यास *हीट एंड डस्ट* के साथ यह प्रक्रिया पूरी हो गई। इस उपन्यास पर उसे बुकर पुरस्कार भी मिला था। मुझे लगने लगा था कि नीरद चौधुरी की तरह अब वह भी जल्दी ही भारत छोड़कर यूरोप या अमरीका में बस जाएगी। जब उसके इस

बारे में फैसला करने का समय आया तब तक मर्चेंट-आइवरी की जोड़ी उसके कुछ उपन्यासों पर फिल्म बना चुकी थी। कुछ फिल्में बन रही थीं। रूथ के फिल्म-निर्माता न्यूयार्क में रहते थे। इसलिए उसने भी न्यूयार्क ही चुना। तब तक उसके पति को यह समझ में आ गया कि वह जितने अच्छे इमारतों के डिजाइन बना सकता है उतनी ही अच्छी ड्राइंग भी कर सकता है। उसने दिल्ली के पुराने स्मारकों के जो रेखाचित्र बनाए थे वे तुरन्त ही लोकप्रिय हो गए थे।

रूथ ने मुझे अनिता देसाई से मिलवाया। अनिता आधी यहूदी-आधी बंगाली थी और एक कारोबारी अफसर की बीवी। वह नाजुक, सुन्दर-सी लड़की थी और दो छोटे-छोटे बच्चों की माँ। मेरा अंदाजा है कि उसे प्रेरणा रूथ से मिली थी। यहूदी होने के नाते दोनों और नजदीक आ गई थीं। दोनों के लेखन में भी कुछ समानता थी और रूथ की ही तरह अनिता की तारीफ भी अपने देशवासियों के बजाय विदेशियों में ज्यादा होती थी। एक साल उसने कसौली में गर्मियाँ बिताई थीं। उस साल वहाँ जंगल में जबर्दस्त आग लगी थी। आसानी से सुलग उठनेवाली चीड़ की सुइयों से भरी पहाड़ी का एक पूरा पक्ष इस आग से तबाह हो गया था। कुछ घर भी जलकर नष्ट हो गए थे। अनिता का उपन्यास *फायर ऑन द माउंटेन* इसी अनुभव पर आधारित था। रूथ की ही तरह अनिता भी अपनी यहूदी विरासत के प्रति बहुत सचेत थी। उसका उपन्यास *बाउम गार्टर्स बाम्बे* एक यहूदी परिवार पर ही लिखा गया है।

ऑल इंडिया रेडियो के अपने दो वर्षों में मैं एक ऐसे आदमी में लिखने की आकांक्षा जगाने में कामयाब रहा जो आगे चलकर हिन्दुस्तान का जॉन मास्टर्स कहलाने लगा था। मास्टर्स की ही तरह मनोहर (मैक) मुलगाँवकर भी फौज में नौकरी कर चुका था। वह बड़ा होशियार शिकारी भी था और एजेंसियों से उसे विदेशी यात्रियों को शेर के शिकार पर ले जाने का काम मिलता रहता था। इन खूबसूरत प्राणियों की हत्या से उसे जल्दी ही अरुचि हो गई और उसने यह काम छोड़ दिया। उसने मुझे एक बार अपनी एक कहानी दिखाई थी जिसमें उसने अपने द्वारा एक शेर की जान बचाए जाने का किस्सा बयान किया था। यह शेर काफी बड़ा, खूबसूरत, जवान लेकिन बेवकूफ था और हमेशा सड़क के बीचोबीच आ पसरता था। किसी भी राइफलवाले के लिए वह ठीक निशाने की सीध में पड़ा रहता था। मैक ने उसके आसपास गोलियाँ चला-चलाकर उसे चेताया कि इंसान खतरनाक होते हैं और उनसे दूर ही रहने में भलाई है। उसके बाद शेर ने अपना प्रदर्शन करना बन्द कर दिया। मैंने यह कहानी प्रसारित करवा दी। इसके बाद तो बस मैक मुलगाँवकर का बाँध ही टूट गया। उसकी कलम से उपन्यासों की धारा बह निकली—तेज रफ्तार, मर्दाने और प्रबल नाटकीय बोधवाले उपन्यास। इंग्लैंड और अमरीका में उन्हें हाथोहाथ लिया गया। मराठी होने के नाते उसने मराठा जननायकों पर कई ऐतिहासिक उपन्यास भी लिखे। किताबें लिख-लिखकर ढेर करने के क्रम में ही मैक को पता चला कि वह तो सोने की खान पर बैठा है। गोवा के नजदीक ही उसके पुरखों की जायदाद में मैंगनीज होने का पता चला। अब वह अंग्रेज जमींदारों की शैली में ठाठ

से रहता है। उसके बड़े-से मकान से लगा एक बड़ा-सा बगीचा है और उसका नहाने का निजी हौज भी है। वह किताबें और अखबारों के कॉलम लिखता है और मौज से स्कॉच, फेनी और वाइन पीता है।

उस समय तक मैं जिन्दगी के उसी दौर में था जब लगता था कि जो भी अच्छा लिखता हो, उससे पहचान करनी ही चाहिए। इसलिए मैंने अपने आप ही कुछ आगे बढ़कर षष्ठी ब्रत से दोस्ती की। यह उसका असली नाम नहीं था बल्कि बंगाली ब्राह्मण कुलनाम भट्टाचार्य का संक्षिप्त रूप था। मैंने ब्रत का आत्मकथात्मक उपन्यास *कन्फेशंज ऑफ ऐन इंडियन वूमन-ईटर* पढ़ा जो इंग्लैंड में प्रकाशित हुआ था। आवारा आशिक के कारनामों और फतहयाबियों के इस बयान-जैसा प्रकट रूप से कामुकता से भरा और इतनी खूबसूरती से लिखा हुआ कोई किस्सा मैंने अब तक नहीं पढ़ा था।

द इलस्ट्रेटेड वीकली ऑफ इंडिया के अपने कॉलम में मैंने इसकी तारीफ की थी। षष्ठी ब्रत की लिखी हुई चीजें मैंने *द स्पेक्टेटर* और *द न्यू स्टेट्समैन*-जैसी प्रतिष्ठित अंग्रेजी पत्रिकाओं में भी पढ़ी थीं। उनकी शैली प्रांजल थी और शब्दों का चुनाव बहुत ही सही। बाद में मुझे पता चला कि षष्ठी ब्रत *द स्टेट्समैन* (कलकत्ता और दिल्ली) में काम कर चुका था और जिन लड़कियों के बारे में उसने लिखा था उनमें से ज्यादातर दिल्ली के कॉफी हाउस में उठने-बैठनेवालों की जानी-पहचानी थीं और उन्हें आसानी से पहचाना जा सकता था। जाहिर है, ब्रत की आत्म-स्वीकृति से वे परेशान थीं। वह उस समय इंग्लैंड में किसी इंजीनियरिंग या केमिकल फर्म में काम कर रहा था और लन्दन में ही शादी करके या बिना शादी किए एक अंग्रेज लड़की के साथ रह रहा था।

षष्ठी ब्रत ने लन्दन से फोन करके मुझे कहा कि वह भारत आने का कार्यक्रम बना रहा है और अगर मैं उससे *द इलस्ट्रेटेड वीकली* के लिए लेखों की एक शृंखला लिखवा लूँ तो उसका भारत में रहने का खर्च निकल आएगा। मैं तुरन्त तैयार हो गया। उसने मुझसे कहा कि मैं उसके लिए ताजमहल होटल में एक सप्ताह के लिए कमरा बुक करवा लूँ। मैंने यह भी कर दिया।

जिस शाम वह आया, मैंने उसे ड्रिंक के लिए अपने फ्लैट पर न्यौत लिया। मैंने अपने बेटे राहुल और एक आकर्षक पारसी लड़की दीना वकील को भी निमन्त्रित कर लिया। वह *टाइम्स ऑफ इंडिया* समूह की ही एक पत्रिका में काम करती थी। षष्ठी आया तो मैंने देखा कि वह बकरे-सी दाढ़ीवाला बहुत नाटा आदमी है और बहुत ही बोलनेवाला। पर वह संवादपटु था। हम अभी एक-दूसरे से पहचान बनाने की कोशिश ही कर रहे थे कि वह अचानक दीना वकील की तरफ पलटा और पूछ बैठा, 'आप कुँवारी हैं ?'

दीना झेंप से लाल नहीं पड़ी। बिना लड़खड़ाए उसने मुस्कुराते हुए जवाब दिया, 'इसका पता लगाना तो मर्दों का काम है।' मुझे पता चला कि षष्ठी लोगों को चौंकाकर उनका ध्यान अपनी तरफ खींचना चाहता है।

षष्ठी ताज में एक हफ्ते से ऊपर रहा और वहाँ अपने दोस्तों की जो खोलकर

खातिर-तवज्जो की। जाते समय बिल पर अपने दस्तखत करके वह यह नोट लिख गया कि इसे *द इलेस्ट्रेटेड वीकली ऑफ इंडिया* के सम्पादक के पास भेज दिया जाए। मैंने इसे चुकाने से इंकार कर दिया क्योंकि षष्ठी ने मुझे एक भी लेख नहीं दिया था और मैंने कमरा उसके नाम से बुक किया था, *वीकली* के नाम से नहीं। होटल, षष्ठी और मेरे बीच तितरफा चिट्ठी-पत्री महीनों तक चलती रही। आखिरकार होटल की डायरेक्टर कैमेलिया पंजाबी ने वह बिल बट्टेखाते में डाल दिया।

एक-आध साल बाद षष्ठी फिर हिन्दुस्तान आया। मैंने उससे मिलने से इंकार कर दिया। वह कुछ दिन मेरे बेटे के साथ रहा, उससे कुछ रुपए उधार लिए, और जहाँ तक मैं जानता हूँ, कभी वापस नहीं चुकाए।

मैंने कई साल से षष्ठी की लिखी कोई और नई किताब या लेख नहीं देखे हैं। अफसोस की बात है, क्योंकि उसमें बड़ी सम्भावनाएँ थीं।

समकालीन लेखकों में मैं वी.एस. नायपॉल को सबसे ऊँचे दर्जे में रखता हूँ। मैंने उसका जो सबसे पहला उपन्यास पढ़ा था, वह था *अ हाउस ऑफ मि. बिस्वास।* हालाँकि मैं कभी कैरीबियन द्वीपों में नहीं गया हूँ, पर मैं कह सकता हूँ कि यह वहाँ बसे भारतवंशी समुदाय का प्रामाणिक ब्यौरा है। सारे चरित्र इसमें जी उठते हैं और उनके संवाद बड़े ही मजेदार हैं। अंग्रेजी साहित्य-जगत के चढ़ते सितारे के रूप में नायपॉल की वाहवाही होने लगी थी। इसके कुछ ही समय बाद वह अपने पुरखों के देश की यात्रा करने आया। उसके साथ उसकी अंग्रेज पत्नी थी जो काफी दुखी नजर आती थी। वे जब दिल्ली तक पहुँचे तो लगा कि जो कुछ देखा है उससे दोनों का काफी मोहभंग हुआ है। नायपॉल को उम्मीद थी कि भारत के बेटे के रूप में उसकी बड़ी जय-जयकार होगी और शायद वह अपनी पत्नी को दिखला सकेगा कि वह कितना लोकप्रिय है। पर उस समय तक केवल कुछ पारखी लोगों ने ही नायपॉल को पढ़ा था—और ऐसे लोग कहीं भी हों, उनकी संख्या बहुत कम होती है।

मैं उनका गाइड बन गया। उन्हें मैं अपने दोस्तों के घर ले गया; बहुत कम ने उसे पढ़ा था। उसके स्वाभिमान को सहलाने की खातिर मैं उसे किताबों की स्थानीय दुकानों पर यह दिखाने के लिए ले गया कि उसके उपन्यासों की कितनी माँग है। मैं इन पति-पत्नी को सूरजकुंड भी ले गया। फरवरी के आखिरी दिन थे और पुराने दिल्ली शहर के खंडहरों के पास की घाटी पूरी बहार पर आए टेसू के फूलों से दहक रही थी। तुगलकाबाद के किले की बुलन्द दीवारों की छाया में हमने गरमागरम कॉफी और सैंडविच का ब्रेकफास्ट किया। पास के गाँव के बच्चे आकर हमें घूरने लगे। उनके कपड़े चिथड़ा-चिथड़ा थे। नाक बह रही थी और गन्दी आँखों पर मक्खियाँ भिनक रही थीं। अपने *एरिया ऑफ डार्कनेस* में नायपॉल ने सूरजकुंड के उस अद्भुत दृश्य को सिर्फ चार शब्दों में निपटा दिया है लेकिन गाँव के गन्दे चीकट बच्चों पर खूब विस्तार से

बात की है। कश्मीर के केसर के खेतों के मामले में भी उसने यही किया है। शरद ऋतु में खिलते केसर के फूलों के बारे में चलते-चलाते जिक्र-भर करके वह विस्तार से यह बताने में लग गया है कि कश्मीरी औरतें पाखाने के लिए अपने लम्बे-लम्बे फिरन कैसे उठाती हैं। लगता है कि नायपॉल गन्दगी और घिनौनेपन से ग्रस्त हो जाता था।

वह काफी चिड़चिड़ा भी था। शारीरिक स्पर्श से वह बचता था और कोई अगर गले मिलकर उसका स्वागत करना चाहता था तो उसे वह अरुचि से परे कर देता था। उसे फोटो खिंचवाने से भी चिढ़ थी। अपनी अगली यात्राओं में उसे वह पूरा जय-जयकार मिला जिसका वह हकदार था। बाहर के निमन्त्रण स्वीकार करने को वह बहुत उत्सुक रहता था क्योंकि इससे उसे अपनी किताब के लिए सामग्री मिलती थी। एक बार मोदी परिवार में से किसी ने मुझे पार्टी में बुलाया था। मैं नायपॉल को भी साथ ले गया। हम सबसे पहले पहुँचनेवालों में से थे। दीवार के साथ-साथ आकर्षक युवतियों की एक कतार लगी थी। हम सीधे उस तरफ गए पर वहाँ पता चला कि उन्हें अंग्रेजी नहीं आती थी और वे उकताए हुए व्यापारियों का जी बहलाने के लिए लाई गई 'कॉल गर्ल्स' थीं। पर हमेशा ऐसा नहीं होता था। एक बार मैं उसे और उसकी साथिन को अनीस जंग के यहाँ ले गया जहाँ केन्द्रीय मन्त्री रामनिवास मिर्धा भी उपस्थित थे। मिर्धा ने नायपॉल की एक-एक किताब पढ़ रखी थी। वह शाम बड़े आनन्द से बीती।

कम-से-कम दो बार ऐसा हो चुका है कि *न्यूयार्क टाइम्स* के साहित्य सम्पादक ने मुझे फोन करके वी.एस. नायपॉल का एक परिचयात्मक खाका लिखने के लिए तैयार रहने को कहा क्योंकि उन्हें उस साल नायपॉल के नोबल पुरस्कार पाने की उम्मीद थी। मैंने अपने नोट दुरुस्त करके रख लिए। पर वह चिर-आकांक्षित पुरस्कार नायपॉल को नहीं मिला गोकि वह उसके लायक था। उस समय ऐसा लगता था कि पुरस्कार समिति कभी भी अंग्रेजी में लिखनेवाले किसी अश्वेत आदमी को यह पुरस्कार नहीं देगी। ब्रिटिश सरकार ने नायपॉल को 'सर' का खिताब देकर इस कमी को पूरा करना चाहा, पर इसमें नोबल पुरस्कारवाली बात तो नहीं ही थी। नायपॉल कभी भी अपने नाम के पहले 'सर' शब्द नहीं लगाता और आश्चर्य की बात यह है कि एक बार जब उसकी समझ में आ गया कि उसे नोबल प्राइज नहीं मिलेगा तो उसके लेखन का स्तर बराबर गिरता ही गया।

विद्या नायपॉल के जरिए मुझे उसकी माँ और छोटे भाई शिव से मिलने का मौका मिला। मुझे आभास हुआ कि वी.एस. के पास उनके लिए समय नहीं रहता था। हमने उसकी माँ को कई बार खाने पर बुलाया। यह बिल्कुल साफ था कि शिव उसका लाड़ला बेटा था। मैं उन्हें दिल्ली की कुछ किताबों की दुकानों पर ले गया। वहाँ वी.एस. नायपॉल की किताबें तो कतार से सजी हुई थीं पर शिव की किताबें शायद ही कहीं थीं। वे दुकानदारों से पूछतीं, 'तुम लोगों के पास मेरे शिव की और किताबें क्यों नहीं हैं ?' उनकी दोस्ती बहुत कम लोगों से थी और मेरा अंदाजा है कि भारत की यात्रा में उन्हें कुछ खास मजा नहीं आया।

शिव से हालाँकि मैं कुछ-एक बार ही मिला (मेरे बेटे की उससे ज्यादा मुलाकातें

हुई), मगर अपने भाई या माँ की तुलना में वह हिन्दुस्तानी माहौल में ज्यादा सहज दिखाई दिया। वह ज्यादा खुलकर मिलता था और आसानी से दोस्त बना लेता था। मुझे ऐसा लगता था कि लन्दन या ट्रिनिडाड की जगह वह भारत में बसना ज्यादा पसन्द करेगा।

एक क्रिसमस पर मेरे अमरीकी प्रकाशक, ग्रोव प्रेस के बार्नी रॉसेट ने मुझे उपहार के तौर पर गिंसबर्ग की कविता *द हाउल* भेजी। इस कविता की विस्फोटक शक्ति से मैं प्रभावित हुआ और धन्यवाद के पत्र में उससे इस कवि के बारे में और जानकारी माँगी। कुछ महीनों के बाद मैं न्यूयार्क में अपने दोस्त, कोलम्बिया यूनिवर्सिटी के प्रोफेसर जॉन हज़ार्ड और उनकी पत्नी सूज़न के साथ ठहरा हुआ था। रॉसेट ने मुझे अपने साथ ग्रीनविच विलेज के एक रेस्तोराँ में रात के खाने की दावत दी। उसका दूसरा मेहमान था एलन गिंसबर्ग।

गिंसबर्ग देखने में बहुत-कुछ सामी-सा लगता था। लगता था कि उसने जान-बूझकर मैला-कुचैला और चीकट वेश बना रखा है। वह मुझे चौंकाने और हैरत में डालने की कोशिश करता रहा, 'तुम हस्तमैथुन करते हो ? क्या तुम समलिंगी हो ? क्या तुम चरस पीते हो ?' मुझे यह सब बेहद बचकाना लगा। उसने सिगरेट बनानी शुरू की। तम्बाकू में एक सफेद बुकनी मिलाकर उसने सिगरेट लपेटी। फिर कुछ लम्बे-लम्बे कश लेकर उसने नाक से धुआँ छोड़ा। 'पीकर देखोगे ?' उसने पूछा। मैंने कहा, 'पी तो लूँ, मगर मुझे धुआँ खींचना नहीं आता। मुझे थोड़ी-सी दो। रात को सोने के पहले कोशिश करके देखूँगा।'

हज़ार्ड के यहाँ वापस लौटकर मैंने गिंसबर्ग की दी हुई हशीश भरी सिगरेट पीने की कोशिश की। नतीजा सिर्फ यह हुआ कि मैं खाँसते-खाँसते बेहाल हो गया। किसी तरह का कोई विभ्रम नहीं हुआ। मुझे कश खींचना नहीं आता था।

कोई दो साल बाद गिंसबर्ग और उसका पुरुष संगी पीटर ऑर्लोव्स्की दिल्ली में मेरे दरवाजे पर आ पहुँचे। दोनों ने खादी की कमीजें, लुंगी और चप्पलें पहन रखी थीं। दोनों के दाढ़ी-मूँछ और सिर के बाल बढ़े हुए, बहुत उलझे और बेढंगे-से थे। कद छोटा और बालों का रंग गहरा होने के कारण गिंसबर्ग को आसानी से हिन्दुस्तानी समझा जा सकता था। ऑर्लोव्स्की लम्बा था और उसके बाल राख की तरह धूसर-से थे। वह हिन्दुस्तानी कपड़ों के बावजूद साफ-साफ स्कैंडिनेवियाई दिखाई दे रहा था। कई महीनों तक मुझे उनकी कोई खोज-खबर नहीं मिली। इस बीच वे वाराणसी, पटना और कलकत्ता के साथ ही और भी जितने हिन्दू तीर्थों में मुमकिन हो सका घूमते रहे। वे साधुओं के साथ रहे। चिलम में गाँजा फूँका, जलती चिताओं के नजदीक नदी के घाटों पर खुले में सोए, कविताएँ लिखीं और एक-दूसरे के साथ यौनाचार किया। हिन्दुस्तान से उनका जी नहीं भरा था और उनके वीजा का समय समाप्त होने को आया था। वीजा बढ़वाने में मदद माँगने के लिए वे अमरीकी दूतावास जा पहुँचे। दूतावास के अधिकारी ने सलाह

दी कि वे पहले किसी हिन्दुस्तानी नागरिक से सच्चरित्रता का प्रमाणपत्र ले लें। वे मेरे पास आए। तब तक गिंसबर्ग बिल्कुल दीर्घलोमी बन चुका था। उसके बाल बहुत लम्बे हो गए थे, दाढ़ी का जंगल बन चुका था और शरीर पर के रोएँ भी बहुत बढ़ गए थे। ऑर्लोव्स्की भी अपने दोस्त का ही उजला संस्करण था। उन्होंने जो कुछ भी देखा-किया था, वह मुझे बताया। इसमें कुछ भी ऐसा नहीं था जो अच्छे चरित्र में गिना जा सके। फिर भी वे लोग जो कुछ लिखवाना चाहते थे, मैंने लिख दिया। भारत सरकार ने वीजा बढ़ा दिया। गिंसबर्ग और ऑर्लोव्स्की को मैंने फिर कभी नहीं देखा।

जब मैं प्रिंसटन में पढ़ा रहा था तब गिंसबर्ग वहाँ आया। तब तक वह (साहित्य के) एक पन्थ का पैगम्बर बन चुका था और जहाँ भी वह कविता-पाठ करता, छात्रों की भीड़-की-भीड़ इकट्ठी हो जाती थी। मैंने उसे होटल में फोन किया। उसने बड़ी गर्मजोशी से दुआ-सलाम की मगर मुझे महसूस हुआ कि वह मुझे पहचान नहीं पाया है।

हाल ही में पेंगुइन (इंडिया) के पास उसकी भारत में लिखी गई कविताओं को छापने का प्रस्ताव आया। मेरे साथी डेविड डेविडार और ज़ामिर अंसारी इसे मंजूर कर लेने के हक में थे क्योंकि गिंसबर्ग के अमरीकी प्रकाशन उन कविताओं को मिट्टी के मोल दे रहे थे। उन्होंने मेरी राय लेने के लिए अमरीकी संस्करण मुझे दे दिया। विशुद्ध संयोग (और सौभाग्य) से मुझे कालीघाट पर लिखा गया एक अंश मिला। गिंसबर्ग ने बड़े जोश से बेलगाम होकर लिखा था कि हिन्दू देवियों के साथ वह क्या-क्या करेगा 'क्योंकि वे सब वेश्याएँ हैं।' मैंने अपने साथियों को फोन किया। 'या खुदा !' वे चिहुँक पड़े। 'अरे, वह हिस्सा हमें तुरन्त निकाल लेना चाहिए।' हमने यही किया। यह वह समय था जब *द सैटेनिक वर्सेज* छापने के लिए पेंगुइन-वाइकिंग के खिलाफ मुस्लिम कठमुल्लाओं का गुस्सा पूरे जोश पर था। पर रुश्दी ने पैगम्बर मोहम्मद की बीवियों के बारे में जो कुछ कहा था उससे बहुत-बहुत ज्यादा आपत्तिजनक बातें गिंसबर्ग ने हिन्दू देवियों के बारे में कही थीं। मुझे कोई शक नहीं है कि अगर हम गिंसबर्ग की हिन्दुस्तान पर लिखी कविताओं को बिना काटे-छाँटे ज्यों-की-त्यों छापते तो पेंगुइन इंडिया, इसके हिन्दुस्तानी मालिक—*आनन्द बाजार पत्रिका* वाले सरकार, डेविड डेविडार, ज़ामिर अंसारी और मैं कहीं के न रहते।

ज्यादा लेखक कसौली नहीं आते। लेकिन, एक गर्मियों में हिन्दी के दो जाने-पहचाने उपन्यासकार उपेन्द्रनाथ अश्क और राजेन्द्र यादव मुझसे मिलने आए। वे कल्याण होटल में ठहरे हुए थे। मैंने उनके नाम तो सुने थे लेकिन उनका लिखा कुछ पढ़ा नहीं था। दोनों ही मुझे बताने को उत्सुक थे कि हिन्दी साहित्य में उन्होंने क्या-कुछ कर दिखाया है। यादव खुद अपनी तारीफ में जरा संयत था और अपनी लेखिका पत्नी मन्नू भंडारी का जिक्र कर रहा था। एक उपन्यास *महाभोज* लिखकर मन्नू विख्यात हो गई थी। यह उपन्यास खूब बिका और इस पर फिल्म भी बनी थी। एक सुबह नाश्ते पर अश्क ने मेरी बीवी से कहा कि सिर्फ सात साल की कच्ची उम्र में ही उसे भान हो गया था कि उसकी तकदीर में **महालिखाड़ी** बनना लिखा है। वह अच्छा किस्सागो था। पहली

बीवी से वह छुटकारा पाना चाहता था और बीवी से उसके झगड़े जितने हास्यास्पद थे, उतने ही क्रूर भी थे। अश्क ने बहुत-से उपन्यास लिखे, और इलाहाबाद में अपना प्रकाशन संस्थान भी खोला। अपनी प्रतिष्ठा के बावजूद उसे पैसे का बेतरह अभाव रहता था। एक बार उसने बड़े नाटकीय अंदाज में ऐलान कर दिया था कि लिखने से पैसा नहीं मिलता इसलिए वह लिखना बन्द करके सब्जियों की दुकान खोल लेगा क्योंकि उपन्यास लिखने के बजाय आलू-गोभी बेचने में ज्यादा पैसा है। इस पैंतरे से उसे बहुत प्रचार मिला।

लेखन की दुनिया में शील-संकोच या विनम्रता नाम की कोई चीज नहीं होती। हिन्दुस्तानी लेखकों में से बहुत-से चूँकि यूरोपीय लेखकों-जितने शायस्ता नहीं होते, इसलिए आत्मप्रशंसा को वे फूहड़पन नहीं समझते। क्षेत्रीय भाषाओं के लेखक बड़ी बेशर्मी से अपनी उपलब्धियों के गुणगान पर उतर सकते हैं। उर्दू के अज़ीमतर शायर ग़ालिब का कहना था कि दुनिया में और भी दर्जनों सुख़नवर हैं पर खुद ग़ालिब का अंदाजे बयाँ कुछ और ही है। आज के लेखक अपनी सालगिरह के समारोह आयोजित करवाते हैं और अपने साथियों से अपने गुणगान करवाकर अभिनन्दन ग्रन्थ छपा-छपाकर बँटवाते हैं।

अंग्रेजी में लिखनेवाले कुछ हिन्दुस्तानी लेखक भी आत्मप्रशंसा की आदत से बरी नहीं हैं। चूँकि ज्यादा लोग किताबें नहीं पढ़ते और राजनेता और सरकारी अफसर तो बहुत ही कम, और जनता की याददाश्त बड़ी कमजोर होती है, इसलिए अपना ढोल आप पीटनेवालों को बड़ा फायदा हो जाता है। दूसरे दर्जे के लेखकों को साहित्य-पुरस्कार मिल जाते हैं और उनका फैसला करते हैं वे लोग जिन्होंने उनकी कृतियाँ पढ़ी ही नहीं होतीं। उन्हें राजनयिक नियुक्तियाँ मिल जाती हैं और राज्यसभा में उनका मनोनयन हो जाता है। जो लोग दूसरे दर्जे के लेखकों के इस सम्मान पर एतराज की आवाज उठाते हैं उन्हें ईर्ष्यालु कहकर खारिज कर दिया जाता है।

पुरस्कारों के लिए पैरवी करना बड़ी आम बात हो गई। बीच-बीच में हिन्दुस्तानी लेखकों का यह दावा करना और भी बेतुका लगता है कि साहित्य के नोबल पुरस्कार की सूची में उनका भी नाम है। साहित्य के इस सबसे बड़े पुरस्कार की ओर ललकनेवाला पहला लेखक था मेरा दोस्त गोविन्द देसानी। उसने सिर्फ एक उपन्यास लिखा था—*ऑल अबाउट एच. हैटर*, और एक छोटा-सा गीति-नाट्य *हाली*। हैटर सचमुच की अद्‌भुत रचना थी पर इतने से लेखन के आधार पर नोबल पुरस्कार के लिए ललकना मेरी समझ में नहीं आया। फिर भी मेरे प्यारे दोस्त ने भारत सरकार के नामजद के तौर पर अपने नाम की सिफारिश चुनाव कमेटी से करने के लिए मुझे मना लिया (मैं उस समय लन्दन में प्रेस अताशी था)। मामला डॉ. राधाकृष्णन के पास भेजा गया जो उस वक्त मास्को में भारत के राजदूत थे। उन्होंने मेरी कसकर खबर ली।

एक साल दिल्ली के तमाम अखबारों के मुखपृष्ठ पर यह खबर छपी कि अज्ञेय नाम से लिखनेवाले हिन्दी लेखक वात्स्यायन को इस साल नोबल पुरस्कार विजेता होने की सूचना मिली है। अगले कुछ दिनों तक अखबार सिर्फ एक बात से भर रहे कि हिन्दी को कितना बड़ा सम्मान मिला है। वात्स्यायन की पत्नी उस समय कपिला थी। उसके

इंटरव्यू भी छपे। कुछ दिन बाद घोषणा हुई कि पुरस्कार इज़राइली लेखक एग्नॉन को मिला है। जब सवाल उठे कि यह गलत सूचना फैली कैसे थी तो वात्स्यायन दम्पति ने बचकानी-सी सफाई दी कि तारघर के क्लर्क ने गलती से एग्नॉन को अज्ञेय पढ़ लिया था। वह कौन-सा क्लर्क था, कौन-सा डाकघर—किसी को पता नहीं।

अपनी छवि को ऊँचा उठाने की सबसे बेशर्म कोशिश की थी डॉ. गोपाल सिंह दर्दी ने। उन्होंने अपने बारे में क्या अफवाह फैलाई और उससे कितना फायदा उठाया, इसके बारे में मैं पहले ही लिख चुका हूँ।

कुछ साल बाद खबर फैली कि मलयालम की कवयित्री कमलादास इस पुरस्कार की सूची में है। यह खबर भी सारे अखबारों के मुखपृष्ठ की सुर्खियों में छपी। अपनी भाषा में कवयित्री के रूप में कमला की अच्छी प्रतिष्ठा है। उसने एक आत्मकथात्मक उपन्यास भी लिखा है, जिसमें अपने वैवाहिक यौन जीवन का भी बड़ा बेबाक चित्रण किया है। यह उपन्यास तो अच्छा नहीं था पर इसका प्रचार खूब हुआ। मैंने लिखा कि पुरस्कार की सूची में होने की बात खुद कमला ने फैलाई है और इस बात पर अफसोस जाहिर किया कि उस-जैसी शालीन महिला भी अपने को इस तरह से उछालने के प्रलोभन से नहीं बच पाई। वह गुस्से से पागल हो उठी और मुझे फोन किया। फोन पर ही वह रो पड़ी। उसके बेटे ने एक कानूनी नोटिस भेजकर मुझसे माफी माँगने को कहा, वरना...बहरहाल, हुआ-हवाया कुछ भी नहीं।

विभिन्न पत्र-पत्रिकाओं और अखबारों का सम्पादन करते हुए और अब भारत में पेंगुइन-वाइकिंग के अवैतनिक सम्पादक के रूप में मैंने नई प्रतिभाओं को प्रोत्साहित करने की यथासम्भव क़ोशिश की है। जिनमें कुछ दम था वे कामयाब हुए। उनमें से एक है एम.जे. अकबर जो कलकत्ता से निकलनवाले *द टेलिग्राफ* के सम्पादक के पद तक पहुँचा, फिर संसद-सदस्य भी बना। राजनीति और सामाजिक मामलों पर उसने कई किताबें भी लिखीं। एक और है बाची कारकरिया। मैंने उसे बॉम्बे डाइंगवाले वाडिया खानदान पर एक किताब लिखने के लिए अपना सहयोगी चुना था (वाडिया लोगों को किताब पसन्द नहीं आई इसलिए वह प्रकाशित नहीं हुई)। होटल व्यवसायी एम.एस. ओबेराय की जीवनी लिखने के लिए मैंने उसका नाम सुझाया। यह जीवनी पेंगुइन-वाइकिंग से प्रकाशित हुई। पत्रिकाओं, रेडियो और टी.वी. के लिए मैं किताबों की समीक्षा करता हूँ। इस क्रम में अमिताभ घोष, उपमन्यु चटर्जी, गीता हरिहरन, शमा फ़तेहअली, ऐलन सीली, रुकुन आडवाणी, रमेश मेनन, मुकुल केशवन और सबसे बढ़कर विक्रम सेठ-जैसे उभरते हुए लेखकों को और सामने ला सका हूँ। *द गोल्डन गेट* की समीक्षा करते हुए मैंने लिखा था कि आखिरकार भारत में भी अन्तर्राष्ट्रीय स्तर पर एक लेखक पैदा हो गया है जो देश को बड़े-से-बड़ा सम्मान दिलाएगा। उसके उपन्यास *अ सूटेबुल बॉय* की सफलता से जाहिर होता है कि मेरी भविष्यवाणी गलत नहीं थी।

नौजवान आशाओं को प्रोत्साहित करने के अपने खतरे हैं। जिन लोगों को लेखन की दुनिया में लाने के भयानक परिणाम हुए उनमें से एक थी इन्द्राणी अइकथ ग्याल्त्सेन।

बिहार की इस बंगाली लड़की ने एक तिब्बती से शादी की थी जो दार्जिलिंग के नजदीक एक टी-एस्टेट का इन्तजाम देखता था। हमारा परिचय जर्मन राजदूत की पत्नी ने कराया था जो उसके साथ ग्लेनबर्न टी-एस्टेट में रह चुकी थी। हमने एक-दूसरे को खत लिखना शुरू किया। उसने मुझे अपनी कुछ कविताएँ भेजीं। जवाब में मैंने ईमानदारी से स्वीकार किया कि कविताओं के बारे में मुझे बहुत कम पता है, पर अगर वह उपन्यास या कहानियाँ लिखे तो मैं कुछ मदद कर सकता हूँ। उसने अपनी कविताएँ अपने ही खर्च पर छपवाईं और उन्हें मुझे समर्पित कर दिया। इस इज्जत-अफजाई से मुझे बड़ी खुशी हुई और मैंने उस पर कथा-साहित्य के लेखन की ओर मुड़ने के लिए दबाव डाला। उसने मुझे अपने उपन्यास *डॉटर्स ऑफ द हाउस* के अध्याय भेजने शुरू किए। मेरे साथी डेविड डेविडार ने इस उपन्यास को पेंगुइन-वाइकिंग के लिए बड़ी तत्परता से स्वीकार कर लिया और इसे इंग्लैंड और अमरीका के प्रकाशकों को भी बेच दिया। इन्द्राणी का नया जीवन-कर्म शुरू हुआ। लेकिन वह बेहद जल्दबाज थी और सफलता के लिए उतावली भी। वह तुरन्त शोहरत चाहती थी। एक बार जब वह मेरे साथ कलकत्ता पुस्तक मेला में थी तो उसने पूछा, 'कोई भी मेरे ऑटोग्राफ क्यों नहीं माँग रहा है ?' मैंने उसे तसल्ली दी कि वह कुछ और उपन्यास लिख लेगी तो लोग उसके भी हस्ताक्षर माँगने आया करेंगे। पुस्तक मेले के आखिरी दिनों में ही उसका दूसरा उपन्यास *क्रेन्स मॉर्निंग* (यह भी मुझे समर्पित था) प्रकाशित हुआ। भारत के समीक्षकों ने इसे बहुत सराहा और विदेशी प्रकाशकों ने भी इसे छापने के लिए ले लिया। पर उसे इतने से सन्तोष नहीं हुआ। वह चाहती थी सब उसे सिर पर उठाएँ, उसके बारे में बात करें। कलकत्ता के *द स्टेट्समैन* में उसे एक साप्ताहिक कॉलम लिखने का काम मिला। इससे वह बेहद खुश और उत्तेजित थी क्योंकि उसके ज्यादातर दोस्त *द स्टेट्समैन* पढ़ते थे। मगर कॉलम-लेखक के लिए जितनी मेहनत जरूरी होती है, उतनी वह नहीं करती थी। मैंने कई बार उसे चेताया कि जो भी दिमाग में आए वही लिख डालना काफी नहीं है। दो महीने बाद *द स्टेट्मैन* ने उसका कॉलम निकालना बन्द कर दिया। उसके आत्म-सम्मान के लिए यह बहुत बड़ा झटका था। उसी समय अपने परिवार के लोगों से भी उसके रिश्ते बिगड़ने लगे। वह अपने बीमार पिता के साथ रहने के लिए दार्जिलिंग छोड़कर चाइबासा (बिहार) आ गई। उन्हें लकवा मार गया था। उनकी मृत्यु के समय वह उनके पास ही थी। माँ और बहन से उसकी कभी नहीं बनी। पिता की खदानों और चाइबासावाले मकान के बँटवारे को लेकर भी उनमें मतभेद थे। पर इनसे भी बहुत-बहुत गम्भीर कोई चीज उसे अन्दर-ही-अन्दर कुरेद रही थी। मेरे नाम उसके पत्र अब छोटे हो गए थे और वह गहरे अवसाद में डूबे होने की शिकायत करती थी। पेंगुइन-वाइकिंग ने उसका तीसरा उपन्यास भी स्वीकार कर लिया था पर इससे उसकी गहरी हताशा दूर नहीं हुई थी। विचित्र संयोग था कि उसके इस तीसरे उपन्यास का शीर्षक था—*होल्ड माई हैंड, आइ ऐम डाइंग* (मेरा हाथ थामो, मैं मर रही हूँ)। एक सुबह वह अपने बिस्तर के पास फर्श पर बेहोश पाई गई। डॉक्टर को बुलाया गया। कलकत्ता से उसके पति को भी आने के लिए सन्देश भेजा

गया। अगले दिन बिना किसी का हाथ थामे ही, वह गुजर गई।

मरने के एक दिन पहले इन्द्राणी ने मुझे एक छोटा-सा पत्र लिखा था। मुझे वह दो दिन बाद मिला। इस पत्र से लग रहा था कि कोई चीज उसे परेशान कर रही थी। मुझे शक था कि उसने खुदकुशी की है और यह शक बेवजह नहीं था। पर जब हर बात उसकी मनचाही दिशा में जा रही थी तो उसे अपने-आपको खत्म कर देने की जरूरत क्यों महसूस होती ?

इसका एक सम्भावित उत्तर कुछ महीनों बाद मिला। पेंगुइन-वाइकिंग को एक कानूनी नोटिस मिला कि *क्रेंस मॉर्निंग* के कुछ हिस्से बीस साल पहले छपी किताब एक अमरीकी उपन्यास से उतार लिए गए हैं। मेरा अंदाजा है कि अमरीकी उपन्यास के प्रकाशक का ध्यान इस तरफ आकर्षित होने के पहले ही पाठकों ने इन्द्राणी को चोरी का आरोप लगाते हुए पत्र लिखे होंगे। इन्द्राणी को लगा होगा कि देर-सवेर चोरी की यह बात जोरों से उछलेगी ही और प्रख्यात लेखिका बनने के उसके सारे सपने धूल में मिल जाएँगे। मैंने दोनों उपन्यासों के वे हिस्से देखे। इसमें कोई सन्देह नहीं था कि उसने थोड़े-बहुत फेरबदल के साथ इन्हें उस दूसरे उपन्यास से उतार लिया था। यह बात भी इतनी ही साफ थी कि उसे ऐसा करने की कोई जरूरत नहीं थी क्योंकि भाषा पर उसका अधिकार औरों से कम नहीं था। यह मूर्खतापूर्ण खतरा उसने सिर्फ इसलिए उठाया था कि वह उपन्यास को जल्दी-जल्दी लिखकर खत्म कर डालने के लिए बेचैन और बेताब थी। उस पर दबाव बनाए रखने के लिए मैं अपने-आपको भी माफ नहीं कर सकता क्योंकि उससे मैं बहुत स्नेह करने लगा था। वह मेरी संरक्षिता बेटी, प्रेमिका, सबकुछ थी—उसी एक काया में। अपने अध्ययन कक्ष में मैंने उसका फ्रेम में मढ़ा फोटो रख रखा है।

लेखक बनने के लिए किस-किस चीज की जरूरत है ? पहली बात, लेखक बनने की एक निर्बाध लगन, एक धुन होनी चाहिए। पैसा इसकी प्रेरक शक्ति नहीं है (खाने-पीने) की चीजों या पान का खोखा लगाने से, पेट्रोल पम्प चलाने से या फिर वकालत या डॉक्टरी में कहीं ज्यादा पैसा मिलता है), पहचान और प्रसिद्धि की तलाश भी इसकी प्रेरक नहीं हो सकती (वह सब राजनीति या फिल्म में ज्यादा आसानी से मिल जाती है)। दरअसल, ज्यादातर लेखकों के सामने यह कारण स्पष्ट ही नहीं होता कि उन्होंने लेखन को क्यों अपनाया, सिवाय इसके कि भीतर से कोई चीज उन्हें धकेल रही थी, मजबूर कर रही थी लिखने के लिए। ज्यादातर मामलों में, जब वे देखते हैं कि लेखक बनने की इच्छा को असलियत का जामा पहनाने में कितना कुछ करना पड़ता है तो उनकी धुन अपने-आप ठंडी पड़ जाती है। यह ललक बार-बार सिर उठाती है। कुछ लोग इसकी निकासी के लिए छोटे-छोटे लेख, अधूरी कहानियाँ या उपन्यास लिखते हैं पर जल्दी ही हार मानकर यह स्वीकार कर लेते हैं कि उनमें लेखक बनने का माद्दा ही नहीं है। ज्यादा संवेदनशील लोगों के अन्दर कविता भरी रहती है जो उनकी किशोरावस्था में फूट निकलती है। बाद के बरसों में यह चुपचाप धीरे-धीरे दब जाती है। गद्य लिखना ज्यादा कठिन है। इसके लिए क्लासिकी और आधुनिक साहित्य का विस्तृत अध्ययन;

बड़ा शब्द-भंडार और सबसे बढ़कर, काम पूरा होने तक जुटे रहने के दमखम की जरूरत होती है। संक्षेप में, इसमें घोर परिश्रम की क्षमता, जरूरत पड़े तो घंटों तक कोरे कागज के आगे बैठे रहने की क्षमता और इस संकल्प की जरूरत है कि इस कागज को लिखकर पूरा भरे बगैर आप उठेंगे नहीं। जो कुछ लिखकर आपने कागज भरा है, हो सकता है वह कोरी बकवास हो, पर यह अनुशासन आगे काम आएगा। जल्दी ही, आपका लेखन सुधरने लगेगा; जल्दी ही लेखक के अन्दर जो कुछ बेहतर है, सबसे अच्छा है, वह प्रकट हो जाएगा। मेरी समझ में, रोज डायरी लिखना उपयोगी होता है। दोस्तों को लम्बे-लम्बे पत्र लिखना भी अच्छा अभ्यास है। अखबारों के लिए नियमित कॉलम लिखना और तय किए हुए समय में काम पूरा कर देना उपयुक्त अनुशासन है। कुछ थोड़े-से दिन के लिए भी लिखना छोड़ दीजिए, और इसे फिर से शुरू करना पहाड़ हो जाएगा।

लेखन से मुझे क्या मिला ? अखबारों और पत्रिकाओं में नियमित कॉलम लिखने से बहुत-सा रुपया मिला है। किताबों से उतना नहीं मिला, पर दोनों की आमदनी मिलाकर मैं सबसे ऊँचे वर्ग के करदाताओं में आ जाता हूँ। आय मेरी समस्या नहीं है। मेरी समस्या है आयकर। पैसे से भी ज्यादा मेरे लिए यह सन्तोष है कि इतने लोग मुझे पढ़ते हैं और भारत में मैं कहीं भी होऊँ, मुझे ढूँढ़कर मुझसे मिलने आते हैं। इतनी शोहरत और सम्मान का अनुभव बड़ा नशीला हो सकता है। मगर पैसे और प्रतिष्ठा से भी मेरे लिए परितोष की वह भावना ज्यादा बड़ी है जो मुझे लेखन से मिलती है। वकालत, राजनय या अध्यापन से मुझे यह सन्तोष नहीं मिला। पर रोज कलम घसीटने से मुझे यह मिलता है और ढेर-ढेर मिलता है। मुझे उम्मीद है कि मैं इस तरह कलम घसीटते-घसीटते ही चला जाऊँगा जब तक कि यह मेरे हाथ से छूटकर गिर न पड़े।

अध्याय-अट्ठारह

आखिरी से एक अध्याय पहले

इस आत्मकथा के पहले अध्याय में मैंने उन कारणों का बयान किया है जिनकी वजह से मुझे लगा कि मुझे इसे लिख ही डालना चाहिए। मैं इसे इत्मीनान से धीरे-धीरे लिख रहा था कि मेरे तीन दोस्तों की अचानक मौत हो गई। तीनों उम्र में मुझसे छोटे थे। उन मौतों ने मुझे चेतावनी दी कि मुझे जुट जाना चाहिए वरना यह शायद अधलिखी ही रह जाए। चूँकि मैं खालिस्तानी आतंकवादियों की हिट लिस्ट पर भी हूँ इसलिए मुमकिन है कि मेरा अन्त मेरे अंदाजे से कहीं पहले आ जाए। वैसे ही हरजिन्दर सिंह जिन्दा के हाथों से मैं दो बार बाल-बाल बचा हूँ। पुणे में जनरल वैद्य की हत्या करने के बाद वह मेरा काम तमाम करने के लिए दिल्ली आया था। वह मेरे फ्लैट पर आया, मेरे रसोइए से एक गिलास पानी माँगा और मेरे बैठने के कमरे में एक नजर दौड़ाई। फिर वह मेरे पीछे-पीछे कसौली तक गया। वहाँ उसे लगा कि उसका पीछा किया जा रहा है तो वह वापस दिल्ली लौट आया और यहाँ मेरे लौटने का इंतजार करने लगा। फिर वह गिरफ्तार हो गया और जनरल वैद्य की हत्या के जुर्म में उसे फाँसी हो गई। उसके पास से मेरे फ्लैट का नक्शा मिला था। पूछताछ के दौरान उसने स्वीकार किया कि खालिस्तान का दुश्मन होने के नाते, मेरा सफाया करने की उसे हिदायत मिली थी। कत्ल के लिए मुझ तक पहुँचना बहुत आसान था और मुझे मार डालने से आतंकवादियों को कुछ प्रचार भी मिलता जिसकी उस वक्त उन्हें बेहद जरूरत थी। जिन्दगी की अनिश्चितता के बारे में अल्लामा इक़बाल ने एक बड़ा खूबसूरत शेर कहा है :

रौ मैं है रक्स और उमर कहाँ देखिए थमे,
न हाथ बाग़ पर है न पा नकाली में।

(मेरी जिन्दगी सरपट दौड़ रही है,
कौन जानता है यह कहाँ रुक जाएगी,
न लगाम मेरे हाथ में है
और न पैर रक़ाब में।)

तीनों दोस्त 1990 में गुजरे। पहला था सतीन्द्र सिंह। घिसे-पिटे मुहावरे में जिसे विराट पुरुष कहते हैं, वह बिल्कुल वैसा ही था। छह फुटा जिस्म और छितरी दाढ़ीवाले कल्लों से लेकर तोंद तक गोल-मटोल। उसकी आवाज बड़ी बुलन्द थी और अश्लील चुटकुलों का वह खजाना था। तथ्यों, तारीखों और आँकड़ों के मामले में उसकी याददाश्त बिल्कुल कम्प्यूटर-जैसी थी और उर्दू शायरी का जो भंडार उसके पास था उस पर सहज यकीन करना मुश्किल था। वह जबर्दस्त पियक्कड़ था और उसकी शेखी का यकीन किया जाए तो औरतबाजी का उस्ताद। पियक्कड़पने की गवाही मैं दे सकता हूँ। डेढ़ बोतल रम वह कुछ घंटों में ही गटक सकता था। औरतबाजी के मामले में मेरे पास उसी की कही-कहाई बात है। वह बड़ा बुलन्द-आवाज, बातूनी और झगड़ालू था और बात-ही-बात में मार-पीट पर उतर आता था। पर साथ ही बड़ा नरम-दिल और भावुक भी था। उसकी ये तमाम खासियतें बीवी के चले जाने के बाद और ज्यादा उभर आईं। उसकी बीवी बड़ी खूबसूरत थी। इसने एक बार उसकी ऐसी धुनाई की कि वह दोनों बेटियों को साथ ले घर छोड़कर चली गई। यह बिल्कुल टूट गया। चिड़चिड़ाहट और इन्तकाम के जज्बे ने इसमें घर कर लिया। बीवी को तलाक देने के लिए मुझे इसे काफी समझाना-बुझाना पड़ा। पर शराब पीना कम करने के लिए मैं इसे कायल नहीं कर सका। चोट की टीस कम करने की खातिर मैंने उसे प्रेम-सम्बन्ध बनाने को उकसाया और कुछ सम्पर्क कायम करने में उसे बढ़ावा भी दिया। आखिरी बार मैं उससे एक पार्टी में मिला था जो 'रोली बुक्स' ने मेरी किताब *नेचर वाच* के विमोचन के मौके पर दी थी। होटल तक कार की लिफ्ट लेने के लिए वह मेरे घर आया था। शराब से वह गन्धा रहा था। मुझे कार का एयर कंडीशनर बन्द करके खिड़कियों के शीशे उतारने पड़े ताकि कुछ ताजा हवा अन्दर आ सके। पार्टी में भी मैंने देखा, वह स्कॉच के गिलास-पर-गिलास खाली करता हुआ लोगों के एक झुंड से दूसरे झुंड का चक्कर लगा रहा था और जान-पहचान की महिलाओं को गले लगाता जा रहा था। लौटने का वक्त आया तो मैंने उसे साथ चलने को कहा। उसने साफ इंकार कर दिया, 'नहीं, मैं रवि और माला के साथ चला जाऊँगा।'

अगले दिन सुबह की रेल से ही हम लोग कसौली के लिए रवाना हो गए। उसके अगले ही दिन मुझे चंडीगढ़ के *द ट्रिब्यून* से उसकी मौत की खबर मिली। दिल्ली लौटने के बाद अपनी बेटी माला से मुझे पूरी बात का पता चला। पार्टी के बाद सतीन्द्र नशे में इस कदर धुत्त था कि बिना सहारे के उसका चलना मुश्किल था। माला और रवि ने मिलकर उसे उसके फ्लैट में पहुँचाया। अगली सुबह उसके नौकर ने जब चाय का प्याला लेकर उसके सोने के कमरे का दरवाजा खटखटाया तो कोई जवाब नहीं मिला। दरवाजा अन्दर से बन्द था। दो-तीन बार और कोशिश करने के बाद नौकर को चिन्ता होने लगी। मालिक के दोस्त के तौर पर वह सिर्फ हम लोगों को ही जानता था। वह हमारे फ्लैट पर आया। खुशनसीबी से मेरी बेटी माला उसे वहीं मिल गई। उसने सतीन्द्र के बहनोई इन्दर मलहोत्रा को फोन किया। दोनों ने पुलिस को बुलवाकर सतीन्द्र के कमरे का दरवाजा तुड़वाया। वह बेजान पड़ा था। उसके बिस्तर के नीचे रम की आधी खाली

बोतल लुढ़की पड़ी थी। सतीन्द्र हमारी जिन्दगी में एक वहशतनाक सन्नाटा छोड़ गया है।

चरणजीत बिल्कुल दूसरी ही तरह का शख्स था। अपने पिता से विरासत में उसे बहुत सम्पत्ति मिली थी। उसके पिता फर्नीचर और इमारतें बनवाते थे और हिन्दुस्तान में कोका-कोला का विशेषाधिकार उनके पास था। चरणजीत का कद नाटा था। उसे लन्दन में सिले कीमती सूट पहनने और सेंट लगाने का शौक था। उसके पास कारों का पूरा काफिला था--एक मर्सिडीज़, एक रॉल्स रॉयस और कई टोयोटा। दोस्त उसे 'बेबी' कहकर पुकारते थे। उसने एक बेहद खूबसूरत लड़की हरजीत कौर से शादी की थी। उसे 'बबल्स'* नाम से पुकारा जाता था क्योंकि वह हमेशा हँसी से छलकती रहती थी। उनके औलाद नहीं थी। पिता के दो बेटों में छोटा होने के बावजूद परिवार के व्यापार की बागडोर उसी ने सँभाली और उसे बढ़ाना भी शुरू किया। उसमें राजनीतिक महत्त्वाकांक्षा भी थी। नई दिल्ली नगरपालिका समिति का अध्यक्ष बनने के बाद उसने श्रीमती गांधी और उनके परिवार से दोस्ती कर ली। उन्हें जब भी और जिस भी काम के लिए जरूरत पड़ती, चरणजीत रुपयों और कारों से उनकी मदद करता था। उसे दक्षिण दिल्ली की संसदीय सीट से चुनाव लड़ने के लिए कांग्रेस का टिकट दिया गया और वह संसद-सदस्य बन गया। हमारे परिवार तब से एक-दूसरे को जानते थे जब ये दोनों दिल्ली में आकर बसे थे। हमें वे लोग शेखीखोर नवधनाढ्य लगते थे और वे लोग हमें हिकारत की नजर से देखसे थे क्योंकि पैसा कमाने में वे हमसे ज्यादा होशियार साबित हुए थे।

चरणजीत के परिवार से मेरे निजी रिश्ते 1984 के जाड़ों में श्रीमती गांधी की हत्या के बाद भड़के सिख-विरोधी दंगों के बाद बने। सबसे ज्यादा नुकसान हुआ था चरनजीत का। हिंसा पर उतारू हिन्दू भीड़ ने कैम्पा-कोला को बोतलबन्द करनेवाले उसके तीन प्लांट तहस-नहस कर डाले थे। इस बात के साफ-साफ सबूत थे कि इन तोड़-फोड़ करनेवालों को ठंडे पेय बनानेवाली एक प्रतिद्वन्द्वी कम्पनी ने पैसे दिए थे। चरणजीत को फिर नए सिरे से शुरुआत करनी पड़ी। उसने नई मशीनें आयात करने के लिए लाइसेंस लिया। जब मशीनें बम्बई पहुँचीं तो उनकी निकासी में देर कराने के लिए कस्टमवाले एक के बाद दूसरा तकनीकी एतराज उठाने लगे। इस बार भी उसके प्रतिद्वन्द्वी ने ही इस तरह देर कराने के लिए कस्टम-अधिकारियों को पैसा खिलाया था ताकि उत्तर भारत का बाजार कैम्पा-कोला से छीनने के लिए उसे समय मिल सके। चरणजीत ने नए प्रधानमन्त्री राजीव गांधी से मशीनें छुड़वाने के लिए आदेश जारी करवाना चाहा पर इसमें उसे कामयाबी नहीं मिली। जब नवम्बर 1984 के हत्याकांड के शिकार परिवारों में बाँटने के लिए विदेशों में बसे सिख समुदायों द्वारा भेजे गए कम्बल, स्वेटर और दूसरे ऊनी कपड़ों को छुड़ाने का सवाल उठा था तब चरणजीत राज्यसभा में ही था। किसी पिछले अध्याय में मैं यह बता चुका हूँ कि वह सामान किस तरह छोड़ा गया।

---

* बबल (bubble) का एक अर्थ उमड़ना-छलकना भी है।

इस बहस के बाद चरणजीत मुझसे बात करने के लिए लॉबी में आया और बोला, 'तुम मेरी मशीनें छुड़वाने में मेरी मदद क्यों नहीं करते ?' मैंने पूरी कोशिश करने का वादा किया।

संयोग से दो दिन बाद ही प्रधानमन्त्री ने हिंसा के शिकार सिखों के पुनर्वास के लिए उठाए गए कदमों की समीक्षा करने के लिए अपने मन्त्रिमंडल के वरिष्ठ मन्त्रियों, कुछ संसद-सदस्यों और विपक्षी दलों के नेताओं की एक बैठक बुलाई। और लोगों ने इन इन्तजामों पर सन्तोष जाहिर किया। उनमें उन्नीकृष्णन भी शामिल थे जिनकी चरणजीत से दोस्ती के बारे में सब जानते थे। सब तसल्ली जाहिर कर चुके तो तैंने अपनी बात कहने की माँग की। गृहमन्त्री बूटा सिंह ने जो कुछ कहा था उसे काटते हुए मैंने दस्तावेजों का हवाला देकर साफ-साफ दिखलाया कि चरणजीत को न्याय मिलने की राह में रोड़े अटकाने में सरकारी अफसरों की किस तरह मिलीभगत है। उसी शाम के पहले चरणजीत को अपनी मशीनों के लिए निकासी का परवाना मिल गया। शाम को वह ग्लैडियोलाई का एक भारी-भरकम गुलदस्ता लेकर मुझसे मिलने आया। मैंने कहा, 'सुना हैं कि और सांसदों को अपना काम करवाने के लिए तुम ढेर-से रुपए देते हो। मुझे सिर्फ फूलों का गुच्छा देकर टरका रहे हो।' उसने जवाब दिया, 'मुझे पता होता कि तुम रुपया लेते हो, तो मैं बहुत पहले ही दे देता।'

उसके बाद चरणजीत और उसकी बीवी बराबर हमारे घर आने लगे। उसे अच्छा खाना और पीना पसन्द था। मेरे घर में उसे दोनों ही चीजें मिलती थीं। हमारी मेजबानी के बदले वह भी हमें पार्टियों में अपने घर या होटल ला मेरीडियन में बुलाता था जो उसने हाल ही में बनाया था। तोहफे देने में उसका हाथ बहुत खुला था : कार्टियर पेन, सोने की घड़ियाँ, हाथ से तराशे कट-ग्लास के गिलास जिन पर हमारा नाम खुदा था। वह जरा ज्यादा ही नखरीला आदमी था। जब वह हमारे घर खाने पर आता तो हमेशा एक ही कुर्सी पर बैठता था। इसके सामने गुसलखाना पड़ता था। अगर गुसलखाने का दरवाजा खुला होता और कमोड दिखलाई पड़ता तो जब तक दरवाजा बन्द नहीं किया जाता, वह ड्रिंक नहीं लेता था। मैं उसके लिए कुछ-कुछ पिता-समान हो गया था (वह मुझसे पचीस साल छोटा था)। जब भी कोई परेशानी होती, वह मेरे पास आता था। हालाँकि मैं होटल व्यवसाय, वित्त प्रबन्ध या कम्पनी कानून के बारे में कुछ भी नहीं जानता था, फिर भी उसने मुझे ला मेरीडियन के बोर्ड ऑफ डायरेक्टर्स में शामिल कर लिया था।

उसकी उम्र के आखिरी साल में मैंने गौर किया कि वह चिड़चिड़ा और गुस्सैल हो चला है। मैंने उससे यह कहा भी। छतरपुर के नजदीक उसके फार्म हाउस पर सप्ताहांत बिताते हुए मैंने गौर किया कि वह कितनी दवाइयाँ ले रहा है—ब्लड प्रेशर, डायबिटीज और यूरिक ऐसिड के लिए—और साथ ही कई तरह की मल्टी-विटामिन गोलियाँ भी। मैंने एक बार उससे पूछा, 'तुम किताबें क्यों नहीं पढ़ते ?' उसने जवाब दिया, 'किताबें पढ़ने के लिए दिमागी शान्ति की जरूरत होती है। मुझमें वह नहीं है।' सचमुच, वह

बड़ा बेचैन-सा इंसान था। मुसीबत आने पर वह ज्योतिषियों और हाथ देखनेवालों की सलाह लेता था, और ग्रह-रत्न पहनता था। धार्मिक रीति-रस्म में भी वह तसल्ली ढूँढ़ता था और लुधियाना के नजदीक एक सन्त से मिलने नियम से जाता रहता था। उन पर उसका बहुत विश्वास था। मैं उसके तर्कहीन विश्वासों का मजाक उड़ाया करता था पर उसे कोई फर्क नहीं पड़ता था।

सन् 1989 की गर्मियों में उसे दिल का दौरा पड़ा। तब उसे बिल्कुल आखिरी समय पर बचा लिया गया था। मैं एस्कॉर्ट्स हॉस्पिटल में उसे देखने गया। डॉक्टरों ने मुझे तसल्ली दिलाई कि उसके दिल की तरफ जाता हुआ खून का थक्का उस मारक स्थिति में पहुँचने के पहले ही गला दिया गया है। उसके खतरे से बाहर होने की तसल्ली होने पर मैं एक अदबी सेमिनार में शिरकत करने के लिए ग्लासगो रवाना हो गया। तीन हफ्ते बाद जब मैं लौटा तो चरणजीत घर आ गया था पर उसे लोगों से मिलने की मनाही थी। हम लोग इसका एकमात्र अपवाद थे और हमें हर शाम उससे मिलने की इजाजत थी। बगीचे में थोड़ा-सा टहलकर वह अपने बिस्तर पर लेटा-लेटा वीडियो कैसेट देखता रहता था। आखिरी शाम उसने मुझसे पूछा कि अब मेरा कब विदेश जाने का इरादा है। मैंने कहा कि फिलहाल ऐसी कोई योजना नहीं है। 'तुम अगली गर्मियों में मेरे साथ चलना। इंग्लैंड से हम अमरीका चलेंगे। मैं एक बार और वहीं अपनी जाँच कराऊँगा। यहाँ वाले बंदे तो दिल के बारे में कुछ खास जानते ही नहीं।'

अगली सुबह जब मैं टेनिस खेलकर लौटा तो मेरी बीवी ने धीरे से खबर दी, 'चरणजीत के घर से अभी-अभी फोन आया था। वह नहीं रहा।'

संयोग से उस दिन (4 अक्तूबर, 1990) मेरे बेटे की पचासवीं सालगिरह थी। चरणजीत सिर्फ इक्यावन साल का था।

तीसरी मौत हुई थी मेरी पत्नी के रिश्ते के भाई उज्जल की। वह दोस्त की बजाय रिश्तेदार ज्यादा था। बहुत कम बातों में ही हमारा मेल था। वह गोल्फ के पीछे पागल था। उसने दिल्ली की चैंपियनशिप जीती थी। उसके बेटे विक्रमजीत ने सिर्फ अट्ठारह साल की उम्र में एशियाई अमेच्योर गोल्फ प्रतियोगिता जीत ली थी और इसे जीतनेवाला वह सबसे कमउम्र नौजवान था। उज्जल इसके अलावा और कोई बात ही नहीं करता था कि उसने विश्वप्रसिद्ध लोगों के साथ कौन-से मैच खेले थे और खेल के स्टाइल और कौशल पर उसकी कैसी-कैसी तारीफें हुई थीं। उसके आने से मुझे डर लगता था क्योंकि उसकी बातों से मुझे बेहद बोरियत होती थी। इसके अलावा वह अच्छा आदमी था और बड़ा ही सुरुचि-संपन्न। कुतुब मीनार के पास उसने अपने लिए बड़ा प्यारा-सा फार्म हाउस बनवाया था और मुझे निमन्त्रण दे रखा था कि जब भी मैं दिल्ली से भाग निकलना चाहूँ, वहाँ आकर रह सकता हूँ। मैंने यह निमन्त्रण स्वीकार कर लिया था और कहा था कि कलकत्ता से लौटने के बाद हम एक सप्ताहांत वहाँ बिताएँगे। हवाई अड्डे जाने के लिए हम कार में बैठने ही वाले थे कि उज्जल की बेटी का फोन आ गया कि पिता नींद में ही चल बसे। मेरी पत्नी ने अपनी यात्रा रद्द कर दी।

मैं तीन दिन कलकत्ता में रहा। इस बीच मेरे पास सोचने को बहुत मसाला था। क्या मैं भी कभी इन तीन लोगों की ही तरह चल दूँगा—बिना किसी चेतावनी के ?

महाभारत में एक जगह कहा गया है, जीवन में सबसे बड़े आश्चर्य की बात यह है कि मृत्यु को अनिवार्य जानते हुए भी किसी को सचमुच यह विश्वास नहीं होता कि किसी दिन वह भी मर जाएगा। मौत तो औरों को आती है। हम खुद तो हमेशा जीते रहने की उम्मीद करते हैं।

इंसान मौत और मरने के खयाल से हमेशा ग्रस्त रहता है। मैंने खयाल से समझौता करने की कोशिश की है, पर मेरी हालत वही हुई है जो *धम्मपद* में उल्लिखित मछली की। रूखी जमीन पर फेंके जाने पर यह मछली छटपटाती है और अपने को मौत की ताकत से आजाद कर लेना चाहती है। आचार्य रजनीश से मैं सिर्फ एक बार मिला था, बम्बई में। उनके सामने मैंने अपने डर का खुलासा किया। इस आतंक को जीतने का उन्होंने सिर्फ एक नुस्खा बताया। वह यह कि मैं मरते हुए और मरे हुए लोगों के सम्पर्क में आऊँ। यह तो मैं खुद ही बरसों से करता आ रहा था। मैं गुजर चुके रिश्तेदारों के शरीर के पास बैठता था, अन्तिम संस्कारों में जाया करता था (शादियों में मैं मुश्किल से कभी-कभार जाता हूँ) और अक्सर लाशों को जलकर भस्म होता देखने के लिए निगमबोध घाट के श्मशान पर चला जाया करता था। इसका मुझ पर बड़ा विरेचक असर होता था। मेरा मन छोटे-छोटे अहंकारों से मुक्त हो जाता था और जिन्दगी के झटकों को आसानी से झेलने में भी मुझे इससे मदद मिलती थी। जब वहाँ से घर लौटता था तो मेरा मन शान्त होता था। पर इससे मुझे मौत के डर को जीतने में मदद नहीं मिली। बल्कि जो कुछ मैं देखकर आता था उसकी वजह से रात को मुझे ऐसे-ऐसे डरावने सपने आते थे कि मेरी नींद उचट जाती थी।

मौत आखिर है क्या ? मुझे कोई अंदाजा नहीं है सिवाय इसके कि जबसे इससे पहचान हुई, तभी से मुझे इससे डर लगता रहा है। इसकी खास वजह तो यह है कि मुझे कोई अंदाजा नहीं है कि इसके बाद मैं कहीं होऊँगा। रिश्तेदारों की मौत से भी (इस बात का) कोई जवाब नहीं मिला। वे बस एक शून्यता में खो गए। टॉम स्टॉपर्ड के इन शब्दों में जैसे मेरी ही उलझनभरी खीझ बोल रही है, 'मौत सिर्फ होने की गैर-मौजदूगी है और कुछ नहीं...कभी न लौट पाने का अन्तहीन दौर...ऐसा अन्तराल जो आप देख नहीं सकते। और जब हवा इसमें से गुजरकर बहती है तो कोई आवाज नहीं होती।' या, जैसा पॉल वैलरी ने कहा है, 'मौत हमसे गहन आवाज में बात करती है पर कहती कुछ भी नहीं।'

मौत के बारे में कुछ कहने का हक उन्हीं को है जिन्हें इसका अनुभव हो चुका हो। मुझे यह अनुभव नहीं हुआ है। जहाँ तक मेरा सवाल है, मैं इसे आखिरी पूर्णविराम मानने को तैयार हूँ, जिसके आगे बस एक शून्य है, जिसे कोई नहीं भेद सका है। इसके बाद कोई आनेवाला कल नहीं होता। एक आइरिश मुहावरा है, 'जब बीवी बेवा हो जाए तो आदमी के लिए दुनिया का क्या मतलब रह जाता है ?' मैं अपनी लियाकत-भर

इस सवाल का जवाब देने की कोशिश करूँगा।

मरने का सिलसिला तो हमारी पैदाइश के साथ ही शुरू हो जाता है। मौत हमें थोड़ा-थोड़ा कुतरती रहती है और आखिर में बचा-खुचा सब एकसाथ निगल जाती है। जैसाकि *बाइबिल* में कहा गया है, हमने मौत से एक वादा किया है और हमारी पलकों पर उसकी छाया रहती है। तो फिर हम उससे इस कदर डरते क्यों हैं ? अगर हमें इसके आने का ठीक-ठीक समय मालूम हो तो क्या स्थिति कुछ बेहतर होगी ? मुझे नहीं लगता। मरणांतक बीमारियों से ग्रस्त या मृत्युदंड पाए हुए लोगों को जब बताया जाता है कि उनका जीवन अब कितना बाकी है तो वे इससे समझौता नहीं कर पाते।

मेरे ज्यादातर डर तो इस वजह से हैं कि मैं ईश्वर के अस्तित्व, परलोक या पुनर्जन्म में विश्वास नहीं कर पाता। *भगवद्गीता* हमें आश्वासन देती है, 'जो जन्मे हैं उनकी मृत्यु निश्चित है और जिनकी मृत्यु हो गई है उनका पुनर्जन्म निश्चित है। इसलिए जो अवश्यंभावी है उस पर तू दुखी न हो।' इस आश्वासन का पहला हिस्सा तो मैं स्वीकार करता हूँ, क्योंकि इसकी सच्चाई मुझे मालूम है। दूसरा हिस्सा मैं मान नहीं पाता क्योंकि इसका कोई विश्वसनीय प्रमाण नहीं है।

जब मैंने देख लिया है कि जीने के लिए मेरे पास एक ही जिन्दगी है और यह पता नहीं कि कब यह खत्म हो जाएगी तो मैं इससे ज्यादा-से-ज्यादा हासिल करना चाहता हूँ। मैं इन्द्रियों के तमाम सुख जी भरकर उठाऊँगा; दुनिया में जो कुछ सुन्दर है, सब देखूँगा—यहाँ के पहाड़, यहाँ की झीलें, यहाँ के समुद्रतट, यहाँ के रेगिस्तान; मैं हैरत से आँखें फाड़कर टकटकी लगाकर घुमड़ते हुए बरसाती बादलों को देखूँगा और क्षितिज के आर-पार फैले हुए इन्द्रधनुष को देखकर अचम्भे में खो जाऊँगा; मैं देश-देश के व्यंजनों का स्वाद लूँगा और वहाँ की बढ़िया अंगूरी शराबें चखूँगा; मैं भारत और पश्चिम का अच्छा संगीत सुनूँगा और स्टेज पर नाचती बैलेरिना को देखते हुए हाल की दशा में पहुँच जाऊँगा; मैं फूलों, वनस्पतियों और इत्रों की खुशबू लूँगा और बारिश की पहली बूँदों पर सूखी धरती से उठती सुगन्ध की भी; मैं खूबसूरत औरतों से आँखें लड़ाऊँगा, उन्हें छेड़ूँगा और उनकी तरफ से इशारा मिल गया तो उनके साथ सो भी लूँगा।

मैं भोगवादी नहीं हूँ जो केवल इन्द्रिय-सुख की खातिर भोग-विलास में डूबते हैं। जिन्दगी के सुखों का आनन्द वे ही लोग ले सकते हैं जिन्होंने ईमानदारी से जुटकर काम किया हो जिससे उन्हें सन्तोष मिला हो। मुझे यह सन्तोष पत्रकारिता और सर्जनात्मक लेखन से मिला। इस क्षेत्र में आने के बाद ही मैंने प्रकृति के वरदानों का सचमुच सुख उठाना शुरू किया। तब मुझे लगने लगा था कि यह मेरी मेहनत का सही इनाम है। मैं इसका हकदार हूँ।

मैं अच्छी तरह जानता हूँ कि जीवन कितना छोटा है। यहाँ कितना कुछ करने को है, और करने के लिए वक्त कितना कम है। प्रार्थना, ध्यान, धार्मिक कर्मकांड, दोस्तों के साथ गपशप, कॉकटेल पार्टियाँ और डिनर (जब तक उनमें स्कॉच, अच्छे खाने और बिल्फुल सही वक्त पर परोसे जाने की गारंटी न हो) वगैरह को मैं वक्त की बरबादी

मानता हूँ और जिन्दगी में काफी जल्दी ही मैंने इन सबसे अपने को अलग कर लिया था। धर्मग्रन्थ मुझे हमेशा बेहद उबाऊ, दोहराव भरे और बेजान लगते थे और मैंने साहित्य की क्लासिक रचनाओं को उन पर तरजीह देना शुरू कर दिया था।

मुझे उन लोगों की बात समझ में नहीं आती तो वक्त न कटने की शिकायत करते हैं। मुझे बोरियत भी समझ में नहीं आती। खुद अपने पर लादी गई यह वक्त खराब करने की बीमारी उन्हीं को लगती है जो पैदाइशी आलसी होते हैं। और मजा यह कि ऐसे ही लोग मौत से ज्यादा डरते हैं बनिस्बत उन लोगों के जो काम में लगे रहने की वजह से इस बारे में सोच ही नहीं पाते। 'कुछ भी साथ न जाएगा' माननेवाले लोग पूछ सकते हैं कि अगर मरने पर तुम अपना कमाया हुआ पैसा और ठाट-बाट साथ नहीं ले जा सकते तो जीते-जी यहाँ तन-तोड़ मेहनत करने की क्या जरूरत है ? यही है, कफन में जेबें नहीं होतीं पर कुछ चीजें हैं जो मौत के बाद भी बची रहती हैं। उसके पीछे पैसा रहता है। आपकी औलाद भी रहती है और धर्मार्थ संस्थाओं को दिया गया दान भी। किसी आदमी का सीखा-पढ़ा, किताबों से हासिल किया हुआ ज्ञान तो उसके साथ मर जाता है पर वह जो कुछ कागज पर उतार जाता है, वह उसके जाने के बाद भी बना रहता है। उसकी नेकनामी या बदनामी भी उसकी मौत के बाद बनी रहती है।

यहूदियों की संहिता *तालमूद* में लिखा है, 'जब मौत इंसान को सर्जनहार के सामने हाजिर होने के लिए बुलाती है तब उसके साथ तीन दोस्त होते हैं। सबसे ज्यादा प्यार वह पहले दोस्त से करता है और वह दोस्त है पैसा। पर वह उसके साथ एक कदम भी नहीं चलता। दूसरा दोस्त है, रिश्तेदार। पर वे उसका साथ सिर्फ कब्र तक दे सकते हैं और न्यायाधीश के सामने उसका बचाव नहीं कर सकते। पर तीसरा दोस्त है उसके सत्कर्म जिनकी वह कोई खास गिनती भी नहीं करता। ये उसके साथ जा सकते हैं, उसके साथ ही बादशाह के सामने हाजिर भी हो सकते हैं और उसे बरी भी करवा सकते हैं।' इस तरह का तर्क सिर्फ उन्हीं लोगों को कायल कर सकता है जो मानते हों कि शरीर नष्ट हो जाने पर भी अशरीरी कुछ बना रहता है। किसी ज्यादा सही शब्द की गैरमौजूदगी में वे इसे आत्मा कह देते हैं। आत्मा दरअसल है क्या, इसकी किसी को धुँधली-सी जानकारी भी नहीं है। मैं मान लेता हूँ कि इंसान में गोश्त, खून और हड्डियों से आगे और भी कुछ है। वह बोलने और सोचनेवाला प्राणी है और उसका सबसे अलग अपना एक चरित्र होता है। उसके जो अशरीरी गुण हैं, क्या उन्हीं के समूह को लोग आत्मा कहते हैं ? अगर ऐसा है, तो वे गुण भी तो उसके मरने के साथ ही गायब हो जाते हैं। आत्मा भी मनुष्य की कपोल-कल्पनाओं में से एक है जिसका इस्तेमाल वह परलोक की धारणा को मजबूत करने के लिए करता है। यही काम उस स्वर्ग-राज्य की धारणा का भी है जहाँ इन्द्रधनुष कभी धुँधला नहीं होता है। हैरत की बात तो यह है कि स्वर्ग जाने के लिए सभी उतावले होते हैं, पर इस दुनियावी जिन्दगी को नरक मानते हुए भी इसे छोड़ने के लिए कोई भी खास उतावला नजर नहीं आता।

मैं मानता हूँ कि स्वर्ग अगर है तो वह पृथ्वी पर ही हो सकता है। मैं बहुत-से

मुल्कों में बहुत-सी ऐसी जगहों पर गया हूँ, जो स्वर्ग की मेरी कल्पनाओं से भी बढ़कर हैं—रौकी पर्वत-शृंखला, थाउजेंड आइलैंड, मस्कोका और न्याग्रा प्रपात की विस्मयकर भव्यता; इंग्लैंड का लेक डिस्ट्रिक्ट और कॉट्सवोल्ड्स, इटली की झीलें, गार्डन और मैग्योरे, न्यूजीलैंड की असंख्य जुगनुओं से झिलमिलाती भूगर्भ गुफाएँ; आस्ट्रेलिया में आयर्स चट्टानों की प्रागैतिहासिक शान; उगांडा से निकलती नील नदी के मर्चिसन झरनों के आसपास वन्य प्राणियों का बेहिसाब जमाव; रियोदजेनारो, कोवलम और गोवा के समुद्रतट; कश्मीर के पहाड़ और सोते और ताजमहल। ताजमहल, जिसकी स्वार्गिक सुन्दरता दिन के किसी भी समय उतनी ही मोहक रहती है—सुबह-सुबह गुलाबी आभा झलकाता, दोपहरी के सूरज तले अपनी चमक से चौंधियाता, ढलती शाम को कोमल-कोमल गोधूलि की आभा से दमकता और चाँदनी में शीतल रेशमी सुन्दरता ओढ़े। दुनिया-भर में और भी सैकड़ों स्वर्ग इधर-उधर बिखरे हुए हैं। इनकी पार्थिव सच्चाई का स्वीकार मुझे ज्यादा खुशी देगा बनिस्बत उस जन्नत के बेचैन तसव्वुर के जिसमें शफ्फाक पानी के तेज सोते बहते हैं और अपने कुँआरेपन को फिर-फिर हासिल कर सकनेवाली हूरें रहती हैं। और कुँआरी चाहिए भी किसे ? तजुर्बेकार, जिन्दादिल और दिमागदार खूबसूरत औरतें कहीं बेहतर प्रेमिका और साथी साबित होती हैं।

इस सबका नतीजा क्या निकलता है ? कुछ खास नहीं। मुझे यह नहीं पता कि मैं कहाँ से आया हूँ; मुझे यह नहीं पता कि मेरे होने का मकसद क्या है; मुझे यह नहीं पता कि मरकर मैं कहाँ जाऊँगा। अपनी पैदाइश की तारीख मुझे पता नहीं इसलिए अपनी कुंडली तक नहीं बनवा सकता जिससे पता चल सके कि मुझे कब तक जीना है। एक बार बम्बई में एक स्वामीजी मुझसे मिलने आए थे जिनके पास *भृगुसंहिता* की एक प्रति थी। उन्होंने मुझे बताया कि उनके पास एक पन्ने पर मेरा नाम और भविष्य लिखा रखा है, और साथ ही वह तारीख और समय भी जब मैं उनसे मिलूँगा। वह लेख कुछ इस तरह था, 'विक्रम संवत् के पाँचवें महीने के पाँचवें दिन ग्यारह बजे, समुद्र के तट पर बसे 'ब' अक्षर से आरम्भ होनेवाले नामवाले नगर में खुशवन्त केसरी (केसरी का अर्थ 'सिंह' होता है) नामक एक व्यक्ति अपने बारे में प्रश्न पूछेगा।' आगे उसमें बताया गया था कि पिछले जन्म में मुझे गुह्य ज्ञान में विश्वास नहीं था और इस अनास्था का मोल भी मुझे चुकाना पड़ा था। कुछ अनास्था छनकर इस जीवन में भी आ गई है। भृगु मुनि ने मुझे इस भूल के खिलाफ चेतावनी दी है। उन्होंने यह 'भविष्यवाणी' भी की है कि मेरी जिन्दगी का बड़ा हिस्सा कागज और कलम के साथ बीतेगा। मेरी मृत्यु का बिल्कुल सही समय, दिन, महीना और साल भी उन्होंने बतला दिया है। उस हिसाब से मैं 1999 तक जिऊँगा और सदी के अन्त के कुछ महीने पहले ही मरूँगा। एक अजीब बात है कि नोस्त्रदामुस ने भी भविष्यवाणी की थी 31 जुलाई, 1991 को पृथ्वी पर जीवन का अन्त हो जाएगा। अगर यह भविष्यवाणी सच होती है तो, प्रिय पाठको, आप भी लगभग मेरे साथ-साथ ही कूच करेंगे। अगर हम फिर मिले, तो मिलने पर हमारे करने को बहुत बातें होंगी।

मुझे डर है कि मरते समय मैं बड़ी बेवकूफी भरा बरताव करूँगा--ज्यादातर लोग करते हैं। मैं मदद के लिए गुहार लगाना, या भगवान से अपने पापों के लिए क्षमा माँगना या किसी भी तरह की कमजोरी दिखाना नहीं चाहता। मेरे पिता शाम को नियम से स्कॉच पीते थे और एक रोज यह ड्रिंक लेने के कुछ मिनट बाद ही चल बसे। मैं भी उसी तरह उस लम्बे रास्ते पर चल पड़ने के पहले एक पैग पीना चाहूँगा। अल्लामा इक़बाल ने मर्दों को जिस तरह से मरने के लिए प्रेरित किया है, मैं उसी तरह मरना चाहूँगा :

निशाने-मर्दे-मोमिन बा तू गोयम ?
चूँ मर्ग आयद, तबस्सुम बर लबे-ओस्त।

(तुम मुझसे मर्दे-मोमिन की निशानी पूछते हो ? जब मौत आती है तो उसके होंठों पर मुस्कान होती है।)

●●●